谨以此书献给我的女儿凯伦、我的儿子马克和迈克尔以及他们的母亲

EXODUS - Leon Uris

THE ACCLAIMED BESTSELLER OF MODERN TIMES

出埃及记

里昂·尤里斯 [美] 著

高卫民 译

《出埃及记》的核心，是将犹太人在人类历史上的苦难根源和以色列的诞生，透过文学作品的描述和感染力，呈现给世人。

中国青年出版社

(京) 新登字083号

图书在版编目（CIP）数据

出埃及记/[美] 尤里斯著；高卫民译. —2版. —北京：
中国青年出版社，2014.1
ISBN 978-7-5153-2198-1

Ⅰ.出... Ⅱ.①尤...②高... Ⅲ.长篇小说-美国-现代
Ⅳ.I712.45

中国版本图书馆CIP数据核字（2013）第313209号

Copyright © 1958 by Leon Uris
All rights reserved
Chinese (Simplified Characters only) Translation Copyright © 2008 by
CHINA YOUTH PRESS
This translation Published by arrangement with The Doubleday Broadway
Publishing Group, a division of Random House, Inc.

北京市版权局著作权合同登记　图字：01-2007-5982

出版发行　中国青年出版社
社　　址：北京东四十二条21号
邮政编码：100708
网　　址：www.cyp.com.cn
编辑电话：(010) 57350508
责任编辑：李茹 liruice@163.com
门市部电话：(010) 57350370
印　　刷：三河市君旺印务有限公司
经　　销：新华书店

开　　本：700×1000　1/16
印　　张：38.25
插　　页：2
字　　数：600千字
版　　次：2014年2月北京第2版　2021年1月河北第6次印刷
定　　价：68.00元

本图书如有印装质量问题，请凭购书发票与出版部联系调换
联系电话：(010) 57350337

译者的话

这是一部曾经风靡西方世界的小说，作者站在一个犹太人的角度，对以色列的起因，以讲故事的形式，从历史、宗教、法律等方面，描述了犹太人在巴勒斯坦的存在，向读者呈现出一幅自19世纪末叶以来，特别是第二次世界大战前后，犹太人大批移民巴勒斯坦的画卷。

本书作者里昂·尤里斯（1924—2003年）是20世纪后半叶美国最著名的近代历史题材小说作家，他所创作的文学作品，影响了美国及西方世界的几代人，尤其是他以人性加社会热点创作的小说，在被以好莱坞为首的美国影视界拍成影视作品后，更是家喻户晓，广为流传。里昂·尤里斯的创作生涯始于20世纪50年代，在近半个世纪的时间里，他的作品长盛不衰，直至2003年辞世前，仍有数部20世纪50年代至70年代出版的著作不断再版而且继续引人关注，堪称美国文坛史上的奇迹。

《出埃及记》是里昂·尤里斯1958年的作品，小说一经问世，即引起轰动，被翻译成五十种文字出版，仅在美国市场，其精装版本销量就达到了两千万册，是公认的与《飘》齐名的畅销作品。其后，《出埃及记》被改编成同名电影，并由好莱坞明星保罗·纽曼领衔主演。这部影片的公映，进一步确立了里昂·尤里斯在美国乃至西方文坛的地位。

里昂·尤里斯作为战地记者，亲历了1956年的阿以战争。战后在出版商马尔科姆·斯图亚特的支持下，为收集《出埃及记》的创作素材，他重返以色列，行程五万英里，采访了一千二百位各界人士，在厚厚的口述历史资料的基础上，撰写并于1958年由"双日出版公司"出版了他的这部惊世之作——《出埃及记》。

《出埃及记》的核心，是将犹太人在人类历史上的苦难根源和以色列国家的诞生，通过纪实文学形式的描述，呈现给世人，以文学作品的感染力，呼唤出对这段历史和这个民族的人文关照。半个世纪后，综观因以色列的存在而引起的与阿拉伯世界无休止的领土纷争和流血冲突，以及美国和西方各国主流社会对冲突双方的基本倾向，不由不感叹《出埃及记》的影响力。从某种程度上说，是它在五十年前，以一部畅销小说的形式，伴随着电影主题曲《出埃及记》的回响，重新塑造了犹太人在美国和西方大众中的形象。

《出埃及记》以两位主人公——一位美国护士和一位犹太复国主义者（"以色列自由战士"），在"二战"后帮助那些纳粹集中营中的幸存者移民巴勒斯坦的曲折经历为主线，展现出了犹太民族作为世界大家庭成员，在两千年人类文明发展的进程中遭遇不公平对待的历史脉络，尤其阐释了这样一个史事，即每当社会动荡时，世界各国的当权者都以种种原因将犹太人视为替罪羔羊，致使犹太民族屡屡成为各国社会动荡中的清洗对象，而犹太民族也正是在这种与强权迫害争斗的过程中，逐渐形成了自己特有的宗教信仰、民族性格、组织结构和政治理念。书中以非常写实的手法，描绘了纳粹集中营幸存者在移民巴勒斯坦的过程中，与中东地区的托管者——英国政府，以及阿拉伯国家和土著部落之间所产生的错综复杂的恩恩怨怨，直至1947年联合国大会表决将巴勒斯坦分治，国际社会由此正式承认了以色列的存在。书中对两位主人公之间坎坷爱情的描写，则是伴随着犹太移民的悲欢离合而起起浮浮、缱绻缠绵、回肠荡气，最终以有情人终成眷属而结局。

如果你有兴趣了解犹太人的历史，有兴趣追寻以色列国家诞生的阵痛过程，有兴趣探讨半个世纪来中东纷争的根源，就请你拿起这本书吧，当你放下它时，也许会得出自己的答案……

最后要说明的是，《出埃及记》向读者展现出的是一幅扑朔迷离的历史长卷，作者笔下的大量事件和人物代表，能够在中译本中得到基本准确的反映，实在得益于中国社会科学院西亚非洲研究所殷罡研究员的帮助和专业指正，并为此写了精彩的序言。此外，《出埃及记》中文译本的顺利问世，也是与中国青年出版社对这一选题的严谨把握和鼎力支持，尤其与责任编辑李茹女士的悉心协助是分不开的。译者特在这里一并表示感谢。

高卫民

2008/2/1 于北京

序

在西方风行多年并被拍成了电影的纪实小说《出埃及记》问世半个世纪之后，被高卫民先生译成了中文，这是一件值得推介的好事情。中国青年出版社决定出版这部小说的中译本，更是一件好事情。我们应该对高卫民先生和中国青年出版社表示感谢。

六十年来，以色列的建国和阿以冲突爆发的缘由，一直是人们激烈争论的话题。对于中国读者来讲，这部小说中译本的出版，似乎更有意义，因为我们在过去几十年里看到的和听到的相关说法并不是一成不变的，我们同冲突地区国家的关系，也不是一成不变的，由此留下了一些比较模糊的、不明确的甚至是有些混乱的认识。20世纪80年代之后，我们的信息来源逐渐充实了，人们对阿以问题的认识也逐渐趋于个性化和理性化。在这样的背景下，《出埃及记》中译本的问世无疑会使关注这一问题的中国读者更形象地了解以色列建国的历史和阿以冲突的历史，有助于读者进一步完善各自的理性化理解。

这部小说的可贵之处首先在于真实，作者真实地描绘了那段跌宕起伏、错综复杂的历史画卷。对于犹太人来讲，这是他们民族从此走向新生的历史，而对于巴勒斯坦阿拉伯人来讲，这又是他们民族走向苦难的历史。无论是对于犹太人来讲，还是对于巴勒斯坦阿拉伯人来讲，对这段历史的认识和反思都不会随着时间的流逝而消失。从一定角度上看，对这段历史的真实描述，对阿拉伯人，特别是对巴勒斯坦的阿拉伯人，有着更深层次的益处，即有助于更客观地看到自己悲惨命运发生的缘由。

这部小说的可贵之处还在于，作者在颂扬本民族求生存求家园的斗争的同时，也表现了对普通巴勒斯坦阿拉伯人悲惨命运的同情，表现了同巴勒斯坦阿拉伯人和平共处的愿望。作者没有回避诸如1946年伊尔贡武装在耶路撒冷制造大卫王饭店大爆炸这一被广泛认为是恐怖主义行为的事件，也没有淡化双方冲突的血腥程度，没有回避犹太组织内部的种种矛盾和冲突，而是带着文学家的激情和史学家的严谨，对当时犹太人面临的内外矛盾做了比较理性的描述。

值得格外称赞的是，作者为创作这部史诗性的纪实作品，做了别人难以做到的大量的实地调查和案头预备作业，书中所描绘的事件几乎完全是真实事件的翻版，只是调换了当事人的姓名。看过这部小说，再同真实的历史事件核对，几乎找不到杜撰和夸张的痕迹，对巴勒斯坦犹太社团在建国前的组织形态的描述也完全是符合历史真实的。

需要指出的是，本书的几位主要人物，并不是以色列建国的主流力量的成员，而是激进民族主义派别伊尔贡（后来的利库德集团核心力量）阵营的活跃人物，对以色列独立战争（第一次阿以战争）的描写也侧重于伊尔贡成员的贡献。在根据小说拍摄的电影里，更集中反映了伊尔贡武装的活动，对那场战争的主力犹太武装哈加纳及其突击队帕尔马赫的作用则落笔较少，反映了作者暨犹太人内部对不同派别的犹太武装力量和政治力量对建国贡献描述的不同角度。如果结合阅读国内已经出版的关于以色列开国总理本－古里安和建国元勋拉宾和达扬等人的传记,读者的发现或许更多。

在阿以暴力冲突延续了六十年而有望结束的时候,在巴勒斯坦阿拉伯人有望实现他们在六十年前就得到了的建国权利的时候,这部描述阿以冲突的纪实作品的中译本问世,无疑对我们回顾和理解他们的过去有很大的帮助。

但这毕竟是一部小说,希望读者在阅读的时候,抱着一种平常心态,一部本民族作家为颂扬本民族新生写的一部小说,是不可能得到全体读者在情感上的共鸣的,也不可能替代更深层次的历史分析。如果读者在合上这本书的时候,对那段历史有了比较形象的了解,对以色列为什么能走到今天有所感悟,对巴勒斯坦阿拉伯人的不幸的根源有所感悟,并能引出对这段历史更多的兴趣甚至更多的思考,我想,本书的作者、译者和出版者都会感到欣慰的。

作者序

《出埃及记》讲述的是我们这个时代一个最伟大的奇迹,一个人类历史上无可比拟的事件,一个两千年前消失的国家的新生。

它以小说告知我们,犹太人是如何在经历了世纪的蔑视、屈辱、虐待、杀戮之后,以鲜血和勇气在茫茫荒漠中嵌入了一片绿洲。

以往充斥在我们美国各类虚构作品中的犹太人的形象,无不被陈腐地勾勒为是精明的生意人、出色的医生、卑鄙的律师、怪僻的艺术家;无不被长篇累牍地描述为是对他们的同胞、对这个世界、对他们的亲朋好友充满了敌视;无不被表现为是极端的自我怜悯,同时又无不笼罩着先知者的光环。这些作品充满了对犹太人的偏见。

我要表现的是我的人民的另一面:在面对尚未觉醒的世界和除去自身勇气外一无所有之时,他们征服了不可征服的困难。

《出埃及记》讲述的是一个战斗的民族,它的人民决不因出身为犹太人以及为实现其尊严的付出而后悔。

他们的故事对我而言是一部现代启示录,特别是当我遍访以色列的城镇乡村之后。

希望本书也成为读者——犹太人或非犹太人的现代启示录。

《出埃及记》中的绝大部分事件都是真实的历史和档案记载，其中许多情节描述是根据历史事件编造的。因此，或许亲身经历了书中描述的那些事件的人，作为原型出现在书中时会有所变化。为避免误会，本书作者特别声明，除了那些公众人物，如：丘吉尔、杜鲁门、皮尔森等与那个特定时代有关的人物外，书中的全部角色皆为作者虚构。

目录

译者的话 /1
序　　　/5
作者序　/9
第一章　越过约旦河 /1
第二章　我们的土地 /191
第三章　以牙还牙 /309
第四章　再现辉煌 /453
第五章　雄鹰展翅 /551
作者感言

《出埃及记》主要人物名单

（按出场顺序）

马克·帕克——全美新闻联合会特派记者，犹太复国主义的同情者和参与者

基蒂·弗里蒙特——美国护士（马克的朋友），女主人公

弗瑞德·考德威尔少校——萨瑟兰德将军的副官

布鲁斯·萨瑟兰德——英军驻塞浦路斯最高军事长官，犹太复国主义的同情者

大卫·本-阿米——学者兼犹太复国主义者，阿里妹妹的未婚夫

阿里·本-迦南——出生于巴勒斯坦的俄国犹太人后裔，男主人公

卓妲娜-阿里的妹妹，犹太复国主义战士

杜夫·兰道——纳粹大屠杀后一个波兰犹太家庭的幸存者，在偷渡巴勒斯坦的过程中长大

凯伦·汉森·克莱门特——纳粹大屠杀后一个德国犹太家庭的幸存者，杜夫的未婚女友

比尔·佛莱——美籍犹太人，船长，犹太复国主义的同情者

艾伦·艾里斯戴尔——英军驻塞浦路斯情报处长

曼德科——杜夫的哥哥

埃伊克曼——德国纳粹集团中的巴勒斯坦籍高官，犹太灭绝计划的主要执行者

卡尔·赫斯——奥斯威辛集中营司令官

塞西尔·布莱德舒——英国外交委员会中东问题专家

西蒙·拉宾斯基——雅可夫和乔西的父亲，一个虔诚的俄国犹太教徒

雅可夫——在沙俄反犹浪潮后逃往巴勒斯坦，后改名阿吉瓦，巴勒斯坦犹太恐怖主义创始人
乔西——在沙俄反犹浪潮后逃往巴勒斯坦，后改名巴拉克，以色列建国的主要领导人之一
萨拉——乔西（巴拉克）的妻子，波兰犹太移民
卡迈尔——巴勒斯坦北方加利利地区一个开明的阿拉伯领主
阿明·侯赛尼——圣城耶路撒冷穆夫提——阿拉伯人宗教领袖
塔哈——卡迈尔的儿子，阿里儿时的朋友
阿维登——犹太复国主义运动和犹太准军事组织"哈加纳"的领导人
卡伍吉——第一次阿以战争期间由阿拉伯国家志愿者组成的武装力量指挥官
马尔科姆——巴勒斯坦英军情报官员，犹太复国主义的同情者
阿诺德·哈文·赫斯特将军——英军驻巴勒斯坦地区最高指挥官
哈里特·舒茨曼——美国犹太复国主义妇女团体驻巴勒斯坦代表，青年阿利亚中心的发起人
欧内斯特·利伯曼博士——达芙娜花园的负责人，"二战"前来自德国的犹太移民，人文学者
穆罕默德·卡西——威胁达芙娜花园的阿拉伯游击队指挥官

越过约旦河

第一章

> 等到你们弟兄在约旦河那边,也得了你们的神所赐给他们的地,又使他们得享平安,与你们一样,你们才可以回到我所赐给你们为业之地。
>
> ——《申命记》里上帝给摩西的告诫

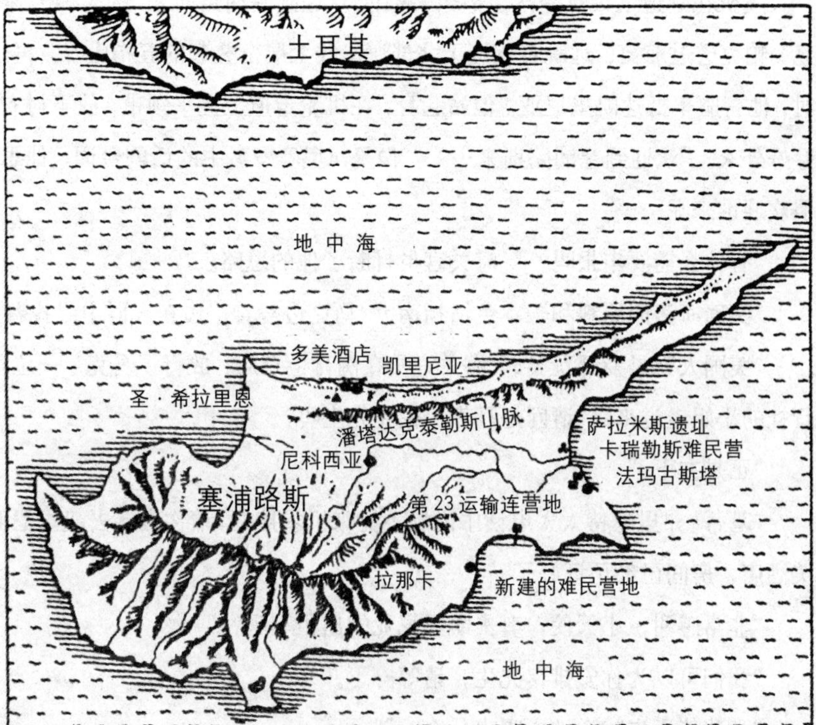

第一节 (1946年11月)

欢迎到塞浦路斯来
　　　——威廉·莎士比亚

飞机在跑道上轰然降落,缓缓停靠在"欢迎到塞浦路斯来"的大标语牌前。马克·帕克透过舷窗,远眺着蜿蜒于北部海岸线上层峦叠起的五指山峰,再过一小时,他将驱车抵达凯里尼亚。他站起身,在机舱走道上抚平领带,放下衬衣袖子,穿好外衣。"欢迎到塞浦路斯来……"像是《奥赛罗》中的话剧台词,他思度着,但欢迎谁来呢……

"有什么需要申报吗?"海关官员打断了他的思路。

"两磅海洛因原料和一本色情指南。"马克边答着,边在人群中寻找着基蒂。

"美国人就是爱开玩笑。"海关官员在例行检查后,放行了马克。一位官方旅行社的小姐走过来:"请问是马克·帕克先生吗?"

"正是在下。"

"基蒂·弗里蒙特太太电话中说她不能来机场接你,请你直接去凯里尼亚的多美酒店,房间已经预订好了。"

"非常感谢,小天使,有去凯里尼亚的出租车吗?"

"我们可以为你安排,先生,请等一下。"

"那我能否先找个地方喝点什么?"

"当然,先生,穿过大厅一直走就是吧台。"

马克倚靠在吧台上,边品着浓香的咖啡,边思索着那句"欢迎到塞浦路斯来……"的台词，他恐怕做梦也不会想到此行戏剧性的结果，足以让他回味一生。

"嗨"，一个磁性的声音让他回到现实，"是马克·帕克吧，在飞机上我就认出是你，不过你一定不记得我了。"

马克凭声音本能地揣测起是在什么地方见过此人：罗马、巴黎、伦敦、马德里？还是约瑟、詹姆士、雅克·乔之类的酒吧？战场上、运动中、骚乱里？还是哪个特别夜晚的艳遇——金发碧眼的、褐色皮肤的、染着红发的，还是那个壮得如牛的？

还没容马克想清楚，那个人已经喘着气出现在面前："我就是那个想要马提尼配苦橙但未如愿的人呀，想起来了吗？"马克叹了口气，继续品味着他的咖啡，同时做好了被骚扰的准备。"不是恭维你，我确实非常欣赏你的专栏文章。顺便问一下，到塞浦路斯有何公干？"那个人边眨眨眼，边戳了一下马克的肋骨，"我想你一定是负有什么特殊使命，找机会一起坐下喝个酒好吗？我下榻在尼科西亚皇宫大酒店。"说完他递给马克一张名片，眨着眼继续说道："我在这里还是有些关系的。"

"帕克先生，你的车准备好了。"

马克立刻放下杯子，在表示了"很高兴又见到你"之后匆匆离开吧台，并顺手将这个家伙的名片丢进了垃圾桶。

出租车启动后，马克换了个舒服的姿势，开始闭目养神。他很庆幸基蒂没来机场接他——时间过去很久了，他们之间存在太多需要重温和倾谈的话题。一想起马上就要见面，马克又感到有种渴望和冲动：基蒂——可爱的基蒂。当出租车驶离机场大门时，马克已陷入了沉思。

……凯瑟琳·弗里蒙特是所有了不起的传统美国女性中的一员，但又普通得就像老妈做的苹果派、热狗或是布鲁克林的道奇车。马克与基蒂·弗里蒙特的友谊可以追溯到两小无猜的童年：一个梳着小辫、满脸雀斑、戴着牙套的假小子，突然一天摘掉了牙套，涂着口红，在一件紧身毛衣的烘托下，俨然是丑小鸭变成了白天鹅，转脸之间就成为一位苗条、性感的姑娘。想到这里，马克不由地笑起来：那时候的基蒂又可爱、又清纯。

……汤姆·弗里蒙特是另类传统的美国男孩：留着小平头、经常出洋相，却能跑百米如履平地、三十码进篮、擅长摇滚，还可以蒙上眼睛组装福特车。汤姆从儿时就是马克最好的朋友，大概从断奶起就已经是至交了。

……汤姆和基蒂……苹果派和冰激凌……热狗和芥末，典型的美式少男少女组合，典型的印第安纳中西部特点。可以说，当汤姆和基蒂在一起时，总会让人有一种春雨润润的享受。

基蒂是一个稳重、深沉、理性的姑娘，眼神中常常透着一丝淡淡的忧郁。虽然她总是将欢乐带给周围的人，但只有马克能够觉察到那若隐若现的忧绪。基蒂属于那种做事追求完美、竭尽全力，同时言语极有分寸、行为非常严谨的人，可那只有马克才能察觉的忧虑是为什么呢……

由于可望而不可即，马克常常对基蒂的魅力感到好奇；她就像是炎炎夏日里的冰冻香槟，让人陶醉。遗憾的是，基蒂仅属于汤姆，马克只好私下里感到妒忌。

汤姆和马克大学时是同室寝友。大学第一年，每当汤姆和基蒂分手后总是显得焦虑不安，每次马克都不得不耐着性子听完汤姆的抱怨，还要设法安慰他。夏天到了，基蒂和父母一起去了威斯康星，她还在上高中，她的家人希望这样可以让两人分手。汤姆和马克徒步、搭车一路追到俄克拉荷马，直到山穷水尽，才不得不在一家油田打工后返回学校。

新学年开学后，汤姆好像换了个人，作为马克的陪练，他开始出现在运动场上，和基蒂的约会越来越少，但两人之间的情书越写越长，结果是学校运动场上多了一颗新星，姑娘的身影却消失不见了。

到了大四，汤姆似乎忘掉了基蒂，他已经成为学校的名人，是波·布鲁麦尔大学篮球队的尖子前锋。马克在充分享受着汤姆荣誉的光环下，堕落成为学校历史上最糟糕的新闻系学生之一。

直到基蒂作为新生出现在校园，久违的激情才重新被点燃。

无论何时见到基蒂，马克都保持着初见时的冲动，而此时，汤姆显然表现出同样的激情。毕业前的一个月，他们共同踏上了私奔之旅。汤姆与基蒂、马克与埃伦，外加一辆破旧的福特车和四美元十美分的家当，就敢横穿美国大陆，直到遇上治安当局的遭返。蜜月毕竟是令人难忘的：累了就睡在福特车的后排椅上，被困在泥泞的小路上的绝望，还有落汤鸡似的浸泡在暴风雨中等，他们像所有美国情侣那样，人生之旅的第一步充满了幸运和回忆。

汤姆大学毕业一年后才公开了他和基蒂的婚事，基蒂继续在大学医学护理系完成学业，在马克眼里，基蒂天生就和医护有缘。

汤姆崇拜基蒂，尽管他性格独立、桀骜不驯，但为了基蒂，他居然改变了自己，成为非常尽职的丈夫。定居芝加哥后，基蒂就职于儿童医院，汤姆则在一家著名的公关公司做起了小职员。他们的小日子很美国式：租房、买房、购车、账单、对生活的憧憬，直到基蒂怀上桑德拉。

出租车经过尼科西亚郊外时放慢了速度，马克欣赏着这个南北是山的城市，转向司机问道："讲英语吗？"

"当然，先生。"

"机场上'欢迎到塞浦路斯来'的标语是什么意思？"

"就我所知，应该是对旅游者表示欢迎吧。"

出租车进入尼科西亚，沿着古老的威尼斯城墙行驶着，尼科西亚置身在城墙的护卫下，那些黄墙红瓦用岩石建造的房屋和一望无际的椰枣树让马克联想起大马士革。远方土耳其管辖区内的一对宏伟的塔式建筑，曾经是圣·索菲亚年代十字军时期的大教堂，如今已成为穆斯林清真寺。一路上，马克盯着呈箭头状的城墙护墙，想起上次来塞浦路斯旅游时，听人介绍好像它们是以奇数11为单位组成的，张嘴要问问司机是为什么，想想又算了。

很快，汽车驶出尼科西亚，向北进入了平原。沿途经过的村庄，看起来都那么落后，灰色的土坯房屋之外，唯一的文明象征，就是每个村子还有一眼据说是在英国女王关心下打出的自来水井。单调的田野上，农夫们正驾驭着塞浦路斯特有的驴骡，劳作在收获马铃薯的辛苦之中。

出租车加速后，马克又陷入了他的沉思。

……马克和埃伦在汤姆和基蒂结婚后也成了家，但马上就发现这是个错误——好朋友未必能成好夫妻。马克和埃伦在基蒂那里是无话不谈，每次基蒂都以理解和劝说暂时维系着他们的婚姻，直到两人无法容忍对方。离婚时，马克暗自庆幸：还好没有孩子。

离婚后，马克移居到东部，开始是不停地换着工作，以后又返回学校进修，从一个最糟糕的新闻系学生，变成了一个最糟糕的报刊专栏作家，以自由撰稿人的身份，漂泊在报刊杂志的世界里。他不蠢，更不缺才华，只是一时还不能给自己的生活定位。马克是有创造力的人，循规蹈矩的日常报告会扼杀他的才华。他知道自己的性格不适合埋头于长篇小说的写作，但又不愿一辈子就做一个专栏作家，只好游走在地狱与天堂之间，既不做飞鸟，更不当鱼肉。

马克每周都会收到汤姆的来信，无非是些职场升迁的喜悦和期盼，但也饱含着他对基蒂和女儿桑德拉的挚爱。

基蒂在来信中则透露出她对汤姆勤奋工作的赞许，并总是告诉马克有关埃伦的情况，直到埃伦再婚。

马克·帕克在1938年开始了他的人生转折：全美新闻辛迪加联合会在柏林有一个空缺，马克一夜之间从一个报界混混，变成一位受人尊敬的外国通讯社记者。

在这个职位上，马克展现出他的才华，以他的勤奋和天分，逐渐塑造出他的个人风格。马克不是一个喜好生事的人，但他天生具备新闻探索的本能，是个对事物极其敏感，有着超常洞察力的精明的外国通讯社记者。

他开始游戏人生，行程遍布欧亚非的各个角落，在埋头工作的同时，也成为行业内的名人。他喜欢泡在约瑟、詹姆士、雅克·乔之类的酒吧里，并常常根据自己那份酒吧女郎的清单，不知疲倦地光顾着那些金发碧眼、褐色皮肤、染着红发的姑娘的酒廊。

战争爆发后，马克在欧洲追逐着新闻热点，但他经常会去伦敦休息几天，以便收取汤姆和基蒂的来信。

1942年初，汤姆·弗里蒙特作为海军陆战队队员，战死于瓜达康纳尔岛。两个月后，他们的女儿桑德拉死于脑膜炎。

马克立刻请假返回美国，当赶去看望基蒂时，基蒂却不知去向。在寻找无望的情况下，马克回到欧洲，他非常奇怪，难道基蒂从地球上消失了？基蒂眼中常常透着的忧郁似乎印证了她对生活的预见。

战争一结束，马克又返回美国寻找基蒂，但这次他心灰意冷了。

1945年11月，全美新闻联合会聘请马克去欧洲报道纽伦堡战犯大审判，此时他已在业界大名鼎鼎，被冠以杰出外国通讯社记者的头衔。他在纽伦堡一待数月，发表了一系列爆炸性的新闻，直到纳粹头子们被送上绞架。

全美新闻联合会在发配马克去巴勒斯坦(一个似乎正在酝酿局部战争的地方)之前，给了他一个长假。马克·帕克旧习难改，追着一个不久前遇到的在联合国就职的迷人的法国姑娘，一路到了雅典联合国救济署。

那天发生的一切太戏剧性了，马克在一家美国酒吧，和一些新闻同行无聊地打发着白天的时间，突然听见有人谈论在萨洛尼卡遇到一位奇特的美国护士，正在做着常人难以想象的护理希腊孤儿的工作，有人刚刚对她的孤儿院进行了采访，护士的名字叫基蒂·弗里蒙特。

马克大喜，立刻详细了解了她的情况，确认基蒂目前正在塞浦路斯度假。

出租车穿过平原，沿着崎岖的山路，爬上了潘塔达克泰勒斯山峰。夜幕降临前，他们抵达了山顶，马克让司机把车停在路边。

他下了车，俯视着山脚下那依山傍海像宝石似的小城——凯里尼亚，在他的左上方，圣·希拉里恩城堡遗址让人联想起勇士理查德和他美丽的妻子——波伦伽莉亚，马克决定这两天一定要陪基蒂过来转转。

天黑时，他们抵达了凯里尼亚，小城到处是白墙红瓦的建筑，在山上的城堡和眼前浩瀚大海的衬托下，凸显出它无与伦比的僻静与精致。他们经过一个停泊着渔船和游艇的小港，两道防波堤伸向海中，其中一道成为港口码头，而另一道堤上，矗立着一座古老的要塞——圣母城堡。

长久以来，凯里尼亚一直是艺术家和英国退役军人的世外桃源，毫无疑问，它是这个星球上最宁静的小城之一。

多美酒店距离港口有一个街区，与小城规模相比，酒店建筑显然过于庞大(多美酒店已经成为大英帝国的标志，在它飘扬在世界各地的英国国旗下，总会聚集着慕名而来的英国人)。它的大堂、阶梯，以及面向大海的阳台，无不让人赞叹，还有那条数百码长的栈桥，连接着海面上一个可以游泳和日光浴的小岛。

出租车停在了酒店前，行李员帮助马克取下行李。他付了车费，四处看看，虽然已经进入11月，但这里气候温暖，环境幽雅，作为一个与基蒂·弗里蒙特久别重逢的地方，简直太浪漫了。

大堂经理送上一张便条：

亲爱的马克：
我在法玛古斯塔要待到九点才能回来，能原谅我吗？
想你爱你的基蒂

"请准备一束鲜花、一瓶苏格兰威士忌、一桶冰。"马克吩咐道。

"弗里蒙特太太已经安排好了。"前台接待将房间钥匙递给服务员，"这是个面向大海、在弗里蒙特太太隔壁的房间。"

马克感觉到了接待不怀好意的坏笑，他曾经在上百个酒店见到过这种坏笑，刚要发脾气，一转念，就让这个家伙去想象吧，只要他妈的不扫兴。

马克沉醉于眼前的海景直到天黑，然后为自己勾兑了一杯威士忌，边品着美酒，边舒服地浸泡在浴缸里。

现在是7点……还有两个小时才能见到基蒂。

他打开相邻的房门，扑面而来一股熟悉的气息：卫生间里晾着她的泳衣和刚洗过的衣物，鞋子整齐地摆放在床边，梳妆台上是她的化妆用品，即使基蒂不在，房间里也充满了她的个性。

他回到自己的房间，舒展地躺在床上：这些年她还好吗？如何度过不幸？……可怜的基蒂，但愿一切如意。现在是1946年的11月，最后一次见面是什么时候？是1938年……去柏林前，八年了，她也有二十八了。

激动和焦虑让疲倦的马克坠入了昏睡。

冰桶的叮当声惊醒了马克，他揉揉眼睛，摸索着香烟。

"你的睡相可真像个瘾君子，"一个标准的英国口音说道，"我敲了五分钟的门，是服务生帮的忙。我自已兑了杯威士忌，希望你不会介意。"

这是英军少校弗瑞德·考德威尔，马克打了个呵欠，伸着懒腰看了下表——八点十五分。"你这个家伙来塞浦路斯干什么？"马克问道。

"我想这应该是我问你的问题。"

马克点燃了香烟，看着考德威尔。他对少校既无好感也无恶意，不过有点看不上他，他们曾经打过两次交道。考德威尔是布鲁斯·萨瑟兰德团长（后晋升旅长）的副官，是个不错的一线军官。他们之间打的第一次交道是在战场上，靠近荷兰的一片洼地，马克在他的一篇报道中，因一个团的英军被击溃而抨击了英军的那次战役指挥错误；第二次是在纽伦堡战争法庭，马克那时是全美新闻联合会的特派记者。

战争结束时，布鲁斯·萨瑟兰德的部队是第一支进入德国卑尔根-贝尔森集中营的部队，萨瑟兰德和考德威尔是作为见证人去纽伦堡作证的。

马克起身走进卫生间，用冷水洗了把脸，摸了条毛巾擦着："找我有什么事吗，弗瑞德？"

"调查部下午来电话，说你未经许可就过来了。"

"上帝啊，你们真是一帮怀疑一切的混蛋。很抱歉我的粗鲁，弗瑞德，但这是我在去巴勒斯坦上任前的休假呀。"

"这并非官方警告，帕克，"考德威尔说道，"但你要清楚，我们之间过去的关系是微妙的。"

"你们还真记仇。"马克说着穿好了衣服。考德威尔给马克兑了杯酒，马克观察着这个英国军官，奇怪他为什么总是把自己往歪处想。考德威尔看起来有些傲慢，这是那些殖民者和养尊处优者的通病。他还是个乏味和小心眼的家伙：迷恋所谓绅士阶层的网球、鸡尾酒，还有他妈的什么出身论，他这种人的道德准则和表达方式常常让马克感到不安。考德威尔的是非观完全来源于军人守则和命令，"难道你们在塞浦路斯还有什么肮脏的勾当吗？"

"不要没事找事，帕克。我们是这个岛的主人，因此我们需要了解你来的目的。"

"你看，我就是喜欢你们英国人，德国人这时候一定会干脆地命令我滚蛋，而你们却总是温情脉脉地说着'请你滚蛋'。我已经告诉过你我是在度假，是要和一位老友重逢。"

"和谁？"

"一位姑娘，基蒂·弗里蒙特。"

"基蒂，那位护士，我知道，一位了不起的女性，几天前我在总督那里见过她。"弗瑞德·考德威尔看着通往基蒂房间半开着的房门，眉毛不由动了动。

"快去洗洗你那肮脏的念头，"马克说道，"我们可是二十五年的至交了。"

"按照你们美国人的说法，就是一切都是光明正大的喽。"

"那是当然。好了，从现在开始，你的来访已经涉及了个人隐私，还是请你走吧。"

弗瑞德·考德威尔笑着放下酒杯，将手杖夹到腋下。

"弗瑞德·考德威尔，"马克突然说道，"什么时候你的那副笑脸才会从你的脸上消失呢？"

"见鬼，你到底想说些什么？"

"现在是公元1946年，少校，在上一场战争中，无数人读懂了战争并开始思考。你们现在是既没有财力也没有能力，所以你们一定会输掉整场比赛……先是印度、再是非洲、最后是中东。我将在巴勒斯坦看着你们继续输掉那里的托管权，你们甚至会被踢出苏伊士和大约旦，火热的骄阳已经开始融化昔日的大英帝国。弗瑞德……如果鞭挞奴役黑人孩子被视为违法的话，你的夫人还会干些什么呢？"

"我拜读过你所有关于纽伦堡审判的文章，帕克，你们美国人的情绪总是有些过分夸张，准确讲是'粗糙'。顺便提一下，老哥，我还没结婚呢。"

"英国佬的教养就是不错。"

"记住，帕克，你是在度假，我会向萨瑟兰德旅长转告你的问候，要努力啊。"

马克笑着耸了耸肩，突然明白了机场上那幅"欢迎到塞浦路斯来"标语的含义。威廉·莎士比亚的台词全文应该是：欢迎到塞浦路斯来，管你是阿猫还是阿狗。

第二节

当马克·帕克等待着久别的朋友基蒂·弗里蒙特的时候,塞浦路斯的另一个地方,两个男人正以截然不同的方式,在距凯里尼亚四十英里外的港口城市法玛古斯塔的北部森林里,等待着他们的朋友。

天空布满了乌云,伸手不见五指,两个人无声地在黑暗中注视着山脚下不远的码头。他们的栖身之处是密林中一所被遗弃的白色建筑,四周是茂密的松树、桉树、阿拉伯橡胶。漆黑的夜色里,除了阵阵风声和两人的呼吸声,一切都像死一样寂静。

两人中有一位是护林员,一个希腊族塞浦路斯人,不时感到有些不安。

而另一位沉静得像是一尊雕塑,目不转睛地盯着水面的方向,他叫大卫·本-阿米(大卫在希伯来语中是"人民的儿子")。

霾云逐渐散去,星光溢洒在静静的海面上、密林中、房屋里。大卫·本-阿米站在窗前,闪烁的星光映照在脸上。他看起来二十多岁,身材弱小,在昏暗的夜色下,消瘦的面颊和深邃的眼窝流露出他学者的敏感。

随着云开雾散,明亮的月光辉映着破碎的大理石石柱和遍地雕塑,显得分外凄凉。

那一地碎石,是萨拉米斯——一座耶稣时代灿烂辉煌的城市的垂死痕迹。透过这遍地碎石,可以想象这片土地曾经孕育过的人类文明。萨拉米斯的诞生年代几乎无文字可查,它是勇士图塞尔在特洛伊大战凯旋后创立的,之后毁于地震,重建后再度辉煌,但最终毁于伊斯兰大旗下的阿拉伯之剑。此时此地,面对月光下的满目疮痍,古希腊祭坛的神圣依稀可见。

乌云密布,夜色重又漆黑一片。

"他不会出什么意外吧?"护林员不安地嘟囔着。

"嘘……"大卫答道。

远方传来低沉的摩托艇马达声,大卫·本-阿米举起望远镜,希望能在黑暗中发现什么,马达声离他们越来越近。

水面上出现了闪烁的灯光——1次、2次、3次。

大卫·本-阿米立刻用手电筒一边向对方作出回答,一边与护林员冲出建筑,穿过密林和遍地的碎石,从山上跑向海滩。

摩托艇的马达声戛然而止。

一个身影从船舷滑入水中,向岸边游来。大卫·本-阿米紧端着手中的英式机枪,警惕地搜索着岸边是否埋伏有英军的巡逻队。黑影游向海滩后,一步步向岸上走来。"大卫,是你吗?"

"阿里,"他答道,"在这里,快点过来。"

三个人从海滩飞快地跑过那座被遗弃的白色建筑,转上一条土路。一辆出租车掩藏在丛林中,大卫·本-阿米向护林员表示谢意后,即和那个人驱车向法玛古斯塔驶去。

"我的烟都弄湿了。"阿里嘟哝着。

大卫·本-阿米递过一包,点烟的瞬间,火光照亮了这个叫阿里的人的脸庞。他显得很英俊,身材魁梧,像爱斯基摩人一样强壮,与身边的大卫形成鲜明的反差,眼神中流露出一种饱经沧桑的坚强。

他的名字叫阿里·本-迦南,是非法组织摩萨德·阿力亚·伯特最杰出的特工。

第三节

有人轻叩马克·帕克的房门,他打开门,凯瑟琳·弗里蒙特就静静地站在他的面前。她看起来比自己想象中更加迷人,他们默默地凝视着对方,长久无语。马克审视着基蒂,从她的面庞和眼神中,马克感受到了基蒂的成熟,还有那只有经历了痛苦的孕育才具有的温柔和富于同情。

"为什么不回信,我真恨不得拧断你的脖子。"马克说道。

"嗨，马克。"基蒂喃喃地答道。

他们扑向对方，紧紧地拥抱在一起，沉浸在幸福的对视、憨笑、抚摸及充满激情的热吻之中。

直到晚饭，他们才开始了久别重逢后的交谈，但马克很快意识到，多数时间都是他在讲述着自己作为外国通讯社记者的经历，而基蒂则一直在回避着关于她的个人话题。

最后一道奶酪点心上来后，马克干掉了他的凯欧啤酒。基蒂在他疑虑的目光下越来越显得不安，而沉闷的气氛开始令人感到尴尬。

"嗨，让我们去港口那边走走吧。"马克建议道。

"那我去拿条披肩。"

他们默默地沿着码头那一排排白色建筑走着，走上了防波堤，走向那矗立在狭窄港口尽头的灯塔。在乌云密布的海面上，停泊在锚地上的一条小船依稀可辨。灯塔上一闪一闪的灯光，指引着拖网渔船返回港口。一阵温柔的海风吹乱了基蒂的金发，她不由地拉紧了肩上的披肩。马克点了支香烟，在防波堤上坐下，四周一片寂静。

"我的出现好像让你很不开心，"他说道，"那我明天就可以走。"

"别走，"她看着海面对马克说，"在接到你的电报时我真的不知道是一种什么心情，它重启了我一直试图忘掉的对过去的回忆。我知道这一刻早晚会来……以一种令我不安的方式……很高兴它终于发生了。"

"汤姆已经阵亡四年了，难道你永远都不能摆脱噩梦。"

"女人在战争中失去她们的丈夫，"她喃喃道，"汤姆的阵亡让我感到悲痛欲绝，我们彼此太相爱了。我知道无论如何我要活下去，可我居然都没有搞清他是怎么死的。"

"没什么好说的，"马克解释道，"汤姆是名陆战队员，受命与其他上万名陆战队员一起攻占一个海滩；一发子弹打中了他，要了他的命，既不是英雄，也得不到勋章……甚至没有机会留下'我爱你，基蒂'的临终遗言。一枪毙命，就是这样。"

基蒂的脸色苍白，马克点了支烟递给她。"那为什么桑德拉也离我而去？为什么我的孩子也一定要死？"

"我不是上帝，回答不了你的问题。"

基蒂在马克身边坐下，将头倚靠在马克肩上，叹着气说道："这个世界已经没有我的位置了。"

"能告诉我是为什么吗？"

"我不能……"

"我想你现在应该让我知道都发生了什么？"

基蒂几次欲说又罢，口中断断续续地自言自语着，不堪回首的往事在内心深处已经封闭太久。她扔掉了香烟，转身看着马克：他是对的，在这个世界上，也只有马克才是她唯一可以信赖的朋友。

"在接到汤姆阵亡的电报时，我的情绪简直坏透了，你知道我是多么地爱他，但仅仅……仅仅两个月后，桑德拉又死于流行脑炎。我……我都记不起来那段经历了，后来父母将我带到佛蒙特州，寄宿在一个地方。"

"收容所？"

"不是……那是无家可归的穷人去的地方……我去的是精神病疗养院。不知道在那里待了多长时间，反正是什么也记不起来了，终日浑浑噩噩，经确诊，我患上了精神抑郁症。"

基蒂的语气突然稳定下来，长期折磨她的痛苦随着心扉的开启消失了。"有一天我清醒过来，意识到汤姆和桑德拉已经死了，怀着对他们挥之不去的思念，我立刻感受到一阵巨大的悲痛。他们的欢歌雀舞、他们的音容笑貌……甚至每当看到别人的孩子或想到只有自己还活着时，我都会感到心碎。我不停地祈祷……祈祷着，马克，希望我能够忘掉这一切。是的，我真的希望自己是个精神病人，能够忘记一切。"

她站起身，泪水顺着面颊流了下来。"后来，我跑到纽约，尝试着在人群中埋没自己。我租了一间家徒四壁的小屋，只有一张桌子、一把椅子、一盏摇曳不定的电灯，"她自嘲地笑了笑，"窗外那块霓虹灯广告与我相伴，很寒酸，是不是？我常常在街上毫无目的地闲逛到天黑，或者整天坐在窗前发呆。汤姆、桑德拉，桑德拉、汤姆……对他们的思念一直都挥之不去。"

基蒂感受到马克站到了她的身后，伸出双手紧紧地搂住她的双肩。海面上，那艘渔船渐渐驶近了港口，基蒂将脸贴在马克的手上，摩挲着。

　　"有一个晚上，我喝了很多酒。你知道我的酒量……我很爱喝酒。我遇见一个像汤姆那样穿着军装的男孩子，小平头，高身材，孤身一人……太像汤姆了，我们就坐在一起喝酒……醒来时，发现身处一个廉价肮脏的小饭店的房间里……天知道是在哪里。我尚未清醒，摇摇晃晃地走到镜子前，我看见自己全身赤裸，那个男孩子也是全身赤裸……伸着四肢躺在床上。"

　　"基蒂，不要再说了……"

　　"没什么，马克……让我说完。我站在那里，呆呆地凝视着镜子里的我……不知道过了多久，那一刻，我真是跌入了人生的谷底。那个男孩子仍然神志不清地躺在那里……陌生、怪怪的……我甚至不知道他叫什么。我长久地盯着他放在卫生间里的剃须刀，顺着天花板安装的煤气管道……俯看着十层楼下的人行走道；如果不是我还没有足够的勇气，我真想就此结束自己的生命。但就是那一刻，马克，奇迹发生了。当我意识到即使失去了汤姆和桑德拉，我也要活下去的时候，所有的痛苦都消失了。"

　　"基蒂，亲爱的，我一直在到处找你，我可以帮助你啊。"

　　"我知道，但我必须先战胜自己。我返回护理岗位，近乎疯狂地投入到日常工作，在欧战一结束，我就接手了这边的一个希腊孤儿院……这是个没黑没白的工作，我需要这样，要竭尽全力。马克……我给你写了上百封信，但又非常害怕我们相见的那一刻。现在好了，一切都过去了。"

　　"能找到你，我真的很高兴。"马克说道。

　　基蒂转过身面对着马克："……好了，关于发生在基蒂·弗里蒙特身上的故事讲完了。"

　　马克拉起她的手，两个人沿着防波堤返回码头。远处，从多美酒店方向，传来了悠扬的乐曲声。

第四节

布鲁斯·萨瑟兰德旅长作为塞浦路斯的最高军事长官，坐在距凯里尼亚四十英里外，位于法玛古斯塔的希波克拉底大街他的办公室的大写字台后面。如果不注意他微微凸起的腰腹和两鬓若隐若现的白发，很难从容貌上看出他已经是五十五岁的年龄，他严厉的外表清楚地表明他是名职业军人。随着短促的叩门声，他的副官弗瑞德·考德威尔少校走了进来。

"晚上好，考德威尔，是从凯里尼亚回来吗？坐吧。"萨瑟兰德推开办公桌上的文件，伸了伸腰，将眼镜放在了桌上。他从烟架上挑选了一支英国造烟斗，装上登喜路香型的雪茄烟丝，同时递给考德威尔一支雪茄，两个人开始吞烟吐雾。希腊男仆在铃声中出现在门口，

"两杯杜松子奎宁鸡尾酒。"

萨瑟兰德站起身，走向灯光。他穿着一件紫红色的休闲夹克，在高高的书架前坐进宽大的扶椅，"见到马克·帕克了？"

"是的，长官。"

"有什么发现？"

考德威尔耸耸肩，"表面上没有任何可以怀疑的地方，他是去巴勒斯坦上任路过这里……看望那个美国护士，凯瑟琳·弗里蒙特。"

"弗里蒙特？唔，那个我们在总督那里见到的可爱姑娘。"

"所以我说，长官，一切看起来都很清白……但帕克是个记者，另外，我无法原谅他在荷兰给我们制造的那个麻烦。"

"嗨，用不着大惊小怪，"萨瑟兰德制止道，"谁都会在战争中犯错，他不过是碰巧抓到了我们，幸运的是我们最终打赢了，所以我认为不会有人还记着那件事。"

希腊男仆送上了鸡尾酒，"干杯。"

萨瑟兰德放下酒杯，轻轻捋着他白色的胡须。弗瑞德·考德威尔看起来有些不悦。

"长官,"他坚持道,"如果帕克变得好奇并开始到处打听,你认为不应该对他监视吗?"

"我们还是不要惹他,对一个新闻记者说三道四无异于是在捅马蜂窝。难民问题已经不是新闻热点,我就不信他还会对这里的难民营感兴趣。如果对他的行动做出限制,反而要激起他的好奇心。你要问我的态度,我认为你今天就不应该去拜访他。"

"但是,旅长……想想在荷兰的麻烦……"

"弗瑞德,把棋盘拿来。"

每当萨瑟兰德称呼少校"弗瑞德"时,他们之间的谈话就意味着是结束了。考德威尔只好咽下不满,陪着旅长摆好了棋。开局后,萨瑟兰德看出他的副官仍然耿耿于怀,便放下烟斗,仰靠在扶椅上。

"考德威尔,我一直尽力想让你明白,我们在这里管理的决不是什么集中营。卡瑞勒斯的难民仅仅是暂时滞留在塞浦路斯,等待白厅的那些笨蛋对巴勒斯坦的托管做出最终决定。"

"但是那些犹太人实在很难管,"考德威尔答道,"我还是赞成一些有效的、铁腕式的传统管理方式。"

"不,弗瑞德,不能用在这里,那些人不是罪犯,何况世界是同情他们的。你我在这里的工作,是要确保不会出现骚乱、暴动,避免任何对我们不利的政治宣传,你明白吗?"

考德威尔无法理解这点,他固执地认为旅长应该对这些难民更强硬,遗憾的是上下级之间发生争论,上级总是对的,官大一级压死人,古来如此。考德威尔想到这里,无奈地走了一步棋。

"该你走了,长官。"他提醒说。

考德威尔将目光从棋盘转向他的旅长,萨瑟兰德正一脸茫然地发呆,这种现象最近越来越频繁地出现在他的身上。

"长官,该你走了。"考德威尔再次提醒他。

萨瑟兰德显然是遇到了麻烦,可怜的家伙,考德威尔想到。旅长和南迪·萨瑟兰德结婚近三十年,最近他的太太突然和一个比她小十岁的情人私奔去了巴黎。

几个月来，军中到处流传着这个丑闻，萨瑟兰德一定还在饱受困扰，这个打击对旅长是太沉重了。他过去一直是那种举止得体、沉稳大方的人，但近来萨瑟兰德白净的脸上出现了皱纹，鼻翼上的毛细血管越来越醒目，看上去确实有五十五岁，甚至显得更老一些。

布鲁斯·萨瑟兰德此时并非像考德威尔想象的在思念南迪，他在考虑卡瑞勒斯的难民营问题。

"该你走了，长官。"

"你们的敌人一定会灭亡吗，以色列……"萨瑟兰德自言自语道。

"你说什么，长官？"

第五节

马克拉着基蒂回到桌旁，都累得有些上气不接下气，"还记得我最后一次跳桑巴吗？"她问道。

"一个老女人还能跳成这样，真不错。"

马克环顾着四周，到处都是说着英国口音、身穿卡其布或海军白军装的英军陆海军军官，他很适应这种场合。侍者又送上了酒水，他拿起杯，和基蒂碰了一下：

"为基蒂……无论她在何方。"接着问道，"下一步打算去哪儿高就呢？"

基蒂耸耸肩，"天知道去哪儿，马克。我在萨洛尼卡的工作已经结束，但仍然不得安宁。根据他们的提议，我可以去联合国在欧洲的一些机构就职。"

"可怕的战争，"马克说道，"多少孤儿无家可归。"

"确实如此，"基蒂答道，"昨天我还得到一个不错的选择，但要继续留在塞浦路斯工作。"

"塞浦路斯？"

"法玛古斯塔周围有一些难民营,一位美国同行告诉我,这些营地已经人满为患,他们要在拉那卡路成立新的难民营,她希望我能够参与。"

马克皱着眉头表示疑义。

"今天就是去法玛古斯塔与她见面,这是我没能去机场接你的主要原因。"

"那你接受了她的邀请?"

"没有,他们是犹太人。犹太孩子和其他孩子之间应该没什么不同,但我考虑还是回避为好。那些难民营似乎牵涉太多政治,又没有联合国的庇护。"

马克默默地听着,陷入沉思。基蒂调皮地眨眨眼,伸出手指在马克鼻子下面晃晃,"别那么认真……想知道我为什么不能去机场接你的其他原因吗?"

"肯定又是喝得烂醉如泥。"

"我现在才是真的要醉了,帕克先生,其实我去法玛古斯塔是为了送我的男友,你看看我的魅力……一个情人刚刚乘船离去,另一个就从天而降了。"

"我当然清楚,只要你愿意……但这个勾引你到塞浦路斯来的家伙到底是谁?"

"真的想知道吗?"

"当然……"

"霍华德·海林斯,英军上校。"

"你们之间没什么新闻吧?"

"该死的,当然没有,他一本正经得让人心烦。"

"在哪儿遇到的这个家伙?"

"萨洛尼卡,他是当地驻军主要负责人。我刚接手孤儿院的工作时,几乎一无所有……床、毯子、食物、药品……什么都没有。我去找他,得到他的鼎力相助,我们成了非常好的朋友。"

"然后呢?这事听起来好像有点意思了。"

"几个星期前他接到赴巴勒斯坦上任的命令,正好要休假,就请我陪他一起过来了。你知道,我一直工作得很辛苦,差不多一年半了,从来没有休息过。总之,他的休假被终止了,所以今天只好去法玛古斯塔报到,然后坐船转赴巴勒斯坦。"

"有希望成为海林斯太太吗?"

基蒂摇摇头,"我是很喜欢他,他带我到塞浦路斯就是想找个合适的时机向我求婚……"

"结果呢?"

"我一直爱着汤姆,好像很难再移情别恋了。"

"你已经二十八了,基蒂,老得都可以退休了。"

"听天由命吧,反正现在的工作让我很充实。马克,你也要去巴勒斯坦,这边还有很多军人都要过去。"

"那边可能会有一场战争,基蒂。"

"为了什么……我不明白。"

"各种原因,今天的世界,人民要掌握自己的命运,殖民主义在本世纪已经成为过街老鼠,这里的那些家伙是秋后的蚂蚱——没几天蹦头了,一个崭新帝国的士兵应该是这样的。"马克说着,从口袋里掏出一张美元现钞,"我们携带着千百万这样的绿色士兵正高速开入世界的每个角落,这是一种前所未有的伟大力量,兵不血刃的征服……但巴勒斯坦……却是一个例外。基蒂,可能会发生一些耸人听闻的大事,有人要在那里复兴一个已经灭亡了两千年的国家,这不是天方夜谭嘛。更有甚者,我认为就是他们——那些和你打过交道、但你并不喜欢的犹太人——正在策划此事。"

"我可从没说过不喜欢犹太人。"基蒂反驳道。

"现在不是争论的时候,还是认真回忆一下,亲爱的……自从你到了塞浦路斯,听到或看到什么非同寻常的怪事吗?"

基蒂咬着嘴唇想了想,叹了口气:"好像只有难民是个问题,听说所有的难民营都人满为患,令人关注,但和你有什么关系?"

"我也不知道,反正是凭直觉感到塞浦路斯要出什么大事。"

"干嘛不说是职业习惯,是它让你伸着个鼻子到处乱闻呢?"

"绝对不是,你认识弗瑞德·考德威尔少校吗?他的身份是布鲁斯·萨瑟兰德旅长的副官。"

"一个无聊的家伙,我在总督那里见过他。"

"你回来之前他刚拜访过我,为什么身为一名将军的副官,在我抵达酒店十分钟后，就会为了些明显琐碎的小事跑来向我示好？基蒂，告诉你吧，英国佬一定对这边的什么事情感到紧张，我……我暂时还不能确定是什么，但如果打赌，我想十赔五是和那些难民营有关。你……你能否去那些难民营里为我工作几周？"

"当然，马克，听你的安排。"

"噢！见鬼，"马克说着，放下酒杯，"我们两个是在度假呀，你说得对，我确实是个大鼻子，是职业让我怀疑一切。算了，还是跳我们的舞吧。"

第六节

在法玛古斯塔的阿思诺斯大街，面对古城城墙，坐落着一幢巨大奢华的建筑，它属于一位希腊族的塞浦路斯人曼德里亚。曼德里亚是塞浦路斯地中海船运公司的老板，同时拥有岛上大量的出租车营运力量。此刻，他和大卫·本－阿米正在焦急地等待着阿里·本－迦南泗渡上岸后，赶快梳洗更衣完毕。

他们都清楚地意识到，阿里的出现，意味着摩萨德又要执行一项极端特殊的使命。多年以来，英国政府对犹太人移民巴勒斯坦采取排斥和限制的政策，并派出皇家海军保证政策的落实。摩萨德作为巴勒斯坦犹太人的一个组织，主要工作是策划和帮助所有愿意去巴勒斯坦的犹太人偷渡成功。通常情况下，只要英国海军扣留了那些试图越过封锁线的摩萨德船只，船上的难民立即就会被送到塞浦路斯收容。

阿里焕然一新地边走进房间，边向曼德里亚和大卫点点头。这个巴勒斯坦人不但身材高大，差不多有六英尺，而且体格匀称。他和本－阿米早就是非常好的朋友，不过当着曼德里亚的面，还是一副例行公事的样子。这个塞浦路斯人虽然是他们事业的支持者，但毕竟不是他们组织的成员。

阿里点上一支烟后，直入主题："总部派我过来是要组织这边收容所的难民大逃亡，原因不用解释了，你有什么想法，大卫？"

从耶路撒冷过来的这个瘦小的年轻人沉思着在房间里来回走着，他是几个月前，经巴勒斯坦地下犹太军事组织帕尔马赫的派遣，与其他几十名帕尔马赫成员，在英军的眼皮底下偷渡到这里难民营的，并在难民营里成立了学校、医院、教堂、卫生机构，甚至组织起了小型制造业的生产。被滞留在塞浦路斯的难民，因为不能继续前往巴勒斯坦，已经感到绝望，犹太军事组织帕尔马赫这些年轻人的出现，重新唤醒了他们的希望和凝聚力。大卫与其他帕尔马赫成员一道，以棍棒做枪械、石头做炸弹，在难民营中完成了对几千男男女女的军事训练。大卫只有二十二岁，但已是帕尔马赫在塞浦路斯的总指挥。英军即使风闻营地内有巴勒斯坦人活动，也是睁一眼，闭一眼。他们的职责仅仅是站岗放哨，只要人们在里面安静地待着，没有人愿意踏进这些充满莫名其妙仇恨的地方。

"这次准备策划多少人逃亡？"大卫问道。

"三百左右。"

大卫摇摇头，"我们挖了几条通向海边的地道，你今晚过来时应该体会到潮水的厉害，不是游泳好手肯定不行。另外，我们在营地之间的活动是通过运送垃圾的车辆，英军对此监管不严，但无论如何不可能把那么多人运来运去。还有就是英军制服和伪造证件……困难很大，每次只能进进出出几个人。最后，我们通常是将我们的人打包在箱子里运到港口，曼德里亚先生在这里有一家船运公司，他和他在码头那边的帮手负责这些箱子的安全。目前这个时候，阿里，我看搞什么集体大逃亡根本没有可能。"

"会有办法的，"本－迦南坚定地说道，"但我们只有两周时间用来完成这个任务。"

曼德里亚叹了口气，站起身，脑袋像拨浪鼓一样摇着，"本－迦南先生，今晚你泅渡过来，就是要我们完成一件不可思议的事情……而且才短短两个星期。是的，在这里，"曼德里亚说着，拍拍自己的胸膛，"我有决心保证它一定能够完成，但是……在这儿"——他用食指点着他的脑袋，"理智又告诉我们这是绝对不可能的。"希腊人说完，将手背到身后，开始在餐厅里走来走去。"相信我，本－迦南先生，"他突然转过身，夸张地挥动着手臂，"塞浦路斯的希腊人是值得你们帕尔马赫和摩萨德依赖的，不管什么情况下，我们都会支持你们，和你们在一起，是你们的坚强后盾，直到流尽最后一滴鲜血！但塞浦路斯是个小岛，四面环水，而英国人并非愚蠢，也没有睡觉，即使我曼德里亚竭尽全力，你们还是不可能从卡瑞勒斯一下就带走三百人。那些营地四周全是十英尺高的铁丝网，还有巡逻卫兵……都是荷枪实弹，严阵以待啊。"

身材高大的阿里猛地站了起来，并未在意曼德里亚的夸张，"明天一早给我准备一套英军制服、相关证件和一名司机。曼德里亚先生，你去安排一条一百到二百吨排水量的船，大卫，我们必须找到一名伪造证件的行家。"

"青少年营地有个小伙子号称是位真正的艺术家，但他一直不肯合作，除此之外，其他要办的事情相对简单一些。"

"明天我就去卡瑞勒斯找他，反正我要去难民营转转。"

阿里的雷厉风行，让曼德里亚坐不住了：你去负责一条船、他去安排一位仿造行家、给我准备一套制服和一名司机。自从摩萨德和帕尔马赫出现在塞浦路斯，生活立刻变得丰富多彩，作为与英国人玩的这场猫捉老鼠的游戏中的一员，他感到异常兴奋。他站起身，拍着阿里的手说："我们塞浦路斯人将和你们站在一起，你们的斗争就是我们的斗争。"

本-迦南看着曼德里亚，有些厌烦，"曼德里亚先生，"他说道，"你将为你付出的时间和精力获得丰厚的回报。"

曼德里亚立刻变得脸色惨白，屋里一阵沉默，"你认为……怎么敢认为，先生，我曼德里亚是为钱做这件事情？难道我会为钱去冒十年大狱和被逐出家门的风险吗？自从我和帕尔马赫合作以来，已经损失了五千英镑啊。"

大卫很快插嘴道，"我认为你最好向曼德里亚先生道歉，他和他的出租车司机们，还有码头那边的帮手都承担了很多风险，没有希腊人民的帮助，我们的工作几乎不可能有进展。"

曼德里亚显然受到了深深的伤害，他跌坐进扶椅，"本-迦南先生，你们的事业真的很令人钦佩，如果英国人能被赶出巴勒斯坦，毫无疑问，那他们也将会被赶出塞浦路斯。"

"很抱歉，曼德里亚先生，"阿里机械地重复着歉意，"我想我一定是有些神经过敏了。"

外面尖利的警报声打断了他们的交谈，曼德里亚打开通向阳台的法式大门，和大卫走出房间，阿里跟在他们身后。一队卡车，在架着机关枪的装甲车和吉普车的簇拥下，从码头驶上了大街。

卡车上挤满了从非法偷渡船——希望之门上押解过来的难民，这艘从意大利开往巴勒斯坦的船，试图穿越英军封锁线，途中遭一艘英军驱逐舰拦截，拖到海法，船上的难民立刻被移送到了塞浦路斯。

车队离曼德里亚家的阳台越来越近，警笛声也越发刺耳。卡车一辆接一辆从身边经过，三个人清楚地看到了那些衣衫褴褛、憔悴不堪的难民拥挤在车上的悲惨景象：个个毫无生气，处在死亡线上，呆滞、委靡、精疲力竭。警笛声尖叫着，车队沿着古城墙的正门转了个弯，驶上了通往萨拉米斯的大路，那是英军设在卡瑞勒斯的收容所的方向。车队逐渐从视线中消失，但刺耳的警笛声依然在空中回荡。

大卫紧握双拳、咬紧牙关、脸色铁青、满腔的悲愤与无奈，曼德里亚忍不住号啕大哭，只有阿里面无表情，三个人转身回到房内。

"我想你们之间还有很多要聊，"曼德里亚抽泣着说道，"希望你对这里的条件能够满意，本－迦南先生。明天一早，你要的军装、证件、出租车都会准备好，晚安。"

曼德里亚刚一离开，大卫和阿里就扑向对方，高大的阿里像抱孩子似的将瘦小的大卫抱起来又放下。他们互相打量着，一遍又一遍，对对方看起来还好表示欣慰，然后再次拥抱在一起。

"卓妲娜！"大卫着急地问道，"你出发前见到她了吗？她有没有托你带信来？"

阿里摸着下巴戏谑着，"让我想想……"

"别闹了，阿里……我已经几个月没接到她的信了……"

阿里叹了口气，刚摸出一封信，就被大卫一把抢走。"我把它装在一个橡胶口袋里，这是今晚下水前我唯一重视的一件事，如果这封该死的信被弄湿了，你还不拧断我的脖子？"

大卫已经顾不上他在说什么，斜对着灯光，逐字逐句地咀嚼着信中一个姑娘对她爱人的思念和渴望。他轻轻地叠好信，小心翼翼地放进贴身内衣口袋，准备将来慢慢品读，也许又要等好几个月才能接到她的下一封信。"她还好吗？"大卫问道。

"真不明白我妹妹看上你什么了？卓姐娜？还是老样子，一个迷人的野丫头，还是那样爱着你。"

"我父母怎么样……兄弟们呢……还有帕尔马赫那帮家伙……什么新闻……"

"等等，等一下，我又不是马上就走，一个一个问好不好？"

大卫拿出信又读了一遍，两个人没有再说话。他们默默地凝视着马路对面的古城墙，"家里都好吗？"大卫小声问道。

"家里？和过去一样。爆炸、枪击，就像我们童年时每天都发生的那样，从来没有改变过。我们年复一年地面临着生存危机——躲过初一躲不过十五，生活对我们就是这样。"阿里说道，"总之，这一次是要以一场战争来做结论了。"说着，他把手搭在他的小朋友肩上，称赞道："你在卡瑞勒斯这边和难民们的所作所为真他妈让人自豪。"

"我不过是在尽力而为，用扫帚把做军训器材纯属无奈之举，巴勒斯坦对这边的难民是个远在千里之外的地方，他们感受不到希望。阿里……我认为你不应该对曼德里亚再怀有敌意，他是我们非常好的一个朋友。"

"我就是受不了别人摆出一副施舍的样子，大卫。"

"但没有他和希腊人民的帮助，我们的工作就没有保障。"

"千万不要被世上像曼德里亚这样的人迷惑，他们面对我们成百上千万惨遭杀戮的同胞，流下的不过是鳄鱼的眼泪。他们可以在口头上同情我们，但到了关键时刻，我们只有依靠自己。曼德里亚会像其他人一样出卖我们，就如历史重演，我们将再次被钉上十字架。你一定要记住，除了我们自己的人民，我们没有朋友。"

"你说得不对。"大卫反驳道。

"大卫，大卫，我与摩萨德和帕尔马赫的渊源连我自己都搞不清楚，你还年轻，这次是你第一次担当重任，千万不能让感情误导了你的理智。"

"我也不想让感情误导理智，"大卫答道，"可每当看见刚才那一幕，我都感到怒火中烧，我们的同胞就像被关在囚笼里的动物。"

"要学会运用斗争策略，"阿里谆谆地教诲着，"我们必须要保持清醒的头脑，不管面对成功还是失败，一定要冷静，始终如一。"

微风中依然夹带着依稀可辨的警笛声，年轻的大卫点上一支烟，站在那里沉思了片刻，"我深信，"他严肃地说道，"我正在为始于四千年前的一个古老传说即将揭开的新的一章而奋斗。"他转过身，面对着他高大的朋友，显得异常激动，"你看，阿里，就说今晚你登陆的地方吧，那里曾经**矗**立着一座古老的城市——萨拉米斯，公元1世纪的巴尔科克巴起义就是从那里开始的。是他，将罗马人从我们的国土上赶了出去，重建了犹太王国。拘留营的附近有一座被称之为'犹太人之桥'的小桥，它已经存在了两千年，这些历史和现实依然历历在目。就在这片两千年前与罗马帝国战斗过的土地上，我们今天正在与大英帝国进行着殊死的较量。"

阿里站在那里，看起来要比大卫高出一头——微笑地看着这个年轻人，就像父亲看着他易于冲动的儿子。"我来补充完这个故事吧：巴尔科克巴起义后，罗马军团又杀了回来，屠城和杀戮连绵不断，发生在贝塔的决战，由于太多的妇女、儿童惨遭屠杀，被鲜血染红的河水，足足流淌了一英里。著名起义将领阿吉瓦被活活剥皮处死，而巴尔科克巴身披镣铐被扔进了罗马的狮笼，还有领导另一场起义的巴尔吉拉也被喂了狮子；总之，像这样的起义数不胜数，在《圣经》里，还有我们的历史传说中，都有大量的记载，随处可见。但今天我们所献身的事业，完全是一部真实的故事，遗憾的是我们不能像约书亚那样让太阳停止转动，让城墙在啸声中坍塌；我们更做不到让英国军队的坦克像迦南人的战车那样深陷泥沼，让浩瀚的大海像淹没法老王的大军那样淹没英国海军的战舰；奇迹辈出的时代已经一去不返，大卫。"

"奇迹一定还会出现，我们旺盛的生命力本身就是一个奇迹。古罗马、古希腊，还有希特勒都已经灭亡，但我们依然存在；历史证明了我们的生命力，因此在与大英帝国的较量中，我们一定能够胜利。这难道不是奇迹吗，阿里？"

"好了，大卫，我非常了解什么是犹太人的特点，那就是善于狡辩，睡觉吧。"

第七节

"该你走了,长官。"弗瑞德·考德威尔再一次提醒道。

"噢,抱歉。"萨瑟兰德旅长研究了一下棋局,向前走了一步兵,考德威尔跟着出了一步车,萨瑟兰德迎头对车,"怎么灭了。"他嘟囔着看了看烟斗,又重新点上。

刺耳的警笛声,由远而近,让两人抬起了头。萨瑟兰德看看墙上的挂钟,一定是那艘叫"希望之门"的偷渡船上的难民被押送过来了。

"希望之门、犹太之门、希望之乡、大卫之星,"考德威尔不屑地一一列举着,"总之,他们确实给那些偷渡船起了些绚丽的称谓。"

萨瑟兰德的眉头皱了皱,他在考虑下一步棋该怎么走,但警笛声已经不绝于耳。尽管他的目光盯在象牙棋子上,脑海里却在想象着押解车队上挤作一团的那张张饱经风霜的脸,以及包围着他们的机关枪和装甲车。"如果你不介意,考德威尔,我想休息了。"

"你不舒服吗,长官?"

"没有,晚安。"他站起身,很快走进自己的卧室,关上门,解开休闲夹克。尖叫的警笛声变得不能容忍,他重重地关上窗户,希望阻断噪声,但还是不能如愿。

布鲁斯·萨瑟兰德站在镜子前,奇怪今天是怎么了?萨瑟兰德出身世家萨瑟兰德山庄,辉煌的生涯源于辉煌世家的生涯,就像英格兰自己的成长轨迹。

但最近几周在塞浦路斯发生了一些让他感到痛苦的事情,他站在镜子前,凝视着自己潮湿的双眼,极力想搞清楚事情的起源。

萨瑟兰德——根据伊顿公学同学录的评价:绝对是一位优秀的团队成员、体面的绅士、出身名门、受过良好的教育、前途无量。

难道是军旅生涯出了问题?应该不会。布鲁斯,你这个老家伙怎么能怀疑这一点?我们萨瑟兰德家族几个世纪以来都是军门世家呀。

婚姻有问题吗?与阿什登上校的女儿南迪·阿什登的结合应该是个明智之举呀。作为配偶她具有高贵的血统,作为女人她是个贤惠的主妇,并常常在高人指点下辅佐你成就大业,这是在阿什登家族和萨瑟兰德家族之间非常完美的组合啊。

那是什么地方出了问题呢？萨瑟兰德感到费解。南迪为他生了两个可爱的孩子：儿子艾伯特已经成为一个真正的萨瑟兰德家族传人，以连长之职服役于他老爸曾经指挥过的那个团，女儿玛撒的婚姻也是令世人羡慕。

布鲁斯·萨瑟兰德打开衣柜，换上睡衣，拍拍肚子上的赘肉；对一个已经五十五岁的人来说还不算太坏，他尽可以充分地享受生活。

与和平时期缓慢枯燥的晋职相比，萨瑟兰德的官运在"二战"期间飞黄腾达。他曾服役于印度、香港、新加坡，然后来到中东，经过战争的考验，证明了自己是一名出色的步兵团团长，在"二战"结束的那天，他晋升为旅长。

他换上拖鞋，缓缓地坐进宽大的摇椅，将灯光调弱后，又陷入了对往事的回忆。

南迪一直是一位传统的贤妻良母，优秀的家庭主妇，是为帝国军人四海为家所生的那种标准的随军家属，萨瑟兰德长久以来对此深感庆幸。但夫妻之间是何时出现裂痕的呢？他回忆着，应该是始于几年前的新加坡。

那时他还只是一名少校，初见有着橄榄肤色的欧亚混血姑娘玛芮娜时，就感到她是为爱所生。每个男人在内心深处都梦想着有一位像玛芮娜那样的姑娘陪伴，而萨瑟兰德却梦想成真。欢乐、欲火、泪水、激情，每当与玛芮娜在一起，他就如同沸腾的火山，随时准备爆发。他开始变得神魂颠倒，终日疯狂地思念着她，甚至会因吃醋而失态，然后在她面前哭泣着乞求原谅。玛芮娜……玛芮娜……漆黑的眼睛、乌黑的头发，她既是魔鬼，又是天使，透过那宝贵难忘的幽会，让他体验到了从未经历过的绚烂人生的顶点……

他用手梳理着她的乌发，然后捧起她的脸，盯着她湿润性感的红唇……"我爱你，你这个婊子……但我就是爱你。"

"我也爱你，布鲁斯。"玛芮娜轻轻地答道。

……布鲁斯·萨瑟兰德清楚地记得，当南迪面对他的不轨行为时，所受到的强烈打击和伤害。

"这件事对我的伤害太大了，"南迪强忍泪水说道，"但我将尽可能原谅并忘掉它，我们要考虑孩子、你的前途……还有我们的家族。让我们一起努力摆脱它，但你必须保证不再去找那个女人；另外，你要立刻申请调离新加坡。"

那个女人——你居然称呼她为"那个女人"，布鲁斯愤愤地想着——是我的爱，我的生命，她给予我的，是你，或一千个你这样的女人都不曾并永远也做不到的，是任何一个男人都无法想象的。

"现在就给我一个答复，布鲁斯。"

答复？能有什么答复？你可以随时找个像玛芮娜那样的姑娘过上一夜，行鱼水之欢，可那并非真实的玛芮娜，世上只有一个玛芮娜，属于一个男人……终生属于他一个人。答复？我能够为了一个欧亚混血姑娘而抛弃我的事业吗？难道真的有勇气给萨瑟兰德家族的名声带来丑闻？

"我保证不再去看她。"布鲁斯·萨瑟兰德终于做出了承诺。

从此，布鲁斯·萨瑟兰德再没有去找过她，但也从未忘记她，或许这就是他人生转折的开始。

警笛声逐渐远去，萨瑟兰德想，押解车队一定很快就要抵达卡瑞勒斯，一旦警笛声消失，他就可以入睡了。他开始考虑四五年后的退役生活。坐落在萨瑟兰德山庄的家显然过于庞大，最好是去乡村建一处小别墅，养上一对优秀的塞特猎狗，收集到所有玫瑰花种植手册，再盖一座自己喜欢的图书馆，另外一定要在伦敦加入一家高档俱乐部。艾伯特、玛撒，还有小孙子们，大家在一起，天伦之乐，那可真是一个幸福的晚年生活，也许……也许还应该再找一个家庭主妇。

眼看就要退休了，他居然在和南迪近三十年的婚姻后失去了她，这种感觉毕竟有些怪怪的。多年的夫妻生活，她一直表现得很内向、文静、端庄，但就在他和玛芮娜的事情败露后，她一反常态地变得好动。突然有一天，南迪近乎疯狂地表示出要在有生之年做一个真正的女人——她和一个比她小十岁的吉卜赛小子私奔去了巴黎。所有的人都很同情萨瑟兰德，可他自己并未觉得有什么不好。他和南迪已经多年没有同居，相互之间几乎失去了感情，她可以投向任何人的怀抱，这不会让他特别介意。或许再过两天应该把她找回来……或再找一个新的家庭主妇是个更好的选择。

押解车队的警笛声终于消失了，屋内一片寂静，静得只能听见海边浪涛拍打海岸的沙沙声。布鲁斯·萨瑟兰德推开窗户,享受着11月里凉爽的清新空气,然后转身走进卫生间,梳洗后将假牙放进了盛有消毒水的玻璃杯。真他妈惭愧,他看着那四颗假牙,这是四十年前一场橄榄球赛后的纪念。他仔细地检查了其他牙齿,满意地发现它们都还完好无损。

他打开药箱,在一排排的药瓶中挑出一瓶安眠药,加了双倍溶剂调试好,近来他的睡眠好像出了问题。

服药后他开始感觉心跳加快,立刻意识到自己又要经历另一个可怕的夜晚。在试图制止和摒弃那些逐渐出现在脑海中的怪念头变得无望后,他将自己蜷缩在床上,祈祷着能够尽快入睡,遗憾的是那些怪念头已经开始在脑海中盘旋……

……卑尔根-贝尔森……卑尔根-贝尔森……纽伦堡……纽伦堡……

"请出庭并报出你的姓名。"

"布鲁斯·萨瑟兰德,陆军准将,司令官……"

"请用自己的语言陈述……"

"我的部队于4月15日黄昏五点二十分进入卑尔根-贝尔森。"

"用你自己的话陈述……"

"一号集中营圈出的范围是一英里长、四百码宽,里面囚禁着八万人,其中主要是匈牙利和波兰的犹太人。"

"用你自己的话陈述……"

"一号集中营每周的配给是一万块面包。"

"请提供证据……"

"遵命,这些是拷问犯人时使用的睾丸粉碎机和拇指夹具……"

"请陈述……"

"我们的调查表明,一号集中营有三万人遇难,其中有将近一万五千具尸体就散乱在营地里,活下来的人里有二万八千名女性和一万二千名男性。"

"陈述……"

"我们尽全力抢救,但生存者由于受到致命的伤害和患病,又有一万三千人在我们抵达后的十五天内死去。"

"陈述……"

"由于生存条件极端恶劣，在我们刚抵达集中营时，发现活着的人正在以尸体为生。"

布鲁斯·萨瑟兰德在纽伦堡战争法庭完成他的见证后，即接到紧急通知立即返回伦敦。通知是他在战时指挥部的一位挚友克拉伦斯·特夫·布朗男爵发来的，萨瑟兰德感到这件事一定非同寻常。

接到通知的第二天，萨瑟兰德飞回了伦敦，并立即前往坐落在白厅和大苏格兰场拐角的那座巨大、丑陋的畸形建筑报到，那里是英国战时指挥部的所在地。

"布鲁斯，布鲁斯，快进来，快进来。你这个家伙，真高兴见到你。我一直在关注着你在纽伦堡审判的作证，那可不是个好差事。"

"很高兴它终于结束了。"萨瑟兰德答道。

"你和南迪之间发生的事情真令人遗憾，有什么要我帮忙的吗……"

萨瑟兰德摇摇头。

特夫·布朗寒暄后开始解释要求他来伦敦的原因："布鲁斯，"他说道，"我招你回来是因为有个不错的差事，我必须对此提出人选，而我很想推荐你，所以想先找你谈谈。"

"洗耳恭听，克拉伦斯男爵。"

"布鲁斯，那些逃离欧洲的犹太人已经造成了很大的麻烦，他们像潮水一样涌进巴勒斯坦，很明显，阿拉伯人对托管地与日俱增的犹太人口开始感到焦虑。我们的政府决定在塞浦路斯设一些拘留营暂时收容这些人，至少作为权宜之计，直到白厅最终对如何处理巴勒斯坦的托管权问题做出决定。"

"我明白了。"萨瑟兰德轻声应道。

特夫·布朗接着说道："这件事很敏感，所以处理起来需要很高的智慧。目前，几乎没有人愿意出面管理那样一群经历了长期蹂躏和压抑的难民，特别需要提出的是……他们得到了各方极大的同情，尤其是法国和美国。在塞浦路斯的行事一定要低调，我们不想看到任何对我们不利的舆论出现。"

萨瑟兰德走到窗口，凝视着窗外的泰晤士河，以及行驶在滑铁卢大桥上的双层巴士，"我想这是个很糟糕的权宜之计。"他说道。

"这事不由你我来定，布鲁斯，白厅才是当家人，我们不过是个执行者罢了。"

萨瑟兰德眼光依然凝视着窗外，"我见过那些在卑尔根-贝尔森的幸存者，肯定就是他们那样的人正在设法进入巴勒斯坦。"他回到他的座椅上，"三十年来，我们一次又一次地撕毁了对他们返回巴勒斯坦的承诺。"

"谈到这点，布鲁斯，"特夫·布朗说道，"你我两人倒是心知肚明，但我们毕竟只是少数。我们两个都曾服役于中东，伙计，有些情况可以透露给你。战时就在这张办公桌上，我经手了一份又一份关于阿拉伯背叛倒戈的报告：埃及总长向德国人出卖机密、开罗倾城出动将隆美尔作为解放者给以夹道欢迎、伊拉克人倒向了德国佬、叙利亚也不例外、耶路撒冷的便衣成了纳粹的侦探，诸如此类的报告数不胜数。但你必须站在白厅一边看待此事，布鲁斯，为了我们在整个中东地区的威望及权力，我们不能为区区几千名犹太人去冒风险。"

萨瑟兰德叹了口气，"这正是我们最大的悲剧，克拉伦斯男爵，不管我们怎么做，我们都将失去中东。"

"你太多虑了，布鲁斯。"

"应该讲是非嘛，难道你不明白？"

克拉伦斯·特夫·布朗男爵的嘴角抽动了一下，无奈地摇摇头："我一生几乎没有学到什么，但我学到了一点，就是外交政策中的是是非非，其实其他领域都是一样，即：国家利益不能以是非做评判，谁是谁非不是你我争论的问题，关心正义的王国仅在天上，人间的王国只关心石油，而阿拉伯人就拥有石油。"

布鲁斯·萨瑟兰德感到无言以对，只好重复着："只有天上的王国关注正义，人间的王国只关心石油，你确实悟到了真谛，克拉伦斯男爵。生命本身似乎就是按照这个逻辑运行的，包括我们……所有的人……世界各国，都是以需要而非事实来维持生存的。"

特夫·布朗向前倾了倾身，"上帝出于某些原因，赋予了我们去管理一个帝国的重任……"

"所以我们也不必去深究这是为什么，"萨瑟兰德轻声附和着，"但我似乎很难忘掉那些奴隶市场，以及第一次应邀亲眼目睹一个人因为盗窃而被砍去双手的情景；此外，我就是忘不了在卑尔根-贝尔森的那些犹太幸存者。"

"身为一名军人,绝不能过于好心和善良,总之,我不会强迫你接受塞浦路斯的这个职位。"

"我接受,当然接受,但我能否知道为什么选择了我?"

"历史上我们一直在偏袒阿拉伯人,因此我们中间很多家伙都难免深受影响,而军人的天职又必须服从政治。我可不想让派去塞浦路斯的人做出激怒那些难民的蠢事,否则会有更多的人对他们表示同情,到那时,问题就真的变大了。"

萨瑟兰德提高嗓音说道:"有时我经常在想,身为一个英国人受到的诅咒与身为一个犹太人没什么两样。"

萨瑟兰德接受了赴塞浦路斯的任命,但内心深处充满了不安,他担心特夫·布朗发现了他的半个犹太人血统。

就是那个决定,那个一念之差,现在开始让他饱受折磨。

自从接受任命,他即转从《圣经》寻找心灵的安慰,失去心爱的姑娘以及与南迪反目成仇后的岁月,都似乎使他越来越渴望得到心灵上的宁静。一个像他这样的军人,通过《圣经》了解了有关约书亚、吉狄恩、约押等指挥过的伟大战役,以及那些杰出女性的故事——鲁思、以斯帖、萨拉……还有底波拉等之后,不禁眼前一亮。底波拉——就像烈女贞德——是她的人民的拯救者。

他记起在读到"醒醒,底波拉,醒醒"时所感受到的冲击。

他的母亲黛博拉就是这样的女性。

黛博拉·戴维斯是一个难得的漂亮女人,因此海洛德·萨瑟兰德被她的迷人所倾倒并不让人意外。为了追求漂亮的女主角黛博拉·戴维斯,他连续观看了十五场《抛弃温存》,萨瑟兰德家庭成员则以宽容的态度,对他擅自送花和礼物的行为报以善意的一笑:这不过是年轻人的冲动,一切都会过去的。

当发现海洛德·萨瑟兰德对黛博拉·戴维斯越来越痴迷的时候,整个家庭决定不再置身事外,在黛博拉公然拒绝了前往萨瑟兰德山庄面见全体家人的要求后,海洛德的父亲埃德加男爵专程前往伦敦去见这个让人诧异的年轻姑娘。黛博拉的聪明和智慧犹如她的美貌,埃德加男爵在不知不觉中被征服了。

埃德加男爵当即决定支持儿子的选择,毕竟,这个家族是个被公认具有追求女演员传统的家族。在萨瑟兰德家族漫长的家族史中,一些女演员成为这个家族地位显赫的女主人。

但是，黛博拉·戴维斯是个犹太人，这个问题显然很棘手，不过当她同意在英格兰的教堂举行婚礼后，一切就都迎刃而解了。

海洛德和黛博拉生育了三个孩子，他们是女儿玛莉、喜怒无常和玩世不恭的亚当，还有就是布鲁斯。布鲁斯是老大，也是黛博拉最宠爱的孩子。他与母亲的关系非常亲密，尽管如此，母亲从未对他讲述过自己的童年，以及关于她父母的情况。布鲁斯所了解的仅仅是她出身贫寒，并私自选择了演员这个职业。

时间一年一年过去，布鲁斯开始了他的军旅生涯，并与南迪·阿什登成婚，有了艾伯特和玛撒，老海洛德·萨瑟兰德过世后，黛博拉也步入了她的晚年。

布鲁斯清楚地记得那一天，他带着南迪和孩子们回到萨瑟兰德山庄。黛博拉通常总是会在花园或琴房等待他们的到来，然后一一互致问候，脸上总是洋溢着慈祥幸福的笑容。但那一天，当他驱车抵达萨瑟兰德山庄时，却不见黛博拉像往常那样迎接他们，到处都见不到她的身影，直到后来，他才发现她一个人静静地坐在自己昏暗的书房里。母亲的反常令他吃惊，她坐在那里犹如一尊雕像，面对着墙壁，全然忘却了周围的一切。

布鲁斯轻轻在她面颊上亲了一下，半跪在她的身边问道："母亲，出什么事了？"

她转过身，喃喃地说道："今天是个赎罪的日子——犹太人的赎罪日。"

她的话让布鲁斯顿时从心底生出一股寒意。

在与南迪和妹妹玛莉交换看法后，他们一致认为自从父亲去世后，母亲太孤独了，一个人住在这么大的山庄更显得冷清，她应该去伦敦找一处离玛莉家近一点的公寓。显然他们都忽略了一个事实，母亲虽然还像过去一样漂亮，但确实是老了。

之后，布鲁斯带着南迪去中东赴任。玛莉在来信中透露，母亲一切很好，黛博拉的来信，对搬到伦敦在玛莉家附近居住也感到满意。

当布鲁斯返回英格兰时，发现情况并非如此。母亲已经是七十高龄的老人，逐渐变得老态龙钟，行为举止也越来越怪僻，玛莉对此看起来有些不知所措。黛博拉开始对最近发生的事情显得健忘，但却常常语无伦次地叨叨着五十年前的往事，由于她从未对玛莉述说过自己的童年，她所叨叨的事情吓坏了玛莉，使她对母亲的奇怪举止显得异常神经过敏。

玛莉很高兴布鲁斯能够回来，他是长子，是母亲的钟爱，还能处事不乱。那天，布鲁斯陪母亲出去，沿着一条奇怪的小路，来到了一个犹太人聚会的白色教堂。

经过认真思考，他决定顺其自然，母亲已经是个老人，要她断绝重温五十年前的经历是残酷的，现在最好还是静观其变。

黛博拉活到了七十五岁，临终前，布鲁斯赶回英格兰。

衰弱的黛博拉欣慰地看着坐在病榻前的儿子，"你现在是陆军上校了……看起来精神不错……布鲁斯，我的孩子……我的时间不多了……"

"不要说这些，母亲，你很快就可以康复。"

"用不着安慰我，有些事情必须让你知道。那时候我非常爱你的父亲，想做他的妻子，……做萨瑟兰德山庄的女主人，结果犯了个可怕的错误，我否定了我的民族，远离他们一生，现在我想回到他们中间去，布鲁斯……答应我，把我和我的父母葬在一起……"

"我答应你，母亲。"

"我的父亲……你的外公……你从未见过的外公，在我很小的时候，常常把我抱在腿上，轻轻地哼着'醒醒，黛博拉，醒醒，黛博拉……'"

这是黛博拉临终前说过的最后一句话。

布鲁斯·萨瑟兰德呆呆地坐在失去生命的母亲身边，陷入了巨大的悲恸和忧伤。当从悲恸中清醒过来，他又感到一阵疑虑和焦躁：一定要兑现对一个垂死老人的承诺吗？一个他不得不做出的承诺？如果不能兑现，是否就违背了他一贯遵循的诚信准则呢？难道黛博拉·萨瑟兰德的意识在过去几年真的出了问题吗？她一生都不曾做过犹太女人，为什么死后要这样呢？黛博拉是萨瑟兰德的家族成员，这一点毫无疑问。

如果布鲁斯真的将母亲葬在伦敦犹太人贫民区里那个破旧不堪的墓地里，会有什么样的丑闻？母亲已经去世，但活着的人——南迪、艾伯特、玛撒、玛撒的家庭，还有亚当都会受到伤害，必须考虑活着的人的感受。

他亲了亲母亲，向她告别后走出病房，做出了自己的决定。

黛博拉被安葬在了萨瑟兰德山庄的家族墓地，长眠在那里。

尖利的警笛声又响起来！

那是来自于押运难民车队的警笛声！它刺耳的尖叫，越来越响，震耳欲聋；卑尔根－贝尔森……玛芮娜……南迪……囚车……卡瑞勒斯的难民营……对母亲的承诺……

一声巨大的响雷震撼了他的住所，大海变得疯狂，海浪开始吞噬着海岸。萨瑟兰德蹬开被子，喝醉一样在屋里跌跌撞撞地摸索到窗前，愕然地凝视着窗外：电闪雷鸣中，狂暴的海浪正在渐渐涌向他的面前。

"上帝……上帝啊……为什么？"

"萨瑟兰德将军、萨瑟兰德将军，醒醒，长官，醒醒。"

当地的希腊男仆惊慌地摇动着他。

萨瑟兰德睁开双眼，显得有些狼狈。他深深地喘了口气，感到心跳得很痛，全身都被汗水湿透了，男仆很快送上一杯白兰地。

他看看窗外——寂静的夜晚，海面一片平静，浪花轻柔地拍打着沙滩。

"我很好，"他对男仆说着，"没什么……"

"你确认很好吗？"

"是的。"

男仆离开后关上了门。

布鲁斯·萨瑟兰德颓然地坐进扶椅，将脸埋入双手，哭泣着一遍遍低声自语道，"……一定是我的母亲在天国对我有什么托付……一定是……"

第八节

布鲁斯·萨瑟兰德将军那天度过了一个该死的不眠之夜；

塞浦路斯人曼德里亚在沮丧、不安之后还是做了个好梦；

马克·帕克终于了却心事后酣然入睡；

基蒂·弗里蒙特已经多年没有享受过如此平静的睡眠；

大卫·本－阿米是在熟读卓妲娜的来信后进入梦乡。

只有阿里·本－迦南毫无睡意，这样的奢侈目前不属于他。需要了解的情况很多，时间很紧，他只好整夜都趴在地图上，还要阅读大量有关塞浦路斯情况和英军部署的文件，以及帕尔马赫的工作汇报。他一支接一支地抽着香烟、一杯接一杯地喝着咖啡，直到最终看完那堆积如山的材料，才感到一阵轻松和成竹在胸。

巴勒斯坦犹太人的谍报能力一直让英国人感到惊讶，原因很简单——世界各地的犹太人，都可能是摩萨德潜在的情报来源，这就是犹太人的优势。

清晨来临，阿里叫醒了大卫，匆匆吃完早饭，坐上曼德里亚派来的出租车，驶上了去卡瑞勒斯难民营的道路。

难民营绵延数英里，簇拥着海湾，坐落在法玛古斯塔和萨拉米斯遗址之间。营地周边的垃圾场是难民们和塞浦路斯人的交流场所，英军对这里的防守相对松懈，以至于它们发展成了交易中心，皮货和营地内制作的工艺品可以拿到这里换取面包和服装。大卫带着阿里穿过垃圾场，当地希腊人和犹太难民的早市易货交易正在进行，从这里，他们进入了一号难民营。

阿里停下脚步，打量着那连绵不断的铁丝网。虽然已经进入11月，炎热的气温在不时卷起的沙尘下仍然让人感到窒息。一片片营地中，数不清的帐篷沿着海湾伸展着，搭建在低矮的阿拉伯橡胶树旁。每个营地周围都是十至十二英尺高的铁丝网，四周的瞭望塔上，是架着机枪的英军士兵。一只枯瘦如柴的狗跑过来，身上刷着英国外交大臣"伯文"的名字，以便随时可以得到难民们的问候。

所有营地的情况都大同小异：挤满了悲惨而激愤的人群、身穿用帐篷内衬布料缝制出来的紫色上衣和短裤，一张张面孔上看到的只有猜忌、仇恨或者绝望。

每到一个营地，阿里会突然遇到一个姑娘或小伙子的拥抱，他们的年纪约在十八至二十岁之间，都是从巴勒斯坦潜送过来协助难民工作的帕尔马赫组织成员。他们拦住阿里，对家里情况问长问短，直到阿里向他们保证近期将召开一个大会详细介绍情况后才能脱身。阿里在他们的陪同下仔细巡视了他们负责的营地，期间几乎很少说话。

他一直沉默无语，但眼光不时落在那连绵不断的铁丝网上，试图找到有助于三百人同时逃离的可能性。

许多难民按照国籍聚集在一起，如：波兰、法国、捷克，另外一些按照宗教，如：正统犹太教，还有一些按照政治信仰，但更多的，是那些连身份都没有，唯有相同悲惨经历的战争幸存者。

大卫带着阿里经过一座架在铁丝网上的木桥，来到另一个难民营。桥上挂着一个标牌：卑尔根－伯文欢迎你，这是个苦涩的幽默，在波兰罗兹市的犹太人居住区也有这样一个地方。

此时此刻，大卫终于按捺不住，开始痛斥英国人对难民营的非人道，对比在塞浦路斯监禁的德国战俘受到的礼遇，难民们缺吃少穿、缺衣少药，实在有欠公平。阿里对大卫的慷慨激昂充耳不闻，始终仔细地观察着难民营的结构和布局，之后，要求去地道那边看看。

他们来到海湾边上的正统犹太教难民营，靠近铁丝网有排厕所，一号厕所门上有个标牌：伯文格拉德，五号和六号都是伪装的，厕所下面通过铁丝网下的地道就能直达海湾。他摇摇头——一次出去几个人可以，但集体逃亡确实不行。

几个小时过去了，他们基本完成了这里的考察，阿里将近两个小时都默然无语，大卫终于忍不住问道："你有什么看法？"

"我认为这边没什么好看的，还有其他地方吗？"

"还有就是青少年营地了，我们帕尔马赫指挥部也在那边。"

他们刚进入青少年营地，一个帕尔马赫成员就冲上来一把抱住了阿里，阿里也兴奋地和他拥抱在一起，这是他非常好的一个老朋友——约押·亚库尼。阿里将亚库尼抱起来转了一圈放下，又拥抱在一起。约押·亚库尼是个皮肤黝黑的摩洛哥犹太人，年纪很小时就移民巴勒斯坦。他黑亮的眼睛充满了活力，浓密的落腮胡子遮盖了半个面孔。约押和阿里共同经历了许多风险，虽然才二十出头，因具备对阿拉伯国家丰富的认知，他已经是摩萨德最好的特工之一。

亚库尼一直都是摩萨德最诡计多端的敢死队员之一，他的杰作是启动了巴勒斯坦犹太人的椰枣树种植业。尽管伊拉克的阿拉伯人警惕地保卫着他们的椰枣树林,亚库尼还是成功地从伊拉克偷运回巴勒斯坦一百株椰枣树苗。

大卫命令约押负责青少年营,就是因为这里是整个卡瑞勒斯难民营最重要的营地。

约押陪着阿里巡视了整个营地,这里挤满了从婴幼儿到十七岁年龄段无家可归的孤儿,他们之中多数曾是战时同一个集中营的难友,其中很多孩子对铁丝网外的生活还一无所知。与其他营地不同的是,这里盖起了一些房屋,有一所学校,一个餐厅,一个医院,若干个单位,还有一个很大的操场;另外,与毫无生气的其他营地形成鲜明对照的是,这里经常举办各类活动,由美国犹太团体出资赞助的医生、护士、老师、福利人员,工作在这个营地的各个岗位上。

由于外来人员流动量大,这里是卡瑞勒斯难民营中监管最松懈的营地,大卫和约押经过评估,立即将帕尔马赫指挥部设在了这里。

每到夜晚,操场被用作对难民进行军事训练,教室被用作教授阿拉伯心理学、巴勒斯坦地理、战役战术、武器识别,还有其他关于作战指挥的近百个课程。

所有接受帕尔马赫军训的难民都要通过模拟法庭的提问,以备在进入巴勒斯坦时万一遭英军逮捕而有所准备。帕尔马赫教官按照假设情况对他们的非法身份提出质疑,每个人都必须通过关于巴勒斯坦历史和地理知识的考试,以此证明自己多年前就已移民巴勒斯坦。

当候选人顺利通过训练课程,帕尔马赫即安排他们经青少年营或地道逃离难民营,先去萨拉米斯山上的白宫集中,然后再偷渡出去。通过这种方式,已经有几百名难民,三三两两地去了巴勒斯坦。

英国情报部门对青少年营中的非常举动并非没有察觉,他们从未停止在老师、福利人员中发展他们的间谍,但在贫民区和集中营长大的这一代孩子嘴都很紧,可疑人员在进入营地一两天内就会被发现。

阿里在一间教室里结束了对难民营的考察,这里被用作是帕尔马赫的指挥部,老师的讲桌里就放着一部电台,地板下面藏着军训用的各式武器,伪造文件和证件的工作也在这里进行。

阿里端详了一下伪造设备,摇摇头,"这里的工作条件太糟糕了,约押,你是怎么搞的?"

约押只好耸耸肩。

"我们必须马上找到一个仿造行家，"他继续说道，"大卫，你不是说在这儿有一个人吗？"

"是的，一个叫杜夫·兰道的波兰小伙子，但他一直拒绝合作。"

"我们做了他几个星期的工作了。"约押补充道。

"我来和他谈谈。"

阿里让两个副手在外面等着，自己走进杜夫·兰道居住的帐篷，他看见一个瘦小的金发男孩，正以紧张和猜忌的目光盯着自己。阿里很熟悉这种眼光，他观察着这个年轻人——薄薄的嘴唇、绷紧的嘴角、一副恶狠狠的表情，这是集中营生活的烙印。

"你就是杜夫·兰道？"阿里盯着他的眼睛问道，"十七岁，波兰人？曾在集中营受苦，是个仿造行家？我叫阿里·本－迦南，是巴勒斯坦摩萨德组织的成员。"

男孩子一屁股坐在了地上。

"杜夫，听着，我不是求你也不会威胁你合作，不过有个非常简单明确的交易，可以让我们互惠互利。"

杜夫·兰道咆哮着打断了他："去你的吧，阿里·本－迦南先生，你们这帮家伙比德国佬和英国佬好不到哪儿去，你们千方百计让我们去那边的目的，不过是害怕阿拉伯人割断你们的咽喉。告诉你吧，我是要去巴勒斯坦，但我的目的是要去加入特别行动队杀人。"

阿里面无表情地看着这个发泄着邪恶的孩子，"很好，我们彼此已经了解。你不喜欢我们要你去巴勒斯坦的动机，我也不喜欢你的，但我们都认同一件事：你不属于这里，而是属于巴勒斯坦。"

小伙子的眼睛疑虑地眯成了一条缝，这个本－迦南看来不一般。

"确切地说，你坐在这里什么也不干是去不了巴勒斯坦的。只要你帮我，我也可以帮你，至于你过去后想做什么那是你自己的事。"

杜夫·兰道感到吃惊地眨了眨眼。

"现在回到正题，"阿里说道，"我需要伪造好的文件，在几周内需要大量的伪造文件，但那些孩子连自己的名字都写不好，所以我要你为我工作。"

阿里简明扼要的阐述令杜夫有些措手不及,他需要时间判断这里面是否有什么骗局,只好应道:"我要考虑一下。"

"没问题,你有三十秒时间可以考虑。"

"如果我拒绝,你们会怎样?要打得我屈服吗?"

"杜夫,我提醒过你我们是相互需要。现在我再讲得明白一点,如果你不合作,我会一直盯着你,让你最后一个离开卡瑞勒斯难民营。等其他三万五千人都离开时,你恐怕衰老得连个石头都拿不动了。三十秒时间到了。"

"你能说到做到吗?"

"我说能做到就能做到。"

杜夫无助地咧了咧嘴,点点头表示同意合作。

"很好,从现在起你就接受大卫·本－阿米和约押·亚库尼的领导,不要再出什么难题,有困难尽管来找我。半小时内去帕尔马赫指挥部报到,然后看看他们的设备条件是否实用,有要求就告诉大卫。"

说完阿里转身出了帐篷,来到大卫和约押面前,"半小时内他去你们那里报到。"

大卫和约押惊愕地张大了嘴,"你对他说了什么?"

"儿童心理学。我现在要去法玛古斯塔,今晚你们都来曼德里亚家见我,叫上塞夫·吉尔博。不用送,我知道怎么出去。"

大卫和约押钦佩地看着他们的朋友,非凡的阿里·本－迦南,穿过操场,向着垃圾场的方向走去。

当天晚上,希腊人曼德里亚和大卫、约押、塞夫·吉尔博在家里的客厅等着阿里回来。

塞夫·吉尔博——一个从加利利来的农夫——同样是巴勒斯坦帕尔马赫组织成员。他二十出头,宽宽的肩膀,像亚库尼那样,也留着满脸的络腮胡子。他是帕尔马赫在卡瑞勒斯最好的军事教官,大卫就把指导难民军事训练的任务交给了他。每天天一黑,在青少年营地的操场上,他满怀激情,在没有枪械的条件下,利用替代物,教会了他的学员几乎所有应该掌握的军事常识。他们以扫帚把为枪、石头作炸弹、弹簧当刺刀,通过徒手格斗和棍棒劈刺,将巨大的精神能量一点点灌输给了那些已经无精打采的难民。

天色已晚,曼德里亚开始不安地在屋里来回走着,"我只是下午给他准备了一辆车和一个司机,除此之外一无所知。"

"别急,曼德里亚先生,"大卫安慰道,"他或许三天都不会回来,我们已经习惯了他独特的工作方式。"

等到午夜,几个人都疲倦地伸展着四肢,呵欠连天,坠入梦乡。

凌晨五点,阿里在岛上转了一夜后,两眼蒙眬地回来了。自从登陆塞浦路斯,他仅在午间小憩了片刻。和塞夫·吉尔博按照帕尔马赫的礼节拥抱后,也不为他的迟到表示歉意,就立即把大家召集起来开会。

"曼德里亚先生,船准备好了吗?"

曼德里亚愣了一下,拍着自己的前额打诨道:"本-迦南先生,你到塞浦路斯还不到三十个小时就要我拿出一条船,我又不是造船的。我的公司叫塞浦路斯-地中海船运公司,在塞浦路斯的所有港口——法玛古斯塔、拉那卡、凯里尼亚、莱摩索、帕佛斯都有办事处,我们正在全力以赴,哪怕只有一条船过来,我们也会得到通知。"

阿里没有理睬曼德里亚的挖苦,转向其他人。

"塞夫,我想大卫已经告诉你我们准备做什么了。"

这个加利利的农夫点点头。

"从现在开始,你们三个归我直接指挥,赶快找人接替你们的工作。约押,你的营地有多少十到十七岁之间健康的孩子?"

"嗯……大概六百到七百人左右。"

"挑出三百名体能最好的,马上开始极限训练。"

塞夫点点头。

阿里站起身,"半小时后,曼德里亚先生,我还需要一辆车,昨天那位司机好像有些累了。"

"那我来吧。"曼德里亚答道。

"很好,天亮我们就出发。抱歉,现在我还有些文件要看。"

他转身回到自己的房间,大家随即开始七嘴八舌地议论起来。

"看来是要组织三百个孩子逃离难民营了。"塞夫猜测着。

"好像是这样。"曼德里亚接过话,"他真是个怪人,总是期待出现奇迹……又不让人知道他到底想干什么。"

"恰恰相反,"大卫辩护道,"他从不相信奇迹,所以总是拼命地工作。我个人认为阿里这次的计划意味深长,三百个孩子的逃亡恐怕仅仅是个开始。"

约押·亚库尼笑了笑,"我们都知道他让人无法琢磨,也知道他喜欢天马行空、独来独往,所以还是等着吧,到时候就知道他究竟要干什么了。"

第二天,曼德里亚开着车和阿里漫无边际地在塞浦路斯转了一天,从宽广辽阔的东海湾穿过萨拉米斯和法玛古斯塔直到格列柯海岬。在法玛古斯塔,阿里下车沿着古城墙仔细观察了海港的环境。一路上,他除了东拉西扯了一些与当地情况有关的问题,几乎没有再说过话,以至于这个高大的巴勒斯坦人,在这个塞浦路斯人眼里,简直就是个从未见过的冷血动物。尽管曼德里亚对阿里产生了一丝敌意,却由衷佩服阿里的做事风格和超人的精力。他无疑是个勇于奉献的人,但遗憾的是从他身上就是找不到人类情感的痕迹。

他们开着车从格列柯海岬沿着南海湾到达塞浦路斯的腹地,然后驶入绵延起伏的山区,那里的度假村正在为冬季滑雪和冰上运动做着准备。本－迦南一路上面无表情,待他们于午夜返回法玛古斯塔时,曼德里亚已经感到筋疲力尽。阿里和等候他的塞夫、大卫、约押开了个碰头会,又埋头于另一个不眠之夜的工作。

到了阿里在塞浦路斯泅渡上岸后的第四天早上,曼德里亚接到他在拉那卡办事处的电话,一艘来自土耳其的船刚刚靠岸,规格尺寸符合要求,船主也愿意售船。曼德里亚和阿里立即开车去了卡瑞勒斯,接上大卫和约押,四个人一起驶向拉那卡。

塞夫没有同行,他已经开始挑选三百个孩子,正在准备培训计划。

在法玛古斯塔到拉那卡的路上,曼德里亚心情不错。突然,路边一片开阔地上的活动吸引了阿里,他让车停下,走过去看了看。这里过去像个军营,现在正在热火朝天地盖着房子。

"英国人正在这里建新的难民营,"大卫介绍说,"卡瑞勒斯那边已经人满为患。"

"为什么不早说？"阿里厉声问道。

"你并没有问起呀。"约押答道。

"就我们所知，"大卫说，"大概二至三周内有部分难民要从卡瑞勒斯转移过来。"

阿里转身回到车上，他的态度，引起了约押的好奇。尽管他从不猜测他的朋友的行为，但伴随着飞转的车轮，他开始捉摸起阿里到底想干些什么。

汽车驶进拉那卡弯弯曲曲的狭长街道，又转上路边坐落着优雅白色小楼的海滨大道，来到红灯笼客栈，土耳其船的船长阿玛塔乌正在那里等候他们。阿里坚持先坐下喝了一杯，询问了价格、交船条件，然后要求去码头看看船。

他们跟着阿玛塔乌穿过街道，走向伸入海中的长长的码头。一路经过很多拖船、快艇和帆船，阿玛塔乌喋喋不休地夸着他的船，把它吹成是一位"海上女王"。在靠近码头尽头的地方，他们看到了一条非常古老的木船，船舷上刻着已经褪色的船名——阿芙罗狄德。

"她是不是位美人？"阿玛塔乌容光焕发地介绍着，然后屏住呼吸，盯着四双冷峻的眼睛，从船头扫向船尾。"当然，她不是一条高速驱逐舰。"他补充道。

阿里内行地看出这条船约一百五十英尺长，具备二百吨的排水量，根据它的外观和结构，船龄在四十五年左右。

"为什么叫阿芙罗狄德？"约押感到奇怪。

"她是希腊传说中的爱神，五千年前，被潮水冲到离这里五英里外的海滩上。"大卫解释道。

"那这个'老姑娘'可要开始她的新生了。"约押打趣着。

土耳其人咽了口唾沫，干笑着。本－迦南转过身，"阿玛塔乌，我只关心一件事，这里到巴勒斯坦有二百海里，它能否不出问题。"

阿玛塔乌张开双手，"以我母亲的名义，"他说，"我已经在塞浦路斯和土耳其之间往返了三百趟，曼德里亚先生经营海运公司，他可以证明。"

"是这样，"曼德里亚说，"这是条老船，但很可靠。"

"阿玛塔乌先生，带我的两个朋友上船看看引擎。"

当三个人去甲板下检查引擎时，曼德里亚对阿里说，"他虽然是个土耳其人，但很可靠。"

"它的最高船速是多少？"阿里问道。

"靠风帆帮助可以达到五节，这当然不是条快船。"

他们又查看了水线以上的船体，发现有些地方已经腐烂破损，早该送去修缮，但除此之外，它还的确是条抗风浪，让人放心的船。

半小时后，大卫和约押完成了他们的检查。

"真是条破船，"大卫发表着看法，"但应该能用。"

"能装三百人吗？"阿里问道。

大卫摸着下巴，"……挤挤还是可以的。"

阿里转向曼德里亚，"还有很多修复改装工作，但必须低调。"

曼德里亚笑了，这是他的强项，"没问题，我的关系私下就能搞定，放心，不会有人察觉的。"

"大卫，今晚给巴勒斯坦发报，派一名船长、两名船员过来。"

"是否三名船员好一点？"

"我可以告诉你们，你们两个，还有塞夫和我一起坐这条破船回巴勒斯坦，我们都是替补船员。约押，你不是喜欢成熟女性吗？现在你如愿了，就由你负责这条船的装修和补给。"安排完所有一切，他转向正看着他发呆的阿玛塔乌："你放心，这个怪家伙我们要了，现在，让我们再去红灯笼谈谈价钱。"

阿里从甲板跳上码头，顺手扶了曼德里亚一把。"大卫，你和约押自己想办法回法玛古斯塔，谈完这单生意，曼德里亚先生和我还要去趟凯里尼亚。"

"凯里尼亚？"曼德里亚吃惊地重复了一遍，难道这个家伙从不知疲倦？"凯里尼亚在岛的那一边呀。"他有些质疑。

"你的车有问题吗？"阿里问道。

"没……没问题……那就去吧。"

阿里、曼德里亚、土耳其人准备离开码头。

"阿里，"大卫叫住他，"给这个'老姑娘'取个什么名字呢？"

"你是诗人，你来定吧。"阿里答道。

大卫和约押目送着他们三个离去，突然发出一阵大笑，然后抱在一起。"阿里这个王八蛋,居然以这种方式通知我们就要回家了。"

"你看,他这个人就是这么古板和不外露。"大卫说道。

他们为即将回家着实兴奋了一阵,然后回到现实,开始研究如何善待这个"老姑娘"。

在甲板上转了一圈和仔细揣摩后,约押首先提议:"我们干脆叫她'伯文号'吧。"

大卫则庄严地宣布道:"从现在起,她就叫'出埃及号'。"

第九节

马克开着从凯里尼亚租来的汽车,一路疾驰地驶上高高的山岭,在峰顶前一块几百英尺高的巨石前,将车停在了路边。远远看去,山顶上坐落着的圣·希拉里恩古城遗址,恍如隔世,即便坍塌残破,也尽显它哥特式建筑的威严与壮观。

马克拉起基蒂的手向山顶走去,他们翻过城垛,在一面低矮的城墙前,浏览着城内的奇景。

之后,他们顺着小路,穿过皇宫、大殿、马厩、要塞,还有修道院,四周一片寂静,静得可以感觉到大地的喘息和苏醒,以及世代鬼魂对爱与恨、阴谋与战争的窃窃私语。

他们花了大约一个小时,汗流浃背、气喘吁吁地来到了山顶,立刻被眼前迷人的风景所吸引:身边是笔直的万丈悬崖,悬崖下坐落着小城凯里尼亚,远方地平线上,土耳其海岸线清晰可见,放眼望去,漫山遍野覆盖着郁郁葱葱的森林,还有山崖边悬挂的小屋和梯田上的葡萄园,微风拂面,山腰上的橄榄园呈现出银光一片。

马克欣赏着基蒂在蓝天白云映衬下的身影,陶醉于幸福的遐想。在他的生活里,基蒂·弗里蒙特不同于任何其他女人。马克是有些玩世不恭,可对基蒂则毫无杂念,和她在一起,他感到坦然、真诚,绝对不用粉饰或者敷衍。

他们来到一块巨大的岩石上坐下,把自己融入了身边的碧海、云天、苍山、古堡。

"这里真是风景如画,太美了。"马克终于禁不住开口感叹道。

基蒂无声地点点头表示赞同。

与马克的重逢,让基蒂获得了新生,他们在一起的美好时光,治愈了她长久以来的心灵创伤。

"太不可思议了,"基蒂说道,"原本和霍华德·海林斯上校一起度假,他却临时受命去了巴勒斯坦,现在又拥有了你,还能待多久?"

"几周吧,看着不顺眼了我也可以马上就走。"

"我可不想再和你天各一方。"

"你知道吗,酒店里的那些家伙都认定我们是在同居。"

"好呀,今晚回去我就在房门贴上:'我爱马克,爱得发疯'。"

他们沉浸在美景佳人的喜悦之中,直到黄昏,才恋恋不舍地起身离去。

在马克和基蒂返回酒店的同时,曼德里亚也开车抵达了凯里尼亚港口。阿里和他下了车,从码头转到对面的圣母城堡,然后登上了城堡的最高点,默默地观察着港口的全貌。

港口的两道防波堤,一道是从城堡这边延伸出去,另一道从对面的码头逐渐伸向海中,从而由左右两边环抱着港湾,形成一个近乎圆形的港口。两道防波堤交会之处是一条狭长的航道,通向这个直径不过几百码、停泊着许多小艇的微型港口。

"你认为阿芙罗狄德可以驶进这个小港吗?"阿里问道。

"驶进不是问题,但要掉头驶出可就难了。"曼德里亚答道。

天开始黑下来,在返回车边的路上,阿里又陷入了沉思。

"我去多美酒店看个人,不知道要多长时间,你先开车回法玛古斯塔,我办完事自己想办法回去。"阿里对曼德里亚说。

如果不是正在慢慢习惯本-迦南的发号施令,曼德里亚对像个被打发走的出租司机又要感到不满,他打着了车,准备离开。

"曼德里亚，你确实是个很好的帮手，谢谢你。"

看着逐渐远去的阿里，曼德里亚终于兴奋地笑了。本-迦南第一次善意的表示，让他诧异，也很感动。

柔和的施特劳斯华尔兹圆舞曲，伴随着嗡嗡的英式英语、叮当的碰杯、飒飒的潮水声，缥缈在多美酒店的餐厅里。马克品了口咖啡，用餐巾擦了擦嘴，目光突然越过基蒂，定在了一个刚刚进来的人身上。那个人正在和领班耳语，领班指了指马克这边，当他认出这是阿里·本-迦南的时候，不由得瞪圆了双眼。

"马克，你的样子像是见到鬼了。"基蒂说道。

"你说得对，他刚刚出现，今晚要有好戏看了。"

基蒂转过身，发现高大的阿里·本-迦南已经到了桌边。"看来你还没忘掉我，帕克。"他说着，不请自便地坐了下来，转身又对基蒂说道，"你一定是凯瑟琳·弗里蒙特夫人了。"

两人的目光碰撞在一起，似乎迸出了瞬间的火花；作为掩饰，阿里叫来服务生，为自己要了一份三明治。

"这位是阿里·本-迦南，我的老熟人。"马克介绍说，"你好像认识弗里蒙特夫人。"

"阿里·本-迦南，"基蒂重复着，"好怪的名字。"

"这是希伯来语，弗里蒙特夫人，意思是'狮子——迦南的儿子'。"

"难以理解。"

"恰恰相反，希伯来语可是逻辑性很强的语言。"

"是吗？那我就是孤陋寡闻啦。"基蒂有些尖酸地嘲讽道。

马克一边看着他们初次相逢就已经展开的唇枪舌剑，一边暗自比较着：基蒂太过于锋芒毕露，让本-迦南明显掌握了主动。

"那可真是让人难以理解，"阿里答道，"上帝就是因为欣赏希伯来语的逻辑性，才用它著述了《圣经》。"

基蒂笑了笑，点点头表示同意。乐队奏起了狐步舞曲，"跳舞吗，弗里蒙特夫人？"

马克仰起头，看着本-迦南伴着基蒂走进舞池，伸出双手，带着基蒂舒展地滑入了舞曲的旋律。刚才两人针锋相对的一幕，让马克本能地感到不安，他希望平凡善良的基蒂，能够远离这种"死亡游戏"。当他们随着乐曲漫舞到了桌边，马克发现基蒂的脸上似乎流露出一丝不同寻常的迷茫。

这些想法一闪而过，马克又坠入了自己的沉思。自从抵达塞浦路斯，他就感到这里正在酝酿着一件大事，本-迦南的出现，印证了他的猜测。马克深知巴勒斯坦人了解自己是名摩萨德的高级特工，也听说本·迦南一直在到处找他，两人迟早要见面，但基蒂是怎么回事？难道是一种巧合？或另有其他原因？

基蒂是个高挑的姑娘，在阿里面前却显得有些娇小，这让她不由生出一丝怪怪的感觉：这个英俊魁梧的男人似乎让她放弃了戒备，从相识到此时短短瞬间，好像已经把她融化在他的怀里。在感受这种似曾相识的诱惑的同时，基蒂发现自己真像个傻瓜。

舞曲终了，他们回到桌边。

"我以为你们巴勒斯坦人只会跳霍拉舞呢。"马克调侃着。

"那是因为我接触了太多你们的文明。"阿里边应着，边饿鬼似的吞咽着刚送上来的三明治。马克静静地等着他解释造访的原因，同时瞟了一眼基蒂，见她虽然恢复了常态，但仍不时透过眼角瞄上两眼阿里，似乎做好了新一轮针锋相对的准备。

阿里在咽下最后一口三明治后，漫不经心地说道："有些事情想让你们二位知道。"

"此时此刻？就在英国军人的虎视眈眈之下？"

阿里笑了笑，转向基蒂："帕克可能没告诉你，弗里蒙特夫人，从某些方面讲，我的身份或许是个秘密。英国人把我们称为'地下组织'，对每个新成员，我一直告诫他们避免在夜深人静的时候秘密聚会，大庭广众之下才是最安全的场所。"

"还是到我的房间去举办这个聚会吧。"马克说道。

他们来到马克的房间，关好门，阿里直截了当地对马克说道："帕克，有件事可以让我们彼此受益。"

"请赐教。"

"听说过在卡瑞勒斯的拘留营吗？"

马克和基蒂都点了下头。

"我刚刚制订了一个计划，准备带那里的三百个孩子集体出逃。我要先把他们带到凯里尼亚港，然后送上一条等候他们的货船。"

"你们这帮人多年来一直在走私难民去巴勒斯坦，这又不是新闻，本－迦南先生。"

"有你的合作，它就能被炮制成新闻，还记得那条'希望之乡'非法偷渡船上的难民骚乱吗？"

"当然。"

"英国人那时有多狼狈，如果我们能再制造一起同样的事件，我们就有机会打破他们在巴勒斯坦问题上的移民政策。"

"我不太明白，"马克问道，"从卡瑞勒斯集体出逃后你怎么送他们去巴勒斯坦？如果出逃成功，新闻焦点又在哪里？"

"这就是我想告诉你们的，"阿里解释说，"他们是要在凯里尼亚登船，但仅此而已，我没打算立刻送他们去巴勒斯坦。"

马克听到这里，突然有了兴趣。

"让我们假设，"阿里解释道，"我从卡瑞勒斯带出三百个孤儿，安排在凯里尼亚港的一条船上，英国人发现后，肯定会阻止它出港。你呢，可以事先将新闻报道成稿，通知纽约或巴黎分社，一旦孩子们登船，立刻就头版头条给予报道。"

马克打了一声口哨，如多数美国记者，他很同情难民们的处境，这个策划也的确具有新闻价值，本－迦南又可利用这件事达到他的宣传目的，眼下吃不准的是这个事件能否成为一个耸人听闻、值得参与的事情。阿里吊起了他的胃口，进一步的好奇，将意味着自己准备参与，由于一时也找不到人去商量和汇报，只好自己权衡利弊并做出决定了。他看了看基蒂，显然她对他们的交谈有些莫名其妙。

"你怎么能把三百个孩子从卡瑞勒斯弄到凯里尼亚呢？"

"我可以认为你决定了吗？"

"还是当好奇吧，如果我放弃，今天的谈话绝不要泄露出去。"

"很好。"阿里在梳妆台上坐稳，详细地描述起他的逃亡计划。马克皱着眉听着，感到这是个胆大包天甚至荒谬的计划，但又不乏简单明了的可能性。马克要做的是：先拟好底稿，秘密送到全美新闻联合会在巴黎或伦敦的分署，一旦逃亡计划启动，立刻以事先安排好的方式予以发表。听完阿里的介绍，马克陷入了沉思。

他点了支烟，在房间里走来走去，又对阿里的计划提出连串的质疑，但阿里似乎已经对此深思熟虑。是的，这件事很有可能成为一个耸人听闻的系列报道，现在马克顾虑的反而是这个疯狂计划的成功概率，最好的结果恐怕也就是个一半对一半。在充分考虑了阿里的精明、知己知彼，以及他那批人的勇气和决心后，马克做出了自己的决定："算我一个吧。"

"很好，"阿里说道，"我想你一定能看出这个计划的可行性。"他转向基蒂，"弗里蒙特夫人，大约一周前你得到了一个去青少年营地工作的邀请，是否考虑好了。"

"我决定不去。"

"再考虑一下好吗……就算是帮帮帕克。"

"等等，你究竟想让她干什么？"马克问道。

"所有外来的老师、护士、福利人员都有犹太背景，"阿里解释道，"他们都是英国人的怀疑对象。"

"怀疑什么呢？"

"与摩萨德的合作。而你是基督徒，弗里蒙特夫人，我们认为一个像你这样背景和信仰的人行动起来要自由得多。"

"换句话说，你们是想利用基蒂做你们的信使。"

"有一点吧，我们在营地内伪造了大量证件需要带出来。"

"我在英国人那边可是挂了号的，我刚抵达这里，萨瑟兰德的副官就坐到了我的面前。虽然我不认为这对我有什么影响，但如果基蒂去了卡瑞勒斯，他们肯定会怀疑她是在为我工作。"

"相反，他们一定不会认为是你让她去卡瑞勒斯的。"

"也许有道理。"

"当然有道理。"阿里说道,"我们甚至可以假设最坏的结果,弗里蒙特夫人被当场发现夹带了伪造证件,对她来讲,无非是尴尬一点,或充其量加上一张免费机票离开这里,还能有什么呢?"

"等一下,"基蒂终于忍无可忍,"你们两个无权对我指手画脚,我对今天晚上发生的一切不感兴趣,我不会去卡瑞勒斯工作,更不会参与到你们那个阴谋里去。"

阿里不由瞟了马克一眼,见他耸了耸肩:"她是个大姑娘了。"

"我还以为你是帕克的朋友呢。"

"我当然是。"基蒂答道,"也理解他为什么会有兴趣。"

"可我不理解你为什么就没有,弗里蒙特夫人。这是1946年底,再有几个月,战争在欧洲结束就有两年了。我们的人民仍然在铁丝网后面过着可怕的生活,卡瑞勒斯的孩子们甚至不知道铁丝网外面的世界是个什么样子。如果我们不打破英国政府的政策,他们将在铁丝网后面度过他们的余生。"

"你说的都对,"基蒂开始反驳,"卡瑞勒斯的一切都深深地卷入了政治旋涡,英国人的所作所为肯定有他们的道理,但我不想站在你们任何一边。"

"弗里蒙特夫人,我曾经是英军的陆军上尉并因作战勇敢而获得过十字勋章,我最好的朋友中也不乏英国人,其中很多仍在军中服役,他们不能容忍在巴勒斯坦发生的事情,转而与我们并肩奋斗,他们的行为是出于人性与博爱,但绝不是政治。"

"我怀疑你的真诚,为什么要拿三百个孩子的生命去冒险呢?"

"人类对生存是有追求的,"阿里答道,"但在卡瑞勒斯能追求什么呢?为自由而抗争是唯一的追求。在欧洲,我们还有二十五万人希望移居巴勒斯坦,如果让他们做出选择,他们谁都不会犹豫就登上凯里尼亚的那条船的。"

"你确实很聪明,我没有你那些论据,说不过你。"

"但你毕竟是位护士啊。"他的语气变得辛辣了一些。

"这个世界到处都有苦难,我可以去任何需要我的地方尽我的微薄之力,而不必勉强去卡瑞勒斯工作。"

"还是先去卡瑞勒斯看看,再做决定好吗?"

"你这是圈套，我不上当。我曾经在库克医院值过夜班，甚至在太平间为尸体做过整容，要我去卡瑞勒斯看什么呢？"

房间里一下静了下来，阿里长长地叹了口气，摊开双手，"很遗憾，"他说道，"过两天再和你联系，帕克。"然后转身准备离开。

"本－迦南先生，"基蒂突然问道，"难道你就不担心我可能将这件事透露给我们共同的朋友？"

阿里转过身，直视着她的眼睛，那一刻，她发现自己犯了一个错误。他的脸上掠过一丝不易察觉的冷笑，"希望你只是想表现表现和顺口说说，我一般是不会看错人的，否则成本太高。我喜欢和美国人打交道，他们是理性的。什么时候情绪好，可以到曼德里亚先生那里找我，我将很乐意陪你去卡瑞勒斯转转。"

"你倒是很自信。"

"走着瞧吧，至少此时此刻我是这样。"阿里说着离开了房间。

过了很长时间，阿里的来访仍在影响着马克和基蒂的情绪。

终于，基蒂蹬掉了鞋，在床上坐稳后说道："你说对了，今晚我们的确看了一出好戏。"

"你的决定是明智的。"

"你呢？"

"不过是举手之劳，还可以有意外收获。"

"如果你拒绝呢？"

"很简单，他们可以从欧洲什么地方再弄个记者过来，这帮人神通广大，我只是恰好在这里罢了。"

"马克，"基蒂若有所思地问道："我的表现蠢吗？"

"比其他女人蠢不到哪儿去。"马克意味深长地影射了基蒂对阿里的好奇。

"他是个很特别的人，在哪儿认识他的？"

"第一次是1939年初在柏林，我刚受聘全美新闻联合会的时候。他肩负摩萨德的使命，在战争爆发前尽可能帮助犹太人逃离德国，那时他大概二十出头。然后是在巴勒斯坦，大战爆发后他加入了英军，经常执行一些特殊使命，我也不清楚他到底在干些什么。总之，据说他一直从欧洲向巴勒斯坦输送武器和偷渡人员。"

"你确信他有把握实现那个荒唐的计划吗？"

"他可不是个一般人。"

"嗯……这个本-迦南和我见过的所有犹太人确实不同，你无法想象他们有他那样的活力……像个斗士……就是那种类型。"

"那他们是哪种类型呢？传闻还是偏见？一个叫迈优力的犹太小子娶了一个叫赛迪的犹太姑娘……"

"住嘴，马克。我和太多的犹太医生共过事，他们都非常傲慢、盛气凌人，看不起我们。"

"凭什么？自卑心理吗？"

"那是德国人。"

"你到底想说什么？只有我们才是血统高贵的？"

"我要说的是，没有哪个美籍犹太人会为了他所谓的理想去和黑人、墨西哥人，或印第安人打交道。"

"还是不要自以为是，美籍犹太人可是衣食无忧的呀；如果你能设身处地想想，两千年来替罪羊的滋味让谁不是感到度日如年？你应该和本-迦南去一辩是非，只有他才是你的对手。"

基蒂愤怒地拍打着床垫，转而与马克又开怀大笑，他们之间是不会为任何事情翻脸的。

"这个摩萨德·阿力亚·伯特究竟是个什么意思？"

"阿力亚的意思是蒸蒸日上，当一个犹太人去了巴勒斯坦，通常会认为自己的人生将蒸蒸日上；A（Aleph）是希伯来文的第一个字母，用来表示合法移居，B（Bet）表示非法，因此，摩萨德·阿力亚·伯特的意思是非法移民组织。"

基蒂情不自禁地说道，"天啊，希伯来文的逻辑性还真的很强。"

之后的两天，基蒂显得不安和躁动，尽管她不愿意承认是那个高大的巴勒斯坦人打搅了她。马克感觉到了她的情绪，但装作什么也没有发生。

除了本-迦南的来访给她留下非常深的印象外，基蒂自己也不明白究竟是什么让她显得六神无主。是美国人的道德感？还是对自己的反犹情绪感到歉意?

她几乎无法掩饰地过问马克何时再与阿里见面,甚至拙劣地建议要去法玛古斯塔参观游览,然后又对自己的表现感到生气,发誓要彻底忘掉那个叫阿里的家伙。

第三天晚上,马克注意到了从毗邻那扇门后传来的基蒂躁动的脚步声。

她最终在黑暗中坐了下来,点上一支烟,决心理出个头绪。

基蒂对自己居然会好奇本-迦南的那个陌生世界感到很不舒服,她对生活的态度一直是很理性和深思熟虑的,是公认具有判断力的。

她与汤姆的热恋和婚姻、居家过日子,甚至桑德拉的出生季节都是经过认真计算的,做事冲动不是她的性格。

过去两天发生的事情应该与她的生活毫不相关,不过是一个从什么地方冒出来的怪人,给她讲述了一个更加奇怪的故事罢了。但那张英俊冷酷面孔上具有洞察力的双眼似乎无情地刺激了自己,与他跳舞时的感受至今令人回味。

这两天的心绪不宁与所发生的事情有联系吗?她曾向马克坦诚过与犹太人相处时的感受,为什么还会有这种与日俱增的不安呢?

她终于发现了问题所在——除非应阿里之邀去卡瑞勒斯难民营看看,否则她会一直感到不安。要想一了百了,必须当面向他证明,即使自己踟蹰被动之时,也不容他人随意摆布,她要以阿里制定的游戏规则击败阿里。

早饭时,基蒂提出要见本-迦南以便安排卡瑞勒斯之行,马克听后一点没有感到意外。

"亲爱的,我还是认为你那天晚上的决定是正确的,为什么不坚持了呢?"

"我自己也不明白。"她答道。

"是本-迦南控制了你,他料到你会找他。千万别做傻事,一旦迈进卡瑞勒斯,你将难以自拔。依我看……我也不参与这件事了,我们立刻离开这里。"

基蒂固执地摇摇头。

"你的好奇会毁了你,你是个聪明人,今天怎么了?"

"很可笑,是吗?但就是有一股力量推着我往前走。放心,马克,我去卡瑞勒斯为的是结束……而不是开始。"

虽然她装作一切正常，马克明白她是真见鬼了。不管今后将发生什么，希望老天会善待基蒂。

第十节

基蒂在难民营大门外将护照递给英军岗哨核验后，进入了卡瑞勒斯的五十七号营地，与它相邻的是青少年营地。

"是弗里蒙特夫人吗？"

她转过身，点点头，看到一个年轻人正笑着向她伸出了手，这个人明显比他的那个同胞要友善得多。

"我叫大卫·本－阿米，"他自我介绍道，"阿里要我来接你，他一会儿就过来。"

"为什么叫本－阿米呢？我最近开始对希伯来名字有了兴趣。"

"本－阿米意思是人民的儿子，希望你能帮助我们的吉狄恩行动。"

"吉狄恩行动？"

"这是我给阿里计划的命名，记得《圣经》里《士师记》那篇吗？吉狄恩挑选了三百名战士与米甸人作战，我们也是挑选了三百人与英国人对抗。我是不是把话扯远了，阿里经常责备我多愁善感。"

基蒂整晚都在为今天的走访做着准备，但面对这个看起来随和的年轻人，她已经没有了敌意。夜色降临，一阵凉风卷起地上的尘土，基蒂不由穿上了夹衣。在营地的那边，她看见一个熟悉的高大身影正穿过营地向她走来。她深深地吸了口气，稳住自己，竭力避免初见他时产生的那种触电的感觉。

他来到面前，他们彼此默默地点了下头，基蒂的目光很冷，她要让他知道，她是来接受挑战并将赢得挑战的。

五十七号营地的难民多为老人和虔诚的犹太教徒，他们缓缓地在两排帐篷之间走过，见到的人不是肮脏不堪就是蓬头垢面，按照本－阿米的解释，因为缺水，洗澡只能是一种奢望。由于食物不足，这里的难民都很虚弱，一些人情绪激动，更多的人则浑浑噩噩，死亡的阴影笼罩在他们头上。

他们在一座帐篷前停下脚步，一个满脸皱纹的枯瘦老人正在做着一件木刻。老人将木刻举到基蒂面前，那是一双合十祈祷的手，一双被铁丝网紧紧地绑在一起的手，阿里注意地观察着基蒂的表情。

这里确实显得肮脏、污秽、环境恶劣，但基蒂显然做好了更坏的准备，她开始确信阿里对她已经毫无影响力了。

他们在一座较大的帐篷前停下来，这是一座犹太教堂，帐篷门口摆着一个做工粗糙的宗教烛台，灯罩下闪烁着祭奠的烛光。她愕然地看着眼前奇怪的景象：一群衰老的男人摇头晃脑、口中念念有词地祈祷着，完全属于另一个世界。她的目光最终聚焦在一个肮脏的大胡子老人身上，他在痛哭流涕地表达着他的悲痛。

基蒂感觉大卫要拉她离开，"他只是一个老人，在向上帝汇报他一生的信仰……他尊崇圣律、奉公守法，即使面对无法想象的苦难也严守《圣约》。他希望上帝慈悲为怀，拯救他的灵魂。"

"这里的老人并没有意识到，能够拯救他们的只有火与剑。"阿里说道。

基蒂看了他一眼，这真是个让人不能理喻的家伙。

阿里感受到了基蒂的蔑视，他抓住了她的双手，"你听说过什么是特遣队员吗？"

"阿里，不要这样……"大卫劝阻道。

"特遣队员是在德国人的威逼下工作在火葬场里的那些囚犯，这里有个老人，曾亲手从布痕瓦尔德集中营的焚尸炉里捡出他孙子们的骸骨推出火葬场。弗里蒙特夫人，在库克医院有这样的景象吗？"

基蒂感到一阵恶心，随即眼含泪水愤怒地喊道："你这是枉费心机。"

"就是枉费心机也要让你了解我们的困境。"

他们怒视着对方，许久无语；"还要不要去孩子们那边看看？"他终于开口问道。

"要。"基蒂应道。

三个人穿过架在铁丝网上的小桥，来到青少年营地，重温战争的残酷。她走进作为医院的那座建筑，经过长长的结核病区，来到因血液中毒而患上佝偻病、黄疸、皮肤糜烂的孩子们中间，其中一间封闭的病房里，挤满了目光呆滞的患有精神病的孩子。

之后，他们经过了一排排的帐篷，里面是在1940—1945年期间应该完成学业的孩子们，他们来自于各国的犹太隔离区、集中营、采石场，没有父母，没有家园；他们因为满身虱子而剃光了头发，个个衣衫褴褛、充满恐惧，以至于尿床、夜悸、婴幼儿凄凉的啼哭和少年老成的现象在这里是司空见惯。

"你们有一支很好的医疗队伍，"基蒂在视察结束后发表了她的看法，"孩子们的供应也还不错。"

"可英国人什么都不愿意提供，"阿里气愤地说道，"这里的一切都是来自于我们自己人民的捐助。"

"你不就是想强调这点吗？"基蒂回应道，"我并不关心它是哪来的，我只是基于一个美国人的道德准则，表达了我的同情，这就够了，现在我该走了。"

"弗里蒙特夫人……"大卫试图说些什么。

"大卫，不要再啰唆，有些人就是看我们不顺眼，还是带弗里蒙特夫人走吧。"

基蒂跟着大卫从帐篷的海洋向外走着，她稍微侧身看了一眼阿里，发现他仍在凝视着自己的背影。她不禁加快了脚步，希望尽快离开这个是非之地，回到马克身边，彻底忘掉这些令人不快的事情。

附近一座大帐篷里传出一阵无拘无束的笑声，这是孩子们开心的笑声，回荡在卡瑞勒斯的上空。基蒂有些好奇，在帐篷前停下脚步，侧耳听听，一个姑娘正在里面讲着故事，声音很甜。

"这是个出色的姑娘，"大卫说道，"孩子们都非常喜欢她。"

帐篷里又爆发出一阵欢笑。

基蒂上前一步，撩开帐篷的门帘，看见那个姑娘的背影。她坐在一个木箱上，俯身对着一盏煤油灯，身旁围坐着二十个睁大了眼睛的孩子，基蒂和大卫的到来转移了他们的注意力。

姑娘停了下来，转过身，站起来对他们表示欢迎。煤油灯光受到门外吹进的一阵风的影响,摇曳着,将孩子们晃动的身影打在了四周的墙壁上。

基蒂与姑娘面对面站着,感到愕然,似乎受到了极大的冲击。

她随即走出帐外,又停下,转身透过门帘,打量着这个让她吃惊的姑娘。她几次想张嘴问些什么,但始终不知道该如何开口。

"我想单独见见那个姑娘。"她尽可能平静地要求道。

阿里跟了上来,向大卫点点头,"把孩子带到学校来,我们在那里等她。"

进了教室,阿里点起一盏灯,关好门,基蒂看起来脸色苍白,默然无语。

"那个姑娘让你想起什么人了吗?"

她没有说话,阿里透过窗户看见大卫和姑娘穿过营地走了过来,他看了一眼基蒂,离开了教室。

基蒂摇摇头,试图让自己平静下来。她真是疯了,为什么要到这里来?为什么?她极力稳住自己,目光再一次落到了那个姑娘身上。

门开了,基蒂绷紧了神经,看着那个姑娘慢慢走进房间。她端详着姑娘的脸庞,内心的冲动使她立刻就想将姑娘抱在怀里。

姑娘好奇地看着她,似乎理解了她的心情,眼光中充满了同情。

"我叫凯瑟琳·弗里蒙特。"基蒂颤抖地自我介绍着,"你讲英语吗?"

"是的。"

多好的孩子,她两眼有神地笑着向基蒂伸出了手。

基蒂情不自禁地伸手抚摩了一下姑娘的面颊,立刻又放了下来。

"我……是一名护士,想见见你,你叫什么名字?"

"我叫凯伦,凯伦·汉森·克莱门特。"

基蒂在折叠床上坐了下来,同时请姑娘也坐下。

"多大了?"

"十六岁,弗里蒙特夫人。"

"叫我基蒂吧。"

"好的,基蒂。"

"我听说……你在为这里的孩子们工作。"

姑娘点点头。

"太好了,你看,我……我也可能过来帮忙……很想听听你的故事,介意吗?"

凯伦笑了起来,她已经喜欢上了基蒂,本能告诉她,基蒂需要她的这种感情。

"我的家原本在德国科隆,那是很多年前的事了……"凯伦说道。

第十一节

德国科隆,1938 年

那时她七岁,爸爸约翰·克莱门特是著名的大学教授,生活是美好的,天天都像在过节。嘉年华狂欢节当然很诱人,但平常最让小凯伦兴奋的事情是陪爸爸散步。他们经常沿着莱茵河漫步在菩提树下,或者穿过有着世界上最大猴园之称的动物园,或者经过科隆大教堂,仰望着那两座五百英尺高、好像要刺破蓝天的塔尖。最令人难忘的是清晨和爸爸还有马克西米利安一起去森林公园散步,马克西米利安是一条在整个科隆都家喻户晓的名犬,虽然样子看起来有些滑稽。当然,去动物园时就不能带它去了。

有时他们会带上汉斯一起散步,但小家伙常常给人添很多麻烦。

像那样年纪的小姑娘同样非常爱她的妈妈,希望她也能够和自己,还有爸爸、汉斯、马克西米利安一起散步。但妈妈又怀孕了,脾气变得很坏。妈妈最好怀的是个妹妹,一个弟弟已经让她这样的小姑娘够受的了。

每逢周日,除去可怜的马克西米利安要看家,所有的人都坐上爸爸的汽车,沿着莱茵河去波恩的奶奶家团聚。那天可以见到很多姑姑和叔叔,还有讨厌的表兄弟,奶奶每次都要做很多很多小点心。

夏季来临,全家或者沿莱茵河北上,去黑森林度假,或者去勃伦纳山口一个泉水叮咚的花园饭店,那是在一个叫巴登-巴登的地方,多有意思的名字。

约翰·克莱门特教授是大学里的名人,每个人见了他都会摘下帽子,微笑着和他打个招呼。一到晚上,就会有一些教授和他们的夫人,或十五到二十名学生聚集在爸爸的书房里，他们唱歌、辩论、喝啤酒，直到天明。妈妈在肚子变大之前，也喜欢去和他们开个玩笑，或者唱唱跳跳。

在一个七岁的小姑娘眼里，这些都是美好的感受和回忆。

更令人难忘的时光是那些没有来访客人的夜晚，如果爸爸不必在书房彻夜工作，全家都会围坐在壁炉前，这时爸爸总会抽着他的烟斗，而小凯伦则坐在爸爸的膝前，盯着壁炉的火焰，陶醉在他那柔和深沉的声音讲述的童话故事里。

在1937年到1938年的那个岁月，这个世界发生了许多让人难以理解的怪事，人们好像受到了惊吓，连讲话都变得小心翼翼……尤其是在大学校园里。但嘉年华季节开始后，一切似乎又恢复了正常。

约翰·克莱门特教授开始了他的思考，特别是在疯狂与荒谬的环境里，他需要保持一个清醒的头脑。克莱门特认为，一个科学家，完全能够像计算和描绘潮汐涨落那样描绘出人类历史的重大事件，甚至像仇恨的宣泄与失去理性，都有它形成的高潮与平静。人类生活在一片汪洋大海之中，只有极少数栖息在小岛高地上的人，才能侥幸远离汹涌澎湃的大潮。大学校园，约翰·克莱门特认为，就是大海中的一个小岛和避难所。

人类历史的中世纪，曾出现过十字军在仇恨与无知的驱使下屠杀犹太人的黑暗年代，但当犹太人作为黑死病的替罪羊和承担了向基督徒水井下毒的责任后，一切都已经成为过去。法国大革命时期的文艺复兴，是基督徒们自己亲手拆掉了与犹太隔离区的隔离墙，从那个崭新时代开始，犹太人已经成为德国大家庭中的一员。每当人类面临巨大灾难，他们总是将自己的问题搁置一边，在和谐地融入各个不同社会之后，他们中间诞生了许多伟大人物：海涅、罗斯恰尔德、卡尔·马克思、门德尔松、弗洛伊德……和约翰·克莱门特一样，他们都把自己看成是一名德国人。

约翰·克莱门特认为，反犹太主义伴随着人类历史从未消失，经过科学论证，除了内容和程度略有不同，它已经成为人类生活的组成部分。当然，比起居住在东欧和半开化的非洲的那些犹太人，他是幸运的，亵渎耶稣的宣誓和法兰克福的屠杀毕竟属于上一个世纪。

德国可能会出现新一轮的反犹浪潮，但他不准备逃避。他坚信德国人民，在优秀文化传统的影响下，终将摒弃那些暂时控制了国家机器的变态狂人。

约翰·克莱门特密切关注着时局的发展：从疯狂的言论、报刊文章的谩骂和训令、抵制与犹太商界和学术界的交往、公众场合的羞辱，到开始野蛮殴打和强迫剃须，还有纳粹党徒的黑色恐怖，最终将犹太人集体送进各地的集中营。

盖世太保、纳粹党卫军等法西斯组织相继成立，很快，每一个德国家庭都纳入了纳粹的审查名单，专制的魔掌越收越紧，直至最后那点微弱的不满也被扼杀殆尽。

约翰·克莱门特像许多德国的犹太人一样，仍然相信他们对这场临近的威胁享有免疫力。从祖父那代起在校园打下的良好基础，让他有了一个避难的小岛，他认为自己就是一个德国人。

那是个令人难忘的周日，全家都聚集到波恩的奶奶那里，连艾恩格叔叔也风尘仆仆地从柏林赶来。孩子们被安排到外面去玩，客厅的大门一直紧闭着。

回科隆的路上，妈妈和爸爸变得很沉默，大人有时真像个孩子。虽然一到家，小凯伦和弟弟汉斯就被哄去睡觉，但大人们密谈的事情正在一点一点地变成现实。如果你站在门口，透过门缝，可以感觉到妈妈越来越显得不安，不过爸爸倒还是一如既往的平静。

"约翰，亲爱的，我们应该考虑搬家了，这次我们是躲不过去的，我已经不敢再带孩子们上街了。"

"你这是妊娠反应，总爱神经过敏。"

"五年来你一直在说会好的，会好的，但结果却越来越糟。"

"只要我们待在校园里……还是安全的。"

"看在上帝的分上，约翰，不要再自欺欺人了。我们已经没有朋友，学生们也不会再来，我们认识的人甚至都害怕和我们打个招呼。"

约翰·克莱门特点上烟斗，叹了口气。米里亚姆偎依在他的腿边，头枕在他的膝盖上，他抚摸着她的头发。马克西米利安舒服地卧在壁炉前，不时低沉地哼哼着。

"我真希望你的勇气和判断是对的。"米里亚姆说道。

"我的父亲和祖父都在这里任教，这里是我出生的地方，我的全部和我的爱就是这个家，希望汉斯在我之后也能同样地爱它。有时我扪心自问这样对你和孩子们是否公平……但从内心讲我确实不愿离开，坚持一下吧，米里亚姆……一切都会过去……会过去的……"

1938年11月19日
二百个犹太教堂被摧毁
二百个犹太公寓被拆除
八千个犹太商店遭洗劫后被砸碎
五十名犹太人遭凶杀
三千名犹太人被毒打
二万名犹太人遭逮捕
自即日起，禁止犹太人从事艺术和商业！
自即日起，禁止犹太裔孩子进入公立学校！
自即日起，禁止犹太裔孩子出入公园和娱乐场所！
对所有德国的犹太人征收1.5亿美金的特别罚款！
自即日起，所有犹太人必须佩戴有大卫之星的黄色袖章！

糟糕的局势简直让人难以置信，但无情的潮水一浪高过一浪，终于淹没了约翰·克莱门特避难的小岛。小凯伦那天惊恐地跑回家，满脸鲜血，耳中回响着"犹太佬！犹太佬！犹太佬！"

如果一个人连情感和信仰都被彻底摧毁，结局一定很悲惨。约翰·克莱门特的自欺欺人，不但使自己也使家人处于了危险。他开始寻找出路，结果找到了柏林的盖世太保。从柏林回来后，他把自己关在书房里，两天两夜，趴在桌子上，目不转睛地盯着眼前的文件。这份不可思议的文件来自盖世太保，只要在上面签上自己的名字，他和他的家人就可以远离任何危险。这是一份救命的文件，他逐字逐句地斟酌着，直到认为自己理解了每个字的含义。

……我，约翰·克莱门特，经过详细考证，在此得出不容否认的事实，对关于伪造本人出身的行为供认不讳。我现在，直至永远，都绝不是一个犹太教徒，我是一名雅利安人……

签名！签名！他一次次拿起了笔，又放下。现在不是顾及尊严的时候，他已经不是一个犹太人……为什么不签？……既然没有区别，为什么不能签？

盖世太保的表态很简单，约翰·克莱门特只有一个选择，除非他签署这份文件，否则他的家人可以离开德国，而他将被扣为人质。

第三天早上，他走出书房，面容憔悴，边注视着米里亚姆焦虑的目光，边走向壁炉，将文件丢进了火焰。"我不能这样做，"他嘟囔着，"你立即和孩子们准备离开这里。"

现在，只要他的家人还在这里，他每时每刻都感到恐惧——敲门声、电话铃声，甚至脚步声都让他受到莫名的惊吓。

他制订了一个计划：先将家人送去法国，托那边的朋友暂时照顾；米里亚姆身怀六甲，不能远行，待分娩后身体恢复了，她可以和孩子们再一起去英国或者美国。

事情并非没有指望，待家人安定后，他就可以考虑自己。德国有一些秘密团体，专门组织科学家秘密离开德国。他听说在柏林有一个组织，是些自称摩萨德·阿力亚·伯特的巴勒斯坦犹太人。

打点好行装，锁好了房门，约翰·克莱门特和米里亚姆静静地坐在那里，仍在绝望地祈盼着让他们能够解脱的奇迹。

就在那个晚上——临走前的那个晚上，米里亚姆·克莱门特开始了分娩前的阵痛，由于被禁止去医院临产，她只好待在自己的卧室里。又一个男孩诞生了，困难的分娩，使她需要几周的时间才能逐渐康复。

恐慌困扰着约翰·克莱门特，他有一种不祥之感，自己的家人正在掉进陷阱，随时都会面临即将到来的危险。

他发疯似的跑到柏林第十大街，摩萨德·阿力亚·伯特办公的那座大楼，在混乱的环境里，挤满了绝望、急于离开德国的犹太人。

直到凌晨两点，他才被带进一间办公室，一个疲倦不堪的年轻人接待了他。年轻人叫阿里·本-迦南，是个巴勒斯坦人，负责帮助德国的犹太人逃离。

本-迦南用充满血丝的眼睛看着他，叹了口气说道，"我来安排你的离开，回家等吧,克莱门特博士。我需要准备护照和签证……还要支付相关人员一些费用,大概几天时间,你会接到通知的。"

"不是为我,我和太太都不能走,我有三个孩子,你必须把他们送走。"

"我必须把他们送走,"本－迦南模仿着,"博士,你是个名人,我可以尽力帮助你,但我没有办法帮助你的孩子们。"

"你一定要帮助他们!"他刺耳地尖叫起来。

阿里·本－迦南一拳打在办公桌上,跳起来说道,"看看外面的那些人,他们都想尽快离开德国。"他从桌子那边倾过身,盯着约翰·克莱门特,"五年来我们一直在劝说你离开德国,现在好了,就是想走,英国人也不会让你前往巴勒斯坦。你不是一直强调'我们是德国人,不会受到伤害吗?'上帝啊,我现在还能做些什么?"

阿里喘着气,颓然跌坐进他的扶椅,闭上两眼,脸上蒙上了一层倦意。随后从办公桌里抽出一沓文件,翻看着,"我已经拿到了四百个孩子的签证,丹麦的一些家庭同意接受他们。我们安排了一列火车,给你一个孩子的名额。"

"可我……我有三个孩子啊。"

"我有一万个孩子要考虑,但我拿不到那么多签证,赤手空拳我也对付不了英国海军的封锁。建议你最好让能照顾自己的大孩子先走,火车明天晚上从柏林波茨坦站发车。"

凯伦懒洋洋地抱着她最喜欢的布娃娃,爸爸半跪在她的面前,朦胧中,一股熟悉的烟斗丝的味道让她感到很亲切。

"旅行会愉快的,凯伦,就像是去巴登－巴登。"

"可我不想去呀,爸爸。"

"呃……看看和你一起的这些孩子们有多可爱。"

"可我不想和他们在一起,我要和你、还有妈妈、还有汉斯、还有马克西米利安在一起。我还想看到新出生的小弟弟。"

"不要这样,凯伦,我的女儿是不哭的。"

"我不哭……保证不哭,爸爸,我能很快再见到你吗?"

"我们一定会再见的……只要不放弃……"

一个女人来到约翰·克莱门特身后，拍拍他的肩膀，"很抱歉，要出发了。"

"我送她上车。"

"对不起……家长是不许上车的。"

他点点头，最后抱了一下凯伦，站起身，紧紧咬住他的烟斗。凯伦牵着那个女人的手，一步一回头，突然转过身，跑回来将布娃娃塞到爸爸手里，"爸爸……给你布娃娃，她会好好照顾你的。"

表情痛苦的大人们拥挤到了车厢旁边，即将离去的孩子们将脸紧贴在火车车窗上，呼喊着、飞吻着、挥动着他们的双手，极度恐慌地希望与父母再看上最后一眼。

他站在站台上，寻找着他的女儿。

钢铁的列车隆隆地启动了，那些可怜的父母跟在车厢旁跑着，向他们的孩子道一声临别的祝福。

约翰·克莱门特木然地站在人群旁边，当最后一节车厢驶过时，他看到凯伦静静地站在尾车平台上，将手放到唇边，用一个飞吻，表达了她与亲人生离死别时全部的爱。

他呆呆地注视着她的身影逐渐消失，然后低头看看手中的小布娃娃，喃喃自语着："再见了，我生命的全部。"

第十二节

埃格和梅塔·汉森在奥尔堡郊区有一个幸福的家，因为没有自己的孩子，他们很想领养一个小姑娘。汉森夫妇比克莱门特夫妇看起来要老一些，埃格略显苍白，而梅塔怎么看也没有米里亚姆漂亮。不管怎样，自从凯伦在昏睡中被他们抱上车那一刻起，她就有了一种温暖和安全的感觉。

从德国到丹麦的火车上她一直感到困惑，记忆中除了周围孩子们的哭泣，就是弄不明白的排队、编号，一张张奇怪的脸、听不懂的说话，然后就是等车、换车、再编号。

终于，她被带进一个房间，梅塔和埃格·汉森正在那里焦急地等候着。埃格蹲下身，抱起她，送进车里。一路上，梅塔把她抱在膝头，手忙脚乱地哄着她，直到奥尔堡，凯伦知道，她已经安全了。

梅塔和埃格站在门口，期待地看着凯伦踮着脚尖，小心翼翼地走进为她准备好的房间。房间里有布娃娃、玩具、小人书、衣服、唱片等，一个小姑娘能够想象的东西都有。凯伦还发现在她的床上有一只毛茸茸的小狗，她跪下来，抚摸着它，当它伸出舌头舔她的脸时，她感觉到了它湿润的小鼻子。凯伦转过身，对着汉森夫妇嫣然一笑，他们立刻感动得要晕过去了。

开始的几天，她非常想念爸爸妈妈。真怪，她从来没有像现在这样想念过弟弟汉斯。每当吃饭时，她都若有所思地一口一口地吃着，然后就是静静地，和那只她已经取名叫马克西米利安的小狗待在自己的房间里。梅塔·汉森非常理解，每天晚上她都陪在凯伦身边，抱着她，安慰她，直到她停止抽泣，进入梦乡。

过了一个星期，川流不息的客人开始登门拜访，他们带来很多礼物，用凯伦听不懂的语言夸张地赞美着她的到来。汉森夫妇极其自豪，她也以最好的表现对待着每一位来访者。又过了几天，她大着胆子开始独自外出探险。

凯伦非常亲近埃格·汉森，他和爸爸一样都抽烟斗，也喜欢出门散步。奥尔堡是一个有趣的地方，像科隆，也有一条河，叫莱姆弗约登。汉森先生是一位有名的律师，几乎所有的人都认识他。当然，他没有爸爸有名……没有几个人能比爸爸还有名。

"好了，凯伦，你已经和我们相处快三个星期了，"一天晚上，埃格对她说道，"我们想和你好好谈谈。"

他把手背在身后，在屋里走来走去，用一种简单有趣的方式和她交流着，让她能够明白。他说，在德国发生了一些令人不快的事情，她的爸爸妈妈认为她最好暂时和他们住在一起。埃格·汉森接着解释说，他们知道自己无法取代她的亲生父母，但既然上帝让他们没有自己的亲生孩子，他们愿意把她看成是自己的孩子，并希望她能够快乐。

是的，凯伦听懂了，她告诉埃格夫妇她不介意和他们住在一起。

"凯伦，亲爱的，我们非常爱你，所以暂时把你寄养过来，我们考虑……你是否介意暂时改用我们的姓呢？"

凯伦认真思考着，这件事肯定有原因，这个问题像是给大人提的……她想起爸爸妈妈在关上门后的谈话，就点点头，表示同意。

"很好，那就叫凯伦·汉森。"

他们像每天晚上那样，牵着她的手，回到她的房间，把灯光调得柔和后，埃格开始胳肢她，马克西米利安不时加进来喧闹着，直到她笑得不能忍受，然后，她盖好被子，虔诚地祈祷着：

"……上帝保佑妈妈、爸爸、汉斯，还有新弟弟、叔叔姑姑、表兄弟姐妹，上帝保佑汉森夫妇，他们对我太好了，上帝保佑两个马克西米利安。"

"我一会儿就过来陪你。"梅塔说。

"我很好，不要再陪我了，马克西米利安可以照顾我。"

"晚安，凯伦。"

"埃格？"

"嗯？"

"丹麦人也恨犹太人吗？"

亲爱的博士和克莱门特夫人，

凯伦在这里已近六周，她是多么可爱的一个孩子！学校老师讲，她的表现相当出色，特别是她居然很快就掌握了丹麦语，我想可能是因为她和孩子们在一起帮助很大，她已经有了很多好朋友。

最近牙医讲，要给她拔颗牙，这是个小事，我们准备让她选修一些音乐课，届时再告诉你们。

每天晚上她都在为你们祈祷……

凯伦的信是以大写工工整整地写道：

亲爱的妈妈、爸爸、汉斯、马克西米利安、还有新弟弟：我真的不知道如何表达我是多么想念你们……

冬季是在冰冻的莱姆弗约登河上滑冰的季节，是堆雪人和坐雪橇的季节，是坐在炉火前让埃格为你把脚搓暖的季节。

冬季过后，莱姆弗约登河又开始了潺潺流水，田野上到处是盛开的野花。夏季来临，他们离开奥尔堡去北海边上的布洛克赫斯海滩度假，她和梅塔、埃格曾经乘帆船远航到一百英里之外的地方。

与汉森夫妇一起的生活是充实和丰富的，她有了很多好朋友，还喜欢陪梅塔去充满海腥气的水产市场采购，或在厨房里向她学习烤面包的技巧。梅塔是个非常出色的人，她精通缝纫，还可以帮助自己补习，只要和她在一起，凯伦就感到有依靠。

埃格总是笑眯眯的，慈祥可亲，几乎和爸爸一样聪明和有风度，但有的时候，他也会变得非常严厉。

那天，凯伦在上舞蹈课，埃格让梅塔去了他的办公室，他脸色很不好，情绪有些激动。

"我刚从红十字会听说，"他告诉妻子，"他们突然失踪了，全家都杳无音信，我尽了力，但没有任何关于他们的消息。"

"你想会是什么情况？"

"还用想吗？肯定是被送去集中营了，可能更坏。"

"上帝啊。"

他们不能让凯伦知道她的家人都失踪了，但凯伦在收不到从德国的来信后开始有了疑虑。她爱汉森夫妇，信任他们，如果他们没有提到她的家人，那一定是有什么原因。

凯伦越来越思念她的家人，但奇怪的是父母的形象却变得越来越模糊不清。一个七岁就不得不远离父母的孩子，时间一长，很难让她把过去的事情记得清楚。

一年以后，她把自己当成了凯伦·汉森，一个真正的丹麦人。

1939年圣诞节

　　欧洲爆发了战争，凯伦来到汉森夫妇家已经一年。在梅塔的钢琴伴奏下，她用银铃般的嗓音唱出了迷人的圣诞歌。然后，凯伦跑回自己的房间，从壁橱里拿出在学校制作的圣诞礼物，骄傲地递给汉森夫妇，礼盒上扎着她亲手书写的标签：送爸爸、妈妈，你们的女儿凯伦。

1940年4月8日

　　邪恶的夜晚充满了背信弃义，边境朦胧的清晨遭到了冰冷的铁蹄践踏，一批批头戴灰色钢盔的士兵，在晨雾笼罩下，沿海湾和运河漫上了丹麦的土地，机器人似的德国军队，静静地蠕动着，逐渐散开，消失在丹麦广袤的疆域里。

1940年4月9日

　　凯伦和同学们跑到窗前，抬头看着天空黑压压的德国飞机，正一架接着一架地降落在奥尔堡机场。

1940年4月10日

　　人们迷茫地走上街头。

　　"这里是丹麦国家广播电台，今天早上四点十五分，德国军队越过了我们在塞伊德和克鲁萨的边界。"

　　丹麦人被闪电战和这种专横的行为惊呆了，他们绝望地捧着收音机，等待着国王克利斯蒂安的表态。国王的表态如下：丹麦在未经任何抵抗的情况下，宣布无条件投降。波兰遭受的蹂躏让他们明白，抵抗是无用的。

　　梅塔·汉森跑到学校把凯伦接回了家，收拾行装准备去博恩霍尔姆或其他偏远的小岛躲避一下。埃格劝她冷静，看看情况再说。德国人要让政府正常运转，至少需几周、甚至几个月的时间。

　　纳粹党徒的十字标记和德国士兵的出现，唤起了凯伦对恐怖的回忆。最初几周，每个人都显得慌乱和困惑，只有埃格还很冷静。

　　德国行政和占领当局冠冕堂皇地表示：丹麦人和德国人同属雅利安血统，是他们的小兄弟，出兵丹麦是为防止布尔什维克的渗透，作为宗主国的楷模，丹麦政府将继续管理他们自己的内部事务。因此，当最初的震惊过去后，生活又恢复了表面的平静。

受人尊敬的国王克利斯蒂安每天照常从哥本哈根的阿迈里恩堡皇宫独自骑马出来，骄傲地穿过大街，后面跟随着景仰他的人民，在日常秩序下涌动的是消极反抗的情绪。

埃格似乎是对的，凯伦返回了学校，奥尔堡的生活一如往常，好像什么也没有发生过。

转眼到了1941年，德军占领丹麦已经八个月。有迹象显示，德国人与"模范的宗主国人民"之间的紧张与日俱增。作为占领者，他们对国王克利斯蒂安的冷漠感到不快，而丹麦人民对他们的蔑视和取笑更让他们大为恼火。

很快，占领初期在丹麦人民中间存在的那点幻想破灭了，包括它的设备制造、食品、地理编制，都被纳入了德国的总体规划，变成了德国战争机器上的一个组成部分。像它的斯堪第纳维亚兄弟挪威那样，丹麦人在1941年，成立了一个规模不大但非常坚定的地下抵抗组织。

德国驻丹麦地方长官沃纳·卑斯特博士，主张在作为楷模的丹麦采取温和的管理政策，只要丹麦人民给予合作。尽管这个针对丹麦的管理措施较之德国在其他被占领土上的措施显得温和，地下抵抗组织的发展还是如火如荼。抵抗成员并不指望武装起义或与德军正面作战，而是通过消极怠工和有预谋的破坏，逐步加深对德国人的仇恨。

沃纳·卑斯特博士对此并非束手无策，他把丹麦人中的纳粹同情者组织起来，对抗地下抵抗成员的威胁。在德国人支持下成立的海豹军团，变成了针对自己人民的恐怖组织。每一次的怠工和破坏，都会遭到海豹军团的报复。

岁月流逝，凯伦在偏远的奥尔堡一晃度过了她十一岁和十二岁的两个生日，生活看起来相当平静，地下组织的破坏以及偶尔出现的零星枪声和爆炸声，不过是人们茶余饭后的话题。

凯伦进入了她的青春期，当第一次发现除了对父母和女友好感外，还很在意其他人时她感到一阵心跳和不安。摩根·索伦森——学校最好的足球队员对她的追求，使她成了学校里女生的妒忌焦点。

她的舞蹈天分让老师大加赞赏，建议汉森夫妇同意她去报考哥本哈根的皇家舞蹈学院。老师认为她对舞蹈的敏感和理解，大大超出了她这个年龄的孩子的想象。

到了1943年年初，汉森夫妇越来越感到不安。丹麦地下组织开始与联军接触，收集境内的军事物资集散地和重要武器生产厂的情报，为英国皇家空军的蚊式轰炸机做地面目标的定位。

海豹军团和其他由德国人扶持的恐怖组织加紧了他们的报复。随着紧张局势的升级，埃格开始担心，奥尔堡的人几乎都知道凯伦的身世，尽管目前还未出现反犹迹象，但这种可能随时会发生。他确信，德国人一定已经通过海豹军团掌握了有关凯伦的情况。因此，他和梅塔决定卖掉在奥尔堡的房子搬到哥本哈根去，理由是埃格在那有了份更好的工作，而凯伦可以受到更好的舞蹈教育。

到了1943年夏，埃格加紧了与哥本哈根的律师所的联系，希望他们能够尽快融入到哥本哈根的百万市民中去。为证明凯伦是他们的亲生女儿，他们伪造了所有与她出生和身份有关的证明文件。最终，当凯伦不得不与摩根·索伦森道别的时候，她感到伤心极了。

汉森夫妇在索特埃德姆斯·杜塞尔英格找到一处理想的公寓，它在一条林荫路上，面向一个人工湖，数不清的小桥把你带进这个古老的城市。

当迁徙后的陌生感消失后，凯伦非常喜欢哥本哈根，它是地球上最美的城市。凯伦、埃格、马克西米利安会走上几个小时去欣赏这个城市的奇妙——海港边的小美人鱼雕塑、朗格里尼、塞塔代尔或克利斯蒂安堡皇家花园里盛开的鲜花、弯弯的河道和小巷边幢幢历史悠久的小屋、一眼望不到头的自行车长龙，以及格莱迈尔路边那个诱人的水产市场，它的规模和臭气熏天简直让奥尔堡的水产市场相形见绌。

哥本哈根王冠上的钻石是趣伏里游乐园，那里有令人目眩的飞天转椅、剧院、餐厅、花坛和儿童乐队，在威埃克斯快餐店里和焰火晚会上，到处都是孩子们的欢声笑语。凯伦很快就发现，她已经离不开哥本哈根了。

一天，凯伦沿着街道飞快地跑回家，推开公寓的大门，张开双手扑向正在看报的埃格，"爸爸！爸爸！爸爸！"

她从椅子上拽起他，高兴地跳起了华尔兹。埃格莫名其妙地站在屋子中间，看着凯伦舞上沙发，又舞到身边，伸出双手再一次扑向自己，梅塔这时微笑着出现在房间门口：

"你的女儿要告诉你，她已经被皇家舞蹈学院录取了。"

"是吗？太好了。"

那天晚上，凯伦睡着后，梅塔忍不住骄傲地对埃格说，"他们说她是千里挑一，通过五到六年的集训，她会成为最好的舞蹈演员。"

"很好……很好。"埃格听着，喜悦的心情难以言表。

但哥本哈根不是世外桃源，一到晚上，地下组织实施的爆炸震撼着大地，火光照亮了天空，飞舞的火焰和密集的枪声弥漫在城市的夜空。

破坏！报复！环环相报。

海豹军团开始系统地摧毁丹麦人的娱乐场所和设施，德国人扶持的恐怖分子炸毁了剧院、酿酒厂、少年宫；丹麦地下组织则将所有提供德国战争机器服务的地方列为了打击目标。很快，白天也和黑夜一样，到处都是爆炸的轰鸣和飞溅的瓦砾。

每当德军举行阅兵，大街上就空无一人，丹麦人以他们的不屑，回应着德军的炫耀；但在传统的节日里，悲伤的市民都会走上街头，当老国王每天骑马出来，成群的追随者就会以呐喊和欢呼，表达对德军占领的不满。

双方的积怨正在沸腾，一触即发。终于，1943年8月29日清晨，西兰岛的丹麦海军炸沉了自己的舰队，阻塞了港口的航道。

被激怒的德国军队进驻了政府的办公大楼和阿迈里恩堡的皇宫，皇家卫队进行了激烈的反抗。但一切很快就结束了，德国士兵取代了皇家卫队。为了让丹麦人民屈服，大批德军将领、秘密警察和盖世太保的官员来到丹麦。议会被中止了权利，令人气愤的法令必须执行，曾经被誉为"楷模"的丹麦，终于被德国人抛弃了。

丹麦人民以更大规模的破坏，回答德军的占领。兵工厂、弹药库、工厂、桥梁都被炸得粉碎，在遭受了巨大的打击以后，德国人变得有些神经质。

德国占领军司令部颁布了新的法令：所有犹太人必须佩戴有大卫之星的黄色袖章。

当天晚上，地下组织的电台对此做出了回答：国王克利斯蒂安从阿迈里恩堡皇宫对德国占领军要求犹太人佩戴大卫之星袖章正式表态——丹麦人就是丹麦人，不分彼此，他将第一个戴上袖章，希望忠诚的丹麦人民都和他一样。

第二天，几乎所有的哥本哈根市民都戴上了黄色袖章。

德军不得不宣布废除了这个法令。

埃格对地下组织的活动并不积极，但律师所里的合伙人却都是地下组织的骨干，并不断接到行动的指示。到了1943年夏季末，他开始考虑如何能更好地保护凯伦。

"根据可靠情报，"他对梅塔说，"德国人近期将大规模逮捕犹太人，目前还不清楚盖世太保的具体行动计划。"

梅塔走到窗前，茫然地盯着窗外的湖水和通向古城的小桥，天色已晚，凯伦该从学校回家了。她为凯伦的十三岁生日做了精心安排，要请四十个孩子和凯伦一起，在趣伏里留下一个美好的纪念。

埃格点燃烟斗，盯着写字台上凯伦的照片，叹了口气。

"我不能失去凯伦。"梅塔说道。

"我们没有权利……"

"她不是犹太人，我们有证明，她是我们的孩子。"

埃格将手放在梅塔肩上，"奥尔堡会有人向德国人告密。"

"他们不会为了一个孩子去自找麻烦。"

"能对他们抱有幻想吗？"

梅塔转过身，"那我们就立刻给她洗礼，正式领养她。"

埃格轻轻地摇着头，梅塔咬着嘴唇跌坐进扶椅，"还能做些什么呢，埃格？"

"他们要安排所有的犹太人去海峡附近的西兰岛海滩，我们正在大量采购船只，瑞典人民愿意接收并帮助他们。"

"多少个夜晚我都彻夜不眠，一遍遍地对自己说，她不能离开我们，否则会有危险，她只有和我们在一起才最安全。"

"想想你都说了些什么啊，梅塔。"

梅塔看着她的丈夫，眼神中的痛苦和决心他从未见过，"我不让她离开我们，埃格，没有她我真不知道该怎么活下去。"

丹麦人都竭尽全力，帮助犹太人秘密去了西兰岛，然后从那里偷渡去了瑞典。

月底，德国人在全国对犹太人进行了大搜捕，结果一无所获。

凯伦在哥本哈根安然无恙地与汉森夫妇生活在一起，但梅塔对自己的决定深感责任重大。从那一刻起，德军的占领成了她无休止的噩梦，任何一丝传言都会让她恐慌，以至于有三到四次她曾带着凯伦跑到日德兰半岛她的亲戚那里去躲避。

埃格越来越积极地参与地下组织的行动，经常一周有三到四个晚上不回家，只要他不在，梅塔就觉得寝食难安。

丹麦地下组织经过整顿，将打击目标集中到了德军的运输系统，铁路线每隔半个小时都会遭到炸弹袭击，很快，全国铁路网就瘫痪了。

作为报复，海豹军团炸毁了趣伏里游乐园。

丹麦人民在全国掀起了反抗德军占领的大罢工，他们走上街头，设置路障，在哥本哈根，到处都飘扬着丹麦、美国、英国、俄罗斯的旗帜。

德军宣布哥本哈根处于战争状态。

沃纳·卑斯特博士从德·安格勒特大饭店的德军司令部发出叫嚣，要让哥本哈根的暴民尝尝鞭子的厉害。

全国大罢工遭到镇压，但地下组织的抵抗并未平息。

1944年9月19日

德军认为丹麦的警察都同情罢工者的诉求，要对失控的局势负责，计划对他们进行整顿，丹麦地下组织发动了一次大胆的袭击，摧毁了所有纳粹设立的登记站。

地下组织还制造小型武器，偷渡人员去瑞典参与丹麦自由力量的反抗活动。他们将打击的目标指向海豹军团，对他们的一些成员和那些丹麦的叛徒给予了正义的惩罚。

海豹军团和盖世太保对丹麦人民采取了疯狂和随意的屠杀报复。

不久，德国难民在联军的轰炸下大批涌入丹麦，他们就像苍蝇，到处都是，走哪儿吃哪儿，到哪儿住哪儿，连问都不问，最后发展到又偷又抢，丹麦人民对他们的行为非常鄙视。

1945年4月，各种各样关于时局的传言此起彼伏。

1945年5月4日

"爸爸！妈妈！战争结束了！战争结束了！"

第十三节

美国大兵和英国军队在丹麦自由抵抗力量的配合下，以胜利者的姿态进入了丹麦。这是令人难忘的一周，是对海豹军团和那些丹麦的叛徒，还有沃纳·卑斯特博士及盖世太保做出惩罚的一周，是让人高兴得发疯的一周，是丹麦议会在老国王克利斯蒂安亲自主持下复会的一周，他的讲话充满了激情与自豪。

对汉森夫妇而言，在解放日的激动过后，他们开始感到一丝惆怅。七年前，他们从死亡的坟墓里拯救了一个孩子，把她抚养成了一个大姑娘。凯伦的文雅、美貌和欢笑人见人爱，她的嗓音纯正甜美，她的舞蹈犹如两腿长上了神奇的翅膀，但是现在，他们要做出选择。

梅塔在处境艰难的时候曾发誓绝不放弃凯伦，如今她要为曾经做出的誓言付出代价，在德国人已经被打败的今天，她必须以基督徒的良心做出决定，而埃格同样要以丹麦人的诚信做出选择。面对凯伦的去留，在解放了的今天，反而让他们感受到了深夜的恐惧和心灵的空虚。汉森夫妇在过去七年苍老了很多，战争期间虽然精神高度紧张，总还有机会放松，不管多难，总还有欢乐的空间，但如今，当整个丹麦都在欢笑的时候,他们却很难再笑得出来。他们长久地待在凯伦的房间里,希望将她的音容笑貌和幸福的往事永远留在他们的记忆中。

凯伦意识到了这些微妙的变化,她爱汉森夫妇,埃格做事一直很讲分寸,在适当的时候他会对此做出解释。两周后,他们彼此之间越来越对这种关系感到不安。在又一次无言的晚餐后,埃格放下餐巾,站了起来。他慈祥的脸庞爬上了皱纹,语气低沉地说道,"凯伦,是去找你父母的时候了。"说完,他迅速转身离开房间,凯伦目送着他消失后,转过头看着桌旁的梅塔。

"我爱你们。"凯伦说完后,飞身跑回自己的房间,扑到床上大哭起来,她恨是自己把痛苦带给了汉森夫妇。过了几天,他们来到国际难民组织寻求帮助。

"她是我们收养的孩子。"埃格说。

工作人员在丹麦解放后从事这项工作刚刚几周,已经对接待像汉森夫妇和凯伦这样的家庭见怪不怪。日复一日,她不得不沉浸在诸如此类的悲剧之中。在丹麦、荷兰、瑞典、比利时、法国,像汉森夫妇这样藏匿、庇护和收养孩子的情况开始让这些家庭承受痛苦的选择。

"这是一件长期而困难的工作,你们要有思想准备。欧洲现在有几百万无家可归的人,我们实在不知道要多长时间才能让这些家庭重新团聚。"

他们向工作人员提供了有关凯伦的背景资料和来往函电,工作人员在了解到凯伦有一个大家庭,她的父亲是位名人后,给了他们一点点希望。

从那之后,生活对埃格和梅塔无疑是一种折磨,他们更加频繁地光顾凯伦那点缀着装饰和充满温馨的房间,久久凝视着她的冰鞋、舞鞋、与同学的合影、舞蹈比赛的奖状,还有她的追求者——那个叫彼得的男孩子的照片。

终于有一天,他们接到了去难民组织的通知。

"我们面前的事实是,"那个女士解释道,"所有的调查都毫无结果,我们会继续努力,但它确实是件费时耗力的工作。我个人的意见是,凯伦绝不可因此独自去德国寻找她的父母,哪怕有汉森先生陪伴。德国那边目前非常混乱,如果我们在这边无能为力,你们过去也不会有任何收获。另外我要告诉你们,越来越多的报告显示,情况很糟,无数犹太人都已经被杀害,死亡人数可能会达几百万。"

这是个令汉森夫妇尴尬的消息,无论如何,凯伦的家人如果遇害,他们也没有理由为能够留住凯伦而感到庆幸，但结果出乎他们的意料，凯伦表达了她自己的意见。

毫无疑问，凯伦从汉森夫妇那里得到了真挚的爱，但她总感觉他们之间存在一道陌生又无形的障碍。在德国占领期间，那时她才八岁，老埃格就叮嘱她不要透露自己是个犹太人，否则会有危险。凯伦出于对埃格的爱和信任，对他的要求言听计从，但即便如此，她一直奇怪为什么自己会与别人不同，而这种不同甚至会危及她个人的生命。这个问题一直憋在心里，一直没有答案。除此之外，凯伦的生活已经与犹太人毫无瓜葛，她感觉自己和别人没什么两样，但为什么这种无形的障碍还是存在？

她的这些疑问或许会随着时间的逝去被淡忘，但汉森夫妇却在不经意间使她更加疑惑。汉森夫妇信仰丹麦传统的路德教，是虔诚和奉献的教徒。每个周日，他们都要带上小凯伦一起去教堂，而每天晚上就寝前，埃格都要诵读《圣经》中的章节。凯伦非常珍爱自己十岁生日时汉森夫妇送给她的那本小小的白色羊皮《圣经》，里面童话一般的故事让她着迷，特别是那些在《士师记》、《撒母耳记》、《列王记》里充满了仁爱、战争、激情的故事。每当沉浸在《圣经》的故事里，汉斯·克利斯蒂安·安徒生好像就在自己身边。

但《圣经》也让凯伦产生了困惑，有好多次她都想和埃格讨论一下她的困惑：耶稣出生于犹太人家，他的母亲和信徒都是犹太人，凯伦印象最深的前半部分描写的也都是关于犹太人的故事，那里面不是一再将犹太人称为是上帝自己选出来，去传播他的法治思想的人吗？

如果《圣经》的故事都是真实的，为什么作为一个犹太人会有危险，遭人嫉恨？凯伦一天天长大，也一天天从《圣经》里了解了更多。她看到在犹太人表现不好的时候常常被上帝惩罚，但他们真的就那么坏吗？

凯伦是个好奇心很强的姑娘，但只要一碰到这些问题，她就感到更加困惑。对《圣经》的执著探索，使她经常一个人在房间里，沉浸在有关章节中，希望找出破解谜团的答案。

了解越多，年龄越大，反而越困惑。到她十四岁的时候，她已经可以解读《圣经》中的许多章节和含义了。在《圣经·旧约》全书中，清楚地记载了耶稣的所作所为，现在问题是，如果耶稣能够复活，凯伦确信，他一定是去犹太教堂而不是基督教堂，谁让人们都一边在向耶稣祈祷，一边在憎恨他的人民呢？

凯伦十四岁时遇到的一件事一直令她难忘。丹麦的女孩子到了那个年纪都要去教堂举行盛大的仪式和祝福，她已经作为丹麦人和基督徒生活多年，但汉森夫妇还是感到犹豫。经过讨论，他们认为只有上帝才能决定这个事情，虽然最后推托是由于战争和局势不好，但凯伦明白真正的原因。

在刚到汉森夫妇家的时候，她需要得到的是关爱和庇护，但现在，她渴望得到认同。她的身世和过去就如同犹太人的遭遇，变成一个她要解开的谜。为了做一个真正的丹麦人，她一直将这些烫手的问题埋藏在心底，但无论如何，她的生活总是无法稳定，挡在她和汉森夫妇面前的那道无形的障碍，就是她的过去和她的信仰。

随着战争的结束，凯伦意识到她和汉森夫妇之间的关系要发生变化，她一直明智地让自己能够适应那个不可避免的分手时刻的到来。毕竟，作为凯伦·汉森仅仅是个权宜之计，现在，她渴望自己还是凯伦·克莱门特。她尽了最大努力去回顾自己的过去、父母和兄弟，支离破碎的记忆让她迷茫和懵懂，以至于她越来越焦虑地设计着会怎样与家人重新团聚。

战争结束后，凯伦已经为即将与汉森夫妇道别做好了准备。几个月后的一天晚上，她对汉森夫妇表示了要去寻找父母的想法。她对他们讲，难民组织的工作人员告诉她，如果她能够亲自去瑞典的难民营，找到家人的希望会比较大一些。尽管事实并非如此，但她不愿再让汉森夫妇为她的事情承受痛苦了。

临别时，看到埃格和梅塔伤心的样子，凯伦忍不住大哭了一场，在保证给他们写信和有机会就回来看他们后，凯伦·汉森·克莱门特将自己融入了战后返乡大潮的洪流中，随波逐流，那年她才十四岁。

第十四节

梦想与现实之间的差距是如此残酷,刚刚离开丹麦时的生活就像一场噩梦,由于只能在各地的避难所里留宿,凯伦饱受惊吓,如果不是因为她的固执与顽强,她真不知道是否还能够继续走下去。

她先去了瑞典的难民营,然后转到比利时的一个城堡,那里滞留着成千上万无家可归和身无分文的流浪者、集中营的幸存者、躲避迫害的知名人士、山野丛林里的抵抗战士、挣脱苦役的劳工大军,凯伦每天都生活在流言和恐怖之中,每天身心都遭受着极大的刺激,由于战争,死亡人数的统计已经上升到了二千五百万。

后来,凯伦到了离马赛几英里外的法国南部狮子湾附近的拉·塞俄塔难民营。拉·塞俄塔是一个可怕的地方,布满了灰暗的钢筋水泥兵营,在泥泞的沼地上一望无际。由于难民人数每天都在激增,那里已经人满为患,物资短缺,死亡的幽灵到处游荡,在他们眼里,整个欧洲犹如一座坟墓。

在种族清洗中,有六百万人遭到了种族灭绝。凯伦第一次听到了那些可怕的名字:弗兰克、穆勒、希姆莱、罗森博格、斯特雷克海尔、卡特恩伯拉尼尔、海德里西,以及更多身份较低的恶魔:埃萨·考克——臭名昭著的文身人皮灯罩的制作者、戴特尔·威斯里克茨尼——癖好是将囚犯像牛羊一样带进他准备好的刑场后再集体屠杀、克莱默——以鞭打赤裸的女人和掠夺她们的首饰为乐,而一遍遍被提到最有名的杀人狂是埃伊克曼———个说着流利的希伯来语的德裔巴勒斯坦人,一个种族灭绝的制造者。

凯伦对自己执意要打开心底那扇印着犹太人标记的秘密之门开始感到懊悔,在她面前展现的只有死亡,其中包括她的叔叔、姑姑,以及她的兄弟姊妹。

种族灭绝犹如一部精确运转的杀人机器:德国人最初处决犹太人的方式是枪毙,因速度太慢,在把运输力量和科学家集中起来后,他们研制出了密封毒气卡车,仍嫌速度太慢,他们又研制出了能在半小时内处决二千人的焚尸炉,在每个大的集中营里每天都要处决上万人。流水线似的杀人方式,说明种族灭绝是有组织有计划进行的。

成千上万的集中营囚犯面对毒气室死亡的痛苦，宁愿扑向带电的铁丝网。

成千上万的人死于疾病和饥饿，骨瘦如柴的尸体被扔进壕沟，在木柴和汽油的燃烧中化为灰烬。

孩子们被欺骗着离开他们的母亲，年老体弱的人们被塞进闷罐火车，失去自由的人们被以消除虱子的名义送进毒气室,每个人还发给一块用石头做成的肥皂。

母亲在进入毒气室前将孩子藏在挂衣架后面，但最终逃不过德国纳粹的魔爪。

成百上千的人赤裸地跪在他们自己挖掘的坟墓前，当枪口在他们脑后瞄准时，父亲用双手遮挡住孩子的双眼。

豪普斯特俄姆的秘密警察弗利茨·盖鲍尔喜欢亲手掐死女人和孩子，欣赏襁褓中的婴儿在冰冻的水桶里窒息。

海恩——经常在杀人比赛中打破一发子弹杀死几个人的纪录。

弗兰克·沃佐克——把人捆住双脚倒挂着，然后和人打赌，看他多久才会死去。

奥伯斯特俄姆的罗克埃塔——嗜杀成性、生劈活人。

斯坦尼尔——在人的头和肚子上钻孔、拔指甲、挖眼球，把赤裸的女人的头发绑在柱子上荡秋千。

弗朗茨·杰克埃恩将军亲自指挥了在基辅郊区的巴比·亚尔的大屠杀，在两天时间里，三万三千名犹太人被驱赶到一起，在旁观者的欢呼声中遭到枪杀。

海尔茨教授在斯特拉斯堡的解剖研究所，将女人作为他们的实验品，制造了一个个畸形和残废。

在达豪那个最大的"科研中心"，海因斯科尔博士给孩子们注射结核病菌后观察他们的死亡症状；舒茨博士感兴趣的是血液中毒，莱斯彻尔博士的研究方向是拯救德国空军的飞行员，在他的高海拔模拟实验条件下，活人像猪一样被冷冻起来，供他们通过特别的窗口进行观察；在科学探索的名义下，最令人发指的实验莫过于将动物的精液注射给人类。

亚诺斯卡集中营的司令官威廉豪斯让作曲家曼德谱写了"死亡探戈"，集中营里的二十万犹太人踏着它的音符走向死亡。威廉豪斯还嗜好将婴儿抛向空中练习枪法，他太太奥迪莉的枪法就是这样练出来的。

在立陶宛，宪兵用棍棒加拳脚把人活活打死，在克罗地亚，成千上万的人被天主教突击队杀害。

面对这些耸人听闻的暴行，凯伦感到像是在地狱里受着煎熬，她整晚整晚的睡不着觉，发生这些暴行的地方撕扯着她的神经。爸爸妈妈和弟弟们到底在哪儿？是在布痕瓦尔德集中营还是达豪的实验室？是在海乌姆诺的百万遇难者中间还是在梅德阿奈克的七万五千名死者中间？是在贝乌热茨、特雷布林卡、索比波尔、特拉夫尼基、波尼亚图夫、克里沃劳格被送上了毒气罐车还是在克拉希尼克的矿井里遭到枪杀？是在克鲁格被活活烧死还是在迪埃德辛被狼狗撕碎？抑或是在斯图霍夫饱受折磨而死？

鞭笞！电击！火红的烙铁！冰水中的洗浴！种族灭绝！

他们到底是在哪个集中营？霍伊塞尔、多拉、新加默，还是格劳斯－劳森？或是早已踏着"死亡探戈"的音符离开了这个世界？

难道他们的尸体已经在但泽的化工厂里被融化成了肥皂？

……还是在其他可怕的地方：达纳格埃恩、埃维瓦利、戈尔匹茨、维耶瓦拉、波特昆德……

死亡的幽灵游荡在马赛附近的拉·塞俄塔难民营的上空。

凯伦吃不下饭，睡不着觉，脑海中总是浮现着那些地狱般的地方——基维奥利、瓦尔瓦、马格德堡、普拉斯左、塞切波尼、茅特豪森、萨克森豪森、奥拉宁堡、兰茨贝格、卑尔根－贝尔森、赖恩斯托夫、布利任。

种族灭绝！

福森伯格、拉文斯布鲁克、纳茨威勒。

地狱中的地狱是奥斯维辛，在那里：

死亡人数达到了三百万；

一座座仓库里堆满了死难者的眼镜、皮鞋、衣服、布偶、头发；

他们的金牙被拔下后熔化成金块（等待装箱送去希姆莱的研究所），他们的头骨经过精心加工变成了做镇纸的原料，他们的尸骨被焚化粉碎后肆意抛撒。

集中营的大门上居然还醒目地书写着：解放劳工。

凯伦·汉森·克莱门特沉浸在极度的悲伤之中，在惨不忍睹、闻所未闻的暴行面前，她感到迷茫困惑、欲哭无泪，逐渐失去了继续寻找家人的决心。当一个人的遭遇达到极限时，往往会伴随着转折的出现，凯伦的命运开始发生了变化。

那是在她微笑着轻拂一个孤儿的头发时，孩子的反应所引起的心灵震颤。凯伦与生俱来的温柔，是孩子们的渴望，让他们喜欢簇拥在她的身边。她本能地会擦去他们流淌的鼻涕、轻吻着他们受伤的手指、体贴地抹去他们的眼泪。她还会讲很多故事，在钢琴的伴奏下用各种语言哼唱出动人的歌曲。

她开始满怀激情地投入到照顾幼小孩子们的工作里，暂时忘却了自身的悲痛，对孩子们的无微不至与奉献是她的天性。

在拉·塞俄塔难民营，凯伦度过了她十五岁的生日。除去自身的固执之外，她内心深处一直存在两个希望：一是她的父亲是位名人，德国人在捷克斯洛伐克的特荷里斯爱恩斯塔德有一所"特别集中营"，有幸关在里面的人可以免遭折磨或杀害，如果父亲是被关在那里，他应该还活着；二是很多德国科学家即使被关进集中营，也在一些人的帮助下逃离了这个国家。凯伦带着希望继续寻找着她的家人，结果发现半数以上的家族成员已经死去。

一天，难民营里出现了许多新面孔，一夜之间，难民营似乎发生了翻天覆地的变化。这些人是巴勒斯坦摩萨德和帕尔马赫组织的成员，他们是来接管营地内部事务的。

他们到达后的一天，凯伦在为孩子们跳舞——她已经很长时间没有跳舞了，从那时起，她不断被请去跳舞，成了拉·塞俄塔难民营最受欢迎的人物之一。她的名声甚至传到了马赛，应邀参加了年度的圣诞演出——《胡桃夹子》。

1945年圣诞

第一次离开汉森夫妇的圣诞令她苦闷，拉·塞俄塔难民营的半数孩子都到马赛来看她的特别专场演出，凯伦那晚的经历是她过去从未有过的。

演出结束后，一位叫伽莉的姑娘走过来，她是帕尔马赫在拉·塞俄塔难民营的小队领导，告诉凯伦等大家都离开后再走。眼泪顺着伽莉的面颊流下来，"凯伦，我们刚刚得到一个坏消息,你的母亲和两个弟弟都在达豪被处决了。"

凯伦一阵眩晕,支撑她的精神支柱顷刻之间荡然无存,她开始诅咒自己的犹太背景和离开丹麦的疯狂念头。

在拉·塞俄塔的孩子都有一个共同的心愿,相信他们的父母都还活着,期盼着奇迹的出现,自己真是太迂腐了。

几天后,凯伦从打击中恢复过来,她找到伽莉,告诉她自己已经没有勇气再接受父亲死讯的打击,她要离开这里。

伽莉——她在这里唯一的知心朋友,认为凯伦应该像其他犹太人一样去巴勒斯坦,只有在那里,犹太人活得才有尊严。但不管伽莉如何规劝,凯伦在信仰遭到毁灭后,已经准备关闭信奉犹太教的心扉,它带给自己的只有苦难。她要做凯伦·汉森,是一个丹麦人。

深夜,凯伦一遍遍地问着自己——自从两千年前耶路撒冷的圣殿被毁,犹太人到处漂泊、四海为家后,每个犹太人都在一遍遍问着自己同一个问题——"为什么是我?"

每过一天,凯伦都感到有种冲动,想给汉森夫妇去信,希望回到他们身边。一天早上,伽莉突然冲进凯伦住的营房,连拉带拽地把她领进了办公楼,在那儿,她见到了一位新来的难民——布莱奈尔博士。

"上帝啊,"凯伦对她听到的消息感到吃惊,"你确定是他吗?"

"当然,"布莱奈尔答道,"我很早就认识你父亲,那时我在柏林任教,我们经常通信,并出席一些会议。亲爱的,我们都被关在特荷里斯爱恩斯塔德,我最后一次见到他是在战争结束前的几个星期。"

第十五节

一周后,凯伦收到汉森夫妇的来信,信中提到难民机构想知道她到底在哪儿,并问汉森夫妇是否知道她的母亲和弟弟们在哪儿。

只有约翰·克莱门特或他的委托人才会提出这样的问题，凯伦推测，由于父亲母亲被分别关押，他一定还不知道母亲和弟弟们已经死亡。汉森夫妇在随后的来信中表示已经给难民机构回函，但他们说和克莱门特之间的联系又中断了。

他还活着！几个月来在瑞典、比利时、拉·塞俄塔难民营的可怕经历都是值得的，凯伦又鼓起了寻找自己过去的勇气。

凯伦一直很奇怪，为什么拉·塞俄塔难民营会得到美国犹太人的资金支持，这里什么都有，但就是没有美国人呀。她曾经问过伽莉，她耸耸肩，"犹太复国主义运动是通过一个人向另一个人借钱，然后把钱给第三个人后安排第四个人去巴勒斯坦。"

"真是不错。"凯伦不禁说道，"这样，朋友之间的关系就变得牢不可破了。"

"敌人的联盟也是很牢固的。"伽莉顺口答道。

拉·塞俄塔难民的言谈话语、一举一动，看起来和别人没什么两样，凯伦私下观察着，他们之间的很多人和她一样，对自己因犹太背景而受到的影响深感困惑。

凯伦在学习希伯来语并能够与人沟通后，大着胆子去宗教营地做了一次考察。在那里，礼仪、服饰和祈祷方式还真的与众不同，海一样深不可测的犹太教，对一个十五岁的小姑娘充满了诱惑力。犹太教的基础，是一套复杂的法学伦理，其中一部分为文字记载，而另一部分源于历史传说，它们几乎涵盖了所有宗教细节，甚至包括如何在驼背上从事祷告，犹太教中最神圣的部分是有关摩西的五卷《律法》。

凯伦重新拿起了《圣经》，这一次，她似乎眼前一亮，有了新的感悟。她逐字逐句地体会着字里行间的含义，例如先知以赛亚的呐喊："我们像瞎子似的触摸着面前的这道墙，犹如我们有眼无珠，我们在光天化日下跌倒，还以为那是在漆黑的夜晚，我们被遗弃在荒凉的角落，无奈地等待着死亡。我们像熊一样吼叫，像鸽子一样悲鸣……我们寻找着出路，但出路却远在天边。"

这真像是在讲述拉·塞俄塔难民营的故事，《圣经》里的故事都充满了对苦难的反思和对自由的向往，她和家人的经历不正是如此吗？

"只有上帝的慧眼,通晓着我们在人间被嘲弄和鄙视的演变,作为替罪羔羊,我们经受着诋毁和惩罚、屠杀和灭绝;但是,我们无法忘记你的存在,我们乞求你的恩赐,千万不要忘了我们……"

凯伦还是常常摆脱不掉自己的困惑,特别是上帝为什么会容忍他的六百万人民被杀害?经过认真思考,凯伦认为生活和阅历在将来会让她找出答案。

拉·塞俄塔的难民无不想立刻离开欧洲,尽快前往巴勒斯坦。唯一可以掌握他们情绪失控的力量,是巴勒斯坦过来的那些帕尔马赫组织成员。

他们对英国人和摩萨德·阿力亚·伯特之间的斗争毫无兴趣,他们对英国人竭力维护他们自己在中东的地位、石油、运河、与阿拉伯人的传统合作也毫无兴趣。

一年前,当工党开始执政并做出承诺,放开移民政策,将巴勒斯坦作为一个托管试点,甚至再次谈到了将巴勒斯坦作为英联邦成员国的可能时,曾有过一个短暂的瞬间,让每个人看到了希望。

但当工党政府听说阿拉伯沙漠下面蕴藏着沸腾的黑金时,就像过去的二十五年,在研究、讨论、协商的名义下,承诺再次被搁置了。

拉·塞俄塔的犹太人渴望去巴勒斯坦的情绪已经无法遏制,摩萨德的间谍在欧洲各国寻找着犹太幸存者,通过贿赂、偷窃或伪造文件,以及除暴力以外的一切手段,把他们带出边境。

当这种行动的背后出现国家和政府的支持时,它看起来就像是一个天大的游戏。事情的起因,源于法国和意大利政府,鼓励两国的犹太难民,公开与摩萨德的合作。他们开放边境,接收难民,建立营地。意大利因受到英军占领的牵制,故法国成为了主要的难民中心。

很快,众多像拉·塞俄塔这样的难民营迅速膨胀起来。摩萨德以非法移民的方式,向欧洲的各个港口派出间谍,用美国犹太人捐献的资金,购买和维修船只,目的是冲破英国人的封锁,把难民偷运到巴勒斯坦。英国人针对摩萨德的行动,加强了海军力量,并在他们各地的使领馆成立了反间谍中心。

摩萨德的一条条破船,满载绝望的难民,驶向巴勒斯坦。英国人只有在他们进入三海里的禁区后才能拘捕他们,遭到拘捕的非法移民,都被暂押在巴勒斯坦的阿特里特难民营。

凯伦在知道父亲还活着以后,也向往尽快前往巴勒斯坦,她相信父亲一定会去那里。

尽管才十五岁,她也加入了帕尔马赫,他们经常举办篝火晚会,哼唱来自《圣经》的东方情调的歌曲,讲述丰衣足食的故事。他们纺着纱、开着玩笑,直到凌晨,他们会一致要求:"跳个舞吧,凯伦。"

她被任命为小队主管,负责照顾一百个孩子,一旦摩萨德的船只安排好了,随时准备起程前往巴勒斯坦。

按照英国政府的配额,每个月只有一千五百人能前往巴勒斯坦,其中绝大部分都是老人或孩子。

1946年4月的一天,凯伦离开丹麦后9个月,伽莉找到她:"过几天有条阿力亚·伯特的船过来,你和你那个小队做好准备。"

凯伦的心好像要跳出来了:"船名叫什么呢?"

"大卫之星。"

第十六节

英国情报局一直在密切监视着爱琴海不定期轮班喀帕苏斯号的动向,并且在第一时间掌握了它已经在萨洛尼卡被转手卖给摩萨德·阿力亚·伯特。他们跟踪着这条八百吨排量、四十五年船龄的破船到了比雷埃夫斯,在这个希腊港口,一组来自美国阿力亚·伯特的船员上船后,将它驶向了意大利的热那亚。在那里,他们按照走私移民的要求把船改装后,准备起程前往狮子湾。

整个法国南部海岸线都处在英国情报局的控制下,对拉·塞俄塔的二十四小时监视,能够发现任何大规模的活动。一些当地的法国官员被收买,而来自白厅的压力则要求法国政府拒绝喀帕苏斯号进入法国水域。但英国人的贿赂和压力并未奏效，法国和阿力亚·伯特的合作依旧，喀帕苏斯号还是驶入了三海里禁区。

游戏在继续，为了迷惑和分散英国人的注意力，拉·塞俄塔在举行了一系列试航的同时，让法国的卡车司机开着他们的车辆招摇过市，就在英国人陷于困惑的时候，行动开始了。包括凯伦这部分在内的六百名难民，从拉·塞俄塔转移到海边上的一个秘密集合地点，在法国军队的保护下，下了卡车的难民静静地等候在海滩上，然后一批批乘上橡皮舟，划向那艘停泊在海面上的古老的喀帕苏斯号。

一条条橡皮舟在夜色的笼罩下往返穿梭，焦虑的难民靠着美国船员粗壮的臂膀登上了喀帕苏斯号，帕尔马赫成员迅速将给养按照计划分配到位，每个人得到一个背包和一个水壶，这就是他们离开欧洲时的全部家当。

凯伦率领的孩子们年龄最小，被安排第一批登船并安置在舱内的一个特殊位置，靠近上下甲板的舷梯。她要设法让孩子们尽快安静下来，好在他们中大多数对这样的集体搬迁已经习以为常，加上疲惫，所以很快就睡着了，个别孩子的哭闹，在凯伦的安慰下也停止了。

一个小时、两个小时、三个小时，船舱里开始显得拥挤不堪，随着难民的不断增加，几乎连转身的空间都没有了。

后来的人只好簇拥在甲板上，然后逐步漫上了船桥。

比尔·佛莱——一个美国人，是这条船的船长，从舷梯下来，看到舱内拥挤不堪的状况，不禁打了一声口哨。他看起来短小粗壮，满脸又硬又粗的胡须，牙齿间咬着一支没有点着的雪茄。

"见鬼，这要是让波士顿消防局发现，还不要我的命。"

他突然停下，竖起耳朵，阴暗的船舱里传出甜甜的催眠曲。他从舷梯上走下来，跨过躺在地上的人群，手电灯光照在了凯伦身上。她正抱着一个孩子，轻轻地哄着他入睡。就是那个瞬间，比尔眨着两眼，好像圣母玛利亚就在眼前。凯伦抬头看了看他，示意他把灯光挪开。

"喂，小姑娘……讲英语吗？"他声音嘶哑地问道。

"当然。"

"谁是这的头儿？"

"我就是，请你讲话小点儿声，我费了很大劲才让他们安静下来。"

"好的，我尽量吧。我是船长，你看起来比他们大不到哪儿去。"

"如果你能像我管好他们一样管好你的船，"凯伦生气地反驳道，"明天早上我们就可以到巴勒斯坦了。"

他笑着摸摸自己胡子拉碴的下巴，在凯伦眼里，他一点也不像个威风凛凛的丹麦船长，只是假装严厉罢了。

"你很可爱，有什么需要就上来告诉我。"

"谢谢你，船长。"

"别客气，叫我比尔好了，谁让我们都来自于同一个部落呢。"

凯伦目送着他爬上舷梯，似乎看到了天边出现的一丝曙光。喀帕苏斯号超负荷地满载着六百个难民，带锈的船锚吱吱嘎嘎地露出了水面，碰撞着木质的船体，四十五年高龄的引擎咳着、喘着，吃力地在海面上翻起了阵阵浪花。大雾遮掩着他们，就像上帝在为他们送行，喀帕苏斯号终于以每小时七节的极速，轧轧地离开了法国海岸。很快，它驶出了三海里禁区，进入了公海，摩萨德·阿力亚·伯特赢得了第一回合的胜利。蓝白色的犹太旗帜升上了船桅，喀帕苏斯号正式更名为"大卫之星"。

船在风浪中颠簸着，拥挤在舱内的人，因通风不畅一个个脸色苍白。凯伦和帕尔马赫队员们忙着为他们提供柠檬，分发纱布以防止呕吐的蔓延。当柠檬告罄后，她又忙着用墩布拖去污秽。为缓解大家的不适，她开始用歌声、游戏、讲故事分散孩子们的注意力。

到了中午，气温变得令人窒息，空气中弥漫着恶臭，汗酸和呕吐在昏暗的船舱内让人难以忍受；男人们脱得只剩一条短裤，而女人只剩内衣，个个肌肤上流淌着晶莹的汗珠，大家逐渐开始昏厥，甲板上躺满了失去知觉的人，变得无处插足。

拉·塞俄塔难民医疗队的三名医生和四名护士忙上忙下，凯伦按照他们的要求，哄着将食物塞进孩子们的口中。黄昏，在给大家分发了镇静剂后，她又忙着用海绵蘸着宝贵的淡水为孩子们擦澡。

太阳终于从海平面上消失，清凉的海风吹进了船舱。凯伦累得要命，感到神情恍惚，刚刚躺下，就被一个孩子的哭声惊醒。"大卫之星"在浪涛的拍击下吱吱嘎嘎地向着巴勒斯坦的方向驶去,直到次日凌晨,凯伦才在不安的心绪中进入了梦乡。

一阵轰鸣惊醒了凯伦,她抬头看看舷梯,天已经亮了。她爬上甲板,看到空中一架巨大的四引擎轰炸机正盘旋在他们头上。

"英国兰开斯特轰炸机!"

"各就各位,保持安静!"扩音器中传出了命令。

凯伦跑回船舱,看到孩子们受到了惊吓,有些正在哭泣;她放声带着孩子们引吭高歌:"向前向前向着巴勒斯坦,幸福光荣我们万众一心,向前向前向着巴勒斯坦,歌声嘹亮我们一往无前。"

扩音器又传出了"各位保持安静,我们没有危险"的呼声。

到了中午,英国驱逐舰——防卫号出现在远方的地平线上;它边闪着灯光,边追逐着"大卫之星"。没过多久,另一艘小型驱逐舰布莱克号也出现了,两艘战舰将"大卫之星"夹在了中间。

"这可是皇家舰队的护航啊。"比尔·佛莱开着玩笑。

按照游戏规则,比赛应该已经结束。摩萨德·阿力亚·伯特的另外一条船又从欧洲港口驶出,进入了公海。英国人发现了那条船,又开始跟踪。到"大卫之星"进入巴勒斯坦的三海里禁区后,英国海岸巡逻队将登船检查,然后再按照惯例将它解送到海法。

在"大卫之星"的甲板上,难民们咒骂着英国战舰和伯文,一条大幅标语挂了起来:"希特勒是刽子手,英国佬是逼命鬼",防卫号和布莱克号并未因此而消失。

尽管孩子们安静了,凯伦一点也没有觉得轻松。舱内缺少新鲜空气,很多孩子正在开始不适;她爬上甲板,小心翼翼地迈过横七竖八躺着的人群,来到船头。在驾驶舱,比尔·佛莱正品着咖啡,盯着甲板上密密麻麻的人群,帕尔马赫的头头正在和他争执着什么。

"上帝啊,"比尔发着牢骚,"我可领教犹太人有多难缠了,但命令就是命令,不能讨论,必须执行。你们一天到晚喋喋不休能成什么事呢?这里我是船长。"

帕尔马赫的头头视而不见比尔的愤怒，按部就班地陈述完他的意见后才转身离开。

比尔嘟囔着坐了下来，点燃一支雪茄，抬头发现凯伦正乖乖地站在驾驶舱门前。

"嗨，小宝贝，"他脸上露出笑容，"来杯咖啡吗？"

"好的，谢谢。"

"你看起来气色不太好。"

"这些孩子让人操心，我没有睡好。"

"他们怎么样？"

"我就是想来和你谈谈，已经有人开始生病，舱里还有些怀孕的人感到不适。"

"这个我知道，可该怎么办呢？"

"我想最好能够轮换上甲板透透气。"

比尔指着拥挤在甲板上密密麻麻的人说道，"哪有空呢？"

"你可以号召大家自愿换一换地方。"

"噢，宝贝，我真不想让你失望，但我还有很多操心事；在这么个小地方让那么多人换来换去，可不是想象的那么简单。"

凯伦一脸阳光、柔和地说道："那好，我现在就回去，让孩子们准备上来。"边说边转过身向门口走去。

"快回来，怎么像你这样的乖孩子都变得这么不讲道理？"比尔摸着下巴，"好吧，就听你的，让孩子们上来。上帝啊，为什么我碰到的都是这么固执的人呢？"

那个晚上，凯伦带着孩子们在船尾的甲板上，沐浴着清新凉爽的海风，终于睡了一个安稳觉。

破晓后的海面风平浪静，像镜子一样平滑，空中飞过一架架英军的巡逻机，防卫号和布莱克号依然在不远的海面上游弋着。

当比尔宣布距离埃雷兹·以色列不足二十四小时行程后，船上掀起了一阵骚动，但随之而来的紧张让大家显得异乎寻常的安静，直到黄昏，布莱克号靠近了"大卫之星"。

从布莱克号扩音器中传出了嗡嗡的英国口音："移民船注意，这里是布莱克号舰长坎宁安,我要和你们的船长通话。"

"你好,布莱克。"比尔不耐烦地答道,"有什么指示?"

"我们将派出代表登船和你谈谈。"

"现在说吧,这里都是一家人,我们彼此之间没有秘密。"

"那好,午夜前,你们将进入巴勒斯坦的领海,到那个时候,我们会强行登船,然后将你们拖到海法,请确认在我们登船时不会发生抵抗。"

"嗨,坎宁安,情况是这样的,这里有一些孕妇和重病患者,希望你能接纳他们。"

"我们没有接到指示,请确认你们是否同意被拖船带走。"

"去哪儿?"

"海法。"

"他妈的,我们一定是偏离了航线,这里是五大湖的一条游船。"

"那我们只好强行登船了。"

"坎宁安!"

"什么事?"

"告诉你的人……见你妈的鬼。"

夜幕降临,大家都无法入睡,精神紧张地在夜色中寻找着海岸线——埃雷兹·以色列的迹象。雾气重重,什么也看不见,甚至连星星和月亮都躲了起来,"大卫之星"在波涛中破浪前进。

午夜前后,帕尔马赫的一个小队长拍拍凯伦,"凯伦,跟我到驾驶舱来。"

他们穿过躺在甲板上横七竖八的人群,来到驾驶舱,里面已经挤满了大约二十名船员和帕尔马赫的小队领导。除了罗盘上发出的幽蓝色的亮光,舱里漆黑一片。在驾驶舵旁,比尔·佛莱短粗的身型依稀可辨。

"大家都到了吧?"

"到了。"

"好,请注意,"比尔在黑暗中说道,"经过和帕尔马赫的负责人和我的船员们讨论,我们做出决定。现在天气对我们很有利,整个海岸线都被大雾笼罩着,我们准备启用加装在船上的备用引擎,将船速提高到十五节,这样,两小时内我们就可以进入巴勒斯坦领海。如果天气持续大雾，我们决定在恺撒港以南实行冲滩。"

舱内立刻泛起一片嗡嗡的议论。

"可以甩掉那两艘军舰吗？"

"在我完成冲滩前，他们一定以为我们像雷鸟飞行队似的消失了。"佛莱干脆地解释着。

"雷达呢？难道他们不能用雷达跟踪我们吗？"

"是的……但他们跟不了太近，他们可不愿意搁浅。"

"那他们在巴勒斯坦的海岸巡逻队呢？"

"我们已经和岸上的帕尔马赫组织建立了联系，他们正盼望着我们的到来，我相信他们会为英国佬安排一个有趣的夜晚。你们曾经在拉·塞俄塔接受过抢滩训练，应该知道如何应付局面。凯伦，还有你的两个副手……带着孩子们不要轻举妄动，等我的通知。有问题吗？"

沉默。

"有不同意见吗？"

沉默。

"妈的，祝各位幸运，上帝保佑你们。"

第十七节

风，卷着一团团的雾，呼啸着吹过这个被遗弃的古老港口——巴勒斯坦恺撒港，吹过它的残垣断壁、吹过它公元前四百年船来船往如今却布满苔藓的码头。

恺撒港——由希律王以恺撒的名义兴建，在长达五个世纪的时间里，一直是古罗马巴勒斯坦的都城，但现在已经是一片废墟。海风哀吼着，搅动着海水，拍打着伸向海中的礁石。

在这里，反抗古罗马暴政的起义，最终以二万名希伯来人和起义领袖——拉比阿吉瓦的被杀而结束。在这里，鳄鱼河水依旧长流不息，汇入大海，似乎在悼念着被剥皮处死的阿吉瓦的殉难。

废墟以南，有一个叫斯德特·亚姆的犹太渔村，这个晚上，渔村中的所有人都在静静地等待着。

他们聚集在废墟中，悄无声息地凝视着海面，人数大约二百人，陪伴在身边的是二百名帕尔马赫战士。

海面上，古老的德鲁萨斯灯塔上传出了信号灯的闪烁，大家的精神立刻紧张起来。

"大卫之星"上，比尔·佛莱紧咬着雪茄，双手操纵着舵轮，驾驶着船谨慎地穿行在暗礁和浅滩之中，难民们拥挤在甲板上，做好了抢滩登陆的准备。

在撞击到岸边峭壁的礁石后，船剧烈地抖动了一下，空中升起了一道耀眼的亮光，抢滩开始了。

人们争先恐后地越过船舷，跳入齐肩深的海水，向着几百码外的海滩冲去。

与此同时，岸上的渔民和帕尔马赫战士冲出废墟，迎向难民。很多人滑倒后掉进了岸边的洞穴，或被突然卷起的巨浪掀翻在黏糊糊的礁石上，但没有人因此停下脚步。两支队伍终于会合在一起，一双双粗壮的臂膀把难民们拽上了海岸。

"快！快！快点换掉衣服。"

"扔掉所有可能泄露身份的文件。"

"换好衣服的跟我们走……快点……快点！"

"安静！不要出声！"

"不要有亮！"

难民们脱掉了身上湿透的衣服，换上渔民的蓝色制服。

"大家混在一起……混在一起……"

"大卫之星"的甲板上，凯伦用尽全力，以最快速度，将孩子们一个一个地递给帕尔马赫战士。

"快！快点！"

面对这片神圣的土地，人群中有人跪了下来，亲吻着，发泄着难以控制的情绪。

"你们以后有的是时间,但不是现在……快走!"

比尔·佛莱站在船桥上,通过扩音器喊叫着。在一个小时内,除去一些孩子和帕尔马赫的头头,所有人都已经弃船而去。

北边三十公里外,帕尔马赫的一支部队,为分散英军对恺撒港抢滩行动的注意,向海法以南的一座英军仓库发起了猛烈的进攻。

海滩上,渔民们和帕尔马赫的战士们,以最快的速度,将难民带进了村庄,或者用卡车运进了内地。

最后一个孩子被送出了船舷,比尔·佛莱拆掉舷梯,命令帕尔马赫的头头们弃船。

凯伦感到冰冷的海水淹没了自己,她掂着脚尖,试探着水深,找准了方向,游向海滩。在她前方的海滩上,传来一阵嘈杂的希伯来语和德语的呼喊声。她来到一块巨大的礁石前,爬了上去,一阵大浪又把她从礁石上打了下来。她摸索着踏上沙地,顶住一个回头浪,再次蹲下身,手脚并用地爬上了海滩。

突然,周围响起了一阵尖利的警笛声。

随后,又是一阵刺耳的枪声。

海滩上的人向四面八方跑去。

凯伦大口地喘着气,在没膝深的海水中跑着,保持着方向。突然,在她的正前方,出现了一伙身穿防弹衣、手拿警棍的英国士兵。

"天啊!"她惊叫着,"不!不!"

在英军的拦截下,她愤怒地尖叫着,又踢又抓。一双大手从后面伸过来,把她按进浪涛,她狠狠地在他的手上咬了一口,那人疼得大叫起来,放开了她。在她疯了似的挣扎的时候,又过来一个士兵,高举起手中的警棍,照着她的头上打下来。凯伦呻吟着,跌跌撞撞地摔倒在海水里。

她睁开眼,感到头疼得厉害,但看见满脸胡子、睡眼惺忪的比尔·佛莱时,不禁笑了起来。

"孩子们!"她大叫一声,从折叠床上跳起来,比尔用力抓住了她。

"放心,孩子们基本都送走了,这里只剩下个别的。"

凯伦闭上眼，喘了口气，又躺了下来。

"我们是在哪儿？"

"阿特里特的英国拘留营，这次行动漂亮极了，多数人已经成功逃离。英国佬气坏了，把我们围起来，赶到这里，其中有船员、渔民也有难民……你感觉怎样？"

"很难受，出什么事了？"

"你单枪匹马的和英国佬打了一场。"

凯伦推开毯子坐起来，摸摸头上肿胀的大包和湿漉漉的衣服。她站起身，跄跄踉踉地走到帐篷门口，发现这里有几百个帐篷，被围在一道高高的铁丝网中间，外面是英军岗哨。"我也不知道是怎么了，"凯伦说道，"我从不打架，但看到那些士兵……想拦住我，就是那时，有一种感觉，我必须站在巴勒斯坦的土地上，否则宁可死……真不知道是怎么了。"说完她在比尔身边坐下。

"想吃点什么，孩子？"

"我不饿，他们要如何处置我们？"

比尔耸耸肩，"天亮后，他们会轮流提我们出去，问许多愚蠢的问题，你知道该如何回答。"

"是的……不管他们问什么，我都说这里是我的祖国。"

"不错……但即使这样，他们也会把你关在这里，大概两三个月，然后再释放你。不管怎么说，至少你已经到巴勒斯坦了。"

"那你呢？"

"我？还不是像上次一样，被驱逐出境，然后再找一条摩萨德的船，再冲一次封锁线。"

她的头又疼起来，只好躺下，但怎么也睡不着。看着比尔灰白的脸，她突然问道：

"比尔……你为什么要来这里？"

"什么意思？"

"你是个美国人，美国犹太人和我们是不一样的。"

"大家都认为我很高贵，"他拍拍口袋，摸出被海水浸湿的雪茄，"阿力亚·伯特来找我，他们需要水手，而我是个水手……从轮机到大副都干过，就是这样，他们给我报酬。"

"比尔……"

"嗯……"

"我不信。"

比尔·佛莱自己也不信,他站起来,"一言难尽,凯伦。我爱美国,就我目前的情况,给我五十个巴勒斯坦我也不换。"

凯伦用手支起脸,看着比尔在帐篷里踱着步,"我们是美国人,但我们是不同的美国人,也许是我们自己……也许是别人造成了这种不同……我不知道是什么原因。我这一生所听到的,都是我是个懦夫,因为我是个犹太人。告诉你吧,孩子,每当帕尔马赫炸掉一个英军的军火库或端掉我们的敌人的一个巢穴,他们就博得我的一分敬重。他们的行动,让那些把犹太人当成是懦夫的家伙,不得不对我们刮目相看,他们是在为我的尊严在这里战斗……明白吗?"

"我认为是这样的。"

"妈的,希望我能搞明白。"

他在凯伦身边坐下,查看着她头上的大包,"看起来还不算太糟,我让那些杂种送你去医院,他们没有理睬。"

"我没事,很快会好的。"

就在那个晚上,帕尔马赫向阿特里特拘留营发起了一次进攻,他们在铁丝网上炸开一个大洞,又有二百人逃跑了,但凯伦和比尔·佛莱没有跑掉。

白厅接到了有关"大卫之星"的调查报告,英国政府意识到他们必须修改他们的移民政策。事件发生前,非法移民数量一次最多几百人,但这次达到近二千人,而且大部分人还都在抢滩和之后对阿特里特的袭击中逃走了。现在摆在英国人面前的一个事实是,由于法国政府公开支持犹太人,巴勒斯坦的犹太人中每六个就有一个是非法移民。

英国人在为此争论不休后,还是像过去一样,暂时搁置了巴勒斯坦问题,但所有在阿特里特被拘留的犹太人,都被转移出巴勒斯坦。面对非法移民的压力,英国人最直接的一个举动,就是开始在塞浦路斯成立了难民营。

凯伦·汉森·克莱门特被一条英军羁押船送到了塞浦路斯岛,拘押在卡瑞勒斯。"大卫之星"钉嵌在海岸的礁石之中，任凭风浪的拍打。摩萨德加快了他们的移民计划，更多的难民搭乘着偷渡船，像"大卫之星"那样驶向了巴勒斯坦。

六个多月来，凯伦待在尘土飞扬的卡瑞勒斯，为这里的孩子们工作着。漫长的拘押生活，并未使她自暴自弃或怨天尤人，她坚信会再次回到巴勒斯坦……回到埃雷兹·以色列……回到那个神圣的、已经成为她生命希望的地方。

不知不觉中，几个小时过去了。通过交流，基蒂和凯伦萌发出对彼此的好感，她们发现各自都很需要对方，以填补失去亲人的孤苦。

"后来听说过任何关于你父亲的消息吗？"基蒂问道。

"没有，自从拉·塞俄塔以后再没有。"

基蒂看看表，"我的天……已经午夜了。"

"我没有注意到时间。"凯伦说道。

"我也没有，晚安，孩子。"

"晚安，基蒂。我们还会再见吗？"

"也许……我不知道。"

基蒂走到教室外面，数千座帐篷此时都死一样沉寂，只有瞭望塔上的探照灯光不停地扫过这片帐篷的海洋，脚下飞起的尘土飘舞在身边，她紧了紧外套。阿里·本-迦南高大的身影飘到身边停了下来，递给她一支烟，两人默默地跨过小桥，离开青少年营地。基蒂停下脚步，回头看看，转身继续穿过老年人的营地，来到了大门旁。

"我可以来工作，但有个条件，"基蒂说道，"那个姑娘不能走，她必须和我在一起。"

"同意。"

基蒂转过身，疾步离开了拘留营。

第十八节

大卫称之为吉狄恩行动的计划正式启动了,在卡瑞勒斯,大批由杜夫·兰道伪造的提货单和英军身份证经基蒂·弗里蒙特带出来,交给了阿里·本-迦南。

成功带出提货单让本-迦南能够着手完成第一阶段计划,在他对塞浦路斯考察期间,他对卡瑞勒斯附近法玛古斯塔路边的英军仓库格外关注,在栅栏围住的仓库里,停放着数不清的卡车和其他机动车辆,还有几座巨大的库房。战争期间,这个仓库是中东联军的供应基地,目前仍是整个地区的英军后勤基地。仓库中的一些过剩物资都卖给了个人,故在仓库和法玛古斯塔港口之间,总是车水马龙、人来人往。

曼德里亚的船运公司是驻扎在塞浦路斯的英军代理,因此,他手中除了掌握有大量的提货单外,还有一张军用仓库的物资清单。

星期四早八点,阿里和十三名帕尔马赫战士,身穿英军制服、携带英军证件、乘坐一辆军用卡车来到了仓库,塞夫·吉尔博、约押·亚库尼、大卫·本-阿米都是这个小组的成员。

伪装成"凯勒伯·摩尔上尉"的阿里将提货单递给了仓库总管,他们是奉命前来提取清单上的物资,押送到法玛古斯塔港,一艘叫SS阿克翰号的船正在等待装船。

文件伪造得异常逼真,仓库总管甚至没有意识到凯勒伯实际是《圣经》里摩西手下的间谍,而阿克翰根本不是一条船,他不过是古时候巴勒斯坦捷里科城里的一名江洋大盗。

提货单中的第一项,十二辆卡车和两辆吉普车在开出停车场,经凯勒伯·摩尔上尉认真试车后,从各个库房中装满了精心挑选的物资,足以支撑出埃及号上三百名孩子的旅程所需。

约押·亚库尼负责装备出埃及号,清单包括一台无线电收发报机、罐头、药品、手电筒、轻武器、水桶、毯子、空调设备、一套扩音系统,其他小东西。在阿里的命令下,他剃掉了大胡子,因此显得有些郁闷,塞夫的胡子也没能留住。阿里担心,他们的胡子会暴露他们来自于巴勒斯坦的身份。

除去出埃及号需要的物资,大卫还为卡瑞勒斯的难民营装运了几吨必需品。

当塞夫·吉尔博转到军火库,看到眼前的机关枪、迫击炮、卡宾枪时,高兴得差点晕过去。在帕尔马赫的岁月,武器一直是他们梦寐以求的东西。

曼德里亚提供的清单,让阿里掌握了仓库中所有物资的确切存放位置,因此行动小组的工作是高效的。下午临走前,约押·亚库尼又装了几箱威士忌、白兰地、杜松子和葡萄酒,以备医用。

六小时后,阿里对英军指挥官的支持深表谢意,十二辆崭新的卡车,满载所谓要运去法玛古斯塔港装船的物资,顺利离开了仓库。

首战告捷,让帕尔马赫战士们感到一阵轻松,但阿里丝毫没有给他们机会去自鸣得意,这仅仅是个开始。

下一步的行动是找一个可以隐蔽物资和车辆的地方,阿里早已心中有数。他在法玛古斯塔郊区找到一个英军遗弃的兵营,这里曾是某支英军小部队的驻地,兵营里有两间办公室和一个厕所,从主路来的电源依然有电。

当天晚上,从卡瑞勒斯过来的帕尔马赫战士们,在这里连续工作了三个夜晚,他们搭起了帐篷,清扫了院子,让这个地方看起来又恢复了军事用途。

十二辆卡车和两辆吉普车都按照英军车辆的颜色重新粉刷,在每辆车的车门上,约押·亚库尼喷涂上易于混淆的建制编号:23运输连。

连队军官携带着真真假假的英军文件和命令,使人很难不把这里看成是一个真正的英军军营。

在四天时间里,这个小军营和十二辆卡车显得很自然、平常。他们从仓库里搞来的大量英军制服,足够帕尔马赫的战士们伪装成英军的样子,并彻底伪装这个营地。

最后,约押·亚库尼在大门口喷上:HMJFC的第23运输连,正式宣布这个军营的启用。

塞夫边看边抓着自己的脑袋,"HMJFC是什么意思?"

"尊敬的塞浦路斯犹太军队陛下……还能是什么?"约押答道。

这就是吉狄恩行动的形式：阿里·本－迦南玩了个危险的游戏，胆大包天地成立了一支伪装的英军部队，把摩萨德的指挥部在光天化日下设在了法玛古斯塔的公路上，并为完成这个行动计划，充分利用了英军的装备。他依据的是一个最简单的道理：越是平常自然，越是一个地下工作者最好的伪装。

当三个美国人搭乘一条商船抵达法玛古斯塔后，吉狄恩行动拉开了它的最后一幕。他们是摩萨德·阿力亚·伯特的成员，战争期间在美国海军接受了训练。两个被佛朗哥政权驱逐的流亡者也坐另一条船到了法玛古斯塔，传统的西班牙保皇党成员都是阿力亚·伯特雇用的船员。此时此刻，算上阿里、大卫、约押、塞夫，出埃及号的全体船员已经到位。

翰克·舒斯伯格，一个美国船长，和约押开始着手改装移民船。拉那卡是个小港，但在曼德里亚的安排下，阿芙罗狄德的改装悄悄地在码头的一角进行着，没有引起外人的注意。

首先是客舱、货舱，甲板上的衣柜、家具、架子等都被清理一空，凹凸不平的船面经过修理和打磨，看起来就像个大贝壳。

甲板上竖起了两个小木屋，一个做男厕、一个做女厕，船员食堂被改作了医务室，厨房变成了军火库和储藏间，船员休息室被拆掉，扩音系统高高地挂了起来，陈旧的引擎换成了一部大马力的推进器，为防止引擎出现故障，船上还架起了一张备用风帆。

孩子们中间有些是极端虔诚的犹太教徒，为解决他们的饮食，约押从塞浦路斯的犹太社区准备了特制食品，按定量做成了罐头。

然后，他们对货舱和甲板空间做了测量，为孩子们的睡铺在货舱里搭起了高度十七英寸的架子，在架子上给每个孩子平均分配了四英尺长、十一英寸宽的铺位，编上号；为了让孩子们在睡觉时能有一点点翻身的空间，舱内和甲板上的空间都做了标记。

移民船改装后，他们又在船舷凿出一些通风口，装上风管，以便可以通过风扇和空调为舱内输送新风，防止拥挤在舱内的人们因晕船而出现呕吐。

一切都进展得很顺利，在旁人眼里，拉那卡港这条破船上工作的人们并未显得与众不同。

由于担心军用卡车在码头上装卸物资可能引起注意，阿里一直在考虑怎样才能把大量补给送上船。在改装工作基本完成后，"出埃及号"每天晚上都会偷偷开出拉那卡港。南部湾几英里外有个小海湾，满载补给的第23运输连的卡车一到，川流不息的橡皮舟就会通宵达旦地把物资运到船上，填满舱内的每一寸空间。

在卡瑞勒斯的少管所，塞夫·吉尔博正在完成他的准备工作。经过精心挑选的三百个健康的孩子，分批在操场上开始强化训练，接受格斗、投掷、使用轻武器的知识。他们在四周放出警戒，一旦发现英军巡逻哨，军训立即就转为游戏。没有在操场上训练的孩子们，都在教室里学习巴勒斯坦的地理，或模拟遇到英军盘问时应该如何应付。

天黑以后，塞夫带着大家在操场上点起篝火，和其他帕尔马赫的战士们轮流给孩子们讲巴勒斯坦的故事，在那里，孩子们将不会再生活在铁丝网的后面。

吉狄恩行动并非一帆风顺，但基本是在阿里和他的助手大卫、塞夫、约押等的监督控制下进行着。

尽管大卫是个敏感、学者型的人，但也容易冲动。在军用仓库的冒险成功，让他和塞夫、约押大有不把仓库搬空誓不罢休的感觉。他建议不分昼夜派出23运输连去军用仓库搬走所有东西，塞夫甚至想搞几门大炮出来；既然是不拿白不拿，为什么不多拿。

阿里提醒他们不要太贪，以免暴露行动计划。英国佬不过是打了个瞌睡，23运输连的车辆绝不能招摇过市，一而再、再而三地出现在军用仓库，无疑这会引人注目。

尽管如此，这些人越来越无法无天，行动计划暴露的可能越来越大，约押甚至过分到擅自邀请一些英国军官到23运输连共进午餐。阿里的忍耐终于到了极限，不得不威胁要将他们送回巴勒斯坦。

两周后，万事俱备，只欠东风。吉狄恩计划的最后行动，在等待英国人启用拉那卡路边的难民营，从卡瑞勒斯转移难民的时间。而马克·帕克的文章，将随着三百个孩子的命运成为舆论的焦点。

第十九节

　　萨瑟兰德的副官考德威尔来到英国驻塞浦路斯情报处长艾伦·艾里斯戴尔少校的办公室，四十岁左右、说话细声细气、表情腼腆的艾里斯戴尔拿上准备好的文件，跟着考德威尔穿过大厅，走进萨瑟兰德的办公室。

　　司令官让两人坐下，点点头，示意汇报可以开始。艾里斯戴尔摸摸鼻子，看着报告细声细气地说道，"在卡瑞勒斯的少管所，迹象显示犹太人在蠢蠢欲动，据分析，有骚乱和暴动的可能性。"

　　萨瑟兰德不耐烦地敲着办公桌，艾里斯戴尔嘶嘶的讲话方式总让他感到紧张，尤其是在唠唠叨叨地扯着那堆所谓的情报的时候。

　　"亲爱的艾里斯戴尔少校，"他听完汇报后说道，"你十五分钟的朗诵，主题是怀疑犹太人正在策划可怕的阴谋。过去两周，你试图在少管所、在卡瑞勒斯的其他难民营安插你们的人，但他们却在瞬间被识破后轰了出来。你用两页报告让我了解到你们截获了他们的情报却破译不了，判断他们有电台却不知道在哪儿。"

　　艾里斯戴尔和考德威尔迅速对视了一下，他们明白，这个老家伙又要出难题了。

　　"请原谅，司令官阁下，"艾里斯戴尔欠身说道，"很多情报只能靠分析，但众所周知的事实是他们确实在蠢蠢欲动。我们确认在卡瑞勒斯，巴勒斯坦的帕尔马赫正在组织军事训练，我们还确认在萨拉米斯的废墟附近，发现有他们的偷渡人员踪迹，我们有充分理由怀疑曼德里亚那个希腊仔和他们有勾结。"

　　"真会捕风捉影，这些我都知道。"萨瑟兰德打断了他，"你们怎么就不想想，正是因为有那些巴勒斯坦人，难民才没有成为暴民。他们开设学校、医院、食堂等，维护拘留营里的秩序，为防止逃亡，连人员进出都有限制。如果把这些巴勒斯坦人轰走了，我们还不麻烦成堆？"

　　"那我们应该雇用一些情报人员，至少可以了解他们要干些什么。"考德威尔插嘴到。

　　"你收买不了犹太人，他们像苍蝇似的聚在一起，每次我们认为可能得逞的时候，就发现他们是在耍我们。"艾里斯戴尔答道。

"那就干脆来硬的，让他们知道谁是上帝。"考德威尔厉声道。

"弗瑞德、弗瑞德，"萨瑟兰德点上烟斗，无奈地说道，"他们可都来自集中营，没有什么能吓住他们。还记得卑尔根－贝尔森吗？你认为我们的铁腕要比他们的还有过之而无不及吗？"

艾里斯戴尔少校开始后悔要求考德威尔和他一起来汇报了，这个家伙的想法太没层次。"司令官，"他很快插嘴道，"我们都是军人，不管怎样，如果我说在卡瑞勒斯一切正常，那我就是谎报军情。我想目前聪明的办法，是我们应该密切关注事态的发展。"

萨瑟兰德站起来，背着手在屋里走来走去，沉思着，不时吸上两口烟斗，然后用烟嘴敲着自己的牙齿说道，"我在塞浦路斯的任务是保持那些难民营井然有序，等待我们的政府决定如何处理巴勒斯坦的托管权问题，我们不能引发任何对我们不利的政治宣传。"

弗瑞德·考德威尔感到很气愤，他实在不能理解为什么萨瑟兰德总是坐在那里，看着犹太人在制造麻烦，可自己又无能为力。

艾伦·艾里斯戴尔理解萨瑟兰德，却不敢苟同。照他的想法，应该立即在卡瑞勒斯有所行动，打乱犹太人的计划。但他的权力仅仅是提供情报，供萨瑟兰德决策，但司令官的表现是毫无道理的软弱。

"还有什么吗？"司令官问道。

"是的，还有一个问题，长官，"艾里斯戴尔翻着他的文件说道，"请问司令官是否看了关于那个美国女人——凯瑟琳·弗里蒙特和新闻记者马克·帕克的报告？"

"他们怎么了？"

"是这样，长官，我们不清楚她是否是他的情妇，但事实是她在他抵达塞浦路斯后，即开始去卡瑞勒斯工作，难道仅仅是巧合？从过去的经历看，我们都知道帕克有着某种反英倾向。"

"真是瞎扯，他是个优秀的新闻记者，在纽伦堡战犯大审判上他工作得很出色。我们因鲁莽，在荷兰那次付出惨重代价的事情，正好让他赶上，那是他的工作。"

"我们能否这样认为，长官，弗里蒙特夫人去卡瑞勒斯工作，可能是在帮助帕克，曝光难民营的内幕。"

"艾里斯戴尔少校，如果你因谋杀受审，我希望陪审团在看到你刚才提供给我的这类证据后，不会判你绞刑。"

艾里斯戴尔也不好意思地感到有些脸红。

"这个叫弗里蒙特的女人不过恰好是目前中东地区最好的儿科护士，希腊政府对她在萨洛尼卡孤儿院的杰出表现称赞有佳，她和马克·帕克又是自儿时起的朋友，是犹太福利机构雇用的她，你报告里不是也都提到嘛，艾里斯戴尔少校……你看过自己的报告，对吗？"

"但是……长官……"

"我还没说完，让我们假设你的怀疑可以成立，最坏的结果是弗里蒙特夫人确实在为马克·帕克搜集情报，而马克·帕克据此发表了关于卡瑞勒斯的系列报道。各位，现在是1946年底……战争结束有一年半了，人们已经厌倦和不会再关注难民的故事。我们如果将一个美国护士和新闻记者驱逐出塞浦路斯，反而要引起大家的兴趣。各位，今天就到此为止吧。"

艾里斯戴尔飞快地整理好文件，弗瑞德·考德威尔冷冷地坐着，憋着一股气。突然，他跳了起来，"要我说，应该杀掉几个犹太佬，让他们明白谁才是主宰。"

"弗瑞德！"

考德威尔在门口转过身。

"如果你实在难以控制你的情绪，我可以调你去巴勒斯坦，那里的犹太人全副武装，也没被关在铁丝网后面，他们喜欢拿你这样的小家伙当早餐。"

考德威尔和艾里斯戴尔疾步走下大厅，弗瑞德气愤地嘟嚷着。"到我办公室来，"艾里斯戴尔说道。弗瑞德一屁股坐进椅子，张张两手，艾里斯戴尔从桌上拿起一个开信封器，两手背着，在屋里来回走着。

"要我说，"考德威尔说道，"他们应该给这个老东西一个爵士身份后让他立刻退休。"

艾里斯戴尔回到办公桌旁，咬着嘴唇，犹豫片刻，"弗瑞德，我考虑了几个星期，萨瑟兰德已经让人难以忍受，我要给特夫·布朗将军去一封私人密件。"

考德威尔扬起了眉毛，"这可有些冒险，老伙计。"

"在这个该死的小岛爆炸前,我们必须做点什么。你是萨瑟兰德的副官,有你的支持,把握会大一些。"

考德威尔早就对萨瑟兰德心怀不满,而艾里斯戴尔通过联姻,成了特夫·布朗将军的亲属,想到这儿,他点点头,"那你一定要在特夫·布朗面前给我美言几句。"

敲门声中,收发又送来一批新的文件,考德威尔将文件递给艾里斯戴尔后,转身离开了办公室。艾里斯戴尔一边翻看着文件,一边叹道,"真让人头疼,岛上居然出现了有组织的江洋大盗,还他妈聪明得让我们都不知道丢了什么。"

几天后,特夫·布朗将军收到艾里斯戴尔少校的密件,他的第一反应是立即要把艾里斯戴尔和考德威尔招到伦敦,让他们对自己的叛逆行为做出解释,但随后意识到,艾里斯戴尔不会唐突到要冒犯他的顶头上司,除非他确实被惊动了。

如果特夫·布朗采纳艾里斯戴尔的意见,对卡瑞勒斯的地下活动迅速做出反应,遏制犹太人的进一步企图,他也应该立即行动了,因为阿里·本－迦南已经开始了他的倒计时。

英国人宣布,拉那卡附近的新设施已经就绪,几天内,所有爆满的难民营都要做一个评估。难民们将在评估后的十天内,每天三百到五百人,由卡车送往新的难民营,而阿里把他的行动定在了第六天。

他们告别了地道、集装箱、垃圾桶的逃跑方式,他们将在阿里的领导下,开着英国人的卡车,去卡瑞勒斯把孩子们公开接出来。

第二十节

烦:

面交全美新闻联合会伦敦分会

肯尼思·布拉德伯里先生亲启

亲爱的布拉德：

现委托英国国际航空公司的F.F.惠特曼机长亲自将这封信和随信报告面呈阁下。

吉狄恩行动计划五天后开始，请立即电告是否收到此信。凭我个人判断，事件发展极有可能耸人听闻。

在事件发生后，我会给你去电，如果署名马克，说明计划正常，有关报道可以发表；如果署名帕克，说明出现意外，请等待我的确认。

为确保这封信能安全送到你的手上，我答应付给F.F.惠特曼先生五百英镑，请你收到后兑现，好吗？

马克·帕克

马克·帕克
多美酒店／凯里尼亚／塞浦路斯
桃乐茜姨妈平安抵达伦敦，我们都很期待你的进一步音讯。

布拉德

马克的文章已经平安送达全美新闻联合会伦敦分会，他们在等待他的通知。

当基蒂开始去卡瑞勒斯工作后，她从多美酒店搬到了在法玛古斯塔的乔治国王酒店。马克考虑到凯里尼亚是"出埃及号"的第一现场，为便于报道，他选择了留下。

马克曾两次开车去法玛古斯塔看她，都因她在难民营而没有见面。曼德里亚证实了马克的猜测，那个难民小姑娘作为基蒂的副手，一天到晚都和基蒂待在一起。马克对此感到担心，基蒂是把对死去孩子的情感全部放在这个小姑娘身上了，这是一种病态；除此之外，她还要冒险从卡瑞勒斯往外携带伪造的文件。

吉狄恩行动进入了倒计时，这让马克常常会感到不安，基蒂的古怪行为更让他担心，他决心一定要见上基蒂一面。

在去法玛古斯塔的路上，他紧张得要命，事情进展得太顺利了。本－迦南和他的那帮家伙在英国佬眼皮底下的无法无天，让他们好像察觉了什么，但还不至于发现是谁在帮助这帮家伙。对本－迦南和那些家伙在装备"出埃及号"和培训孩子们等方面的大胆和细致，马克感到有些不可思议。这件事恐怕也是他人生中遇到的最重大的一件事，作为参与者，他不能不有所担心。

抵达法玛古斯塔后，他把车停在了乔治国王酒店旁边。这个酒店很像多美，坐落在海边，从宽大的露台上可以俯瞰浩渺的大海，基蒂正坐在一张桌子旁眺望着海面。

"嗨，马克。"她看着他在身边坐下，笑着亲了他一下。

他要了些饮料，点上烟，递给基蒂一支。她看起来容光焕发，与刚到凯里尼亚时相比好像年轻了十岁。

"你看上去不错。"她说道，没有在意他那副酸酸的表情。

服务生送上了饮料。

"有些如坐针毡，是吗？"

"当然。"他生硬地答道。

他们透过眼镜上方对视了一下，基蒂摘下眼镜，"好了，帕克先生，别像个路边戳着的电线杆，说点什么吧，要不会憋坏的。"

"我们之间是怎么了？你生我气了吗？烦我了？"

"我的天，马克，真没想到你原来这么小心眼，要知道我的工作很累……我们不是商量好在这段时间不要跑来跑去了吗？"

"我可是马克·帕克啊，我们曾经是最好的朋友，是无话不谈的朋友。"

"你到底想说些什么？"

"凯伦……凯伦·汉森·克莱门特，从德国到丹麦的那个小姑娘。"

"这有什么可谈的？"

"当然有。"

"她不过是我偶然碰上的一个很可爱的小姑娘，我们是朋友，就是这样。"

"你从来都不会撒谎。"

"我不想讨论这个话题。"

"你在自寻烦恼，上次是和一名水兵睡觉，这次你真的会毁了自己。"

她在马克的逼视下垂下了眼帘，"我从没像过去几周那样清醒。"

"难道你是想用一时说明一世吗？"

她把手放在他的手上，"那是一种新生的感觉，虽然我知道没有意义，但她实在太可爱了，马克。"

"她是要乘'出埃及号'离开的，你怎么办？也跟着一起去巴勒斯坦？"

基蒂掐灭了烟，喝着鸡尾酒，眼睛又像马克很熟悉地那样眯了起来，"你打算怎么办？"马克逼问着。

"她不走，这是我为阿里·本－迦南工作的前提条件。"

"愚蠢之极……愚蠢之极，基蒂。"

"住嘴，别太过分了。你知道我一直很孤独，渴望一份她可以给我的感情，何况她也需要我的理解和照顾。"

"但你并非是要做她的朋友，而是要做她的母亲呀。"

"就算是又有什么错？"

"听我说……我们最好都冷静些。我不知道你是怎么看，但她的父亲好像还活着，即便不是，她的家也应该是在丹麦；抛开这些不谈……这个孩子和其他孩子一样受到了蛊惑，一直向往着巴勒斯坦。"

基蒂脸色变得很难看，眼里充满了悲伤，这让马克倒有些歉意。

"是的,阻止她去巴勒斯坦可能是我的一个错误,但我想和她在一起相处几个月……争取让她明白只有去美国才是最好的选择，我相信可以做到的……"

"基蒂……基蒂……基蒂，千万不要把她当成桑德拉，战后你一直活在桑德拉的世界里，不管是在萨洛尼卡的孤儿院，还是接受本－迦南的挑战去了卡瑞勒斯，你都是在孩子们中间寻找桑德拉的影子。"

"马克，别说了……"

"好吧，我能做些什么呢？"

"尽快确认她父亲是否还活着，否则我要领养她，带她去美国。"

"我尽量吧。"他说着，发现阿里·本－迦南一身军装，穿过露台向他们走来。阿里很快来到他们的桌旁，坐了下来。这个家伙还是那副冷面孔，但基蒂一看到他，脸上又泛起了一层红晕。

"刚从大卫那里听说出了一点麻烦事，你最好和我走一趟。"他对基蒂说道。

"什么事？"马克和基蒂异口同声地问道。

"暂时不太清楚，杜夫，那个做假证件的小子，正在伪造转移孩子们的文件，突然罢工了,非要让我过去谈谈。"

"我去能有什么帮助吗?"基蒂问道。

"你的丹麦小姑娘凯伦,恐怕是唯一能让这个小子听话的人了。"

基蒂一下变得面无血色。

"我们必须在三十六小时内拿到那些伪造文件,所以需要你带着凯伦去做那个小子的工作。"

基蒂踌躇地站起来,茫然地跟着阿里走了。马克摇摇头,久久地盯着空荡的大门通道,陷入了沉思。

第二十一节

凯伦站在教室里,生气地看着面前的这个人——温柔的面孔、金色的头发,看着挺可爱的。他不过才十七岁,但可爱的外表下,冰冷的眼神中却流露着饱受磨难后愤世嫉俗的神色。他站在一个小小的壁橱旁,里面堆放着他伪造文件用的纸张和工具。凯伦走过去,伸手在他鼻子下面晃晃,"杜夫,你看你都干了些什么?"他撇撇嘴,喉咙中发出一阵低沉的咕噜声。"别只会哼哼,告诉我你到底要干什么?"凯伦说。

他神经质地眨眨眼,凯伦生气的时候最好不要理她,"我已经说过我要见本-迦南。"

"为什么?"

"看到那些文件吗?那是伪造的油印表格。本-阿米给了我一个名单,让我把上面的三百个人排到要转移去拉那卡难民营的表格里,但他们不是真要去拉那卡,那附近有条摩萨德的船,他们要乘那条船去巴勒斯坦。"

"那又怎么样?你应该知道我们对摩萨德和帕尔马赫从不问三问四的。"

"但这次我要问清楚,名单上没有我们。除非他们让我们也一起走,否则我就不干了。"

"你也不能确定是否真有船,即使有,他们这次不让我们走一定有原因,我们在卡瑞勒斯还有很多事要做。"

"我才不关心他们需不需要我在这里工作,他们答应让我去巴勒斯坦,我就必须要去。"

"那些帕尔马赫的年轻人为我们做了那么多,你不认为我们应该回报他们吗?难道你就一点都不愿付出?"

"为我们,为我们,你难道不知道他们为什么冒着危险向巴勒斯坦走私犹太人吗?你真的认为他们是爱我们吗?他们这么做,完全是因为他们需要更多的人去和阿拉伯人作战。"

"那美国人和其他国家的人呢?他们又不用和阿拉伯人作战,为什么要帮我们呢?"

"我知道为什么,他们是在为他们的良心买单,他们没有尝过被送进毒气室的滋味,他们感到内疚。"

凯伦气得握紧双拳、咬紧牙关、闭上眼,努力使自己平静下来,"杜夫,除了恨,你还知道点别的吗?"她转身要离开房间。

他飞快地跑过来,挡住了她的去路,"你又生我的气了。"

"你说对了。"

"可你是我在这里唯一的朋友啊。"

"你就想着去巴勒斯坦,然后就可以加入恐怖组织去杀人……"她回到屋子中间,叹了口气,在桌旁坐下。在她面前的黑板上,一行大大的正楷字显得异常醒目:英国政府在1917年的《贝尔福宣言》中承诺犹太人的家园是在巴勒斯坦。"我也想去巴勒斯坦,"她低声说道,"真的很想,那里有我的父亲……他一定正在那边等我。"

"回到你的帐篷等我,本-迦南马上就到。"杜夫说道。

凯伦离开后,杜夫在屋里不耐烦地来回走着,大约十分钟,这让他越来越感到气愤。

门开了,阿里·本-迦南高大的身影出现在门口,大卫·本-阿米和基蒂·

弗里蒙特跟在身后，大卫随手关上门，上了锁。

杜夫眯起了眼，满脸狐疑，"我不想让她也在这里。"

"可我想。"阿里应道，"有什么就说吧。"

杜夫眨眨眼，犹豫着；他知道犟不过本-迦南，于是走到壁橱前，拿出伪造的油印表格，"我知道你们有一条船到了塞浦路斯，这些人都是准备搭乘那条船的。"

"很有想象力，说下去。"阿里赞赏着。

"我们有过交易，本-迦南，这个名单上如果没有我和凯伦的名字，我就不会为你再伪造这些文件了，是不是这样？"

阿里不由得用余光瞟了一眼基蒂。

"杜夫，难道你没有意识到你在这里的工作没有人可以替代？"大卫·本-阿米接过话，"难道你没有意识到你和凯伦在这里比在巴勒斯坦更有价值？"

"难道你没有意识到我他妈不喜欢这样？"杜夫答道。

阿里垂下眼，忍住了笑。这是个聪明的无赖，玩起来又那么糙，是集中营孕育了他们这样卑劣的性格。

"看来你是掌握着出牌权的，"阿里说道，"那就加上你的名字。"

"凯伦呢？"

"她不在内。"

"那我们就再做个交易。"

阿里上前一步说道，"我不喜欢你这个玩法，杜夫。"他高高的身材让杜夫感受到了压力。

但他仍然显得很倔犟，"你可以打我，也可以杀了我，可我不怕，你总不会比那些德国人还可怕吧。"

"收起你的犹太复国主义腔调，"阿里说道，"先回你自己的帐篷里等着，十分钟内给你答复。"

杜夫打开门，跑了出去。

"这个小兔崽子！"大卫忍不住骂道。

阿里朝大卫点点头，示意他暂时离开一下。大卫刚出去，基蒂就抓住阿里的衬衣,"她不能走,你发过誓,她不会搭乘'出埃及号'离开的。"

阿里抓住她的手腕,"如果你不能控制自己,我就不和你谈任何事,我们的麻烦已经够多了,你千万不要再歇斯底里。"

基蒂用力挣脱了他的双手。

"听着,我也没有想到事情会是这样;再有四天,我们就可以大功告成,但那个孩子捏着我们的七寸,他很聪明,除非他完成那些伪造文件,否则我们将前功尽弃。"

"再和他谈谈……答应他任何事,只要能把凯伦留下。"

"如果有效,我宁愿任他摆布。"

"本-迦南……求求你……他会妥协的。"

阿里摇摇头,"这样的孩子我见多了,他们身上的理性几乎荡然无存,仅有的那点恐怕也是来自于凯伦,你应该清楚,他将只会听那个姑娘的……"

基蒂靠着那块写有《贝尔福宣言》的黑板站着,蹭下的粉笔灰顺着肩头掉到了衣服上。她知道,本-迦南是对的,杜夫·兰道是个无可救药的孩子,但邪门的是他对凯伦那份忠诚。马克太有远见了,自己真是够蠢的。

"现在只有一个办法,"阿里说道,"你去和那个姑娘谈谈,告诉她你的感受,让她知道你为什么要让她留下。"

"我做不到。"基蒂小声说着,一副痛苦的表情。

"我真没有想到会是这样,很抱歉,基蒂。"这是他第一次直接称呼她基蒂。

"带我回马克那里。"她说道。

他们走进大厅,"去告诉杜夫。"阿里吩咐大卫,"我们同意他的条件。"

杜夫一得到通知,就飞快地跑到凯伦的帐篷里,兴奋地宣泄着,"我们也要去巴勒斯坦了。"

"是吗?真是这样吗?"凯伦兴奋得简直无法相信。

"但我们必须保持沉默,现在只有你和我知道真相。"

"什么时候走呢?"

"还有几天,本-迦南会带着卡车来,他们都装扮成英国士兵,然后假装带着我们转移到拉那卡那边。"

"太好了。"

他们拉着手走出帐篷，漫步在阿拉伯橡胶树下，放眼望去，四周是一片帐篷的海洋。他们缓缓来到操场上，塞夫正带着孩子们在练习匕首格斗。

杜夫·兰道独自走向了铁丝网，看着来来回回地巡逻着的英国士兵，远方的瞭望塔上，架着英国人的机枪和探照灯。

铁丝网——机枪——士兵——

是什么时候开始的这种铁窗生活？时间太久，他已经记不清了。

铁丝网——机枪——士兵——，生活原本就是这样吗？杜夫站在那里，沉思着；过去是个什么样子呢？那好像是很久以前的事了。

第二十二节

1939年夏的波兰华沙

孟德尔·兰道是华沙城里一个非常普通的面包师，与约翰·克莱门特相比，无论财富、地位、知识都是截然不同的两个社会层次的人，除了犹太背景以外，没有任何相同之处。

作为犹太人，每个人都因存在的不同而对这个世界有着不同的认识。克莱门特属于那种矢志不渝、追求人类大同的理想主义者，但孟德尔·兰道只是个小人物，只能根据自己的亲身感受，得出了与克莱门特完全不同的认识。

孟德尔·兰道没有克莱门特走运，他一出生就被认为是个外来人。七百年来，犹太人在波兰屡遭迫害、歧视和虐待。

波兰的犹太人是为逃避十字军的迫害，在中世纪"神圣的宗教清洗"前，从德国、奥地利、波希米亚跑到波兰的。

孟德尔·兰道如所有波兰的犹太人一样，耳闻目睹了老一辈的遭遇：宗教信仰被认为是杀生和巫术，做生意被诅咒为是奸商。

无尽的煎熬在一个复活节演变为一场灾难，疯狂的民众涌上街头，犹太人都被赶出家门，拒绝接受洗礼的人被当场处死。

他们还要承担额外的税负，在种族隔离制度下被迫戴上黄色的臂章，名目繁多的排犹法律竟然达到一千零一条之多，为了彻底孤立犹太民族，他们被赶进了各地的犹太隔离区。

但奇迹就在这些隔离区里出现了，犹太民族没有因恶劣的生存条件消亡，反而发扬光大了他们的信仰和文化，繁衍壮大了他们的民族。在像外星人似的被与世隔绝之后，犹太人越来越转向他们的摩西去寻求法律的庇护，这些法律最终成为约束他们行为准则的有效律法。在隔离区，他们自己管理自己，家庭与社区的关系异常紧密，以致在隔离区消失之后，这种纽带关系仍然流传下来。

对波兰的统治者来讲，隔离区只是对付犹太人的手段之一，法律禁止他们拥有土地，由于担心犹太人的竞争力，法律还禁止他们经商和从事手工艺。

任何时候，只要波兰遇到天灾人祸，隔离区里的犹太人就被当成是替罪羔羊。成群结队的暴徒，在无知的仇恨和恐惧的驱使下，冲进隔离区，殴打和杀害犹太人，捣毁他们的家园，掠夺他们的财物，直到这种不光彩的行径成为暴徒们习以为常的消遣。

到了1648年，长达四个世纪鱼肉犹太民族的行径达到了它的顶点，在哥萨克人的叛乱中，五十万犹太人惨遭杀害，就连刚刚出生的婴儿也被失去理性的刽子手扔进坑里活埋。

欧洲中世纪的黑暗，在西欧各国已经成为过去，但在波兰却又死灰复燃。1648年的可怕悲剧，与数百年来对犹太民族的迫害，造就了隔离区高墙后面的一个奇特现象。

综观犹太民族的历史，每当黑暗的岁月让希望破灭，就会出现一些自我标榜为是"弥赛亚"的救世主。在1648年大屠杀那个最黑暗的时刻，又站出了一批这样的"弥赛亚"，他们每个人都自称为实现弥赛亚的预言而生，每个人都有大批的追随者。

这些"弥赛亚"出现后，针对几个世纪来犹太民族的不幸，掀起了一股神秘主义和疯狂解读《圣经》的思潮。在他们绝望的救世企图下，他们的鼓吹者在神秘主义、占卜术、良好愿望的基础上，对《圣经》编撰了稀奇古怪的注解，希望通过一种称之为卡巴拉的思想体系，在上帝的引领下，让他们远离野蛮的杀戮。

当"弥赛亚"们和卡巴拉信徒们沉浸在自我标榜和对《圣经》的解读时，隔离区里又兴起了一股第三势力——哈西德教派，他们恪守苛刻的生活准则，专注于学术研究和宗教祈祷，渴望在虔诚的祷告和宗教迷信中，摆脱现实中的痛苦。

弥赛亚——卡巴拉——哈西德教派，无一不是苦难和绝望的产物。

孟德尔·兰道知道，欧洲的启蒙运动，揭开了历史崭新的一页。波兰人民为争取自由，经历了无数场战争、革命和争权夺利，而每当波兰面临边界威胁和领土纷争的时刻，犹太人就拿起武器，和波兰人民并肩作战，为国家的强盛，宁愿放弃自己民族的利益。

时过境迁，在1939年的波兰共和国，他和家人已不必寄居在隔离区里，三百万波兰犹太人，已经是国家生活的重要组成部分。

但迫害并未随着共和而消失，不平等的税负，经济上的限制，甚至在天灾面前，犹太人都要受到诅咒。

尽管犹太隔离区已经成为过去，波兰却更像是一个放大了的隔离区。自从1936年，孟德尔·兰道经历了发生在布热希奇、琴斯托霍瓦、布拉兹台克，以及马佐夫舍地区的明斯克的反犹骚乱和杀戮，耳闻目睹了那些咆哮着的流氓无赖，专门干着砸犹太人商店和剪犹太人胡须的勾当。

所以，孟德尔·兰道和约翰·克莱门特得出了完全不同的两个结论。他很清楚，犹太民族在波兰尽管已经存在了七个世纪，他们依然被看做是个外来民族。

他是个简单而又平凡的人，他的妻子利亚也是个最普通的女人，一个勤劳奉献的贤妻良母。

孟德尔·兰道总想给孩子们留下些什么，但他既没有哈西德教徒的宗教狂热，也不相信弥赛亚或卡巴拉的占卜术。

孟德尔仅仅保留着最基本的宗教信仰，像基督徒对待复活节和圣诞节那样对待自己的犹太节日。他不盲目崇拜《圣经》，但承认它的历史价值和对犹太民族的评价，有鉴于此，他没有让他的孩子们成为虔诚的宗教信徒。

孟德尔·兰道留给孩子们的是理想，那是一个遥远和梦一样的地方，犹太民族总有一天要返回巴勒斯坦去重建故土,要想与人平等,不能没有自己的祖国。

为了家庭的吃、穿、住、教育和关爱,孟德尔·兰道拼命工作着,他不奢望在有生之年能够看到巴勒斯坦,也不相信孩子们有这种可能,但他不能没有理想。

孟德尔在波兰的犹太人中间并不孤立,三百五十万犹太人里,成千上万人追逐着同一个命运,宗教界、劳工界、军人、商人,不同领域里出现的犹太复国主义,汇成了喷涌不息的犹太复国主义的泉源。

作为工会成员,孟德尔和他的全家,都是一个叫"救世军"的劳工组织的成员,以至于他们的日常生活,也都深受"救世军"的影响。一批批来自巴勒斯坦的说客,招兵买马、鼓动宣传、座谈、歌舞、诱人的期待,更加深了他们心中憧憬的那个理想。

和其他犹太复国主义组织一样,"救世军"经营着自己的垦荒中心,青年男女在那里接受各种培训,一旦他们在巴勒斯坦买下新的土地,经过培训的人们就被送去从事耕耘。

兰道一家六口,除了他和妻子利亚外,大儿子曼德科已经十八岁,身材魁梧,不仅是个面包师,还是"救世军"里的一个小头头;两个女儿——一个叫鲁思,十七岁,性格和妈妈一样,很内向,正在和一个叫詹恩的"救世军"小头头热恋着;另一个叫丽贝卡,十四岁;杜夫最小,是家里的宝贝。他只有十岁,大大的眼睛,金黄的头发,因为太小,"救世军"不要他。他很崇拜哥哥曼德科,在哥哥的默许下,经常跟着去参加一些集会。

1939年9月1日

在制造了一系列边境摩擦后,德国军队于今天正式侵入了波兰境内,孟德尔·兰道和大儿子曼德科应招参加了波兰军队。

仅仅二十六天,纳粹德国的军队就粉碎了波兰军队的抵抗,孟德尔·兰道和其他三万名犹太士兵,作为波兰军人战死沙场。

在这个危急时刻,兰道一家顾不上悲伤,曼德科从战场一回来,就带领全家投身到大势已去的华沙保卫战中。

德国军队进入华沙后,多数波兰犹太人对生活仍然抱有幻想,但救世军和其他犹太复国主义组织却已经感到，危险就在眼前。

有些组织选择了前往德军入侵波兰时，被苏军占领的波兰东部，有些发起了地下抵抗，还有一些在地铁里成立了避难所，救世军和大多犹太团体决定，要团结，要行动一致。

经过表决，救世军决定留在华沙，成立抵抗阵线，并保持和境内其他救世军组织的联系。曼德科被推选为军事首长，尽管他还不到十九岁，鲁思的男友詹恩做他的副手。

随着德国人建立了政权，汉斯·弗兰克被任命为地方首脑后，一系列的反犹法案和行动就开始了。宗教活动遭到禁止，旅行受到限制，税负增加，犹太人失去了公权、民权、选举和被选举权，犹太人被禁止领取救济分配，禁止出现在公共场所，禁止去学校上课。

是否恢复成立犹太隔离区又成为热门话题。

在推行了一系列反犹法案的同时，德国人在波兰人民中间发起了一场"启蒙运动"，将已经流行的观点"是犹太人造成的这场战争"推向高潮，他们甚至无耻地表白，他们的侵略行径，是要将波兰从"犹太布尔什维克"手里解救出来。在华沙和其他城市，到处张贴着犹太人侮辱修女和堕落行为的海报，剃犹太人胡须、亵渎犹太教堂、在公开场合凌辱犹太人的行为受到了鼓励。

德国柏林

在柏林，纳粹头子们为了对付所谓的犹太问题，绞尽脑汁地编撰着他们的规划：海德里西——秘密警察头子，力主将犹太人作为人质勒索后，再集体驱逐出境；财政怪才舒哈叔特建议要慢慢地榨干犹太人的资产；在充斥着各种言论和观点的政坛上，把犹太人送到马达加斯加岛去的旧议题又重新提起，如果不是英国佬的封锁，最好把他们送去巴勒斯坦。

一直具体负责安置犹太人的盖世太保上校埃伊克曼，出生于巴勒斯坦，讲一口流利的希伯来语，因此，他似乎成为解决犹太问题方案的权威。他的总部设在了库尔法斯特大街46号，在最终解决方案出台前，很明显，他们需要一个大规模的安置计划。多数纳粹头子认为波兰是一个理想的地方，那里已经有了三百五十万犹太人，在那里安置也不会遇到西欧国家的反对。

汉斯·弗兰克反对在波兰安置过多的犹太人，他已经想方设法以饥饿、枪杀、绞刑来减少犹太人的数量，但他必须服从来自于柏林的命令。

公告一出，德国人就在波兰撒下了围捕犹太人的大网，冲锋队杀进村庄和小镇，将犹太人包围起来，很多人连生活必需品都来不及带，就被塞进闷罐火车，送到各地的集中营。

有些犹太人得到消息提前跑了，跑不掉的想花些钱藏在基督徒的家里，但几乎没有人愿意承担藏匿犹太人的风险，即使有，这些人也是榨干了躲藏者的最后一分钱后，再把他们交给德国人。

一旦犹太人得到了安置，按照法律，每个人都必须戴上白色的臂章，上面印有"大卫之星"的标志。

波兰不是丹麦，波兰人对歧视犹太人的法律没有表示异议，犹太人只好戴上了臂章，"大卫之星"的标志显得异常的刺眼。

1939年冬 华沙

那些日子对兰道一家是痛苦与辛酸的，他们失去了孟德尔·兰道，犹太隔离区的话题议论纷纷，德国人的安置计划，食品的匮乏等，都让生活变得很艰难。

1940年初的一个清晨，突然有人敲门，为德国人工作的波兰警察到了门外，他们通知利亚·兰道，两个小时之内，带上她的东西，搬到华沙犹太人安置区里去。没有赔偿，没有时间收拾准备，婚后二十年辛苦积攒下的房子和家产，顷刻之间化为乌有，兰道一家和所有华沙的犹太人，被安置到了城中火车站附近的一个地方。

曼德科和詹恩很快找到一个三层小楼作为栖身之地，这里也是他们这个一百多人的救世军组织的总部。兰道一家五口挤进一间有折叠床和两把椅子的房间里，而卫生间和厨房是和其他十家合用。

华沙的犹太人被赶进了一个狭小的地区，从翟洛佐莱姆科沙街到公墓，长约十二个街区，宽不到六个街区，而救世军总部就坐落在莱斯诺大街附近那个专门制作刷子的工厂区。虽然曼德科照旧做着面包生意，大厨房里还有救世军的食品，暂时没有财政急需，利亚还是尽可能带出了一些首饰和值钱的东西，以备将来有用。

各地的犹太人，背着背包，推着小车，携带着可以携带的所有家当，川流不息地涌进了华沙；一列列火车，把数不清的犹太人倾泻到居住区旁，很快，居住区变得拥挤不堪。詹恩的家人也搬了过来，小小的房间里挤进九个人，鲁思和詹恩的关系成为公开的秘密。

德国人让犹太人成立了一个管理委员会，很快，它变成了执行德国人命令的工具。一些认为最好和德国人站在一起的人，加入了犹太警察部队。狭小的居住区里，人口迅速超过了五十万。

1940年底，波兰被占领一年后，成千上万的犹太人被送进了劳改营。华沙犹太人居住区周围出现了一道十英尺高的围墙，围墙上竖起了铁丝网，十五个进出通道由波兰和立陶宛警察把守着，犹太隔离区再次出现在波兰。几乎所有公共交通中断了，曼德科也失去了在隔离区外的工作，隔离区内的食品配额，根本无法支撑里面一半人的生活，能够让家人苟延残喘的，是那些在劳改营或工厂里工作，持有劳工卡的人。

隔离区的形成带来了恐慌，一些人开始变卖家产以换取食物，另一些人逃到基督徒那里寻找希望，但多数逃跑者换来的不是死亡就是被出卖，高墙里面的生活演变成了无休止的煎熬。

曼德科·兰道逐渐表现出他的领导才能，由于在救世军中的重要身份，他有幸能够经营隔离区里几个屈指可数的面包房中的一个，通过大家的团结和努力，他的组织勉强维持着温饱，生活得以延续。

隔离区内的生活并非毫无生机，一个水平很高的交响乐团每周都有演出，学校照常开课，文艺宣传队活动频繁，辩论和讲座随处可见。隔离区内还有自己的报纸、自己的货币、秘密的宗教活动，救世军是组织和推广隔离区生活的主要角色，小兰道很想经常参加救世军的活动，但在大家的要求下，只好返回学校。

1941年3月

波兰沦陷后的第十八个月，阿道夫·希特勒宣布了解决犹太人问题的最终方案。在这个口头命令的六周后，秘密警察头子海德里西在大瓦恩斯的一个秘密会议上，向秘密警察、盖世太保、其他纳粹高官传达了这个魔鬼的决定。

最终方案 = 种族灭绝

盖世太保上校埃伊克曼作为专家，负责铲除所有欧洲的犹太人。

几个月内，亲纳粹的东正教徒经过动员，组成了特别行动队，在种族清洗的命令下，席卷进波兰、波罗的海各国、被占领的俄国领土。按照计划，特别行动队把犹太人包围起来，带到偏僻的地方，强迫他们为自己挖好坟墓，然后剥光他们的衣服，跪在自己的墓前，再用子弹打穿他们的脑袋。

发生在俄国基辅郊区一个叫巴比·亚尔的地方的特别行动，达到了令人发指的地步，三万三千名犹太人被驱赶到一个巨大的土坑前，屠杀持续了两天两夜。

特别行动队的屠杀，居然没有遭到当地人的反对，甚至还得到他们的认同。在巴比·亚尔，屠杀就是在乌克兰人的欢呼声中进行的。

通过特别行动队实施的种族清洗显然已经不能让纳粹满意，枪杀的速度既低效又引人注目，饥饿也不能让犹太人马上毙命。

埃伊克曼、保罗·波勒拜尔、希姆莱、斯特雷克海尔等纳粹高官制订了一个庞大的计划，在铁路终点和人口稠密地区筛选出隔离区，然后以最廉价的成本在这些地方成立集中营，处决必须以流水线的方式进行。

新成立的集中营高官，统统从原德国境内的集中营里提拔。

1941 年冬

华沙犹太隔离区内，死亡的人数已经让巴比·亚尔的屠杀相形见绌，成百、成千、成万的人开始因饥饿和寒冷死去。婴儿饿得没有了哭声，老人虚弱地放弃了祈祷。每天早上，大街上到处都是尸体，清洁工人步履蹒跚地穿过街头，将这些尸体装上手推车，成堆的婴儿、孩子、男人、女人的尸体，就这样被送去火化场焚烧。

曼德科的面包房已经关门，救世军也面临危机。为了生存和食物，十一岁的杜夫放弃了上学，他像一只狡猾的狐狸，竖着耳朵，四处寻觅。兰道家里很长时间揭不开锅了，当大家都感到无能为力时，利亚卖掉了一件首饰，换回一点吃的。

那是个漫长而可怕的冬天，兰道全家在又一次连续几天忍饥挨饿后，终于有了一点食物可以果腹，但利亚的手上，却失去了一件她珍爱的结婚手链。之后，他们似乎运气不错，救世军搞到一匹骨瘦如柴的老马，尽管教规禁止吃马肉，面对饥饿，大家已经顾不上了。

鲁思和詹恩在那个冬天结了婚，十九岁的她由于饥饿，看起来有些枯瘦，蜜月只能和兰道一家四口、詹恩一家三口共用一个房间，但小两口显然还是可以找到时间独处，第二年春天，鲁思怀孕了。

曼德科作为救世军领导的一个主要责任，是设法保持与外界的联系。他常常要用钱去贿赂波兰和立陶宛警察，同时还要把有限的资金用到更重要的方面。通过城市下水道系统，他在高墙内外建立了一条秘密通道，但他们要小心躲避华沙城里的那些波兰流氓，一旦被抓，不是被敲诈就是被送到盖世太保那里领赏。

救世军已经有五个人被捕，鲁思的丈夫——詹恩被抓住后，送到盖世太保那里被绞死了。

小兰道越来越学会了如何生存，他向曼德科建议，由他负责通过下水道传递书信，他的金发碧眼使他看起来不像是个犹太孩子，小小年纪也不会引人注意。尽管他态度坚决，曼德科还是拒绝了他。作为哥哥，他知道弟弟的精明和能力，但感情不允许他让小兰道去做这个危险的工作。直到有一天，在曼德科又一次连续失去两个信使后，才不得不让杜夫先试一试。利亚没有表示反对，她知道，大家在高墙里面，每天面对的也都是死亡。

杜夫很快就证明了他是最好的信使，他在高墙内外建立了几条路线，对华沙城下那个充满恶臭、泥泞、腐物的下水道系统了如指掌。每个星期，杜夫都要在黑暗中，穿过齐肩高的污水，来到扎布热瓦斯卡99号的一座公寓里，去见一位叫旺达的夫人。每次都是在那里饱餐一顿后，带上手枪、弹药、钱、通信零件及关于游击队和其他隔离区的消息，再通过下水道返回。

每当杜夫有空，他喜欢在救世军总部和曼德科还有丽贝卡待在一起。丽贝卡的工作是伪造旅行文件和护照，他看着看着就开始帮忙，没有多长时间，他的拷贝和复制的天分就得到认同。杜夫的眼光很准，手也很稳，在他十二岁时，他成了救世军中最好的造假者。

1942 年春末

为解决犹太人问题，德国人终于迈出了关键的一步，他们成立了一些集中营，专门负责集体根除犹太人。在特雷布林卡村附近，约三十三亩的隔离区被划出来，用于解决华沙的犹太人。德国人在两座主要建筑里，安装了十三间毒气室，工作和管理人员在这里还有休息室，楼外空旷的野地里，是他们焚烧尸体的地方。特雷布林卡集中营是首批杀人集中营中的一个，从此，这样的专业杀人集中营到处可见。

1942 年 7 月

犹太人开始准备他们的哀悼日，在华沙和波兰各地的犹太人，恐怕比世界其他地方的犹太人更为悲哀。这是犹太人一年一度的斋戒日，是为了纪念二千年前，耶路撒冷的神庙被巴比伦和罗马入侵者焚毁的日子。从那时起，犹太人没有了祖国，流离失所，四海为家。

1942 年的哀悼日，是纳粹德国对犹太民族的种族清洗的开始。

当华沙的犹太人在为他们的祖先和自己的悲惨命运祈祷时，德军的巡逻队开进了隔离区，停在了犹太人委员会的办公楼前。与往常他们进来抓劳工时的表情不同，这一次，空气中都充满了他们的邪恶。他们只抓老人和孩子，老人们被驱赶到一起，孩子们被从妈妈的怀里抢走，恐慌在隔离区中迅速蔓延。

被包围起来的人聚集在阿姆斯科拉格波拉茨，然后被送去火车站附近的斯多基大街，车站里停着一列列闷罐车厢；迷乱和受到惊吓的人们拥挤在一起，疯狂的父母在枪口的威逼下，被迫与自己的孩子分开，空中不时回荡着德国士兵的枪声。

无知的孩子们在德国士兵的哄骗下，高兴地以为是去郊区野餐，而很多人面对这个突然行动，还没有清醒过来就被带出了隔离区。

火车向着特雷布林卡驶去，种族清洗的前夜，一切准备就绪，1942 年的哀悼日就这样开始了。

两个星期后，从扎布热瓦斯卡 99 号旺达的公寓里返回的杜夫·兰道，带回一个令人震惊的消息，哀悼日和随后几次被围捕抓走的人，都被带到一个叫特雷布林卡的地方，送进了毒气室。波兰其他地方传来的消息，都证实了在波兰还存在许多这样的集中营：克拉科夫地区的贝乌热茨和海乌姆诺各有一座；卢布林附近的梅丹奈克集中营正在准备启用；消息同时透露，还有很多地方正在兴建类似的集中营。

在毒气室里被集体屠杀？简直令人难以置信。

身为救世军领导的曼德科，约见了隔离区内其他犹太复国主义组织，会后发表了共同声明，立刻举行起义，打破高墙封锁。

这个呼吁更多体现的是一种情绪，却很难落实。他们不但手无寸铁，而且在那些持有工作证的劳工大军中也得不到支持。

更主要的原因是，起义在波兰没有基础。在法国，维希政府坚决地拒绝了德国人的要求，没有将犹太人送交他们；在荷兰，市民共同的行动是把犹太人都藏了起来；在丹麦，国王不仅蔑视德国人的权威，丹麦人民还把所有犹太人安全地疏散到了瑞典。

而波兰，即使他们没有同意将犹太人种族灭绝，他们也没有反对；即使他们反对，他们也无所作为；有幸得到波兰人民庇护的犹太逃亡者，屈指可数。

在犹太隔离区内，不同的犹太团体或派别信奉着不同的哲学；宗教和劳工、保守派和左翼常常对立和争论着，犹太民族爱好辩论，因此，隔离区生活中的辩论犹如家常便饭。但面对即将降临的灾难，为拯救隔离区内的所有幸存者，曼德科的救世军将不同派别团结在一起，并最终成立了波兰犹太复国主义委员会。

杜夫更加频繁地往返于旺达的公寓与隔离区之间，每一次，他都带去委员会给波兰地下抵抗组织的乞求，希望得到武器和帮助。遗憾的是，他们的乞求几乎如泥牛入海，仅有的答复也是让人失望。

整个夏天，德国人没有停止在隔离区内的围捕和在特雷布林卡的屠杀，这一切，让委员会深感绝望，同时更加感到责任重大。

进入9月的一天，杜夫在华沙城里遇到了危险。他刚刚离开旺达的公寓，就被四个流氓盯上了。在被追进一条死路后，他们要他出示证件。他靠墙站着，四个人冲上来，扒掉了他的裤子，当发现他做过犹太割礼后，他们开始打他。杜夫拔出准备带回隔离区的手枪，杀死了其中一个，并在其他流氓被吓跑后，迅速潜入了下水道。

回到救世军总部后,他仍然因惊吓而感到恐惧和不安,在哥哥曼德科的安慰下,他才感到安静和好过一点。曼德科已经二十一岁,但经常显得憔悴和疲惫不堪,作为领导,他不得不超负荷地工作着,保证了救世军的团结和战斗力。兄弟两个说着知心话,直到杜夫平静下来后,曼德科搂着杜夫的肩头,带着他从办公室返回住地。路上,他们谈到鲁思即将出生的孩子,杜夫很快要当舅舅了,虽然救世军的人都会是孩子的姑姑、婶婶、伯伯、舅舅,但只有杜夫才是孩子真正的舅舅。救世军里还有很多对新婚夫妇,最近又新添了三个宝宝,不过鲁思的宝宝应该是最出色的。曼德科告诉杜夫,生活还是美好的,他们刚刚又搞到一匹马,准备再举办一个盛宴。快到家的时候,杜夫终于露出了笑容,并对哥哥表示是多么地爱他。

他们打开家门,看到丽贝卡的表情,立刻感到家里出了大事,曼德科费了很大的劲才让妹妹平静下来。

"妈妈和鲁思都被从工厂带走了,在去阿姆斯科拉格波拉茨的路上,她们的工作证都被作废了。"

杜夫掉头就向外跑,被曼德科一把抱住,任凭他在怀里又踢又叫着。

"杜夫,我们现在什么也做不了。"

"妈妈、妈妈,我要去见妈妈。"

"杜夫,我们不能去!"

怀孕八个月的鲁思,没有死在特雷布林卡的毒气室,而是被塞进牲畜车后,因早产,和孩子一起死在了去特雷布林卡的路上。

特雷布林卡的秘密警察头子沃尔斯上校正在大发雷霆,集中营里最大的毒气室又出现了系统故障,而从华沙满载犹太人的一列火车正在路上。沃尔斯一直在为特雷布林卡享有波兰其他集中营所没有的特别处置权而自鸣得意,但这个时候,工程师们却告诉他,在华沙火车到达前,没有办法让毒气室正常运转。

更糟糕的是,恰恰在这个时候,秘密警察上校埃伊克曼和希姆莱要亲临现场视察,沃尔斯原打算以一场干脆利落的毒气战向他们表示敬意。

现在,他只好把所有陈旧、被淘汰的毒气卡车搜罗到一起,开到车站旁边,等待从华沙过来的火车。毒气卡车一般每次只能装二十人，但这次特别行动，每辆车要塞进二十八个人，当他们发现在被害者的头上脚下还有空间时，又强迫在每辆车上再塞进八到十个孩子。

火车到达特雷布林卡车站时，利亚·兰道还沉浸在对鲁思的悲伤中。但她很快就被从牲畜车上赶下来，与其他三十个人，在皮鞭、棍棒、狼狗的驱赶下，举着双手，挤进一辆等候在那里的货车。铁门在货车塞满后砰的一声关上，卡车启动了；几秒钟内，铁皮车厢里涌进大量一氧化碳，车内所有人在抵达特雷布林卡集中营时全部窒息而死。他们被倾倒进一个露天大坑里，遇难者的金牙则被拔掉掳走。

不管怎样，利亚没有便宜了德国人，早在饥寒交迫时，她就已经用自己的金牙为大家换了吃的。

随着冬天来临，德国人的围捕行动也越来越疯狂。

整个隔离区里的人，带着他们所有的财产，搬进了地下室。这些地下室，像救世军组织的那样，经过改装和扩建，变成了一个个地下堡垒，成十成百个地下堡垒，最终编织成一个巨大的地下隧道工事。

德国人和他们的走狗——波兰及立陶宛警察，越来越发现他们在隔离区里已经抓不到人了。

这让德国人很生气，但地道伪装得很好，几乎不可能被发现。终于有一天，德军驻华沙司令坐不住了，他亲自出面，来到隔离区，找到犹太人委员会的主管，勒令委员会必须协助德军，找出那些逃避"劳动责任"而躲起来的懦夫，加快"安置"计划的实施。三年来，委员会一直处于既要应付德军命令，又要设法营救自己人民的困境中，如今，在德军当局的威逼下，委员会主管以自杀做出了回答。

这是隔离区面临的又一个寒冬。

曼德科的救世军奉命在工业区里设置防御阵地，而杜夫只要离开了下水道，就会待在地下室里不停地伪造着通行证件，每周还可以在旺达那里享受一两顿像样的饭菜。现在，只要他从隔离区出去，还要带出一些老人和不适合参加战斗的人，而每次从外面回来，都要带回一些武器或者通信器材。

1943年的冬天，隔离区里的死亡人数变得令人震惊，原有的五十万人到了年底，只剩下五万人。

1月中的一天，杜夫正准备按计划经下水道去旺达那里，曼德科和丽贝卡叫住了他。

"我们不能再这样坐等希望了。"曼德科说道。

"杜夫，"丽贝卡插话道，"上次你在华沙的时候，我们经过讨论，决定你这次出去后就不要再回来了。"

"有什么特别任务要我去做吗？"杜夫问道。

"那倒不是……你一下还不明白。"

"什么意思？"

"我们想送一些人住到隔离区外面去。"丽贝卡解释着。

杜夫还是不明白，他只知道救世军需要他，整个委员会里没有人像他一样了解城市下水道系统的布局，如果委员会准备打一场防御战，那么他的作用应该更大；此外，他伪造的旅行文件和证件已经帮助上百人逃离了波兰，他看着他的姐姐和哥哥，一脸困惑。

丽贝卡把一个信封塞在他手里，"这是钱和证件，出去后好好待在旺达那里，直到她给你找一个好的基督徒家庭。"

"你们才没有表决权呢，这一定是你和曼德科的主意，我不走。"

"你必须走，这是命令。"曼德科说道。

"才不是命令呢。"杜夫反驳着。

"这是我身为兰道家庭负责人给你的命令！"

三个人呆呆地站在地下室的角落里，四周安静极了。"这是命令！"曼德科又重复了一遍。

丽贝卡搂过杜夫，用手捋着他的金发，"杜夫，你长大了，我们一直也没有机会疼你，不是吗？看着你一次次钻进下水道，一次次为我们偷回吃的，我们无法给你一个你应该享受的童年。"

"可那不是你们的错呀。"

"杜夫，"曼德科说道，"不要拒绝丽贝卡和我的心意，我们从来没给过你什么，但这次你必须活着出去。"

"曼德科、丽贝卡,只要能和你们在一起,我什么都不在乎。"

"求求你了……就算是为我们,我们这个家必须有一个人活下去,为我们大家。"

杜夫仰起头,看到哥哥的眼里充满了恳求。

"我懂了,"他小声答道,"我一定要活下去。"

他看看包裹,为避免在下水道里弄湿了,他把它装进一个帆布口袋。丽贝卡把他的头抱在胸前,低声说道,"我们会在埃雷兹·以色列再见的。"

"是的……在以色列的土地上再见。"

"你是个出色的战士,杜夫。"曼德科说道,"我一直为此感到骄傲,一路平安。"

"一路平安。"杜夫重复着。

他转身爬进了下水道,心情格外沉重,这一天,是他十三岁的生日。明天,在另一个世界,等待他的会是什么呢?

1943年1月18日

杜夫离开隔离区三天后,德国军队、波兰和立陶宛警察开进了隔离区,准备将仅剩的五万犹太人一网打尽。

德国军队遇到了波兰犹太复国委员会的坚决抵抗,他们在枪林弹雨中受到重创后,不得不退出了隔离区。

消息像野火般传遍了整个华沙城。

犹太人正式举行了武装起义。

那个晚上,华沙城里每一个人都坐到了收音机旁,听着波兰犹太复国委员会秘密电台一遍遍发出的求救呼声:

"波兰的兄弟姐妹们,今天,我们给暴君以沉重打击,我们呼吁所有隔离区外的波兰兄弟们,加入起义,打击我们共同的敌人。"

尽管他们的呼吁没有得到任何反响,坐落在隔离区里米拉大街的波兰犹太复国委员会总部大楼上,"大卫之星"的旗帜旁飘扬着波兰国旗,隔离区的犹太人选择了战死,悲壮地战死在从未属于过他们的旗帜下面。

第二十三节

德国人对于在隔离区里遭受的挫折感到很没面子，负责隔离区治安的盖世太保头子科恩拉德，在给波兰总督汉斯·弗兰克的报告里曾宣称，只需两三天就能解决隔离区的犹太人问题；长久以来，犹太人在波兰人眼里都是胆小鬼，对今天发生的战斗，他们得到的消息是，隔离区里有一些疯子和变态狂，强奸了波兰姑娘。

波兰犹太复国委员会废除了犹太人管理委员会，暂时接管了隔离区的控制权，在无情地镇压了德国人的合作者后，迅速转入了阵地防御。

汉斯·弗兰克为避免落入波兰犹太复国委员会的圈套，决定暂不进攻隔离区，而是采取淡化事件的做法。他们开动宣传机器，保证隔离区里的人只要自愿参加安置，那么每个从事"光荣的劳动"的人就都能享受到体面的待遇。

波兰犹太复国委员会发出指示，告诫所有犹太人不要相信德国人的谎话，千万不能离开隔离区，否则会遭到枪杀，他们已经没有任何退路。

经过两周的沉寂，德国军队再次开进了隔离区。这一次，他们全副武装，小心翼翼，但还是在委员会的火力前遭到重创，不得不又一次退出了隔离区。

德国人开始认真思考他们的下一步行动，他们的报章、电台连篇累牍地指责是犹太布尔什维克在制造麻烦。就在德国人一筹莫展的时候，委员会也在加强他们的防御力量，不断寻求波兰地下抵抗组织的帮助，并公开向社会各界发出恳求；遗憾的是，除了个别志愿者，他们没有得到任何武器和地下组织的帮助。

德军参谋部决定采取一次毁灭性的进攻，将隔离区从地图上彻底抹去。那一天是逾越节，是犹太人为纪念在摩西的领导下，成群结队地离开埃及的日子。

凌晨三点，三千名纳粹党卫军在波兰和立陶宛警察的配合下，将隔离区团团围住，几十部探照灯交叉着为德军的轻重大炮捕捉着目标，攻击前的炮击一直持续到天亮。

清晨，党卫军发起了进攻，他们从几个方向，一步步向隔离区的纵深挺进，居然没有遇到像样的抵抗。

从隐蔽的路障后、房顶上、窗口里，男男女女的波兰犹太复国委员会战士们用手中的小型武器，诱敌深入，近距离大量杀伤敌人后，迫使德国人第三次退出了隔离区。

德国人气昏了头，他们以坦克开路，再次杀回隔离区；在燃烧瓶的阻击下，这些钢铁怪物转眼变成燃烧的棺材，瘫痪在路上，纳粹党卫军撤退前，又在大街上留下了几百具尸体。

波兰犹太复国委员会战士们飞快地跑出藏身之地，捡回德军遗弃的枪支弹药和军用物资。

科恩拉德被解除了职务，党卫军将军斯特路普接任了指挥权。他的任务是，彻底摧毁隔离区，不能留下任何一个胆敢挑战纳粹权威的活口。

斯特路普从不同方向、用不同战术，对隔离区发起了一次又一次、一天又一天的连续进攻，但每次进攻和扫荡，遇到的都是同样的命运。他们遭到了逐楼逐屋的顽强抵抗，波兰犹太复国委员会的每一个人都像疯了一样，以死抗争着。他们使用地雷、挂雷、反冲、肉搏，一次次把德国军队打出了隔离区。十天过去了，德国军队仍然看不到任何胜利的希望。他们集中力量攻下了隔离区里仅有的一所医院，枪毙了所有伤病人员，炸毁了医院，并宣称他们摧毁了波兰犹太复国委员会的指挥部。

波兰犹太复国委员会的战士们穿上德军士兵的军服，诱骗德军上当后再包围消灭他们；战士们还一次次跳出隔离区，来到德军后方，一次次炸毁了德军的弹药补给。

德国人凭借他们众多的人数和精良的武器装备，在连续不断的进攻后，终于占据了主动。而抵抗者方面，人员伤亡得不到补充，弹药越打越少，只好不断收缩防御阵地。尽管如此，德国军队仍然无法在隔离区内稳定下来。波兰犹太复国委员会趁着这个机会，开始动员手无寸铁的非战斗人员，设法逃离隔离区。

战斗中，曼德科化装成德军军官，带领着他的部队，袭击了帕维阿克监狱，释放了所有的人。

两个星期过去了，科恩拉德曾经夸下海口，三天就能解决的华沙隔离区的犹太人问题仍然困扰着德国人。到了第十五天，在离救世军总部不远的制刷工业区，丽贝卡和她的战友们在一座大楼里抵抗德军的进攻。一发炮弹击中了大楼，除丽贝卡外，所有的抵抗者都被炸死了。随后，雨点般的炮弹将大楼彻底炸塌，丽贝卡暴露在大街上。德国人包围上来，她没有了退路。在生命的最后时刻，她拔出手榴弹，冲向三个德军士兵，与他们同归于尽了。

三个星期过去了，在付出了惨重的伤亡代价，以及对犹太人的诋毁被戳穿后，斯特路普被迫改变了他的战术。他从隔离区撤出了部队，但加强了包围，然后调来重炮，将所有可能被作为抵抗阵地的大楼夷为平地。到了晚上，德军海因克尔轰炸机扔下燃烧弹，对隔离区进行了地毯式的轰炸。

曼德科在波兰犹太复国委员会总部参加了会议后返回救世军的阵地，他和战士们因疲劳、饥饿、干渴已经筋疲力尽，很多人遭到了灼伤，大家围了上来。

"德军的大炮几乎炸毁了所有建筑……"他说道。

"还有希望和地下组织建立联系吗？"

"当然……我们联系过，但他们帮不了我们。除了手里的，我们再不能得到任何食物、水、弹药的补给。我们的通信系统基本瘫痪了，一句话，朋友们，仗已经无法按照计划打下去了。现在开始，我们要各自为战，可能的话，还是要和委员会总部通过人员保持联系，但我们要靠自己的力量抵抗德国人的再次进攻了。"

"我们只剩下三十个人，十支手枪，六条长枪，能坚持多久呢？"

曼德科笑了笑，"整个波兰才抵抗了二十六天，我们干的已经非常不错了。"说完，他开始安排战术，分配食物，制订计划。

一位叫莉弗卡的姑娘，拿起被打坏的手风琴，拉起一支温柔舒缓的曲子。在十英尺的地下，那个阴暗潮湿的地洞里，残存的救世军战士们，以从未有过的合音，唱出了他们的渴望。歌词大意是，美好的埃雷兹·以色列土地上的加利利，金色的麦田一望无际，丰硕的稻谷在微风中摇曳。他们在华沙隔离区的地洞里，以一首绝唱，表达了他们对加利利的向往。

"注意！"观察哨发现在火焰和瓦砾中，若隐若现地闪出了一个孤单的身影。

灯光被吹灭了，地堡里一片漆黑和安静。在一阵有节奏的敲门声后，室内的灯光又亮了起来。

"杜夫，我的天，你来干什么？"

"千万不要再送我走,曼德科!"

兄弟两个抱在一起,杜夫抽泣着,在哥哥怀里让他感觉安全。大家围过来,听着杜夫传来的坏消息,华沙城里所有的人仍然对起义毫无反应,不能再对波兰地下组织抱有任何幻想了。

"回来的路上,我看到下水道里躺满了人,虚弱的要死的人,他们没有地方可去,华沙城里没有人愿意帮助他们。"

在杜夫回到隔离区后,难以想象的一幕发生了,几乎所有逃到华沙城里或郊区的犹太人,又都返回了隔离区。既然没有地方可以收留他们,那他们只好回到战壕里,为了尊严,选择战死。

1943年5月

狂轰滥炸终于停止了,隔离区里的大火也熄灭了。

斯特路普驱赶着他的党卫军又一次冲进了隔离区,他们如愿了。犹太人丧失了所有防御能力,基本上已经弹尽粮绝。德国人有组织地一块块分割着犹太人的防御阵地,用炮火和火焰喷射器一个个地清除了每一个地堡。

他们绞尽脑汁,企图抓捕一些俘虏,拷问出防御地堡的配备和位置,但所有抵抗者们宁可被烧死,也没有人愿意投降。

党卫军撬开了下水道盖子,向里面施放毒气,泥泞的污水中立刻堆满了尸体。

波兰犹太复国委员会的零星抵抗仍在继续,他们从地堡里向德军小部队发起闪电袭击,敢死队员们一个个都视死如归,以至于德军的伤亡上升到了几千人。

在斯特路普无情的高压面前,犹太人有组织的抵抗变得毫无意义,但他们仍然出自本能地战斗到生命的最后时刻。

5月14日,曼德科和他的组织里仅剩的十二名救世军战士开了个会,摆在他们面前只有两条路,一条是战斗到死,一条是跟着杜夫从下水道出去,寻找游击队。杜夫向曼德科保证,尽管德国人向下水道施放了毒气,他有把握找到安全的出路。

杜夫在高墙下弯弯曲曲的下水道里一路辗转,终于来到扎布热瓦斯卡99号的出口。在穿过这座楼的时候,本能让他感到不安,周围制高点上出现了一些可疑的人，虽然不能确定旺达是否落入盖世太保之手，但这里一定隐藏着危险。

当他于午夜返回隔离区时，眼前的一切已经面目全非，除去瓦砾和残迹，街道和建筑都不见了，空气中散发着一股股尸体烧焦的味道。他点起一支随身携带的蜡烛，钻进地堡，烛光在墙面上摇曳着。从地堡的这一边到那一边，他查找着尸体，但火焰喷射器下烧焦的尸体已经无法辨认，他就这样失去了他最亲爱的哥哥——曼德科。

1943年5月15日，波兰犹太复国委员会地下电台发出了他们最后的声音：这里是华沙隔离区之声，看在上帝的分上，帮帮我们！

1943年5月16日，在德军向隔离区发起进攻后的第四十二天（波兰犹太复国主义委员会正式成立并驱逐德国人后的四个月），作为征服的炫耀，斯特路普将军下令炸毁了特拉玛茨卡大街上的犹太大教堂。长久以来，这座大教堂是犹太教在波兰的象征，它的消失，其意义不亚于所罗门神殿毁于罗马人之手。德国人以此为标志，宣告了华沙隔离区的问题不复存在。

战后的隔离区里惨不忍睹，放眼望去，残垣断壁和碎石瓦砾一望无际。斯特路普宣称的战利品只有十六支手枪和四支步枪，如果还有，就只剩那遍地的废墟了，但没有一个犹太人成为俘虏。

面对如此野蛮的屠杀，抵抗者们显示出巨大的生命力，并继续战斗在残垣断壁之中。侥幸生存下来的犹太人，三三两两地组成了"鼹鼠小组"，一到晚上，就主动袭击德军的巡逻队，以至于德国人和波兰警察都认为，隔离区的夜晚，是鬼魂出没的地方。

杜夫找到了另外六个生存者，他们在一个个地堡中搜寻着，直到把自己全副武装起来。隔离区里，死去的人随处可见，空气中弥漫着尸体的恶臭；每天晚上，杜夫都带着他们穿过下水道，到隔离区外面去打劫食品店。

波兰各地的犹太人陆续又举行了几次武装起义，但每一次，不是显得无关轻重、生不逢时，就是只有孤军奋战。

杜夫和其他六个人白天只能蹲在他们新挖好的地洞里，长达五个月的时间，他们就没有见过阳光。之后，三个人在华沙城内的一次袭击中丧命，两个人自杀身亡，另一个死于饥饿。

五个月后，当德军巡逻队发现杜夫的时候，他已经奄奄一息，形容枯槁。德国人把他带到盖世太保司令部去审问，在经受了毒打和拷问后，还是从他身上什么也得不到。杜夫·兰道：十三岁，隔离区里的一只"鼹鼠"，擅长在下水道和瓦砾中生存，擅长仿造，安置目的地——奥斯维辛。

第二十四节

盖世太保无论如何也不相信，杜夫·兰道可以在没有外人的帮助下，在华沙隔离区的瓦砾里生存达五个月之久；他和其他六十个犹太人被塞进了一列敞篷货车，火车在冰天雪地的冬季，向着华沙以南的奥斯维辛开去。

1940年的德国柏林

党卫军中校卡尔·赫斯来到埃伊克曼上校的办公室，埃伊克曼已经受命负责执行根除犹太人的计划，他把这个集纳粹头子们智慧的计划大纲呈示给赫斯。

大纲要求，在欧洲大陆要编织起一个关押政治犯的集中营和监狱网络，盖世太保必须渗透进每个被占领的国家。

而另一类型的网络由三百个混合集中营组成，其中一半作为关押犹太人的集中营。

赫斯中校对大纲中隐含的种族清洗的目的印象颇深。

尽管这样，大纲的制定者们还是感到事关重大，所以把赫斯召到了柏林。按照纳粹头子们的想法，既然在西欧成立杀人集中营会遇到巨大的阻力，那么波兰正好处在西欧和巴尔干半岛之间，在那里成立一个样板是最好的选择。此外，除了要解决犹太人问题，还有俄国人、法国人、战俘、游击队、被占领土的政治犯、宗教狂热分子（特别是天主教徒）、吉普赛人、罪犯、共济会会员、马克思主义者、布尔什维克、自由主义者、工会成员、同性恋、德国国内的反战分子，以及任何看着不顺眼的人。为了让欧洲成为雅利安人的天堂,所有这些人都必须清除干净。

埃伊克曼谈到的这种类型的集中营,就是专门处理这类人的。他告诉赫斯,作为纳粹,在这样的集中营里忠于职守,将会得到上峰的奖赏。然后,埃伊克曼用手指向地图,那是靠近捷克边境上的一个波兰小镇,它的名字叫奥斯维辛。

关押着杜夫·兰道驶向奥斯维辛的火车,缓慢地停靠在克拉科夫。这里是个中转站,市郊的铁路线上,等候着即将加入他们的车厢排成了长龙。来自法国和希腊的犹太人被关在装牲口的车上、来自捷克斯洛伐克和荷兰的犹太人被关在运煤的车上、来自意大利的犹太人被关在敞篷车上,列车向着奥斯维辛开去。天寒地冻,刺骨的冷风和漫天的雪花拍打在杜夫的身上,他在破碎的衬衣下战栗着,与难友们相互偎依在一起,抵御着严寒。

1940—1941年 德国柏林

在纳粹挑选了赫斯负责奥斯维辛集中营后,他们非常清楚他是这座杀人工厂最好的人选。赫斯在1934年希特勒上台时,就具有了管理集中营的经历。近几年,他一直任萨克森豪森集中营的副职。赫斯是一个做事严谨和细致的人,在执行命令时从不问为什么,更让纳粹满意的是,他做起事来不怕苦也不怕累。

奥斯维辛方圆二万亩土地上的村庄和农户被清扫一空,铁丝网围起了这个地方;最好的建筑工人、工程师、科学家、运输专家以及最出色的纳粹突击队员汇聚到这里,开始了浩大的工程。毒气室选在离奥斯维辛主营地两英里远的一个叫比克瑙的地方,然后被完全与外界隔离了。这里有一个火车站,从西欧、东欧、南欧来的火车都可以直达这里。此外,奥斯维辛小镇显得很平常,它坐落在西里西亚矿区入口无尽的污泥盆地里,为了建这座集中营,纳粹不得不考虑他们内部的不同声音。

铁路和运输工具是德国军队为实施东线作战的基本保障,他们对利用宝贵的铁路资源来运送欧洲各地的犹太人感到荒唐。但纳粹顽固地认为,解决犹太人问题和东线作战同样重要。在他们把这个问题上交给希特勒后,希特勒站在了党卫军、秘密警察、盖世太保以及其他纳粹组织一边,德军最高统帅部受到了冷落。

赫斯设想着应该如何管理奥斯维辛，为此，他专门去特雷布林卡了解集体处决的方法。在访问后，他的结论是：特雷布林卡的司令官，党卫军上校沃尔斯是个愚蠢的业余杀手。在特雷布林卡，他们用一氧化碳执行死刑，效率很低，机器设备经常发生故障，利用汽油做燃料成本太高。此外，沃尔斯做事不严谨慎重，所以那里的犹太人才多次造反。最后，赫斯认为，特雷布林卡的处决能力每一次只能达到三百人，设计水平太低。

当奥斯维辛的比克瑙毒气室进入试运行后，赫斯命令开足马力，迎来了他的首批"客人"。经过试运行，他和他的专家组钟情于一种叫赛克隆B的氢氰酸毒气原料，随后，大单的订货源源不断地送给了汉堡的一家国际杀虫剂化学公司。

比克瑙毒气室的设计容量为每次三千人，根据天气情况，一天最高处决人数可以达到一万人。

押送杜夫·兰道的这列火车拖着五十节车厢，停靠在距离奥斯维辛一站之地的赫扎努夫小镇。火车上每五个人中，已经有一个人死去；成百的人因过低的气温，被冻在了车厢边上，以至于要移动一下，都会撕裂身上的皮肉；母亲将孩子扔出车外，嘶哑着乞求田野里的农夫救救他们；拖出去的尸体，堆满了六节新加挂的尾车里。杜夫，尽管感觉自己就要死了，但仍然保持着仅有的那点渴望和警觉。他非常清楚自己的处境，非常清楚越是这个时候，越要激发自己的生存智慧。火车又开动了，一小时后，将是他们的终点——奥斯维辛。

1941 — 1942 年 奥斯维辛

赫斯务求在比克瑙的处决行动要专业、不出问题。为了蒙蔽受害者，让他们保持安静，他命令在毒气室周围种上了花草树木，目光所及之处，是用各国语言表达的"卫生检疫中心"的标志，受害者只有经过所谓的体检和祛除虱子后，才能换上新装，转移到奥斯维辛的劳改营或其他集中营中去。

在毒气室的四周和下面，是一排排整洁的更衣室，衣挂钩上的号码标记，让每个人"记住"他们的编号；为了祛除虱子，每个人的头发都要剃光，所有戴着眼镜的人都要把眼镜留在外面。

每一个人在进入毒气室前领到一块打着编号的肥皂，他们赤裸着、三千个人同时走入毒气室，沿着长长的走廊下去，两边是一排排巨大的铁门，铁门豁然开启，露出一个个庞大的"淋浴间"。

多数人静静地走进这些房间，全然不知即将要发生的一切。有些人看着手中的肥皂，发现它居然是用石头做的，还有些人注意到天花板上的淋浴喷头是假的，地面上也见不到排水沟。

当最后一刻因恐慌爆发骚动时，严阵以待的纳粹突击队员，挥动着手中的皮鞭和棍棒，把踌躇着的人们赶进"淋浴间"。

沉重的铁门砰然紧闭。

在不过十到十五分钟的时间里，每个"淋浴间"内便因一罐或两罐赛克隆B的作用，变得死一样的寂静。

负责清理死者的囚犯开始忙碌着，把尸体送往焚尸炉。焚烧前，死者的金牙和戒指都被摘下，熔化成金块运往柏林。集中营的德国宪兵之间，还盛行着买卖死者头盖骨，作为镇纸之用的毛骨悚然的现象。

在清理死者遗物时，家庭合影与情书全部付之一炬，让纳粹冲锋队员们感兴趣的只有金银珠宝。衣物中隐藏着的婴儿，被他们毫不留情地送进了下一批遇难者中间。

赫斯非常欣赏他的冲锋队，他们在每列火车到来后工作得都很卖力。而此时，额外的配给和烈酒是赫斯对他们的最好奖励。赫斯本人从不为他们的行为产生丝毫内疚或疑问，反而津津乐道他的严谨和效率。为此，当埃伊克曼私下送来二十五万匈牙利犹太人的时候，他也没有感到丝毫不安。

赫斯不断地要求他的工程技术人员要降低成本、提高效率。集中营的扩建方案，在经过精心策划后已经出台。其中一个方案是，为便于焚烧尸体，要把毒气室整层通过一个液压装置抬升到焚化炉层；另一个方案是，要把比克瑙的处决能力增加到每天四万人。

种族灭绝的瓶颈在于处置尸体。开始，他们把尸体从毒气室拖出后，埋在野地里，撒上石灰，当恶臭四溢，让人无法忍受时，他们强迫犹太囚犯在野地里挖好坑，把尸体焚烧后，砸碎骸骨，直到焦臭的味道仍然弥漫在集中营四周，才使他们不得不投入人力、物力、财力，用于焚尸炉的建设和改进。

押送杜夫·兰道的火车经过奥斯维辛，停靠在比克瑙车站。

第二十五节

尽管在饥寒交迫中仅剩下一口气，杜夫凭借着对危险和死亡的敏感，仍然保持着求生的本能和警觉，他清醒地意识到，自己的生死，将在瞬间被做出决定。

车厢门打开了，敞篷车厢的上方传来了沙哑的命令，悲惨的人们跌跌撞撞地走上了站台。眼前的纳粹冲锋队员们，手牵凶恶的狼狗，全副武装，挥舞着棍棒和皮鞭。寒冷的空气里，不时响起骇人的枪声和呻吟。

长长的队伍，在站台上排成了四排，缓慢的人流一点一点，向着一个巨大的候车室涌去。

杜夫注视着周围的一切，他的左面是火车，车站外面的路上排着长长的一溜敞篷卡车，那不可能是毒气罐车。他的右面走过一排宪兵，修剪整齐的草坪和树荫装点着砖砌的毒气室。他观察着这个建筑和锥形的烟囱，确信他的右面一定是个杀人工厂。

人群越挤越紧，杜夫从心底生出一股不安。突然，人群中摔倒了一个人，两条狼狗咆哮着扑上来，把他撕成了碎片。声嘶力竭的惨叫，让杜夫一边颤抖着，一边极力控制着自己，避免流露出丝毫怯意。

他这一队挪进候车室后又分成了四排，远远的对面摆着四张桌子，每张桌子后面坐着一个德国医生，身边站着他的助手和宪兵。杜夫凝神盯着他前面的那张桌子，希望弄清究竟会发生什么事情。

德国医生随意审视着每个经过他们身边的人，然后命令他们或者向左、或者向右、或者向着中间的一个方向走去。

第一条路从候车室右面的通道出去，杜夫暗暗数着，十个人里有七个是从那边出去的，他们都是老人、孩子和看起来体弱多病的人；按照他的揣测，如果右面的建筑是毒气室的话，那些人无疑将是第一批死去的人。

第二条路从候车室的左面出去，外面停着那些等待他们的卡车，十个人里一般可以有二个从那边出去；他们看起来健康、活力，如果不错的话，他们是被送到劳改营去的人。

向右意味着死亡，向左意味着生存。

然后是第三组，十个人里大概有一或二个被分到这个组。她们都是年轻的女人，有些看起来相当漂亮，偶尔一些男孩子也被编入这一组；杜夫确信那些姑娘将成为德军的战地妓女，而那些男孩子，将成为变态德军军官的玩偶。

当杜夫想到自己骨瘦如柴，不可能有生的机会时，不禁倒抽了一口凉气。

旁边那个队伍里发出了一阵女人的尖叫，几个宪兵围住她，把她掀翻在地，撕开了她的裙子，一个婴儿掉了出来。

"右……右……到右边去……"那边的那个医生连声说道。

轮到杜夫·兰道站在了桌子旁边。

德国医生打量了他一下，向右撇撇嘴："到那边去。"

杜夫温柔地一笑，非常平静地说道，"错了，医生，我可是个仿造行家，不信你可以找张纸写下你的名字，我模仿给你看。"

德国医生呆呆地看着他，对他的冷静和对命运的判断感到诧异，死亡之旅因此出现了瞬间的停滞。两个宪兵上前抓住了杜夫，准备把他从右面带出去。

"等等！"德国医生喊道，他再一次打量着杜夫，命令他转过身来——这是个聪明的家伙，虽然是在愚弄自己。他几乎要让杜夫改从左面出去的时候，好奇让他在一张便笺上写下了自己的名字。

杜夫模仿了他的六个签名后，把便笺递给他问道，"还能认出哪个是你的亲笔签名吗？"

几个宪兵从医生的背后伸出脑袋，看着便笺上的签名，呆住了。德国医生打量着杜夫，对一个宪兵嘀咕了几句，似乎在交代什么。

然后，他对着杜夫厉声说道，"站到这边来。"

杜夫站在桌子旁边，注视着缓缓经过身边的人流。他们似乎对他耽误了大家四分钟的时间，感到很不满意。

他下意识地观察着那些宪兵的眼光、他们手中的警棍、咆哮着的狼狗，当再一次用眼角扫了一眼右面的那个通道后，他从心底感到一阵震颤。

五分钟过去了，又过了五分钟，长长的人流仍然一眼望不到头。

离开的那个宪兵跟着一个胸前带着勋章的高级军官来到面前，德国医生把他刚才模仿的签字便笺交给那个军官，他足足研究了有一分钟。

"你这是在哪儿学的？"那个军官厉声问道。

"在华沙的隔离区。"

"都模仿些什么？"

"护照、旅行证件、任何文件。"

"跟我来。"

杜夫跟着他从左面走出候车室，上了一辆等候在那里的小车，向着奥斯维辛主营地驶去。路上，杜夫不由地想起曼德科的临终遗言："我们这个家必须有一个人要活下去。"很快，汽车驶进了奥斯维辛大门，大门上方是一行醒目的大字：解放劳工。

奥斯维辛主营坐落在一片泥泞的洼地之中，一排排木质牢棚，被纵横交错的电网分成一片片隔栅。

关押在这里的人，按照身份，分别在三十个劳工营里做着苦力，每个人都穿着黑白条条的囚服，袖子和左胸上是不同颜色的标识。粉色代表同性恋、黑色代表妓女、绿色代表刑事犯、紫色代表宗教人士、红色代表俄国和波兰、"大卫之星"代表犹太人。

杜夫的标识很特别，那是一个刺在他左手上的图腾号码，从那时起，身穿黑白条囚服的杜夫·兰道的犹太编号就是359195，解放劳工。杜夫就这样在奥斯维辛度过了他十四岁的生日，生日礼物是捡回了一条命。与成千上万奥斯维辛难友相比，杜夫作为人才，幸运地分配到一个赝造单位。他所在的部门，专门负责伪造供德国间谍使用的一美元和五美元的纸币。

很快，杜夫就感到生不如死。

在这里，难友们常年食不果腹，繁重的劳动和每天只有五个小时的睡眠，让他们一个个形容枯槁；面对疾病、折磨、毒打、羞辱，无所不用其极的暴行，所有的人几乎都要疯了。

在这里，每天都会发现上吊或死在电网上的难友，每天都有按照点名，在众目睽睽下被脱去裤子，遭受鞭挞的受害者。

在这里，受到惩罚的人们被关进狭小黑暗的单身牢房，每天只能吃到加了很多盐而非常咸的菜帮子，造成无法忍受的饥渴。

在这里，纳粹医生威尔特赫、舒曼、克劳伯格等以科学研究的名义，在特定的X区里保留着大量的人体器官；而波兰医生瓦迪斯洛·德林则在他的德国主子的命令下，以精神病学研究的名义，将犹太男女的睾丸和卵巢切除，阻断他们的生育繁衍能力。

这就是奥斯维辛，就是杜夫·兰道的生命代价，就是解放劳工。

"兰道一家必须有人要活下去。"这是曼德科的心声。但自己怎么就记不清他的音容笑貌了呢？还有鲁思、丽贝卡、妈妈、爸爸？随着时间的推移，除了死亡和恐惧，杜夫已经不知道这个世界上还有爱和关心。

火车在比克瑙进进出出一晃又是一年，在奥斯维辛劳工营，因折磨、疾病、饥饿而死亡的人数同比克瑙被处决的人数一样惊人，凭借着仅存的那点活下去的欲望和动物的本能，杜夫顽强地生存下来。

即使在这最黑暗的地狱里，人们还是偶尔感受到一线希望的曙光；劳工营里存在着乐队、活跃的地下组织、收音机，甚至男女之间还可以有一些交往。

1944年夏

整个奥斯维辛表现出一种奇怪的躁动，空中经常飞过俄国的轰炸机，秘密广播开始报道德军战败的消息，在纷杂和混乱的现象中，带给人们一丝渺茫的希望。每当联军取得一个胜利，纳粹就以异常疯狂的屠杀，堵住人们对德军战败的议论。而在比克瑙，纳粹更是加快了屠杀步骤，毒气室几乎是在全天运转。

1944年秋

越来越明显的迹象表明，德军已经失去赢得战争的希望，他们正在各条战线节节溃败。但在战场上的失败，却促使他们加快了清洗进度，埃伊克曼上校采取了所有手段，来完成他的种族清洗任务。

1944年10月

在比克瑙处理尸体的犹太囚犯举行了暴动，暴动中，他们炸掉了一座焚尸炉。就在那些日子里，几乎每天都有德国卫兵和他们的狗被袭击后扔进了火葬场，直至暴动被镇压，从奥斯维辛调来新的囚犯接替他们的工作。

埃伊克曼在绝望中，发出了临终前的指示：立刻将在捷克特荷里斯爱恩斯塔德集中营接受所谓保护的二万名犹太精英，押送比克瑙，秘密处决。

在比克瑙被处决的犹太人数每天都在增长，最终统计数字达到：近百万波兰人、五万德国人、十万荷兰人、十五万法国人、五万奥地利人和捷克人、五万希腊人、二十五万保加利亚、意大利、南斯拉夫、罗马尼亚人、二十五万匈牙利人。

随着种族灭绝的屠杀一天天加快了进度，越来越多的囚犯被调进比克瑙去处理成堆的尸体。

1944年11月

一天，奥斯维辛的赝造工厂突然被关闭了，所有的人都被押送到比克瑙去处理尸体。

杜夫的工作是守在毒气室前的走廊里，在他们面前，是沉重的铁门后那撕心裂肺的惨叫和疯狂的撞击；当一切都鸦雀无声后的十五分钟，毒气室的铁门打开，在成堆的死难者中，杜夫和其他处理尸体的难友们用绳子、钩子，拽起他们的胳膊大腿，把他们送进焚尸炉。在清理尸体后，他还要把毒气室打扫干净，又一批受害者已经在换衣间等待他们的命运。

杜夫在如此恐怖的环境里干了三天，曾经支撑他活下来的意志和对强权的蔑视，在强烈的冲击下，一点点被耗尽。他开始恐惧铁门打开时，面对成堆尸体的那一刻，他开始想念隔离区甚至下水道时的生活，他发现，自己无论如何不能再承受那样恐怖的场面。

就在这时，意想不到的事情发生了。

在西线联军和东线俄国军队的压迫下，德国人命令拆毁所有的焚尸炉，炸掉所有的毒气室，埋葬在波兰各地的尸骨又被挖了出来，碾碎后抛撒干净，所有幸存的犹太人被紧急调用的火车，押解到德国境内，纳粹正在竭尽全力地掩盖他们的罪行。

1945年1月22日

俄国军队开进了奥斯维辛和比克瑙，肆无忌惮的谋杀终于结束了。十五岁的杜夫·兰道是三百五十万波兰犹太人中幸存的五万人中的一个，他实现了对哥哥的承诺。

第二十六节

为杜夫体检的俄国军医，对他在常年营养不良和恶劣环境下的生存能力感到吃惊。尽管杜夫显得虚弱、瘦小、缺乏抵抗力，若经细心照顾，还是可以恢复正常的。

但精神上的创伤却是另一回事。杜夫靠着他的倔犟终于活了下来，当六年集中营里无时无刻不面对的高度恐惧瞬间消失后，往事像潮水一样折磨着他的记忆。他变得乖僻、忧郁、思维混乱和神经质。

铁丝网被拆除了，毒气室和焚尸炉也消失了，但摆脱不掉的记忆和令人恐怖的气味仍然困扰着他。看着自己胳膊上那个蓝色的图腾号码，他会立即想起毒气室铁门开启的瞬间所见到的那怪异的景象。一次又一次，他好像看见妈妈和姐姐鲁思正在被拖出特雷布林卡的毒气室；一次又一次，他想起在华沙隔离区的地堡里，自己举着蜡烛，在烧焦的尸体中寻找着曼德科；一次又一次，他想象着妈妈和姐姐的头盖骨变成了德国人书桌上的镇纸。

奥斯维辛幸存的犹太人仍然蜷缩在那些工棚里，在杜夫的眼中，这个世界除了邪恶和痛苦，没有别的。食物、温暖、关爱不属于他，甚至当德国投降的消息传到奥斯维辛时，也没有在这里引起任何反响——这里没有什么是值得庆祝的。

杜夫·兰道心中滋生着仇恨，他多次想象着将一队队盖世太保冲锋队和他们的狼狗送进毒气室，遗憾的是这些毒气室已经没有了。

战争已经结束，但人们的生路在哪儿呢？华沙？一百六十英里的征途上，挤满了返乡的难民，何况即使回到华沙，又能怎样呢？隔离区变成了废墟，父母和兄弟姐妹也都死了，一天又一天，杜夫无语地坐在窗前，呆呆地凝视着眼前那笼罩在塞莱斯安田野上浓重的烟幕。

一个一个地，奥斯维辛的犹太人踏上了返乡的旅程，一个一个地，他们又失望地回到了奥斯维辛。德国人跑了，但波兰人取代了他们，面对三百五十万遇难的犹太人，他们不但没有丝毫伤感，反而在大街小巷张贴起了海报，声嘶力竭地指责着："是犹太人带给我们的这场战争……是他们要发战争财……我们所有的麻烦都是犹太人造成的！"他们对死去的人没有眼泪，反而对可怜的幸存者充满了仇恨。他们捣毁了犹太人的商店，殴打那些试图返回家园、祈盼新生的返乡者。

就这样，离开的人又被迫回到了奥斯维辛，在令人疯狂的环境下，蜗居在泥泞的集中营里，等待着自身的毁灭和枯朽。死亡的阴影从未离去，比克瑙的死亡气息依然如故。

1945年夏

一个二十出头的小伙子，迎着人们疑虑的目光，踏进了奥斯维辛集中营。他体魄强健，留着又黑又密的大胡子，身穿雪白的衬衣，两只袖子高高地挽在肘上，他矫健的步伐似乎在向世人表明他是一个自由的人，当他站在操场上后，人们不由聚集到了他的身边。

"我叫拜尔·德劳尔，施姆沙·拜尔·德劳尔，"他的声音洪亮有力，"是从巴勒斯坦派过来，带你们大家……回家！"

在无数人的记忆里，他们第一次感到从心底迸发出由衷的喜悦和兴奋的眼泪，连串的问题瞬间淹没了拜尔·德劳尔。许多人跪下来，亲吻着他的双手，更多的人涌上来，为了能够亲手触摸、亲耳聆听、亲眼见见这个从巴勒斯坦过来的、真正自由的犹太人。施姆沙·拜尔·德劳尔——参孙，自由之子——终于现身，要带他们回家了。

拜尔·德劳尔急风暴雨般地接管了集中营，同时让每一个人了解到，摩萨德需要一些时间安排大家的转移，在此之前，他们首先要改变自己，活出尊严。

一股新生活的浪潮席卷着整个集中营，在拜尔·德劳尔的领导下，通过专门委员会，将营地打扫得整洁干净。他们还成立了学校和剧院，组织起小型乐队和举办舞会，出版了每日新闻，并经常举办关于巴勒斯坦的讨论。为了实施农业培训，施姆沙甚至还在营地附近开垦了一片示范农场。

在营地实行了自我管理和人们的精神面貌发生变化后，施姆沙又不辞劳苦，将散落在各地的犹太人带回奥斯维辛。

就在施姆沙·拜尔·德劳尔和其他摩萨德的工作人员努力将犹太人聚集起来送出波兰的时候，另一股力量正在竭尽全力地要将他们留在波兰。

英国驻欧洲各地的使馆和领馆正在给各国政府施压，要他们面对这些难民而关闭边界。英国人的理由是，世界犹太复国主义者正在策划一个阴谋，强行推行他们在巴勒斯坦托管问题上的解决方案。

就在英国人和摩萨德之间的间谍战愈演愈烈之时，波兰政府颁布了一个令人吃惊的法令，声明所有犹太人必须留在波兰。波兰政府的考虑是，如果仅存的犹太人获准离开波兰，他们将会向世界证明，在德国人的种族清洗计划之后，波兰人仍在继续对犹太人实施迫害，事实证明他们也确实如此。结果是，犹太人被禁锢在一个并不需要他们的国家里，而需要他们的那个国家却又去不了。

冬天来临，难民们的情绪开始发生波动，拜尔·德劳尔的一切努力化为乌有。巴勒斯坦人举办了一次次说明会，解释围绕着他们的去向而产生的政治纷争，但没有人听，生存者们并不关心政治。

就在这个严冬，又一个来自阿利亚·伯特的人出现在营地，他和拜尔·德劳尔做出一个大胆的决定，在召集所有主管开会之后，他们决定离开奥斯维辛。

"我们的目标是捷克边境。"拜尔·德劳尔说道，"路虽不远，但由于大家身体状况很差,又要避开公路,所以并不好走。"拜尔·德劳尔摊开了地图,指着穿过喀尔巴阡山脉和扎波伦科夫山口的一条小路,距离约为七十英里。

"到了边境后又怎么样呢?"有人问道。

"我们将通过阿利亚·伯特买通波兰边防巡逻队,等到了捷克斯洛伐克,我们就安全了。詹·马萨立克是朋友,他不会让我们被逐出捷克斯洛伐克的。"

午夜时分,奥斯维辛的幸存者——身强的搀着体弱的,年轻的背着幼小的,向着北方的边境,开始了他们艰难的历程。他们忍受着集中营生活带给他们的遍体鳞伤,在大雪覆盖的茫茫原野中,经过六天跋涉,终于抵达了寒风刺骨的喀尔巴阡山山脉。带着对巴勒斯坦的向往,他们以顽强的求生欲望,一步步向着边境线走去。

与此同时,阿利亚·伯特的特工,正沿着波捷边境,向波兰警备队分发着贿赂,当疲惫的队伍压向边境,那些口袋里塞满了钱的哨兵都转过身,对涌向捷克斯洛伐克境内的犹太人视而不见。

他们经过冰天雪地的跋涉,穿过扎波伦科夫山口,在山脚下重新集合起来的时候,已经都是满脚血泡、饥肠辘辘、疲惫不堪、急需救治。阿力亚·伯特包租的一列火车正在等待他们的到来,逃亡者终于感受到了温暖、食物、医护,他们熬过了危险历程的第一步。

每个犹太人在以合法身份进入巴勒斯坦后,会将他的护照立即交给阿利亚·伯特,以便其他人继续使用,奥斯维辛的逃亡者们拿到了五百份这样的护照。此外,阿力亚·伯特还搜集委内瑞拉、厄瓜多尔、巴拉圭以及其他南美国家的签证,用于对付英国方面的检查。

英国情报部在风闻五百名犹太人越过波捷边境后,立即向外交部和白厅作了通报。在白厅的急电下,英国驻布拉格大使照会捷克外交部长马萨立克,要他阻止这列火车,并将犹太人遣返回波兰。照会同时指出,摩萨德的所有非法行动违反了波兰法律,还企图在犹太复国主义者的支持下,把自己的问题强加到巴勒斯坦的问题上。

马萨立克的回答是,"大使先生,我对石油是外行,但我知道人类是要有同情心的。"

面对马萨立克公开的亲犹表态，英国大使不得不暗示，英方可能会以强有力的行动，来表达他们的不满。

"大使先生，"马萨立克答道，"我不会在你的威胁下屈服的，只要我当一天捷克斯洛伐克的外长，我们的边界对犹太人就是开放的，不管他有没有护照或者签证。"

英国大使向白厅汇报，他无力阻挡这列火车，它已经驶向匈牙利、捷克斯洛伐克、奥地利边境上的一个小镇——布拉迪斯拉发。

英国政府试图再次阻挡它的前进，但这一次，它又在富于同情心的美军战地司令的庇护下，驶入了奥地利。

在维也纳，幸存者们接受了医疗检查和休整，换上了新装。为帮助欧洲的犹太幸存者，美国犹太人在这里成立了一个庞大的基地。

意大利是他们的下一个目的地，摩萨德·阿利亚·伯特得到了公众和意大利官方开诚布公的合作，只是由于英国占领军的存在，行动受到了一些影响。

具有讽刺意味的是，在英国占领军中，巴勒斯坦的犹太人部队，特别是巴勒斯坦旅，是英军总司令眼中的陆军模范部队。潜伏在这些部队里的阿利亚·伯特特工，迅速动员起巴勒斯坦战士，为建立难民营、寻找船只而忙碌起来。表面上，这些部队是在英军的领导下，实际上，阿利亚·伯特和帕尔马赫才是真正的领导。施姆沙·拜尔·德劳尔本人就是一名陆军军士，因此他一直在利用他的英军证件，往返于波兰，寻找着散落各地的难民。

当杜夫的这一组奥斯维辛的幸存者登上另一列前往奥地利阿尔卑斯山的火车，准备通过勃伦纳山口抵达意大利时，已经是春天了。

火车停靠在米兰城外科摩湖边一个偏僻的小站，尽管难民们事先已经有所准备，但当身穿英军制服的人出现时，恐慌还是几乎演变为混乱。由于大卫之星的标志是隔离区的烙印，幸存者们对身穿战斗服、衣袖上佩戴着大卫之星的军人疑惑不解。除了参加过隔离区起义的人外，近二千年来，还没有人敢公开佩戴大卫之星去参加战斗。

他们带着疑虑下了火车，眼前的军人都显得非常友善、和气，有些人说着依地语，更多的人是在讲希伯来语，似乎是完全另类的一支犹太民族。

到达米兰一周后，在一个寂静的夜晚，杜夫这个一百人的组被带出了他们的营地。他们坐上巴勒斯坦旅的英军卡车，在卫队的护送下，秘密驶向海岸线上的集结地。在那里，他们和其他营地集中起来的三百名难民会合，等待着从附近的拉·斯培茨阿港过来的一条小船。

小船在近海抛锚后，用橡皮舟将难民们送上了船，当它一驶出三海里海防线，立刻被高度警惕的英国海军盯上了。

这条名为"耶路撒冷之门"的船行踪诡异，与其他难民船不同的是，它的航行方向并非巴勒斯坦，而是法国南部海岸的狮子湾。不管是船上的难民还是监视着他们的英国人，无论如何都不会想到，这只是一个巨大阴谋的组成部分。

第二十七节

在马里兰州巴尔的摩市的米勒兄弟餐厅，比尔·佛莱坐在桌旁，将一把敲碎的牡蛎扔进沸腾着的蛤肉杂烩汤里，漫不经心地搅拌着，似乎没有什么胃口。"上帝啊，"他暗自思索着，"我能将那个尿壶一样的东西弄过大西洋吗？"

比尔·佛莱是摩萨德·阿利亚·伯特里最有名望的船长，他的"大卫之星"号在恺撒港的抢滩行动，开辟了非法移民的新时代，迫使英国政府不得不开始在塞浦路斯成立拘留营。它意味着一个转折——由于摩萨德一条船接一条船地向巴勒斯坦运送着难民，速度远远快于英国政府将他们遣返的速度，结果酿成了另外一场危机，造成塞浦路斯的拘留营出现了人满为患的情况。

连续不断的成功和彻底打破英国政府闭关政策的决心，让摩萨德萌生了一个疯狂的计划，比尔·佛莱就是计划的执行者。

迄今为止，最大的非法偷渡船要数他的"大卫之星"号，运送了大约二千人，而其他船只的能力大概在几百人到一千人之间。摩萨德考虑，如果他们能够以一条容纳五千难民的船去冲破封锁，对英国政府肯定会产生致命的一击。

比尔的任务是找到这样一条船，装备好，然后从法国南部的拉·塞俄塔难民营接上五千名难民。船只交易最好在美国或南美什么地方进行，以免引起英国方面的怀疑，欧洲的港口是英国情报部门的监视重点。摩萨德特工正在南美找船，而比尔自己则沿着美国东岸和海湾地区寻找着。在他越来越感到手中的钱不足以支付那样一条大船后，他决定赌一把，但事后他开始后悔。这是条名叫杰克逊号的快船，承载能力固然让人满意，遗憾的却是条超龄、报废的蒸汽船，况且它一直以来仅在巴尔的摩和诺福克之间的切萨皮克湾从事夜航，从未有过远洋航行的记录，唯一让比尔感到欣慰的是——它很便宜。

身穿白制服的服务员轻轻走到比尔的桌旁问道，"这道汤有什么问题吗，先生？"

"啊？噢……没有，不错。"他边嘟囔着，边将一勺汤送进嘴里。

购买这样一条报废的港湾班轮是个错误吗？但木已成舟，它现在正在维吉尼亚的纽斯新港进行改装，准备接纳六千八百五十名难民。

比尔叹了口气，脑海中浮现出另外一幅画面——如果他一下子从欧洲运送出七千名难民，英国政府肯定是会乱成了一锅粥。

他推开汤碗，付了账，从烟灰缸上拿起熄灭了的雪茄烟头，重新点燃后，又读了一遍从纽斯新港发来的电报：杰克逊号，随时起航。

第二天，比尔到了纽斯新港，集合起他的船员。这些船员来自巴勒斯坦帕尔马赫和阿利亚·伯特、美国犹太团体、同情他们的西班牙共和分子、意大利人、法国人，他仔细检查了一下船后，在海湾附近转了一圈，开足马力，向着大西洋驶去。

不到三个小时，杰克逊号发生了引擎故障，只好返回纽斯新港。

随后的两个星期，比尔又做了三次尝试，但每次都因故障而不得不返回港口。

比尔通知阿利亚·伯特，自己可能犯了个错误，杰克逊号显然不能胜任，他们要他将船拖上船坞再查查，一周后做最后一次尝试。

第五次出海，所有船员都屏住了呼吸，驾驭着这条破旧的蒸汽轮，吃力地穿过亨利海岬，驶向大西洋，轧轧地进入了公海。

二十二天后，杰克逊号气喘吁吁地经过狮子湾，抵达了法国港口土伦，这里距离马赛四十英里,而距离拉·塞俄塔难民营只有二十英里。

这时,在法国正发生着卡车司机大罢工,它让英国情报部门对拉·塞俄塔难民营的监视松懈下来,没有卡车,是不可能出现什么大动作的。特别是,自从杜夫他们乘坐的那条船——耶路撒冷之门以后,欧洲各港口没有发现非法船只,而那条船几周前已经停靠在了戴邦港。

英国人终于开始打盹了。

由于杰克逊号是在美国购买并翻修的,英国人对此毫不知情,至今为止,也没有一条阿利亚·伯特的船大到可以航行越过大西洋。当杰克逊号到达土伦港后,阿利亚·伯特去向法国卡车司机工会说明了情况,工会领导立即召集好卡车司机,在罢工期间,秘密去拉·塞俄塔将六千五百名难民运送到了土伦——杜夫·兰道就在其中。

英国中情局在最后时刻发现了这个情况,立刻赶到土伦。为了阻止杰克逊号的起航,他们用大量金钱贿赂港口官员,以便有足够的时间从伦敦方面取得指示。

与此同时,摩萨德·阿利亚·伯特的人也在加紧贿赂港口官员,希望能够尽快起航。杰克逊号已经更名为"希望号",并在船桅上公开升起了蓝白色的大卫之星的旗帜。

在英国海军部、查塔姆外交学院、白厅,相关会议紧锣密鼓,英国政府对局势的政策是明确的,即:不惜一切代价,阻止希望号出航。英国向法国发出了愤怒的威胁,土伦港外游弋着英国的战舰,但法国方面还是允许希望号起锚了。

在船上难民的欢呼声中,希望号离开了土伦。当它驶出法国三海里海域后,立刻被两艘英国驱逐舰——阿派克和云斯顿紧紧跟上。

之后的三天,这条破船喘着粗气、呻吟着,在两艘驱逐舰的护送下,由比尔·佛莱驾驭着,一路驶向了巴勒斯坦。

阿派克和云斯顿号一直保持着与伦敦海军部的无线电联络,在希望号抵达巴勒斯坦海岸五十海里海域时,英国人终于按捺不住,改变了他们对非法越界的规则。阿派克号加速靠近了希望号,从船头方向斜切过来,在驱逐舰上的警报响起的同时,海面上传来了扩音器的警告:"非法船只注意,我们要登船检查!"

比尔·佛莱叼着他的雪茄,顺手抓起扩音器,走上船桥。"这里是公海,"他喊道，"强行登船无异于是海盗行为。"

"抱歉，小子，这是命令。接受和平登船检查吗？"

比尔转过身，对身后的帕尔马赫队长说道，"让我们准备迎接这帮杂种吧。"

希望号开足马力，试图绕过驱逐舰的阻挡，但阿派克号在并排行驶一段后，突然转向，用它钢铁铸成的舰首撞向希望号的船身。希望号在船体吃水线上方受到猛烈撞击后，还未从震颤中苏醒过来，从阿派克号又扫过一阵机枪子弹，将难民驱离了甲板——强攻开始了。

头戴防毒面具，手握小型武器的英国海军士兵，从希望号船头涌上来，冲向驾驶舱。帕尔马赫战士们，面对英军士兵的进攻，打开了一卷卷铁丝网，并用雨点般的石块和高压水龙，挡住英军的进攻。

英军士兵被迫退回了船头，他们一面用小型武器回击着，一面要求增援。更多的英军涌了上来，在用钳子剪断了铁丝网后，他们又向驾驶舱发起了进攻。当他们再一次被高压水龙逼回船头后，在阿派克号上的机枪掩护下，并在帕尔马赫战士向他们喷射高温蒸汽前，摧毁了铁丝网。帕尔马赫战士们被迫与英军展开肉搏，在人员占绝对优势的情况下，他们将英军一个个扔进了大海。

阿派克号不得不停止了进攻，忙于打捞他们掉进海里的士兵。希望号抓住时机，带着船舷被撞出的巨大黑洞，再次艰难地启动了。这时，云斯顿号追了上来，给了希望号致命的第二次撞击后，对已经险象环生的希望号，又用重机枪实施了地毯式的扫射，将甲板上的难民和帕尔马赫战士统统赶下了甲板。然后，云斯顿号上的英军士兵，手忙脚乱地一个跟着一个，挥舞着棍棒和手枪，顺着舷梯爬上甲板，一步步逼进了驾驶舱。

在此期间，阿派克号恢复了正常，也开足马力追了过来。两艘驱逐舰围住希望号，伴随着催泪瓦斯的火力掩护，阿派克号上的英军又登上了希望号，配合着云斯顿号上的英军，从两个方向，压向帕尔马赫战士的防线。

杜夫·兰道加入了战斗，他和其他难民一起，守卫着靠近船长船桥的一条舷梯。他们多次将爬上来的英军打了下去，直到英军使用了催泪瓦斯和小型武器。

英军终于控制了整个甲板，他们一面巩固着阵地，将难民和帕尔马赫战士赶出射程之外，一面扑向驾驶舱，以便控制住整条船。

比尔·佛莱和他的五名船员，迎来了最先冲上驾驶舱的三个挥舞着手枪和拳头的英军士兵。尽管已面临绝境，比尔还是拼死抵抗，直到被一名英军士兵拖出驾驶舱，在一记棍棒的重击下失去知觉。

这场战斗持续了四个小时，英军在付出八名士兵死亡、十几人负伤的代价后，控制了希望号，而犹太人方面死亡了十五人，美国船长比尔·佛莱阵亡。

云斯顿号拖着伤痕累累的希望号驶向巴勒斯坦的海法港，港口当局试图封锁消息，派出大批英军包围了整个码头，第六空降师也处于高度戒备状态。尽管如此，犹太人还是将希望号的登陆，通过无线电广播，全文给予了报道。

在他们抵达海法湾时，巴勒斯坦的犹太人举行了大罢工。为阻挡巴勒斯坦犹太人和难民的团聚，全副武装的士兵和坦克在港口地区组成了一道道屏障。

英军的四条押解船——监控号、声望号、护卫号、优秀号正在港口待命，准备立即转移希望号上的难民。但就在切萨皮克班轮被拖进港口的同时，整个港口地区和海法城发生了大规模的爆炸。帕尔马赫的蛙人从水下将磁性炸弹附在了监控号的船舷上，它被炸成了碎片。

希望号靠岸后，转移行动立即开始。大多数难民显然已经毫无斗志，他们默默地走进淋浴间，在那里脱光衣服，冲淋后，经搜查确认未携带任何武器，便被迅速转移到剩余的三条押解船上，整个过程显得异常悲凉。

杜夫·兰道和其他二十五人将自己反锁在船舱里，用船上的铁管，与英军战斗到最后，直到他又踢又骂地被四名英军士兵从充满呛人的催泪瓦斯的船舱里抬出来，扔进优秀号上的一个铁笼子里。

押解船上显然比希望号更加拥挤，当天夜里，在两艘驱逐舰的护送下，他们离开了海法。

如果难民们是被送往已经人满为患的塞浦路斯拘留营，那将是犹太人的胜利，因为又有六千五百名离开欧洲的犹太人，加入到日益庞大的、等待机会前往巴勒斯坦的犹太难民中了。

"所有希望号上的难民，将由声望号、护卫号、优秀号押解船遣返回他们的出发港口——土伦，今后任何被拦截的非法船只，都将被遣返回它们的出发港。"

混在三条船上难民中的帕尔马赫战士和摩萨德的特工，立刻意识到他们必须要采取行动。如果让英国人得逞，难民们被送回土伦，今后所有的非法移民行动将会被扼杀。

当押解船驶进狮子湾近海抛锚后，土伦方面得到了秘密指示。

与此同时，每条船上的帕尔马赫头头向英方船长发出了这样一个信息，"除非动用武力，否则我们将拒绝上岸。"

押解船队的司令用电台向伦敦的海军部请示，白厅的态度异乎寻常的强硬，甚至不惜断绝英法联盟。他们警告法国不要试图站在犹太人一边，阻止英方的武力行动。在四天时间里，各种信函和指示在伦敦和押解船队之间、伦敦和巴黎之间穿梭往返，直到法国政府向英国政府递交了一份戏剧性的决定。

"法国政府自己不会、也不允许任何强迫难民转移的行为，但如果难民们自愿返回法国，我们欢迎他们。"

即使可能会损害与英国的关系，法国还是站在了犹太人一边。难民们知道这个消息后都很兴奋，每个人都再次发誓绝不下船。而英国方面在震惊后的反应是：要么从土伦上岸，要么在狮子湾里等死。

犹太难民在三条押解船上定居下来，帕尔马赫战士们办起了教授希伯来语的学校、编排新闻、组织演出，尽可能让生活保持正常。法国政府在土伦港和押解船队之间安排了每天往返的驳船，向难民提供精美的食物和医护。新生婴儿的降生带来了生气，到了周末，难民们显得更加团结。

岸上的报社记者们开始对这三条船发生了兴趣，逐渐对沉默的内幕表现出不满。一个晚上，护卫号上的一名阿利亚·伯特的特工游向岸边，向法国新闻界讲述了整个故事。

消息立刻传遍了法国、意大利、荷兰、丹麦，四个国家的报刊社论一致对英国政府的行为做出了抨击。

伦敦做好了与欧洲大陆对抗的准备，然而，他们忽视了难民们的意志。虽然船上的条件极为恶劣，在闷热的天气下，很多人已经病倒，但难民们仍然拒绝上岸。这让从不敢进入关押难民船舱的英国船员们开始感到不安，到了第二周的周末，犹太人还是那样团结，而新闻界的非议却变得越来越强烈。

第三周，然后是第四周。

就在难民的故事渐渐失去吸引力的时候，第一个犹太人在没有外人胁迫的情况下回到了岸上——他死了，整个事件再次引起了公众的注意。根据三条船的船长们的报告，难民们似乎更加坚决，白厅的压力变得越来越大，如果再出现更多的死亡，后果真的会非常糟糕。

政策制定者们决定稍微改变一下策略，他们要难民们派出代表，试图寻求一个折中方案，既可解决问题，又能保留面子。他们从三条船上的帕尔马赫头头那里收到了同样的回电：

"在巴勒斯坦问题没有解决前，我们不会考虑任何问题。"

到了第六周，在又一具尸体被送上岸后，英国政府向犹太人发出了最后通牒：或者上岸，或者承担后果。具体什么后果，没有人说得清楚，但当难民们再次表现得异常坚定的时候，英国政府不得不做出了行动：

"护卫号和声望号必须从土伦立即起航，目的地是德国汉堡的英国占领区。犯人的移交可以采用和平或其他手段进行，他们将在达豪被拘留，等待进一步的通知。"

就在这两条船穿过直布罗陀海峡，驶向德国的时候，摩萨德·阿力亚·伯特又启动了一个疯狂的行动，计划安排另外两条船，将一万五千名难民送到巴勒斯坦。声望号和护卫号的德国之行，让世界上的反英舆论达到了一个高潮，这是阿力亚·伯特的阶段性胜利。

作为挽回面子的举动，英国政府同意优秀号开赴塞浦路斯，船上的难民被移送到了卡瑞勒斯。杜夫·兰道有幸在这里——而非达豪——结束了他十六年的苦难经历，但这个孩子已经变成了仇恨的化身。

第二十八节

杜夫·兰道在监狱似的卡瑞勒斯拘留营度过了十七岁的生日，这一天和平常没什么两样，他躺在帆布床上、目光呆滞、一言不发。从被希望号的船舱里拖出后，他就没有和任何人说过话，在土伦港的几个星期，只剩下心中的仇恨在与日俱增。

在卡瑞勒斯，许多福利人员、医生、老师、帕尔马赫战士试图接近他，消除他心底的痛苦，但杜夫谁也不信，谁也不理。

白天，他呆呆地躺在帆布床上，到了晚上，他就感到难以入睡。一旦闭上眼，奥斯维辛毒气室大门开启的那一刻就会出现。只要有时间，他就木然地注视着自己左臂上那个蓝色的图腾号码——359195。

从他的帐篷穿过一条小路那边，住着一个他从未见过的漂亮姑娘。当然，他所生活过的地方不可能有漂亮的女人。她在负责照顾很多幼小的孩子，每次见到自己，都会灿烂的一笑。和其他人不一样的是，她似乎并不厌恶和躲避自己，她的名字叫凯伦·汉森·克莱门特。

凯伦看到杜夫不去上学，也不参加其他活动，觉得很奇怪。但她被告之不要理他，因为这是个不可救药、甚至是个危险的家伙。

凯伦把这看做是个挑战，当听说杜夫是来自奥斯维辛后，更是对他从心底产生了同情。她一直与孩子们相处得很好，因此，尽管她知道此时的杜夫不愿与人交往，但每次经过杜夫的帐篷，她的好奇心就增加一分。

那天，杜夫照旧躺在帆布床上，默默地发着呆。天气很热，汗水顺着毛孔冒了出来。他感到有人进了帐篷，本能地跳起来一看，是凯伦站在自己的面前。

"我不知道是否可以借用一下你的水桶，我的那个漏了，一会儿水车就到了。"

杜夫眨着眼，显得有些紧张。

"我是说想借用一下你的水桶。"

杜夫不耐烦地哼了一声。

"那是什么意思？行还是不行？你能说话吗？"

他们站在那里，瞪着对方，像是一对斗鸡。凯伦感到有些后悔，她深深地吸了口气，说道："我叫凯伦，是你的邻居。"

杜夫还是一言不发地盯着凯伦。

"那我就再问一遍……我可以用一下你的水桶吗？"

"你不是有意要挑逗我吧？"

"我是来借你的水桶，你还不配被挑逗呢。"她厉声应道。

他转过身，坐到床上，咬着自己的指甲。对她的贸然出现，他有些不知所措，只好指指地上的水桶，透过眼角的余光，看着她拿了起来。

"你叫什么名字？还桶的时候最好能知道应该谢谢谁吧。"

他仍然一言不发。

"不想说？"

"杜夫！"

"我叫凯伦，也许今后可以互相打个招呼，至少在你会笑之前。"

当他慢慢转过身时，她已经不见了。他走到帐篷门前，注视着她跑向刚刚进了营地大门的送水车，这真是个漂亮的姑娘。

多少个月了，这是杜夫第一次被外人搅动了自己的内心世界。凯伦同其他来看自己的人完全不同，她显得生硬、无理、没有客套，但同时又透着一股温柔。她没有口若悬河、废话连篇，尽管也身处卡瑞勒斯，但不像其他人那样牢骚满腹、怨天尤人。她说话很好听，就是生硬了点。

"早上好，杜夫，"凯伦说道，"谢谢你让我借用了你的水桶。"

他嘟囔了一下。

"噢，我忘了，你喜欢哼哼，不喜欢说话。我的幼儿班里有个孩子和你一样，还老爱装着像是头狮子。"

"早上好！"杜夫声嘶力竭地吼了一声。

有一天，杜夫在搞清了凯伦什么时候起床、什么时候去梳洗、什么时候上班下班后，偷偷溜进了凯伦的帐篷。他找到她的水桶，仔仔细细地检查了一遍，没有发现上面有洞。他回来在床上躺了一天，焦虑地等待着通道上她的脚步声。有几次，他忍不住蹑手蹑脚地走到门前，窥视着凯伦那边的帐篷。凯伦通常也会瞄上两眼自己的帐篷，当他们的目光不期而遇时，杜夫总会对自己的轻信和懦弱感到不满。

时间一天天过去，他们之间的关系产生了变化。尽管杜夫仍然沉默寡言、闷闷不乐的，但他的思绪已经不单单是死亡和仇恨了。他可以意识到附近操场上孩子们的喧闹，能够接受她与自己的交流。真的很奇怪，在遇到她之前，自己也一直待在卡瑞勒斯，却从未关心过孩子们的玩耍。

一天晚上，杜夫独自站在铁丝网旁，看着探照灯光在营地上空扫来扫去，由于无法入睡，他常常这样呆呆地站着。操场上，帕尔马赫堆起了篝火，人们在那里载歌载舞。他曾经在救国军的会议上也唱过那些歌，但现在一点心情也没有，曼德科、鲁思，还有丽贝卡，所有这一切都已经成为了过去。

"你好，杜夫。"

他转过身，昏暗的夜色下，凯伦站在那里，长长的头发在微风中飘动着，她裹了裹披在肩上的围巾。"愿意和我去参加篝火晚会吗？"当她走近时，他又转了过去。"你喜欢我，是吗？有什么可以和我说呀。你为什么不去上学？为什么不和我们在一起？"

他拼命摇着头。

"杜夫……"她轻轻地叫着，充满了同情。

他猛地转过身，看到了她眼里的泪水。"可怜的杜夫！"他神经质地尖叫着，"可怜的疯子杜夫！你和其他人没什么两样，就是会说两句好听话。"他突然伸出双手掐住了她的脖子，"不要理我……让我一个人安静会儿……"

凯伦盯着他的眼睛说道，"把你的手拿开……立刻拿开。"

他松开了手，"我只是想吓吓你，没有想伤害你。"

"让你失望了，你并没有吓着我。"她说着，转身离开了。

以后的一个星期，凯伦没有再理他，这让他感到坐立不安。他的闷闷不乐和病态的沉默都没有了，整天在帐篷里走来走去。怎么会让这个姑娘搅乱自己的思想呢？过去自己一直是一个人静静地伴着回忆的呀，如今一切都乱了。

一天晚上，凯伦在操场上，一个孩子在游戏中摔到了，开始大哭起来。她跪下来，双手抱起他，安慰着，直到他不再哭了。当她有意无意地抬起头时，看到杜夫就站在身边。"你好。"他打了个招呼，便转身离开了。

尽管大家都不断地提醒不要理他，凯伦知道，她已经看到了希望。这个男孩显然已不甘寂寞，尝试着在与人交流。他的"你好"，就是他对歉意的表达方式。

几天后一个晚上，她发现自己的床上放着一张画。她拿到烛光前，看到上面画的是个姑娘，正抱着一个小孩跪在那里，远方是带刺的铁丝网。她立刻穿过小路，来到了杜夫的帐篷内。当他看到她时，不禁又背过了身。

"你画得真棒。"凯伦称赞着。

"当然，"他大声应道，"这种画我画多了，我最擅长的是画乔治·华盛顿，还有林肯。"

他坐在床上，咬着嘴唇，对凯伦坐在自己的身边感到有点不自在。除了和姐姐，他还从来没有和哪个姑娘这么近的接触过。她用指尖轻轻地滑过他左手臂上的蓝色图腾，"在奥斯维辛留下的？"

"你为什么要来打搅我？"

"你从没想过我会喜欢你吗？"

"喜欢我？"

"是的，你不愤世嫉俗的时候看起来很好看，尽管这种时候不多。另外，如果你不是只会朝人吼叫，你讲话也很好听。"

他颤抖着说道，"我也……喜欢……你。你不像他们，你理解我，我哥哥曼德科就很理解我。"

"你多大了？"

"十七岁。"杜夫突然站了起来，转过身说道，"我恨这些他妈的英国人，他们和德国人一样。"

"杜夫！"

他的神经质瞬间又平息下来。

这仅仅是个开始，他需要发泄。一年来，他第一次说了这么多话。凯伦看着他，似乎又坠入了他的那个怪异的黑暗世界里。

杜夫喜欢和凯伦待在一起，她很温柔，善于倾听和理解。他可以平静地和她聊一会儿，然后就变得冲动、满腔仇恨地发泄，直到再坠入他自己的那个内心世界。

凯伦也开始信任杜夫，告诉他自己是如何祈盼着在巴勒斯坦与父亲的重逢，自从离开汉森夫妇，她夜以继日地和孩子们待在一起，没有机会交男朋友。杜夫对凯伦的坦诚非常得意，同时对她乐意与自己交谈感到有些奇怪。

终于有一天,奇迹发生了——杜夫·兰道又会笑了。

每当他们在一起聊天的时候,他总想像她那样聊些让人爱听的事情……汉森夫妇……丹麦人民……孩子们……与父亲的重逢,但就是想不起什么事情能让人爱听,1939年战争爆发前的事情太久远了,他什么都记不住了。

凯伦小心翼翼地不去涉及杜夫不想谈论的话题,她从不触动杜夫在奥斯维辛或隔离区的经历。

几个星期后的一天,她带着个任务来到他的面前,"杜夫,有件事要你帮一下。"

杜夫立刻显得一脸的狐疑。

"摩萨德的人知道你来自奥斯维辛,是个仿造行家。"

"那又怎么样?"

"从巴勒斯坦刚过来一个人,约押·亚库尼告诉我,这个人想找你谈谈,他叫阿里·本-迦南,需要护照和证件,希望你的帮助。"

"这就对了!所以你和我交朋友!就可以利用我做这些事了。"

"住嘴,杜夫,别说这些连自己也不信的话。"

"那么,"杜夫嘟囔着,"他们需要我可以自己来找我谈嘛。"

"你连话都不愿意说,他们能怎么和你谈呢?"

"那我为什么要为他们工作?"

"因为他们是在为你做事。"

"见他们的鬼,他们是在救他们自己。"

"好吧,按照你的说法,他们比德国人也坏不到哪儿去,既然你能为德国人伪造美元,当然也能为摩萨德伪造护照了。"

"该死的,你的脑筋转得真快。"

"杜夫,我从未找你帮过忙,我该怎么答复他们呢?"

"告诉他们我可以答应,但有些事情必须先谈清楚。"

凯伦拉着他的手,笑了起来。"那你为什么不去谈清楚?本-迦南正等着你呢?"

"我要在这里见他。"

杜夫私下里很佩服阿里·本-迦南,他是个直率并且一针见血的人。他让杜夫知道,如果不合作,自己将成为最后一个离开卡瑞勒斯的犹太人。但更让杜夫佩服的是,这个人有着一股领导人的气质——就像曼德科那样。他在帕尔马赫的一间教室里开始了他的工作,尽管在卡瑞勒斯,除凯伦外的每一个人仍然认为他是个无药可救的家伙。他的歇斯底里,让凯伦常常不得不放下手中的事,跑来安慰他。

她能发现别人在他身上看不到的特点——能力和自尊,还有一些让凯伦着迷的特点是凯伦自己也说不清楚的。

本-迦南抵达塞浦路斯后的两个半星期,大卫·本-阿米交给杜夫一份三百个孩子的名单,要他附在伪造的转移命令的文件上。这三百个孩子名义上是从卡瑞勒斯转移到拉那卡的新拘留营去,但杜夫知道,这是一次逃亡,他和凯伦的名字都没有出现在转移名单上。

杜夫告诉大卫,他要见本-迦南,在向阿里提出加上他和凯伦的名字后,阿里同意了他的要求。

第二十九节

再有二十四个小时,吉狄恩行动就开始了。

阿里·本-迦南在他们的塞浦路斯朋友——曼德里亚家里召开了一个领导会议。

大卫·本-阿米将杜夫·兰道刚刚完成的伪造名单交给阿里,阿里满意地看着名单,忍不住夸了起来,它可真能以假乱真。大卫接着汇报了在他的负责下完成的各项工作,从安全到为孩子们准备的犹太食品。

摩洛哥人约押·亚库尼汇报了卡车的准备情况,所有车辆可以在二十分钟内,从第23运输连抵达卡瑞勒斯。针对几条不同的路线,经过试车,他计算出了从卡瑞勒斯到凯里尼亚的行程。

塞夫·吉尔博表示，三百零二个孩子可以在车队到达卡瑞勒斯后的几分钟内登上卡车，他将在车队出发前再通知孩子们这次行动目的。

汉克·舒斯伯格——出埃及号的美籍船长告诉大家，他将在清晨把船开出拉那卡的泊位，在车队预期到达前的一个或二个小时内，抵达凯里尼亚。

根据曼德里亚的报告，他已经在车队沿线布下了情报网，可以随时掌握英军的意外动向。他本人则待在家里，一旦车队安全通过，立刻电话通知在凯里尼亚等候消息的马克·帕克。

阿里站起来，审视了一下会场，大家看起来都显得有些紧张，就连平时一贯沉着冷静的亚库尼也低着头，呆呆地凝视着地面。

"我原想三天后等英国人自己开始转移孩子们的时候再行动，但据刚刚收到的情报，艾里斯戴尔少校已经产生怀疑，正在伦敦汇报这里的情况。为避免意外，我们必须立刻行动。车队要在九点到达卡瑞勒斯，装上孩子们后，十点经过曼德里亚在法玛古斯塔的住所。一旦车队从拉那卡转向凯里尼亚，我们就只有两个小时的时间。我们的车队在塞浦路斯已经是众人皆知，故没有理由认为它会遇到麻烦，不过……我们还是要谨慎，各位有问题吗？"

大卫忍不住建议要干上一杯，祝贺一下。尽管认为有些无聊，阿里还是宽容地表示了理解。"为新生。"大卫举起了杯子。

"为新生。"大家激动地附和道。

"你们干杯的时候总说'为新生'，什么意思？"曼德里亚问道。

"为新的生活，这对犹太人可是个头等大事。"大卫解释道。

"为新生，"曼德里亚重复着，"对，为了新生。"

阿里走到曼德里亚身边，用帕尔马赫的方式拥抱了他，"你确实够朋友。"然后对大家说道，"我现在必须要去见帕克了。"

曼德里亚站在那儿，激动得热泪盈眶。他知道，这是他们自己人之间的情感表达方式，阿里的举动，表明自己已经被接纳了。

半个小时后，装扮成英军连长的阿里，在乔治国王酒店见到了焦虑不安的马克。

阿里坐下后，谢绝了马克的烟，要了杯酒。

"怎么样？"马克不安地问道。

"明天，九点到卡瑞勒斯。"

"我以为你们要等到他们转移少年营的那天呢。"

"那当然最好，但我们不能等了。据一个英国情报局的朋友透露，艾里斯戴尔好像嗅到了什么。但不用担心，"阿里说道，"反正已经准备好了，何况英国人暂时不知道该怎么办，情况就是这样。"

马克点点头，他要向伦敦的布拉德伯里发电报，申请延长假期，如果电报署名马克，代表吉狄恩行动正式开始，一周前由英航领航员带去的专栏文章就可以见报了。

"如果十点我没有接到曼德里亚的电话怎么办？"

阿里笑道，"那我建议你立刻离开塞浦路斯，除非你想报道我被送上绞架的情况。"

"那或许更精彩。"马克说着，一口咽下了他的杯中酒。

"顺便提一下，"阿里眺望着远方的海面说道，"自从我们被迫同意凯伦上了出埃及号的名单后，基蒂就没有在拘留营里出现过。"

"那就对了，她和我在一起。"

"她还好吗？"

"见鬼，你认为她会怎样？你们突然决定让凯伦走，她已经很痛苦了，难道还要指责她吗？"

"不是指责，是抱歉。"

"真是难得，你好像从来没有对什么人有过歉意。"

"我没有想到她陷得那样深。"

"我倒忘了，你是个不食人间烟火的家伙。"

"那你说得过分了，马克。"

马克想起基蒂回到凯里尼亚时的痛苦表情，不由对阿里的平静感到十分气愤，"你还想要干什么？基蒂已经承受了常人无法想象的痛苦。"

"痛苦？"阿里说道，"基蒂·弗里蒙特知道什么是痛苦吗？"

"该死的，见你妈的鬼，难道痛苦是你们犹太人的专利吗？"

"幸亏我们之间不是金钱关系，但我还是不能容忍你的比喻。"

"为什么？你应该知道，人总是有软弱的时候。"

"工作时间我从不感情用事。"

马克起身要走，阿里突然用力抓住了他，这让马克第一次感到本-迦南平静外表下的内心冲动。"见鬼，你认为我们是在干嘛？在公爵夫人的草坪上开茶话会吗？我们明天就要用生命去对抗英帝国了呀！"阿里眼里充满了愤怒。

仅仅是一瞬间，他又松开了马克，对自己的失态向马克表示道歉。马克不由心生怜悯地看着他，如果不是过重的压力，他显然不会如此失态。

几个小时后，马克回到凯里尼亚的多美酒店，敲开了基蒂的房门。她红着眼圈，勉强地朝马克笑了笑。

"明天。"

基蒂愣了一下，"这么快。"

"他们担心英国人察觉到了什么。"

基蒂走到窗前，注视着外面的码头和小岛。清澈的夜晚，远方土耳其海岸线依稀可辨。"我收拾好了，随时可以离开塞浦路斯。"

"你看，"马克说道，"等这阵风一过，我们就去里维埃拉住上几个星期。"

"一切从头开始？我还以为你要去巴勒斯坦呢。"

"这件事后英国人肯定不会让我去了。基蒂，把你还牵扯进来了，我很抱歉。"

"又不是你的错，马克。"

"你也没错，但事情出了点偏差，你还好吧？"

"还好，我应该早点觉悟，你也提醒过我，但至少我意识到了自己是在如履薄冰。你看，马克，有意思的是那天晚上本-迦南走后我们就争论，我说过犹太人和我们不一样，他们就是很特别。"

"他们麻烦不断，但却精力充沛，这是他们的特点。"说着，马克揉着太阳穴站起来，"我想……去吃点什么吧，我有点饿了。"

基蒂倚在门边，看着马克用冷水洗了把脸，将毛巾递给他。

"马克，上船以后的情况会很危险，对吗？"

他犹豫了一下,"是的,那简直就是枚水雷。"

基蒂的心沉了下去,"那他们能成功吗?"

"有本-迦南那个没心没肺的怪物在,应该问题不大。"

太阳落了下去,天黑了。

马克和基蒂在她的房间里静静地坐着,一言不发。

"我们就这么整晚坐着毫无意义。"他终于忍不住说道。

"别走,"基蒂哀求道,"我先躺一会儿,等等消息。"她从床头柜里摸出两片安眠药吃下,关上灯,躺了下来。

马克坐在窗前,看着海滩上拍打着沙滩的浪花。

二十分钟过去了,他转脸看看基蒂,见她好像已经带着不安和痛苦进入了梦乡。他走到床边,端详了一阵,将一条毛毯给她盖上后,又坐回到窗前。

在卡瑞勒斯,杜夫和凯伦坐在他的帆布床上,兴奋得难以入睡。孩子们中间,只有他们两个知道,新的一天对他们意味着什么。

凯伦想尽量让杜夫平静下来,但他一直嘟囔着,等到了巴勒斯坦,他要加入恐怖组织,要杀死英国人。像往常一样,她努力缓和着他的情绪,直到让他躺下。

见他闭上了眼,凯伦站起身,一种奇怪的感觉笼罩着自己,怪得让人担心。从开始的同情,到现在的难舍难分,此时此刻,她才发现杜夫在自己心中有多么重要。她搞不懂,很想找基蒂倾诉一下,但基蒂已经走了。

"凯伦?"

"我在这儿,杜夫。"

黑暗随着时钟的钟摆,滴滴答答地就要过去。

在第23运输连,三个汉子睁大了眼睛,躺在各自的帆布床上。

一年来,塞夫·吉尔博第一次可以有时间想象自己在加利利的春天,他想念他的妻子和孩子,还有农场。在帕尔马赫派他来塞浦路斯的时候,孩子才刚刚出生几个月。

约押·亚库尼也在思念着他的农场,和塞夫的不同,他的农场是在沙龙平原的北边,环抱着大海。农场名叫思得特·亚姆,意思是"海田",他的作物是打鱼。亚库尼喜欢一小时一小时地在被废弃的恺撒遗址中漫步,寻找过去的遗物。他希望帕尔马赫会允许他回去看看,那他就可以驾驶着他的渔船出海打鱼,可以与兄弟姐妹重逢了。

……而大卫·本-阿米思念的是神圣的耶路撒冷,他爱耶路撒冷,就像爱阿里的妹妹卓妲娜,如今,他马上就可以如愿了。在朱迪亚——巴勒斯坦南部山区还住着他的兄弟们,一座新生的城市正在那里兴起。他用胳膊支起身子,再一次沉浸在那封阿里带给他、已经揉皱了的来信里:卓妲娜!卓妲娜!我的爱人。

虽然三个人都意识到,他们在巴勒斯坦不可能久留,作为帕尔马赫和摩萨德组织的成员,他们属于世界各地的犹太人,但这个晚上,回家是他们共同的愿望。

布鲁斯·萨瑟兰德旅长又度过了一个不眠之夜——他穿戴整齐,一个人走到外面,在漆黑的午夜穿过法玛古斯塔,沿着古老的城墙,浏览着古城内的上百座礼拜堂、教堂、城堡废墟,脑海中浮现出它们辉煌的过去。他漫无边际地走着,来到了奥赛罗纪念塔下。他登上塔顶,俯瞰着眼前港口的夜景,突然感到自己很累,真的很累。他祈盼着,能有一个安静的夜晚,让自己睡上一个好觉。

艾里斯戴尔少校趴在他的办公桌上睡着了,为了搞清那些在卡瑞勒斯的犹太人究竟在干些什么,这些天,他日以继夜地埋头在五花八门的报告和支离破碎的情报中间,疲倦极了。

曼德里亚在他的房间里走来走去,浮想联翩。几个星期前,他们还站在这个阳台上,眼看着被羁押着经过这里的希望之门船上的难民,爱莫能助;而明天,还是站在这个阳台上,他将有幸领略到另一幅截然不同的景象,这将是阿里·本-迦南的杰作。作为一名希腊族塞浦路斯人,在摩萨德大无畏精神的鼓舞下,经过与犹太人的共同奋斗,他们开始针对英国人的统治,考虑自己的地下组织活动了。

阿里·本－迦南此时像个孩子，睡得香极了，周围的一切，都好像与他再没有什么关系。

一缕晨光照在了马克的脸上，他睁开眼，打了个哈欠。不知不觉中，他已经把脚跷在窗台上睡了一觉。在烟酒的混合作用下，他感到有些口干舌燥，浑身僵直。他四处打量了一下，看见基蒂还在床上安静地睡着。他拉下了百叶窗，轻手轻脚地走出房间，在用凉水冲了个淋浴和刮了胡子后，才感觉清爽了许多。他穿好了衣服，回到基蒂的房间，在她的床边坐下后，温柔地用手捋了捋她的头发。基蒂猛然惊醒过来，睁开眼，看见是马克，便笑着哼了一下，舒服地伸了伸懒腰。突然，她似乎想起了什么，目光中流露出一丝恐惧。

差二十分钟九点，阿里·本－迦南，作为凯勒伯·摩尔上尉，身穿英军制服，坐上了第23运输连的指挥吉普，带着十二辆卡车出发了。每辆卡车，都由一名装扮成英军士兵的帕尔马赫战士驾驶着，车队开出营房，二十分钟后，到达了卡瑞勒斯难民营，在铁丝网外面的行政办公楼前停了下来。

阿里走进办公楼，来到司令官的办公室。三个星期来，经过结交，他们彼此已经相识。

"早上好，长官。"阿里说道。

"早上好，摩尔上尉，有什么事吗？"

"刚接到司令部的命令，长官，拉那卡的新营地基本完工了，他们要我今天把一些孩子转移过去。"阿里说着，把伪造好的文件放在了司令官的办公桌上。

他一页页仔细翻看着文件，"怎么是今天？不是三天后吗？"

"都堆到那天局势会很乱，长官。"阿里答道。

司令官咬着嘴唇，沉思着。他看看阿里，又再次看看手中的文件，然后拿起了电话："你好，我是波特。摩尔上尉受命，要从第50号难民营转移三百个孩子出去，命令清单列得很详细。"

他放下电话，拿出笔，在文件上签署了意见，然后又签发了一些进出难民营的授权，交给阿里。"一次带走，别出差错，摩尔。一个小时内还有一批人要转移，到时候交通可能会很混乱。"

"遵命，长官。"

"噢……摩尔，老朋友，谢谢你送给俱乐部的威士忌。"

"乐意效劳，长官。"

司令官边看着阿里收拾好所有的文件，边嘟囔着，"这些犹太人——今天来了，明天又走了。"

"是的，长官，"阿里接过他的话说道，"他们来了……又走了。"

早餐就摆在马克房间的窗前，他和基蒂默默地吃着，烟灰缸里已经堆满了烟蒂。"现在是几点？"基蒂问了有十五遍了。

"快到九点三十分了。"

"会出什么事吗？"

"一切顺利的话，孩子们应该已经上车了。看！"马克说着，指向了大海。阿芙罗狄德——出埃及号出现在海面上，缓慢地驶进了港口。

"我的天，"基蒂吃惊地说道，"那就是'出埃及号'吗？"

"是的。"

"上帝啊，它看起来随时都可能散架的呀。"

"你说的没错。"

"他们怎么能用这样一条船运送那三百个孩子呢？"

马克又点燃了一支烟，很想在房间里走走，但又不愿意让基蒂感到他很紧张。

九点三十分。

九点四十分。

出埃及号在灯塔和城堡之间，驶过防波堤，沿着狭长的航道，开进了凯里尼亚港口。

九点五十分。

"马克，坐下好吗？你这样让我很紧张。"

"应该有曼德里亚的电话了，随时可能……随时。"

十点整。

五分钟、六分钟、七分钟过去了。

"该死，我要的咖啡呢？基蒂，回你房间打个电话，让他们快点送来。"

十五分钟过去了，浓浓的咖啡送了过来。

十七分钟过去了，马克的紧张感反而消失了。他知道，如果十分钟内再接不到电话，那一定是出问题了。

十点二十，电话铃响了。

马克和基蒂看着对方，然后马克擦去掌心上的汗，喘了口气，拿起了电话。

"你好。"

"帕克先生？"

"请讲。"

"先生，有一个法玛古斯塔的电话找你。"

"喂……喂……喂"

"帕克？"

"请讲。"

"我是曼德里亚。"

"怎么样？"

"他们刚刚经过这里。"

马克慢慢地放下了电话，"他把他们带出了卡瑞勒斯，正在去拉那卡的路上。十五分钟后，他们将改变方向，一路向北。如果不是被迫非走其他路线，他们还有五十英里，中午前后就可以到达这里了……当然要一切都顺利。"

"我真希望它还是不要成功的好。"基蒂说道。

"我们最好快点，待在这里什么用也没有。"

他拿起望远镜，带着基蒂走下楼梯，来到前台，发出了如下的电报：

美国新闻联合会伦敦分会

肯尼思·布拉德伯里主任，还没玩儿够，要求续两周的假，望批准。马克。

"请立刻发出去，加急，要等多久？"

接待员仔细看了一遍电报，"几个小时就可以到伦敦了。"

他们从酒店来到码头。

"那封电报什么意思？"基蒂好奇地问道。

"我的文章今天晚上就要在伦敦见报了。"

他们在码头上站了一会儿，看着那条老态龙钟的破船在码头边拴上了缆桩；然后，马克带着基蒂离开了码头，穿过港口，登上了圣母城堡的城楼。站在这里，他们不但可以看到港口，还可以看到远方沿着海岸的公路，车队很快就要出现了。

十一点十五分，马克拿起望远镜，沿着海岸线搜索着那条蜿蜒穿行在山边的公路。山口太远，好像有点看不清楚。突然，他呆住了，一串像蚂蚁大小的卡车卷起了一路烟尘，他用肘碰了碰基蒂，把望远镜递给了她。基蒂在望远镜中看到沿着山路拐来拐去的车队，渐渐驶向了凯里尼亚。

"还有半个小时他们就到了。"

他们从城墙上下来，再次穿过港口，返回了码头。从这里，步行五分钟就可以到酒店，当车队经过小城边上的医院的时候，马克拉着基蒂的手，跑回了酒店。

在酒店电话亭，马克给法玛古斯塔英军情报处挂了个电话。

"我要和艾里斯戴尔少校通话。"马克用手绢捂住话筒、学着英国口音说道。

"请问是哪位？找艾里斯戴尔少校有什么事吗？"

"你看，小伙子，"马克说道，"有三百个犹太人逃出了卡瑞勒斯，不要再问什么愚蠢的问题了，赶快给我接艾里斯戴尔。"

艾里斯戴尔少校办公桌上的电话铃响了。

"我是艾里斯戴尔。"他细声细气地说道。

"我是你们的一个朋友，"马克说道，"我想告诉你，有几百个犹太人跑出了卡瑞勒斯，这会儿正在凯里尼亚港，准备上一条船呢。"

艾里斯戴尔不停地敲着话筒，"喂……喂……哪一位？我说……喂"。他放下电话，又拿了起来，"我是艾里斯戴尔，刚接到报告，有犹太人跑了。他们好像要在凯里尼亚上一条船，请发出蓝色警报，命令那里的地区指挥官立刻查明情况。如果情报属实，立刻通知海军方面赶到那个地区。"

艾里斯戴尔放下电话，朝萨瑟兰德的办公室跑去。

车队转到码头停下，阿里·本-迦南跳出吉普车后，司机立即把车开走了。卡车一辆接一辆地停靠在出埃及号前，孩子们按照塞夫军训时的要求，安静迅速地从卡车上下来，登上了船。在船上，亚伯、大卫、船长汉克，根据预先定好的位置，将他们或者带进船舱，或者安排在甲板上，整个行动在沉默中有条不紊地进行着。

沿着码头，一些人瞪大了眼睛，好奇地看着他们；一些英军士兵也不解地搔着脑袋，耸耸肩膀。卡车在孩子们下了车后，一辆辆离开码头，被丢弃到了圣·希拉里恩那边的山区里，第23运输连已经完成了它的使命。约押在车上留下了他的感谢信，向英军开了一个小小的玩笑。

阿里登上船后，来到驾驶舱，看着一辆辆卡车上的孩子们都上了船，二十分钟后，塞夫、大卫、约押和船长汉克纷纷表示，一切已经就绪。阿里发出了命令，船长汉克启动了引擎。

"到孩子们那儿去，"阿里说道，"让他们了解我们要做什么，希望他们配合。如果有不能承受本次任务的孩子，马上向我报告，我们可以将他送回卡瑞勒斯。一定要向他们解释清楚，选择待在船上，他们的生命会遇到危险，如果有人想走，任何人都不许施加压力。"

在帕尔马赫战士们纷纷离开驾驶舱，去孩子们中间做工作的同时，出埃及号缓缓倒退着离开了码头，来到港口中间，抛下了船锚。

很快，整个凯里尼亚地区被刺耳的警报声惊动了。阿里举起望远镜，看到成群结队的英军卡车和吉普车，沿着山路和海岸线，压向了凯里尼亚。当他看到山路上那些正在离开凯里尼亚的第23运输连的卡车，与正在开进凯里尼亚的英军士兵的卡车相会时的情景，禁不住放声大笑起来。

阿里转过脸，发现船上的孩子们都显得非常冷静。

一车车英军士兵涌向了港口，扑上了码头，几个英军军官指着出埃及号，大声发出了命令。士兵们沿着两道防波堤迅速占领了阵地，机关枪和迫击炮封锁了狭窄的航道，摆出一副只要出埃及号敢驶离港口，就要将它击沉的姿态。

越来越多的英军涌进了港口，码头上拉起了封锁线，好奇的人们被轰了出去。阿里看到英军的力量瞬间得到了极大的增强，仅仅一个小时，港口里已经云集起五百名全副武装的士兵。港口外，游弋着两条鱼雷艇，远方海平面上，露出了三艘驶向港口的驱逐舰。刺耳的警报声仍在尖叫着，宁静的小城转眼变成了一座军营。隆隆的坦克开上了码头，重炮取代了机关枪和迫击炮，封锁住了港口的进出航道。

一辆小车伴随着一阵特别的警笛声，载着萨瑟兰德旅长、考德威尔、艾里斯戴尔出现在码头，凯里尼亚指挥官库克少校迎了上来。

"船在那儿，长官。上面都是犹太人，但他们绝不可能逃脱。"

萨瑟兰德扫了一眼港口，"你的兵力足以对付德军的一个装甲师。"然后说道，"他们待在那条破船上一定是疯了，赶快准备一套广播系统，就安在这里。"

"是，长官。"

"我想我们最好把他们打到水里去。"考德威尔插嘴道。

"我问你了吗？"萨瑟兰德厉声斥责道，"库克……宣布戒严、装备好催泪弹、轻武器、准备登船。弗瑞德，立刻跑步去多美酒店，向司令部报告，我要封锁消息。"

艾里斯戴尔一言不发，静静地观察着海面上的那条船。

"有什么发现吗，艾里斯戴尔？"

"我有种不好的感觉，长官。"他答道，"光天化日之下他们不可能逃走，除非他们有什么阴谋。"

"用不着神经过敏，艾里斯戴尔，你总是生活在阴谋里。"

马克·帕克推开拦住他的英军士兵，来到他们面前。

"闹哄哄的出了什么事吗？"他向艾里斯戴尔问道。

艾里斯戴尔一看是马克，立刻感到自己的怀疑是对的。"没错，马克，"他边应着，边对马克说道，"再有什么趣闻一定还要告诉我，你这个家伙，下次打电话前最好把你的英国音修饰得好一点。"

"我不懂你想说什么，少校。"

萨瑟兰德旅长这时若有所思地将目光从出埃及号转向了马克，然后看看艾里斯戴尔，脸一红，意识到这是摩萨德·阿力亚·伯特钻了他一个空子。"我们已经组织好了二百人并征用了一些拖船，十分钟内登船准备完毕，长官。"库克少校跑过来报告着，但萨瑟兰德似乎没有听到他在说什么。

"扩音器准备好了吗？该死的。"

十分钟后，萨瑟兰德旅长抓起了麦克风，港口安静下来，登船队员们做好了随时向停在港口中间的出埃及号进攻的准备。

"喂，那边的人注意，我是塞浦路斯司令官布鲁斯·萨瑟兰德旅长，可以听到我说话吗？"喊话声在空中回响着。

在出埃及号的驾驶舱里，阿里·本－迦南打开了他的扩音系统。"你好，萨瑟兰德。"他应道，"我是凯勒伯·摩尔上尉，女王陛下在塞浦路斯的犹太军队第23运输连连长，我们已经把卡车都留在了圣·希拉里恩。"

萨瑟兰德脸色变得苍白，艾里斯戴尔惊愕地张大了嘴。

"喂，你们听着，"萨瑟兰德生气地喊道，"希望你们十分钟内返回码头，如若抗拒，我们将会用武力把你们带回来。"

"喂，萨瑟兰德，这里是'出埃及号'在答复你的命令。我们有三百零二个孩子在船上，轮机舱里已经装满了炸药，如果你们的人胆敢登船或者开枪的话，我们就立刻炸沉这条船。"

就在那个时刻，马克的文章从伦敦发出，传向了世界各个角落。

萨瑟兰德、艾里斯戴尔还有那五百名全副武装的士兵，呆立在码头上，一言不发地看着出埃及号的船桅上升起了一面旗帜，那是一幅英联邦的海军军旗，旗帜中央印着一个巨大的纳粹十字。

"出埃及号"的抗争正式开始了。

第三十节

独家报道！大卫对决葛莱斯 版本：1946
作者：全美新闻联合会特派记者马克·帕克

凯里尼亚，塞浦路斯

我正在凯里尼亚报道这个故事，这是一个地处英国直属殖民地——塞浦路斯北部海岸线上的珍珠一样美丽的袖珍小港。

塞浦路斯有着悠久的历史，岛上到处都是值得炫耀的古迹：从萨拉米斯的遗址、法玛古斯塔和尼科西亚的大教堂到十字军时期在那里留下的壮丽城堡。

但所有这些辉煌历史，与眼前这个宁静、无名的休闲小镇里正在上演的一幕大戏相比，都显得微不足道。几个月来，塞浦路斯已经成为那些试图冲破英国人封锁、前往巴勒斯坦的犹太人的拘留中心。

今天，三百个年龄在十岁到十七岁之间的孩子，在命运未卜的情况下，逃出了卡瑞勒斯拘留营，穿过整个岛屿，来到凯里尼亚。一条经过改装的报废货船正等在这里，准备搭载他们前往巴勒斯坦。

几乎所有逃亡者都是德国集中营或种族清洗后的幸存者，而那条前来营救他们、已经更名为"出埃及号"的货船，在即将离开港口的时候，被英国情报处发现了。

这条拥挤着三百名难民的货船，现在就抛锚在港口中间，与周边码头的半径不过三百码，拒绝了英方要他们登陆、返回卡瑞勒斯拘留营的要求。

"出埃及号"的发言人宣称，船舱里装满了炸药，如果英军企图强行登船，所有孩子们将以集体自杀的方式，与这条船一起炸掉。

伦敦

克拉伦斯·特夫·布朗将军将报纸在办公桌上摊开，点上一支雪茄，仔细阅读起来。马克·帕克的文章，不仅在欧洲，就是在美国，也产生了轰动。特夫·布朗接到了萨瑟兰德请示，他知道这个家伙不愿意为强行登船承担责任。

特夫·布朗意识到，是他推荐了布鲁斯·萨瑟兰德，对艾里斯戴尔的报告和替换萨瑟兰德的建议又没有表态，所以免不了要受人指责。

汉弗莱·克劳福德走进特夫·布朗的办公室，这是个脸色苍白、一直在殖民署中东处任职的职业外交官，作为军队和政策制定者之间的联络员，往返于白厅和查塔姆国际关系学院之间。"下午好，克拉伦斯男爵。"克劳福德小心翼翼地说道,"到了去见布莱德舒的时间了。"

特夫·布朗站起身,收拾好文件,"可不敢让这个老塞西尔·布莱德舒等我们。"

塞西尔·布莱德舒的办公室在查塔姆国际关系学院里面,三十年来,他一直是中东政策的主要制定者之一。

第一次世界大战结束时,英国和法国就在中东展开了竞争。当英国取得了巴勒斯坦的托管权后,布莱德舒追随着温斯顿·丘吉尔,一直推动着要在部分托管领地上,成立一个阿拉伯国家,即:他们所倡导的泛约旦联合王国。他们的最终目的,是让这个王国成为英国在中东的军事基地。靠着英国政府的财政支持,他们成立了一支"阿拉伯军团",并扶植起沙特阿拉伯不共戴天的敌人——哈桑·阿拉伯·阿卜杜拉(亚伯拉罕),作为泛联合王国的国王。

第二次世界大战结束时,工党全面接管了英国政府,带着以往和新的承诺,他们除了要帮助犹太人在巴勒斯坦组建他们的家园,还要帮助安置欧洲幸存的犹太难民。塞西尔·布莱德舒代表查塔姆说服了外交部,尽管这些承诺在政治上可以笼络人心,但实际操作的可能性不大。英国的利益要和阿拉伯人绑在一起,那里不仅有苏伊士运河,在一千万平方英里的阿拉伯土地上,还蕴藏着丰富的石油。

克拉伦斯·特夫·布朗将军和汉弗莱·克劳福德被领进了塞西尔·布莱德舒的办公室,这个已经六十岁的胖老头,正面壁背对着他们站在那里,两只又圆又胖的手紧握在他的身后。汉弗莱·克劳福德小心翼翼地在椅子上坐下,克拉伦斯·特夫·布朗找了一个宽大的皮椅,舒服地坐下后,点上了一支雪茄。

布莱德舒面对着墙壁说道,"恭喜啊,先生们。"语气中充满了讥讽和怒气。"我看了今天的爆炸新闻。"他转过身,拍拍他滚圆的肚子,堆出了一副笑容,"你们一定会以为我很激动,但我偏不,我不激动。白厅今天上午来了电话,不出所料,部长把这个屎盆子扣到了我身上。"他边说着,边在办公桌后面坐下,看了一眼报告,摘下眼镜。"告诉我,克拉伦斯男爵……你的那些情报人员是死了还是溜出去打网球去了?至少要解释一下萨瑟兰德的所作所为吧,他可是你推荐的呀。"

特夫·布朗不满他的这种态度,反唇相讥道:"在塞浦路斯搞什么拘留营可是你的主意啊,你又该做何解释呢?"

"先生们,"克劳福德插嘴转移了双方的话题,"出埃及号的事件让我们面临一个特殊的困境，这是有史以来第一次，所有媒体都在跟着美国的新闻走。"

布莱德舒干咳了两声，圆圆的脸上泛出了红潮，"尽管杜鲁门大言不惭，但从战争结束到现在，美国人仅仅接收了一万犹太难民。只要巴勒斯坦没有划归宾夕法尼亚，他当然要支持犹太复国主义……谁都在不切实际地夸夸其谈，只有我们是在真正面对眼前这一百万的犹太人，他们将毁了我们在中东的地位。"布莱德舒又戴上了他的眼镜，"什么大卫之星、摩西、帕尔马赫、犹太之旅、希望之门、现在又是'出埃及号'，这些犹太复国主义者实在是很聪明。二十五年来，他们让我们在巴勒斯坦变成了恶人。他们在托管条款和《贝尔福宣言》里加进那些毫无意义的章节，甚至可以把骆驼说成一头驴，我的天……在和哈伊姆·魏兹曼聊了两个小时以后，我感到自己都想加入他们的组织了。"塞西尔·布莱德舒又摘下眼镜说道："我们知道你是同情他们的，特夫·布朗。"

"我对你的暗示表示反对，布莱德舒。也许我是那几个少数傻瓜中的一个，但我坚持认为，我们在中东的唯一出路，是在那里建立一个强大的犹太巴勒斯坦。我并非在为犹太人说话，而是为了英国的利益。"

布莱德舒打断了他，"我们还是回到'出埃及号'的问题上吧，这个事情很明白，我们曾经在处理'希望家园'的事件上做出了让步，但这一次绝不能再让。这条船现在是在我们的水域里，不是在法国，我们既不用强行登船，也不用送他们去德国，也不用碰他们。我们就坐在凯里尼亚，直到他们发霉。听到了吗，特夫·布朗？发霉！"他的手颤抖着，气越来越大。

特夫·布朗闭上了眼睛，"这样做从道德角度对我们不利，我们没有理由扣留这三百个集中营里长大的孩子。石油……运河……阿拉伯人，见鬼吧！我们没有任何理由！把'希望家园'上的难民送到德国的举动，已经让我们显得很可笑了。"

"我理解你的同情心。"

"先生们！"

特夫·布朗站起来，在布莱德舒的办公桌前探过身，"解决'出埃及号'的途径只有一个，犹太人不是计划让这个事件演变成一场宣传吗，那就把球踢回去，立刻放行，这肯定是他们最不想要的结果。"

"没有可能。"

"难道你没看到我们正在掉进他们的圈套吗，先生？"

"只要我还在这里，那条船就别想出航。"

第三十一节

马克·帕克，多美酒店，凯里尼亚，塞浦路斯

文章很有感染力，保持创作热情

肯·布拉德伯里，全美新闻联合会，伦敦

凯里尼亚，塞浦路斯

这真是一幅滑稽的景象：一千名全副武装的士兵、坦克、重炮、海军舰艇，远远地、无奈地包围着一条毫无反抗能力的救生船。

一周过去了，"出埃及号"和英国人战成了平手，双方依旧各不退让。至今为止，无人再出面骚扰这条威胁要炸沉自己的非法走私船，但从几百码外的码头上，通过望远镜，人们在仔细观察着它。

出埃及号上的孩子们士气仍然很高，他们在船上坚持了一周，或者以歌声、或者以嘘声，对抗着在码头和防波堤上的英军士兵。

马克每天都在创作着他的故事，每天都有新的内容引人注意。

在塞西尔·布莱德舒下决心与"出埃及号"进行较量的时候，他已经做好了承受批评和谴责的心理准备。法国报界像以往一样被激怒了，但这一次产生的舆论对抗，是英法联盟历史上从未有过的。在事件的报道传遍整个欧洲大陆后，甚至连英国报界内部也出现了分歧，对白厅拒绝"出埃及号"前往巴勒斯坦提出了质疑。

布莱德舒毕竟经历过很多风雨，是一名老到的政客，对这次事件掀起的轩然大波，认为没有必要大惊小怪，一切都将过去。但为了对付马克，他选派了三名

记者来到凯里尼亚，还组织了多名专家，专门负责解释英国政府的立场。这种处理危机的手法过去一直有效，但当面对一群难民孩子的时候，他们好像很难化解公众的情绪。

如果犹太复国主义者不是心怀巨测，为什么要拿三百个无辜孩子的生命去冒险？为了博取同情和混淆巴勒斯坦的托管实质，这个事件本身就是一场毫无人性的阴谋和罪恶。很明显，我们面对的是一些极端主义者，阿里·本－迦南这个人就是一个职业的犹太复国主义鼓吹手，有着多年从事非法移民的记录。

从各个国家前来的新闻记者陆续飞到了尼科西亚机场，要求获准前往凯里尼亚采访，一些大的杂志社也派出了他们的队伍，多美酒店逐渐变成了一个小型的政治对话的论坛。

在巴黎的咖啡厅，英国成为被谴责的对象。

在英国的酒吧，英国在为自己辩护。

在斯德哥尔摩，人们在教堂里祈祷。

在罗马，大街小巷充满了争论。

在纽约，赌场里四赔一的结果是出埃及号"出不了埃及"。

当对抗进入到第二周的周末，在马克的暗示下（他确信时机已经成熟），阿里安排他采访了"出埃及号"。既然他是第一个踏上"出埃及号"的外人，他随后的三篇报道，成为各大报刊的头版头条。

独家采访"出埃及号"发言人阿里·本－迦南

凯里尼亚，塞浦路斯

今天，我作为首位新闻记者，采访了出埃及号上孩子们的发言人——阿里·本－迦南。根据英国媒体的报道和白厅的谴责，我向他提出了一连串关于他是否是一个职业的、代表犹太复国主义的麻烦制造者的问题。采访是在驾驶舱里进行的，这是船上唯一还没有挤满人的空间。孩子们仍然显得兴高采烈，但经过两周的围困，他们的体力明显受到了影响。

本－迦南，三十岁，六英尺高的身材、乌黑的头发、湛蓝的眼睛，让人很容易误以为是个电影明星。他首先表达了对世界上祝福他们的人的感谢，并向我证明了孩子们的决心。针对我的问题，他的回答是："我不在乎人身攻击，但他们是否应补充一点，在'二战'期间，我还是他们军队中的一名上尉。我承认我是一个犹太复国主义的麻烦制造者，以后还是，直到他们兑现在巴勒斯坦问题上的承诺。至于我的工作是合法还是非法，那不过是个看法问题。"

我严肃地提出了英国政府对他们这种行为的指责和"出埃及"后的后果，他的回答是："作为犹太人，我们习惯了面对各种各样的指责。凡是涉及巴勒斯坦的托管问题，只要他们不能自圆其说，他们就以犹太复国主义的阴谋说来解脱自己。我感到奇怪的是，他们为什么没有用犹太复国主义阴谋说来解释他们在印度遇到的麻烦，幸亏甘地不是犹太人，否则，我们还是要受到指责。"

"白厅是在把我们当替罪羊，用丑化犹太复国主义者的方式，掩盖他们三十年来在托管问题上，对犹太人和阿拉伯人的说谎、出卖、欺骗、背叛。他们先是违背了1917年的《贝尔福宣言》，一直没有兑现建立犹太家园的承诺；然后是这次工党的欺骗，他们在上台前信誓旦旦，要为从希特勒政权下幸存的犹太人打开巴勒斯坦的大门。"

"在孩子们的问题上，我认为白厅是在玩鳄鱼的眼泪。出埃及号上的孩子都是自愿上船的，他们在希特勒主义横行的年代成为孤儿，几乎每个人都已经在德国和英国的集中营里度过了六年的时光。"

"如果白厅真的关心这些孩子们，我建议他们向新闻记者开放卡瑞勒斯，那里的一切和集中营没什么区别。人们面对着机关枪被关在铁丝网后面，没吃没喝、缺衣少药，在未经任何指控的情况下，被强迫拘禁在卡瑞勒斯。"

"白厅称我们是在迫使他们采用不公正的托管方案，想想欧洲幸存下来的二十五万犹太人，他们是六百万犹太人中的仅存者。"

"英国政府的移民指标是每个月七百人，难道这是公正的吗？"

"最后，我要质疑英国在巴勒斯坦的权力，难道他们比经受了希特勒迫害的幸存者更有权力吗？"

说到这儿，本－迦南从驾驶舱里捧出一本《圣经》，翻到"以西结书"这一章，读道：

"上帝因此告诉我们,当我准备从那些人手里恢复以色列的时候,它是破碎的,但又是神圣的。然后,他们就定居在我赐给我的仆人雅各布的那块土地上,也就是你们的父辈生活过的地方。他们也将生活在这里,和他们的孩子、孩子的孩子,永远生活在这里。"

阿里·本-迦南放下《圣经》说道:"白厅的那些先生们最好再研究一下他们的利害关系,我在这里,要向外交部长重复一位伟人三千年前发出的呐喊:给我们自由。"

在《给我们自由》的文章发表后的第二天,马克又开始了对吉狄恩行动的内幕报道,其中不乏对英军卡车车队如何在逃亡准备和过程中被利用的详细描述,英国人开始变得威信扫地。

在马克的建议下,阿里接受了其他新闻记者采访"出埃及号",之后,他们纷纷要求英国当局允许他们前往卡瑞勒斯采访。

塞西尔·布莱德舒料到会遇到指责,但没有料到会产生这么大的狂热。从那个时刻开始,持续多日的集会,让世界的目光聚焦到了凯里尼亚。现在再考虑是否同意出埃及号出港,后果将更加严重。

克拉伦斯·特夫·布朗将军秘密飞到了塞浦路斯,接替萨瑟兰德,看看是否还能做些什么。

他的飞机在严密保护下,于凌晨降落在尼科西亚的机场。艾里斯戴尔少校接上他,很快上了车,向着法玛古斯塔司令部疾驰而去。

"在我接替萨瑟兰德前,有几个问题,艾里斯戴尔。我已经收到你的信,你尽可以知无不言。"

"是,长官。"艾里斯戴尔说道,"我想说,过度的紧张已经让萨瑟兰德垮了,考德威尔告诉我,他每天晚上都做噩梦,然后就一个人游魂一样转到天亮,再不就整天整天地沉浸在《圣经》里。"

"真丢人,"特夫·布朗嘟囔着,"布鲁斯从来都是个很好的军人,关于他的情况到此为止,让我们想办法帮帮这个可怜的家伙。"

"当然，长官，"艾里斯戴尔说道。

凯里尼亚，塞浦路斯
独家报道

昨天晚上，名震沙漠的克拉伦斯·特夫·布朗将军身穿便装，悄悄飞抵了尼科西亚机场。他的出现，证明了白厅对事件的关注，可能意味着会发生政策上的变化——如果不仅仅是人事变动的话。

马克再次登上出埃及号，要求见见凯伦。在拥挤的甲板上，他挪动着脚步，感到一丝焦虑。孩子们看起来都很憔悴，因缺乏淡水，不能洗澡，他们身上都散发着难闻的气味。

阿里像以往一样，静静地站在驾驶舱里，马克交给他几包烟和几瓶白兰地。

"外面的情况怎样？"阿里问道。

"没有迹象表明特夫·布朗的到来会有什么变化，但这件事仍然是关注焦点，大大出乎我的意料。你看，阿里，你我已经做得很好了，你也达到了你的目的，给了英国人一记重拳，但据我所知，他们并不打算退让。"

"你什么意思？"

"我想你应该激流勇退，从人性出发让船靠岸，然后在英军押解他们返回卡瑞勒斯的途中，我们再合作一篇更大的文章——它肯定会让公众心碎的。"

"是基蒂让你过来说这些的吗？"

"哦，住嘴。看看那些孩子们，他们已经开始散架了。"

"他们知道在为什么奋斗。"

"阿里，我想我们已经达到目的了。尽管这件事今天还是焦点，但为了摆脱被动，弗兰克·塞纳特拉明天可能要在夜总会招待一些专栏作家，到时候我们就从头版消失了。"

这时，凯伦出现了，"你好，帕克先生。"她轻声打着招呼。

"你好，孩子，这是基蒂带给你的信和包裹。"

她接过信，同时递给马克一封她写给基蒂的信，但像拒绝其他人送的包裹一样，没有接受基蒂的包裹。

"我的天，她拒绝了，这让我怎么向基蒂解释呢？看看她的黑眼圈吧，她已经很虚弱了，再有两天，你这里将发生真正的麻烦。"

"我们正在讨论如何保持公众的兴趣，马克，不要扯其他的。要我们返回卡瑞勒斯绝不可能，在欧洲，二十五万犹太人正等待着他们的命运，只有我们可以给他们答复。从明天，我们将开始绝食，任何因绝食死亡的孩子，将会被放在甲板上，让英国人去考虑吧。"

"你真是个魔鬼……一个令人恶心的魔鬼。"马克喊道。

"那你教教我该怎么做，马克，你认为我愿意让孩子们饿死吗？面对眼前的那些坦克和军舰，我们手无寸铁，有的只是我们自己的肉体和信仰。我们已经在地狱中挣扎了两千年，这一次，我们没有退路。"

第三十二节

"出埃及号"宣布，以绝食进行抗争，船上的孩子们都表示，宁愿饿死，也绝不返回卡瑞勒斯。

两个星期来，当事件变得越来越家喻户晓、尽人皆知的时候，阿里·本－迦南突然出乎意料地发起了他的挑战。事态的发展已经超出了"等着瞧"的范围，孩子们的举动迫使各方都要做出表态。

一面用英、法、希伯来文书写的巨大标语挂在了船舷，上面清晰可见的是：

绝食抗争/1 小时

绝食抗争/15 小时

两个男孩子、一个女孩子，年龄分别为十、十二、十五岁，在饿昏过去后，被抬上了出埃及号的前甲板。

绝食抗争/20 小时

又有十个孩子被抬上了前甲板。

"看在上帝的分上，基蒂，别老晃来晃去的，坐下好吗？"

"已经过去二十个小时了，他还想让它进行多久？我都不敢再去码头探望他们了，凯伦不会也已经饿昏过去了吧？"

"没有，我都告诉你十遍了。"

"他们都不是身体很好的孩子，何况在船上已经待了两周，没有体力了。"基蒂颤抖着拿起一支烟，捋了捋头发，"那个家伙真是个怪物，一个没有人性的怪物。"

"我一直在考虑这个问题，"马克说道，"我想我们并不了解是什么让这些人如此顽强，你去过巴勒斯坦吗？那个地方南部都是沙漠，中部都是荒原，北部都是沼泽，是个被太阳烤焦了的地方，环境非常恶劣。此外，它像一个孤岛，坐落在五千万不共戴天的敌人的汪洋大海之中。但他们仍旧不顾一切地向往着那个地方，那个被他们赞美为是泉水叮咚、良田纵横、由主赐给他们的地方……两周前，我还对阿里说，痛苦不是犹太人的专利，但现在我开始怀疑我的看法，因为我实在搞不清是什么让他们受到那么大的伤害，以至于如此顽强。"

"不要为他们辩护，马克，用不着辩护。"

"平心而论，没有那些孩子的支持，本－迦南什么也做不到，他们百分之百是站在他那边的。"

"这才最让人揪心，"基蒂说道，"所谓的忠诚，太荒谬了。"

电话响了起来，马克拿起电话、听着，然后放下。

"出什么事了？没听见我问吗，马克？"

"又有一些孩子被抬上了甲板，几乎有一半了。"

"有……有……凯伦吗？"

"不知道，我去看看。"

"马克。"

"什么事？"

"我要去看看。"

"那不可能。"

"我不能再忍受了。"她说道。

"如果你去,那你死定了。"

"不会的,马克……不是你想的那样。只要我知道她还活着,我不会干扰你们,我保证,相信我。但我不能再无所事事地坐在这里,看着她死去,不能。"

"即使我能说服本-迦南让你上船,英国人也不会放你上去。"

"那是你的事,你必须让我上去。"

她站在门前,挡住了他的出路,态度坚决。马克垂下眼帘说道,"我试试吧。"

绝食抗争/35小时

在巴黎和罗马,愤怒的群众包围了英国使馆,他们群情激昂,通过演讲和传单,要求立刻释放出埃及号。巴黎的抗议演变成骚乱,警察不得不用棍棒和催泪瓦斯驱散了示威。而在哥本哈根、斯德哥尔摩、布鲁塞尔、海牙,和平示威到处都是。

绝食抗争/38小时

在塞浦路斯,为声援孩子们,一场抗议英国政府的声势浩大的罢工席卷了全岛。交通瘫痪、商场关门、港口停运、剧院和餐厅歇业,法玛古斯塔、尼科西亚、拉那卡、莱摩索等城市都变成了死城。

绝食抗争/40小时

阿里·本-迦南盯着他的团队成员们:约押、大卫、塞夫、汉克·舒斯伯格,一个个脸色阴沉。

塞夫首先忍不住,开口说道,"我是个军人,我不能站在一边,眼睁睁看着他们饿死。"

"在巴勒斯坦,"阿里厉声打断了他,"他们这样年纪的孩子早已经是青年团的战士了。"

"但在战斗中死去和被饿死完全是两回事。"

"他们现在,就是在用另一种方式战斗。"

约押——"二战"中一直跟随阿里,并肩战斗了多年,说道,"我从来没有反对过你,但这一次,如果哪个孩子真被饿死,那我们是在自食其果,是要负责任的。"

阿里看了一眼汉克·舒斯伯格，这个美国船长耸了耸肩，"不错，你是老板，但船员们开始感到恐惧，他们没有想到会是这样。"

"换句话说，你们都准备屈服了？"

沉默似乎印证了他的看法。

"大卫，你呢？怎么一直都不说话？"

作为一名学者，大卫总是沉湎于律法与《圣经》之中，他对主的认知，是其他人无法相比的，因此受到了大家的普遍尊重。

"六百万犹太人死在毒气室里，不知道为什么要死。"他说道，"但出埃及号上的三百个孩子，个个都知道他们是为什么去死，全世界都将会理解他们。两千年前，当我们还是一个完整的国家时，当我们起来反抗古罗马和古希腊的统治时，我们犹太人就具备了哪怕只剩一个人，也要继续战斗下去的光荣传统。在阿贝拉、耶路撒冷、贝塔、希罗地姆、麦卡鲁斯，我们都是这样战斗的。在玛萨塔，我们面对罗马人的进攻，坚守了四年，当城堡被攻陷后，没有一个犹太人还活着。这个世界，还有哪个民族是像我们这样，为了自由在浴血奋战？在我们最终被迫迁徙到世界的各个角落前，我们曾多次把罗马和希腊人从我们的土地上赶了出去。两千年来，我们丧失了作为一个国家去战斗的权力，当我们在华沙隔离区面对威胁的时候，我们又发扬光大了我们的传统。我个人认为，如果我们放弃这条船，再次返回铁丝网后面的监狱，那将意味着我们对上帝的不忠。"

"还有什么问题吗？"阿里问道。

绝食抗争/42小时

在美国、南非、英国，各地的犹太教堂和基督教堂，为孩子们的平安，都在举办大规模的祈祷活动。

绝食抗争/45小时

阿根廷的犹太人开始与船上的孩子们一起绝食。

绝食抗争/47小时

基蒂上船的时候，天色已晚。船上弥漫着恶臭，她在甲板上、救生艇内、上面的船舱里，看到的都是对人性的摧残。为了保存仅剩的一点体力，所有孩子都一动不动地躺在那里。

"我要看看那些饿昏过去的孩子。"她提出了要求。

大卫带着她来到船头，这里躺着三排失去知觉的孩子，一共有六十个。基蒂逐个观察着他们，在为他们号脉和检查瞳孔的时候，大卫就跪在旁边，高高举起手中的桅灯。对基蒂来说，这里的每个孩子看起来都像是凯伦，每个孩子的状况都让她感到心碎。

她跟着大卫，在拥挤的甲板上跨过一个又一个衰竭的躯体，孩子们用茫然的眼光，无精打采地盯着她。他们的头发已经变成了一堆乱草，他们的脸上沾满了肮脏的污泥。

她跟着大卫，沿着舷梯下到了船舱。空气中弥漫的恶臭让她想吐，昏暗的灯光下，孩子们挤在一排排架子上的样子非常恐怖。

在船舱里一个挨一个、堆在一起的架子的角落里，基蒂发现了凯伦，深深地陷在同伴们横七竖八的胳膊和腿中间。杜夫睡在她的旁边，他们的身下铺着破碎的布片。

"凯伦，"她轻声叫着，"是我，基蒂。"

凯伦吃力地睁开了眼，黑黑的眼圈和干裂的嘴唇，显示出她已经极度的虚弱。

"基蒂？"

"是我。"

凯伦伸出双臂，基蒂紧紧地抱住了她，很久很久。"不要离开我，基蒂，我很害怕。"

"我就在你身边。"基蒂轻轻说着，放开了凯伦。

她来到医院，费了很大劲只找到一点点药品，感到很沮丧。"我会尽力让孩子们舒服一点，你和约亚可以帮帮我吗？"她问大卫。

"当然。"

"有些饿昏过去的孩子情况很不好，我们必须用清水给他们擦擦身，把体温降下来；现在甲板上有些凉，要给他们盖好；还有，我希望那些能腾出手的人，一起来把这条船的卫生好好搞一下。"

基蒂忘我地投入到拯救孩子们生命的工作中,但她的努力显然无济于事,越来越多的孩子开始昏迷。由于缺乏药品、淡水和其他医疗条件,她感到很无助。

绝食抗争/81 小时

七十个饿昏过去的孩子躺满了甲板。

在港口的码头上,英军内部出现了不满,很多士兵要求调离,哪怕会被送上军事法庭。

绝食抗争/82 小时

失去知觉的凯伦·汉森·克莱门特被抬上了甲板。

绝食抗争/83 小时

基蒂走进驾驶舱,疲倦地在椅子上坐下;连续三十五个小时的工作,她已经神志不清,甚至麻木了;阿里递过一杯浓浓的白兰地。

"赶快喝了它,你又没有参加我们的绝食抗争。"

她一口喝了后又要了第二杯,才感觉清醒了点。她目光严厉、无言地注视着阿里:这是个很有影响力、不受别人左右的人,在他那冷酷眼神的背后,会是什么样的怪念、骗局或者阴谋呢?他会恐惧吗?他有情感吗?

"我以为你会早一点上船来找我。"他开口了。

"我不会向你乞求什么,本-迦南先生,或者叫本-迦南和上帝……这样安排……对吗?很多孩子已经濒临死亡,这是我像个帕尔马赫的战士那样给你的报告,他们就要死了,你还想怎么统治他们呢?"

"基蒂,在你之前,我早就是个千夫指了,没有关系。但你这么强烈的仁慈是为了所有的孩子,还仅仅是为他们其中的一个呢?"

"你无权知道。"

"你是在为一个姑娘的生命乞求,而我,是在为二十五万人的生命乞求。"

她站了起来,"我想我最好还是回去工作。阿里,你非常清楚我来的原因,为什么就不能让我如愿呢?"

他转过身,面对着窗外的大海,海面上,是严阵以待的巡洋舰和驱逐舰,"也许是因为……我非常想见到你。"

绝食抗争/85 小时

克拉伦斯·特夫·布朗将军在萨瑟兰德的办公室里来来回回地走着，屋内弥漫着雪茄烟的烟雾，他几次停下来，透过窗口，凝视着凯里尼亚的方向。

萨瑟兰德轻轻敲打着烟斗，看了看咖啡桌上放着的三明治，"你不坐下吃点，来杯茶吗？"

特夫·布朗看看手表，叹了口气坐下来，拿起一块三明治，看看，咬了一口，又放回去。"我还真吃不下。"他说道。

"这种情况，对一个还有良知的人来说，确实棘手。"萨瑟兰德接过他的话，"两场战争、十一项海外任命、六枚勋章、三次临危不辱使命，但这一次，我是彻底栽在这群手无寸铁的孩子们面前了。就这样结束我三十年的军旅生涯，想想也还不错，克拉伦斯男爵？"

特夫·布朗垂下了眼睛。

"噢，我知道你有话要对我说。"萨瑟兰德提醒道。

特夫·布朗倒了杯茶，有些尴尬地又叹了口气，"你看，布鲁斯，是否应该怪我……"

"别瞎扯，克拉伦斯男爵，千万别自责，是我应该反省一下，让你失望了。"萨瑟兰德站起身，两眼潮湿，"我很累，非常的累。"

"相信我，我们会为你申请一份全额退休金，尽可能低调处理这件事。"特夫·布朗解释着，"你看，布鲁斯，我来时在巴黎停了一下，和南迪做了个长谈，把你的困境告诉了她。听着，老伙计，如果你能主动些，还是可以破镜重圆的。南迪希望你回去，你也需要她。"

萨瑟兰德摇摇头，"这么多年，南迪和我已经完了，我们之间唯一值得怀念的是我们的军旅生涯，是它让我们走到了一起。"

"那有什么计划吗？"

"塞浦路斯的这几个月让我感触颇多，特别是过去的几周。也许你不信，但我确实没有落魄感，或许我还赢得了一些我过去失去的东西。"

"那是什么？"

"真实。还记得我接受这个任命的时候吗？那时你讲过，只有天上的王国才关注是非，人间的王国只关注石油。"

"我记得很清楚。"特夫·布朗答道。

"是的,自从出埃及号事件发生后,我一直在考虑这个问题。有生以来,我是从谬误中明辨是非、认识真理的,但认识是一回事,而实现……把天上的王国创建到人间,又是另一回事。我们每个人为了生存,一生中做过多少违背自己良心的事情?我真羡慕和佩服这个世界上,那些面对羞辱、迫害甚至死亡,依然保持自我的人。他们一定有着一个感觉良好的内心世界,一个我们作为普通人永远无法了解的世界,甘地就是那样的一个人。"

"我要去那个被他们称为是'主恩赐的地方'或'人间的天堂'看看,我要了解所有的一切……加利利、耶路撒冷……一切。"

"真让人羡慕,布鲁斯。"

"或许我会去萨法德定居……在迦南山上。"

艾里斯戴尔少校走进办公室,脸色苍白,用颤抖的手递给特夫·布朗一份记录。他看了一遍又一遍,几乎不相信自己的眼睛,"上帝啊,快来拯救我们吧。"他喃喃地自语着,将记录递给了萨瑟兰德。

十万火急

阿里·本-迦南,"出埃及号"发言人,刚刚宣布,从明天中午开始,每天将有十个自愿者,在船桥上,当着全体英军的面自杀。这种抗议方式将持续到出埃及号被允许前往巴勒斯坦,不自由,毋宁死。

布莱德舒,带着汉弗莱·克劳福德和几名副手,离开伦敦,来到了一个僻静的乡间小屋,在"出埃及号"威胁以自杀抗争后,他还有十四个小时的时间可以准备反击。

整个事情都出乎他的意料:孩子们的意志和决心、事件本身产生的宣传影响低估了本-迦南的阴谋和手段。布莱德舒是个固执的人,但他意识到在受挫时,还是要尽量找一个挽回面子的办法。

布莱德舒安排克劳福德和其他副手,与伦敦、巴勒斯坦、美国的一些犹太领袖,通过电报或电话,要求他们进行干预。在他看来,巴勒斯坦人或许会因某些原因出面,至少可以推迟本-迦南的行动时间,那就可以让自己有充分准备,拿出其他方案。如果能够让本－迦南同意谈判，他就可以无限期拖下去。遗憾的是，仅仅六个小时，他就接到所有犹太领袖的答复，他们口径一致地表示：我们不会介入。

布莱德舒只好接通了塞浦路斯特夫·布朗的电话，指示将军转告"出埃及号"，英国政府正在起草妥协方案，希望行动推迟二十四小时。

特夫·布朗遵照他的指示和本－迦南谈判后，反馈如下：

十万火急

除了特赦出埃及号上的所有犹太人并同意他们前往巴勒斯坦外，本－迦南拒绝讨论任何方案。简而言之，他的要求是：给他们自由。

特夫·布朗

塞西尔·布莱德舒终于感到坐立不安了——距孩子们发出的集体自杀时间还剩不到六个小时，而他必须在三个小时内向内阁呈报他的决定，已经没有时间让他能达成任何妥协。

自己是在和一群疯子较量吗？还是这个精明、无情的阿里·本－迦南预谋了一个陷阱，使自己越来越不能自拔？

给我们自由！

布莱德舒走到办公桌前，打开了台灯。

十万火急

阿里·本－迦南，"出埃及号"发言人，刚刚宣布，从明天中午开始，每天将有十个自愿者，在船桥上，当着全体英军的面自杀……

自杀……自杀……自杀……

他的手颤抖着，放下了电报。

在他的办公桌上，堆满了从欧洲各国和美国发来的公告，这些国家用充满了外交辞令的语言，表达了对出埃及号僵局的关注。在他的办公桌上，同样堆满了从各个阿拉伯政府发来的照会，如果出埃及号被允许前往巴勒斯坦，那将是对整个阿拉伯世界的冒犯。

塞西尔·布莱德舒感到心烦意乱，过去的几天简直像是在人间地狱，它是怎么开始的呢？三十年来形成的中东政策，就这样毁在一条毫无防御能力的救生船上。

命运怎么会让自己扮演成一个暴君？虽然没有人能够指责自己的反犹行为，但私下里，自己不是很欣赏巴勒斯坦的犹太人，并且很理解他们返回巴勒斯坦的含义吗？曾几何时，在谈判桌旁，与犹太复国主义者的争论是多么让人享受和受到触动。不管托管民意是否逐渐趋向关注那里的二十五万犹太人，塞西尔·布莱德舒在内心深处，还是相信英国的利益在于阿拉伯人，在于那些顽固的认为，是英国人在他们中间，扶植起了一个犹太王国的阿拉伯人。

多年的工作经历，让塞西尔·布莱德舒成为一个很现实的人，何况，如果是自己的儿孙正躺在那个甲板上该怎么办？他不是一个虔诚的宗教信徒，但和其他有教养的英国人一样，对《圣经》并不陌生。作为一名外交官，他不相信这个事件的背后有什么神秘的力量，更不相信奇迹。

虽然，他手中掌握着军队，可以用武力解决"出埃及号"或其他非法移民制造的麻烦，但他不能让自己这样做。

他想到埃及的法老王，汗水立刻冒了出来，那不过是些流言。一定是自己太疲惫，压力太大，才会产生愚蠢的错觉。

给我们自由。

布莱德舒走进书房，找到一本《圣经》，诚惶诚恐地读了一遍《出埃及记》，再一次领悟了上帝是如何将十大瘟疫降临给了埃及。

自己是法老王吗？黑色的诅咒会降临到英国吗？他回到卧室，想安静一会儿，但脑海中总是浮现出那断断续续的声音……给我们自由……给我们自由……

"克劳福德！"他终于忍不住呼喊道，"克劳福德！"

克劳福德系着睡衣的带子，冲了进来，"是叫我吗？"

"马上接通塞浦路斯的特夫·布朗，告诉他……告诉他放那条船出航。"

我们的土地

第二章

……因为这地是我的，你们在我面前是客旅，是寄居的。在你们所得为业的全地，也要准人将地赎回。

——《利未记》里上帝给摩西的告诫

第一节

危机终于过去了,一时间,出埃及号被允许起航的报道通过电波传向了世界各地,成为各大报刊的头版新闻。

在塞浦路斯,人们的喜悦难以言表,在世界各地,关注事件进展的人都长长地松了口气。

但在出埃及号上,孩子们已经筋疲力尽,奄奄一息。

为了让孩子们尽早接受治疗,让船接受补给和检修,在英国人的迫切要求下,出埃及号靠上了码头。当船被拖向码头的时候,凯里尼亚变得一片混乱。几十名英国军医蜂拥上了船,手忙脚乱地把那些生命垂危的孩子抬上了岸。多美酒店被当作了临时急救医院,食物、衣服、生活用品堆满了码头,无数塞浦路斯家庭向孩子们送上了他们的礼品。皇家工程师仔细检查了这条古老的拖船,修补漏洞、检修马达,卫生检疫人员经过努力,让船重新变得整洁干净。

在初步检查后,阿里被告之,孩子们需要几天才能恢复健康,而船也要进一步检修,才能胜任前往巴勒斯坦的一天半航程。在塞浦路斯的一个犹太团体,派出代表找到阿里,希望孩子们在出航前,与他们一起欢度即将到来的光明节的第一个夜晚,阿里同意了。

基蒂在反复确认了凯伦的身体状况没有危险后,才让自己洗了个舒服的热水澡,吃了一块厚厚的牛排,喝了半品脱苏格兰威士忌,美美地睡了一个十七小时的大觉。

当她一觉醒来,发现自己遇到了一个无法摆脱的难题——是结束与凯伦的这一幕，还是跟着前往巴勒斯坦，她必须做出选择。

傍晚，马克来到她的房间喝茶，她看起来气色不错，在充分的睡眠后，显得相当妩媚。

"报界还依然狂热吗？"

"不，一切都过去了。"马克答道，"船长和国王都正在成为过去，'出埃及号'已经不是新闻……该收起镜头了。噢，我想在船抵达海法的时候，或许还可以登上一版照片，最后再渲染一下。"

"人心无常。"

"不全是这样，基蒂，只是这个世界习惯于向前看。"

她呷了口茶，沉默下来。马克点上支烟，把腿跷到窗台上，伸出手，作手枪状，目光越过鞋尖，瞄向窗外的码头。

"那你准备怎样呢，马克？"

"我？在王国的领地，马克·帕克已经不再受人欢迎，我要回美国了。然后，可能会去亚洲转转，我一直很想去那边看看……听说那边的情况正处在一个十字路口上。"

"英国人不让你去巴勒斯坦了吗？"

"门都没有，他们对我已经恨之入骨，如果他们不是有礼貌的英国绅士，我敢说他们要把我生吞活剥了。坦白讲，这不怪他们。"

"给我支烟。"

马克点上一支，递给基蒂后，便又百无聊赖地继续起他的持枪瞄准的游戏。

"该死的，马克，我讨厌你用这种方式揣摩我的情绪。"

"你这个闲不住的小姑娘，居然私下跑到英国当局申请前往巴勒斯坦，那些绅士还都毕恭毕敬地为你敞开了大门。在他们眼里，你真是个尽职尽责、纯洁无瑕的美国姑娘，当然啦，情报处还不知道你曾经帮助阿力亚·伯特干过走私……你是准备去还是不去呢？"

"上帝，我真的不知道。"

"你是说，还没有正式和他们谈过？"

"我是说我不知道。"

"那你想让我怎么支持你？"

"你别总是摆出那副悲天悯人的样子，别这样瞄着我，马克。"

马克从窗台上放下腿，"那就去巴勒斯坦，你不就想听这个吗？"

"可我在犹太人中间还是感到不自在……"

"你和那个姑娘不是相处得很好吗？她还让你想起女儿吗？"

"不，不再了。她不是任何人，她就是她自己，但我爱她，想收养她，如果你想问的就是这些。"

"我还有很多问题，弗里蒙特太太。"

"问吧。"

"你是不是爱上阿里·本－迦南了？"

爱上阿里·本－迦南？她不否认，当他们在一起，甚至想起他，就会有所心动；她不否认，自己还从来没有遇到过一个像他那样的男人；她也不否认，自己对他的沉默和做事方式总会有些恐惧；她更不否认，自己甚至很欣赏他的果敢和勇气，但她无论如何不能否认，自己在很多时候会对他产生一种厌恶；难道这就是爱吗？

"我不知道，"她喃喃道，"就像我无法远离他们那样，同样感到无法走近他们，真的不知道是为什么……真的不知道。"

随后的时间里，基蒂去设在酒店二楼的临时病房里探望了凯伦。凯伦的身体恢复得很快，埃雷兹·以色列这两个词似乎对孩子们产生了巨大的影响，疗效明显大于吃药，医生们对此颇感惊奇。基蒂坐在凯伦的旁边，忍不住仔细观察着病房里的其他孩子。他们是些什么人？来自哪里？要去哪里？多么奇怪的一个民族……一个有着让人困惑的信仰的民族。

基蒂和凯伦默默地坐着，许久许久，谁也不敢开口触及她即将前往巴勒斯坦这个话题，直到凯伦又昏睡过去。基蒂呆呆地看着她，充满了爱意，忍不住亲了亲她的额头，捋了捋她的头发。睡梦中，凯伦露出了幸福的笑容。

基蒂走出病房，来到走廊，看见杜夫正焦虑地等在那里。她停下脚步，与杜夫对视了片刻，无言地转身离开了。

伴随着日落,基蒂茫然地走向码头。街道对面,塞夫和约押正在指挥着为出埃及号补充给养,她看了看,没有找到阿里。

"您好,基蒂。"他们打着招呼。

"你们好。"

她沿着码头走向灯塔,傍晚的凉意,让她穿上了毛衣,"我一定要弄明白……一定……一定。"她一遍遍对自己说着。远方的防波堤上,坐着年轻的大卫,正凝视着海水和被海浪拍打着的鹅卵石,沉思着。

基蒂走到他的身边,他抬起头,笑着说道:

"您好,基蒂,看来你恢复的不错。"

她在他身边坐下,与他一起默默地欣赏着眼前的大海。

"想家了?"她问道。

"是的。"

"卓姐娜……是叫卓姐娜吧……阿里的妹妹?"

大卫点点头。

"能见到她了吗?"

"如果走运,我想会见上一面。"

"大卫。"

"是的。"

"孩子们会怎样呢?"

"他们是我们的未来,会受到很好的照顾。"

"有危险吗?"

"当然,还会有很多危险。"

基蒂又陷入了沉思……

"你要和我们一起走吗?"大卫问道。

她感到一阵心跳,"怎么会有这个问题?"

"我们已经开始觉得有你在身边是个很自然的事情了,另外,阿里曾经提到过。"

"如果……如果他这样想,为什么不自己来找我?"

大卫笑了起来，"阿里从不向别人提任何要求。"

"大卫，"她突然说道，"你一定要帮帮我，我感到很困惑，你好像是唯一让我感觉还能交流的人……"

"如果可能的话，我很乐意。"

"……我从没和这么多犹太人相处过，你们让我有些不知所措。"

"我们让自己才不知所措呢。"大卫说道。

"老实讲，我觉得自己就像个外来人……"

"这没什么奇怪的，基蒂，大多数人都是这样，甚至那些我们称为是'朋友'的人，哪怕他们变成了狂热的犹太教徒。我想，可能是一些人对我们有负罪感，而大多数只是想成为犹太人……只有主才知道为什么，我们是一个迷失的群体。"

"但阿里是个什么人？他是谁？是个化身吗？"

"当然不是化身，他不过是个历史的弃儿。"

晚饭时间到了，他们站起身，准备返回酒店。"我不知道该如何谈起，"大卫解释着，"关于阿里，我想最好还是从居住在犹太隔离区里的西蒙·拉宾斯基说起。这个隔离区地处俄国的西南部，包括了乌克兰。在世纪交替的时候，大概在1884年，那里发生了一些巨变。"

第二节

1884年的俄国日托米尔地区

西蒙·拉宾斯基是个鞋匠，太太雷切尔是个典型的贤妻良母，西蒙有两个儿子，都是他的骄傲。

小儿子叫雅可夫，十四岁，思维敏捷，性格外向，心直口快，可以为一件小事就与人争论不休。

大儿子叫乔西，十六岁，相貌鲜明，身材魁梧，站起来有六英尺高，长着一头和妈妈一样的红发。乔西的性格和雅可夫截然不同，非常温顺，显得文静、深思熟虑、彬彬有礼。如果能把雅可夫的大脑安在乔西的身材上，那简直就是创造了一个超人。

拉宾斯基的家非常穷，他们住在俄国西部一个犹太定居点里，这个地区包括比萨拉比亚、乌克兰、克里米亚、部分白俄罗斯。定居点成立于1804年，是犹太人在俄国境内唯一可以安家的地方。事实上，这里是个巨大的贫民区，莫斯科和彼得格勒是他们的禁地，只有少数有钱的犹太人家通过贿赂，才可以把自己的孩子送出去。

犹太隔离区的出现，是漫长的人类历史进程中，犹太人被歧视和排挤后的一种演变。早在公元1世纪，犹太人就定居在克里米亚，统治那个地区的哈扎斯因此信仰了犹太教，并奉为他们自己的宗教。哈扎斯的王国，实际上是一个犹太国家。公元10世纪，北方强大的俄罗斯人打败了哈扎斯，驱散了那里的人民，从此揭开了反犹的肮脏一幕。

当俄罗斯人登上权力宝座之时，南方的伊斯兰教也高举起了他们的刀剑。在那个年代，穆斯林占据了俄国的半壁河山，作为起义的重要力量，犹太人感到了和平与希望。

在穆斯林最终被打败以后，整个俄国落入了沙皇和希腊教会之手，成百上千的犹太人被当做"异教徒"送上了中世纪的火刑柱。无知的农民在虚构的谎言下，认为这些犹太人是巫师、会魔法，要用基督徒的鲜血去祭奠他们的宗教仪式。

几个世纪的迫害到凯瑟琳一世的时候达到了顶点，那些不愿意加入东正教的犹太人，在连串的反犹骚乱中被屠杀。由于让犹太人改信东正教的企图没有得逞，凯瑟琳一世将一百万犹太人逐出俄国，其中大部分人去了波兰。

从那以后，波兰领土上的战争此起彼伏，征服与反征服、割据与再割据，直到凯瑟琳二世重又主宰了这一百万被逐出俄国的犹太人的命运。

所有这些事件，是形成犹太隔离区的直接原因。1827年，犹太人被从各地驱赶到几个已经拥挤不堪的城市犹太社区；同一年，沙皇颁布了法令，每年都要征召年轻的犹太人去服兵役。

西蒙·拉宾斯基——日托米尔的一个鞋匠和他的家人，像狱中的囚犯那样，在这样的隔离区里过着非人的生活。犹太社区和其他沙俄人民之间几乎没有来往,只有那些税务官经常光临社区。他们离开的时候,会带走任何可以带走的东西——从祭奠用的蜡烛到床、枕头和鞋子。除这些人外,频频光顾社区的人,是那些疯狂的哥萨克人、农民、学生,他们尖叫着涌进犹太社区,带走的是鲜血和生命。

被主流社会抛弃的犹太人对他们的"祖国"毫无感情,他们的语言和文字并非俄文,而是一种不纯的德文——依地语。他们的祈祷语言是希伯来语,甚至装束也与众不同。他们头戴黑色的大沿帽,身穿宽松的长袍,留着鬓角的卷发。由于法律禁止他们留卷发,结果围捕犹太人、剪掉他们的卷发,成为当时俄国国内一场浩大的运动。

西蒙·拉宾斯基像他的父辈那样,被迫生活在贫民区的高墙后面。由于太穷,他们会为了一个铜板而讨价还价。在贫民区里,人们信守生意场上的道德法则,对他人生计的侵害、诈骗、掠夺都是决不允许的。

社区生活,围绕着神圣的律法和教堂,围绕着作为老师、宗教领袖、法官、社区管理者的拉比们在运转。隔离区里的拉比都是学识渊博的学者,他们有远见,所以很少有人质疑他们的权威。

贫民区里,犹太人在拉比的领导下,有自己的政府,有各级办事机构和监管制度,有众多《圣经》和《塔木德经》(犹太法典)的信奉团体,有孤儿救助组织,有病人、老人、残疾人互助会,有婚丧服务,有选举产生的教堂召集人和其他神职人员,有宗教法庭和唱诗班,还有遵循教规的洗礼,总之,社区里的生存法则是:一人为大家,大家为一人。

穷人在帮助更穷的人,慈善施舍成为教规中第十一条不成文的戒律,杰出的学者和宗教领袖受到尊重,对智慧的探索不容被干扰。

在大家眼里,西蒙·拉宾斯基的智慧仅次于拉比,隔离区里每个人都很穷,学问就成了财富的唯一标准。作为教堂执事,西蒙年年都被选为社区的高层管理,每当看到儿子们对他的当选表现出的惊奇,西蒙就会感到非常自豪。

犹太人把他们的宗教法典视为大海,即使一个人穷其一生,也无法读懂。拉宾斯基兄弟刻苦地学习这部关于律法和风俗的巨作,品味着从社会行为到个人卫生的谆谆教诲。

除此之外,他们还花了很多时间,学习《旧约》全书中有关律法的经典之作——《摩西五书》。

他们学习了《圣经》、传说、智慧的谚语、中世纪前犹太学者对《圣经》的注解,以及流传民间的Mishnah律法,他们还学习了充满神秘色彩的"卡巴拉"和关于声乐、风俗、节假日的祈祷式。

拉宾斯基兄弟还学习了后《塔木德经》时代最伟大的学者——摩西和拉什的教诲。

尽管拉宾斯基一家过得很艰难,但生活并非毫无希望,这里有聊天、辩论、流言飞语,有婚礼、丧葬、婴儿新生,有节假日和各种比赛,还有宗教仪式和安息日。

每周都有一个晚上,让西蒙和贫民区里的犹太人感觉像个国王。当传统的号角在贫民区吹响,西蒙便放下手中的工具,准备去和上帝的约会。四千年来,就是这样的号角,呼唤着他的人民去祈祷和战斗。在西蒙为参加仪式洗浴净身时,他的太太雷切尔就点起蜡烛,开始了为主和苍生的祝福。

西蒙穿上他华丽的盛装——那是一条黑色丝绸大褂和一顶毛皮镶边帽子,骄傲地挽起两个儿子,信步走向教堂。

回到家后,他们按照传统,请那些更穷的人一起分享安息日的晚餐,在烛光和恩赐的面包、葡萄酒前,吟诵着祝福和对上帝的感恩。

雷切尔端上了通心粉烧鱼和鸡汤,饭后,他们会前去拜访那些年老有病的人家,或是在自己的店铺里招待来往的客人。

星期六,西蒙在祈祷和反省后,会过问和检查孩子们的学习和作业,交流对宗教和哲学的感想。

当夜幕降临,西蒙、雷切尔还有孩子们,唱起了贫民区里的歌曲,"为以色列的新生……千万不要绝望"。

安息日结束,西蒙又回到了苦难的现实,在既是家又是店铺那昏暗的地下室里,重又佝偻在烛光下的工作台上,一边用他满是皱纹的双手,摆弄着刀具,娴熟地切割着皮子,一边悲伤地嘟囔着那首自从犹太人沦为巴比伦囚徒后,流传至今的挽词……

"忘记耶路撒冷,就像忘记了手的灵活……不为耶路撒冷欢呼,就像不会用嘴说话。"

通过祷告,西蒙寻找着心灵的安慰,但无论怎样虔诚,还是要面对残酷的现实,"要多久……上帝啊……多久?"他一遍遍问着自己,"我们要在这漫漫黑夜里生活多久?",直到他重复着心中的渴望"明年,明年一定要回耶路撒冷",才感到生活还有一线希望。

明年回到耶路撒冷?可能吗?拯救他们的弥赛亚真能出现吗?

第三节

雅可夫和乔西走在从学校回家的路上,乔西低着头,沉思着,下午课上一些关于《旧约》律法中的章节他还没有搞懂。雅可夫蹦蹦跳跳地向四周扔着石头,他的口袋里总是装满了石头,以防不测。

当走到离家不远的一个拐弯处,雅可夫拉住乔西的手说,"今天晚上哈克汉家有一个聚会。"

"我听说了。"乔西应道。

"这次你去吗?"

"不去。"

"你应该去,有个真正的巴勒斯坦比卢要来参加聚会。"

乔西不禁一震,一个真正来自巴勒斯坦的比卢!他很羡慕经常偷偷跑去参加犹太兄弟会的弟弟,对那个倡导保卫隔离区和重返圣地的组织非常好奇。但只要父亲依然对那个组织怀有疑虑,他就不能受到诱惑。

他们拐过街头,回到家,吻了下钉在门柱上的祷文,空气中洋溢着浓重的皮子味道。西蒙从工作台上抬起头,朝他们笑笑。

"嗨,爸爸。"他们一齐打着招呼,掀开挂在壁橱边上的布帘,走进隔在屋子角落里的"卧室"。根据他们的表情，西蒙看出他们有事瞒着自己，尽管知道小儿子最近在忙什么，但他没有说话。孩子们大了，西蒙想着，不能再说三道四，除非他们愿意主动谈谈。

隔离区里犹太人的死亡率很高，是俄国国内其他民族的两倍，但西蒙在贫民区里算是幸运的，家人都很健康，他还操持着一份可以养家糊口的生意。

面对饥饿的不仅仅是犹太人，整个俄国，特别是农民，都在贫困线上挣扎着。在工业化进程中，出现了封建倒退，贵族不愿意放弃对整个国家的盘剥。

各地为民生、土地、变革发起了运动，由于农民和市民的生活太糟糕，他们都开始借助犹太人的力量，以改善恶劣的生存环境。

动荡在全国愈演愈烈，革命的暗流正在形成，沙皇亚历山大二世被迫着手早该进行的改革。他的第一步是解放农奴、放松了部分严厉的反犹法令。根据新法，一些有专业和艺术能力的犹太人被允许定居莫斯科，而在比萨拉比亚，有些犹太人购买了土地。

为了转移人们对苛政的不满，沙皇再一次把犹太人当做了替罪羊。由于宗教偏见、无知和迷信，由于农民的自卑和盲目的仇恨，长期以来，犹太人在俄国一直受到歧视。为此，俄国政府炮制了一场反分裂的政治运动，把在民生和土地运动中，部分犹太成员的角色肆意夸大，指责犹太人在搞无政府主义，为了自己的利益要夺取国家政权。

血腥的屠杀，在俄国政府的鼓吹、支持、纵容、怂恿下，把隔离区洗劫一空，妇女被强奸，到处血流成河。而在暴民横行的日子，警察就站在一边袖手旁观，甚至参与了施暴。

1881年3月13日，灾难降临到犹太人头上，沙皇亚历山大二世死于暗杀，其中一名被指控的革命者是位犹太姑娘。

恐怖的一年开始了。

站在新沙皇亚历山大三世背后的，是阴险的波别多诺茨塞夫，他把懦怯的新沙皇当成阿斗，将平等、民生、民主视为是平民造反，对此进行了无情的镇压。

作为宗教大会的代理人，在希腊教会的默许下，他制定了一套彻底铲除犹太民族的特别方案。按照他的方案，三分之一的犹太人要在政府支持的屠杀、饥饿、其他形式的谋杀中消灭，三分之一被驱逐和流放，剩下的三分之一要被同化。

1881年的复活节，沙皇亚历山大三世加冕，波别多诺茨塞夫支持的屠杀，也在各个犹太隔离区里爆发并迅速蔓延到全国。

当首轮屠杀开始后，波别多诺茨塞夫立即发布了一系列法律，取消了犹太人曾经获得的权利，决心灭绝整个犹太民族。

1881年的可怕事件，让隔离区里的犹太人，于绝望中开始探索民族命运的答案。在百花齐放、百家争鸣的大辩论中，有个号称犹太兄弟会发出的声音，开始传遍了众多贫民区的各个角落。

伴随着犹太兄弟会的声音，由利奥·平斯克起草的一份报告，指出了犹太人困境的原因和解决方案。他呼吁隔离区里的犹太人，把自我解放作为解放自我的唯一出路。

1881年年底，一批罗姆内的犹太学生逃出隔离区，去了巴勒斯坦。他们的格言是，"Beth Yakov Leku Venelkha——雅各布王朝，给我们兴旺"。这些大胆的探险者一共四十个人，按照他们的格言的第一个字母，他们被泛称为"Bilu"比卢。

这些比卢在巴勒斯坦的沙龙谷地开垦了一个小小的农场，并把它叫作"踏上以色列"。

隔离区里的迫害一次比一次疯狂，到1882年的复活节早上，在巴尔塔，血腥的屠杀达到了新的高潮。

血腥的屠杀驱使更多的比卢来到巴勒斯坦，犹太兄弟会也如雨后春笋般地发展壮大。

在沙龙谷地，比卢们开辟了"希望之门"。

在加利利，他们奠定了未来的"基石"。

在撒马利亚，他们成立了"雅各布回响"。

到1884年，一些渺小、脆弱的定居点，在经过比卢们的奋斗后，出现在圣地的土地上。

在日托米尔和其他隔离区，每天晚上，总会有一些秘密集会。与往日的传统相比，年轻人开始变得反叛。

弟弟雅可夫·拉宾斯基受到新思潮的影响，经常躺在和哥哥乔西分享的陋室里，凝视着黑暗，夜不能寐。他幻想着战斗的兴奋，幻想着探索圣地的激动，脑海里充满了先辈们的光辉事迹。他常常幻想着像马加比那样，与坚无不摧的犹太后裔们并肩作战，将希腊人赶出了巴勒斯坦。是他，雅可夫·拉宾斯基，作为马加比犹太后裔，进入了耶路撒冷，重建了神庙往日的辉煌；是他，雅可夫·拉宾斯基，和西蒙·巴尔·吉尔拉一起，为反抗强大的罗马帝国，在耶路撒冷坚守了十八个月，并最终作为一名骄傲的希伯来勇士，和吉尔拉一样，带着镣铐，被投进了狮笼；是他，像最伟大的巴尔·科克巴一样，成为罗马人的噩梦；还是他，在被重重包围达数年之久的希律、马加、马察达、贝塔等地，与先辈们一起，浴血奋战到最后一人。

在所有这些英雄中，雅可夫最渴望的是，和作为教师、学者、勇士的拉比阿吉瓦一起，面对恺撒的专制，英勇就义。

每当犹太兄弟会出现在日托米尔，雅可夫就立刻跑去参加他们的集会，那些有关自我解放的言论，让他产生共鸣。兄弟会对身强力壮的乔西颇有好感，但他出于对父亲的尊重，对主的信奉，在这些激进的思想面前显得有些踌躇。

巴勒斯坦的比卢，在哈可汉蜡烛店的演讲，让乔西坐不住了，他要雅可夫告诉他，这个比卢长什么样、说些什么、一举一动有什么不同。

"我看你还是和我一起去开会吧。"

乔西犹豫着，小声应道，"好的。"想到这将是有生以来第一次公开与父亲作对，他一整天都在为自己的不孝感到不安。

在对父亲撒谎，要去为一个刚刚去世的朋友做祈祷后，两兄弟就急不可耐地赶到哈可汉的蜡烛店去了。那是一个和他们家一样狭小的地下室，散发着一股清香的蜡味，窗户上挡着窗帘，门外的街道上有几个人在放哨。拥挤的小屋里，乔西惊奇地看到了许多熟悉的面孔，演讲者叫弗拉狄米尔，来自奥德萨。

弗拉狄米尔的行为举止和他们都不一样，既没留胡子，也没留卷发，穿着一双皮靴和一件皮夹克；演讲刚一开始，雅可夫就显得热血沸腾，一些人也忍不住爆出连串问题。

"你就是来带我们回家的弥赛亚吗？"

"当你躲避屠杀的时候，在床底下发现过惊慌失措的弥赛亚吗？"弗拉狄米尔答道。

"你真的不是沙皇的探子吗？"

"那你会是沙皇的下一个牺牲品吗？"弗拉狄米尔反问道。

屋里静了下来，弗拉狄米尔回顾了犹太人在波兰、俄国、德国、奥地利的历史，以及被驱赶出英国、法国的经历，还有发生在布雷、约克、斯拜里思、沃尔姆思的大屠杀。

接着，他把话题转到了教皇是如何号召基督徒从穆斯林手中掳取了圣地耶路撒冷，以及三百年间，在主的名义下，针对犹太人发生的五次十字军东征。

然后，他谈到了那个最为恐怖的年代——发生在中世纪的西班牙宗教大审判，他们以教会的名义让犹太人承受了难以置信的暴行。

"同志们，这个星球上的所有国家都在嘲弄我们，要想拯救自己，就必须重新崛起。平斯克看到了这点，犹太兄弟会和比卢们也看到了这点，我们一定要重新恢复我们的雅各布王朝。"

聚会结束后，雅可夫仍然感到很兴奋，"乔西，我说什么来着，你看，连拉比利波辛今天都到会了。"

"我还要好好想想。"乔西边谨慎地回答着，边不得不承认，弗拉狄米尔和雅可夫都是对的，那是唯一可以自我拯救的道路。漆黑的街道一片寂静，他们飞快地跑回家，吻了下门上的祷文，走进房间。

西蒙工作台上的烛光依然亮着，身穿睡衣、倒背双手的父亲站在烛光的后面。

"嗨，爸爸。"他们打了个招呼，想钻回自己的陋室。

"孩子们。"西蒙严肃的口吻，让他们停下了脚步。

母亲走进房间问道，"孩子们都回家了？"

"是的。"

"告诉他们不要这么晚还待在街上。"

"好的，你去睡吧，我和他们谈谈。"西蒙说道。

他看看雅可夫，再看看乔西，又转向雅可夫。

"看来我应该告诉霍洛维茨太太，由于我的儿子们今天晚上为她的丈夫做了祈祷，他完全可以安息了。"

乔西感到不能再对父亲撒谎，便低声说道，"我们没有去为莱伯·霍洛维茨做祈祷。"

西蒙装作吃惊地举起了双手，"哦……是这样。我早应该想到，那你们是去约会了。怪不得今天亚伯拉罕来找我说媒，'乔西真是个好孩子，要给你们带个好姑娘和一份好嫁妆了。'你能猜到吗……他已经准备为你去说媒了，乔西。"

"我们没去约会，"乔西呜咽着说道。

"没去约会？也没去做祈祷？那是到教堂学习去了？"

"没有，父亲。"乔西嘟哝着。

雅可夫忍不住插嘴道，"我们去参加兄弟会了。"

乔西红着脸，咬着嘴唇，点点头，胆怯地抬眼看看父亲。既然都公开了，雅可夫倒是摆出一副无所谓的态度。西蒙叹了口气，呆呆地看着两个儿子，半天没有说话。

"我太伤心了。"他终于开口道。

"所以才没敢告诉你，我们真的不想让你伤心。"乔西说道。

"我哪是为你们去参加兄弟会伤心，我是为儿子们已经不再信任他们的父亲而伤心。"

这倒令雅可夫感到不安了，"可你知道了，你会禁止的呀。"

"告诉我，雅可夫……我什么时候禁止过你们去读书、学习？甚至当你们想了解《新约·圣经》的时候，我禁止过吗？"

"那倒没有。"雅可夫答道。

"真应该早点和你们谈谈。"西蒙说道。

烛光辉映着乔西的红发，他站在那里，比父亲高出一头。尽管平常有点优柔寡断，可一旦下了决心，他就变得很固执。"我们知道你对兄弟会和新观念的看法，所以不想让你伤心，但我真的很高兴今天能去参加兄弟会。"

"我也很高兴呀。"西蒙说道。

"拉比利波辛还找我参加他们的自卫队呢。"乔西说。

"拉比利波辛越来越新潮，越来越不像犹太人。"

"看看，父亲，你就是害怕新的观念。"乔西头一次这样和父亲说话，不禁感到有些不安。

西蒙从工作台边转过来，搂着儿子们的肩膀，走进他们的陋室，在床上坐下。"别以为我不知道你们在想什么？不就是新观念吗？我年轻的时候，什么自我拯救、自我防卫的言论就不新鲜，你们啊，不过是正在面对所有犹太人都在面对的问题……如何安身……何处安身。那时候，我都想过是否要改变信仰……知道那是什么感受吗？"

乔西确实感到非常吃惊，父亲居然想过要改变信仰。

"要自卫有什么不对？要改变生存状态怎么就成了罪过？"雅可夫倔犟地说道。

"你们是犹太人，犹太人就要承担历史责任。"西蒙答道。

"面对杀戮也只能躲到自己的床底下去吗？"

"不要那样和父亲说话。"乔西打断了雅可夫。

"身为犹太人是不容易，我们不是来这个世上享受的，是来推行上帝的戒律的，这是我们的使命，是我们的人生目的。"

"也是我们的回报。"雅可夫愤愤地反驳道。

"弥赛亚正在准备降世，会来拯救我们的。"西蒙安慰道，"雅可夫决不会质疑他的智慧，一定会以神明的戒律约束住自己。"

雅可夫的眼中闪着不满的泪花，"我当然不会质疑上帝的戒律，但我要质疑那些解释戒律的人的智慧。"

屋内变得一片安静，乔西喘了口气，还从未有人对父亲说过如此刺耳的话。私下里，他为弟弟的勇气叫好，他提出了自己一直想问但又不敢问的问题。

"如果我们是上帝的化身，"雅可夫继续说道，"那弥赛亚就在我们每个人身上；而我身上的弥赛亚要我去反抗，要我按照自己的方式追随兄弟会返回希望之乡，他就是这样对我说的，父亲。"

西蒙惊愕地看着儿子说道，"历史上，我们曾屡次被那些'伪'弥赛亚所蛊惑，我真担心你是受了他们的影响。"

"那我该如何识别'伪'弥赛亚呢?"雅可夫挑衅地问道。

"问题不在你该如何去识别弥赛亚,问题是弥赛亚会如何看待你。如果你开始偏离他的戒律,听信那些所谓预言家的话,他就会认为你不再是个犹太人。为此,我想你最好还是像我们,你的父辈和同辈一样,回到犹太人的生活中来。"

第四节

"杀死那些犹太人!"

石块砸碎了学校的窗户,拉比照顾着学生们跑出教室,躲藏到屋后的地下室去。大街上,面对着成千疯狂的学生和哥萨克暴徒,惊慌的犹太人四处寻找着藏身之地。

"杀死那些犹太人!"他们尖叫着,"杀死那些犹太人!"

这是一场由当地体院院长、驼背的安德鲁夫挑起的屠杀,他是日托米尔地区最仇视犹太人的一个家伙。安德鲁夫的学生们在大街上横冲直撞,砸毁店铺,把犹太人拖到街上,毫不留情地殴打着。

"杀死他们……杀死他们……杀死他们!"

雅可夫和乔西沿着小路,踏着鹅卵石铺成的街道,从学校飞快地往家跑,他们要保护自己的父母。为了躲避那些令人恐怖的学生和挥着马鞭的哥萨克人,他们不时地伏下身子,掩护着自己。

当他们转过家门前的街口时,迎面遇上了一群头戴校帽的学生——安德鲁夫的追随者。

"那有两个,别让他们跑了。"

雅可夫和乔西转身就跑,这群流氓兴奋地尖叫起来,追着他们远远地离开了他们的家。他们在大街小巷里转了十五分钟,直到被堵在一条死路里面。乔西和雅可夫汗流浃背、喘着粗气靠墙站着，眼前的学生呈扇形一步步逼向他们。一个小头头两眼放着光，挥舞着一支铁管，冲向乔西。

乔西防住了他的一击，一把抓起他，高高举过头顶，把他扔向了他的同伙。雅可夫兜里装的石头起了作用，两块石头打在两个学生头上，让他们失去了知觉，其他学生立刻被吓得无影无踪了。

两个孩子飞快地跑回家，冲进敞开着的大门。

"妈妈！爸爸！"

店铺里已经一片狼藉。

"妈妈！爸爸！"

他们发现妈妈神经质地蜷缩在角落里，乔西拼命地摇着她问道，"爸爸在哪儿？"

"戒律！戒律！"她声嘶力竭地叫喊着。

就在那一刻，六个街区外，西蒙·拉宾斯基跌跌撞撞地冲进燃烧着的教堂，在令人窒息的烟雾里，扑向藏着戒律的圣柜。他打开书写着十戒的门帘，拉出《托拉》——上帝的戒律卷宗。

面对熊熊烈火，西蒙把羊皮卷宗紧紧抱在胸前，踉跄着跑出教堂，跪倒在地上。

教堂外面，二十个安德鲁夫的学生正等在那里。

"杀死犹太人！"

西蒙爬了几步，精疲力竭地用身体压住了戒律，无情的棍棒打碎了他的脑袋，带着铁钉的皮靴撕裂了他的脸……

"杀死犹太人！"

临死前，西蒙·拉宾斯基痛苦地呐喊着……"听听吧，我的以色列……耶稣就是我们的上帝……耶稣就是我们自己。"

当人们发现西蒙·拉宾斯基的时候，他已经血肉模糊，那部上帝交给摩西的戒律——《托拉》，也已经被暴徒们焚之一炬。

整个日托米尔贫民区都在哀悼他的离去，他像一个真正的犹太人那样，为了保护戒律，死得很悲壮，他和那些同样死在安德鲁夫屠杀中的人葬在了一起。

对雷切尔·拉宾斯基，丈夫的死，不过是人生中的又一个悲剧，除了哀痛，她已经麻木了。但这一次，她的信仰和勇气也垮了，在儿子们的安慰都无济于事后，她被住在其他城市的亲戚接走了。

乔西和雅可夫每天都要去教堂为父亲做两次祈祷，父亲渴望成为弥赛亚认可的那种犹太人的景象，一次次出现在乔西的脑海里。父亲的一生都在为戒律活着，或许他是对的——他们不是为享受而是为推行上帝的戒律来到这个世上。怀着深深的哀悼，乔西找到了父亲惨死的原因。

雅可夫和哥哥完全不一样，他的心里充满了仇恨，甚至去教堂为父亲祈祷时，骨子里都散发着复仇的欲望。他觉得郁闷、愤怒、坐立不安，发誓要为父亲报仇。

乔西知道弟弟在想什么，轻易不敢让他远离自己的视线，尽管他一直在试图安抚弟弟，但雅可夫始终还是怒气冲天。

一个月后的一个午夜，雅可夫趁着乔西熟睡之际，悄悄溜出了他们的店铺。腰带上藏着一把从父亲工作台上偷来的锋利的长刀，他冒险出了贫民区，向着安德鲁夫住的学校跑去。

几分钟后，乔西本能地惊醒了。当意识到雅可夫不见了，他立刻穿好衣服追出去，他知道弟弟要去干什么。

凌晨四点，雅可夫·拉宾斯基叩响了安德鲁夫家大门上的铜门环。当那个驼背打开门，刚要骂人，雅可夫从黑影里跳出来，一刀刺进了他的心脏。安德鲁夫发出一声短促的惊叫，瘫倒在地上，死了。

乔西很快赶到现场，发现弟弟茫然地站在那个该死的人旁边，便拉起弟弟逃走了。

第二天，从早到晚，他们都藏在拉比利波辛的小屋里。安德鲁夫的死讯迅速传遍了日托米尔，贫民区里的老人们开会后做出决定。

"我们担心你们两个已经被发现了，"拉比回来后说道，"乔西，有些学生注意到了你的红头发。"

乔西咬着嘴唇，没有解释他是为阻挡犯罪才去的，雅可夫对自己的行为毫不后悔，仍然兴奋地说道，"我还会报复的。"

"我们很理解你们，"拉比说着，"但这种行为不能被原谅，它会引起新的争端。另外……作为犹太人，在俄国法庭，找不到公正。所以，我们希望你们能够遵守我们的会议决定。"

"好的，拉比。"乔西答道。

"剪去你们的卷发，换掉我们的民族服装，带上这些钱和吃的，立刻离开这里，永远不要回来。"

那是1884年，十四岁的雅可夫和十六岁的乔西，一夜之间变成了无家可归的逃亡者。他们昼伏夜出，第一个目的地是日托米尔东面一百多英里外的卢波尼。七天后，他们到达卢波尼，很快找到当地的犹太贫民区。当地的拉比已经风闻他们的所作所为，在老人会议后，又给了他们下一个星期旅途所需的钱和吃的。这一次，他们的目的地是大约二百英里外的哈尔科夫。当他们刚一上路，消息就传过去了。

由于整个地区都在通缉他们兄弟两个，这一次，他们小心翼翼地用了二十天才到达哈尔科夫。

通缉两兄弟已经成为当地的头等大事，他们只好在犹太教堂的地下室里躲藏起来，除了拉比和个别老人外，没有人知道他们在哪里。

两星期后，拉比所罗门对他们说，"这里也不安全了，警察已经开始在附近盘查，你们早晚会被发现的。糟糕的是冬天到了，又不适宜再出远门。"

拉比叹着气，摇着头，"虽然已经为你们搞到了出行的证件，但我担心，警察还是会认出你们。"

他不安地接着说道，"目前只有一个办法，在这边，一些犹太人家里面有人像异教徒那样死了，他们在乡村拥有小小的农场，我们考虑，最安全的办法是让你们藏到那边去，至少等到明年春天。"

"拉比所罗门，非常感谢你们所做的一切，但我们已经做出自己的决定。"乔西说道。

"什么决定？"

"我们要去巴勒斯坦。"雅可夫说。

善良的拉比显得有些吃惊,"去巴勒斯坦?怎么去?"

"我们早就准备好了,上帝会帮助我们的。"

"我不怀疑上帝会帮助你们,但不能指望会出奇迹。从这里到奥德萨港有三百多英里,路程艰难,找不到人会再帮助你们。何况到了那边,没有证件也上不了船呀。"

"我们不走奥德萨。"

"但没有其他路呀。"

"我们准备从路上过去。"

拉比所罗门看起来有些目瞪口呆。

"摩西当年走了四十年,"雅可夫说道,"我们不会走那么长时间的。"

"年轻人,我非常清楚当年摩西走了四十年,但那并不说明你们也行呀。"

"还是我来解释一下吧,"乔西插嘴道,"我们将朝南走,警察是不会注意那个方向的。我们先穿过隔离区进入乔治亚,然后再翻过高加索山脉进入土耳其。"

"疯了,真是疯了,这么做是不行的。难道你们是想在缺乏地理知识和地图的情况下,冒着被警察抓住的危险,顶着严寒……在陌生的环境里……越过一万五千英尺高的山……徒步跋涉两千英里吗?为什么?你们不过还是个孩子嘛。"

雅可夫的眼中燃烧着激情,坚定地看着拉比,"和主在一起,我们便无所畏惧,我将从东方采集你的种子,播种到西方,对北方发出我的呐喊,再转向南方;自天边带来我们的子女,永不言弃。"

就这样,拉宾斯基兄弟两个,背负着谋杀的通缉令,逃出了哈尔科夫。他们先向东,然后转向南,在严冬中开始了他们的苦难历程。

漆黑的夜晚,他们在齐腰深的积雪里,迎着怒吼的北风,艰难地挪动着已经饥肠辘辘、被冻僵了的躯体。兄弟两个像茫茫荒原中的两个幽灵,天一亮,立刻就消失在茂密的大森林里。

在那些饱受煎熬的夜晚,是雅可夫,从精神上给了乔西极大的鼓励。每当筋疲力尽之时,是雅可夫,一次次劝说着乔西再走一步。在那些饱受煎熬的夜晚,是乔西,用他强壮的身体,帮助弟弟一次次站了起来。他们以共同的力量,让他们的生命之旅得以延续。

多少夜晚，乔西都不得不背着雅可夫，走上八个小时，弟弟的脚已经磨烂了，流淌着鲜血。多少个白天，乔西都不得不用自己的身体，温暖着奄奄一息的弟弟。他们经常在天亮之际，为躲进那咫尺之遥的藏身之地，耗尽最后一口气。

他们的脚上包着碎布，一步一步、一里一里、一周一周，踉跄在冰雪的旅途中。

春天，当他们抵达罗斯托夫的时候，已经彻底垮了。

在找到当地的贫民区后，他们有了食物，感受到了温暖，换掉了一身褴褛的衣服，并不得不休养几周，以便继续他们的旅程。

直到春天即将过去，他们才恢复了体力，重新上路。

由于此时已经远离了隔离区，不用再担心警察的追捕，但他们同样再也得不到犹太社区的帮助。他们绕着罗斯托夫南面的黑海，进入了乔治亚的腹地。为填饱肚子，他们只能趁夜晚去农民的地里偷窃。

当冬季再次来临，他们遇到了三个问题：暂时在乔治亚躲藏起来？翻越冬季的高加索山脉？还是找一条船渡过黑海？

每个选择都有它的危险，虽然在冬季翻越高加索山脉似乎最为愚蠢，但迫切想离开俄国的愿望，让他们决定要冒这个险。

在山脚下的斯塔夫罗波，他们实施了多次抢劫，为能够翻越高加索山，准备着保暖的衣服和食物。然后，在引起警方的注意前，朝着亚美尼亚的方向，融入了高加索山脉。

他们一步步深入群山之间，日以继夜地赶路，翻过无数险峻的山口，像野人一样掠夺农民的谷物，开始了又一个非人的严冬之旅。一年来的经历，让他们对巴勒斯坦愈加向往，为了达到这个目的，他们已经变得狡猾、冷酷。每当他们感到麻木、晕眩、筋疲力尽时，雅可夫便嘟囔起《圣经》，鼓舞着他们手脚并用地爬过一座座大山。

春天来临，他们再次体会到了新生的奇迹。那天，他们终于把"俄国母亲"永远甩到了身后，第一次呼吸到自由的空气。雅可夫在越过土耳其边界界碑的瞬间，转过身，向着俄国的方向，一掌拍去。

在告别了昼伏夜出的生活后，他们踏上了一片陌生的土地，这里充满了奇怪的声音和奇怪的气息。整个土耳其东部都是山区,这大大降低了他们的行走速度。为了温饱,他们只好去农民那里打工,但由于拿不出护照和旅行文件,有两次,他们被送进了拘留所。

为避免被送回俄国,他们已经决定不再为温饱去偷盗。

仲夏季节,他们经过了"诺亚方舟"曾经驻留过的阿勒山脚,并继续向南走着。

每路过一个村庄,他们都会打听"这里有犹太人吗?"

如果幸运,他们就能得到温饱和休息,然后继续他们的旅程。

这里的犹太人,与他们过去接触过的犹太人完全不同,虽然都学过托拉戒律,过安息日和礼拜,但全是些无知和迷信的农民。

"这里有犹太人吗?"

"我们就是犹太人。"

"我们要见你们的拉比。"

"你们两个孩子是去哪儿?"

"我们要去希望之乡。"

此时,"这里有犹太人吗?"简直就像是神奇的通行证。

"下个村庄有一户犹太人。"

每到一户犹太人家,他们都会受到热情的款待。

两年过去了,拉宾斯基兄弟继续着他们的艰难历程,除非是筋疲力尽或为温饱而去打工,他们从未停下脚步。

"这里有犹太人吗?"

他们越过土耳其边界,进入了另一片陌生的土地——叙利亚。

在阿勒颇,他们第一次领略了阿拉伯世界——喧闹的集市和肮脏的街道,空中回荡着从清真寺传出的穆斯林诵经声。

他们继续走着,走着,直到湛蓝的地中海出现在眼前,摄氏五十度的高温取代了怒吼的北风和严寒。他们换上阿拉伯的服装,在累范特海滨打工休息了几天。

"这里有犹太人吗?"

是的,这里有犹太人,不同的犹太人。他们的穿着打扮、言谈举止就像是阿拉伯人,但他们同样会说希伯来语、了解托拉戒律。像隔离区和土耳其的犹太人一样,这些像是阿拉伯人的犹太人把兄弟两个带回家,给他们吃,留他们住,为他们的神圣使命祝福。

进入黎巴嫩后,他们经过的黎波里和疯狂的贝鲁特,一步一步走近了希望之乡。

"这里有犹太人吗?"

那是1888年,他们逃出日托米尔贫民区的四十个月后,乔西已经长成一个清瘦、坚毅、六英尺三英寸高、铁塔似的巨人,二十岁的他留出了一把火红的络腮胡子。

三年多的旅程,同样磨炼了十八岁的雅可夫,尽管他依然个子不高、黝黑、敏感、充满了与生俱来的热情。

在一座山冈上,面对着眼前的峡谷,拉宾斯基兄弟两个呆呆地望着下面那个位于北加利利的胡拉谷地,泪水不禁夺眶而出——他们终于到家了。

"这是主生活的地方,"雅可夫说道,"是他,从北方带来了以色列王朝的种子,在这里生根、开花、成长;无论他们曾如何背井离乡、流落他方,最终,将生活在自己的土地上。"

雅可夫把手放在乔西肩上,"我们到家了,到家了。"

第五节

他们从山冈上眺望着远方的大地,穿过峡谷,在黎巴嫩那边,耸立着高高的赫尔蒙山雪峰,眼前的山脚下,伸展着胡拉湖水和大片的沼泽地,一个阿拉伯人的村落若隐若现在他们右边的山谷里,希望之乡的美景,让乔西感到了生平从未有过的兴奋。

像所有年轻人触景生情时一样,他发誓还要回到这个地方,重温欣赏自己土地的快乐。

他们在山上停留了一天一夜,直到第二天早晨,才下了山,朝着阿拉伯村落的方向走去。簇拥在山坳里的白色土坯房,在朝阳的反射下显得刺眼;农田和橄榄园沿着村庄伸向胡拉湖那边的沼泽地,一头毛驴正在田里拉犁,其他的驴驮着收获的谷物;葡萄园里,忙碌着的阿拉伯妇女,眼前的村落似乎有着上千年的历史。

距离产生的美随着一步步走近这个村庄而消失了,迎面扑来阵阵恶臭。当他们来到脏乱的街道上时,村里人疑虑的目光落在了兄弟两个身上。骄阳下的生活似乎已经停摆,街道上到处都是骆驼和驴的粪便,硕大的苍蝇成群地围着他们,一只懒散的狗一动不动地躺在下水沟里;戴着面纱的妇女躲进了简陋的土屋,在那些几乎要倒塌的房屋里,拥挤着的人们和他们饲养的牲畜住在一起。

他们在一口水井旁停下脚步,眼前的姑娘们,或挺直腰板顶着头上巨大的水罐、或搓洗着衣服、或嘀嘀咕咕地聊着家长里短。

兄弟俩的出现,让这里立刻变得鸦雀无声。

"可以给我们一点水吗?"他们问道。

没有回答。他们犹豫着自己打上桶水,灌满水壶,洗了把脸,便匆匆离开了这里。

他们来到了一个像是咖啡屋的半塌的房前,屋内,许多男人在地上坐着、躺着,天南海北地瞎扯;而此时,他们的女人正在田里辛勤地耕耘着;一股浓浓的咖啡、烟草、大麻的味道,混合着村里的那股浊气,弥漫在屋内的空气里。

"我们想问问路。"乔西说道。

过了好一会儿,一个人站起来,带着兄弟俩来到一条小河边。河对岸有个小清真寺,他们这边,一所相当不错的石头房子建在树荫下,旁边有一个接待室。他们进屋后,坐在那里,雪白的墙壁和厚厚的窗户让他们感到很凉爽。墙壁四周摆着一圈长凳,上面覆盖着鲜艳的垫子,墙上挂着各种刀剑、装饰物、阿拉伯人和来访者的照片。

一个二十多岁的男人走进屋子,他穿着一件齐脚面的条纹长袍,戴着一顶黑边白头饰，看起来像个有钱人。

"我叫卡迈尔，是阿布·耶沙的乡长。"他边自我介绍，边拍拍戴满戒指的手，吩咐为这两个陌生人准备咖啡和水果。他的兄弟出去的时候，屋里陆续进来了一些老人，气氛似乎一下变得有些凝重。

让兄弟俩诧异的是，卡迈尔居然会说一点希伯来语。

"这个村子历史上是安葬约书亚的地方。"他对两兄弟说，"你们看，约书亚不仅是位希伯来的勇士，还是我们穆斯林的先知。"

然后，他按照阿拉伯人的习惯，拐弯抹角地弄清楚了兄弟两个的背景，为什么到这里来。他对两兄弟说，他们一定是迷路了，胡拉这个地方，从来就没来过什么犹太人。

乔西解释说，他们从北方进入这个国家，只想尽快找到犹太人的定居点。卡迈尔又拐弯抹角的盘问了半个小时，才松了口气——看来这两个犹太人不是为土地来做探子的。

在感到轻松后，他告诉兄弟俩，他不仅是阿布·耶沙的乡长和地主，还是这里的精神领袖，是村里唯一受过教育的人。

乔西不知道为什么，有些喜欢上这个人了。他对卡迈尔说，他们从俄国一路朝圣到此，就是想来圣地垦荒和安家的。在用完最后一道水果后，乔西起身告辞。

"你们往南走三十公里就可以找到犹太人了，那个地方叫罗什·皮纳，如果一路不休息，黄昏前就可以到了。"

罗什·皮纳！对，在隔离区，他就多次听人说起过这个地方。

"罗什·皮纳是在胡拉湖和加利利海之间，路上你们将经过传说中的哈措尔古城遗址……主会保佑你们一路平安。"

他们沿着胡拉湖的沼泽地离开了阿布·耶沙，乔西回过头，远远凝视着这个他们曾经经过的地方，暗暗对自己说，"我还要回来，我一定会回来的……"

中午前后，当路过一个人工堆成的小山时，他们意识到，哈措尔古城就在脚下，乔西一下变得很兴奋，边对弟弟说着，"你想过没有，约书亚就是在这个地方征服了迦南人。"边被到处散落的碎陶器吸引了。自从来到圣地，乔西一直很高兴，完全没有注意到弟弟的情绪越来越坏。雅可夫本不想扫哥哥的兴,但他阴沉着的脸色越来越不好看。

黄昏时分,他们抵达了罗什·皮纳——犹太人在最北部的一个定居点,一块"基石"。他们的到来,在当地引起一阵骚动。在一个小会议室里,各种问题雨点一样砸向他们,但由于他们离开日托米尔已经四十个月了,对源自1881年的屠杀和迫害,也说不清楚究竟发展到什么程度了,但情况肯定是越来越糟。

虽然他们尽量掩饰着自己的情绪,这里的一切还是太让人失望了。眼前没有什么欣欣向荣的农场,只有一个苟延残喘的村落,寥寥无几的犹太人,看起来和阿布·耶沙的阿拉伯人没有什么区别。

"有时候,我想还不如待在俄国不要出来。"有些比卢后悔道,"在贫民区里,至少我们和犹太人还在一起,有书读,有音乐听,有人交谈……还有女人,在这边,什么都没有。"

"可我们从犹太兄弟会听到的……"乔西不解地问道。

"哦,是这样,我们刚来的时候,确实是充满了理想,但很快就消沉了。看看……就这片贫瘠的土地,什么都不长。即使有所收获,也都被那些贝都因人和土耳其人偷走了。孩子,我建议你还是去雅法吧,然后从那里搭船去美国。"

怪想法,乔西心里对自己说着。

"如果不是罗斯恰尔德、德·海尔斯科、德·舒曼的救济,我们早就饿死了。"

第二天早上,兄弟两个起程前往萨法德。萨法德是耶稣时代的四大圣城之一,坐落在加利利胡拉谷地北部的一个锥形小山上。乔西发现,移居到这里的几代犹太人属于神秘主义的卡巴拉教派,尽管生存条件和罗什·皮纳一样糟糕,乔西还是找到了回家的感觉。在这里,成百上千的犹太老人,依靠世界各地宗教人士的救济,沉迷在他们自己的宗教研究里。他们对恢复雅各布王朝漠不关心,只想平静地活在他们自己的学问里,哪怕生活过得异常清苦。

早上,兄弟俩继续他们的行程,当经过附近的迦南山时,他们停下来,辨别着方向。从迦南山放眼望去,坐落在锥形山上的萨法德和远方的加利利海尽收眼底,北面绵延起伏的胡拉山谷是他们一路走过的地方,乔西欣赏着眼前的景色——这片他第一次踏上的土地,再次向自己发誓:有朝一日,这里的一切都将属于自己。

雅可夫的不满终于开始爆发了，"这就是我们的生活，我们的祝福……看看，这都是些什么，乔西。"

乔西搂着他的肩膀说道，"你难道没有发现眼前的一切有多美！雅可夫，有朝一日，我们要让它变得更美。"

"我已经彻底失望了，"雅可夫嘟囔着，"这就是我们走过千山万水、忍受酷暑寒冬的代价……？"

乔西打着气，"加把劲，明天，我们就踏上去耶路撒冷的路了。"

耶路撒冷！雅可夫像是打了强心针，重新恢复了活力。

清晨，他们从迦南山上下来，沿着加利利海的南面，进入了格诺萨谷地。途中，他们经过阿拜尔和赫淀角平原，在那里，库尔德人萨拉丁曾经在一场大战中粉碎了十字军东征。

伴随着艰难的跋涉，乔西也开始变得沮丧。这片主赐予的乐土，不但看不到山清水秀，反而因上千年来，阿拉伯人和土耳其人的漠视，到处都是荒无人烟的泥沼和裸露着岩石的贫瘠土地。这是一片遭受了疯狂掠夺的土地，一片呻吟着需要休养生息的土地。

他们来到位于加利利中部的塔包尔山，爬上了这座在犹太人历史上颇为重要的山的山顶。在这里，犹太民族的圣女贞德——底波拉和她的将军巴拉克，带领着他们的勇士，偷袭了占领军的部队。从塔包尔山上环顾四周，仍然可以看到十字军留下的片片遗迹和一个小修道院；这里还是传说中耶稣与摩西和以利亚谈经论道的地方。

除此之外，眼前的一切都让人感到荒凉、冷漠、奄奄一息。

……带着沉重的心情，他们又开始了艰难的跋涉，往事如烟、一路展现：他们经过索尔和乔纳森曾经战斗过的吉勒博阿山，这里也是吉狄恩长眠的地方；还经过了古城伯特利和杰里科……

一直到了朱迪亚，他们才重新振作起来。眼前的古梯田依然如故，虽然土地也已经变得贫瘠,但兄弟两个在一步步爬上山顶时,心中却充满了渴望。

到达山顶后,乔西和雅可夫终于看到了大卫之城。

耶路撒冷!他们的梦想和生命,那一刻,生活的艰难和痛苦都成为了过去。

他们从大马士革城门进入了这座古城,经过狭窄的街道和闹市,来到了庄严的胡尔瓦大教堂。

"真希望父亲也能看到这一切。"乔西黯然道。

"我永远忘不了你,我的耶路撒冷……"雅可夫为父亲祈祷着。

他们离开了大教堂,来到穆斯林的圣殿——奥马尔清真寺旁,参拜犹太人心目中最神圣的地方——古老的犹太神殿遗址哭墙。

在与当地犹太人接触后,他们感到有些失望。耶路撒冷的犹太人属于哈西德教派,是极端狂热的保守教徒。由于对戒律的解释异常严格,以至于他们把自己隔绝于文明世界之外,即使在俄国的隔离区,这些团体与其他教派也是格格不入。

自从离开日托米尔,在犹太大家庭里,兄弟俩第一次受到了冷落。这里的犹太人不喜欢比卢和犹太兄弟会,认为他们不虔诚。

小伙子们在自己的土地上成为不受欢迎的人,只好带着难以掩饰的悲伤,离开耶路撒冷,从朱迪亚山上下来,到了雅法港。

这个在腓尼基人时代曾经异常繁忙的港口,和贝鲁特、阿勒颇的黎波里一样,狭窄的街道,显得脏乱和破落。几个犹太人定居点,坐落在港口附近的里肖恩·锡安、雷霍沃特和皮塔·提克瓦,此外,犹太人在雅法城内有他们的商业和移民代理。直到此时,兄弟两个才算明白,在整个奥斯曼帝国的巴勒斯坦省,一共有五千多犹太人,其中多数作为学者和布道者,世世代代居住在萨法德、耶路撒冷、希伯伦、太巴列四大圣城里;由欧洲的犹太富翁和慈善家拜伦·海尔斯克、罗斯卡尔德、瑞士的德·舒曼出资成立的十几个农垦殖民区,全部位于环境恶劣的峡谷中间。对照隔离区小屋里的空谈和巴勒斯坦现实中的残酷,比卢们的理想主义在这些山谷里几乎荡然无存。尽管有专家的帮助,但因比卢们对农业一窍不通,殖民垦荒最终演变为由廉价的阿拉伯雇工,种植着几种专供出口的农作物,如:橄榄、葡萄、柑橘等;人们不去尝试依靠自力更生发展其他农业，反而变成一个个监工。

阿拉伯人和统治者土耳其人无情地盘剥着犹太人，沉重的苛捐杂税限制了农业发展，游荡着的贝都因人也把犹太人放弃自我保护看作是软弱可欺。

在雅法，毕竟还有些年轻人，仍保持着比卢运动的活力。一个又一个夜晚，他们在阿拉伯人的咖啡馆里高谈阔论，要让这片不幸的土地获得新生，就必须依靠那些富于进取精神的犹太人。乔西私下确信，发生在俄国越来越多的屠杀和迫害，将迫使更多的犹太人来到巴勒斯坦。他们开始发现，传统的法典和戒律，包括中世纪学者对《圣经》的解释，显然并非完美。许多像雅可夫和乔西这样，或者躲避兵役、或者逃离贫穷、或者对未来充满憧憬的年轻人，在巴勒斯坦的犹太人眼里居然被视为"外人"，甚至被视为是无国籍的流浪者。

一年后，他们从拉比利波辛哪里知道，妈妈因过度悲伤，已经离开了人世。又过了四五年，雅可夫和乔西长大成人了。他们或在雅法的码头、或在犹太定居点打着工，当耶路撒冷的犹太人，在英国慈善家摩西·蒙地费罗的资助下，迁出旧城时，他们又去那边做了石匠。建新城的每一块瑰丽的石灰石，都采自于朱迪亚山上。

为生计所迫，他们一次次换着工作，渐渐地，他们淡忘了曾经主导着贫民区生活的宗教信仰。除非在盛大的宗教节日，他们几乎很少去耶路撒冷；除非在赎罪日或审判日里，他们几乎从不检讨自己的灵魂和行为；他们变成了崭新一代的犹太人。他们年轻，有活力，享受着隔离区里从不敢奢望的自由。当然，他们渴望生活的意义，渴望与欧洲犹太人的沟通。

1891年、1892年、1893年，匆匆走来，又匆匆离去。

一些犹太人在慈善家的帮助下，陆续来到了巴勒斯坦。

当雅可夫和乔西为生活疲于奔命的时候，世界的另一个角落，发生了一场影响到他们、影响到古今中外犹太人命运的巨变。

第六节

法国 1894—1897年

法国和多数西欧国家的犹太人，比东欧国家的犹太人要幸运。经过中世纪的屠杀和驱逐，法英两国停止了反犹排犹的邪恶行为。

法国大革命，也是犹太人值得庆祝的日子。一千五百年来，终于有一个欧洲国家平等地接纳了他们。法国是欧洲第一个放弃甄别、赋予犹太人全部个人权利的国家。在拿破仑宣布，犹太教只是一种信仰，而并非民族后，犹太人的地位进一步得到了提高。只要法国的犹太人忠于信仰，忠于法国，他们就可以拥有完全平等的身份。

18世纪早期，是法国犹太人黄金岁月的开始。在犹太社区，诞生出大量杰出的医生、律师、科学家、诗人、作家、音乐家、政治家，他们的出现，印证了拿破仑提倡同化论的进步思想。

在法国，当然存在着反犹主义，但作为一个犹太人，并没有感到特别的不安。在此之前，欧洲的犹太人从未享有过那样的自由和社会地位。到18世纪中叶，犹太人和谐地融入进法国人生活的各个领域，并以他们自己的声音和善举，形成了强大的团体和影响力。

但反犹排犹是社会癌症，民主可以暂时抑制它的扩散，却难以彻底根治。

1893年，在法国，一个来自良好家庭背景的年轻职业军人，噩梦似的被送上了军事法庭，罪名是向德国人出卖情报。对他的审判，震惊了世界，成为法国司法公正无法挽回的污点——他以叛国罪被送往魔鬼岛服终身监禁。

他的名字叫阿尔佛雷德·德莱弗斯。

1894年的严冬，在一个公开判决的仪式上，阿尔佛雷德·德莱弗斯屈辱地站在法官面前。他的军衔被撕下，佩剑被折断，军装的扣子被拽掉，脸上被掴着耳光。在被宣判为是法国的叛徒，并被押送去服终身监禁的时候，他发出了呐喊："我是无辜的，法兰西万岁。"

阿尔佛雷德·德莱弗斯是个犹太人。

沉寂多年的反犹主义在法国又爆发了。在以艾多阿德·杜门特为首的极端反犹主义者的煽动下，法国的暴民涌上了巴黎的大街，高喊着那句久违了的口号："去死吧，犹太佬！"

后来，伟大的小说家埃米尔·左拉以这件事为题材，给法国总统去了一封公开信，在那篇不朽的作品中，将这件案子列为司法公正史上最可怕的误判。

有一个人，在巴黎的军事法庭，目睹了德莱弗斯遭受屈辱的全部过程。虽然德莱弗斯最终获得了释放，但这个人一直无法忘记他在法庭上的呐喊"我是无辜的"。他更无法忘记巴黎暴民的尖叫，"去死吧，犹太佬！"这些情景让他昼夜受着煎熬。

这个人的名字叫西奥多·赫茨尔。

西奥多·赫茨尔也是一名犹太人，出生于匈牙利，在富裕的家庭移居奥地利后，他在维也纳长大。对犹太教，他基本没有概念，他和家庭成员都对当时流行的同化论坚信不疑。

赫茨尔是非常有名的评论家、剧作家、新闻记者，像那些有创造性的同学一样，是个不安分的人。尽管他娶了一个很好的女人，但还不足以给他激情和必要的理解。幸运的是，家庭的大度，让他有时间和精力去做自己想做的事情。

赫茨尔漂泊到了巴黎，并最终成为维也纳自由新闻报派驻巴黎的记者。他对此很满意，良好的工作和巴黎的宽松，让他常常有机会去参加一些学术交流。

是什么让他到了巴黎？是哪只无形之手带着他在那个严冬到了军事法庭？为什么是赫茨尔？当暴徒们叫喊着"去死吧，犹太佬"的时候，他绝不是一个虔诚的犹太人，但现在，他的生活，所有犹太人的生活都改变了。

西奥多·赫茨尔思考着，看来反犹主义永远无法消失，只要还有一个犹太人活着，就一定会有人恨他。在被困扰着的内心深处，他要找到一个解决方案，一个结论。这个结论，是在他之前，千百万犹太人曾经探讨过的，是平斯克在关于《自我拯救》的小册子中描述过的结论。按照赫茨尔的结论，生活在各地的犹太人要想成为自由人，就必须重建自己的国家；要想享有尊严，就必须拥有自己的政府，自己的发言人。

记录着他的思想的那些文件，被称为是"犹太国家宣言"。

在这个宣言的激励下，赫茨尔开始四处寻找对他的支持。他首先去找那些资助巴勒斯坦犹太殖民地的犹太富翁，但他们对建立犹太国家的想法嗤之以鼻；帮助不幸的犹太穷人是一回事，而重建一个国家，那简直是疯了。

尽管如此，建立一个犹太国家的思想还是传遍了世界各地，赫茨尔的想法既不新颖，也非唯一，但靠着他不屈不挠的精神，他的思想并没有昙花一现。

他从匈牙利移民巴黎的国际知名作家马科思·诺道那里获得了支持，在他的帮助下，又从德国的沃夫森和英国的德·汉斯那里得到支持。后来，许多身居高位的基督教领袖也认可了他的思想。

1897年，世界各地的犹太领导人集结到瑞士的巴塞尔，召开了象征世界犹太人议会的一次大会。自从第二神殿被毁，在犹太人历史上，还从未有过如此盛会。参加大会的有社会同化论者、有兄弟会、有保守教派、有社会主义者。不管他们的宗教或政治背景如何，针对两千年来的遭遇，他们发出了共同的心声，要对这个世界说"不"。

巴塞尔大会号召犹太人返回他们古老的家园，因为只有通过建立一个犹太国家，世界各地的犹太人才能获得自由。

他们把这一举动称为是犹太复国主义运动。

面对在俄国、波兰、罗马尼亚、奥地利、德国愈演愈烈的反犹骚乱，面对法国重新开始对犹太人的排斥，巴塞尔大会发出了历史性的宣言：犹太复国主义运动的目的，是通过合法手段，为犹太人在巴勒斯坦创造一个家园。

西奥多·赫茨尔的日记是这样写的："如果我今天对世人称，我在巴塞尔成立了一个犹太国家，那肯定会被世人嘲笑；但过五年，或五十年后，每个人都会发现，我是对的。"

犹太复国主义运动宣言正式发表后，西奥多·赫茨尔便全力以赴投入到这场艰苦的工作中。作为一个精力充沛的领导者，他感染着身边的每一个人。在强化了各方支持、吸收了新的骨干、筹措了专项基金后，他成立了一个委员会。

赫茨尔的近期目标，是要让犹太复国主义运动取得合法地位。

但犹太民族的内部分歧常常让赫茨尔感到心烦意乱，一些派别认为他的运动政治色彩太浓，许多老资格的兄弟会成员不肯合作，部分基本教义派指责他是"伪"弥赛亚。尽管如此，赫茨尔引领的这列火车只能一往无前，成千上万的犹太人已经把象征流通货币的印刷品"谢克尔"装进了自己的口袋。

为争取世界的认可，赫茨尔开始拜访政府领导人，向他们游说自己的想法。

赫茨尔把他的一切，奉献给了他的事业。在耗尽个人财产，放弃家庭生活，损害了个人健康后，他终于获得了和摇摇欲坠的奥斯曼帝国苏丹——阿卜杜拉·哈米德二世会谈的机会。"该死的阿卜杜拉"这个老迈昏聩的君王敷衍着赫茨尔，表示可以考虑租让巴勒斯坦以换取他们急需的金钱。阿卜杜拉是个极端狡黠的人，他在中东巨大的王室财产美索不达米亚省，包括了叙利亚、黎巴嫩、巴勒斯坦、阿拉伯半岛的大部。为了获取更好的利益，他玩弄起犹太复国者的建议，并最终拒绝了赫茨尔的请求。这是个可怕的倒退。

到了1903年，俄国犹太人的处境达到新的冰点。在基什尼奥夫市，犹太人再次被指控用基督徒的鲜血祭奠他们的仪式。那年的复活节，肆无忌惮的屠杀，在政府的暗地怂恿下，让基什尼奥夫的贫民区变成了一片废墟。

世纪之交，当英国在中东对即将灭亡的土耳其人发起挑战，逐步扩张他们的影响的时候，他们有条件地表示出对犹太人的同情。由于身陷埃及以及阿拉伯半岛上的其他酋长国的包围之中，为强化自身利益，他们急于得到犹太人的帮助。他们提出将西奈半岛的一部分，作为移民和殖民地划给犹太复国主义者。这一地区位于希望之乡的大门口，英国人承诺，在他们接管了整个地区后，这里的大门将永远向犹太人敞开。由于方案太暧昧，措辞太牵强，赫茨尔又一门心思地要取得对巴勒斯坦的租赁权，这个方案最终没能落实。

所有涉及租赁权的努力都失败了，而对犹太人的迫害正在欧洲各国泛滥，这让赫茨尔感到，必须尽快成立一个临时性的保护地，以缓解激化的局势。英国人这时又拿出一个方案,向犹太复国主义者推荐非洲的乌干达作为犹太人的殖民地。赫茨尔本人在绝望中，未经犹太人大会的同意，接受了这个方案。

当赫茨尔向大会提出乌干达方案时，遭到以俄国犹太复国主义者为首的激烈反对，理由是《圣经》中没有任何地方提到过乌干达。

在俄国和波兰，持续二十五年的迫害，让成千上万犹太人逃离东欧。到世纪之交，已经有五万人历经跋涉到了巴勒斯坦。阿卜杜拉·哈米德二世将涌入的犹太人视为是潜在的英国联军，为此颁布法令，不再允许俄国、波兰、奥地利的犹太人入境。

但是，苏丹的帝国已经从骨子里腐烂，犹太复国主义者在英格兰成立了联合总部，日益壮大的银行提供了充足的资金支持，通过贿赂，巴勒斯坦的大门，对所有犹太人都是开放的。

这是犹太人大移民的第一波浪潮。

随着被驱逐者返回他们的故乡，在阿拉伯世界，爆发了另一个事件。经过多少世纪的被占领和征服，阿拉伯人中间，开始涌动起一股民族主义的躁动。整个阿拉伯世界，还从没有过独立自主的国家。

源于黎巴嫩的阿拉伯民族主义者，兴起于那些致力改革的自由主义进步运动，到在巴黎召开第一次大会，并呼吁沉睡的人觉醒的时候，民族主义的思潮取得了长足的发展。

这种思潮不仅震撼着殖民统治者，也震撼着阿拉伯世界内部的统治者。有着良好意愿的运动，被那些部落头领、酋长们、宗教领袖、地主老爷们篡夺了领导权。为取代奄奄一息的奥斯曼帝国，在他们自身利益的影响下，原有的美好愿望被曲解为充满仇恨的教义。

20 世纪！

整个中东一片混乱。犹太复国主义！阿拉伯民族主义！摇摇欲坠的奥斯曼和蒸蒸日上的大英帝国！所有这些就像焖在一个巨大的汽锅里的大杂烩，随时准备沸腾着溢出。

西奥多·赫茨尔犹如一颗彗星，静静地消失在太空里。从耳闻目睹阿尔佛雷德·德莱弗斯的呐喊"我是无辜的！"到死于心脏病，刚好十年。那一年，他四十四岁。

第七节

当犹太复国主义出现的时候，拉宾斯基兄弟已在巴勒斯坦多年，他们熟悉这里的每寸土地，干过所有工作，几乎放弃了奢侈的幻想。

雅可夫仍然充满了活力、愤世嫉俗。

乔西一面在现实生活中自得其乐，知足于已经得到的自由，一面时不时地憧憬着萨法德山上胡拉谷地中那片梦幻般的土地。

在雅可夫眼里，阿拉伯人和土耳其人都是一丘之貉，都是不共戴天的敌人。尽管土耳其人不纵容谋杀，但对犹太人并没有显得很友善。一个又一个夜晚，兄弟两个争执着，彻夜不眠。

"我们当然应该通过合法手段购买土地，但我们又从哪里去找那么多农民呢？怎么才能让贝都因人和土耳其人不再打搅我们呢？"

"等俄国的排犹浪潮再起时，我们就会有农民了。"乔西答道。"至于土耳其人嘛……可以收买他们呀，而对阿拉伯人，我们必须学会与他们和平共处，当然啦，这要看我们是否能理解他们。"

雅可夫耸了耸肩，"阿拉伯人可理解这个。"他举起拳头晃晃。

"你总有一天会被他们送上绞架的。"乔西说道。

兄弟俩的分歧越来越大，乔西始终期盼着和平与理解，而雅可夫面对犹太人所遭受的歧视，越来越坚定了要以行动针锋相对的决心。

新世纪初，雅可夫和十四个人一起，去做了一次探险。一个慈善基金在耶兹里勒谷地的腹地买了一块地，几个世纪来，还没有犹太人到过那里。这十五个开拓者去后，成立了一个农业培训中心和一个试验农场，并称它为 Ade Tov——善良的地方。他们的处境相当危险，四面八方都是阿拉伯人的村落，特别是贝都因人的部落，他们随时会为了所谓有价值的东西就抢劫杀人。

到了1900年，巴勒斯坦已经有了五万犹太人，这让乔西也多了一点社交。那些逃出大屠杀的人，多数并不想成为艰难的农业垦荒者，而满足于在雅法成为一个小贩或商人。他们中有些人在小小的港口雅法安顿下来。但随着越来越多身无分文的人涌入这个小城，这里开始变得人满为患。很快，人们的议论集中到了赎买土地的问题上。

在雅法的一座昏暗的酒店里，犹太复国主义者的第一间土地交易办公室——犹太殖民地开拓者协会开张了，它是流动着的犹太人在本地的总部。罗斯卡尔德的巴勒斯坦投资公司、德·舒曼基金会也逐步增加了购买土地的数量，为"返乡者"建立了许多新的村庄。

到了1902年年中，德·舒曼基金会找到乔西，委托他负责购买土地。他不仅和其他犹太人一样熟悉这个国家，还敢于进入阿拉伯人的领地，特别是善于和土耳其人打交道，这对犹太人被禁止购买土地是很有帮助的。此外，与阿拉伯的地主和老爷们做生意需要非常精明的头脑。乔西对这个委托有些不以为然，靠慈善组织出钱、雇当地佃农种田，这不是他重建家园的初衷，但这毕竟是一个为犹太人取得土地的机会，他决定接受这个委托。

乔西决定的背后还有自己的小算盘——他可以经常见到雅可夫了。另外，也有机会进一步了解这里的每一寸土地。凡是与巴勒斯坦过去的历史和人物有关的事情，乔西都乐此不疲。更重要的是，乔西决定要越过罗什·皮纳这个犹太人最北边的定居点，他要再次回到靠近阿布·耶沙的胡拉谷地去看一看。

乔西骑上他的阿拉伯白马，显得英俊、挺拔。三十岁的他，又高又壮，一袭白色的长袍和阿拉伯头饰衬托着他火红的大胡子，两条子弹带交叉着盘在肩上，一条粗粗的长鞭挂在鞍边。他骑着马穿过撒马利亚山区，又经过沙龙平原，为寻找土地，踏进了加利利。

巴勒斯坦的大部分土地属于极少数的大地主家族，他们向佃户收取收成的一半，甚至四分之三以上，却对佃户的死活不闻不问。

乔西和其他基金的买家只能以非常可恶的不平等条件购买土地，地主只把那些不能种植的沼泽地卖给犹太人。他们在确信这些土地没有任何用处以后，才用它去换取"希伯来人的金币"。

乔西好几次越过犹太人在罗什·皮纳的定居点，前去拜访阿布·耶沙的乡长——卡迈尔，两个人已经成为好朋友。

卡迈尔比乔西大几岁，是阿拉伯地主中的例外。大多数地主都跑到舒适的地方去居住，像贝鲁特、开罗等。

卡迈尔却不是这样，阿布·耶沙及周边地区的地都是他的，在这片领地里，他绝对是个君主。当他年轻时，爱上了一个穷苦农夫的女儿，姑娘患上了沙眼，但不管他如何恳求，他的父亲拒绝为这个姑娘提供医疗帮助。按照他的推理，儿子可以娶四个老婆和无数小妾，怎么可以为一个农夫的女儿自找麻烦。姑娘的眼睛最终瞎了，不到十八岁就死了。

这件事让卡迈尔非常痛恨自己那个阶级，内心深处的伤痕让他具有了社会责任感。他跑去开罗，不是去疯狂地享受，而是去刻苦地学习农业、卫生、医疗知识。在父亲去世后，他回到阿布·耶沙，并立志和他的人民生活在一起，改善他们可怕的生存条件。

卡迈尔打了一场必败之仗，土耳其人在学校、医疗、公共设施等方面不提供任何帮助，结果是，村子里的条件和千百年前一样；而最让他伤心的莫过于自己的知识无法在村里推广和应用，村民们的无知和落后，使他们根本理解不了他所传授的知识。

自从他担任了乡长，阿布·耶沙成为整个加利利地区福利条件最好的村落，但看起来依然那么原始。

对于巴勒斯坦的犹太人，卡迈尔始终抱着很大的疑虑，为了弄清他们出现的原因，他有意识地和乔西交上了朋友。乔西想尽办法让卡迈尔卖给他一些没用的土地，但卡迈尔一直犹豫着不肯答应，这些犹太人并不都像乔西，他不知道能否信任他们。此外，在整个胡拉河谷流域，他不能成为第一个卖地的地主。

就像卡迈尔通过乔西了解犹太人一样，乔西也在通过卡迈尔了解阿拉伯人。卡迈尔是很开明，但毕竟还是阿拉伯人。他从不谈论他的三个老婆，因为女人在阿拉伯世界地位非常低下。虽然他总是显得文质彬彬，可一旦讨价还价谈起生意，就立刻变得斤斤计较。他对他的人民是满怀深情，但也决不允许自己的权威受到质疑。有时，他甚至会与乔西探讨口是心非的技巧。

通过卡迈尔，乔西了解到阿拉伯人民既灿烂又悲惨的历史。

公元7世纪，沙漠中半开化的贝都因人的部落里开始盛行保守的伊斯兰教，在穆罕默德神明的教诲下，他们以火与剑，将他们的信仰带出了沙漠，横扫欧亚大陆，东抵中国，西到巴黎。经过几百年的传教，在穆罕默德的大旗下，集结起上亿的教民；其中，有着共同语言和共同宗教信条的阿拉伯人，是最虔诚的信徒。当穆罕默德兴起的鼎盛时期，犹太人曾经在阿拉伯世界享受到了最高的礼遇。

当西方世界还挣扎在封建割据下的中世纪黑暗时，沙漠中却已诞生出灿烂的文明。巴格达和大马士革成为那个时代的希腊，辉煌的穆斯林文化让世人在震惊中陶醉。五百年的时间，阿拉伯人创造了最先进的思想、最伟大的科技进步、最灿烂的文化。

以主的名义发起的十字军圣战，让阿拉伯文明遭受到毁灭性打击；而作为基督徒的十字军，信奉着和穆斯林几乎相同的偶像。

十字军之后，蒙古人的入侵，更是把阿拉伯世界带进了一个世纪的深渊。他们从亚洲席卷而来，以最野蛮和血腥的战争，用阿拉伯人的头颅，筑成了他们炫耀胜利的金字塔。

上百年的战争，让筋疲力尽的阿拉伯人无力再经营他们曾经辉煌的城市。水草肥美的绿洲难以抵挡干旱，鸟语花香的岛屿逐渐变成荒漠。痛苦与绝望中的阿拉伯兄弟，在封建领主的煽动下，为了生存，反目为仇。土地荒芜，文明毁灭，当面对更大的那场灾难时，他们已经无力做好准备，保护自己。

这是一场穆斯林之间的战争，强大的奥斯曼人吞噬了他们的土地，随之而来的是五个世纪的腐朽和衰亡。

在贫瘠的土地上，水变得比金子和香料还要珍贵，它成了阿拉伯人的人生被扭曲和让人心碎的根源。因为缺水，疾病、文盲、贫穷开始让阿拉伯世界陷于崩溃；因为缺水，阿拉伯人的生活中几乎没有了歌声、笑声、欢乐；为生存的抗争成为永恒的主题。

恶劣的生存条件，孕育出的是尔虞我诈、背信弃义、谋杀、争斗、妒忌，残酷的现实造就了他们外人无法理解的性格。

兄弟间的相互残杀变得司空见惯，很多地方还盛行着奴隶制，偷东西要被砍掉一只手，卖淫则被割掉耳朵和鼻子；人与人之间很难再找到同情和怜悯，苟延残喘的佃农和居无定所的贝都因人为了发泄，往往成为把自己的痛苦强加给别人的变态；他们像绝望中的犹太人一样，成为穆斯林中的极端狂热者。

由于不相信外人，在悲惨的生存环境下，他们无法理解什么是平等和民生。动荡不定的民主运动只属于上层，普通民众作为地主和酋长的爪牙，任意一点煽动就可以变成宗教的歇斯底里，或政治运动的工具。

乔西对阿拉伯人的多重性格颇有兴趣，经常游荡在萨法德的店铺之间，品味着无休止的争执和讨价还价中，观察着阿拉伯人棋局式的人生，为的是知己知彼，与那些他要打交道的人周旋。在咖啡馆、贫民窟，乔西领略了什么叫一言不和便大打出手，在为土地的考察探险中，也学会了什么叫不择手段。当然，他非常乐于去好客的阿拉伯人家做客，并总是对他们宽容犯罪（甚至凶杀）感到困惑。在他眼里，女人的命运最为悲惨，她们被关在家里，没有自由，也没有权利，结果，匕首或毒药成为她们对付男人或社会的工具。

在卡迈尔的推荐下，乔西拜读了伊斯兰教的《可兰经》，结果发现，阿拉伯人都是亚伯拉罕的儿子以赛玛利的后代，而亚伯拉罕正是犹太人的祖先。

乔西还发现，犹太人最伟大的立法者摩西，也是穆斯林人的先知，而《圣经》里的所有预言，都可以在《可兰经》里找到。甚至许多最有名的拉比，都是伊斯兰教里的圣贤。

卡迈尔始终对犹太人抱有疑虑，他们的悄然现身、高深莫测的赎买土地的方式，让他不解。但在初步理解了他们"返回"的动机后，又不得不承认他们的动机无可挑剔，尽管在心底，他对这些人是否与历史上曾奴役过阿拉伯人的人有什么不同，一直疑虑重重。

雅可夫离开了 Ade Tov——善良的地方，像往常一样，试验农场办得不成功。他恢复了打工者的生活，从一个地方流浪到另一个地方，寻找着自己的归宿。

1905年，俄国爆发了革命，但很快被粉碎了。

革命的失败，意味着对犹太人新的迫害的开始，它震惊了整个文明世界，以至于雷奥·托尔斯泰发表了对沙皇、内政大臣波雷赫夫、黑色百人队的犀利谴责。在秘密警察的纵容下，黑色百人队的暴行，让成千上万的犹太人逃离了俄国，其中大部分去了美国，少部分去了巴勒斯坦。

这些人是崭新的一代，他们不是像拉宾斯基兄弟那样的难民，也不是满脑生意经的小商小贩,他们是在犹太复国主义教育下,充满了理想和信念的一代新人。

1905年,是犹太人大移民的第二波浪潮。

第八节

大批犹太移民的到来,壮大了巴勒斯坦理想主义者的力量。新移民们不满足于在雅法做个小商小贩,也不指望宗教组织的救济,而是踊跃地参与了赎买土地的交易。

他们成群结队踏上从地主手里买下的土地,立志要把沼泽变成良田。对这个繁重的体力劳动,很多老一代移民都不以为然,长久以来,这是阿拉伯佃农的工作,而犹太人一直都是监工。因此,第二波移民浪潮带来的最大变化,是他们对自力更生和劳动光荣的认知。按照他们的首席发言人A.D.戈登所讲,劳动是受人尊敬的工作。戈登本人是一个德高望重的学者,但在用自己的双手建设家园的伟大运动面前,他放弃了做学问。

在那热火朝天的岁月里,雅可夫到加利利一个叫塞哲拉的试验农场里找到一份工作。在塞哲拉,随着第二波移民浪潮到来的新一代犹太青年,不断创造着令人惊喜的奇迹。面对崭新的生活,雅可夫萌发出一个大胆的想法。一天,他回到雅法去找乔西。

他带着他那特有的激情对乔西说道,"你可能听说了,贝都因部落的人到我们的定居点来敲诈我们,要我们雇他们……防他们自己人来捣乱。他们还放出话,如果不答应,就要怎么样。我们当然没有同意,因此有一段时间局势很紧张。但我们做好了充分的防御准备,并设法将他们的头头干掉了,从那以后,他们再也没有敢来捣乱。"

"我们想,"雅可夫继续道,"如果我们能够保护一个,就能保护全部。因此,我们决定成立一个流动分队,你负责一个小队吧。"

"一个犹太自卫队！太不可思议了。乔西虽然也感到有些激动，但仍然用自己的方式回应道："让我想想再说。"

"这有什么可想的？"

"你还是老样子，把问题看得太简单了。首先，没有一场战斗，贝都因人是不会轻易放弃这块肥肉的；其次，土耳其人几乎不可能允许我们武装自己。"

"明说吧，"雅可夫说道，"我们需要你，没人比你更了解这个国家，更清楚该如何与阿拉伯人和土耳其人打交道。"

"喔，"乔西挖苦道，"我亲爱的弟弟突然明白了，这么多年我和阿拉伯人交朋友，并不是在浪费时间喽。"

"你想说什么，乔西？"

"我说要想想，我们自己的农民是否愿意我们去保护他们？还有一件事……如果我们荷枪实弹的，是否会被认为是要寻衅滋事？"

雅可夫举起双手，"为保护你自己的财产，那又怎么样？来巴勒斯坦都二十年了，你还是像个隔离区里的犹太人。"

乔西不高兴地反驳道，"我们静静地来到这里，以合法手续购买了土地，成立了定居点，没有打搅任何人。如今要我们拿起武器，这是对犹太复国主义理想本质的一种修正，不能不考虑风险。"

"他站在那里，保卫着他的土地……上帝与我们同在，胜利属于我们。"

"又在引经据典……"

"你可真让人烦。"雅可夫气冲冲地说道，"没错，乔西……你是在贝都因人毫无诚信的保护下赎买你的土地，很好，我这就回去告诉大家，你还需要时间考虑。反正有你没你自卫队都要成立，让你负责的小队下周就去我们的大本营了。"

"去哪儿？"

"迦南山上。"

迦南山！乔西的心动了。他舔舔嘴唇，装作漫不经心地说道，"让我想想。"

其实乔西早就想好了，他已经厌倦了为德·舒曼基金会赎买土地，厌倦了靠慈善募捐的钱去筹措一个个殖民地。

几十个像雅可夫那样头脑发热的犹太人，一旦武装起来，随时可能引发无数麻烦。一支武装队伍，需要自我克制和极大的智慧。还有，一想起能去迦南山，有机会再去胡拉谷地转转，太有诱惑了。

乔西向德·舒曼基金会辞了职，加入了那支前往迦南山的小队，他们把自己称为近卫军。

乔西这一伙在迦南山的巡逻范围，北面到罗什·皮纳，南面沿着加利利海的湖边到格诺萨谷地，西面到萨法德和马龙山。

在乔西心底，对随时可能爆发的冲突保持着高度的警惕。只要贝都因人发现再不能收取保护费了，就一定会来捣乱。为避免麻烦，乔西制定了一个方案。这个地区，最有威胁的贝都因人部落的首领是一个叫苏雷曼的老家伙，他原是个走私惯犯，由基督教皈依了伊斯兰教。他们通常把营地扎在阿布·耶沙的山上，按照惯例，罗什·皮纳要向苏雷曼交纳四分之一的收成作为保护费。乔西抵达迦南山的第二天，为赶在阿拉伯人有所行动之前，只身一人，骑上马找苏雷曼去了。

直到那天晚上，过了阿布·耶沙，在黎巴嫩那边的特拉哈，他才找到苏雷曼的营地。羊皮做成的帐篷星星点点散落在荒凉的山坡上，这些剽悍的游牧部落自认为是阿拉伯人中最纯粹和自由的一支。他们蔑视身份低下的佃农和城市市民，尽管生活非常艰苦，但他们崇尚自由，有着强烈的部落情结，勇猛好斗，生意场上精于算计。

乔西的出现，引起了部落的警觉。身穿黑色贝都因人长袍，面戴串串钱币做成的面纱的妇女，纷纷躲了起来。

他骑着马走进营地，一个显然是来自苏丹的黑人迎过来，经询问，乔西知道他是苏雷曼的黑奴。在他的引导下，他们来到一个最大的帐篷，旁边围着一个巨大的羊群。

这个老土匪走出帐篷，黑色的长袍，黑色的头饰，两把做工精细的银制匕首挂在腰间。他居然是个独眼龙，脸上布满刀疤和被女人抓出来的伤痕，他与乔西相互打量了一番。

乔西随他进了帐篷，泥土地面上铺着毡毯和垫子，两人坐下后，苏雷曼吩咐黑奴给客人送上水果和咖啡。半个小时的时间里，他们尽情地抽着长长的竹筒水烟袋，不着边际地互道寒暄。之后，两人一边享用着羊肉咖喱饭和甜瓜，一边又漫无边际地聊了一个小时。苏雷曼意识到，来者不善，这可不是个普通人。

终于，他忍不住了，要乔西表明来意。乔西表示，近卫军接管了警戒工作，并已经博得其他阿拉伯人的认可，同时对苏雷曼过去的尽职尽责非常感谢；然后，乔西伸出手，希望两人交个朋友，苏雷曼微笑着握了握他的手。

当晚，乔西回到罗什·皮纳，召开了庄员大会。此时，大家正为新出现的所谓自卫问题感到焦虑，担心苏雷曼知道了，一定会来报复。乔西的出现以及要留下来的表态，让大家暂时松了口气。

会议室后面，一个二十岁左右的姑娘盯着乔西，一言不发。她叫萨拉，是刚从波兰的西里西亚到这里的。她的娇小和满头黑发与乔西的高大和满头红发，形成了鲜明的反差。乔西的讲话，让她着迷。

"你是刚到的吧？"会后他问道。

"是的。"

"我叫乔西·拉宾斯基。"

"大名鼎鼎的乔西·拉宾斯基。"

乔西在罗什·皮纳待了一周，他确信，苏雷曼不会善罢甘休，只是贝都因人诡计多端，不干赔本的买卖。萨拉的出现，吸引了乔西，正好也在这多待两天。成年后，乔西从未和犹太姑娘接触过，突然遇到萨拉，他有些手足无措、笨嘴笨舌。萨拉越是挑逗、鼓励他，他越是不敢越雷池半步，以致他成了罗什·皮纳众所周知的笑料。

到了第九天，一伙阿拉伯人深更半夜窜进罗什·皮纳，偷走了几百磅谷物。乔西目睹了他们的一举一动，如果不是贝都因人不把偷盗视为罪恶，抓他们个现行不成问题，但乔西有自己的办法。

第二天早上，他带上那条十尺长的皮鞭，再次骑马来到苏雷曼的营地。他纵马飞奔到苏雷曼的帐前，苏丹黑奴迎了出来，带着阿谀的笑脸。乔西一掌挥去，像拍打一只苍蝇，将他打倒在地。

"苏雷曼！"他洪亮的喊声震动了整个营地，"你给我出来！"

他的亲戚们带着枪，陆续冒了出来，一脸的诧异。

"出来！"乔西又怒喊道。

过了很长时间，那个老家伙才走出帐篷，两手背在身后，邪恶地笑着，两人之间的距离刚好十尺。

"是谁像只要死的羊在这里号叫啊？"苏雷曼话音刚落，部落里发出一阵狂笑，这让乔西丝毫不敢大意。

"乔西·拉宾斯基。"他答道，"你苏雷曼是个小偷和骗子。"

苏雷曼的笑脸瞬间变得阴云密布，其他人虎视眈眈地，随时准备扑向这个犹太人。

"来吧，"乔西不露声色挑衅着，"把你的侄甥们都叫出来，你这个不知廉耻和没有勇气的家伙。"

还从未有人敢这样对苏雷曼讲话，这分明是在挑衅。

苏雷曼举起拳头晃道，"你妈是这个世上最有名的婊子。"

"来呀，你这个婊子……接着说下去。"乔西回应道。

苏雷曼的荣誉受到了威胁，他拔出匕首，怒吼着扑向乔西。

乔西的皮鞭带着呼啸飞了过去。

皮鞭缠住了苏雷曼的脚，把他高高地甩向天空，然后重重地摔在地上。乔西像只大猫扑上去，手中的鞭子抽打在苏雷曼的背上，噼噼啪啪地回响在山谷里。

"我们是兄弟，是兄弟呀！"不过五鞭子下去，苏雷曼就哭喊着求饶起来。

乔西指着他说道，"苏雷曼，你刚做了承诺就来欺骗我，如果你和你的那帮兄弟再敢染指我们的庄园，我就把你撕成碎片喂狗。"

他说着，转过身，恶狠狠地盯着那些目瞪口呆的贝都因人，然后蔑视地扫了一眼他们手中的枪，转身上马，飞驰而去。

苏雷曼从此再也没敢染指庄园的一草一木。

天亮后，乔西要去迦南山和他的小分队汇合。萨拉问他什么时候还能再见，他嘟囔着每个月都会过来，然后骑上马，眨眼就不见了。萨拉感觉很激动，还没有哪个男人像乔西一样，既是犹太人，又是阿拉伯人、哥萨克人，甚至像个国王。看着乔西远去的身影，她暗暗发誓，要把所有的爱都奉献给他。

一年过去了，乔西和他的小队管辖区内没有再发生任何麻烦。他从不诉诸枪械，即使出现一些小问题，总是先去找阿拉伯人友好协商，或提出警告，实在不行才动用鞭子。鞭子乔西的名声,就像他火红的胡子,在北加利利一带无人不晓,阿拉伯人给他起了个外号——"闪电"。

这样的生活对雅可夫实在枯燥,六个月后,他离开了自卫队,再次漫无边际地到处游荡着,希望生活能有所改变。

乔西对做个武装警卫倒是无所谓,总比买卖土地有更多的乐趣,还以实际行动证明了犹太人有能力保卫自己。他一直期盼着往北边的巡逻,以便去拜访他的朋友卡迈尔,然后去山上重温他的王国旧梦。

私下里,他渴望着能够经常光顾罗什·皮纳,有个黑眼睛的姑娘正在那里等待着他。尽管他已经开始注意自己的形象和言谈举止,但每当相会之时,还是显得笨拙和不知所措。

萨拉感到很尴尬,她不知道该如何让乔西更主动。按照传统,这个时候会有媒人去找乔西的父亲提亲,安排好一切。但此时此刻,去哪儿找媒人呢,连拉比都没有。

就这样,一晃一年过去了。

有一天,乔西突然出现在罗什·皮纳,邀请萨拉和他一起骑马去定居点北面的胡拉谷地转转。

太刺激了!除了乔西,还没有犹太人敢于跑到那么远的地方去。他们纵马扬鞭,从阿布·耶沙进了山,来到乔西梦寐以求的地方。

"我就是从这儿踏进巴勒斯坦的。"他充满感情地说道。

乔西凝视着山谷,陷入了遐想。萨拉非常理解他对这片土地的感情,娇小的她,默默地陪伴在他的身边,许久许久。

一股爱意的暖流让她陶醉,这是乔西的渴望给她的影响。

"乔西·拉宾斯基,"萨拉轻轻问道,"你愿意……娶我吗?"

乔西惊喜地干咳着,结结巴巴道,"啊咳……啊哈……我正要问你呢。"

在巴勒斯坦,乔西和萨拉的婚礼创出了奇迹。参加婚礼的客人不但来自加利利、雅法,甚至两天路程之外的萨法德。雅可夫、自卫队员、罗什·皮纳的移民、土耳其人、卡迈尔甚至连苏雷曼都来了。他们目睹了乔西和萨拉在帐篷下,互道爱的誓言，喝下祝福的酒；看着乔西摔碎了手中的酒杯，以纪念神殿被毁。随后一周，人们置身于酒宴、歌舞、喜庆、欢乐之中。

在最后一个客人离开后，乔西带上新娘，回到迦南山边的帐篷，开始享受他们的新婚。

作为一个犹太复国主义者，乔西是犹太人安居协会的重要成员。他要为新来的移民者，在这片陌生的土地上，尽快安居乐业。由于在雅法还有很多工作，婚后两天，他就带着新娘到了雅法。

到了1909年，乔西接手了一个很重要的任务。日益膨胀的犹太社区需要更好的住房、卫生、文化生活，而古老的阿拉伯城市根本无法满足。为此，乔西牵头在雅法北面买下一条巨大的沙地和柑橘园。

在这块土地上，两千年来第一个完全是犹太人居住的城市诞生了，他们把它称为春天的城市——特拉维夫。

第九节

农垦殖民地遭遇到严重的失败。

原因很多，其中缺乏热情、理想、没有生气是一个方面；继续只靠雇用廉价阿拉伯劳工，种植那几种出口作物是另一个方面；而大量有工作热情的新移民，几乎不为传统的早期殖民者所接纳。

整个情况令人沮丧，巴勒斯坦与拉宾斯基兄弟二十年前看到的几乎一样，尽管在特拉维夫周边出现一些变化，但其他变化基本没有。

伴随第二波移民潮带来的热情和理想主义，眼看就要消失殆尽。新移民们像雅可夫和乔西过去一样，茫然地从一个地方漂泊到另一个地方，扎不下根。

在犹太人安居协会买下的一块块土地上发生的巨大变化，让人们开始思考，传统的开拓方式是否还有必要。

乔西和部分人早就认为，由于安全、忽视犹太人的农垦热情、巨大的土地浪费等问题，都使孤立、分散的农场不具有生命力。

乔西心目中的这片土地，应该是大小村落遥相呼应；村民们依靠自力更生，搞多种经营，同时具备自我防卫的能力。

本着这一原则，各地分散的土地集中到了犹太人安居协会的名义下，属于所有犹太人共有的财产。在这些土地上的犹太人，必须自食其力，雇佣——不管是犹太人还是阿拉伯人是决不允许的。

另一个具有历史意义的转变，伴随着第二波移民在赎地和建设家园的誓言中，放弃了个人目的和个人利益而出现了。他们的誓言，演变为后期形成的集体农庄思想。它不是社会主义的产物，也不是政治理想，而是为生存所迫，否则别无出路。

1909年，历史性的实验开始了。在太巴列附近，约旦河流入加利利海的河口，犹太人安居协会买下了四千杜纳亩（土地单位）的土地，其中绝大部分是沼泽地和湿地。协会派出了二十名青年男女（十六男四女），携带着一年的供给和资金，要求他们一年后，还给协会一片良田。

乔西作为成员之一，与其他人在湿地边缘搭起了帐篷。由于沿着加利利海边生长着数不清的野玫瑰，他们给这个地方取名苏珊娜。

苏珊娜的实验，是移民大潮开始以来，具有最重要意义的一步，也是未来如何推行殖民垦荒的关键。

三个木板房盖了起来，其中一个作为集体食堂和会议室，一个作为仓库，一个作为大家遮风挡雨的宿舍。

在第一个冬天，狂风暴雨多次摧毁了他们的工棚，泥泞的小路让他们长久地与世隔绝。终于，他们不得不转移到附近的阿拉伯村落，等待来年的春天。

春天，乔西返回苏珊娜，投身于艰苦的垦荒中。在广阔的湿地和沼泽地里，垦荒只能一尺一尺地进行。为吸干积水，成百棵澳洲桉树栽种下去，水渠是用手一点点抠出来的，繁重的体力劳动和披星戴月的出工，让每个人都腰酸背疼。人们卧床不起的唯一理由是染上了疟疾，而患者的唯一治疗方式是阿拉伯人的祖传秘方——在耳朵上放血。伴随着炎炎夏日的高温，他们在齐腰深的泥沼中苦干着。

一年过去了，经过苦干，他们终于开垦出一些土地。现在，他们要赶着驴把遍地的石头清出去，再把砍伐下来的灌木烧掉。

为了得到持续不断的支持，乔西不得不常常前往特拉维夫去游说和据理力争。他欣喜地发现，并可以证明，至少有二十个人，已经愿意为了建设自己的家园，不在乎生活的艰苦，以及是否会有回报。

在苏珊娜，人们经过与天斗、与地斗，其乐无穷的努力，于第二年年底，开垦出大量可用于耕种的土地。此时，新的问题又出现了，大家对如何耕作、播种一无所知，甚至连公鸡母鸡都分不清楚。在经过多次尝试之后，基本以失败告终。他们不懂种田要深耕直播，不懂如何挤奶，也不懂种树，土地对于他们，完全是一个巨大的谜。

面对新的困难，他们表现出垦荒时的勇气和决心。在沼泽地中的泥水被抽干之后，灌溉用水成为种植的关键。开始，他们用驴驮着水罐从河里打水用于浇灌，后来又学着像阿拉伯人那样，用水车把水拖到地里，再后来又在田间打出许多水井，直至开挖出纵横交错的灌溉网络，并建立了一座能够蓄存冬季雨水的水库。

渐渐地，这片神秘的土地开始展现出它的另一面，这让乔西常常屏住呼吸，体会着在苏珊娜产生的奇迹。尽管他们仍然吃着集体食堂的大锅饭、用着公共浴室和厕所、睡在一个屋檐下，每个人仍然是一无所有，但苏珊娜的变化和奇迹，让注视着他们的阿拉伯人和贝都因人垂涎欲滴。眼见这大片土地变为肥沃的良田，贝都因人开始蠢蠢欲动，决心赶走这片土地上的犹太人。

在疾病和繁重的劳动之外，安全成为急需解决的问题。劳累了一天，还要拖着疲惫的身体去站岗放哨，彻夜不眠。面对孤立、冷漠、严寒酷暑、疾病等人为和自然的威胁，他们不得不这样坚持下来。

雅可夫·拉宾斯基出现在苏珊娜，要来试试他的运气。

一个叫约瑟夫·特鲁波莱多的人也来到苏珊娜，他曾经是俄国军官，在俄日战争中因勇敢而闻名，并失去一条胳膊。在犹太复国主义的感召下，他来到巴勒斯坦。随着特鲁波莱多和雅可夫的加入，贝都因人很快便知难而退了。

集体生活产生的问题超出了大家的想象。

面对充分民主的管理，有着独立传统的犹太人（只要两个犹太人在一起，就会对同一个问题表示出不同的看法）难道要陷入无休无止的争论中吗？

面对工作分工——健康、福利、教育，如果他无法或无力胜任怎么办？遭人抱怨怎么办？对狭小的起居空间有意见怎么办？道德沦落怎么办？

但有一点是明确的，即：苏珊娜的所有居民都厌恶再回到隔离区里的那种集体生活，他们要打破传统，建立一个自己的家园。他们有自己的道德准则和公共法律，自己的生活方式，婚姻自由，传统的道德和枷锁见鬼去吧。

长期的压抑和对新生活的渴望，在苏珊娜孕育了一代真正自由的犹太农民。他们像农民那样穿着打扮，在篝火旁尽情地跳着犹太民族的霍拉舞，土地和家园成为他们为生存而奋斗的神圣目标。随着时间的过去，花草树木覆盖了这片土地，一座座崭新的建筑出现后，让已婚家庭有了自己的小屋，让大家有了自己的图书馆和卫生院。

这时候，女人开始表现出她们的反叛，领头的是首批四个女性移民中的一个，又矮又壮的鲁思。在社区大会上，她争辩着，她们几个没有获得与男人完全平等的权利和义务，和隔离区或波兰时一样，像个家庭妇女。会后，她们冲破了传统的禁忌，一步步与男人一样，承担起同样的工作，不但负责养鸡、种菜，还直接下到大田里去劳动，用行动证明了她们有热情、有能力与男人完全平等。她们甚至学会了使用武器，并担负起夜间值勤的任务。

作为妇女反叛的领头人，鲁思真正的意图是要负责饲养那五头奶牛。尽管她非常想承担这个任务，但男人们的投票否决了她的想法，她要求的过分了。雅可夫的反对声最大，因此由他出面说服鲁思。在雅可夫看来，女人饲养奶牛太危险，何况这五头奶牛是苏珊娜最昂贵、最受保护的财产。

大家对鲁思忸怩地放弃了她的要求颇感吃惊，这不是她的性格。之后的一个月，她没有再对这件事提半个字，相反，只要一有时间，她就跑到附近的阿拉伯人那里，学习挤奶的技术。凡是与饲养奶牛有关的事情，她都要亲自上手练一练。

一天早上，雅可夫下了岗，来到奶牛场。鲁思违背了她的承诺，正在给一头叫杰斯贝尔的最珍贵的奶牛挤奶。

在特别会议上，对鲁思的违纪行为，决定要给以处分。而鲁思带着她的方案和数据，证明她有能力让奶牛提高产量，并谴责了男人们的无知和狭隘。经过讨论，大家一致决定给鲁思个机会试试。

鲁思全权负责起奶牛的饲养工作，在她的努力下，奶牛数量翻了二十五倍，她成为巴勒斯坦最好的饲养员之一。

雅可夫和鲁思结为了伴侣，原因是只有鲁思让他变得哑口无言，他们彼此深爱着对方，婚后的生活令人羡慕。

随着第一个孩子的降生，苏珊娜遇到了最大的危机。妇女经过努力，取得了平等，在农场经济中起着重要作用，其中许多还是关键岗位。而现在，争论焦点转到：妇女是否应该放弃工作回到家里？是否还有其他办法保持家庭生活正常？争论结果是，苏珊娜有它独特的生活方式，应该有独特的办法解决孩子的问题。

托儿所诞生了。白天，在监督下，由专人负责照顾和喂养孩子，女人们又可以自由地去从事她们的工作。晚上，一家人回到家里，其乐融融。许多外人对此议论纷纷，认为这将破坏犹太人多少世纪来维系家庭关系的基础。不管这些议论是善意还是恶意，在苏珊娜，家庭关系与其他任何地方的家庭关系没有什么区别。

雅可夫终于找到了他的归宿，苏珊娜的人口迅速增加到一百多人，垦荒面积超过了一千多杜纳亩。雅可夫没有钱，甚至连身上穿的都不是自己的，但他有了一个女人，一个在加利利地区最能干的女人。晚上，在一天的辛苦之后，他和鲁思都会漫步在草坪和花园里，或者去附近的小山上，欣赏着葱绿的大地，他很知足。

苏珊娜——巴勒斯坦的第一个集体农场，成为犹太复国主义长久以来所期盼的一个答案。

第十节

晚上，乔西在参加了一个会议后回到家里，陷入了沉思。由于他特殊的地位，大家向他提出了特殊的要求。

不管何时回到家里，萨拉总会为他准备好茶水。他们坐在这幢位于哈亚肯大街住宅楼三居室的阳台上，俯瞰着眼前的地中海，弧形的海岸线从特拉维夫一直延伸到雅法。

"萨拉，"他终于开口道，"听我说，晚上开会时，他们要我换个希伯来的名字，以后说话只用希伯来语。据本－耶胡达介绍，他已经为改革希伯来语做了很多工作。"

"真是瞎扯，"萨拉答道，"你不是永远都不学其他语言吗？"

"那是因为过去还没准备要重建一个国家，但现在，你看看苏珊娜，还有其他农场……"

"什么苏珊娜……别找借口，还不是因为你那个曾经叫雅可夫·拉宾斯基的兄弟，你是要学他吧。"

"胡扯。"

"现在我们该怎么称呼你那个弟弟呢？"

"阿吉瓦，他儿时崇拜的偶像……"

"那你取个你儿时崇拜的偶像的名字，叫耶稣基督吧。"

"真是个女人，无可救药！"乔西气得一跺脚，转身离开了阳台。

"如果你去教堂的话，"萨拉接着说道，"你应该知道，希伯来语是和上帝交流的语言。"

"萨拉……我有时真的奇怪，你干嘛要从西里西亚跑到这儿？如果我们要像个国家那样考虑问题，就一定要有自己的语言。"

"我们有啊，依地语就是我们的语言。"

"依地语是流亡者的语言，是隔离区的语言。希伯来语才是所有犹太人的语言。"

她伸出手，点着她可爱的巨人，"别给我搞什么犹太复国主义的教育，你在我这就叫乔西·拉宾斯基，除非我死了。"

"我想好了，萨拉，你最好开始学学，从现在起，我们只能讲希伯来语了。"

"你真是个呆子，那是你的决定。"

乔西过了很长时间，才慢慢接受了这样的理论——当国家利益至高无上的时候，即使是一种已经死亡的语言，需要的话也必须让它复活。但萨拉显得很倔，依地语是她的、她父母的语言，她没有兴趣都那么大了还要重新去学说话。

一周过去了，萨拉把乔西挡在了卧房之外，但乔西仍然拒绝妥协。又过了两周，乔西讲他的希伯来语，萨拉依然讲她的依地语。

"乔西，"一天晚上，她忍不住叫他，"过来帮帮我。"

"你说什么，"乔西答道，"这里可没人叫乔西，如果你是在叫我，我的名字叫巴拉克，巴拉克·本-迦南。"

"巴拉克·本-迦南！"

"对，这可是绞尽脑汁才想出来的名字，阿拉伯人把我的鞭子称为"闪电"，巴拉克在希伯来语就是闪电，也是黛博拉起义军中的大将。我叫自己迦南，因为我喜欢迦南山。"

房门砰地撞开了。

乔西大叫着，"真高兴能有迦南山那段生活，我的女人不是个顽固不化的人，以后你就叫萨拉·本-迦南……萨拉·本-迦南。"

乔西·巴拉克，又被赶出了卧室，足足一周，两人谁也没有说话。

一个月后的一天晚上，在耶路撒冷开了三天会的巴拉克回到家。天色很晚，他很疲惫，四处看看，希望萨拉能过来说点什么，或者送上一杯茶。看到她的房门紧闭，他叹了口气，脱掉鞋，在沙发上躺下。高大的他，不得不把腿伸到沙发扶手的外面。他累极了，很想回到自己的床上好好睡一觉。朦胧中，突然被卧室房门下露出的灯光惊醒了，萨拉蹑手蹑脚地走过来，跪在他身边，把头靠在他宽阔的胸膛上：

"我爱你，巴拉克·本-迦南。"她用纯正的希伯来语轻轻说道。

在这座崭新的特拉维夫，巴拉克·本-迦南从早忙到晚。随着犹太社区的膨胀，巴勒斯坦的犹太人拥有了一个名副其实的称谓——伊休夫（Yishuv），希伯来语成为伊休夫的语言。巴拉克·本-迦南在犹太复国主义组织和犹太人安居协会中的地位越来越高，他的生活除了开会，就是和土耳其人或阿拉伯人谈判。他起草了许多重要的政策文件，并多次携萨拉前往伦敦犹太总部或瑞士犹太人大会。然而，迦南山北胡拉谷地的那片土地一直是他心中的牵挂，他也不知道他的兄弟阿吉瓦已经在苏珊娜找到了他的幸福。萨拉是个乖巧和称职的太太，眼见巴拉克日夜忙于土地，她非常想为他生个孩子。遗憾的是，在过去的五年里，每一次，她都是刚怀上孩子就流产了。这对已经人到中年的巴拉克夫妻来讲，确实不是什么令人高兴的事情。

到1908年，一批年轻的土耳其青年发起了一场反叛，宣布罢免了腐朽没落的阿卜杜拉·哈米德二世。当穆罕默德五世取而代之，成为奥斯曼苏丹和穆斯林世界的精神领袖的时候，整个犹太复国主义运动似乎感到了一线希望。

但他们很快发现，反叛没有给他们带来任何希望。穆罕默德五世继承了奥斯曼帝国的衣钵，在世人眼里，他不过是个"欧洲病夫"。

从一开始，英国对犹太复国主义表示出极大的同情。在巴拉克看来，与土耳其人的合作已经毫无希望，但与英国人之间存在很多共同利益。英国人曾提出出让西奈和乌干达作为犹太定居点，许多高层英国官员还公开表态，支持犹太人建立自己的家园。犹太复国主义运动的总部就在英国，特别是俄国出生的哈伊姆·魏兹曼博士，已经成为犹太复国主义运动在世界上的发言人。

随着英国在中东的崛起，奥斯曼的衰落，巴拉克和全体伊休夫以及犹太复国主义者们都成了亲英派。

穆罕默德五世在巴尔干半岛打了一连串的败仗，他作为"神的影子"和穆斯林精神领袖的地位开始松动，几乎崩溃的经济也让五个世纪的奥斯曼帝国开始动摇。

几个世纪来，沙皇俄国一直对地中海边的不冻港梦寐以求，自由往来于博斯普鲁斯海峡和达达尼尔海峡是他们永不磨灭的追求。面对即将崩溃的奥斯曼帝国，俄国终于按捺不住，炮制出一幕强权攻势。它以战争威胁土耳其的君士坦丁堡，迫使土耳其人倒向德国，加入了同盟国。穆罕默德五世非常清楚俄国人的目的，极力避免与俄国人开战。对他来讲，除了俄国人正在垂涎他的君士坦丁堡外，英国、法国、意大利人都在蠢蠢欲动，随时准备瓜分他的帝国。

第一次世界大战爆发了。

在俄国和英国面前，穆罕默德五世并非不堪一击。事实上，土耳其人的战斗力之强超乎想象。俄国人被阻挡在了高加索山脉，而在中东，土耳其人更是冲出巴勒斯坦，穿过西奈沙漠，威胁到了大英帝国的大动脉——苏伊士运河。

英国驻埃及总领事迈克马洪，呼吁阿拉伯人起来反抗奥斯曼帝国的统治，作为回报，他暗示英国将会承认阿拉伯人的独立。为唤起阿拉伯人反抗土耳其人，英国代表四处活动。他们去找阿拉伯半岛上最强大的瓦哈比教派的主要领导人阿布·沙德王子，但他很聪明，要先看看风头。其他阿拉伯世界的领导人，不是和土耳其人站在一边，就是保持中立。

在奥斯曼这边，有名无实的穆斯林领袖穆罕默德五世，歇斯底里地向整个穆斯林世界发出了"圣战"的呼吁，但没有得到任何反响。

英国人决定用收买来拉拢他们的阿拉伯联军，在大量黄金的支持下，他们的如意算盘得逞了。麦加王子在奥斯曼帝国的统治下是一个相对独立的君主，是麦地那和麦加两个圣地的守护者，这个职位是由那些穆罕默德的直系后裔世袭的，也是终身的。

在整个阿拉伯世界，麦加王子是个小人物，但却是阿布·沙德王子的主要对手。当英国人接触他的时候，他意识到，一旦穆罕默德五世和奥斯曼帝国垮台，他将有机会窥视整个阿拉伯世界。于是，在数十万英镑的诱惑下，他去了英国。他有个儿子叫费撒尔，在阿拉伯世界，是为数不多还有社会正义感和眼光的领导人。他同意帮助他的父亲，策反阿拉伯部落，对抗奥斯曼帝国。

巴勒斯坦的伊休夫是不用贿赂和收买的，犹太人已经坚定地站在英国人一边。因此，当战争爆发后，作为奥斯曼敌人的朋友，他们立刻面临着极大的危险。

在一场闪电行动中，土耳其人雅迈尔帕夏接管了巴勒斯坦省，并在犹太社区大搞白色恐怖。

巴拉克·本－迦南必须在六小时内撤离巴勒斯坦，他和兄弟阿吉瓦都在土耳其警察的清洗名单上。犹太人定居协会被勒令关闭，犹太人的各种活动都基本取消了。

"还有多长时间，亲爱的。"萨拉问道。

"天亮前必须离开，带个手包，其他就留下吧。"

萨拉疲惫地靠墙站着，两手摩挲着自己的肚子，已经六个月身孕了，她可以感到体内孕育着的生命与以往任何一次都不同……

"我不能走。"她说道，"不能走。"

巴拉克转过身，用眯成缝的双眼盯着她，火红的胡子在烛光下闪烁着，"快点，萨拉……我们没时间了。"

她转身扑进他的怀里，"巴拉克……我会失去这个孩子的……我不能，不能……"

他深深叹了口气，"你必须跟我走，如果被土耳其人抓住，上帝知道会发生什么。"

"可我不能再失去这个孩子。"

巴拉克慢慢地把他的行装塞进手提包。

"那就先去苏珊娜，有鲁思能照顾你……千万离她的牛远点……"在他的轻吻下，她踮起脚尖，紧紧地抱住了他。

"保重，萨拉，我爱你。"说完，他转身飞快地离开了家。

萨拉坐着驴车，一路艰辛地从特拉维夫到了苏珊娜。在那里，在鲁思的陪伴下，等待着孩子的出生。

阿吉瓦和巴拉克逃到了埃及，见到了他们的老朋友，独臂英雄约瑟夫·特鲁波莱多，他正在组建一支英军巴勒斯坦犹太人部队。

特鲁波莱多的部队——犹太人骡马军团，加入了澳新军团的一场大战。当英军在土耳其的盖利博卢登陆，试图打通达达尼尔海峡，从南面进军君士坦丁堡的时候，巴拉克和阿吉瓦都参加了那场战役。在登陆失败，掩护撤退的战斗中，阿吉瓦胸部受了伤。

盖利博卢战役失败后，犹太人骡马军团随即解散，阿吉瓦和巴拉克来到英国。在这里，一个执著的犹太复国主义者——塞维·贾鲍廷斯基，正在忙于组建一支更大的犹太人军团：第38、39、40皇家火枪团，又称犹太旅。

阿吉瓦伤势未愈，在以最高法院法官布兰德斯领导下的全美犹太复国主义者的帮助下，被送往美国，为犹太人重返家园做巡回演讲。

巴拉克刚刚加入皇家火枪团，就被调了出来。犹太复国主义的发言人魏兹曼博士认为，以巴拉克的身份，舞刀弄枪是大材小用。

英国人在中东战场上一败涂地的时候，巴拉克参加了犹太复国主义者的谈判代表团。当时，芒德将军试图利用美索不达米亚作跳板，从北面攻打巴勒斯坦，在奥斯曼帝国的东侧发起一场战役。英军的进攻路线是，沿底格里斯河和幼发拉底河流域进入巴格达，然后将奥斯曼人赶下大海。面对阿拉伯人部队的抵抗，芒德将军的军团一路长驱直入，如入无人之境。但在抵达库特后，英国军团陷入了土耳其大军的包围之中，被打得溃不成军。

在英国人发蒙之时，奥斯曼人占领了苏伊士运河，而此时，德军也撕碎了俄国军队的前沿防线，英国人煽动阿拉伯人对抗奥斯曼人的企图彻底破产了。

随之而来的更大打击是，传言中的英法瓜分阿拉伯世界的秘密协议，开始让阿拉伯人质疑英国人的许诺。

犹太复国主义者和魏兹曼博士抓住这个机会，在英国人最需要同情和帮助的时候，把犹太人重建家园的问题提上了议事日程。而此时此刻，德国和奥地利的犹太人还正在为他们的祖国而战。为了获得世界其他国家犹太复国主义者的支持，特别是美国的，就必须有一个历史性的决议。

随着犹太复国主义者和英国人的谈判进入尾声，英国外交大臣贝尔福勋爵给罗斯恰尔德勋爵去了一封意味深长的信，内容如下：

女王陛下的政府以同情的态度注意到犹太人民在巴勒斯坦重建家园的努力，并将竭尽全力促使这一目标得以实现。

《贝尔福宣言》的诞生，是犹太人多少年来探索与奋斗的最大回报。

第十一节

萨拉一直在鲁思和其他农场员工的掩护和照料下，平静地生活在苏珊娜的集体农庄里，但在临产前的两周，还是被雅迈尔帕夏的警察发现了。

漆黑的午夜，土耳其警察粗暴地将萨拉从屋里拖出，关进警车，经过泥泞、崎岖不平的山路，将萨拉押解到太巴列警察局。

她被连夜提审，经历了二十四小时的炼狱磨难。

你男人呢？……他怎么跑的？……你们怎么联系？……我们知道你在为他们收集情报……你这个英国间谍……快说，这些是你男人给英国人的报告，你不否认吧……在巴勒斯坦还和谁联系？……

萨拉毫不畏惧，针锋相对。她承认巴拉克就是同情英国人，所以才跑了，谁都知道，她没跑是因为有孕在身。除此之外，在整个二十四个小时的时间里，她没有再说一句话。

在威胁面前，萨拉依然保持着冷静与针锋相对。最后，她被拖进一间没有窗户的石头房间，石桌上摆着一盏小灯，她被五个警察按倒后脱掉了鞋，粗大的木板抽打着她的脚心。他们边打着，边问着同样的问题，但毫无收获。

间谍！你是怎么给巴拉克·本－迦南送情报的？说！还和哪些英国间谍有联系？

难以忍受的疼痛让萨拉闭上了嘴，她紧咬着牙关，汗水湿透了全身。沉默激怒了土耳其人，在更为沉重的鞭打下，她的脚心皮开肉绽，鲜血四溅。

"说！"他们尖叫着，"快说！"

在极度的痛苦中，她忍不住颤抖着，挣扎着。

"犹太佬！间谍！"

终于，她昏了过去。

一桶水浇醒了她，拷问继续着，她又昏了过去，又被一桶水浇醒；这一次，他们把烧红的石头放在了她的腋下。

"说！说！说！"

连续三天三夜，土耳其人拷打着萨拉·本－迦南，但他们从未遇到过在酷刑下还如此自尊的人，连他们自己都对这个顽强的女人肃然起敬，以至于最终不得不释放了她。在鲁思的帮助下，她们赶着驴车回到了苏珊娜。

直到这时，萨拉才忍不住剧痛，痉挛着，放声痛哭起来。

她的哭声越来越弱,人们几乎不相信她还有生还的可能。

儿子的出生,赋予了萨拉生命的动力。

在鲁思和农庄员工们的精心呵护下,她命若游丝地在生与死之间挣扎了几个星期,终于从土耳其人的折磨、生育的疼痛中苏醒过来,她要等待与巴拉克重逢,她不能死。

几个月后,她慢慢站了起来,被打碎了的脚无法彻底恢复,她成了跛子;又过了整整一年,全身的疼痛才逐渐消失。

孩子长得健康结实,尽管肤色像萨拉,但他颀长的身材,让大家都说这是巴拉克第二。苦难过去了,萨拉和鲁思期盼着他们的男人能够早点回家。

从开罗到盖利博卢、到英国、再到美国,兄弟俩天天都在为萨拉和鲁思的命运担心。每当他们见到从雅迈尔帕夏的白色恐怖下跑出来的巴勒斯坦难民,听到他们讲述着那里的一切,就会坐立不安。

1917年年初,英国军队从埃及大举反攻,把土耳其人赶回到巴勒斯坦大门口的西奈半岛,在加沙地带遇到顽强抵抗后,暂时停止了进攻。艾伦比将军接任英军司令后,加强了进攻力量。到1917年年底,他们打进了巴勒斯坦,俘虏了贝尔希巴。随着一连串的胜利,古老的加沙大门被风卷残云地摧毁了,英国军队的利剑指向了雅法。

艾伦比的胜利,刺激了阿拉伯起义。麦加王子的儿子费撒尔,看到土耳其人大势已去,便放弃了中立的立场,为在奥斯曼人之后瓜分即将胜利的果实,从沙漠中集结起一些部族武装。但他的起义毕竟雷声大雨点小,除了在毫无防御能力的铁路沿线搞过几场行动外,没有参加过任何一次正面战役。

在古城麦吉多,艾伦比和土耳其的军队展开了一场战斗。五千年来,这里一直是征服者炫耀实力的战场。这里有所罗门时代的繁荣昌盛,有即将来临的耶稣再世。作为一道天然屏障,麦吉多鸟瞰、控制着北面的千山万壑。自人类进入公元世纪,这里就是征服者之路。

麦吉多落入了艾伦比之手。

圣诞前夕,就在艾伦比接任英军司令将近一年之后,他带着他的大军开进了耶路撒冷!

英国军队随即横扫大马士革,直到迫使土耳其军队四分五裂、烟消云散。大马士革的陷落,意味着敲响了奥斯曼帝国的丧钟。

一直想与土耳其开战的俄国沙皇,最终没有实现他占领君士坦丁堡的梦想。俄国人民起来推翻了几个世纪的统治,沙皇和他的全家死于行刑队的枪下。

直到战争结束,穆罕默德五世——尽管失去了他的帝国以及在千百万穆斯林中"神的影子"的地位,仍然在他的宫廷里享受着妻妾成群、纵情声色的生活。

巴拉克·本－迦南和弟弟阿吉瓦终于回家了,漫山遍野的玫瑰、绿色和充满生机的土地、流向加利利海那清澈的约旦河水,伴随着他们走进了苏珊娜的大门。

在村舍门口,他们彼此深情地望着对方,巴拉克火红的大胡子中已经染上了白须,而萨拉的满头乌发也已经染上了白发。他紧紧地把她抱在怀里,那个瞬间,以往的苦难变得黯然无色。她拉起他的手,一跛一跛地走进她的小屋,一个结实、好动的三岁男孩,正瞪着清澈的大眼,好奇地看着他。

巴拉克在男孩身边跪下,用他粗壮的大手抱起了孩子。

"我的儿子。"巴拉克轻轻地说着,"这是我的儿子。"

"对,你的儿子……阿里。"她对他说道。

第十二节

已经有五十个国家认可了《贝尔福宣言》。

第一次世界大战期间,在土耳其人的白色恐怖下,伊休夫人口只剩下过去的一半。由于战争,东欧也再次出现了迫害犹太人的浪潮。

为躲避迫害的第三次移民大潮,给伊休夫带来了惊喜和生机,填补了因战争而减少的犹太人口数量。

多年来，犹太人定居协会一直关注着耶兹里勒谷地，有了它，就可以把整个加利利的南部地区连成一片。在这个谷地里，除了几个贫穷的阿拉伯村落，就是遍地的沼泽。耶兹里勒山谷的地，基本都属于一家住在贝鲁特、叫苏萨克斯的大地主。过去，土耳其人不允许犹太人购买耶兹里勒，但英国人来后，取消了买卖土地的限制。因此，巴拉克和两个助手去了贝鲁特，买下了从海法到拿撒勒的整个地区。像耶兹里勒这样的大手笔交易，在巴勒斯坦还是第一次，这笔交易，也是第一次由世界犹太人基金会提供的资金完成的。买下耶兹里勒地区，为犹太人创造了建立更多集体农庄的机会。

老一代集体农庄成员，无私地投身于新农庄的开发。阿吉瓦和鲁思，带着新出生的女儿沙诺娜，离开了心爱的苏珊娜，来到罗什·皮纳北边的一个新的集体农庄，并将这个定居点起名为生命之泉。

犹太人终于实现了巴拉克·本－迦南的梦想，他们在胡拉谷地的腹地、靠近叙利亚和黎巴嫩边境的地方，买下成片的土地，甚至在那个号称是他的山头附近，成立了一个叫吉拉迪的农场。巴拉克的老朋友和同志约瑟夫·特鲁波莱多来到这里，负责这里的安全。

随着集体农场的日益发展和壮大，特拉维夫及其他城市都在不断膨胀，犹太人开始在海法市内的卡迈尔山上购买不动产。在耶路撒冷老城外，伊休夫新的总部，以及为精神回归而加入犹太复国主义的宗教社团，也都搬进了新的大楼。

在英国行政当局的改革下，道路、学校、医院取得了巨大发展，法律也恢复了公正，坐落在斯科普斯山上的希伯来大学新校址奠基时，贝尔福还亲自到访了耶路撒冷。

为做好伊休夫的管理，犹太人选举出自己的代表大会——伊休夫中央委员会，这是一个代表犹太人与阿拉伯和英国人交涉的半官方机构，一个连接犹太人定居协会与世界犹太复国主义者的纽带。中央委员会和定居协会陆续都搬进了耶路撒冷的新办公楼。

巴拉克·本－迦南是一位受人尊敬的老资格市民，因此入选进了伊休夫中央委员会，以他的资历和能力，担当着重要的职位。

但种种迹象表明，巴勒斯坦逐渐变成了大国角逐的中心。

首先是英法瓜分中东的马克·赛克思／乔治·皮科特秘密协议遭媒体曝光，它是俄国革命后，从沙皇的文件堆中发现的，这让英法两国非常难堪。

秘密协议违背了英国对阿拉伯人的承诺，出卖了阿拉伯人的利益。英国人的安抚没有打消阿拉伯人的反感，这在后来英法瓜分了中东后，阿拉伯人在意大利的圣雷莫大会上的反应可见一斑。按照秘密协议，英国获得了最大的中东利益，而法国只瓜分到叙利亚和从盛产石油的摩苏尔铺设出来的一条石油管线。

在奥斯曼统治下，叙利亚地区包括了巴勒斯坦和黎巴嫩，因此，法国认为巴勒斯坦北部应该属于它的势力范围。由于海法位于摩苏尔油田的出海口，故英国人态度强硬。他们以《贝尔福宣言》中对犹太人的承诺及海法地理位置重要为借口，坚持它属于英国的管辖范围。

结果，在法国的纵容下，叙利亚的一些阿拉伯部落在巴勒斯坦制造了很多麻烦，掠取了大量巴勒斯坦北部的土地，直到划定边界。

那些在胡拉谷地建设吉拉迪农场的犹太人成为这场大国纷争的牺牲品。在法国人的唆使下，为赶走犹太开拓者，加强法国的边境势力，阿拉伯人对巴拉克和阿吉瓦当年迈进巴勒斯坦的那个地方——特拉哈发起了进攻。

传奇的犹太战士约瑟夫·特鲁波莱多，在保卫特拉哈的战斗中英勇就义，但特拉哈没有丢，吉拉迪也没有丢，整个胡拉谷地依然处于英国人的势力范围之内。

法国人新的麻烦来自于麦加王子的儿子、一次大战中所谓的阿拉伯起义的领导者——费撒尔。他来到大马士革，坐稳后，声称自己是新成立的泛阿拉伯国的国王，是穆斯林的领袖。在法国人把他赶出叙利亚后，他到了巴格达，受到英国人的礼遇。为表彰他的忠诚，英国人在美索不达米亚成立了一个国家——伊拉克，并宣布他为国王。

费撒尔有个弟弟，叫阿卜杜拉，也在谋求英国人的回报。在未经国际联盟授权的情况下，英国人又从巴勒斯坦划出一部分，成立了另一个国家——泛约旦，并宣布他为酋长。

费撒尔和阿卜杜拉兄弟俩都是第一次世界大战中拒绝帮助英国人的阿布·沙德的主要对头。

就这样，英国人完成了他们的布局，不但拥有了埃及、苏伊士运河、摩苏尔油田、巴勒斯坦托管地，还在伊拉克和泛约旦扶植起两个傀儡政府。此外，在阿拉伯半岛，他们还拥有许多保护地和酋长国。

英国人深谙阿拉伯人之间长期的部族之争，采用了屡试不爽的分而治之的手法。而他们的阿拉伯傀儡，则终日沉浸在新潮的汽车、宫廷里妻妾成群的醉生梦死之中。

巴勒斯坦是另类问题，在那里，简单扶植一个傀儡是行不通的。《贝尔福宣言》已经众所周知，托管条款进一步约束了英国人要关注犹太人家园问题。特别是，犹太人以民主选举产生的准政府——伊休夫中央委员会，是唯一在整个中东地区民选出来的组织。

巴拉克·本－迦南、哈伊姆·魏兹曼博士和其他一些犹太复国主义领导人，与费撒尔和阿拉伯世界的领导人展开了具有历史意义的谈判。犹太人和阿拉伯人之间签署了尊重各自愿望的友好条约，阿拉伯人欢迎犹太人的回归，意识到他们返回巴勒斯坦的历史权利和生存权利，并且公开表明，欢迎伴随犹太人回归而带来的文化和"希伯来黄金"，特别是，很多地区的阿拉伯人都正式承认了犹太人的回归和赎买土地的行为。

在巴勒斯坦，像在阿拉伯世界的其他地方，还没有一个代表阿拉伯人的政府。当英国人要阿拉伯人组建政府的时候，他们的内部矛盾便激化了，各个大地主联盟代表的仅仅是少数阿拉伯人的利益。

最有实力的大地主家族，是在耶路撒冷拥有大量土地的侯赛尼部族。其他势力担心他们一家坐大，便结成联盟和他们对抗，结果造成整个地区一直无法产生一个权威实体。

侯赛尼的部族首领，是在这个以阴险、不择手段而闻名于世的角落里最阴险、最不择手段的一个阴谋策划者。他叫阿明·侯赛尼，曾经是土耳其人的马前卒。如今，眼见奥斯曼帝国即将灭亡，像其他诸多阿拉伯领袖一样，他看到了掳取权利的希望。而他的身后，有一个邪恶的势力在支持着他。

阿明的第一个举动，就是窥视耶路撒冷穆夫提——伊斯兰教法典说明官的空缺。耶路撒冷是穆斯林的圣城，地位仅次于麦加和麦地那。在奥斯曼时期，穆夫提的身份只是一个象征，君士坦丁堡作为伊斯兰教的领袖，才是整个穆斯林世界的真正统治者。随着奥斯曼的灭亡，基督教开始统治整个巴勒斯坦，穆夫提骤然成了一个重要角色。为了圣地的生存发展，世界各地穆斯林募集了源源不断的基金，君士坦丁堡曾经是这些基金的管理者，但今天，穆夫提取代了君士坦丁堡。如果阿明能够成为穆夫提，他就可以利用这笔资金实现他的愿望。此外，由于百分之九十九的巴勒斯坦农民都是文盲，与他们沟通和影响他们的唯一方式是布道，作为穆夫提，一旦需要，随时可以煽动起农民的歇斯底里，使之成为政治斗争的工具。

要想成为耶路撒冷伊斯兰教的穆夫提，阿明必须要解决面临的一个障碍。按照穆斯林法律，坐在这个位置上的人必须与穆罕默德有血缘关系。为达到目的，阿明娶了一个与穆罕默德有血缘关系的姑娘，以此作为他争夺穆夫提的条件。

在老穆夫提去世后，争夺空缺的选举开始了。由于其他地主老爷们对阿明的野心都很戒备，他仅排在了第四位。但他对选举结果并未介意，而是通过侯赛尼部族里的人，不断威胁、恐吓其他三位高票候选人，直到他们宣布退出选举。

阿明·侯赛尼通过作弊，终于成为耶路撒冷的穆夫提。

他把返回家园后的犹太人，看成是他实现统治的最大障碍。

在穆斯林庆祝摩西诞辰的那个节日，阿明·侯赛尼煽起了排犹浪潮，失去理智的民众很快变得歇斯底里，屠杀开始了。

他们的疯狂并未指向那些具有防卫能力的城市和集体农庄，而是针对萨法德、太巴列、希伯伦、耶路撒冷等圣城里那些毫无防御能力的、虔奉宗教的老人。

骚乱爆发时，鲁思正在太巴列从苏珊娜回埃因奥尔的路上，她和女儿沙诺娜被抓住后惨遭杀害。

阿吉瓦悲痛欲绝，巴拉克立即赶到埃因奥尔，把弟弟带回了特拉维夫，像小时候那样，不分昼夜地看护着他。几个月后，阿吉瓦才从悲痛中恢复过来，但这件事深深地伤害了他，以致在他心头留下了不可治愈的伤痕。

英国军队接管巴勒斯坦后，很多定居点都已经将武器上缴英军，如果阿拉伯人攻击这些定居点，屠杀肯定不可避免。因此，英国人有责任维护社会秩序。伊休夫为此等待着英国军队能够将阿拉伯人的骚乱控制住，将罪犯绳之以法。这种犯罪在土耳其人的统治下从未发生过，他们虽然纵容腐败，但他们并不鼓励谋杀。

一个调查委员会认定阿明·侯赛尼要承担责任，但他却被宽恕了。

随后，英国殖民署发布了白皮书，限制犹太人的移民数量，防止"经济渗透"。与此同时，温斯顿·丘吉尔采取实用主义的手法，在托管地的半个版图上，创建了泛约旦。对伊休夫来讲，它意味着一个时代的结束。

英国人的伪善暴露后，伊休夫中委会和犹太人安居协会在特拉维夫召开了秘密会议，伊休夫中委会的五十名主要成员参加了会议。

出席会议的有：从伦敦飞过来的哈伊姆·魏兹曼博士、巴拉克、仍处在失去亲人悲愤中的阿吉瓦、艾特扎克·本－茨威，还有第二批移民潮的领袖大卫·本－古里安（一个矮小、粗壮、满脸胡子、充满热情、满腹经纶的犹太复国主义者，一个被公认为是注定要成为领导伊休夫的主要人物）。

秃顶、憨厚的阿维登，是第三批移民潮中的名人。他在俄国军队服役时曾经战功卓著，声望仅次于特鲁波莱多烈士，是领导犹太抵抗力量的主要候选人。

巴拉克·本－迦南宣布会议开始，地下室里立刻显得肃然、聚精会神。面对危机，巴拉克首先回顾了作为犹太人，每个人都经历过的不幸。今天，当大家为远离迫害，终于找到自由的时候，屠杀却再一次发生。

以哈伊姆·魏兹曼博士为首的一些人认为，英国才是公认的托管当局，应该以合法和公开的方式与其交涉，防卫是他们的义务。

极端和平主义者认为，武装抵抗，将刺激阿拉伯人制造更多的麻烦。

以阿吉瓦为首的极端主义者则认为，英国的政策是自私的，不应再对他们的所谓保护和善意抱有幻想，必须立即采取毫不留情的报复。无休止的谈判、荒唐的协议等，都不可能让阿拉伯人放弃武力。

激烈的辩论持续到深夜，与会人员仍然毫无倦意。对英国人的评价有褒有贬，和平主义者呼吁谨慎，激进主义者则反对将巴勒斯坦称为既是犹太人，也是阿拉伯人的"含义不清的希望之乡"。

针对两派极端主义的争论，本-古里安、本-迦南、阿维登及大多数人提出了一个折中方案，即：承认武装抵抗的必要性，但犹太人必须以合法手段巩固自己的地位。

这些代表伊休夫的人最终决定，以低调和秘密的方式，组建一支旨在防卫的武装力量。一旦这支力量形成，伊休夫的官方机构将公开表明并不知情，但私下里要为它的发展壮大提供合作。这支武装，是犹太人遏制阿拉伯人并与英国人谈判时的无形力量。

老战士阿维登被推选为这支秘密武装的领导者。

武装力量起名为哈加纳，意思是自卫军。

第十三节

第三批移民浪潮渗透到新买下的大片土地，其中包括：耶兹里勒、沙龙谷地、撒马利亚、朱迪亚、加利利，直至向南毗邻沙漠，唤醒了沉睡千年的贫瘠土地。他们带来了重型机械，通过农田轮种引进了精耕细作、土壤施肥、水利建设。除去传统的出口作物如：葡萄、柑橘、橄榄等，他们又种植了其他谷类、蔬菜、水果、亚麻，还养殖了家禽和家畜。

他们尝试着以各种方式和能力增产增收，发展种植养殖经营。

他们还开挖鱼塘，搞起了渔业。

到19世纪20年代中叶，通过赎买土地，已经有五万多犹太人在近百个殖民地上，耕种着超过五十万杜纳亩的土地，其中的多数，是身穿蓝色制服的集体农庄员工。

上百万株树苗栽种在贫瘠的土地上，十年、二十年、三十年后，这些长成的大树将有效防止土壤的沙化。种树已经成为伊休夫的情结，他们所到之处，必然要为植树造林留下他们的印记。

新生的集体农庄和定居点的命名沿用的是《圣经》中的描述，使这片古老土地上出现的崭新称谓充满了音乐的魅力。Ben Shemen 是石油之子、Dagania 表示加利利海上的矢车菊、Ein Ganim 为花园之泉、Kfar Yehezkiel 的意思是先知以西结的村落、Merhavia 是上帝的广袤、Tel Yosef 是约瑟夫的小山，还有巴拉克心仪的那个胡拉谷地入口处的 Ayelet Hashahar 则表示是启明星；此外，像 Gesher 的意思是桥，而 Givat Hashlosha 的意思是三座山；总之，在犹太人的努力下，新生的集体农庄和定居点犹如雨后春笋，生机勃勃。

集体农庄运动，是在特定环境下诞生的新生事物，它成为各个定居点的主要形式并成功地吸收了大量新到的垦荒移民。

但并非每个人都对集体农庄感到满意，很多为自身独立奋斗过的妇女、那些希望保留隐私和希望与孩子们生活在一起的人，在体验了农庄生活后，并不满意。尽管所有伊休夫都赞成土地国有和消灭私有劳动的理念，但毕竟还是有人不能接受集体农庄的生活方式，他们希望有一块属于自己的土地。因此，集体农庄运动中又派生出一个新的农业合作形式——莫夏夫运动（moshav）。在莫夏夫合作社里，人们可以拥有自己的土地和房屋，但公众设施则像集体农庄那样，属于集中管理，全部重型机械归全体莫夏夫成员共同所有，主要的农作物种植由全社会共同完成，而市场采购和销售则通过代理统一进行。

莫夏夫与集体农庄的主要区别在于它更大的个人自由度，以及男人们可以拥有一个属于自己的小家庭，可以在自己的土地上种植自己认为适种的作物。第一个莫夏夫诞生在耶兹里勒谷地，按照《圣经》中的描述，取名为纳哈拉，意思是上帝的选民。它的开拓者们在异常险恶的沼泽泥潭中，历经艰险，取得了奇迹般的回报。

莫夏夫运动是整个移民大潮中的一点瑕疵，它在为个人牟利的同时，无法像集体农庄那样吸收足够的新移民；但它作为一种补充，与集体农庄一起，展现出它们的蓬勃生机。

伴随着伊休夫的发展壮大，整个社会的面貌发生了极大的变化。巴拉克-本·迦南作为一个受人尊敬的老一代市民，每天都很忙碌。犹太复国主义运动犹如一部巨大的运转着的机器，在伊休夫内部也存在着各种不同的政治哲学派别。骚乱后，与阿拉伯人的交道变得更为敏感，而英国人从《贝尔福宣言》和托管条款中的倒退，让局势变得更加扑朔迷离。复杂的局面，需要巴拉克的理智。尽管针对犹太人的骚乱暂时被遏制，但日常气氛还是令人感到不安。每天都有关于埋伏、袭击、偷盗的传闻，穆斯林聚会中的激烈演讲从未终止。隐藏在幕后的那个邪恶的穆夫提——阿明·侯赛尼，让紧张的气氛中弥漫着一股煞气。

1924年的一天，巴拉克在耶路撒冷参加了伊休夫中央委员会一个艰难的会议后，回到特拉维夫。每一次的外出，都让他渴望回到自己那个位于哈亚肯大街能够俯视地中海的三居室的公寓里。这一次，他惊喜地发现他的老朋友，阿布·耶沙的乡长——卡迈尔，正在家里等着他。

"多少年来，我一直困扰着应该如何帮助我的人民，令人惭愧的是，阿拉伯的地主老爷们都是些贪婪的剥削者，他们根本不为佃农们考虑……这或许将危及他们自身的利益。"

巴拉克聚精会神地听着这个开明的阿拉伯人，发自内心的感人肺腑的坦白。

"眼见着你们犹太人在这片土地上创造着奇迹，而我们之间无论从宗教、语言、价值观上都风马牛不相及，这让我甚至怀疑，我们最终将失去所有的土地。即使如此……我还是要承认，犹太人是阿拉伯人民唯一的拯救者。上千年来，犹太人是唯一给这个世界的角落带来光明的人。"

"你能说出这番话真让人感动，卡迈尔……"

"请别打断我。尽管我们的世界相距甚远，但只要我们能够和平相处，我们就能与你们共同繁荣昌盛。除此之外，我不知道阿拉伯人民是否还有其他出路。巴拉克，我的看法对吗？"

"我们也一直在向你们证明我们渴望和平的诚意……"

"是这样……但你我之外存在着一些更强大的势力，要把我们拖入一场纷争。"

一针见血……很精辟，巴拉克不得不承认他是对的。

"巴拉克，这次我是来找犹太人定居协会，准备出售那片你一直渴望得到的、在胡拉湖边的那块地。"

巴拉克不由为之一震。

"这不是善举，我有个条件，你们必须允许阿拉伯人学到你们的农耕技术和卫生管理。当然这不能急，需要一段时间，我希望村里有能力的孩子们可以到你们的学校里去上学。"

"那不是问题。"巴拉克应允道。

"还有一个条件。"

"什么？"

"你必须亲自过来。"

巴拉克一下站了起来，摸着他的大胡子，"我？为什么？"

"只要你在那里，我相信我们之间就能做到和平相处，所有的条件都能顺利执行。三十年前，当你还是个孩子，来到阿布·耶沙时，我就已经信任你了。"

"让我想想。"巴拉克答道。

"你和卡迈尔都谈了些什么？"萨拉问道。

巴拉克耸耸肩，"能谈些什么？我们当然去不了，真让人惭愧。多少年来，我一直说服他卖掉那块地，但如果我们不能过去，那就没戏了。"

"是很可惜。"萨拉沏着茶应着。

巴拉克在房间里郁闷地踱着步，嘟囔着，"萨拉，现实是我离不开伊休夫中委会和定居协会，这又不是在艾伦比大街上开杂货铺。"

"当然离不开，亲爱的。"萨拉同情地答道，"你的工作太重要了，整个伊休夫都需要你。"

"是这样，"他边答着，边继续在房间里来回走着，"我们都不是小孩子了，以我过五十的年纪，再去垦荒恐怕太难了。"

"没错，我们老的不能再去拓荒了，你已经为这个国家尽力了。"

"很对，我只好拒绝卡迈尔的要求了。"

他叹着气坐进扶椅，总感到无法说服自己。萨拉微笑着走到他的身边，"你这个女人敢嘲笑我，"他温柔地打诨着，"没有用的。"

她坐在他的膝上，任由他的大手抚摩着她的头发，融化在他的怀里。

"我只是不放心你和阿里，那里的工作和生活都太艰苦了。"

"嘘……喝你的茶。"

巴拉克辞去了在定居协会的职务,卖掉了在特拉维夫的房子,带领着二十五个垦荒家庭,来到胡拉湖边的沼泽地,开始建设他们的莫夏夫合作社。合作社取名亚德·埃尔,意思是上帝之手。

他们在阿布·耶沙的下游搭起了帐篷,划分了垦荒范围。至今为止,还没有哪个垦荒者遇到这样困难的情况。胡拉沼泽显得神秘莫测,到处是粗大的荆棘和莎草,有些高达十五英尺;泥潭中游弋着毒蛇、蝎子、老鼠以及上百种不知名的生物,野猪和狼群窥视着他们的营地。所有的物资(包括淡水)都要通过骡马,一件件运进来。

萨拉负责营地中的后勤管理,其中有作为医务室和厨房的帐篷,巴拉克则每天带着工作队挥锹抢镐地奋战在沼泽地里。

那个灼热的夏季,顶着摄氏40度的高温,他们日以继夜地在齐腰、有时齐脖深的水中,一点点清干了淤泥,开挖出了排灌渠道。至于那些密布的丛林灌木,他们唯一的清理工具就是砍刀,经常累得连胳膊都抬不起来了。妇女们和男人一样,可谓巾帼不让须眉。年幼的阿里·本-迦南只有十岁,是定居点里的三个孩子之一。他们的工作,是用桶将淤泥一桶桶清走,并承担起为大人们送水送饭的任务。虽然每周七天,每天从日出到日落的超负荷劳动让大家都筋疲力尽,但晚上收工后,他们还是在那仅有的六七个小时的睡眠前,为他们能有自己的一片土地而欢歌雀舞。

一到夜里,他们还要轮岗值班,以防止野兽和强盗的侵扰。

冬天的雨季来临前,他们必须完成排灌渠道的工程建设。一旦积水排不出去,整个夏季的劳苦就白费了。为此,他们栽种下成百上千株吃水的澳洲桉树,附近地区的集体农庄及合作社,尽他们的可能,也向这批拓荒者伸出了援助之手。

每天晚上收工后,萨拉和巴拉克都会轮流辅导着阿里和其他两个孩子的学习。

冬季的瓢泼大雨让整个营地变成了沼泽,每当此时,他们都要为疏通渠道而奔波劳累在田野上。

繁重的劳动、恶劣的生活,让巴拉克都感到他们的垦荒目标是否定得太高了。看着萨拉和阿里憔悴的样子,他不由一阵心疼。臭虫的叮咬、痢疾、饥渴已经成为他们的家常便饭。

最糟糕的是疟疾，第一年，仅从夏天到冬天，萨拉就得了五次，阿里也得了四次，忽冷忽热和高烧差点要了他们的命。阿里跟着妈妈，从不流露他的痛苦。

艰苦的工作和生活拆散了许多家庭，几乎一半垦荒者选择了放弃，返城寻找相对安逸的生活去了。

没有多久，亚德·埃尔就出现了墓地——两个垦荒者死于疟疾。

亚德·埃尔——上帝之手，但上帝之手只是把他们带到那里，要征服沼泽还要靠他们自己的双手。

经过三年的不懈努力，他们终于战胜了沼泽。

他们开垦出二十五块土地，每块地有二百杜纳亩大小，在耕种、收获、盖建新房之前，他们还顾不上喘口气，欣赏自己的作品。

阿里已经摆脱了疟疾和其他疾病的困扰，十四岁的他，壮得像一尊岩石，每天都和大人们一样在田里劳动着。

在他们搬进新建的农舍，完成了那一年的耕种以后，巴拉克的辛苦得到了回报。萨拉告诉他，她又怀孕了。

到了第四年，巴拉克·本-迦南的生活里发生了两件大事：一是萨拉为他添了一个女儿，像他一样，满头红发；一是亚德·埃尔获得了第一次粮食丰收。

筋疲力尽的垦荒者们终于可以喘口气，安排他们的庆典了。那真是个难忘的庆典，附近地区曾经帮助过他们的集体农庄庄员、合作社社员来了，阿布·耶沙的阿拉伯人也来了。整整一周，从天黑到天明，所有人都沉浸在霍拉舞的狂欢之中。大家跑来恭贺巴拉克和萨拉喜添千金，根据流经亚德·埃尔那条河流的名称，他们给女儿起名卓妲娜。

庆典期间，巴拉克带着儿子阿里，套上马车，来到他四十年前经过黎巴嫩进入巴勒斯坦的那个山口——特拉哈。这里是约瑟夫·特鲁波莱多战死的地方，是伊休夫神圣的前沿。巴拉克俯视着山下的亚德·埃尔，思绪翩翩。

"和你妈妈结婚前，我带她到这里，"他说着，将手放在儿子的肩上，"不要多久，这个山谷里将会出现更多定居点，一年四季都会春意盎然。"

"父亲，你看，亚德·埃尔实在太诱人了。"

远处，田间的喷灌旋转着，抛洒下纷飞的细雨，学校工地上一派忙碌的景象，巨大的工棚下面，停放着一台台重型机械，一条条道路两边，栽种着玫瑰、鲜花、草坪、护林。

生活有美好也有悲伤的一面，在亚德·埃尔的墓地，已经有五个人永远地躺在了那里。

正如卡迈尔希望的，亚德·埃尔的成立，给阿布·耶沙的阿拉伯人带来了巨大的影响，这个合作社本身的发展过程就具有极大的启示。巴拉克按照承诺，为阿拉伯人开办了技校，教授他们卫生管理、机械应用、农耕新技术。学校面向阿布·耶沙的所有年轻人，而只要阿拉伯人需要，亚德·埃尔的医生护士随叫随到。

卡迈尔的宝贝儿子叫塔哈，比阿里小几岁。他从一出生，就在卡迈尔的熏陶下，渴望改善佃农们的生存条件。作为阿布·耶沙未来的乡长，塔哈待在亚德·埃尔的时间比在自己村里还长，成为本－迦南家庭的一个成员，也成为阿里最亲密的朋友。

就在亚德·埃尔和阿布·耶沙的和平相处，证明阿拉伯人和犹太人尽管文化差异很大，还是可以并肩共存的时候，一股恐慌渐渐在巴勒斯坦的地主老爷们中间蔓延开来，他们开始对第三批移民带来的新观念和进步感到恐惧。

早先，地主老爷们把沼泽地、乱石地或水土流失的荒山卖给犹太人，以换取犹太人手里的金子。在他们心底，这些卖出去的土地不可能焕发生机。但这些土地在犹太人手中彻底改变了面貌，不但农场犹如雨后春笋，城市也在巴勒斯坦各地冒了出来。

犹太人的所作所为将颠覆他们的传统——如果农民们也要求享受教育、卫生、医疗怎么办？如果农民们迷恋于像犹太人那样男女平等地管理自己怎么办？那将是封建地主制度的灾难。

为反击犹太人的进步，地主老爷们煽动起农民们的无知、恐惧、宗教极端情绪。他们抨击犹太人是从西方过来的入侵者，把他们卖给犹太人的土地，篡改为是偷窃了农民们的土地。他们竭力制造紧张气氛，阻挠农民接受新的观念。

长久的沉默后，阿明·侯赛尼又在蠢蠢欲动。那是1929年，他编造了一个弥天大谎，让阿拉伯人失去了理性。

耶路撒冷的圣石圆顶清真寺是穆斯林的先知穆罕默德升天的圣地，但就在同一个地方，矗立着公元76年被罗马帝国摧毁的大犹太圣殿残存下来的一面墙。这是犹太人最神圣的一面墙，虔诚的犹太教徒会聚集在墙边，为以色列曾经的辉煌祈祷和流泪，这面墙因此又称为"哭墙"。

穆夫提散布出一批假画，表现的是犹太人在"哭墙"边，正准备"亵渎"阿拉伯人的圣地圣石圆顶清真寺。这让狂热的穆斯林农民在地主的支持和侯赛尼部族的圈套下，再一次失去了理性。这一次骚乱，针对的仍然是几座圣城里那些毫无防御能力的老人，但屠杀远在十年前穆夫提煽动的那次骚乱之上。很快，屠杀波及到那些弱小的定居点，甚至波及到了路人，双方死伤达到了数千人。英国人在屠杀面前，再一次表现出无奈。

他们派出了调查委员会，委员会明确指责了阿拉伯人的行为，但荒唐的是，为安抚阿拉伯人的恐惧，他们随后彻底置《贝尔福宣言》和托管条款于脑后，终止了犹太人购买土地和移民的行动。

第十四节

就在爆发骚乱的1929年，亚德·埃尔的庄员们和十公里之外一个叫阿塔的阿拉伯村庄的磨坊厂签订了一个协议。

一天，巴拉克让阿里去一趟阿塔，以便把家里的谷物磨出来。面对到处都是骚乱的紧张局势，萨拉反对让一个十四岁的孩子，孤身一人出这样的远门。但巴拉克很坚决，"阿里和卓妲娜绝不能像隔离区里的犹太人那样懦弱。"

阿里感到很骄傲，他跳上装有几袋谷物的驴车，一路小跑地颠向了阿塔。

刚一进村，他就被几个躺在咖啡屋边上的阿拉伯男孩子盯上了，并跟着他到了磨坊。

阿里埋头忙于自己的事情，按照从好朋友塔哈那里学的，他以标准的阿拉伯方式完成了他的交易。小麦磨成了面粉,阿里盯着将面粉装满了口袋,生怕被掉包成阿拉伯小麦。想占一袋面粉便宜的磨坊主,在这个孩子的目光下显得有些尴尬。随后,阿里装好车,踏上返回亚德·埃尔的路程。

那几个等在一边的阿拉伯孩子很快便和磨坊主达成协议,他们将把阿里的小麦偷回来,转手再卖给磨坊主。这些孩子蹦蹦跳跳地跑出村子,抄近路赶到阿里前面设下路障,埋伏下来。

很快,阿里便掉进他们的陷阱,他们跳出来,用石头攻击阿里。阿里鞭打着毛驴,没有两步,就被路障挡住了去路。他被石头从车上打了下来,几乎失去了知觉,四个攻击者扑上来,将他按在地上,一顿暴打。其他人则从车上拖下小麦,转身跑了。

那天晚上,阿里很晚才回到亚德·埃尔。

萨拉刚一开门,看到他满脸鲜血,衣服也撕破了,不由得尖叫起来。阿里站在那里,一言不发,然后咬着牙推开妈妈,跑回自己的房间,反手把门锁上。

不管妈妈如何请求,他都拒绝打开门,直到巴拉克从合作社开完会回到家里。

他站在父亲面前,"让你失望了……我没有保护好小麦。"他的嘴唇因为淤肿而变形。

"是我让你失望了,孩子。"

萨拉冲上去,伸出双手紧紧地抱住他。"不能再让他一个人出去……"说着,她拉着阿里去清洗创口,巴拉克没有说话。

第二天吃完早饭,巴拉克下地前,拉着阿里来到谷仓。"我忽视了对你的一些教育。"说着,从木桩上摘下他的皮鞭。

他做了个假人,钉在篱笆上,示意该如何目测距离、瞄准、甩鞭。一声清脆的鞭响后,萨拉抱着卓姐娜,从屋里跑了出来。

"你疯了吗?怎么能教一个孩子去用那个东西呢?"

"住嘴,你这个女人。"巴拉克厉声吼道,她在二十年婚姻生活中从未见他如此严厉。"巴拉克的儿子是一个自由的人,绝不能成为隔离区里的懦夫,你给我滚开……这是男人之间的事情。"

阿里开始从早到晚,苦练着如何控制好那条赶牛的鞭子。他把假人打成了碎片，又以石头、罐头、瓶子做目标，直到能够挥洒自如，将这些目标一劈两半。他的刻苦，让他累得腰酸背疼。

两周后，巴拉克又装了一车小麦，把手搭在儿子的肩上，来到驴车前，将那条赶牛的鞭子递给阿里，"把这车小麦运到阿塔去，然后磨成面粉带回来。"

"好的，父亲。"阿里轻松地答道。

"记住，儿子，你手里握着的是正义的武器，除了防御，它不能被用于情绪和报复的发泄。"

阿里跳上车，经过亚德·埃尔的大门驶上大路，萨拉目送着儿子消失后，跑回房间，忍不住抽泣起来。

巴拉克坐着，捡起一件已多年没有做过的事情——阅读《圣经》。

就在阿里离开磨坊，返回亚德·埃尔的路上，阿拉伯人又开始如法炮制他们的伏击。这一次，阿里保持着高度的警惕，随时准备应对危险。按照父亲的教诲，他保持着一种冷静、平和的心态。当第一轮石头飞向他时，他跳下车，锁定了领头的阿拉伯人。沉重的皮鞭带着呼啸，闪电一样划过空中，卷向了那个孩子的脖子，将他打倒在地。在阿里急风暴雨的鞭打下，那个孩子很快就被打得皮开肉绽。

太阳落山了，阿里仍然不见踪影，巴拉克的脸色越来越难看。他不安地站在亚德·埃尔的大门旁，突然，他的脸上绽放出笑容。阿里赶着驴车，走下大路，来到了他的面前。

"阿里，旅途怎么样？"

"很好。"

"我来卸车，你最好先去看看妈妈，她还在为你担心呢。"

直到1930年，局势才平静下来。阿布·耶沙和亚德·埃尔都没有受到影响，穆夫提的势力并未让所有村落卷入这场骚乱。

阿里·本-迦南不仅长相连性格也很像父亲，显得内向、沉默、倔犟。他常常从阿拉伯邻里那里发现许多有价值的亮点，塔哈一直是他最亲密的朋友之一，对其他阿拉伯人，他也总是抱着理解和同情。

阿里和住在不远的一个农家姑娘达芙娜坠入了爱河，没人知道这件事是从什么时候开始的,但从他们彼此含情脉脉的眼光,大家知道他们早晚会喜结连理。

满头红发的卓妲娜显得活泼、叛逆,一看就是出生在巴勒斯坦的新的一代。他们的父辈,在饱尝隔离区里惶惶不可终日的下等公民生活后,决心让新的一代远离他们曾经遭受过的恐惧。他们所承受的一切,都是为了让孩子们享有自由和健康的生活。

阿里十五岁时加入了秘密自卫军——哈加纳,十三岁的达芙娜也学会了掌握简单的武器。他们是犹太民族崭新的一代,他们肩负的,是比第二、第三批移民大潮更伟大的使命。

哈加纳的发展壮大遏制了穆夫提煽动的骚乱,但无法清除这种骚乱的根源,只有英国人可以做到。

英国调查委员会怯生生的亮相和对阿拉伯人的再次偏袒,让穆夫提变得更加咄咄逼人。

骚乱过后,阿明·侯赛尼在耶路撒冷召开了一个来自世界各地穆斯林领导人的大会,成立了一个联盟,并作为领袖,发出了拯救伊斯兰教,向英国人和犹太人宣战的声明。

传统的友好相处、犹太人对阿拉伯社会的贡献、上千年来被遗忘和抛弃的贫瘠的巴勒斯坦,只是因为在犹太人的努力下变成了伊甸园,就在穆夫提那长篇大论的激烈言辞中被歪曲了。而摧毁犹太人的家园,则变成了泛阿拉伯主义的神圣使命。

英国人是他们谴责的另一个目标,所谓的让阿拉伯人独立不过是一种欺骗,实际上却在支持犹太人反对阿拉伯人。就在这些政治家们慷慨激昂、义愤填膺的时候,英国人却一言不发。

1933年,随着阿道夫·希特勒和纳粹的上台,一场更大的灾难降临到犹太人头上。希特勒的矛头首先指向犹太人中的专家学者,他们中的聪明人立刻离开了德国,其中很多人把巴勒斯坦作为他们的庇护地。

这再一次印证了建国和犹太复国主义的重要性,诬陷犹太人的思潮在世界各地随时可能发生,赫茨尔以及每一个犹太人都认识到了这点。

从希特勒统治下逃离的犹太人,与东欧贫民区里的犹太人完全不同。他们是被德国社会同化了的犹太人,而不是虔诚的犹太复国主义者,也不是拓荒者和商人,他们是一批有学问的医生、律师、科学家和艺术家。

1933年,阿拉伯领袖们呼吁举行大罢工,抗议新的犹太人移民政策,并意图煽动新的骚乱。这种企图并未得到响应,大多数阿拉伯人与犹太人在经济上已经相互依靠,因此他们继续与犹太人有着生意上的来往;很多诸如亚德·埃尔和阿布·耶沙这样的地方,犹太人与阿拉伯人和谐地相处在一起;更重要的是,哈加纳作为一支威慑力量,遏制了1929年那样的骚乱再次重演。

英国人以对话和频繁派出调查委员会应对阿拉伯人的大罢工,在威胁面前,采取了彻底妥协的做法。就在伊休夫最需要开放移民政策的时候,他们却放弃了他们的承诺,严厉禁止新的犹太移民和土地买卖。

伊休夫中委会不得不通过哈加纳,采取了反击……成立了非法移民组织——阿利亚·伯特。

在法典官的不断施压下,英国人沿巴勒斯坦海岸线设置了封锁,并派出皇家海军阻止阿利亚·伯特的移民船。

阿明·侯赛尼的势力与日俱增,他为自己找到了强大的盟友——阿道夫·希特勒。德国人渴望在中东的利益,他们之间一拍即合。德国宣传机器终于可以利用犹太人正在巴勒斯坦"偷盗"阿拉伯人的土地,而制造出一个他们同样在偷盗德国人财富的谎言。反犹排犹和反对英国帝国主义相结合,为穆夫提谱成了一首动听的乐曲。德国人如愿了,而阿明·侯赛尼也找到了梦寐以求的控制阿拉伯世界的帮凶。

德国人的金钱出现在开罗和大马士革,他们的口号是:德国人是你们的朋友、阿拉伯的领土属于阿拉伯人民、把英国人和他们的犹太党羽赶出去等。在开罗、巴格达、叙利亚的许多高级场合,阿拉伯人与德国人握手言欢、互道友情。

暴风雨来临的前夜,伊休夫手中还剩一张王牌——哈加纳。尽管这支秘密武装与中委会没有必然联系,但它的存在和实力已经是个公开的秘密;英国人明白,而穆夫提更加清楚它的存在。

它从无到有,发展壮大为一支两万五千人的武装力量,虽然它的全职军官不多，但它几乎是一支真正的军队。它拥有一个致命、高效的谍报机构，不但与许多英国军官有公开的合作，而且可以随时收买阿拉伯间谍。每一个城市、村庄、集体农庄、合作社都有哈加纳的基层组织，通过密报，几分钟内，成千上万的男男女女就可以拿起武器，参加战斗。

秃顶、矮壮的退役战士阿维登，在英国人的鼻子底下，小心翼翼地领导着哈加纳，经过十五年的努力，建成了一支强大的军事组织。这是一支有效的威慑力量，装备有秘密电台，从事着非法移民，间谍网遍布世界各地，擅长搞武器走私。

武器是通过各种方式偷运进巴勒斯坦的，最常用的办法是在重型设备中夹带武器，仅压路机的滚筒中就能容纳上百条步枪，每一件集装箱、一部机器甚至连罐头和酒瓶都可以成为弹药的容器。英国人无论如何也阻挡不住这样的走私，除非他们核查每件物品。事实上，码头上的英国军人常常对武器走私视而不见。

全体伊休夫都是武器走私的支持者，遗憾的是他们无法运进重型装备，或足够数量的一流水平的小型武器。走私进来的步枪、手枪多是其他国家淘汰掉的过时装备，世界上没有哪个武器库像哈加纳的那样，是各式各样武器的大杂烩。所有的步枪、手枪都被重新标上了编码，加工精密的迫击炮、轻机枪、手雷是秘密制造的。在哈加纳的武器库里，甚至可以发现单发的手杖枪。

只要这些武器一进巴勒斯坦，桌椅板凳、冰柜、沙发、床便都成为藏匿武器的地方，每个犹太人家庭都至少有个夹层抽屉、衣柜、双层门或夹壁墙。

运送武器的藏匿方式一般是利用汽车的备胎、市场用的货桶或藏在驴车架子底下，但通过小孩子或藏匿在妇女的裙子下面是最保险的办法。

在组建哈加纳的过程中，集体农庄充分显示出它不仅是重建家园的主力军，也是武装力量的中流砥柱。鉴于它的集体主义性质，它成了实行军事化训练最好的地方，几十名武装战士随时可以消失在公众的人群里。这里还是藏匿大型装备和制造小型武器的最好场所，更是吸纳非法移民的庇护地。许多杰出的军事领导人，都是从集体农庄中诞生的。

对全体伊休夫来讲，哈加纳的力量来源于它的有令即行和它的权威不容置疑，阿维登和其他军事领导人谨慎地掌管着这支宗旨是自卫的军队。当1933年大罢工爆发时，阿维登警告他的部队不要试图镇压罢工，作为一支自我克制的力量，它只能以它的汗水征服巴勒斯坦。

哈加纳中有很多人对这种克制颇不以为然,其中一些激进者崇奉的是针锋相对。

阿吉瓦是这些人中的代表,他的公开身份是埃因奥尔集体农庄奶牛场的员工,实际是哈加纳负责加利利地区安全的领导人。

岁月让阿吉瓦较之哥哥巴拉克更显苍老,他终日脸色疲惫,胡须近乎灰白,鲁思和女儿的死一直折磨着他,让他耿耿于怀。

他是哈加纳中那些诉求行动的不安成分的领袖,随着局势紧张,危机升级,阿吉瓦的派别变得越来越好战,他们得到巴勒斯坦之外,从犹太复国主义运动主流中分裂出来的派系的支持。

当英国人沿着巴勒斯坦海岸线设置禁区以后,阿吉瓦的愤怒终于爆发了。他在哈加纳内部,纠集他的追随者,召开了一个会议,达成了一个足以动摇伊休夫核心团结的决议。

1934年春天,巴拉克接到阿维登从耶路撒冷发来的急电。

"大事不好,巴拉克,你弟弟阿吉瓦脱离了哈加纳,并拉出一批重要人物,准备带着好几百人另立山头。"

巴拉克在震惊过后,不由地叹了口气,"他早就这样威胁过,我还奇怪他居然能克制到今天,这是多年积压的怨恨,它源于我们父亲的被害,还有他妻儿的死让他一直耿耿于怀。"

"你要知道,"阿维登说道,"我用了很大的精力在控制孩子们的情绪,如果放松的话,他们明天就敢向英国人宣战。其实你、我、阿吉瓦的心情是一样的,但他这样做会毁了我们。我们今天在巴勒斯坦之所以能取得成功,就是因为我们能够搁置分歧,一致对外,至今为止,我们一直是在以一个声音与英国人和阿拉伯人谈判着。而现在出现了以阿吉瓦为首的那帮激进分子,如果他们采取恐怖行动,全体伊休夫都要为他们的举动承担责任。"

埃因奥尔在亚德·埃尔的北面,路程不远,巴拉克起程前去看望弟弟。像所有其他集体农庄,埃因奥尔在经过多年建设后,已经变成一座花园。作为老一辈开拓者，阿吉瓦住在一栋两个房间的小农舍里，屋里摆满了书籍、一台收音机，房间里甚至有一个卫生间。阿吉瓦热爱埃因奥尔，就像从前爱他的苏珊娜那样。在鲁思和女儿死后，巴拉克曾想让弟弟搬到亚德·埃尔和他们住在一起，但阿吉瓦离不开集体农庄，就这样伴着她们的幽灵直到现在。

巴拉克娓娓地问起了冷暖，阿吉瓦最近一直在与人争论，明白哥哥的来意，显得焦躁不安地等着与巴拉克摊牌。

"是不是伊休夫中委会的先生们请你来的？他们可真行。"

"当我听说你的所作所为后，他们就是不请，我也要来的。"

阿吉瓦踱着步子，巴拉克打量着他。还是和童年时一样，火爆脾气。"其实我只是做了伊休夫中委会想做而不能做的事情，但他们早晚要面对现实，英国人是我们的敌人。"

"我不同意，事实证明我们在英国人的统治下干得很好。"

"所以你们都很愚蠢。"

"我过去忽略了一个基本事实，只有英国人才是巴勒斯坦的合法代表。"

"等到我们的喉咙被割断的时候，"阿吉瓦嘲讽道，"中委会的先生们恐怕也只会拎着皮包去废话连篇地谈判，或在穆夫提和他的凶手们面前点头哈腰，你见过阿拉伯人谈判的样子吗？"

"我们要用合法的方式达到我们的目的。"

"只有通过斗争才能实现我们的目的。"

"那就让我们团结起来，并肩作战。像你现在这样纠集一伙亡命徒在一起，和穆夫提的做法有什么两样？你想过如果英国人离开巴勒斯坦的后果吗？不管你的感情受到多大伤害……还有我的……为建国考虑，英国还是我们最大的筹码。"

阿吉瓦挥动着手臂，不耐烦地说道，"我们是以我们的血汗……像重建家园那样重建我们的国家，但我就是反对无所事事，坐等英国人的施舍。"

"我最后再请求你，阿吉瓦……不要这样做。你会给我们的敌人以借口，指责我们，进一步散布他们的谎言。"

"啊哈！"阿吉瓦大叫起来，"这才是主题！犹太人必须循规蹈矩、小心翼翼、摇尾乞怜，左脸挨了打还要把右脸送上去。"

"住嘴！"

"我的上帝，"阿吉瓦声嘶力竭地喊着，"不管做什么，都不能反抗！你就是不想让德国人、阿拉伯人、英国人把你当个坏孩子。"

"我让你住嘴！"

"你和中委会的那些先生们真是隔离区里长大的犹太人，老实讲，哥哥，我可能错了，但我要生存，所以就让我在他妈的全世界眼里错下去吧。"

巴拉克气得浑身发抖，只好压抑着愤怒，静静地坐着，看着阿吉瓦在那里慷慨陈词。他错了吗？一个人要承受多少痛苦、不公、背叛、伤害，才会被逼到揭竿而起的地步呢？

巴拉克站起身，走向门口。

"请告诉阿维登和中委会，还有那些不足挂齿的谈判代表，阿吉瓦和马加比战士们请他们转告英国人和阿拉伯人……我们的宗旨是'以眼还眼、以牙还牙'！"

"从今以后，我们一刀两断。"巴拉克说道。

兄弟俩凝视着对方，很久很久，泪水出现在阿吉瓦的眼眶里，"一刀两断？"

巴拉克木然地呆立着。

"我们是兄弟啊，巴拉克，是你背着我来到巴勒斯坦的。"

"我一直在为此后悔。"

阿吉瓦的嘴唇颤抖着，"作为犹太人，我和你一样热爱巴勒斯坦，而你却因为我的良心而责备我……"

巴拉克转身回到屋里，"是你，还有你的马加比战士们，让我们兄弟反目成仇。童年时，你从《圣经》里引用的教诲都哪儿去了？……你最好再看看'狂热者'那个章节，是他们分裂了犹太人的团结，造成兄弟不和，结果让罗马人摧毁了耶路撒冷。你们自我标榜是马加比战士，我看你们是一群狂热者。"说完，他再次走向门口。

"请你记住，巴拉克·本-迦南，"阿吉瓦说道，"不管我们的所作所为是对或错，都无法与犹太民族的苦难相比，无论马加比战士们做了什么，与两千年来的屠杀相比，都绝不算过分。"

第十五节

亚德·埃尔变成了一个真正的伊甸园，合作社继续向沼泽深处开拓着可耕地，以便吸纳更多的移民家庭前来落户。合作社里已经拥有了几十部机械设备和一个试验站，全体社员还挖掘了一个鱼塘作为大家的共同财产。

亚德·埃尔的街道两边都是四季常青的林荫路和鲜花绿草，春天和秋天呈现出万紫千红的色彩。合作社里成立了小学和中学，宽敞的社区中心里还有游泳池、图书馆、影剧院和一个有两名全职医生的小型医院。

引进电力让定居点的生产和生活发生了翻天覆地的变化，当电灯同时照亮了埃因奥尔、卡法尔·吉拉迪、阿耶雷·哈沙哈尔的时候，整个胡拉谷地的定居点都出现了前所未有的欢庆场面。

就在同一年，亚德·埃尔的犹太人帮助阿布·耶沙引进了自来水，使它成为巴勒斯坦第一个使用自来水的阿拉伯人村落。亚德·埃尔还将他们的电力灌溉网络延伸到阿布·耶沙，示意阿拉伯人以灌溉的方式实行精耕细作。

作为感谢，当听说犹太人正在为青年阿利亚寻找土地时，卡迈尔立刻将部分山地卖给了犹太人定居协会。

阿里·本－迦南是父亲的骄傲，十七岁时，六英尺高的强壮身材使他看起来像头雄狮。除了希伯来语和英语，他还掌握了阿拉伯语、德语、法语，还有妈妈经常在得意和生气时蹦出来的依地语。

阿里非常喜欢农田耕作。

像整个伊休夫里的年轻人一样，他和达芙娜以及大多数合作社里的年轻人属于一个青年小组。他们或徒步纵横于巴勒斯坦那些古老的战场、墓地、城市之间；或登上马察达山，回顾希伯来人坚守阵地，抵御罗马人三年围攻的历史；或沿着摩西和十二部落当年走过的路横穿大沙漠。这些身穿传统蓝色T恤短裤的年轻人，总是欢歌笑语，对重建家园满怀信心。

达芙娜已经是个体型丰满、朴实、诱人的姑娘，对阿里充满爱意。很明显，她和阿里的婚事已经水到渠成,尽管他们还都年轻。他们的未来是或在亚德·埃尔开垦一片荒地,或按照传统毕业后和青年小组出去开辟一个新农庄或合作社,但因巴勒斯坦的局势变得紧张,两人之间能够相处的时间越来越少。阿里显示出他在哈加纳里的领导能力和专业技能,尽管还年轻,但阿维登认准他是巴勒斯坦最有前途的优秀战士。事实上,很多人出名都是在他们刚刚成年的时候。

阿里十七岁时,已经在亚德·埃尔、埃因奥尔以及多个集体农庄建立了防御阵线,由于工作出色,他成为哈加纳里的职业军人。

针对英国人的移民禁令而兴起非法移民大战后,阿里被安排到非法移民的登陆点去值班,他的任务是协助非法移民转移到集体农庄去,并回收这些"旅游者"的签证护照以便再次使用。

每当能休息一天两天,他会给亚德·埃尔去电话,达芙娜就会跑到特拉维夫去见他。他们在一起时,不是去享受以新来的德国音乐家为主组建的交响乐团演奏的托茨卡尼尼的交响曲,就是去青年总部参加展览会或讲座,或者闲逛在本-耶胡达大街和艾伦比大街上,欣赏着路边咖啡屋里熙熙攘攘的坐客。偶尔地,他们会沿着特拉维夫北面的海滩,漫步在无声的世界里。每一次的分离,都变得越来越依依不舍,阿里希望能有一块属于自己的土地、盖起自己的房屋后再谈婚论嫁,面对着逐渐增多的麻烦和日益繁重的工作,这种可能似乎越来越渺茫。他们相互深爱着对方,在她十七岁而他十九岁时,她把自己奉献给了他。如今,每当他们约会时,那宝贵的几个小时,都使他们彼此进一步加深了了解。

1933年德国局势紧张时开始的移民潮,在犹太人以合法、非法形式,较之历史任何时期更为成功地吸引了大批移民后,到1935年达到一个新的高潮。像第二次移民潮带来了理想和政客、第三次移民潮带来了垦荒先驱那样,德国移民的到来,在伊休夫中爆发出巨大的文化和科技能量。

关注犹太人进步的地主老爷们变得恐慌了,恐慌到第一次将不同的政治派别联合起来,结成统一战线,向英国人提出了明确的要求——立刻终止犹太移民和土地买卖。

1936年初,鉴于德国犹太人焦虑的等待,伊休夫中委会向英国政府申请了几千个签证。在暴怒的阿拉伯人的压力下,英国政府仅发出了不足一千个。

面对日益衰落的英国人，穆夫提终于开始了他控制巴勒斯坦的行动。1936年春天，他掀起了新的一轮骚乱。在犹太人要通过特拉维夫攫取整个阿拉伯世界的谎言下，骚乱始于雅法，并迅速蔓延到其他城市。如同以往的骚乱，不幸的遇难者仍然是那些住在圣城毫无防御能力的虔诚的宗教老人。骚乱爆发后，阿明·侯赛尼立刻宣布，成立了以他为首的阿拉伯最高委员会，组织指导新一轮阿拉伯大罢工，以抗议英国人的亲犹太人政策。

这一次，穆夫提是经过精心策划和准备的。当他打出阿拉伯最高委员会的旗号后，他的追随者，在雇佣打手的策应下，立刻渗透进阿拉伯社会的各个阶层，确保罢工和抵制能够顺利实施。为清除反对派的声音，系统的暗杀手段达到草菅人命的程度。表面上，他是在号召阿拉伯人反对犹太人和英国人，骨子里却是要消灭所有政治对手。

卡迈尔作为巴拉克的老朋友和阿布·耶沙的乡长，为他与伊休夫的友谊付出了惨重的代价，当他在村边的清真寺里祈祷时，侯赛尼的打手找到他，割断了他的喉咙。

他的儿子塔哈为了安全，不得不躲到亚德·埃尔，与本－迦南一家住在一起。在穆夫提的淫威下，长久持续的罢工和抵制，造成市场萎缩，致使阿拉伯人的谷物都烂在地里，而雅法港和围绕着它的商业活动几乎处于停顿。罢工使整个阿拉伯世界陷入了瘫痪，让老百姓感到困惑和无奈。面对阿拉伯人日益贫困的生活、绝望和愤怒，阿明·侯赛尼再一次利用他的讲坛，将矛头指向了犹太人。很快，阿拉伯人开始敢于攻击定居点，偷盗和抢掠犹太人的粮食。单身和没有防御能力的犹太人，成为屠杀的对象，被以最原始的方式——斩首、分尸、挖眼。

在愈演愈烈的暴行面前，阿维登仍向全体伊休夫发出保持克制的呼吁。他断言，阿拉伯人民将是最终的牺牲者，回到野蛮时代对谁都没有好处。

阿吉瓦和他的马加比军，对局势的看法完全不同。自从与哈加纳分道扬镳、被英国人宣布为非法后，被迫转入地下。由于哈加纳的宗旨是克制和防卫，而且从不反英，故英国人在一定程度上，对它的存在采取睁一只眼闭一只眼的态度。但对马加比军则不然，他们根本不愿克制，是英国人公开宣布的敌人。因此，他们不得不隐藏到特拉维夫、耶路撒冷和海法三个主要城市里去了。

阿吉瓦的追随者们试图以暴制暴，但因规模太小，和穆夫提的打手们没法相比。尽管他们遭到犹太领导层的公开指责，马加比军的行动，还是受到很多伊休夫的欢迎。

在阿明·侯赛尼扼住巴勒斯坦的咽喉后，他开始进一步实施他的阶段计划。他狂热地向所有阿拉伯国家发出呼吁，团结起来，从英帝国主义和犹太复国主义手中解放巴勒斯坦。

侯赛尼的人窜入各个阿拉伯村落，征募攻打犹太人定居点的亡命徒。多数被胁迫的农民对与犹太人作战毫无兴趣，但在穆夫提的淫威下，他们别无出路。

穆夫提在巴勒斯坦之外，终于找到了他的知音。一个叫卡伍吉的伊拉克军官，发现巴勒斯坦的混乱，让他有机会攫取穆夫提的军事权力。作为一个狂妄自大的自恋狂，他购买了无数做工精细、极尽装饰的军服，并自封为大元帅。在穆夫提榨取的巴勒斯坦阿拉伯人的血汗钱的支持下，他组建起了他的"多国"部队。在大元帅卡伍吉的领导下，这支"多国"部队从黎巴嫩涌进巴勒斯坦，拯救伟大的伊斯兰受难者——阿明·侯赛尼。

卡伍吉的战术单调，但很保险。在明确了犹太人已经从主要干线撤离后，他才派出部队占领这些地方。当汽车、其他车辆或没有战斗力的人经过时，他们就会一哄而上，抢了就跑。

由于阿拉伯人毫无防御能力，英国人无能或不愿卷入争端，犹太人的宗旨是人不犯我、我不犯人，卡伍吉和穆夫提的那帮家伙很快就将全国笼罩在恐怖之中。

面对阿拉伯人的进犯，英国人的反应显得滑稽。在几次扫荡藏匿土匪的可疑村落时，他们仅仅是为了征收罚款，有那么一两次，甚至为此摧毁了一些村落。除此之外，他们的对策就是环绕整个巴勒斯坦，修建了五十个巨大的钢筋水泥要塞，然后就龟缩在里面。每个要塞可以容纳几百到几千人，控制着周边地区，要塞的设计者叫塔伽特，施工者都是犹太人。

环绕巴勒斯坦的塔伽特防御系统，在这片古老的土地上并非首创。在"圣经"年代，犹太人就利用十二座山，将报警火光接力似的传下去；十字军时期继续使用同样的理论，在目力所及的范围内，建起一座座城寨或要塞；直至今天，所有的定居点也都是在邻里的视线范围之内。

一到夜晚,英国军队就龟缩在要塞里,一动不动,天亮后,他们的扫荡也常常无功而返。只要他们的部队一出城,消息会迅速传遍整个乡村,地里干活的阿拉伯人都是潜在的间谍,等到他们的部队到达指定目标时,对方早就无影无踪。

尽管压力空前增大,移民和新定居点建设并未停止。每个新点开工的第一天,几百名附近农庄的庄员和建设者们就会在日出时,集合到开工现场,抢在日落前,安装好发电机,搭建起瞭望塔,并在工地周边筑起围栏。天黑后,他们都回到自己的农庄,只留下少数哈加纳的战士,在围栏里保卫着这些新来的移民。

二十岁的阿里已经成为瞭望塔和防御工事的专家,他领导的那支哈加纳部队,通常会留下帮助新移民们学会如何使用武器,如何对付阿拉伯人的渗透和攻击。几乎每个新移民点都遭受过阿拉伯人的袭击,但只要哈加纳的部队一出现,新移民们就像是吃了一颗定心丸。阿里和他的人从未失守过任何一处新点,他们一般是在一个地方稳定后,再去帮助新的定居点。

新移民们从围栏周边开始,一点点开垦着他们的土地,在搭建好永久性建筑后,再逐步把村庄扩大。如果定居点是个集体农庄,第一所建筑肯定是孩子们的房子,为避免袭击,孩子们的房子总是建在防线的中心。

按照阿维登的说法,瞭望台和围栏式的农垦方式,体现的是一手拿枪、一手拿盾,让重建耶路撒冷的《圣经》故事更加完美。先知尼希米曾经说过"……我们的人要一边工作、一边战斗。"而他们正是这样,在枪手的掩护下,劳动在工厂和田间,开垦着土地,建设着家园。

阿拉伯人变得越来越胆大妄为,英国人也开始不能容忍这种恐怖行为。当感到阿明·侯赛尼和卡伍吉在要他们的时候,他们投入了战斗,粉碎了阿拉伯最高委员会,发出了对侯赛尼的通缉令。穆夫提在英国警察抓他前,逃进了巴勒斯坦穆斯林最神圣的圣石圆顶清真寺。

英国人犹豫着,担心引起整个阿拉伯地区的"圣战",不敢进清真寺抓人。一周后,侯赛尼化装成一个女人,逃到海法,从那里坐船去了黎巴嫩。

耶路撒冷的穆夫提终于离开了巴勒斯坦,每一个人都长长地松了口气,尤其是阿拉伯社会。骚乱和袭击缓和下来,英国人再次恢复了他们的调查委员会。

作为抵制，阿拉伯人派出狂热的宗教分子应对英国人的调查。虽然侯赛尼销声匿迹了，但侯赛尼的家族影响仍在。调查会上，阿拉伯人一次又一次地指责着犹太人，指责着这些与阿拉伯社会相比是少数，却承担着百分之八十五税收的伊休夫们。

就这样，在经过新一轮局势论证后，英国人建议将巴勒斯坦一分为二。阿拉伯人分到了最大最好的一份，犹太人拿到了从特拉维夫到海法一线，以及加利利地区已经重建开垦了的土地。

伊休夫中央委员会、犹太复国主义国际组织、巴勒斯坦的犹太人已经厌倦了流血纷争、不断增长的阿拉伯宗教狂热以及英国人越来越明显的背叛。按照托管条款，犹太人家园包括了约旦河两岸，但现在只剩下了九牛一毛。尽管如此，犹太人还是决定接受这个建议。

英国人向阿拉伯人指出，分配给犹太人的地区不会再容纳更多的移民，希望他们理智地接受这个建议，但阿拉伯人只想把所有犹太人都扔进大海。阿明·侯赛尼成为英国和犹太复国主义者相互勾结的受害者，在贝鲁特，作为伊斯兰世界的英雄，他又东山再起。

主持建设了英国人防御体系的塔伽特，又沿着黎巴嫩边界拉起了一道电网，以拦阻穆夫提的打手们和武器走私。在电网之间的间隔地带，则是无数纵横交错的碉堡群。

塔伽特防线中的一个据点，就修建在阿布·耶沙和亚德·埃尔附近的山头上，据说女王以斯帖就葬在那个地方，因此大家称它为以斯帖要塞。

塔伽特防线遏制了阿拉伯人的渗透，却无法彻底制止。

自我克制了许久的哈加纳终于失去了耐心，全体伊休夫也在焦虑地等待着伊休夫中委会的决定。在这种压力下，本-古里安最终同意举行一个由阿维登牵头的听证会。作为响应，犹太人定居协会在加利利的最北边，与黎巴嫩边界相邻的地方，买下一块地。按照哈加纳情报部的判断，阿拉伯人一般都是从那个地方渗透进来的。

在买下那块地后，阿里与另两个哈加纳的高层年轻人被招到特拉维夫阿维登的秘密总部。

这个秃顶的犹太自卫力量的领导人,打开地图,指向新买下的那块地,它的重要性是不言而喻的。

"我要你们三个孩子带一支部队到这个地方去创建一个集体农庄,我们精心挑选了八十个小伙子和二十个姑娘跟你们去,干什么和怎么干我就不啰嗦了。"

他们点点头。

"我们得到消息,为了把你们赶出去,穆夫提正在切断所有供应,这是我们第一次在一个有战略价值的地方创建集体农庄。"

萨拉·本-迦南感到心慌意乱,多少年来,她看着儿子不是手拿鞭子就是带着枪,但这一次,当一百个最优秀的伊休夫成员,被置于一种近乎自杀的处境时,她萌发出一种从未有过的担心。阿里亲吻着母亲,抹掉她脸上的泪水,安慰着一切都会过去的,然后无言地与父亲握握手。

达芙娜敲门进来,她也是来和两位老人道别的。

阿里和达芙娜走出亚德·埃尔农庄的大门,回过身,深情地望望这片土地和送行的朋友们。巴拉克叹了口气,抱着萨拉的肩膀,目送着两个年轻人逐渐消失在远方。

"他们对生活从无奢望,"萨拉喃喃地说道,"还要多久才能安定下来呢?"

巴拉克摇摇他高傲的头,眼睛眯成一条缝,试图再最后看清一眼他的儿子和达芙娜。

"上帝让亚伯拉罕送他的儿子去殉难,或许这就是我们伊休夫的命运,只要命运是这样安排的,阿里就不仅仅属于我们。"

一百名伊休夫中最优秀的年轻男女,向着那个与黎巴嫩交界的地方进发了,准备将自己置身于惯匪和杀人凶手的面前。二十岁的阿里,被任命为这支部队的副总指挥。

他们把那个地方取名为哈·米什玛尔,意思是前哨阵地。

第十六节

一百名哈加纳的姑娘和小伙子们，带着他们的装备，乘坐十辆卡车，沿着海岸公路，经过加利利地区最北边的一个犹太定居点——纳哈里亚，进入了犹太人从未踏足的地区。上千双阿拉伯人的眼睛在盯着这支队伍的行踪，直到他们来到塔伽特防线与黎巴嫩边界交界的山脚下。

队伍停了下来，放出岗哨，迅速卸下装备，卡车在天黑前必须返回纳哈里亚。面对山上的惯匪，山下充满敌意的阿拉伯村落，他们只能依靠自己了。

经过开挖、搭建，一个小小的围栏竖立起来，他们在里面度过了难忘的第一夜。

第二天一早，消息就从伯特利传到了贝鲁特……"犹太人进山了！"正在贝鲁特的阿明·侯赛尼闻之大怒，这是公然的挑战，他要以安拉的名义，把犹太人赶下大海。

随后几天，哈加纳的势力竭尽全力地加固着他们在山脚下的工事，以应对随时可能的冲突。到了晚上，如果没有轮上站岗值班，筋疲力尽的达芙娜和阿里便相互依偎着坠入了他们的梦乡。

第四天夜里，战斗爆发了。

这是一场史无前例的战斗，上千名阿拉伯枪手从山上发起了进攻，他们用机枪呈扇形对犹太人的围栏实行了五个小时连续不断的扫射，并第一次使用了迫击炮。阿里和他的战士们俯身在工事里，等待着阿拉伯人的进攻。

进攻开始了，阿拉伯敢死队员口中叼着匕首，若隐若现地出现在前沿阵地上。

突然——

几盏刺眼的探照灯光照亮了前沿阵地，清晰地捕捉住眼前的阿拉伯人，在犹太人第一波致命的反击火力下，六十个阿拉伯人躺在了阵地前沿。

阿拉伯人惊呆了，阿里抓住机会，带着几十名哈加纳战士冲出围栏，以猛烈的反击，让阵地前沿躺满了阿拉伯的死伤人员。那些侥幸的阿拉伯人，带着惊恐的尖叫逃回了高地。

无论穆夫提和卡伍吉如何说教，足足一周，阿拉伯人没有再敢轻举妄动。

第一次战斗，让哈加纳失去了三名小伙子和一名姑娘，总指挥在作战中牺牲了，阿里接替了他的职位。

每天，哈加纳都一点一点向山上逼去，然后构筑工事，等待夜晚过去。阿拉伯人从山上的阵地里监视着他们，却从不敢在白天向他们发起进攻。一周后，当在山腰上构筑好第二个工事时，阿里命令放弃了第一个工事。

阿拉伯人谋划着新的进攻，但第一晚的教训仍然记忆犹新，他们不再试图直接进攻，而是采用远程火力进行骚扰。

就在阿拉伯人犹豫不决的时候，阿里决定主动反击。第二周周末的一个黎明，行动开始了。在他的带领下，由二十五名小伙子和十名姑娘组成的突击队，趁着阿拉伯人在整夜的射击后疲惫困乏、失去警惕之时，突然发起进攻，将沉睡中的阿拉伯人赶下了山头。在阿拉伯人清醒过来，重新集结发起反攻前，犹太人迅速加固了他们的工事。战斗中，阿里又失去了五名战士，但守住了阵地。

战斗过后，他们很快在山顶搭建了可以鸟瞰整个地区的瞭望塔，并全力以赴地着手打造能够持久坚守的城寨。

穆夫提对此几乎暴跳如雷，在撤换了指挥官并重新组建了一支上千人的部队后，他们再次发起了进攻。但只要他们一进入阵地前沿，就被打得四处逃窜。

犹太人第一次站稳了山头阵地，阿拉伯人再也不能随心所欲了。

尽管阿拉伯人无法与犹太人近战，也无法赶走哈加纳，但他们也不能允许犹太人过得安稳。阿里的部队常常受到阿拉伯枪手的钳制，造成与其他伊休夫之间的联络不畅。离他们最近的定居点是纳哈里亚，所有物资甚至淡水都要用卡车经过满怀敌意的地区运来，然后再用人力一点一点搬运上山。

无论生活如何艰苦，哈·米什玛尔照旧牢牢地控制在犹太人手里。围栏里出现了简陋的茅舍，从山上到山下的路也开通了。阿里开始派出巡逻队去抓捕那些渗透者和武器走私者，穆夫提通向巴勒斯坦的地下通道被彻底封闭了。

百分之九十的哈加纳战士来自于集体农庄或合作社，开荒种地是他们的本分。他们不能在一个地方待久了不种点什么，因此在哈·米什玛尔，他们开始了大生产运动。这是一个集体农庄的雏形，是上帝让他们来这里开荒生产的。坡地上种田对大家来说还是第一次，特别当缺水，仅靠稀少的雨水时就更显得困难。不管怎么样，他们像征服耶兹里勒谷地的沼泽、征服沙龙谷地的贫瘠平原那样，以同样高昂的气势，迎接着新的挑战。他们向犹太人定居协会申请了资金，购买了农具，在山坡上建起了梯田。

伊休夫中委会和哈加纳对哈·米什玛尔那些顽强的年轻人取得的成功非常满意，决定挑选安排一些新的移民，加强这个有战略价值的地区的力量，平息阿拉伯人的革命。

新的一批开拓者被派到另一个麻烦不断的地方，这是些保守的宗教人士，他们将集体农庄深深地扎在了与叙利亚和泛约旦交界的贝特什恩谷地，农庄的名字叫 Tirat Tsvi，意思是拉比茨维城堡。它位于多个充满敌意的阿拉伯城镇和村落之间，这让穆夫再次试图要驱逐他们。但这支宗教力量不再是圣城里那类传统、虔诚的宗教教徒，像在哈·米什玛尔一样，阿拉伯人同样无法打败拉比茨维城堡里的犹太人。

阿里在自己的帐篷里沉睡着。

"阿里……快起来。"

他蹬掉毯子，抓起步枪，跟着大家向南面的葡萄园跑去。一群人站在那里，看到阿里过来，都变得沉默无语。他推开大家，发现地上血迹斑斑，一片蓝色的上衣散落在地上，滴滴答答的血迹通向了山间。他看看大家，没有人说话。

"达芙娜。"他不禁轻轻地叫道。

两天后，她的尸体被扔在营地边上，耳朵、鼻子、手被切除了，眼睛被挖掉了，她被蹂躏得惨不忍睹。

没有人发现阿里为此哭泣，甚至愤怒。

达芙娜被害后，他只是消失了几个小时，返回后脸色灰白、浑身颤抖。但他从未流露出悲痛、仇恨，甚至愤怒，并从此再未在任何人面前提起过她。阿里承受这个悲剧的方式，如同伊休夫承受这类悲剧的方式一样，不是以冲动去以暴抑暴，而是以更强的决心去保护这块土地。阿里是一个军人，哈·米什玛尔周边的阿拉伯村落等待着他的报复，但它却并未发生。

犹太人牢牢地钉在了哈·米什玛尔、拉比茨维城堡以及其他许多具有战略地位的定居点上，新的策略是即使不能制止穆夫提掀起的骚乱，至少要牵制和削弱他的力量。

在这种纷杂的局势下，出现了一个叫马尔科姆的英国少校。

马尔科姆少校是在穆夫提掀起骚乱时被派驻耶路撒冷情报部的，他是个孤僻的人，衣着邋遢，蔑视军队传统，对礼节不屑一顾。如果需要，他可以毫无顾忌地发表自己的看法，同时也可以几天几夜不梳不洗地为一个问题冥思苦想，直到理出头绪，以至于不管平时，还是在他最厌恶的训练时，都会突发奇想。由于常常口无遮拦，他的言辞总会让周围的人感到震惊。在同伴眼里，他就是一个与众不同的另类。

表面看起来，他身材高挑，脸庞消瘦，走起路来显得一瘸一拐，无论如何不像是一名标准的英国军人。

马尔科姆初到巴勒斯坦时，与一般英国军官一样，绝对倾向阿拉伯人，但没有多久，他就失去了对阿拉伯人的同情，变成了狂热的犹太复国主义者。

像大多数转向犹太复国主义的基督徒，他的特征较之犹太人更为强烈和突出。从一个拉比那里学会了希伯来语后，马尔科姆把他所有的业余时间用来领会《圣经》。他确信，是上帝安排犹太人作为一个国家再次崛起。他详细研究了《圣经》中的军事战役，以及约书亚、大卫，特别是他个人的崇拜偶像——吉狄恩的战略战术，激起了他要在巴勒斯坦承担这个神圣使命的责任。

他——马尔科姆是经上帝亲自挑选前来领导以色列的孩子们实现他们的高尚使命。

马尔科姆驾驶着一辆破旧的二手汽车（没有路就一瘸一拐地步行着）转遍了巴勒斯坦，为推演战术案例，考察了每一个《圣经》时代的战场。犹太人和阿拉伯人常常吃惊地看着这个怪人，一瘸一拐地走着，目中无人地放声高唱着圣歌。

英军司令部为何能容忍马尔科姆这样的人，实在让众人疑惑不解。巴勒斯坦总司令查尔斯将军把这个问题看得很简单，马尔科姆不过是个个性张扬和有叛逆性的军人，这种人哪儿都有。他嘲笑英军的《作战手册》狗屁不通，蔑视他们的战略方针，认为这支军队纯粹是在浪费金钱。在与别人争论时，他好像从没错过，总是显出一副一贯正确的样子。

一天晚上，在汽车爆胎后，马尔科姆扔掉了车，沿着公路徒步来到亚德·埃尔。当进入防御地带后，几个哨兵迎上来。他笑着挥挥手，"干得不错，小伙子们，我要见见巴拉克·本－迦南。"

马尔科姆在巴拉克家的客厅里来回走着，脸色严峻，用了足足一个小时，向巴拉克夸夸其谈地描述着犹太复国主义的光荣与梦想，希伯来的国家命运。

"我喜欢犹太军人，"马尔科姆说着，"希伯来武士是最优秀的，他是在为理想战斗，这片土地对他很真实，况且还笼罩着无数的荣誉。你们在哈加纳中的那些小伙子们，恐怕是这个世界上最有教养、能力以及理想的武装力量。"

"可你看看那些英国军人，"他继续说着，"他很顽强，又守纪律，这很不错，但除此之外，他就是个笨蛋。他酗酒，然后让他和狗睡在一起都行。本－迦南，所以我要来找你，我要接手你们的哈加纳，把它打造成一流的作战部队，我发现你们具有一块我从未见到过的好材料。"

巴拉克听完松了口气。

马尔科姆看着窗外，无数旋转着的花洒喷头正灌溉着田野，远方，塔伽特防线的以斯帖要塞山下，是若隐若现的阿布·耶沙。

"你看山上那座城堡，你们称它以斯帖，我称它是傻瓜。阿拉伯人只要绕开它，英国人永远找不到他们。"说完，他用希伯来语哼起了赞美诗，"我记住了一百二十六首赞美诗，很动听。"

"马尔科姆少校，能赐教你究竟是为何而来吗？"

"众所周知，巴拉克·本－迦南是客观公正的无党派人士，坦白讲，犹太人大多喜好夸夸其谈，但在我的犹太部队里，他们话不能多，说话的人是我。"

"你已经让我领教了说话的人是你。"巴拉克答道。

马尔科姆显得疲倦地哼了一声，继续看着窗外绿色的田野。突然，他转过身，两眼放光，显得异常激动，不由地让巴拉克想起了弟弟阿吉瓦。

"战斗！"马尔科姆大喊着，"我们必须要战斗……为犹太国家的命运战斗，本－迦南。"

"关于命运,我们之间有协议……用不着修改。"

"是这样……你们都很诚信,所以你们一直自我封闭在你们的定居点里。但我们必须走出去,惩处那些异教徒。如果一个阿拉伯人,离开他的咖啡屋,从一千码外向集体农庄开枪,他就会为自己的勇敢而自鸣得意,现在是检验这些该死的人的时候了。希伯来人,我的愿望……希伯来的战士。你立刻安排我去见阿维登,英国人都太蠢,无法理解我的做法。"

这个怪人说完了这些,就像莫名其妙地出现在亚德·埃尔那样,莫名其妙地离开了。他瘸着腿,放声高歌起《圣经》里的赞美诗,消失在农庄的大门外。巴拉克捋着胡须,无奈地摇了摇头。

稍后,他给阿维登去了电话,为防止窃听,他们用依地语进行了交谈。

"他是谁?"巴拉克问道,"简直就是弥赛亚下凡,居然在我这里大谈特谈犹太复国主义。"

"我们也听说了这个人,"阿维登答道,"坦白讲,他是个怪人,我们不知道该说些什么。"

"可以信任吗?"

"不知道。"

只要一有空,马尔科姆就会跑到犹太人中间,并公开评论英国军官都是些白痴、枯燥乏味的家伙,没有几个月,整个伊休夫就都知道他了。在英军上层,多数军官把他看成是一个无害的另类,并善意地把他称为是"我们的英国疯子"。

马尔科姆很快就向大家证明他不是个疯子,在私下会晤的聚会上,以他的雄辩,把鬼都能说活。凡是到过他家的伊休夫们,都感到像是中了魔法。

周旋了近半年后,马尔科姆终于憋不住了。一天,他也没预约,就一头撞进了本-古里安的办公室。

"本-古里安,"他厉声说道,"你这个该死的白痴,花那么多时间和你的敌人瞎扯,却不能给一个朋友哪怕五分钟时间。"

说完,他转过身,又消失了。

马尔科姆去找最高军事长官查尔斯将军,针对与阿拉伯人的冲突,请将军允许他组建一支犹太部队。查尔斯和他的多数部下一样,属于亲阿拉伯派,但穆夫提的造反让他处境尴尬,在无视哈加纳武装力量的存在下,他又训练和武装了一支自己的犹太警察部队。当一切都于事无补时,他只好让马尔科姆去试一试。

马尔科姆的破车出现在哈·米什玛尔,让哨兵带他去见阿里,高大的哈加纳指挥官看着眼前这个羸弱的英国人,一脸的诧异。

马尔科姆拍拍他的脸颊,"一看你就是个好孩子。"他夸着,"听我说,照我说的和做的去做,我将让你们成为一流的军人。现在,带我去看看你们的营地和城防。"

阿里感到大为不解,按照与英军的协议,尽管他们有权随时进出哈·米什玛尔,但这个地方是在英军的管辖范围之外,由阿里的部队负责防卫的。马尔科姆少校对阿里的疑虑和视察中明显的有所保留毫不在意:

"你的帐篷在哪儿?孩子。"

在阿里的帐篷里,马尔科姆舒展地躺到行军床上,沉思着。

"你究竟想干什么?"

"把地图给我,孩子。"他看着阿里拿出地图,坐起来,打开地图,捋着凌乱的胡子问道:"阿拉伯人的主要集结地在哪儿?"

阿里指指黎巴嫩境内十五公里处的一个小村庄。

"今晚我们就去捣毁它。"马尔科姆平静地说着。

那天晚上,八个小伙子和两个姑娘在马尔科姆的带领下,从哈·米什玛尔进入了黎巴嫩。在陡峭和弯曲的山路上,这些年轻人对这个看似脆弱的躯体内爆发出的速度和耐力以及他既不休息也不停下辨别方向的能力大吃一惊。出发前,马尔科姆少校听到有人轻蔑地议论自己,结果是只要有谁跟不上队,他就威胁要谁的命。一路上,他带着他们哼唱起赞美诗,向他们解释着他们的崇高使命。

接近目标时,马尔科姆去村里做了侦察,半小时内回到队里。

"不出我所料,他们毫无防备,现在我来分派任务。"他迅速拿出地图,示意出被怀疑是属于走私者的那三到四个小屋。"我带三个小伙子进村,近距离向他们开火,用一到两波手榴弹把他们打散。他们一定会四处逃跑,我这一组尽量把他们赶到这里，本-迦南在这里包围。记住，一定要抓两个活的，这个地方明显有他们的武器藏匿场所。"

"这个办法不好，不可取。"阿里争辩着。

"那我命令你现在就返回巴勒斯坦。"马尔科姆反驳道。

那是阿里第一次也是最后一次质疑马尔科姆的智慧，这是个自负和独断的家伙。

"年轻人，不要再质疑我的判断。"他警告道。

按照马尔科姆的安排，他带着一个四人小组摸进村子，四颗手榴弹外加步枪火力，如他的预想，立刻造成了恐慌。那些土匪在他的驱赶下，进入了阿里的包围，十分钟内，他们结束了战斗。

两个俘虏被带到了少校面前。

"你们把枪都藏哪儿了？"他用阿拉伯语问道，那个人耸耸肩。

马尔科姆一掌掴在那个人脸上，又问了一遍。这一次，那个阿拉伯人以安拉的名义表白自己的无辜。马尔科姆不动声色地掏出手枪，打碎了他的脑袋，然后转过身，对着第二个俘虏问道，"枪藏哪儿了？"

第二个阿拉伯人迅速指出了藏匿枪支的地方。

"今天晚上，你们这些犹太孩子已经学到很多有用的东西了。"马尔科姆说着，"明天早上，我会给你们再做进一步解释。记住一件事，不要用野蛮的手段获取情报，要直截了当。"

马尔科姆的奇袭，给整个巴勒斯坦的紧张局势降了温。面对这个历史性事件，所有伊休夫都感到振奋，犹太人第一次离开他们的定居点，发起了一次主动进攻，一次很多人一直期盼的进攻。

英国人一片哗然，其中多数人要求立即将马尔科姆调离。查尔斯将军有些拿不定主意，英国军队非常缺少与阿拉伯人作战的经验，马尔科姆似乎给出了答案。

事件让穆夫提的打手、侯赛尼的追随者、穆斯林的狂热分子陷入反思，他们不能再像过去那样，不顾后果而为所欲为了。

阿里跟着马尔科姆，深入黎巴嫩又搞了几次主动出击，每次都取得了极大成功。那些劫匪、打手、武器走私犯、卡伍吉的雇佣兵，在哈加纳的无情打击下，失去了以往的自信，再也不认为他们可以为所欲为而不受报复了。穆夫提为此悬赏一千英镑，要马尔科姆的脑袋。

马尔科姆带着哈·米什玛尔的哈加纳小伙子和姑娘们，成功地稳定了塔伽特防线，并把他的司令部搬到了埃因奥尔集体农庄。他从哈加纳要了一百五十个优秀的战士，阿里·本－迦南是他的最爱。在埃因奥尔，马尔科姆组建了他的突击队。

当这一百五十名从全体伊休夫中挑选出来的战士集结待命完毕，马尔科姆少校带着他们经过长途跋涉，来到吉尔博阿山，在他崇拜的偶像、伟大的希伯来士师和武士吉狄恩的墓前，打开《圣经》，用希伯来语念道：

"……是吉狄恩，与跟随他的一百名武士，在午夜时分，来到帐外，布置起新的警戒。他们吹起号角，握紧手中的梭镖。他们分成三队，有的吹奏号角，有的左手挑起灯笼，右手举起号角，为上帝与吉狄恩之剑迸发出呐喊。在他们的包围攻打下，所有的东道主尖叫着，逃之夭夭。"

马尔科姆合上《圣经》，背着手，若有所思地在队伍前面来来回回地走着，"吉狄恩很厉害，他利用了米甸人的无知和迷信，利用了他们对黑暗和噪声的恐惧，吉狄恩能做到……我们也能做到。"

阿拉伯人对突击队会在什么时间什么地点发起新的攻击惶惶不可终日，他们曾经行之有效的间谍网也不再可靠了。为迷惑阿拉伯人，他总是在同一时间向几个方向派出部队。他们或者会经过一个阿拉伯村庄，然后突然转身杀个回马枪；或者会沿着公路派出一队卡车，一个一个让人悄悄下来，躲藏在路沟里，等天一黑就集中行动。

每一次行动都好像有千军万马，把敌人吓得惊恐万状。

马尔科姆制订作战计划的前提是知己知彼、实事求是，他这样做不但提高了大家的作战意识，同时根据历史上希伯来将军们的军事案例，将如何充分利用地形地貌传授给了他的战士。

阿里·本－迦南像所有突击队员那样，成为这个英国怪人的虔诚门徒。他跟着马尔科姆参加了上百次作战和突袭，没有一次失手，就好像有股神奇的力量在伴随着他们，创造了与阿拉伯人作战的完美战果。在铁的纪律与无条件服从的基础上，他们取得了一个又一个胜利。

在突击队的沉重打击下，阿拉伯人开始恐慌、崩溃，侯赛尼匪帮的造反终于被粉碎了。惯匪们四分五裂，卡伍吉的雇佣军撤回了黎巴嫩，穆夫提在绝望中，点燃了从摩苏尔油田到海法的输油管线。

"两万英国笨蛋都守不住那条输油管线。"马尔科姆讥讽道，"还是看我们突击队的吧，我的方案很简单，哪段油管出事，那段油管附近的阿拉伯村落就要承担责任。我要让他们明白，为了自己的安全，也要保护好输油管线，绝不允许他们再庇护那些暴徒。要让他们记住会遭到报复……作为处于少数人的犹太人……必须学会报复。"

从那以后，报复成为犹太人自卫的宗旨，每一次阿拉伯人的行动，都会随即遭到迎头痛击。

阿拉伯人的骚乱逐渐平息了，但代价是惨重的。三年的动荡和流血，让整个阿拉伯社会陷入崩溃，许多重要人物被谋杀，人民生活在贫困的边缘。相反，他们没有动摇任何一个犹太定居点，却促使五十个新定居点出现在巴勒斯坦。

白厅在血腥的起义和混乱之后，全面更换了他们的托管政府。

鉴于马尔科姆少校与犹太人的关系让英国人感到棘手，他被要求必须离开巴勒斯坦。经他训练出来的犹太人形成了一支崭新军队的核心，他的出色战术被公认为是一部军事《圣经》，他以他独特的手段，让阿拉伯人坠入了一场噩梦。

当分别时刻来临，马尔科姆在埃因奥尔肃立在他的犹太战士面前，身穿蓝色集体农庄制服的突击队员们佩戴着红色荣誉勋章，许多人饱含泪水，聚精会神地注视着他。

他打开《圣经》，"……以光荣和主的名义，不要放下你神圣的宝剑。与主同行，你们将在真理、忍耐、正义的旗帜下，繁荣昌盛。"

说完，他迅速转身上了等候他的汽车，一阵辛酸。他获得了全体伊休夫对一个非犹太人的最高礼遇，被称为朋友。

突击队解散后，阿里回到亚德·埃尔，但他的心似乎留在了黎巴嫩边境上那个孤独的小山上，那里埋葬着为哈·米什玛尔献身的达芙娜和二十个哈加纳的姑娘和小伙子们。

随着局势的平静和相对安全，塔哈也离开了在亚德·埃尔庇护他的本－迦南的家,回到阿布·耶沙担任他的乡长。在这十八个月里,巴拉克和萨拉都意识到,塔哈爱上了卓姐娜,虽然她刚过十三岁。爱上一个小姑娘,在塔哈的民族里非常普遍。两个老人对此没有声张,他们希望小伙子能平静地处理好这件事情。

新的英国当局,在哈文·赫斯特将军的领导下,来到巴勒斯坦。他们一到,就开始围捕突击队员,把他们送上法庭,分别处以六个月到五年的监禁,罪名是非法持有武器。

阿里和其他一百名突击队员被关进了阿卡监狱的地牢,他们之中很多人对这种待遇感到很滑稽,便在这座古老、潮湿、阴暗、恐怖的监狱里,伴随着虱子和老鼠,从早到晚地唱着哈加纳进行曲和田园歌曲,奚落那些英国看守。

1939年春,阿里获得了自由,回到了破败凋零的亚德·埃尔。

萨拉看到儿子后,忍不住跑回自己的房间大哭起来。自从儿子出生以来,伴随他的不是皮鞭,就是战争,或者悲剧。达芙娜死了,无数同志也死了,这样的日子还要多久?萨拉发誓,再也不让他的儿子离开亚德·埃尔。

哈文·赫斯特的铁腕统治和公开的反犹情绪,彻底暴露了英国人的嘴脸……

新的调查委员会成立了,穆夫提煽动下的三年流血,被归咎于是犹太人的移民造成的。

白厅、议会以及作为首相和调解人的内维尔·张伯伦,发表了令世界震惊的声明。在第二次世界大战爆发的前夜,英国政府发布了白皮书,关闭了处于惊恐中的德国犹太人的移民大门,终止了犹太人的土地买卖。在慕尼黑曾经出卖了西班牙和捷克斯洛伐克的那个人,再一次出卖了巴勒斯坦的犹太人。

第十七节

白皮书震撼了伊休夫,让他们遭受了从未体验过的打击。在大战前夜,英国人居然封闭了德国犹太人的出路。

销声匿迹许久的马加比军,突然爆发出活力。许多犹太人在白皮书的刺激下,参加了马加比军。他们对耶路撒冷的英军军官俱乐部发动了系列炸弹袭击,并针对阿拉伯人展开了恐怖行动。在成功摧毁一个英军军火库后,他们还歼灭了几支英军巡逻队。

哈文·赫斯特将军彻底摒弃了与犹太人半合作的政策,犹太警察部队被解散,哈加纳被迫转入地下,伊休夫中央委员会的领导人和越来越多的前突击队员被送上法庭后关进了阿卡监狱。

本-古里安再次呼吁全体伊休夫像过去一样,保持克制,并公开谴责了恐怖行为。尽管如此,哈加纳中依然弥漫着与英国人公开决裂的气氛,害怕摊牌只能带来毁灭。阿维登不得不再次出面,竭尽全力地控制着他的部队。

巴拉克·本-迦南被派到伦敦,与哈伊姆·魏兹曼博士及其他犹太复国主义的谈判代表一起,试图迫使英国人撤销白皮书,但白厅的那些人为避免刺激阿拉伯人,拒绝妥协。

侯赛尼的暴徒又在蠢蠢欲动,他们罔顾侯赛尼已经被驱逐的事实,通过暗杀继续操纵着反对派势力,法典官的侄子耶玛尔·侯赛尼篡夺了阿拉伯最高委员会的领导权。

在德国,犹太人的处境陷入空前的绝望,各个犹太复国主义组织处于崩溃的边缘,就连最自得的德国犹太人都恐慌到要急于离开那个国家。

英国人不但给要来巴勒斯坦的德国犹太人,也给要离开巴勒斯坦的部分犹太人制造了巨大困难,他们意识到,任何具有哈加纳和阿利亚·伯特背景的人都可能是潜在的间谍。当阿里按照阿维登的指示离开巴勒斯坦的时候,不得不先在哈·米什玛尔越过黎巴嫩边境,徒步跋涉到贝鲁特。他的护照和签证上表明,他是最近访问巴勒斯坦的一个犹太"旅游者"。在贝鲁特,他坐上去马赛的轮船,一周后出现在柏林梅尼科斯大街十号犹太复国主义的德国总部。

他的任务是尽可能帮助更多犹太人离开德国。

他抵达柏林时,犹太复国主义的德国总部里弥漫着一片恐慌和混乱。

德国人在签证市场上玩得很"炫"——犹太人变得越是恐慌,他们为自由付出的代价就越高。很多家庭为了离开德国,耗尽了他们一生的积蓄。当签证意味着生存时，造假和偷盗变得盛行。面对生存的第一个严酷现实是世界上几乎没有哪个国家愿意接受德国的犹太人，他们轻易就关闭了大门，即使发出签证，前提条件也是犹太人不能进入他们的国家。

阿里掌握着签证的决策大权，每天都面临着威胁、贿赂、绝望的乞求。犹太复国主义者的做法是让孩子们先走，五年来，根据德国犹太孩子的数量，为他们申请了离开的签证。

和孩子们同样重要的还有知名的科学家、医生、专业人士、艺术家以及那些社会精英。

阿里和阿利亚·伯特仅仅帮助几百人去了巴勒斯坦，更多的人却被滞留在德国。

为了一次性拿到几千个签证，他决定背水一战，赌上一把，以便至少能够帮助"精英"和更多的孩子们离开德国。他暗示在法国的阿利亚·伯特，或者准备接纳这几千人，或者眼看着他们蒸发在集中营里。

阿里跑去与纳粹高官们交涉，建议大量放行犹太人出境，逻辑荒诞但确实奇特：英国人和德国人都在争取阿拉伯人的好感，去巴勒斯坦的犹太人越多，英国人就越被动。

多么自相矛盾的举动，为了反对英国人，阿利亚·伯特居然与纳粹站在了一起。在盖世太保的保护下，阿里迅速在柏林地区成立了几家培训农场。

为了签证，阿里不惜花钱、偷窃、贿赂、蒙骗；此外，他还在德国人鼻子底下，为重要人物的离开，建立了一条地下通道。这些人，主要是科学家，在他的帮助下，三三两两地逃离了德国。那个恐怖的1939年夏季，他昼夜工作着，为的是与时间赛跑。

同样，巴拉克与其他谈判代表们在伦敦，也在昼夜不停地工作着。他们与国会代表们、部长们，任何可以倾听他们意见的人交涉，但无论怎样，英国人就是不在移民政策上有任何松动。

到八月中旬，阿里接到法国阿利亚·伯特的紧急密电：立即离开德国。

阿里没有理睬这个警告，继续埋头于他与死亡的赛跑。

他接到了第二封电报，来自哈加纳的命令要求他立即离开。

为了一列车去丹麦的孩子们的签证，阿里要在七十二小时内再赌上一把。

他又接到了第三封、第四封电报。

直到孩子们搭乘的那列火车越过了丹麦边界，阿里才着手策划自己的逃离。在他离开德国四十八小时后，希特勒的纳粹军队越过了波兰边境，第二次世界大战爆发。

阿里和巴拉克结束了各自的使命，返回巴勒斯坦，在经历了极度的劳累和绝望之后，他们陷入了疲惫和痛苦之中。

战争爆发十分钟后，犹太领袖们就发出了行动宣言，本－古里安号召全体伊休夫加入英国军队，向他们共同的敌人宣战。

对哈加纳来讲，这无疑是个机会，一个通过合法手段，培训自己军队的机会。

巴勒斯坦的军事首长哈文·赫斯特将军，对战时指挥部允许巴勒斯坦犹太人加入英军的决定表示了强烈反对。"如果我们今天训练他们并赋予他们作战经验，那我们就是在践踏自己。毫无疑问，不久的将来，我们将不得不在战场上面对这些犹太人。"

战争爆发后一个星期，占整个伊休夫四分之一的十三万男男女女，在伊休夫中央委员会志愿报名参加了英国军队。

对阿拉伯世界来讲，他们中的大多数盼望着他们的"解放者"——德国人的早日到来。

英国人无法拒绝伊休夫的提议，但又不能不参考哈文·赫斯特将军的警告。战时指挥部决定采取一条折中路线，为防止犹太人掌握拥有武器装备和作战经验，接纳他们但要远离一线作战。结果，巴勒斯坦人或服务于后勤部门，或进入运输或工兵营。伊休夫中央委员会针对歧视提出了强烈抗议，要求赋予同等机会与德国人作战。

除了见解不和的马加比军，整个伊休夫呈现出异常团结。通过一连串地下管道的接触，阿维登决定屈尊与阿吉瓦举行会谈。

在耶路撒冷的乔治国王大道弗兰克尔餐厅的地下室里，两个重量级人物终于见面了。地下室里堆满了罐头和瓶装食品，一缕微弱的灯光，摇曳在昏暗的屋内。

阿维登冷冷地看着阿吉瓦在两个马加比保镖的保护下，走进了地下室，他们之间大概五年没有见过面了。

已经六十岁的阿吉瓦看起来苍老了许多，为集体农庄的付出和近几年东躲西藏的地下生活，让他变成了一个真正的老人。

马加比和哈加纳的保镖离开后，他们默默地凝视着对方。

终于，阿维登开口道，"我之所以来找你，原因很简单，希望你暂停与英国人的敌对行动，直到战争结束。"

阿吉瓦轻蔑地哼了一声，不屑地大声指责起英国人和他们的白皮书，以及伊休夫中央委员会和哈加纳的怯懦。

"阿吉瓦，冷静一点，"阿维登极力克制着，打断了他，"我非常理解你的感受，也很清楚我们之间的分歧，但不管怎样，对我们的生存来讲，德国人是比英国人更为邪恶的威胁。"

阿吉瓦转过身，背对着阿维登，站在黑影里，思考着。突然，他转过身，眼中闪烁着年轻时的那股激情，"我们正好可以利用这个机会压英国人放弃白皮书！让他们承认我们在约旦河两岸的领土权利！在他们有求于我们的时候教训教训那些该死的英国人！"

"难道可以为了领土权利就去与德国人为虎作伥吗？"

"你不认为英国人会将我们的约旦河东岸也拱手出卖吗？"

"我想目前我们只能把德国人当做敌人，别无选择。"

阿吉瓦像只紧张不安的猫，在水泥地板上来来回回地走着，眼眶里滚动着愤怒的泪水。他喃喃地对自己咕哝着，终于声音颤抖着说道，"即使英国人把我们绝望的人民封锁在我们的海岸线外……即使在他们的军队中我们的孩子们仍然受到歧视……即使他们在白皮书中出卖了我们……即使我们一边在伊休夫中委会的号召下全力投入这场战争，一边要提防虎视眈眈注视着我们的阿拉伯人……即使这一切一切，英国人仍然不是我们眼前的敌人，我们必须与他们并肩作战。很好，阿维登……马加比军将暂时宣布停火。" 尽管空气中仍旧弥漫着阿吉瓦的敌意，两位重要人物终于可以握手言和了。阿吉瓦舔舔嘴唇问道，"我哥哥现在怎么样？"

"巴拉克刚刚从伦敦谈判回来。"

"是的……谈判……那就是巴拉克。萨拉和孩子们呢?"

阿维登点着头,"你可以为阿里感到骄傲。"

"哦,是的,阿里,好孩子……这个……埃因奥尔现在怎么样?"

阿维登垂下眼帘,"埃因奥尔和苏珊娜永远是建设者们爱和血汗的结晶。"说完,他转身走向通往地下室翻板门的梯子。

"以色列的土地,将在正义的主持下获得重建。"黑暗中传出阿吉瓦的呐喊,"叛徒和无赖会受到惩罚,背弃主,即意味着背弃自己,我们又不得不回到了英国人的统治下。"

阿里变了,变得沉默寡言,没有人清楚他的变化是什么时候开始的。自从还是个孩子,他就喜欢舞刀弄枪,难道是在瞭望塔和封锁线出现的时候?或是在哈·米什玛尔的日子里?是在突击队的服役期?还是在阿卡监狱的地牢中?是作为摩萨德的特工在柏林令人心碎的经历?还是因为失去了达芙娜的痛苦?阿里默默地在亚德·埃尔按照阿维登的说法,瞭望台和围栏式的农垦方式,体现的是一手拿枪、一手拿盾,让重建耶路撒冷的《圣经》故事更加完美。先知以西结曾经说过,"……我们的人要一边工作、一边战斗。"而他们正是这样,在枪手的掩护下,劳动在工厂和田间,开垦着土地,建设着家园。生活、耕作着,终日寡言少语。

甚至当战争爆发后,阿里也无动于衷。只要一有时间,他就去阿布·耶沙的阿拉伯村落,与童年时代的好友——现在的乡长塔哈待在一起。

那是在战争爆发后的几个月,一天晚上,阿里从地里回到家,发现阿维登正等在那里。晚饭后,阿里、巴拉克、阿维登聚在客厅里,轻松地聊了起来。

"我想你应该明白我来的目的。"阿维登突然话锋一转。

"可以想象。"

"直说吧,我们感到有些孩子该动动了,英国人找了我们几次,答应给你一个官衔,要你出山。"

"我没兴趣。"

"他们非常需要你,阿里。我确信可以推荐你去阿拉伯情报部门,那是个对哈加纳极有价值的部门。"

"听起来不错,但我想,他们一定是把我当成一个乖孩子,像其他伊休夫部队的人一样,去扫垃圾。"

"你想让我向你下命令吗?"

"那就试试吧。"

一贯以严厉著称的阿维登,不得不慎重起来。在哈加纳部队里,阿里一直是个可靠、不打折扣的战士。

"很好,终于可以开诚布公谈谈了,"巴拉克插嘴道,"自从这个孩子从柏林回来,就一直郁郁寡欢的。"

"阿里……恐怕我们必须强迫你接受这个任务。"

"凭什么我要穿上英国人的军服?然后他们就以伪装他们身份的罪名再把我关进监狱。"

巴拉克摊开双手想说什么。

"好呀,父亲……我们就开诚布公谈谈。五年前,阿吉瓦叔叔就已经大胆指出了谁是我们的敌人。"

"不许你在这里提他的名字。"巴拉克生气地说道。

"是想想他的时候了,如果不是怕你伤心,我早去参加马加比军了。"

"但是阿里,"阿维登迅速插嘴道,"阿吉瓦和他的马加比军已经宣布与英国人停战了。"

阿里转身要离开房间,"我去找塔哈下棋,如果德国人打来,请通知我。"

德国人雪崩似的漫过欧洲大陆,英国人一次又一次陷入了崩溃:敦克尔克、克利特岛,连伦敦本土也遭遇到无情的轰炸。

即使伊休夫为英国的战争努力付出了一切,还是不得不咽下失去了尊严的屈辱。一连串难以置信的恐怖事件,让那些最善良的犹太人,也感到震惊。

一条名叫斯特鲁玛、五十英尺长的多瑙河上的客轮,装载着八百名惊恐的、逃离欧洲大陆的犹太人,悄悄驶进了伊斯坦布尔。面对险象环生的客轮和绝望求生的难民,伊休夫中央委员会恳切地乞求英国方面的签证。但英国人不但拒发签证,还向土耳其政府施加外交压力，将斯特鲁玛驱逐出伊斯坦布尔。土耳其警察登上斯特鲁玛后，用拖船把它拖过博斯普鲁斯海峡，在没有补充任何食物、淡水、燃料的情况下，切断拖缆，让它在黑海上随波逐流，最终沉没。七百九十九人遇难，仅一人生还。

另外两艘千疮百孔的货轮，搭载着两千名难民抵达了巴勒斯坦，英国人立即把他们转移到帕特利亚号上，准备放逐去东非的一个小岛——毛里求斯。帕特利亚号在离海法不远的巴勒斯坦海岸附近沉没，数百人遇难。

这就是英国人——死抱着白皮书，为的是迎合阿拉伯人。

战场形势对英国人依然不妙，到1941年底，不管哈文·赫斯特将军的预兆如何，由于从阿拉伯人那里得不到任何兵员，在绝望中，他们只好默许了巴勒斯坦犹太人加入了战斗部队。就在阿拉伯人坐在一边旁观的时候，五万伊休夫精英穿上了英军制服。

整个西欧沦陷后，德国舰队开始在英伦海峡集结，英格兰没有了退路，这是英国人面临荣誉的时刻。那些打败了俄国、希腊、南斯拉夫的德国人，将要与那些苍白、羸弱但很顽强的英国绅士摊牌了——他们根本没把英国人看在眼里。

就像英国人切割奥斯曼帝国那样，现在轮到德国人开始切割大英帝国了。隆美尔强大的非洲军团准备展开一系列打击，将英国人赶出中东，继而打开通向东方和印度的大门。

阿明·侯赛尼为寻找出路，从黎巴嫩跑了出来，到了英国人名义上的盟国，伊拉克的巴格达。作为伊斯兰伟大的受难者，他在巴格达受到高度拥戴，并在一帮伊拉克军官的支持下，要将伊拉克拱手送给德国人。英国人在最后一刻制止了这个阴谋，派出阿拉伯军团成功地控制了这个国家。

阿明·侯赛尼只好再次逃亡，这一次，他跑到德国，受到希特勒兄弟般的接待。两个疯子为各自利益，狼狈为奸地结合在一起。在德国的军事目标中，穆夫提找到重登阿拉伯世界宝座的机会；希特勒需要用穆夫提证明，在阿拉伯和德国之间存在着多么温柔和亲密的友谊。

阿明·侯赛尼从柏林向阿拉伯世界一遍又一遍地发出了他曾经讲过无数遍的

老生常谈。

"噢,阿拉伯人,为你们的死难者起义和报仇吧……我,巴勒斯坦的穆夫提,在此宣布,向英国人的暴政展开我们的圣战……我理解你们的仇恨……更理解穆斯林兄弟们坚信英国人和犹太人是伊斯兰世界的敌人,是在阴谋反对《可兰经》的教义……犹太人在颠覆我们神圣的伊斯兰体制……甚至为自己的一座庙要侵占我们最神圣的圣石圆顶清真寺,毫无疑问,他们会像过去一样试图亵渎它……杀死犹太人,无论何时何地,这是安拉、历史、宗教的意愿,这是在拯救你们的荣誉……安拉与你们同在……死去吧,犹太人。"

穆夫提的讲话,让阿拉伯世界竖起了耳朵。

叙利亚和黎巴嫩落入了法国维希政府之手,德国人的物资源源不断地运了进来,为侵略巴勒斯坦和埃及铺平了道路。

埃及参谋总长向德国人出卖军事情报,法鲁克国王拒绝为英国人抵抗隆美尔,保卫埃及提供一兵一卒,而在伊拉克,一个更大的阴谋正在蠢蠢欲动。

唯一公开合作的盟友,是在美元的诱惑下,提供后勤保障基地的阿布·沙德。即便如此,他也从未向正在为生存而战的英国第八军提供哪怕是一头骆驼。

整个中东,只有伊休夫,才是盟国力量真正的盟军。

在横扫利比亚后,隆美尔摆出一副攻占亚历山大港的架势,但那里早已经为欢迎"解放者"准备好了德国的万字旗。

在俄国前线,纳粹国防军挺进到斯大林格勒的大门下。

这是盟军最黑暗的时刻。

德国人的战略目标是埃及的苏伊士运河,以及大英帝国的神经中枢巴勒斯坦。突破斯大林格勒,将从另一个方向以"钳形"态势横扫高加索山脉,打开通向印度和东方的大门。

终于,英国人找到伊休夫中央委员会,要求犹太人组织一支游击队,袭扰德国占领军,掩护英国人的撤退。这支游击队被称为帕尔马赫,后来发展为哈加纳中的主力部队。

一天晚上,阿里·本-迦南在吃饭时平静地说道,"我今天去英国军队报到了。"

第二天，阿里就去了橡木屋集体农庄，与巴勒斯坦各地来的青年一起，组成了帕尔马赫的核心。

第十八节

橡木屋集体农庄坐落在耶兹里勒谷地中部的塔包尔山下，阿里的任务是在英军中负责游击队里年轻人的行动，这支部队的成员基本上是十几岁的姑娘和小伙子们，军官是像阿里这样二十几岁的"老兵"。

许多前突击队成员都加入了帕尔马赫，他们把马尔科姆少校的作战思想灌输给了新的一代。

这是一支不穿军装、没有军衔的部队，姑娘和小伙子们一律平等，接受的是《圣经》指导下的马尔科姆式的军事训练。

两个有前途和能力的小伙子，被提拔为阿里的副手。其中一位叫塞夫·吉尔博，身材魁梧，来自加利利的集体农庄；他那一脸浓密的胡子，成为后来帕尔马赫队员的特征。另一位叫大卫·本－阿米，身材瘦小，是来自耶路撒冷的青年学生。两个年轻人都还不满二十岁。

一天，哈文·赫斯特将军突然来到这支部队。他看起来五十多岁，身材高挑、消瘦、满头金发，在视察军营的过程中，他明显感到自己并不受欢迎。视察过后，哈文·赫斯特命令阿里去军营指挥部见他。

阿里进了办公室，两人僵硬地互相点点头，表情中透着对对方的戒心。

"坐吧，本－迦南中尉，"哈文·赫斯特示意着，"你的这支部队带得很不错，应该受到嘉奖。"

"谢谢，长官。"

"老实讲，我研究了你的履历……或者说是你的案底，如果你不介意我这样表达，看来你一直是个大忙人。"

"那是因为我的生存环境和不幸的出身，"阿里答道，"可我的本意只想做个农民。"

哈文·赫斯特显然对这个解释颇感不以为然。

"我今天来的主要目的，是要你接受一项特别任务。虽然你从军的前提条件是要训练出一支帕尔马赫部队，但我们认为这件事事关重大，必须变一下。"

"哈文·赫斯特将军，作为英军中的一名士兵，我将接受任何委派。"

"很好，简单讲，事情是这样的，德国人正在叙利亚集结重兵，他们可能会在这个春季入侵巴勒斯坦。"

阿里点点头。

"我们没有向法国的维希政府宣战，所以不能入侵叙利亚，但我们有足够的'自由法国军队'承担这个任务，问题是情报工作要做到天衣无缝。由于你在哈·米什玛尔的经历，了解叙利亚和黎巴嫩，又掌握阿拉伯语，所以我们让你负责这项任务。你要把那些哈·米什玛尔的人重新组织起来，建立一个前沿侦察基地，一旦入侵发生，还可以执行特别任务，你现在的身份是上尉了。"

"有个问题，长官。"

"什么？"

"许多我在哈·米什玛尔的同志都被英国人关进了监狱。"

哈文·赫斯特的脸红了一下，"我们会马上释放他们。"

"是，长官。还有一件事，长官，这里有两个出色的士兵，我希望他们能转入英国军队，然后跟我一起过去。"

"没问题，带他们一起走吧。"

阿里转身走向门口，"现在入侵叙利亚是一个绝妙的战略，长官，它将为英国第八军创造撤退到印度的条件。"

哈文·赫斯特盯着眼前的年轻人，"有些话本不该现在讲，本－迦南，但你我之间早晚要成对头。"

"我们已经是了，长官。"

阿里带着塞夫·吉尔博和大卫·本－阿米离开了橡木屋，回到那个让他充满辛酸往事的哈·米什玛尔。他集中了五十名哈加纳战士，其中部分来自于世界各地的英军部队。

小分队把哈·米什玛尔作为指挥部，矛头直指大马士革，并对随时可能的闪电入侵，保持着高度的警惕。阿里的侦察手段其实很简单，他的人大多讲一口流利的阿拉伯语，又熟悉当地的民风民俗、地形地貌。白天，他们装扮成阿拉伯人的样子，去各地收集情报，在侦察工作全面铺开以后，阿里希望能够派人直接打入大马士革和贝鲁特。这是个敏感的任务，又是孤身一人、深入虎穴，既要完成任务，还不能引起怀疑。阿里把他的想法向哈加纳做了汇报，他们给他派出一个叫约押·亚库尼的十七岁男孩。

亚库尼是个摩洛哥犹太人，出生于卡萨布兰卡，绝不会引起阿拉伯人的怀疑。他身材瘦小，一对黑亮的大眼睛，充满了智慧和幽默。

在卡萨布兰卡，他和家人生活在被称为麦拉的东非隔离区里面。这些东方和非洲的犹太人，与俄国和德国的犹太人在文化上差别很大，他们之中的大多数，是中世纪躲避西班牙宗教迫害的那些人的后代，许多人至今还沿用西班牙人的名字。

在有些阿拉伯土地上，犹太人享受到公正和平等的对待，虽然没有与穆斯林的完全平等。一千年前，当伊斯兰横扫世界的时候，犹太人曾经是最受尊重的阿拉伯民族成员，作为上流社会的一部分，他们或者是宫廷御医，或者是哲学家和艺术家。与蒙古人的战争让阿拉伯世界衰败后，犹太人的命运陷入了绝境。

犹太人沿着整个非洲海岸线分散在巴格达、开罗、大马士革、非斯、库尔德斯坦、卡萨布兰卡，以及中东的一些国家。

穆斯林从来没有像基督徒那样要把犹太人赶尽杀绝，阿拉伯人的骚乱总是保持着克制，每一次骚乱都死伤有限。

约押·亚库尼童年时就和家人逃离了卡萨布兰卡，来到环抱大海的撒马利亚，定居在一个坐落在恺撒港被称为大海桑田的集体农庄。许多非法船只都在恺撒附近登陆，当约押还只有十二岁，就在这里开始为阿利亚·伯特走私武器。

在十五岁的时候，他以一个大胆的举动，让整个伊休夫对他刮目相看。约押赶着驴车，从集体农庄来到巴格达，搞到一批珍贵的伊拉克椰枣树苗，偷运回巴勒斯坦。树苗被栽种到加利利湖边的苏珊娜集体农庄，为伊休夫开发了一个崭新的出口品种。

阿里的任务，正好可以让约押大显身手。他在三周内，跑遍了大马士革、贝鲁特、提尔等地后回到哈·米什玛尔，不但确认了英军已经掌握的情报，而且基本摸清了维希政府的军事部署。

自由法国军队悄悄集结到了巴勒斯坦的加利利地区，为先发制人做好了准备。

阿里的部队，得到一支经过精心选拔由四十名澳大利亚人组成的特种部队的加强，他们个个精通地雷、爆炸、自动武器。

这支九十人的部队平均分成了三个分队，在敌人的入侵前，每个分队按照各自不同的任务深入到黎巴嫩和叙利亚境内，在正式进攻前，控制住主要的道路和桥梁。

阿里的任务最危险，他要带着他的三十个人，沿着黎巴嫩海岸线，深入到敌人的重兵驻地附近，控制住那里的重要桥梁，为自由法国军队的进攻扫清障碍。阿里带上了约押、塞夫还有大卫，以及十六个犹太战士和十个澳大利亚特种兵。

他的部队在总攻发起前二十四小时，沿着海岸线，深入到敌后。由于对情况非常熟悉，他们轻松地越过了六座重要的桥梁。

他们在有重兵驻扎的亨丽埃德堡垒附近三英里处的一个山口，埋下了地雷，架好了机枪，等待着敌人的进攻。

一个失误，犹如任何一场大规模战役常常出现的那样发生了，而它一旦发生，再追究原因已经毫无意义。东线，从约旦进攻叙利亚的部队提前十二小时展开了行动，在向大马士革推进时，暴露了整个战役企图。

对阿里来讲，这意味着在他这一线的总攻部队到达他所在位置的山口前需要的三至四小时之外，还要再坚守十二小时。

几个小时后，被惊动了的敌人，在坦克大炮的支援下，从亨丽埃德出动了两个营的兵力，压向海岸公路，要炸毁公路桥梁。

阿里发现蜂拥而出的敌人，意识到情况有变，立刻命令大卫和塞夫回巴勒斯坦请求支援。

维希政府的部队大摇大摆地进入了山口，在交叉火力和地雷的阻击下溃不成军,他们重新集结后,开始用大炮进行反击。

经过六个小时的残酷阻击后,大卫和塞夫终于带着一个营的援军出现在阵地上。

所有的桥梁都完好无损,试图突破阿里阵地的维希政府的部队,在岿然不动的阵地前沿,留下了四百具尸体。

当援军到达时,阵地上仅剩下五个人,阿里本人也负了重伤。他的背被炮弹炸得血肉模糊,身上中了两枪,腿和鼻梁被打断了。

自由法国军队向叙利亚发起了全面总攻。

战争对阿里已经成为过去,他被送回巴勒斯坦后休养了很长时间,英国人提升他为少校,并授勋表彰他的英勇顽强。

阿里为盟军的胜利,同时为伊休夫,贡献了自己的力量。

在伊休夫敢死队的冲击下,托布鲁克和巴比迪亚落入了盟军之手,揭开了壮烈的托布鲁克保卫战的序幕。

犹太人参加了意大利、希腊、克利特岛、苏格兰低地等地方的战役,并有成千人加入了皇家空军。他们执行过地中海沿岸的死亡巡逻,在巴勒斯坦的内卫部队控制住了局势,经过沙漠战役后,他们夺取了东非的巴拉尼、索卢姆以及卡帕索要塞。

在厄立特里亚和埃塞俄比亚战役后,犹太人以他们的勇敢牺牲精神被组成了敢死队;三千名伊休夫战士加入了捷克斯洛伐克、荷兰、法国甚至波兰的自由抵抗力量;派出犹太人敢死队袭击黎波里的炼油厂,全部战死;他们还充当英国人的特种间谍,其中德国犹太人就身穿德国军服,打入了隆美尔的司令部;在摩苏尔油田,是犹太人,成功地防止了阿拉伯人一次次的破坏。

当英国人在巴尔干地区需要投放大量间谍的时候,他们训练了犹太伞兵,其中一个重要原因,是这些间谍肯定会受到当地犹太人的掩护。这些间谍基本上是有去无回,一个来自约押·亚库尼那个集体农庄名叫哈娜·塞尼斯的姑娘,一到匈牙利就被逮捕了,在纳粹的严刑拷打下,她宁死不屈,英勇就义。

伊休夫的事迹充满了荣誉,但由于英国人担心再次激起阿拉伯人的反叛,便极力掩盖"二战"中伊休夫的贡献。面对没有一个国家给予他们实质性的支持这样一个事实，英国政府也不愿意让犹太人在今后有可能利用这点，为重建家园而讨价还价。为此，白厅和议会将伊休夫在战争中的表现视为高度机密，守口如瓶。

隆美尔没能打到亚历山大港，就像他们没能攻进斯大林格勒。

随着风向逆转，形势开始有利于英国人，阿拉伯人也不再期盼他们的德国解放者了，他们向德国发出了"宣战"。宣战的目的，是为在战后的和平大会上取得一份投票权，从而遏制只能奉献他们孩子们的鲜血和生命而没有投票权的犹太复国主义者。

面对伊休夫的贡献，英国人没有废除他们的白皮书；面对阿拉伯人的背叛以及没有为胜利出过一分力，英国人没有废除他们的白皮书；甚至在惊人的六百万犹太人的死亡数字面前，英国人还是拒绝生存者移民巴勒斯坦。

哈加纳开始变得躁动不安，它已经成为一支作战经验丰富的部队。但马加比军抢先放弃了停火，发生在巴勒斯坦各地连串的恐怖爆炸事件，让英国人重新龟缩进了塔伽特要塞。已经具有数千人的马加比军，炸毁了一个又一个英军的据点。

哈文·赫斯特将军暴跳如雷，针对马加比军的行动，出其不意地将数百名马加比军的领导人驱逐到了苏丹，但阿吉瓦的复仇组织躲过了这一劫。

在哈文·赫斯特的最新命令下，被抓住的马加比成员受到了英军士兵在公开场合的鞭打。

只要马加比军成员被送上绞架，相应的英军士兵就被抓起来送上绞架，那些直言不讳的反犹军官成了马加比军的袭击目标。

作为对马加比军的报复，阿拉伯人也加入了这场野蛮、肮脏的谋杀，让圣地陷入了一片恐怖。

阿明·侯赛尼被南斯拉夫政府宣布为是战争罪犯，在南斯拉夫的穆斯林为德国军队作战的时候，他充当了穆斯林的精神领袖。他在法国被捕，但英国政府希望侯赛尼能活下来，以便需要他的时候可以接着制造麻烦。他们帮助他逃到了埃及，在那里，他像个穆斯林英雄一样受到欢迎。而在巴勒斯坦，他的侄子雅玛尔攫取了阿拉伯社会的控制权。

美国作为一支新生力量出现在中东的舞台上，开启了一个崭新的历史阶段。

此外，大多数欧洲的犹太社会已经在种族清洗中被消灭了，在美国的犹太人和他们的同情者就变成了犹太复国主义运动的领导者。

面对美国的崛起，英国人针对巴勒斯坦局势，提议组成了一个英美联合调查委员会。在对阿拉伯人和伊休夫进行了另一个漫长乏味的调查后，他们又去了欧洲的集中营，最后得出一个还算人道的结论："立刻允许十万犹太人前往巴勒斯坦。"

但英国人却始终没有行动。

除非哈加纳和帕尔马赫立刻宣布解散！太荒谬了，英国人找到了一千条拒不执行委员会建议的理由。

阿拉伯人和马加比军一样无情，整个阿拉伯世界针对英美委员会掀起了一次次暴动和抗议。

伊休夫中央委员会终于失去了耐心，他们出动帕尔马赫和哈加纳，对英军目标采取了一连串的打击。

英国人调回十几万一线部队，让全国变成了一座兵营。在大规模的围捕后，几百位著名伊休夫领导被投进了拉特鲁恩监狱。

作为报复，哈加纳在一个晚上炸毁了所有进出巴勒斯坦边境的桥梁。

阿利亚·伯特对英国人的封锁施加了更加沉重的压力。

直到英国外交部长发出歇斯底里的反犹演说，公开声明要进一步收紧移民政策。

对此，马加比军采取了行动。英军在耶路撒冷的司令部设在大卫王饭店右侧的配楼，这个饭店位于耶路撒冷新城，它的后楼和花园面对着老城的城墙。一些装扮成阿拉伯人模样的马加比军成员，将几十个巨大的、装满炸药的牛奶桶运进了饭店的地下室，放置在位于英军司令部的右侧配楼的下面。他们安装好定时装置，清理了现场，给英军发出了一个警告电话，提醒他们立即离开。但英国人把这当成了笑话，认为是马加比军在嘲弄英国人，不相信他们敢于袭击英军司令部。

几分钟后，整个巴勒斯坦都听见了巨大的爆炸声，大卫王饭店右侧的配楼变成了一片废墟。

第十九节

"出埃及号"宣布,一切就绪,随时准备起航前往巴勒斯坦。

多美酒店已经在酒店露台上安排好了欢庆光明节的晚会,阿里决定,晚会后,天亮起航。

露台上安放了三百个位子,塞浦路斯的犹太社区成员和出埃及号上的全体船员坐在主席台上。当身穿崭新服装、怀抱塞浦路斯市民和驻地军人送来的礼品的孩子们涌上露台时,露台上沸腾起来。孩子们为自己挑选了礼物,也为卡瑞勒斯拘留营里的其他孩子们挑选了礼物。面对桌上丰富的食物,他们惊喜地尖叫着,可怕的绝食终于过去了。他们曾经像成人一样承受着艰难,现在可以放松地享受一切了。露台周围,一些当地希腊人和驻地士兵好奇地看着眼前的庆祝场面。

凯伦左顾右盼地寻找着基蒂,当看到她在不远处和马克·帕克站在楼梯口时,眼睛一亮。

"到这儿来,基蒂,"凯伦叫着,"这有你的位子。"

"这是你们的节日,"基蒂答道,"我只是来看看。"

当大家都打开自己的礼物时,大卫·本-阿米在主席台上站起来,露台上立刻鸦雀无声,只有大海那有节奏的沙沙声,从酒店后面传了过来。

"今晚,是我们庆祝光明节的第一天,"大卫说道,"在这个日子里,我们为犹太·马加比和他勇敢的弟兄们,以及从朱迪亚山下来的忠实的战士们,向奴役我们人民的希腊人开战而欢庆。"

一些年轻人发出了热烈的掌声。

"犹太·马加比以他弱小的力量,向统治着世界的强大的希腊发起了挑战,靠的是他的信仰。他坚信,唯一的上帝会为他祝福。作为斗士,犹太带着他骁勇善战的勇士,一次次愚弄了希腊人,因为他们有从心底对上帝的忠诚。在马加比人的打击下,统治那个小亚细亚地区的希腊人被赶出了耶路撒冷。"

会场上响起热烈的掌声。

"犹太进入了神庙,他的勇士们扳倒了宙斯的神像,将神庙奉还给唯一的上帝——奉还给正在帮我们战胜英国人的那位上帝。"

基蒂一边听着大卫讲述着犹太民族的往事,一边观察着凯伦、杜夫·兰道、马克。突然,她感到有人站到了自己身边,定睛一看,原来是布鲁斯·萨瑟兰德旅长。

"今晚,我们将点燃第一支烛台,以后每天一支,直到点燃八支,以庆祝我们的光明节。"

在孩子们惊喜的欢呼声中,大卫点燃了第一支蜡烛。

"明天晚上,我们将在海上点燃第二支蜡烛,到后天,我们就可以在埃雷兹·以色列的土地上点燃第三支了。"

大卫戴上小圆帽,打开了《圣经》,"'他不会为你的离去而悲伤,反而会一直睁大了眼睛,关注着你的去向。'"

基蒂观察着主席台上的人,除了那个来自耶路撒冷的学者大卫·本-阿米,还有来自加利利的农民塞夫·吉尔博和那个摩洛哥犹太人约押·亚库尼。当她的目光落到阿里·本-迦南身上时,她发现他的眼神中流露着疲惫,以及终于可以喘一口气的放松。这时,大卫边放下《圣经》,边结束着他的演说。

"'各位,对于以色列,他将永远睁大了眼睛,关注着它的命运。'"

基蒂·弗莱蒙特感到一阵寒意,目光停留在阿里·本-迦南疲惫的脸上。"各位,对于以色列,他将永远睁大了眼睛,关注着它的命运。"

在陈旧的马达呻吟声中,出埃及号缓缓离开了凯里尼亚港,掉转船头,向着巴勒斯坦的方向驶去。

第二天清晨,远方海平面上露出了陆地。

"巴勒斯坦!"

"埃雷兹·以色列!"

孩子们中间爆发出阵阵兴奋的笑声、叫声、歌声、欢呼声。

当这只小小的救生船离陆地越来越近的时候,电波早就将这些让大英帝国屈服的孩子们即将到来的消息传遍了伊休夫。

在欢迎的号角和口哨的沸腾声中,出埃及号开进了海法港。兴高采烈的场面从海法蔓延到乡村、集体农庄、合作社，直到耶路撒冷伊休夫中央委员会的办公大楼，再回到海法。

两万五千名犹太人拥挤在海法的港口，欢迎这条叽叽嘎嘎的小船，巴勒斯坦交响乐团奏起了犹太人的国歌——希望。

凯伦·汉森·克莱门特抬头看着基蒂，流下了激动的泪水。

"出埃及号"回家了！

以牙还牙

第三章

……以命偿命、以眼还眼、以牙还牙、以手还手、以脚还脚、以烙还烙。

——《出埃及记》里上帝给摩西的教诲

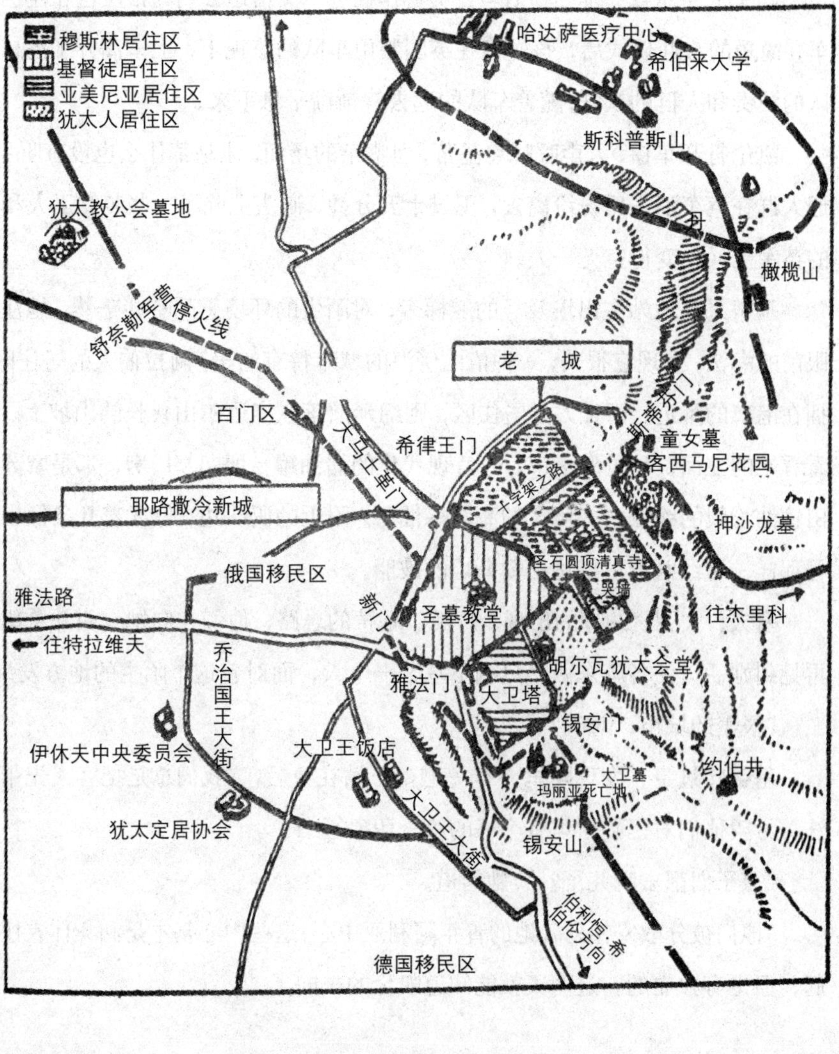

第一节

　　码头上停靠着一排巴勒斯坦公交合作社——艾格达公司的银灰色和蓝色公交车，简短的欢迎仪式后，孩子们在英国装甲车队的监视下，上车离开了港口。乐队的演奏和人群的欢呼，随着车队的远去，渐渐平息下来。

　　凯伦打开车窗，大声呼喊着基蒂，但嘈杂的场面，让基蒂什么也没有听见。欢迎人群在汽车消失后纷纷离去，不过十五分钟，码头上除了一些装卸工人和值班的英军士兵，变得空无一人。

　　基蒂呆呆地站在出埃及号的舷梯旁，对陌生的环境感到有些茫然。她注视着眼前的海法，发现它很美，一种依山傍海的城市特有的美。阿拉伯人的居住区，簇拥在港口的附近，而犹太人居住区，则绵延散落在卡迈尔山狭长的山坡上。基蒂看看她的左面，越过海法市，一片现代化的储油罐、烟囱、厂房，那是摩苏尔油田输油管线的终点——巨大的海法炼油厂。附近的码头边，停靠着几条像出埃及号那样、历经磨难后抵达巴勒斯坦的破船。

　　塞夫、大卫、约押的出现，打断了基蒂的思路，他们在向她致谢并希望能够再见到她后，便各奔东西，只剩下基蒂一个人，面对着这个陌生的地方发呆。

　　"很美的城市，对吗？"

　　基蒂转过身，发现阿里·本－迦南正站在身后，"我们总是把客人先带到海法，希望他们对巴勒斯坦有个好的第一印象。"

　　"孩子们都去哪儿了？"她问道。

　　"他们被分散安顿到各地的青年阿利亚中心，这些中心基本是和集体农庄在一起，但也有独立的，过两天就能知道凯伦的去向了。"

"非常感谢。"

"你有什么打算,基蒂?"

她自嘲地笑笑,"我还想问自己呢,在这个城市,我就像个傻瓜,本-迦南先生,此时此刻,我正奇怪是怎么来到这里的。不过没关系,弗里蒙特是个出色的护士,这个工作到哪儿都很吃香,我会安顿下来的。"

"要我帮忙吗?"

"你是个忙人,我还是自己想办法吧。"

"听我说,我想青年阿利亚应该适合你,我认识那边的人,可以在耶路撒冷为你们安排个约会。"

"谢谢你的好意,但不必勉强。"

"一点不勉强,这不过是件小事……如果你能容忍几天,我很愿意开车送你去耶路撒冷。我必须先去特拉维夫办点事,但正好……可以有时间安排你们的约会。"

"我确实不想给你添什么麻烦。"

"不会有麻烦,这也是我的心愿。"阿里说道。

基蒂心里很想早点放松下来,一个陌生的环境毕竟让人紧张,她笑了笑,接受了阿里的建议。

"很好。"阿里说道,"路上戒严了,今晚我们只能在海法住上一夜。准备好你最近几天需要的东西,装在一个包里,如果带多了,英国人会每隔五分钟就查一遍你的行李。我帮你把其他东西封存好,先寄放在海关这里。"

过了海关检查后,阿里租了辆出租车,向着卡迈尔山上的犹太人居住区开去。快到山顶时,他们停在一个小公寓的旁边。

"住在这里比较好,我的熟人太多,如果在市中心,那我们就一刻也不得安宁了。你先休息一下,我还要下山去找一辆汽车,晚饭前回来。"

那天晚上,阿里请基蒂去了卡迈尔山顶的一家餐厅,从那里可以鸟瞰整个海法的全景。绿树成荫的山坡上,漂亮的别墅和方方正正的阿拉伯式的公寓若隐若现,巨大的炼油厂此时看起来就像一个亮点,随着夜幕降临,金色的阳光一点点离开了从卡迈尔山通向海边阿拉伯人居住区的那条弯弯曲曲的公路。

阿里的热情款待，让基蒂有些受宠若惊，对海法犹太人居住区的文明程度也印象颇深，这里的现代化似乎远在雅典和萨洛尼卡之上。当面对服务生的英语接待，以及那些认识阿里的人经过他们身边时的问候，她的陌生感基本就消失了。

饭后，他们呷着白兰地，基蒂默默地欣赏着山下的景色。

"还在奇怪怎么会来到这里呢？"

"当然，太不可思议了。"

"你会发现我们是个相当文明的民族，可能的话，我很愿意表现得侠骨柔肠一点。要知道，我还一直没有好好谢过你呢。"

"不用啦，这已经让我想起一个美丽的地方了。"

"是旧金山？"

"你去过吗，阿里？"

"没有，不过所有美国人都把海法比作旧金山。"

外面漆黑一片，星星点点的灯光闪烁在卡迈尔山的山麓上。轻音乐的旋律缥缈在餐厅里，阿里为基蒂又倒上一杯，两人碰了一下。

突然，乐队停止了演奏，四周一片寂静。

转眼间，一辆卡车拉着英军士兵停在餐厅门前，他们布下警戒后，一名上尉带着六名士兵走了进来，他们不时停下脚步，要求核对身份证件。

"例行检查，"阿里小声说道，"你很快会习惯的。"

上尉的目光扫了过来，"这不是阿里·本-迦南吗？"语气中带着嘲弄，"很长时间没你的消息，听说跑到其他地方捣乱去了。"

"晚上好，警官，"阿里说道，"我忘了你叫什么了，否则会很乐意为你们做个介绍。"

上尉龇龇牙，"可我记得你，我们会盯死你，本-迦南，你在阿卡监狱的牢房还空着呢，或许这次特派员能聪明些，给你准备根绳就算了。"说完，他嘲弄着敬了个礼，转身走了。

"好呀，"基蒂说道，"多难忘的场面，这家伙真让人恶心。"

阿里靠近基蒂，在她耳边小声说道，"这是艾伦·布里奇斯上尉，是我们哈加纳最好的朋友之一，他把阿拉伯人和英国人在海法地区的一举一动都通知给我们，刚才不过是在做表面文章。"

基蒂摇摇头，听不明白。两个身份不清的犹太人，在乐队"上帝拯救国王"的合唱声中，被巡逻队带走了。

就在基蒂仍然感到迷惑的时候，一切已经恢复了平静，好像什么也没有发生，看着周围人若无其事的样子，她更是感到吃惊。

"很快你就能习惯这种紧张气氛了，"阿里盯着基蒂说道，"你会的。这里的人都情绪化，容易上火，如果有那么两天平静了，你反而觉得不正常了。千万别为遇到这些事而后悔来到这里……"

阿里的话没完，一阵巨大的爆炸声和冲击波卷进了餐厅，窗户玻璃颤抖着，桌上的盘子摔碎到了地上。几秒钟内，空中升起了一个巨大的火球，大地在接二连三的爆炸声中震撼着。

黑暗中有人喊道，"是炼油厂！""他们把炼油厂炸了！""是马加比军干的！"

阿里抓起基蒂的手，"马上离开这里，十分钟内，整个卡迈尔山谷都会爬满了英国士兵。"

咖啡厅转眼间人去楼空，基蒂跟着阿里，看到山下燃烧着熊熊大火，救火车和警车刺耳的尖叫声响彻在城市的夜空。

基蒂沉浸在突然发生的这些让人瞠目的经历中，久久不能入睡。她庆幸能有阿里帮助她，但对能否适应这里的生活，确实没有把握。此时此刻，她开始后悔自己的巴勒斯坦之行。

第二天早上，炼油厂仍然处在熊熊大火之中，浓烟笼罩在海法的上空。传言证实了袭击是马加比军制造的恐怖行动，是由阿吉瓦手下一个叫本－摩西的地区负责人一手策划的。在加入马加比军之前，他曾是希伯来大学的教授。除了炼油厂，马加比军的另一个袭击目标是英国人在巴勒斯坦的卢德机场，一架价值六百万美元的喷火式轰炸机在地面的恐怖袭击中被摧毁了。马加比军在以他们自己的方式，欢迎出埃及号的到来。

阿里搞到一辆1933年出厂的意大利菲亚特牌汽车，在正常情况下，几个小时他们就可以到达特拉维夫，由于现在情况特殊，阿里建议早一点走。他们从卡迈尔山上下来，沿着撒马利亚的海岸公路行驶着。沿途经过的集体农庄土地，郁郁葱葱，在耀眼的阳光下，与灰暗的山峦形成了巨大的反差，给基蒂留下深刻的印象。他们刚出海法不远，就遇到英国人的哨卡，按照阿里事先的忠告，基蒂一言不发地注视着他们的盘查。阿里显然对此早已习以为常，面对英国士兵对自己假赦身份的警告，毫不在意。

他们离开主路，驶向海边的恺撒废墟，在古老的沿海城墙上，享受了从公寓离开时携带的午餐。阿里指着远方的一个集体农庄——大海故乡，告诉基蒂，那里就是约押·亚库尼生活的地方，在1936—1939年的骚乱中，他把他的全部时间，都用来配合阿利亚·伯特的移民走私。基蒂通过阿里的介绍，了解到阿拉伯人是如何在罗马人和十字军的废墟上，建设起自己的城镇。尽管他们善于模仿其他民族的文明，但一千年来，在整个巴勒斯坦，他们仅为自己新建了一座城市。恺撒港里那些古罗马的雕像和宫廷石柱，被撒马利亚和沙龙地区的阿拉伯人搬回家，成了他们的家庭装饰。

午饭后，他们继续向南，驶向特拉维夫。路上车很少，偶尔碰上一辆坐着阿拉伯人或犹太人的汽车驶过，此外就是常见的驴车，夹杂着不时呼啸而过的英军警车。途经阿拉伯村落时，基蒂注意到，那里的人和土地又是一番景象。干涸及遍地石头的土地上，只有阿拉伯妇女在辛勤地劳动着；路上的妇女，身穿笨重的长袍，头顶沉重的包包罐罐，而路边咖啡屋里，男人们却无所事事，懒散地玩着他们的纸牌。当经过齐克隆·雅科夫时，山上露出了塔伽特防线那丑陋的铁丝网，来到哈代拉时，又出现了一片，从那以后，汽车就进出在一个个小镇和纵横交错的公路网上。

过了哈代拉，眼前呈现出草木茂盛、土地肥沃的沙龙平原，笔直的林荫路两边，是一排排浓密的澳洲桉树。

"仅仅二十五年前，这里还是寸草不生的不毛之地。"阿里介绍着。

到了下午，他们抵达了春天的城市——特拉维夫。

地中海边的这座城市，一片雪白，在阳光的反射下，分外耀眼，犹如一颗明珠。阿里开着车，行驶在宽敞的林荫路下，两侧都是现代化的建筑，整个城市充满了动感与活力，让基蒂不由眼前一亮。

在哈亚肯大街，他们入住了海边的盖特里蒙饭店。

午休后，商店陆续开张，他们来到艾伦比大街，基蒂换了一点当地货币，买了些日用品，好奇地闲逛起来。在毛格拉比大剧院和中心广场那边的街道两旁，挤满了各式各样的店铺，一眼望不到头，一派车水马龙、人来人往的景象。基蒂沿着一些书店逛着，并不时停下脚步，研究着那些奇怪的希伯来文。不知不觉中，他们逛出了商业中心，来到了特拉维夫的发源地、与老城雅法相邻的罗斯恰尔德大街。他们越走近这座老城，眼前的商业和建筑就越显得萧条、破旧。漫步在这条连接两个城市的大街上，基蒂感到像是走进了时空隧道。每往前走一步，周围的一切就越发显得肮脏、臭气熏天，商业门脸也越发显得矮小和破落。他们转了个圈，向着特拉维夫的方向往回走，途中经过一条狭窄的街巷，熙熙攘攘的人流，讨价还价地拥挤在犹太人和阿拉伯人的货摊旁。他们回到马路对面的艾伦比大街，回到毛格拉比广场，眼前的一切，重又变得开阔和绿荫成行。在本－耶胡达大街的街道两旁，众多的咖啡馆，以各自独特的咖啡清香，吸引着慕名而来的新老顾客。在这里，律师、政客、艺术家、商人甚至还有来自各地的恐怖主义者，按照他们各自的社交圈子，闲聊争吵着聚在一起，与那些静静下棋的退休老人，形成了鲜明的对照。

在卖报小贩希伯来语的吆喝声中，人们传阅着关于马加比军袭击卢德机场和海法炼油厂以及出埃及号到达巴勒斯坦的小报。街上来去匆匆的人流中，有来自中近东的东方人，有装扮时尚的妇女，更多的是身穿咔叽布裤子和白色开领T恤的本地男人。他们戴着大卫之星或象征希伯来符号的项链，许多人留着很有特点的大胡子。那些身穿蓝色制服、脚蹬凉鞋、粗犷朴实的人一看就是集体农庄的农民，而当地妇女则身材高挑、性格鲜明，休闲衬衣和T恤下高耸着丰满的乳峰，每个人的表情，甚至一举一动，都透着一股自豪与不容侵犯。

突然，喧闹的本－耶胡达大街变得一片安静，安静得让基蒂想起了前一天晚上在海法餐厅的经历。

一辆英国人的装甲广播车缓缓开进了本－耶胡达大街，车上的机关枪后面，趴着一言不发的英军士兵。

"犹太人注意，现在宣布宵禁，天黑以后，不许犹太人留在街上。犹太人注意，现在宣布宵禁，天黑以后，不许犹太人留在街上。"

人群中爆发出一阵掌声和笑声。

"小心点，英国佬，"有人喊道，"前面的十字路口有地雷。"

广播车过去后，眼前的一切又恢复了正常。

"还是回酒店吧。"基蒂说道。

"我说过你会很快习惯的，用不了一个月，你的生活还离不开它了呢。"

"绝不可能，阿里。"

他们拎着基蒂采购的大包小包回到酒店，在安静的酒吧享用了鸡尾酒后，又在面向大海的露台上共进了晚餐。沿着绵延的海岸线，特拉维夫新城与那座世界最古老的港口城市——雅法，交织在一起。

"难忘的一天，真的要谢谢你，就是英国人的巡逻队和哨卡太让人扫兴。"

"请原谅，饭后我要出去一下。"阿里说道。

"不是在宵禁吗？"

"那是对犹太人的。"阿里答道。

阿里与基蒂分手后，开车从特拉维夫来到卫星城拉马特甘。这里没有高楼大厦，但大大小小、一家一栋的房子，星星点点地散落在草坪、花园、绿荫之中。阿里停好车，因担心被跟踪，下车后又步行转了半个多小时。

然后，他来到蒙特弗里路22号，按响了Y.塔米尔博士家的门铃。这是一座很大的房子，塔米尔博士打开门，热情地握着他的手，带着他来到了地下室。

这里是哈加纳的总部。

地下室里堆满了武器弹药，还有一个小型印刷厂，阿拉伯语的传单上，表明了犹太人对和平与挑衅的立场。地下室的角落里，一个姑娘正在用阿拉伯语，将传单上的立场录制成磁带，准备通过秘密电台——以色列之声公开发表。除此之外，这个地下总部，还是制造手榴弹和组装轻机枪的军火工厂。

当塔米尔博士带着阿里出现在地下室的时候，所有人都停下手里的工作，围了上来，一些人对出埃及号的到来表示祝贺，更多的人则关切地问东问西。

"等一下，等一下。"塔米尔博士劝阻道。

"我要先去阿维登那里汇报。"阿里解释道。

他从装满枪械的箱子中穿过，来到一个隐蔽的房间，敲敲门。

"哪位？"

阿里推门进去，站在这个掌握着地下武装、秃顶结实的农民面前。阿维登从那张摇摇欲坠的破旧的文件桌上抬起头，脸上绽放出笑容。"你好啊，阿里。"他一下站起来，伸出双臂，走过来抱住了阿里，把他拉到椅子上坐下，关好门，用力拍拍阿里的肩膀。"真高兴见到你，阿里。这次任务完成的太出色了，小伙子们怎么样？"

"我放他们回家了。"

"很好，应该休息几天，你也休息两天吧。"

二十多年来，他自己从不休息，现在的态度让阿里有些诧异。

"和你一起来的那个姑娘是谁？"

"一个阿拉伯间谍，还是别那么敏感吧。"

"是朋友吗？"

"谈不上，也不是同路人。"

"真让人惭愧，我们居然利用了一个善良的美国基督徒。"

"事情并非那样，她只是个从未接触过犹太人的单纯女人，明天我要送她去耶路撒冷见哈里特·舒茨曼，看看能否安排她在青年阿利亚找个合适的工作。"

"有什么个人隐私吗？"

"我的天，没有，还是把你的好奇心转到别处吧。"

屋里很闷热，阿维登拿出条大毛巾，擦掉脑门上的汗水。

"马加比军昨天以他们的方式袭击了炼油厂，听说大火要烧一个星期。"

阿维登摇摇头，"昨天的行动是不错，但谁知道明天会怎么样呢？他们的每次行动都让人担心，全体伊休夫随时可能为他们的野蛮和鲁莽付出代价，我们哈加纳就总要替他们擦屁股。明天，哈文·赫斯特将军和总督要到伊休夫中委会来，他们一定又要拍桌子瞪眼地要求本-古里安让我们哈加纳去捉拿他们归案。老实讲，有时候我真很头疼，眼下英国人还没有迁怒于我们哈加纳，但如果马加比军的恐怖行动再升级的话……为了搞到恐怖资金，他们甚至都抢过银行。"

"准确说，是英国人的银行。"阿里点燃一支烟，站了起来，在小小的办公室里来回踱着,"或许我们也应该搞些漂亮的袭击行动。"

"不行……我们不能拿哈加纳来冒险,我们的使命是要对所有的犹太人负责,非法移民……这才是我们当前最大的任务,炸掉十个海法炼油厂也比不上一个'出埃及号'这样的行动。"

"但我们早晚要置身其中,不是揭竿而起,就是自我毁灭。"

阿维登从抽屉里拿出一摞文件,推到阿里面前,阿里一张张翻看着:第六空降师作战命令。

他抬头问道,"他们派来了三个空降旅?"

"往下看。"

国王轻骑兵皇家装甲团、第53伍斯特团、249航空保障团、龙骑兵团、皇家骑兵团、女王卫队、东萨利郡团、米德尔塞克斯团、戈登高地团、阿尔斯特来复枪团、赫特福德团……这是一份驻巴勒斯坦的英军编制清单,阿里把文件扔到桌上,"这是要和谁打仗,俄国人吗?"

"你要知道,阿里,我在这里每天都会遇到帕尔马赫那些少壮派年轻人的挑战。为什么不能搞袭击?为什么不能公开去战斗?你认为我好受吗?但是阿里……与驻扎在这里的十万英国军队相比,我们的作战力量不过才百分之二十,还不能算上他们那个泛约旦阿拉伯军团。当然啦,马加比军的四面出击成为众人瞩目的焦点,让我们受到指责。"阿维登说到这里一拳砸在桌上,"上帝啊,我是在尝试组建一支完整的军队,但我们手里甚至连一万支步枪都没有,如果哈加纳完蛋了,那我们整个就都完了。"

"你要知道,阿里……马加比军可以去炫耀他们的机动灵活,而我们却不得不陷于进退两难。不但不能摊牌,还不能让哈文·赫斯特不满,一个英国大兵可以顶我们五个犹太人哪。"

阿里又拿起那份清单,仔细研究着,一言不发。

"英军的扫荡、封锁、隔离、打击,让形势越来越严峻,阿拉伯人正利用这个机会积聚他们的力量。"

阿里点点头,"我下一步的工作是什么呢?"

"暂时没有什么要求,先回家看看,休息两天,然后去埃因奥尔集体农庄那边的帕尔马赫报到，我想让你去评估一下我们在加利利地区各个定居点的实力，为权衡得失取舍准备决策依据。"

"你这番话真让我吃惊，阿维登。"

"形势所迫，阿拉伯人已经拒绝在伦敦继续谈判下去了。"

阿里转身向门口走去。

"问巴拉克和萨拉好，告诉卓姐娜，大卫·本－阿米回家后她要表现好一点，我正考虑让他和一些小伙子们去埃因奥尔。"

"明天我去耶路撒冷，"阿里说道，"有什么事要办吗？"

"当然，组建一支万人部队并把他们武装起来。"

"再见，阿维登。"

"再见，阿里，真高兴你能回来。"

返回特拉维夫的路上，阿里感到有些郁闷。还是在塞浦路斯他就告诫过年轻的大卫，尽管哈加纳、帕尔马赫、阿利亚·伯特一直在呕心沥血、卧薪尝胆，但成功的同时，也伴随着挫折。一个职业活动家在工作时必须摒弃个人情感，他自己就是一部机器，高效、果敢，有时成功，有时失败。

残酷的现实，偶尔也会让阿里感到沮丧。

出埃及号、海法炼油厂，这边的爆炸、那边的暗杀，有人死于五十条步枪的走私、又有人因为走私偷渡者而被绞死，在巨人般的对手面前，他感到自己太渺小了。此时此刻，他真希望能像大卫那样，相信神的力量，但阿里毕竟是个现实主义者。

基蒂·弗里蒙特在大堂酒吧里等着阿里回来，他的彬彬有礼和热情招待，让她有必要当面表示一下谢意，或临睡前再喝上两杯。她看到他进了大堂，走向前台去取他的钥匙。

"阿里。"她喊了一声。

他脸色凝重，让她想起第一次在塞浦路斯看见他的样子，甚至当向他摇手示意时，都没有引起他的注意，尽管他直面注视着自己，但还是沉思着走上楼，回到他的房间去了。

第二节

两辆客车，载着五十名来自出埃及号的孩子，经过传说中的哈措尔遗址，驶入了胡拉谷地。从海法到加利利，一路上，孩子们兴高采烈地看着窗外，对眼前期盼已久的土地指指点点，挥着双手。

"杜夫！太美了！"凯伦由衷地赞叹着。

杜夫的不以为然，在凯伦眼里，不过是他故作深沉的表现。

他们继续深入到胡拉谷地的亚德·埃尔——阿里·本-迦南的家乡，从这里转上一条支路，沿着山峦，驶向黎巴嫩方向的边界。当看到指向达芙娜花园的路标时，除了杜夫·兰道一个人阴沉着脸外，孩子们都显得非常激动。客车沿着崎岖的山路行驶着，很快，胡拉谷地的全景呈现在每个人眼前，广袤葱绿的田野上，坐落着一个个集体农庄和合作社，方方正正的鱼塘，镶嵌在胡拉湖的周边，构成了一幅独特的湿地画面。

汽车经过半山腰上的阿布·耶沙，放慢了速度，在这里，孩子们没有感受到在经过其他阿拉伯村落时遇到的那股敌意，沿途的人们向他们友好地打着招呼。

穿过阿布·耶沙后，汽车爬上两千英尺高的山峰，驶入了青年阿利亚农场——达芙娜花园，然后停在村子中央一片 50×100 码的草坪边上。整个村庄坐落在一片很大的高地上，围绕着中心花园周边的行政区是这里的核心，村庄呈放射状伸向四方，放眼望去，到处是花草树木和绿色的植被。当出埃及号孩子们下车时，乐队奏起了欢迎他们的进行曲。

绿地中央，仿真的达芙娜铜像，手握步枪，注视着山下的胡拉谷地，就像在哈·米什玛尔被阿拉伯人杀害时那样。

农庄的创立者，身材矮小、略微驼背的利伯曼博士，正站在达芙娜铜像下，叼着巨大的烟斗，对这些新来的年轻人表示欢迎。根据他简短的介绍，孩子们了解到，他于1934年从德国来到巴勒斯坦，当已故的卡迈尔——阿布·耶沙的乡长慷慨地将这片土地赠送给青年阿利亚后，他于1940年来到这里，创建了达芙娜花园。欢迎仪式后，利伯曼博士来到孩子们中间，用不同的语言对每个孩子表示了欢迎。

凯伦看着他，感到就像自己小时候在科隆见到过的那些教授……只是时间太久，很难一下说得清自己的感受。

农庄为每个新来的孩子安排了一个伙伴。

"是凯伦·克莱门特吗？"

"是我。"

"我叫约娜，你的新室友。"一个比凯伦大一点的埃及犹太姑娘边说着，边拉起她的手，"跟我来，去看看你的房间，你会喜欢的。"

凯伦向杜夫喊了声一会见，就跟着约娜，穿过办公区和教室，来到一片路边种满了灌木的宿舍区。"我们是高年级，"约娜介绍着，"所以有自己的宿舍。"

凯伦在宿舍前站了一会，有些难以置信。她慢慢走进房间，看着眼前的一张床、一张书桌、一个衣柜、一把椅子，简单的陈设，但她感到这是从未见过的最好的房间。

傍晚前，凯伦安置好自己的一切，晚饭后，露天剧场还有欢迎他们的演出。凯伦和杜夫相聚在达芙娜雕像旁的草坪上，多少个日夜后，她又从心底萌发出一股跳舞的欲望。沉浸在崭新气息里的村庄，就像是一座天堂，让凯伦幸福得发抖。她傍依在杜夫的身边，眼前展现出山坳中阿布·耶沙那簇簇白色的房屋，山顶上那与黎巴嫩交界的以斯帖要塞，山谷里和亚德艾尔合作社相邻的农田，以及沿着一座座山峰那边的胡拉谷地的另一端，特鲁波莱多为之长眠的地方——特拉哈。越过山谷，就是与叙利亚接壤的赫尔蒙山。

凯伦——一身宽松的橄榄色裤子，高领衬衣，脚上一双浅口胶鞋，激动地对杜夫说道，"这是令人难忘的一天，我喜欢约娜，她告诉我，利伯曼博士是个和蔼可亲的人。"

她高兴地在草地上打着滚，感叹地仰望着湛蓝的天空。看到杜夫一直默默无语，她坐起来，拉起他的手，让他坐到自己身边。

"别这样。"杜夫嘟囔着。

她坚持着，直到他坐下。当她紧握着他的手，把头靠向他的肩膀时，他变得有些紧张。"开心点，杜夫……求求你了。"

他耸耸肩，推开了她。

"求求你，开心点。"

"有谁在乎？"

"我，"凯伦说道，"我在乎。"

"你还是关心关心自己吧。"

"我当然关心自己，"她抓着他的肩膀，跪在他的面前，"看到你的房间和床了吗？有多久没有过这样的生活环境了？"

杜夫面对她的亲近，有些不好意思，只好垂下了眼帘。"想想吧，杜夫，再不会有什么拘留营……不会有拉·塞俄塔，不会有卡瑞勒斯，不会有非法偷渡，我们回家了，杜夫，简直像梦一样。"

杜夫慢慢站起来，转过身，"你喜欢这个地方，但我不喜欢。"

"求求你，忘了你的计划吧。"她央求着。

乐队的演奏开始了，"我们去剧场吧。"凯伦说道。

基蒂和阿里一离开特拉维夫，驱车驶过撒拉凡德那巨大的英军兵营，就再次感受到巴勒斯坦的紧张。在前往耶路撒冷的路上，当经过阿拉伯人的城市拉姆拉时，他们感受到了阿拉伯人愤怒的眼神。阿里似乎忘却了周围的一切，一路几乎无话。

穿过拉姆拉，汽车拐上了通天路——通往朱迪亚山的一条弯弯曲曲的山路。山路两边的沟壑里，犹太人栽种的树苗在微风中摇曳着，古老的梯田，在裸露着的黄土地上，像是饿狗身上的一排排肋骨。这片曾经养育了成千上万人的土地和梯田，已经被彻底荒弃。一座座山冈上，聚居着一簇簇白色的阿拉伯人的村落。

就在这里，在通天路上，基蒂开始对耶路撒冷的神奇充满了遐想。据说任何途经朱迪亚山的人都无法抗拒大卫之城的诱惑，一股油然而生的冲动，让基蒂也产生出强烈的期盼。尽管她的宗教背景，来源于美国中西部的新教——真挚但不狂热，这种期盼却随着汽车逐渐接近山顶，变得越来越强烈。这是她第一次，带着《圣经》，在这片寂静奇特的山峦中，感悟着圣地中的神奇。

远方地平线上，出现了耶路撒冷那模糊的轮廓，基蒂·弗里蒙特不禁从心底感到一阵激动。

他们从犹太人承建的新城驶进耶路撒冷,沿着雅法路,经过无数商店,穿过主要的商业中心,来到老城墙下。在雅法门,阿里拐了个弯,沿着城墙边的大卫王大街行驶着,很快,就抵达了大卫王饭店。

基蒂一下车,便对眼前这个右配楼不翼而飞的饭店大吃一惊。

"这里曾经驻扎着英军总部,"阿里介绍着,"是马加比军改变了它的模样。"

饭店建筑采用的是耶路撒冷石料,规模宏大,欧式气派,大堂风格据说是大卫王宫廷的翻版。

基蒂安顿好,下来准备吃午饭。餐厅位于饭店背面的平台上,她边等着阿里,边观察着眼前伸向老城城墙的幢幢屋脊,庭院似的平台,面对着大卫城堡,身后的一支四人乐队,正演奏着舒缓的乐曲。

阿里刚走出饭店,来到平台,就被眼前基蒂的变化惊呆了。她看起来真美,完全不同于以往,在晚礼服、宽边帽子、雪白手套的衬托下,俨然一个窈窕淑女,自己的样子倒显得有些相形见绌了。她属于另一个世界,属于罗马、巴黎、柏林那个让阿里有些陌生的上流社会的世界,与他熟悉的达芙娜截然不同,但很美,确实很美。

他坐下来,"我已经和哈里特·舒茨曼约好,午饭后就过去。"

"谢谢,耶路撒冷真让人激动。"

"它的神奇魅力,让每个第一次来访的人都会激动,就说大卫·本-阿米吧……至今对耶路撒冷还是情有独钟。对了,明天是安息日,他会过来陪你,带你去老城看看。"

"他还能记着我,太谢谢了。"

阿里突然感到,她看起来比刚才远远看着的时候还要美,便转过头,寻找着服务生,在点菜后,目光呆呆地凝视着远方。基蒂敏感地意识到,自己的存在,好像成了阿里的负担,他似乎正在急于完成他的使命,以便早一点解脱,两个人一下陷入了沉默。

终于,她边摆弄着沙拉,边问道,"我给你添麻烦了吗?"

"没有,当然没有。"

"自从昨天晚上你赴约回来,就一直显得心不在焉。"

"对不起,基蒂,"他垂着眼帘说道,"我今天的表现恐怕很糟糕,没有陪好你。"

"出了什么事吗?"

"出了很多事,但与你我、或者我的表现没有关系,还是让我先介绍一下哈里特·舒茨曼吧。她是个美国人,八十多岁了,如果我们要在伊休夫里评选圣徒,那她肯定是第一个,看到老城那边的那座山了吗?"

"是那座吗?"

"它叫斯科普斯山,山上那些建筑构成了中东最现代的医疗中心,所有的资金,是在第一次世界大战后,由哈里特发起的美国犹太复国主义妇女团体提供的,巴勒斯坦的大多数医院和医疗中心都来自于她的哈达萨组织。"

"听起来她像是位修女。"

"是的,希特勒大权在握时,哈里特发起成立了青年阿利亚,救助了几千青少年,他们在巴勒斯坦各地都成立了青年中心,你会喜欢她的。"

"干吗对我说这些?"

"是这样,每个生活在巴勒斯坦的犹太人,即使离开,还是会深深地怀念这里,我想对美国人也是一样。哈里特虽然在这里生活了多年,但依然是个美国人。"

乐队停止了演奏。

耶路撒冷变得一片寂静,从老城清真寺中传出穆斯林祷告召集人微弱的呼喊,然后又是一片寂静,一种基蒂从未体验过的寂静。

突然,基督教青年会的教堂编钟奏响了赞美诗,钟声潮水似的漫向远方的高山和峡谷,然后又是一片寂静,一片让人怯于亵渎的寂静,一片让生命和时间陷于停顿的寂静。

"这种感觉太不可思议了!"基蒂忍不住叹道。

"近来这种和谐越来越难得了,"阿里说道,"我担心在这表面的平静下正孕育着风暴。"

一个褐色皮肤的人出现在平台门口,阿里认出他是马加比军的联络员巴尔·以色列,他向阿里点了点头,便迅速消失了。

"请原谅,我一会就回来。"阿里说着,离开了餐厅,来到大堂烟酒柜台,买了包烟，顺手拿起一份杂志翻看着，等待着巴尔·以色列靠了过来。

"你叔叔阿吉瓦到了耶路撒冷，"巴尔·以色列小声说道，"他要见见你。"

"我必须先去犹太人定居协会办点事，然后我来找你。"

"那我们在俄国区见。"说完，他便匆匆离开了大堂。

乔治国王大街是位于新城的一条开阔的林荫大道，道路两边，矗立着办公大楼、学校以及教堂。犹太人定居协会坐落在大街的拐角，是一座很大的四层楼建筑，一条长长的车道通向大楼的入口。

"你好啊，阿里。"哈里特·舒茨曼说着，从办公桌后面高兴地快速走向阿里，一点不像一个上了年纪的老人。她踮起脚尖，双手抱住阿里的脖子，亲吻着他的脸颊。"我的天，你在塞浦路斯的表现太出色了，真是个能干的孩子。"

基蒂静静地站在门口，注视着他们，直到老人转过身。

"这就是凯瑟琳·弗里蒙特吧，我的孩子，你真可爱。"

"谢谢你，舒茨曼太太。"

"别叫我舒茨曼太太，只有英国人和阿拉伯人才那样叫我，它让我感觉自己很老了。坐下，快坐下，要茶，或者是要咖啡吗？"

"茶就很好。"

"你看，阿里……美国姑娘就是这个样子。"哈里特一边指着基蒂，称赞着她的美貌，一边眨着眼睛，一副顽皮的神态。

"我不相信所有的美国姑娘都像基蒂一样漂亮……"

"你们两个不要再说了，太让我难为情了。"

"现在是你们姑娘之间的交谈，我还有些事要去处理，就先走了。基蒂，如果我回不来，你不会介意自己打车回饭店吧？"

"走你的吧，"老人插嘴道，"我要请基蒂去我那里吃晚饭，谁会需要你呀？"

阿里笑着离开了。

"他是个好孩子，"哈里特·舒茨曼说道，"我们还有很多这样的好孩子，他们工作努力，年轻轻的就送了命。"她点上支烟，递给基蒂一支，"你的家乡是哪儿？"

"印第安纳州。"

"我是旧金山。"

"那是个很美的城市，"基蒂说道，"我和丈夫一起去过，一直很想再去看看。"

"我也是，"老人说道，"一年一年的好像越来越想回去。十五年来，我总是发誓要回去看看，但这边的工作似乎没完没了。随着那些可怜的孩子们一批批过来，我也越来越想家，可能是真的老了。"

"不会吧。"

"作为一个犹太人，能为一个犹太国家的复苏而尽力，实在很令人欣慰。但作为一个美国人也确实让人庆幸，年轻人，千万要珍惜这点。自从'出埃及号'事件一发生，我就一直想见见你，凯瑟琳·弗里蒙特，老实讲，你让我非常吃惊，我可不是个轻易动情的人。"

"我想是他们在报道中过分渲染了我的角色。"

哈里特·舒茨曼友好的亲和力背后凸显出她的精明，基蒂在无拘无束的交谈中感到，这个老人正在内心深处观察着自己。她们边品着茶，边围绕着关于美国的话题聊着，老人变得有些怀旧，"明年我要找个理由回去，就算是募集基金吧，我们总会有些这样的活动。你知道吗，美国犹太人给我们的资金支持远远超过美国人民支持红十字会的，所以我可以斗胆给你找些麻烦，你愿意为我们做些事吗？"

"很抱歉，我没有带上我的资质证书。"

"用不着，我们非常清楚你的情况。"

"是吗？"

"你的情况已经入了我们的档案。"

"这可让我不知道是该高兴还是不快。"

"不要不快，我们必须了解每个人。你将会明白，我们这里只是个很小的社会，发生任何一点小事，都会立刻变得家喻户晓。事实上，我是在今天下午你们来之前才调出文档了解你的情况，我还在考虑你为什么要来找我们。"

"我是个护士，而你们需要护士。"

哈里特·舒茨曼摇摇头，"这不是理由，一定有其他原因，你是为阿里·本-迦南才来巴勒斯坦的吗？"

"怎么可能……当然我很喜欢他。"

"所有女人都喜欢他，但偏偏只有你能让他也喜欢你。"

"不会吧，哈里特。"

"不管怎么说，我很高兴，凯瑟琳。亚德·埃尔与印第安纳相隔千山万水，他这个萨伯拉恐怕只能找到另一个萨伯拉才能相互理解。"

"萨伯拉？"

"就是土生土长的以色列人，萨伯拉原本是一种在巴勒斯坦到处都有的野生仙人掌的果实，外壳坚硬……但果仁非常甜嫩。"

"这个比喻太有意思了。"

"阿里和其他萨伯拉对美国没有概念，就像你对他们没有概念一样。"

"坦白讲，当一个异教徒来到我们中间，他一定是作为朋友而来的。你既不是朋友，也不是我们中间的一员，你只是一个漂亮的、对犹太人一无所知的美国姑娘，现在告诉我，你为什么要来这里。"

"很简单，我非常喜欢乘出埃及号过来的一个小姑娘。我们在卡瑞勒斯相识，我担心她和她的父亲已经无法团聚，如果她不能找到她的父亲，我想收养她，然后带她回美国。"

"我明白了，这还差不多，那我们就转入正题。在北加利利，我们有个青年集体农庄需要一名护士长，那个地方很美，主管是我们最亲密的一个老朋友——欧内斯特·利伯曼博士。村庄的名字叫达芙娜花园，目前有四百个孩子，其中多数是集中营出生和长大的，他们非常需要帮助。希望你能接受这个职位，报酬和条件都相当不错。"

"我……我……想知道……"

"凯伦·汉森？"

"你怎么知道？"

"我告诉过你这个世界很小，凯伦就在达芙娜花园。"

"非常感谢。"

"要谢就谢阿里吧，是他安排的这一切，他会带你过去，那里离他的家很近。"

老人喝干了茶，站了起来，"要我最后再给你一点忠告吗？"

"当然。"

"我从1933年起就和孤儿们打交道,但巴勒斯坦的这些孤儿恐怕很难让人理解。一旦他们获得了自由……一旦他们被灌输了爱国主义思想,他们就很难离开这片土地,他们中的多数人将不会离开巴勒斯坦,他们的奉献精神将令人难以想象。美国人在很多问题上都有些想当然,这里的人每天一睁眼就生活在紧张和疑虑之中,不知道他们为之奋斗的一切是否在转眼间便荡然无存,因此他们把国家视为他们的生命,视为他们生存的基点。"

"你是在告诫我没有可能说服那个姑娘跟我走吗?"

"我是在让你明白你的可能性究竟有多少。"

敲门声打断了她们的谈话。

"进来。"

大卫·本-阿米走了进来,"你好,哈里特,你好,基蒂。阿里告诉我在这里可以找到你,打搅你们了吗?"

"没有,已经谈完了,我要让凯瑟琳去达芙娜花园。"

"那太好了。安息日开始的时候,我想带基蒂去百门区转转。"

"这主意不错,大卫。"

"那我们最好准备动身吧,你和我们一起去吗,哈里特?"

"要拖着我这把老骨头走吗?千万别这么做。记住,两个小时后送凯瑟琳到我家里去吃晚饭。"

基蒂站起来,和老人握手告别后,转身看到大卫正呆呆地盯着自己。

"有什么不妥吗,大卫?"基蒂问道。

"还从来没见你打扮过,太美了。"他自惭形秽地说着,"也许我这个样子不配和你走在一起。"

"别瞎说,我不过是想在新老板面前表现一下。"

"再见,孩子们,一会见。"

基蒂很高兴能有大卫做伴,与其他犹太人相比,和大卫在一起让她感到轻松。他们离开协会办公大楼,向贤圣路走去。基蒂拉着他的手,看起来大卫像个观光者,孩子似的兴奋地探索着耶路撒冷的奥秘。"回家的感觉真好。"他叨叨着,"你喜欢这座城市吗？"

"怎么说呢，应该是兴奋中掺杂着一丝肃然起敬的感觉吧。"

"没错，从我还是个孩子起对耶路撒冷就怀有这样的感觉，它一直让我感到痴迷和震慑。"

"占用你和家人团聚的时间了，真不好意思。"

"我们从来都是聚少离多，你知道，我有六个兄弟，基本都加入了帕尔马赫，我最小，总会有机会团聚的，但其中一个……只能找时间单独去看看他。"

"为什么？"

"他是个'恐怖主义者'，为此我父亲把他赶出了家，马加比军的本－摩西是他的领导，也是从前我在希伯来大学时的导师。"大卫停下脚步，指着斯科普斯山上哈达萨医学中心和汲沦谷那边介绍着，"那就是我们的大学。"

"你很怀念那段时光，对吗？"

"是的，总有一天，我会回去继续深造的。"

临近黄昏，城市上空响起了蛙鸣似的号角声。

"安息日！安息日！"大街小巷充满了人们的呼喊。

古老的号角声响彻在耶路撒冷的上空，大卫拿出一顶无边小圆帽戴在头上，领着基蒂来到了百门区，参观一个非常传统的宗教场所——百门寺。

"在这里，你可以了解到各种不同的祷告仪式，比如那些来自也门的教徒，会像骑在骆驼上那样摇曳着，原因是穆斯林忌讳犹太人形式上的地位高于他们，所以禁止犹太人骑骆驼，这些教徒便以这种方式在祷告时寻求心灵上的宽慰。"

"太不可思议了。"

"又比如像西班牙犹太人的后裔……在中世纪宗教大审判的年代，他们的前辈在死亡的威胁下，不得不皈依天主教，每当用拉丁文大声祷告后，他们总会用希伯来语轻轻结束他们的祷告，并将这种方式保留至今。"

当他们置身百门区后，基蒂不由屏住呼吸，仔细观察着眼前的一切。狭长的街道两边，石头砌成的两层小楼一个挨着一个，所有的阳台上都围着铁制的围栏。

这里的男人们留着浓密的胡子和卷曲的鬓角，头戴毛边帽子，身穿黑色的绸缎外衣，那些也门人的装束很像阿拉伯人，而库尔德人、鞑靼人和波斯人的装束则显得艳丽多彩，每个走出宗教沐浴的人都迈着快速的步点，摇摆着沉浸在他们的祈祷境界里。

当人们涌进各个教堂和宗教场所后，大街上立刻变得空无一人。来自不同国家的教徒，如意大利、阿富汗、波兰、匈牙利、摩洛哥等，形成了他们自己的宗教集会，整个百门区的街上响起了祈祷者的唱诗、安息日的颂歌，以及哈西德教徒鞭打自己发出的痛苦的呻吟。女人是不允许进入这些宗教场所的，基蒂只好跟着大卫，站在铁栅窗后，窥视着眼前的奇特景象。

奇怪的场合，奇怪的人群，他们或者近乎歇斯底里地簇拥在犹太经卷的周围，号啕大哭或呜咽着；或者像那些有着天使般面孔的也门信徒，盘腿静坐在垫子上，细声细气地祈祷着；一位老人手捧一本破旧的经书，前后摇摆着，口中念念有词；眼前的一切，让基蒂无论如何都不能把他们与特拉维夫那些靓丽的男男女女联系在一起。

"这就是犹太民族，有着不同背景的犹太人。"大卫解释道，"我想阿里是不会带你来这里的，他和许多土生土长的犹太人蔑视这些人，不愿和这些不能拿枪、不能下田的犹太人交往，认为这些人侮辱了我们犹太民族的传统，与我们正在为之奋斗的事业格格不入。但是，如果你生活在耶路撒冷，就要学会容忍、理解他们，他们毕竟是在经历了可怕的灾难后，才被迫变成极端的宗教狂的。"

阿里·本－迦南静候在俄国区的希腊教堂旁，昏暗的天色下，巴尔·以色列不知从什么地方冒了出来，带着阿里来到一条小巷，一辆出租等在那里，一上车，巴尔就拿出一条黑色的大手绢。

"我也必须戴吗？"

"我是相信你，但命令就是命令。"

阿里蒙上眼，躺下，盖上了一条毛毯。出租车拐来拐去地兜着圈子，二十分钟后，驶向前德国移民区附近的卡塔曼区。汽车停下后，他被带进一栋房子，一进房间，他被允许摘下了眼罩。

屋内空空的，只有一把椅子、一张桌子，桌上点着一支蜡烛，摆放着一瓶白兰地和两只杯子。阿里眨了眨眼，昏暗中，发现叔叔阿吉瓦就站在对面的桌子旁边,雪白的胡子和头发,佝偻着身体,满脸的沧桑。阿里缓缓走到他的面前,停下。

"你好吗,叔叔?"他轻声问道。

"阿里,我的孩子。"

两人紧紧地抱在一起,老人忍不住咳着。阿吉瓦把蜡烛拿到阿里脸前看着,露出了笑容。"看起来不错,阿里,你的塞浦路斯之行干得漂亮。"

"谢谢。"

"听说你带了个姑娘回来。"

"一个帮助过我们的美国姑娘,算不上朋友。你怎么样,叔叔?"

阿吉瓦耸耸肩,"还能在地下再活两天吧,很长时间没见到你了,阿里……有两年了吧。卓妲娜上大学时真好,每周都能看到她,她也二十了,好吗?男朋友还是那个小子吗?"

"大卫·本-阿米,还是他,他们很相爱。在塞浦路斯大卫一直跟着我,是个很有出息的年轻人。"

"他的兄弟就在马加比军,你知道吗?本-摩西曾经在大学教过他,或许我应该找个时间见见他。"

"当然。"

"听说卓妲娜也参加了帕尔马赫。"

"是的,她在达芙娜花园训练孩子们,也是那里的电台主管。"

"离我的农庄不远,她一定很了解埃因奥尔的情况了。"

"是的。"

"她……她提过那里吗?"

"埃因奥尔一直都非常漂亮。"

"希望有一天还能再看到它。"阿吉瓦在桌边坐下,用颤抖的手倒了两杯白兰地,阿里拿起一杯,两人碰了一下,"为了生活"。

"昨天我在阿维登那里,看到了英军的战斗命令,你们的人见过那份命令吗?"

"我们在英军情报部门有朋友。"

阿吉瓦站起来，慢慢在屋里走着，"哈文·赫斯特是想消灭我的组织，要彻底铲除马加比军。他们拷打我们的被俘人员，绞死他们，对我们发出了驱逐通牒。马加比军是一支敢于同英军作战的部队，我很自豪，但我们必须清除我们内部的叛徒，是这样的，阿里，听说哈加纳出卖了我们。"

"不可能。"阿里大吃一惊。

"是真的。"

"绝不可能，今天在伊休夫中委会，哈文·赫斯特还要求他们清理马加比军而被他们拒绝了。"

阿吉瓦加快了脚步，怒气冲冲地说道，"如果不是从哈加纳，那英国人是从哪儿得到的情报？伊休夫中委会的那些胆小鬼们让我们马加比军流血牺牲，他们却在背叛、出卖我们，实在太聪明了。就是这样，他们在背叛和出卖我们。"

"不能这样说，叔叔，哈加纳和帕尔马赫并不惧怕战斗，我们只是在尽力克制，我们不能把自己建设起来的一切都毁了。"

"再说一遍，你的意思是我们在毁掉一切了！"

阿里闭上嘴，不再吭声，看着老人在那里大发雷霆。突然，他摆摆手，缓和下来，"我又失态了，我真的不想再这样争吵了。"

"没什么，叔叔。"

"对不起，阿里……再来点白兰地吧。"

"不要了，谢谢。"

阿吉瓦转过身，喃喃地问道，"我哥哥怎么样？"

"上次看到他时还很好，他马上要去伦敦开会。"

"对，亲爱的巴拉克，他很会讲话，到死都要讲。"阿吉瓦舔舔嘴唇，犹豫了一下，"他知道你、卓妲娜、萨拉都来看过我吗？"

"我想他应该知道。"

阿吉瓦盯着侄子，痛苦地问道，"那他向你们问过我吗？"

"没有。"

阿吉瓦伤心地笑笑，一屁股坐下去，又为自己添了些白兰地，"我就是不明白，我总是那个被谴责的，而他总是那个被理解的。阿里……我累了，一年又一年，还要多久,才可以化解我们对彼此的伤害。可他……至少要从心里愿意打破这种沉默啊,阿里,看在我们父亲的份上,他必须原谅我。"

第三节

上百个教堂的钟声,从老城、汲沦谷、橄榄山、锡安山传出,与基督教青年会的钟声汇成了一股合唱,这是耶路撒冷的礼拜日,是基督教的安息日。

大卫·本-阿米带着基蒂穿过装饰华丽的大马士革城门,走进老城。他们沿着十字架之路来到斯蒂芬城门,眺望着远方的汲沦谷、撒迦利亚墓、押沙龙墓、玛丽墓,然后来到橄榄山,憧憬着耶稣升天的画面。

他们漫步经过狭窄的街道,阿拉伯集市,简陋的店铺,目睹了喧嚣的讨价还价,圣石圆顶清真寺台阶上那上千双朝圣者的鞋,以及传统的、满脸胡子的犹太人站在他们神圣圣庙的哭墙前抽泣着的景象。

这个神奇的地方再次让基蒂·弗里蒙特陷入了沉思,在这个城市,及城外远方的那些不毛之地,几千年来,融合了上百种人类文明。大千世界,为什么是这个地方,这条街道,这一堵墙,这个教堂?从古罗马人、十字军、古希腊人、拜占庭人、阿拉伯人、古亚述人、古巴比伦人到英国人,都带着对希伯来人的诋毁来到了这座城市。它庄严、圣洁又受到诅咒,它既强大,又脆弱,是人类善良和邪恶的化身。耶稣就是在这个地方,这个叫客西马尼的地方蒙难的,而那个最后的晚餐,耶稣最后的晚餐,成为犹太人的逾越节家宴。

基蒂跟着大卫来到圣墓——耶稣被钉死在十字架上的地方,高悬的灯光照亮了小小的礼拜堂,长明的蜡烛点燃在大理石的耶稣墓的上方,基蒂跪了下来,像成千上万朝观者那样,轻轻地吻了一下。

第二天一早,阿里和基蒂离开耶路撒冷,向着北方的加利利驶去。在途经一个又一个阿拉伯村庄后,终于进入了富饶的耶兹里勒谷地,这片曾经到处是沼泽的土地,在犹太人的开垦下,已经变成了中东最肥沃的良田。汽车向着拿撒勒方向,沿着崎岖的山路刚驶出耶兹里勒谷地,时钟好像又倒回到蒙昧的年代。道路的一侧,是耶兹里勒的绿水青山,而另一侧,是阿拉伯人被太阳晒焦、干涸的不毛之地。

到了拿撒勒,阿里在城中心停好车,轰走了一群劣迹少年,但其中一个始终追着他们不放。

"要带路吗?"

"不要。"

"纪念品呢?"

"离我们远点!"

"黄色照片?"

阿里试图躲开他,但他缠住阿里,抓住了他的裤腿,"或者你喜欢我的妹妹?她可是个处女。"

阿里扔给这个男孩一个硬币,"看好我的车。"

拿撒勒到处臭气熏天,街上是垃圾、粪便,瞎眼乞丐的乞讨,光着脚、衣衫褴褛的孩子追逐着行人,漫天飞舞的苍蝇,让基蒂不由紧紧抓住阿里的胳膊。他们穿过集市,来到一个号称是玛丽厨房和约瑟夫杂货的小店。

从拿撒勒一出来,基蒂不由感到有些困惑:还有这么可怕的地方。

"至少这些阿拉伯人很友好,"阿里说道,"他们都是基督徒。"

"他们是些需要好好洗洗的基督徒。"

他们途经坎纳村一个美丽宁静的阿拉伯村落时,在一个教堂又停留了一下,耶稣基督在那里第一次奇迹般地把水变成了酒。

基蒂一路上回味着几天来的经历:在这个弹丸之地,每一寸土地似乎都饱含着幽魂的罪恶或荣誉,它有令人震撼的神圣,也有让人莫名的反感;面对圣洁她可以肃然起敬,但冷静下来又感到像是在嘉年华会上受到了愚弄;百门区宗教仪式上的悲伤和炼油厂的大火,特拉维夫朝气蓬勃的萨伯拉和耶兹里勒的农庄庄员,让古老和新生交织在一起,岁月的变迁给它留下了无数荒谬和对立。

傍晚，阿里驱车驶入了亚德·埃尔的大门，来到一栋花坛簇拥着的村舍前。

"阿里，这儿真美！"基蒂惊叹着。

村舍大门一开，萨拉·本－迦南惊喜地叫着跑了出来，"阿里！阿里！"便哭着扑进了他的怀里。

"你好，阿妈。"

"阿里，阿里，阿里……"

"别哭，阿妈……不哭，不哭。"

高大的巴拉克·本－迦南冲出村舍，张开双臂，欢迎着他的儿子。

"你好，阿爸，你好。"

老人用力抱住儿子，拍着他的背说道，"看起来不错，阿里。"

萨拉仔细看看儿子的脸，"他看起来很累，难道你看不出来吗，巴拉克？"

"我很好，阿妈。我有个伴，这是凯瑟琳·弗里蒙特夫人，明天她要去达芙娜花园工作。"

"你就是凯瑟琳·弗里蒙特，"巴拉克说着，两只大手握住她的手，"欢迎到亚德·埃尔来。"

"阿里，你真不像话，"他的母亲说道，"为什么不在电话里告诉我们你要带弗里蒙特夫人一起来？进来，快进来……先去冲个澡，再换换衣服，我给你们做点吃的，很快就会感觉舒服些。你可真不像话，阿里。"说着，萨拉搂着基蒂的腰，走进了屋子，"巴拉克！快把弗里蒙特夫人的行李拿进来。"

在露天剧场上，卓姐娜·本－迦南站在新到来的出埃及号的孩子们面前，修长的双腿和雕像般的身材，看起来高挑、挺拔。她把满头红发随意地甩在身后，露出一种深深的古典美。虽然才十九岁，但她已离开大学，参加了帕尔马赫，被派到达芙娜花园领导青年团，负责这个村里十四岁以上孩子们的军事训练，达芙娜花园是胡拉谷地各个定居点中隐藏和走私武器的主要基地，此外，卓姐娜还负责胡拉地区的以色列秘密电台的对外广播，平常就住在达芙娜花园自己的办公室里。

"我叫卓姐娜·本－迦南，"她对出埃及号的孩子们说，"是你们的指挥官，今后几周，你们要学习伪装、情报、武器维护、射击、劈刺、野营拉练等。你们已经成为帕尔马赫的战士,我要求你们抬起你们的头,再不为是一个犹太人而自卑。我们的训练会很艰苦,因为你们是以色列的希望。明天我们将开始第一次外出拉练,路线是向北,去特拉哈。我父亲六十年前就是从那个地方来到巴勒斯坦的,那里也是我们的民族英雄约瑟夫·特鲁波莱多牺牲的地方。他被安葬在那里,身边陪伴着一只巨大的石头狮子,俯视着整个胡拉谷地,就像我们这里的达芙娜雕像。狮子身上的铭文是:'为国捐躯,虽死犹荣。'我想我们都应该做到,能为国捐躯,死而无憾。"

散会后,卓姐娜回到办公室,电话响了,她拿起听筒,"你好,我是卓姐娜。"

"你好,我是妈妈,阿里回来了。"

"阿里!"

卓姐娜放下电话,离开办公室,跑向马厩,骗腿儿跨上父亲那匹阿拉伯白马,冲出达芙娜花园的大门。她驾驭着一匹光背马,向着阿布·耶沙飞驰而去,火红的长发,迎风飘舞在身后。

她以飞快的速度,疾驰穿过阿布·耶沙的街道,惊得路上的行人纷纷躲避着。路边咖啡馆里,人们转过头议论着,这个红头发的姑娘是谁呀,居然穿着衬衣短裤就敢招摇过市。有谁知道她是巴拉克的女儿,阿里的妹妹呢?

阿里拉起基蒂的手,要带她出去转转。"跟我来,"他说道,"趁天黑前,我带你去地里看看。"

"吃好了吗,弗里蒙特夫人?"

"撑得要爆炸了。"

"房间还好吧?"

"很好,本－迦南太太。"

"记住,不要太晚,卓姐娜从达芙娜花园一回来我们就开晚饭。"萨拉和巴拉克跟在他们后面一边叮嘱着,一边相互对视了一眼,"她真是个好姑娘,配我们的阿里吗?"

"不要像个隔离区里的犹太娘们,千万不能去给阿里乱做媒啊。"巴拉克警告道。

"说什么哪,巴拉克?你还看不出他看她的样子?自己的儿子还不了解?他太累了。"

阿里和基蒂穿过屋旁的花园,来到院墙边。他把脚蹬在矮矮的院墙上,眺望着远方合作社的土地。田野里,旋转着的喷灌花洒向大地送去了清凉的甘雨,晚风中,果园里的果树轻轻摇曳着,发出飒飒的呻吟,空气中弥漫着一股萨拉种下的冬季玫瑰的清香。此时此刻,当阿里静静地凝视着自己的土地时,基蒂第一次感受到他片刻的安静,也勾起了她对耶路撒冷那短暂相处的回忆。

"像你的印第安那吗?恐怕还不行。"阿里打破了沉寂。

"会的。"

"呃……印第安那不用向沼泽要地。"阿里显得话多了一些,他想告诉基蒂自己多么渴望回家种地,他想让她明白,他的人民像他一样,多么渴望有一片自己的土地。

基蒂靠在院墙上,吃惊地盯着眼前这片亚德·埃尔充满魅力的代表作和骄傲,激动得脸上泛起了红晕,让阿里不由生出一种想把她搂在怀里的感觉。他们转身沿着院墙走到谷仓旁边,被咯咯嗒嗒的鸡和鹅挡住了去路,阿里打开谷仓的门,发现门上的合页已经坏了。

"要修理一下,"他说道,"我一直不在家,卓妲娜也走了,父亲常常外出开会,我真担心我们这个家会成为村里的负担。到我们都能回家的那天……一切都会变好的。"他们转到猪圈旁边,一头老母猪喘着气,躺在泥地里,十几只小猪正在母猪的身下争着吃奶。"你看这些斑马。"阿里说道。

"幸亏我曾经养过斑马,否则我真要'指猪为马'了。"基蒂诙谐地附和着。

"嘘……小点声,别让土地基金的人知道,我们不能在犹太人的土地上饲养斑马。在达芙娜花园,孩子们把它叫塘鹅,而在集体农庄,它们被戏称为同志。"

他们走过谷仓、鸡舍、工棚,来到了地头。

"你可以从这里看到达芙娜花园。"阿里站在基蒂的身后,指着靠近黎巴嫩边界的那些山峰说道。

"那些白色的房子?"

"不是,那是阿布·耶沙,一个阿拉伯村落。你从它的右边看上去,远方高原上的那片树林。"

"喔,是的,我看到了。我的天,就像是悬在空中,它后面山顶上那个建筑是什么?"

"以斯帖要塞,英国人的边防驻军基地。跟我来,再给你看些东西。"

他们迎着黄昏的落日穿过田野,落日的余晖为眼前的山峰涂上了奇异的色彩,在田边一处茂密的树林旁,一股溪流从这里涌出,流向了胡拉湖。

"你们美国人有一首关于这条河的很美的宗教歌曲。"

"是约旦河吗?"

"对。"

阿里走近基蒂,用手搂住了她的肩膀,两个人无言地注视着对方,"你喜欢这里吗?喜欢我的父母吗?"

基蒂点点头,等待着阿里把自己抱进他的怀里。

"阿里!阿里!阿里!"远方传来的呼喊,让阿里放开了基蒂,转过身。落日的余晖下,一匹白马飞快地向他们跑来,马上的骑手,修长的身材,火红的头发。

"卓姐娜!"

她猛然勒住奔驰的快马,张开双臂,高兴地大叫着,飞扑到阿里身上,两个人重重地摔倒在地上。卓姐娜翻身骑上阿里,捧起他的脸,拼命地亲了起来。

"行了,行了。"阿里反抗着。

"阿里,我爱你,我要把你撕成碎片。"

在卓姐娜的胳肢下,两个人又滚作一团,直到阿里不得不用力摁住她,看得旁边的基蒂直乐。突然,卓姐娜脸上的表情僵住了,目光定在了基蒂身上,阿里也意识到了基蒂的存在,讪讪地笑着,从地上拉起了卓姐娜。

"我妹妹太激动了,我想她是把我当成大卫·本-阿米了。"

"你好,卓姐娜,"基蒂打着招呼,"好像早就认识你了,从大卫那里……"说着她伸出了手。

"那你是凯瑟琳·弗里蒙特了,我也听说过你。"

握手的感觉是冰冷的,让基蒂有些诧异。卓姐娜转过身,拉起马缰,向着回家的路走去,阿里和基蒂跟在后面。

"你见过大卫吗？"卓妲娜转身问阿里。

"他要在耶路撒冷待上几天，他让我告诉你今天晚上等他电话，周末才能过来，除非你能去耶路撒冷找他。"

"一批孩子刚到达芙娜花园，我哪走得开呀。"

阿里朝基蒂眨眨眼，"是这样啊，那我要告诉你，我在特拉维夫见到阿维登了，他好像说……让我想想……好像是要安排大卫去埃因奥尔的加利利旅行。"

卓妲娜猛然转过身，蓝色的大眼睛瞪得溜圆，似乎一下愣在那里，"阿里，是真的吗？你不是在骗我吧？"

阿里耸耸肩，"傻丫头，骗你干嘛。"

"哇，真可恶，为什么不早告诉我。"

"我也不知道这件事重不重要啊。"

卓妲娜忍不住又想骑上阿里打他，转脸看到基蒂，停下了。"真是太好了。"她嘟囔着。

又是一顿丰盛的晚宴，主人的盛情让基蒂感到如果拒绝的话，肯定会引发一场国际纠纷。晚饭后，萨拉在桌上摆满了小吃，准备招待闻讯上门的客人。

那天晚上，亚德·埃尔倾巢出动，几乎所有人都过来欢迎阿里的回家，同时在一片兴奋的、嘀嘀咕咕的希伯来语的议论声中，也满足了他们对一个美国姑娘的好奇。他们的朴实、友好，使基蒂觉得自己就像一个贵客，而阿里整个晚上都呵护在她的身边，帮助她轻松地应对了来客们铺天盖地的问题。

随着时间的逝去，卓妲娜显得越发冰冷，甚至变得有些敌意，基蒂似乎感受到她的不屑："……这样的女人也想打我哥哥的主意？"

卓妲娜确实是这样想的，基蒂面对亚德·埃尔农妇们的一举一动，让她不由联想起那些温文尔雅、无所事事的英国官员的夫人们，她们除了整日待在大卫王饭店品茶、传闲话，还会什么呢？

当最后一个客人离开后，已经很晚了，阿里和巴拉克终于有机会坐下谈谈他们自己的事情。他们长时间地谈论着他们的农场，在他们常常外出的情况下，合作社还是把农场管理得井然有序。

巴拉克带着团聚的喜悦和醉意，从屋里又找出一瓶白兰地，给自己和儿子都倒上一杯，便舒展开各自的长腿，享受起这轻松时刻。

"喔，弗里蒙特夫人到底是怎么回事？太突然了。"

"对不起，给你们添乱了。她是为出埃及号上的一个女孩子才来的巴勒斯坦，我想她是要收养那个孩子，我们就这样成了朋友。"

"就这么简单？"

"就这样。"

"我喜欢这个姑娘，阿里，很喜欢，可惜她和我们不是一类人。在特拉维夫见到阿维登了吗？"

"是的，我可能要在埃因奥尔的帕尔马赫待上一段时间，他要我对胡拉谷地所有定居点的力量做一个评估。"

"很好，你总是在外面，这下可以让你妈妈每天都大惊小怪一番了。"

"你怎么样，父亲？"

巴拉克边捋着胡子，边呷了一口白兰地，"阿维登已经通知我准备去伦敦参加谈判。"

"我猜到了。"

"为了取得政治上的胜利，我们不得不打打谈谈，伊休夫现在还不能在军事上摊牌，所以我必须去伦敦尽自己的努力。不过有一点看来越来越让人担心，那就是英国人最终将彻底出卖我们。"

阿里忍不住站起来，在屋里来回走着，真希望阿维登能给自己多安排些任务，这样就可以忙得不用去考虑现实中的这些烦心事了。

"孩子，你最好去阿布·耶沙看看塔哈。"

"我还奇怪今天晚上他为什么没来，出了什么事吗？"

"这是全国的问题，我们和阿布·耶沙的人民和平相处了二十年，卡迈尔和我做了半个世纪的朋友，现在一下就变得冷淡了。我们甚至可以叫出他们每个人的名字，去他们家里做客，参加婚礼，他们也把孩子送到我们这里来上学。阿里，他们是我们的朋友，出了问题一定要解决。"

"明天我把弗里蒙特夫人送到达芙娜花园后就去看他。"

阿里靠在书架上，上面堆满了希伯来文、英文、法文、德文、俄文的书籍，他翻阅着那些书，犹豫着，突然转过身，面对着巴拉克说道"我在耶路撒冷去看阿吉瓦了。"

巴拉克张着嘴，一动不动，像被电击似的呆住了，然后轻声说道，"在这个家里不要提他。"

"他显得很苍老，恐怕时日无多了，他求你看在你们父亲的分上，和解吧。"

"我不想听到他！"巴拉克颤抖着吼道。

"都十五年了，真的要老死不相往来吗？"

巴拉克站了起来，盯着儿子的眼睛说道，"是他，让我们犹太人产生内讧，现在又是他们马加比军，让阿布·耶沙的人起来反对我们。上帝可以原谅他，但我绝不……"

"你听我说。"

"晚安，阿里。"

第二天一早，基蒂和本－迦南一家道别，坐上阿里的车，离开亚德·埃尔，驶上了去达芙娜花园的山路。当途经阿布·耶沙的时候，阿里停下车，托人转告塔哈，大概一小时后会来看他。

汽车慢慢向山上驶去，基蒂在盼望见到凯伦的同时，也生出一丝担心。卓妲娜还对自己耿耿于怀吗？她的敌意是否源于差异而具有代表性呢？作为一个与巴勒斯坦毫不相干的外人，哈里特·舒茨曼的警告，似乎颇能说明自己目前的处境。卓妲娜的态度，让基蒂感到有些不安，虽然自己看起来和大家相处得都很好，但在骨子里却掩盖了一个事实，那就是私下她还是在自己与其他人之间划了一条线。管他呢，基蒂想着，我就是我，谁让我是来自一个我行我素的国家呢。

随着汽车驶入渺无人迹的深山，她开始感到一种孤独和忧虑。

"把你送到那里我们就分手了。"阿里说道。

"还能再见吗？"

"随时可以，只要你还想见我，基蒂。"

"当然。"

"那我有时间就来看你。"

汽车转过最后一个弯，高原上的达芙娜花园豁然展现在他们眼前。利伯曼博士、乡村乐队、管理和教职人员，以及五十个出埃及号上的孩子们，在中央草坪上的达芙娜铜像下，以热情友好的欢迎仪式，让基蒂一路上的担心瞬间消失的无影无踪。凯伦飞跑过来，抱住她，送上一大束冬梅，基蒂在出埃及号孩子们的簇拥下，转过头，久久地注视着离去的阿里，直到他消失在远方。

欢迎仪式一结束，利伯曼博士和凯伦就陪着基蒂，沿着林荫小路，走进一片两到三个房间、环境舒适的村舍。在农庄管理人员居住的地方，他们下了土路，停在一栋淹没在鲜花丛中的白色小屋前。

凯伦跑进门廊，打开门，屏住呼吸，看着基蒂慢慢走进房间。起居室布置得简洁别致，沙发床上，铺着厚厚的内盖夫亚麻床单和床罩，房间里到处是刚采摘的鲜花，一条剪纸横幅上，出埃及号的孩子们用大字书写着"你好，基蒂"。凯伦跑到窗前，拉开窗帘，一幅高山峡谷的景象立刻出现在眼前。小屋里还有一个书房，一个餐厅，一个卫生间，每个细节都想得很周到，基蒂看着，露出了笑容。

"嘘，嘘，"利伯曼博士对凯伦说道，"你可以一会儿再来陪弗里蒙特夫人……先去吧。"

"待会儿见，基蒂。"

"待会儿见，宝贝。"

"喜欢吗？"利伯曼博士问道。

"看起来很舒适。"

利伯曼博士在床边坐下，"出埃及号上的孩子们听说你要来，忙了整整一天一夜。他们粉刷了房屋，换上了窗帘，布置好房间……整个达芙娜花园的花草都被他们搬来了，是不是有点小题大做，不过也反映出他们对你的爱。"

基蒂感动地说道，"我也认为是小题大做了。"

"孩子们是凭本能在交朋友，愿意出去看看吗？"

"当然，很想转转。"

他们慢慢地往办公楼的方向走，利伯曼要矮基蒂一头，他背着双手，然后摸着口袋，好像要找火柴点他的烟斗。

"可能是出于预感，1933年我就离开德国，到了巴勒斯坦，刚到这里，我太太就过世了。1940年前，我一直在大学教人文，后来哈里特·舒茨曼找我，让我过来创建一个青年阿利亚中心，其实我早就想做这件事。整个这片高原，是阿布·耶沙一位已故的乡长非常大方地赠送给我们的，真希望这种关系能够成为所有犹太人和阿拉伯人的典范……你有火柴吗？"

"抱歉，没带。"

"没关系，我抽烟太厉害了。"

他们边说边走，来到中心花园，从这里可以俯瞰整个胡拉谷地。"我们的地就在那边的谷底，是亚德·埃尔开垦后送给我们的。"

他们停在了铜像前，"她是达芙娜，是亚德·埃尔的一个姑娘，作为哈加纳战士而牺牲。她是阿里的女友，这个村庄就是以她的名字命名的。"

好像感受到达芙娜塑像放出的火花，基蒂心中生出一丝瞬间的嫉妒。透过铜像，她似乎看到了朴实直率的卓妲娜，还有昨天晚上在本-迦南家见过的那些农庄姑娘们。

"这里到处都蕴涵着丰富的历史，"利伯曼博士挥动着双手，"你看，正对这片谷地的那座山叫赫尔蒙山，附近就是我们古老祖先的遗址，花上一个小时也说不完……总之，蕴藏着丰富的历史。"这个矮小的驼背老人似乎意犹未尽，拉着基蒂的手，又走了下去。

"我们犹太人在巴勒斯坦创造了奇特的文明，这个世界的其他文明总是起源于大城市，但这里恰恰相反。对土地的渴望是犹太民族永恒的主题，我们当然继承了这个遗产，我们的音乐、诗歌、艺术、学者、战士统统来源于集体农庄和合作社。看看孩子们的村舍吗？"

"好的。"

"你可以看到所有的窗户都面向谷地那边，为的是让孩子们从早到晚都能看到他们的土地；学校课程的一半是农业，从这里出去的人，已经都独立或加入到四个新开垦的集体农庄或合作社的工作中。我们的粮食做到了自给自足，我们自己饲养奶牛和家禽家畜，我们甚至可以自己织布，自己制造家具，在自己的机修厂里检修农机设备。所有这些工作，都是在孩子们自己的管理下完成的，并且做得很好。"

他们谈着谈着,来到了村庄的边缘,就在办公楼前,美丽的草坪突然被一条环绕着村庄的壕沟破坏了。基蒂四下看看,发现了更多的壕沟和一个掩蔽所。

"实在很难看,"利伯曼博士叹道,"这里的孩子们大多崇尚勇士,这种情况会一直持续下去,直到我们能赢得独立,以人性而非武力奠定我们的生存基础。"

他们沿着战壕走着,一个奇怪的现象引起基蒂的好奇。战壕穿过一片凌乱的林木,其中一条靠近一棵树的战壕挖出了树根,裸露的树根,在地表土下,绕过岩石,像三明治似的包住岩石,盘根错节的根须,伸向下面的薄土层,为了生存,显示出它顽强的生命力。

"你看,那棵树为了生存,是怎样在岩石中扎根的呀!"基蒂惊叹道。

利伯曼博士仔细观察了一会儿说道,"这简直是一幅反映巴勒斯坦的犹太人的生存写照。"

在阿布·耶沙的乡长——塔哈家那高大的起居室里,阿里默默地站着,他的童年朋友,年轻的阿拉伯人,正捧着个大碗,一点一点地吃着里面的水果。当阿里开始在屋里来回踱步时,他抬起头,一声不响地看着他。

"伦敦幕前幕后的谈判都谈够了,"阿里说道,"我想我们之间应该坦率一些。"

塔哈扔下水果,"我能怎么解释呢,阿里?面对压力,我已经忍受很久了。"

"忍受?塔哈,你是在和阿里·本－迦南说话呀。"

"时代不同了。"

"等等,我们两个村庄的人共同度过了两场骚乱,你又是在亚德·埃尔、在我父亲的保护下生活和接受的教育。"

"没错,是你们的仁慈让我活了下来,现在你们又要把这份仁慈推广给我的村民。你们是拿起武器了,难道我们就不能拿起武器吗?难道你们就不能像我们信任你们那样信任我们吗?"

"这不是你的心里话。"

"我不希望看到你我之间会发生冲突,但你清楚我们之间过去的那种从属关系。"

阿里生气地转过身,"塔哈!你究竟怎么了?不管怎样,你最好静下来再想想，是我们为你们设计和盖起了一栋栋房屋，让孩子们学会了读书写字，在村里推广了污水处理，避免了疾病的蔓延。我们带来的变化，是你们上千年来无法想象的。你父亲是个明白人，他最清楚没有人比阿拉伯人对阿拉伯人更苛刻。为了你们的出路，他选择了与犹太人的合作，结果惨遭杀害，这太有代表性了。"

塔哈站了起来，"那你能保证今晚马加比军不会来阿布·耶沙杀人吗？"

"当然不能保证，但你应该明白，马加比军的出现，针对的是穆夫提的所作所为。"

"不管怎样，我决不会向亚德·埃尔出手，阿里，我发誓。"

阿里知道他是认真的，但他缺少他父亲具有的能量，即使他做出承诺，亚德·埃尔和阿布·耶沙之间早晚会和其他地方一样，出现阿拉伯人与犹太人之间的冲突。阿里怀着深深的疑虑，离开了塔哈的村落。

塔哈注视着他的朋友离开他的家，走向小溪边的公路，走向清真寺，直到阿里的身影消失了，他还是一动不动地站在那里。每天越来越大的压力，让他能怎么办？甚至在村子里，已经出现不同的声音，作为一个阿拉伯人，一个穆斯林，怎么能向着阿里和巴拉克呢？

他真的是阿里的兄弟吗？这个问题一直困扰着他。从孩童时起，父亲就带着他学习如何管理自己的村落，他知道犹太人创建了许多大城市，修路、办学、开垦土地，是一个文明的民族。自己与他们之间真的平等吗？还是仅仅生活在犹太人成就的阴影下，在自己的土地上，作为一个二等公民，等待着他们的残羹剩饭的施舍呢？

毫无疑问，自己从犹太人那里获益匪浅；父亲很早就认识到，犹太人能够提供阿拉伯人无法提供的帮助，因此他的村民们更是获益匪浅，但这能证明他就是犹太人的合作伙伴吗？所谓对等是真实的呢还仅仅是一种说辞？犹太人接受自己了吗？抑或不过是一种宽容？

自己是阿里的兄弟吗？或仅是一个表亲？塔哈每天都一遍遍问着自己同一个问题，每次都感到自己不过是个名义上的兄弟。

犹太人鼓吹的平等究竟是什么意思？作为一个阿拉伯人，自己能够表白对卓妲娜的爱吗？能够表白这种爱让自己承受了长久的心痛吗？自从生活在一起，当她还只有十三岁，自己就爱上她了。

这种平等究竟能引伸多远？他们能接受塔哈和卓妲娜成为丈夫和妻子吗？那些鼓吹民主的合作社成员能来参加他们的婚礼吗？

如果塔哈向卓妲娜求爱，会有什么结果呢？她一定对此嗤之以鼻，一定是这样。

内心深处的自卑，让他感到很痛苦，一种完全不同于地主与农奴之间的那种痛苦。

他既不能与阿里作对，又不能表白对卓妲娜的爱；既不能向朋友出手，又不能对抗身边的那股力量。这股力量一直在提醒他，他是一个阿拉伯人。

第四节

欧内斯特·利伯曼博士，那个矮小有趣的驼背老人，把他内心深深的爱，融进了达芙娜花园的生活之中。夏令营般宽松的氛围，让孩子们无拘无束，身穿T恤短裤，围坐在草坪上，将他们的学习，与大自然紧紧联系在了一起。

尽管利伯曼博士的孩子们是来自于这个星球上最黑暗的角落——隔离区和集中营，但在达芙娜花园，几乎没有发生过违纪、盗窃、性混乱等问题。对孩子们来讲，达芙娜花园是他们人生新的起点，为了回报这份爱，他们自尊自强，把一切都管理得井然有序。

达芙娜花园是学习和思考的海洋，图书馆里收藏着从圣·托马斯·阿奎那到弗洛伊德的著作，这里没有禁书，没有压抑，孩子们的热情和开朗，让他们很快就树立了自己的政治理想。

管理和教职人员的主要工作，是帮助和辅导孩子们去树立他们的人生信仰。

达芙娜花园有一个国际化的师资团队，成员来自二十二个国家，从意大利人到土生土长的集体农庄庄员,基蒂作为唯一一名来自美国的异教徒,显得有些另类。大家对她的态度虽然有些保留,但仍相当友好热情,并未出现她一直担心的敌意。浓郁的学术气氛,让这里看起来不是一所孤儿院,倒更像是一所大学。基蒂被安排到一个负责孩子们生活福利的部门,在与大家友好相处的过程中,渐渐适应了这里的环境,犹太人似乎并不像她想象中那样难以接近。犹太教在达芙娜花园集中表现为一种民族主义,而并非拘泥于传统的宗教信仰,这里没有正规的宗教礼仪,甚至找不到一所教堂。

面对不断升级的暴力活动,达芙娜花园没有出现恐慌,部分原因是它地处偏关,使它远离了现实中的杀戮。但危险并没有消失,边境线上的以斯帖要塞历历在目,战壕、掩体、武器、军训是这里正常生活的基本保证。

医院设在中心花园附近的行政区,由一个门诊部、一个相当不错的二十个床位的住院部以及一个手术室组成。医生来自亚德·埃尔合作社,每天过来巡诊,此外还有一名牙医、一名心理医生和四名在基蒂指导下的实习护士。

基蒂接管门诊和医院后,立即以严格的要求,建立了急诊、处方和昼夜值班制度,彻底改革了原有的管理模式。她的严厉和一丝不苟,赢得了应有的尊敬,但也引起一些议论。为避免因散漫而出现失职,她和助手在工作时间保持着职业上的距离,看起来也不像其他老师那样平易近人,与以往这里的人际关系截然不同。尽管如此,由于医院在她的管理下,成为最卓有成效的部门,她还是赢得了大家的认可。犹太人为了实现梦想已久的自由,常常对基蒂习以为常的规章制度敬而远之,好在她的管理方式,并没有引起大家的反感,每当基蒂脱下她的工作服后,就立即成为达芙娜花园最受欢迎和追捧的人。

在孩子们眼里,基蒂工作时的严厉,让他们感到敬畏,但她仍然是他们的"'出埃及号'之母",这让她在配合心理医生,治疗那些受到心灵创伤的孩子们时,自然受到孩子们的信任。基蒂只要一面对那些孩子,便不再显得冷漠,而是以她的爱,让他们感受到温暖。达芙娜花园和巴勒斯坦本身,对孩子们就是一剂良药,但以往的恐怖生活给他们带来的噩梦、不安、敌意,仍然需要耐心细致的治疗和关爱。

基蒂每周都和医生去阿布·耶沙为阿拉伯人做一次巡诊,与健康茁壮的达芙娜花园年轻人相比，那里的孩子看起来肮脏羸弱，让人心疼，青年阿利亚村庄的生机勃勃与那里的暮气沉沉形成了鲜明的对比。在阿拉伯的孩子们中间，几乎听不见歌声和欢笑，看不到娱乐与希望，一成不变的生存环境，让一代代人在茫茫沙漠中寻找着他们的归宿。每当基蒂走访当地人家，目睹他们在简陋的茅舍里，与家畜同宿的状况，就感到一阵阵难受。

基蒂非常同情这些阿拉伯人，他们虽然贫穷，但不失友善和通情达理，也渴望美好。她和塔哈成了朋友，每次巡诊，这个年轻的乡长都会出现，有几次，基蒂发现塔哈有话要说，似乎很重要，好像不是关于村里的医疗问题。但塔哈是个阿拉伯人，阿拉伯人不能对女人无话不谈，所以他没有将自己的焦虑透露给她。

时间很快到了1947年的冬末。

凯伦和基蒂的关系越来越近，在达芙娜花园这片鲜花盛开的地方，她找到了幸福和满足，一夜之间成为村里最受欢迎的孩子之一。面对青春期的各种变化，她也越来越离不开基蒂的指点和帮助。基蒂意识到，凯伦在达芙娜花园待得越久，离美国越远，因此，在凯伦寻找父亲的日子里，她一直努力让凯伦保留一份对美国的好奇。

杜夫·兰道依然是个问题，有几次，基蒂曾经试图影响两个年轻人越来越深的关系，但当发现适得其反后，她决定置身事外，顺其自然。由于杜夫从不对凯伦的投入有所回报，这让基蒂对凯伦的执迷不悟深感困惑。杜夫的话比过去多了一点，但他的乖僻和内向，让他在实际生活中依然难以接近，只有凯伦是个例外。

杜夫对学习充满了渴望，似乎要以他巨大的热情，弥补自己教育上的空白。在被允许可以不参加军训和农业生产后，他不分昼夜，如饥似渴地沉浸在知识的海洋里，把他在临摹上的天分，运用到了解剖、制图、建筑、设计的学习上。当他偶尔拿出一张阀门图纸时，他的才能便在实际生产生活中得到了体现，有几次他几乎要改变自己，加入到达芙娜花园的社会实践中去，但最终还是放弃了。他生活在自己的世界里，从不参加任何活动，与凯伦的约会，也总是在人们的视线之外。

基蒂为此找利伯曼博士商量怎么办，在利伯曼博士看来，这样的孩子并不奇怪，据他的观察，杜夫是一个敏感和聪明的孩子，并且表现出他的才华，强迫这样的孩子做事只会适得其反。只要他不妨碍别人，就让他安静地去做自己想做的事吧。

几个星期过去了，阿里没有任何消息，这让基蒂有些失望。达芙娜雕像和山下的亚德·埃尔合作社似乎一直在提醒着她，每当有机会经过亚德·埃尔的时候，她总会去看看萨拉·本－迦南，直到两人成为很好的朋友。卓妲娜发现后，毫不掩饰她对基蒂的反感，这个漂亮的红发姑娘每次见到基蒂，都表现得非常粗鲁。

一天晚上，基蒂回到她的小屋，看到卓妲娜正拿着自己的晚礼服，站在镜子前比划着。基蒂的突然出现，并没有让她感到不安。"它很美，你是不是只喜欢这样的东西？"

基蒂走到炉灶前，烧上一壶水，准备沏茶。"你来这里有何贵干？"

卓妲娜继续环顾着基蒂的小屋，顺手摸摸她的那些女性用品，"帕尔马赫要在埃因奥尔集体农庄搞一些训练。"

"听说了。"基蒂应道。

"我们缺少教官，当然，我们什么都缺。大家要我来问问你，是否可以每周来埃因奥尔给部队上急救和战场卫生课。"

基蒂拉上窗帘，踢掉鞋，在床上坐稳后说道，"我不插手任何与部队有关的事情。"

"为什么？"卓妲娜追问道。

"好像找不出合理的解释，但我想帕尔马赫最好能够理解。"

"理解什么？"

"我的个人意愿，我不想被卷进去。"

卓妲娜冷笑了一下，"我告诉过他们，找你谈是浪费时间。"

"能否请你尊重一下我的意愿？"

"弗里蒙特夫人，你可以去世界任何地方工作，并保持中立。这是个奇怪的地方，如果你不想找麻烦，那你不应该来，但你为什么偏偏来了呢？"

"该死的，这和你有什么关系？"基蒂生气地跳下了床。

炉子上的水开了，发出了蜂鸣，基蒂猛地把它拿了下来。

"我知道你为什么来，你看上阿里了。"

"真是个没教养的姑娘,你让我受够了。"

"我注意到你看他的样子。"卓妲娜不依不饶地说道。

"如果我真的看上阿里了,那你就是我面前最后一个障碍。"

"这话对你自己说吧,和我说没用。你不是阿里需要的女人,因为你并不真的关心我们。"

基蒂气得转过身,点上支烟,卓妲娜走过来,站在她的身后。

"达芙娜才是阿里需要的女人,她理解他,而美国女人永远不会理解他。"

基蒂转过来,"不就是我没有穿着短裤到处乱跑,没有去登山,没有去实弹射击,没有去睡在战壕里嘛,我是个女人,和你,以及那个雕塑一样,是个女人。我知道你为什么总是这样,你是怕我。"

"笑话。"

"用不着你告诉我什么是女人,你根本就不知道,因为你根本就不是。你充其量是个人猿泰山的同类,一举一动都显得你只属于大森林,你最好先学会如何使用梳子和刷子。"基蒂说着,推开卓妲娜,过去打开她的衣柜,"好好看看,这才是女人应该穿的。"

卓妲娜眼泪汪汪,气愤地盯着基蒂。

"下次要见我,就到我的办公室去,"基蒂冷冷地说着,"我不是什么集体农庄庄员,我有我的隐私。"

卓妲娜气得重重地一甩门,拂袖而去。

凯伦晚饭后来到基蒂的办公室,一屁股坐下。

"你好,"基蒂打着招呼,"今天怎么样?"

凯伦模仿着挤奶的动作,"我是个糟糕的挤奶工,手没有劲。"然后带着一脸的沮丧说道,"基蒂,我今天非常伤心,很想找你聊聊。"

"实弹射击。"

"不是,我们刚开了个会,把一些匈牙利造的新枪擦洗干净,味道真大。"

"那这个事可以先放一放,是什么让你心烦呢,宝贝?"

"约娜,我的同屋室友。我们刚成为非常好的朋友,她下周就要去参加帕尔马赫了。"

基蒂感到一阵心跳，是不是凯伦很快也要去帕尔马赫了？想到这里，基蒂推开报纸，"凯伦，你知道吗，我一直在想，这里非常缺少优秀的护士和医生……我的意思是，不光这里，还包括帕尔马赫。我现在要分出精力去面对那些有心理障碍的孩子们，而你在难民营里有丰富的工作经验，如果我找利伯曼博士，建议你过来做我的助手，你认为怎样？"

"那当然好。"凯伦露出兴奋的笑容。

"很好，我来安排，你去交接一下你的工作，放学后就直接来我的办公室。"

"可是……我不知道，这对其他人是否公平？"凯伦严肃地问道。

"照我们美国人的看法，他们不但没有失去任何农民，反而得到了一名护士。"

"基蒂，我必须承认，但你千万不要告诉青年阿利亚、犹太人定居协会、集体农庄中委会，我是达芙娜花园最糟糕的一个农民，我喜欢当护士。"

基蒂站起来，走到凯伦身旁，抱着她的肩膀问道，"约娜走后，你愿意搬到我那儿，和我一起住吗？"

凯伦脸上露出了基蒂期盼已久的惊喜。

一离开利伯曼博士的小屋，基蒂就急着到处寻找凯伦，想早点告诉她这个好消息。利伯曼博士从来都不是个教条主义者，他一直把传播爱心作为庄园的崇高义务，何况他们的事业也不会因为多一名护士，少一个农民就受到影响。

基蒂与凯伦分手后，穿过中心花园，来到达芙娜铜像前。今天的如意算盘，让她生出一种伤害达芙娜的感觉。为防止凯伦变得像土生土长的姑娘那样好斗，自己有意把她置于身边，人生拥有目的固然不错，但目的性过强将会毁掉一个女人的真正气质。她抨击卓妲娜的时候，就是利用了这点。基蒂明白，卓妲娜从出生那天，就无条件地肩负起她的使命，为此付出了她的欢乐、事业、女性的温柔。面对那些在欧洲、美国受过良好教育的女性，她有些自惭形秽，她对自己的敌意，在于她的嫉妒，基蒂对此确信无疑。

"基蒂？"黑暗中传出一个声音。

"哪位？"

"希望没有吓到你。"

是阿里，看着他走过来，基蒂心中又泛起一阵莫名的无助。

"真抱歉，一直没时间来看你，卓妲娜告诉你我要来了吗？"

"卓妲娜？对，当然。"基蒂撒了个谎。

"感觉怎样？"

"还好。"

"我来问问你明天能否请个假，帕尔马赫要组织一个登山活动，是塔包尔山，很值得看看，愿意一起去吗？"

"好啊，很愿意。"

第五节

清晨，阿里和基蒂来到塔包尔山脚下的橡木屋集体农庄，这里是"一次大战"时帕尔马赫的诞生地，也是阿里他们的军事训练基地。

塔包尔显得很奇特，它算不上是一座山，但远比山丘要高出许多，像是在平坦的大地上，从地下冒出的一个大拇指。

早饭后，阿里把分配的食物、水壶、毛毯打成了两个背包，从军械库里取出一支斯特恩式冲锋枪，趁着清晨的凉爽，在其他成员出发前先动身了。基蒂跟着他，对即将开始的探险，萌发出一种跃跃欲试的冲动。他们经过塔包尔山背面的阿拉伯村落——达布利亚，踏上了一条狭窄的山路，没有多久，位于几公里以外山峦中的拿撒勒古城就出现在眼前。上午的气温很凉爽，他们走得很快，但基蒂明白，要登上这座看似不高的海拔两千英尺的山顶，还要颇费一点时间。随着他们离山脚越来越远，达布利亚也变得越来越小，越来越模糊不清。

突然，阿里停下脚步，紧张地观察着四周。

"出什么事了？"

"是山羊，你闻到了吗？"

基蒂用力闻了闻，"没有，什么也没闻到。"

阿里眯起了眼，顺着山路看过去。蜿蜒环绕的山路，逐渐消失在前方，平缓的山坡后面出现一片盲区。

"可能是贝都因人，听说他们最近要过来，一定是昨天晚上就到了，跟我来。"

转过前面的山坡，眼前出现了十几个羊皮帐篷，一群黑色的小山羊正在附近的草地上吃草。两个带枪的牧民走上来，阿里在用阿拉伯语和他们交谈后，便跟着他们走向一个最大的，显然是酋长的帐篷。基蒂边走边发现，他们似乎走进了一个被人类遗忘的角落，好奇的女人们脸上遮盖着奥斯曼硬币编成的面罩，在浸满污垢的黑袍下，散发出浓浓的膻气，孩子们穿着衣不蔽体的破衣烂衫。

一个满头白发的人走出帐篷，和阿里互致问候后交谈了一会，阿里转过身轻声对基蒂说道，"我们必须进去坐坐，否则就是冒犯了他。忍着点，给你吃什么一定要接受，有什么问题事后再说。"

进了帐篷，一股更加浓烈的膻气扑面而来，他们在羊皮地毯上坐下，相互寒暄着。酋长听说基蒂是来自美国，便喋喋不休地讲起了他曾经拥有的一张罗斯福夫人的照片的来历。

午宴大餐开始了，一支油腻的羊腿配着骨髓拌饭塞到了基蒂手上，在酋长的注视下，基蒂津津有味地一点点吃着，不时面带笑容地点点头，赞赏着丰盛的美味佳肴。饭后的水果洗都不洗，浓浓的咖啡甜得让人想吐，杯子上还包着厚厚一层污垢。饭后，就餐者们用衣袖擦着各自的嘴巴，然后把油腻的双手在裤子上蹭了又蹭。阿里客气地又聊了一会儿，便起身告辞。

在远远离开他们的营地后，基蒂长长地舒了口气，"他们看起来真可怜。"

"千万别那样想，他们自认为是这个星球上最自由的人，难道你没看过《沙漠之歌》吗？"

"看过，但我现在知道了，作者一定没有亲历过贝都因人的部落。你们两个刚才在嘀咕什么呢？"

"我告诉他今晚规矩点，不要总想从帕尔马赫那里索要戒指和手表。"

"还有什么呢？"

"他想把你买走，出价六匹骆驼。"

"什么，就那个老怪物，那你怎么回答的？"

"我告诉他，就是看你一眼，也值十匹骆驼。"阿里说着抬头看了看太阳，"天气变热了，我们最好先把厚衣服脱下来包好。"

基蒂脱下外装，露出了里面具有达芙娜花园特色的蓝色短裤。

"该死的，你的打扮真像个土生土长的姑娘。"

他们沿着南面的山路继续向上走着，火热的骄阳，让两个人都大汗淋淋。每当找不到路，必须爬的时候，阿里常常伸出他的大手把基蒂拉上陡坡。黄昏前，他们终于越过了海拔两千英尺的标高。

整个山顶居然一马平川，从山顶南端放眼望去，耶兹里勒谷地尽收眼底。那一块块整齐的农田、环绕着犹太人定居点的林荫草坪、阿拉伯村落那一簇簇白色的房屋、卡迈尔山和地中海，构成了一幅令人瞠目的画面。当来到山顶北端，发现加利利海豁然就在脚下时，对整个巴勒斯坦的南北宽度也即一目了然。基蒂通过望远镜，在阿里的指点下，从索尔和女巫相遇的埃因多尔，转到埋葬着击败了米甸人的犹太勇士吉迪恩的吉勒博阿山，那里也是索尔和他的儿子约拿单大战腓力斯人的地方。

"吉勒博阿山，一座缺水、少雨、贫瘠的山，皆因你卑鄙地放弃了他坚固的防御，出卖了索尔的屏障……"

基蒂放下望远镜，"这么伤感，阿里，居然会诗兴大发。"

"触景生情吧，站在这个地方，很容易让人伤感。你看那边的贝特什恩山谷，传说中，那里曾拥有一座最古老的城市，巴勒斯坦是一个充满传奇的地方。大卫有丰富的历史知识，照他的说法，如果我们在这里做考古挖掘，所有的新兴城市一定遭殃。可以这样说，巴勒斯坦是一座通向历史的桥梁，你现在就站在这座桥的中间。自从人类从石器进入刀斧时代，塔包尔山就成为了战场，希伯来人曾经在这里反抗过罗马人，而它在十字军和阿拉伯人之间易手至少达五十次以上。底波拉带着她的大军隐藏在这里，突袭过迦南人的军队，自古以来，这里战事不断……你知道我们的感受吗？……那就是摩西应该带着他的部落再多走四十年，那我们犹太人就可以有一片安宁的土地了。"

他们漫步到山顶的松林里，随处可见古罗马、拜占庭、十字军、阿拉伯的遗迹，到处都是破碎的工艺品、陶器、残垣断壁、碎石瓦砾。

两座几乎坍塌至地面的修道院（其中一座为希腊东正教，另一座为罗马天主教）让人确信，当年耶稣基督就是在这里得到了升华，就是在这里与摩西和以利亚做过交流。

穿过松林，他们抵达了塔包尔山的最高点，眼前矗立着十字军要塞和撒拉逊人的城堡遗址。在小心翼翼地穿过瓦砾和废墟后，他们爬上了东面一段悬挂在峭壁上的城墙——东翼城墙。从这个位置，放眼望去，加利利海和它的赫淀角一览无余，库尔德人萨拉丁，就是在那个地方，彻底击溃了十字军的大军。

基蒂站在城墙上，清凉的晚风吹散了她的头发，在阿里娓娓道来的《圣经》故事的吸引下，他们又在那里驻留了一会，才恋恋不舍地走下城堡，回到松林旁边。阿里打开毛毯，基蒂带着疲倦的喜悦，舒展地躺了下来，"太美了，阿里，就是我的腿肯定要疼上几天了。"

阿里双手支着头，默默地看着她，心中生出一丝爱的冲动。

黄昏时分，三三两两的帕尔马赫成员陆续抵达了山顶。他们当中，有黑皮肤的非洲人、橄榄色皮肤的东方人、金发碧眼的欧洲人，姑娘们大多身材修长，挺着饱满的胸膛，而土生土长的小伙子，在他们浓密的胡子下，透着一副咄咄进取的自信。这是一次团聚，为保持低调，帕尔马赫不得不把每个集体农庄里的活动控制在最小的范围，而通过这样的团聚，为朋友之间、恋人之间、在城市和乡村工作的成员之间，甚至在同一个定居点工作的成员之间创造了沟通的机会。当久别重逢后，他们之间的相互问候饱含着激情，拥抱、接吻、拍打着对方的肩背，这是一群二十岁上下充满活力的年轻人。

因为听说基蒂要参加这次聚会，约押·亚库尼和塞夫·吉尔博都来了，这让基蒂有些喜出望外。

大卫和卓姐娜也来了，虽然卓姐娜异常不满大卫对基蒂的热情，但还是忍住了没有当场发作。

到黄昏降临时，约两百名帕尔马赫战士都到齐了。他们有人在城堡附近挖了一个大坑，有人为通宵达旦的篝火晚会去捡拾木柴，三只宰杀好的羊被穿上铁钎，准备篝火晚会上的烤全羊。当落日从耶兹里尔谷地消失后，熊熊的篝火点燃了，上面架起了三只烤羊，成双成对的年轻人围聚到篝火旁边，形成了一个巨大的晚会现场。基蒂在约押、塞夫、阿里的簇拥下，成为晚会上最尊贵的客人。

塔包尔山顶响起了嘹亮的歌声，基蒂从达芙娜花园的孩子们那里常常听到这样的歌曲，歌词大意是赞美垦荒后的土地变成了沃土良田、水肥草美，加利利和朱迪亚成为鲜花盛开的家园。他们唱起了关于内盖夫沙漠的变幻莫测，以及近卫军、哈加纳、帕尔马赫的进行曲，他们还唱起了他们的大卫王，似乎他依然巡视在以色列的土地上。

约押盘膝而坐，用指尖和手掌有节奏地敲打着一面羊皮鼓，伴随着悠扬的笛声，演奏出一首古老的希伯来旋律。一些东方姑娘们合着旋律翩翩起舞，婀娜的舞姿让人联想起所罗门时的宫廷盛会。

每一支新歌，每一个舞蹈，都让晚会的气氛变得更加炙热。

"卓妲娜！"有人高声叫道，"卓妲娜，来一个。"

她的亮相，博得了一片喝彩，手风琴奏起了匈牙利舞曲，伴随着有节奏的掌声，卓妲娜以她快速的舞步，一边旋转着，一边从人群中拉出舞伴，让更多的人加入到疯狂的匈牙利民间集体舞当中。黑暗的夜空里，跳跃的篝火辉映着她美丽的面庞和飞舞的红发，充满激情的舞蹈，让她无法停下脚步，直到在节奏越来越快的手风琴和掌声中累得筋疲力尽，才不得不退出舞场。

有人跳出来，掀起了犹太民族传统的霍拉舞的序幕。随着加入者的增多，后来的人在前面的舞蹈者外面又组成了新的一圈。约押和阿里拉起基蒂加入到人群中，随着人流朝一个方向移动着，然后停下来，夸张地一跳，再向着相反的方向舞去。

就这样，他们唱啊跳啊四个小时，依然毫无倦意。大卫和卓妲娜悄悄溜出会场，来到撒拉逊城堡，漫步经过一处处废墟，直到远离回荡在夜空中的歌声和鼓点。他们爬进东翼城墙上的一个小屋，陪伴他们的只剩下耶兹里勒山谷中的阵风。大卫铺好毛毯，两个人立刻拥抱在一起，相互抚摸着，表达着对彼此的爱意。

"大卫，我爱你！"

寂静的夜空中，若隐若现地传来了外面疯狂的乐曲……

"大卫……大卫……"她娇嗔地一遍遍叫着，动情地吻着……

大卫也重复着一遍遍叫着她的名字。

他的手伸进她的衣服,轻轻抚摸着她光滑的肌肤,她把衣服脱掉,偎依在他的怀里,坠入了天人合一的爱河。

激情过后,卓妲娜把头枕在他的怀里,听任他的指尖滑过自己的嘴唇、眼睛以及那满头的红发。

"卓妲娜。"他充满爱意的声音,总会让她激动和怦然心跳。

"还记得我们的第一次吗,大卫?"

"当然。"

"我是沙龙谷地的一支玫瑰,一支百合……"她喃喃地复述着,"随着冬天的离去,暴雨的消失,花开了,鸟来了,大地复苏了。"

四周一片寂静,静得好像能听见彼此的呼吸和心跳。

"'我们是一群狡猾的狐狸,一群糟蹋了葡萄藤的小狐狸,藤连着树,树连着藤,你就是我,我就是你,'大卫……是不是这样?"

大卫附在她的耳边,轻轻说道,"我的宝贝,亲爱的,你额头的细发下,长着一双美丽的眼睛……红润的双唇,让我动情……"

她幸福地把他放在自己胸前的手紧紧按住,任凭他的抚慰……"你饱满的乳房,充满了青春的活力,就像含苞欲放的百合……"

他亲吻着她的双唇……"和我亲爱的人接吻,让我陶醉,即使在睡梦中,也能感受到它的甜蜜。"

他们就这样相拥着,慢慢坠入了梦乡。

凌晨四点,烤全羊和阿拉伯热咖啡准备好了,作为嘉宾,基蒂品尝到第一片。年轻的伴侣们相互偎依在一起,喷香的烤羊让欢乐的歌舞暂时失去了诱惑。

约押继续击打着羊皮鼓,悠扬的笛声抒发着对这片古老土地的感怀。一个来自也门的姑娘,哼起了《圣经》里那些饱含希伯来人的忧伤和他们谜一样人生的故事,用她充满魅力的声音,唱出了大卫诗篇。

在即将熄灭的篝火前,基蒂仔细地端详着面前这一张张面孔。

这是一支什么军队?一支没有军装、没有军衔的军队?一支女人要与男人并肩作战的军队?这些朱迪亚的后人究竟是些什么人?

当目光转到阿里的脸上,她从心底生出一丝寒意,一种电闪雷鸣般的启示让

她明白了:

这不是一支普通的军队。

他们是古老的希伯来人!

第六节

伦敦查塔姆国际关系学院

塞西尔·布莱德舒,矮胖的中东问题专家,一直在研究着来自各个渠道的调查报告。已经三天了,他在尽力消化总结着这些报告。由于巴勒斯坦的托管变得一塌糊涂,他受到了移民署、外交部甚至唐宁街10号越来越大的压力,他必须尽快拿出一个清晰的政策。布莱德舒是一个有着三十七年处理中东问题经历的老手,在此期间,他与犹太复国主义者和阿拉伯人举行过上百场谈判。他的利益是放在阿拉伯人这边的,为此,他一次次地迎合了阿拉伯人的威胁,但这一次,他们真的疯了,让眼下的伦敦谈判彻底破裂了。

很明显,流亡的穆夫提阿明·侯赛尼,正从埃及控制着巴勒斯坦阿拉伯最高委员会,由于担心引起宗教冲突,失去了将他作为战争罪犯绳之以法的机会,我们现在正在为此付出代价。阿拉伯人已经处于极端非理智的状态,他们拒绝与犹太人再谈下去,除非对他们强行提出的单方面条件达成一致。

布莱德舒参与了英法瓜分中东的圣雷莫会议,也是托管条约和《贝尔福宣言》的当事人,当丘吉尔集团把半个巴勒斯坦划出去,成立了泛约旦王国的时候,他是工作小组成员。在以往面对穆夫提制造的骚乱时,他们从来没有起来反对过马加比军中的那些好战分子,犹太恐怖主义者的行动是有充分道理的。

我们再次要求伊休夫中央委员会和犹太人社团协助英国当局铲除那些以马加比军名义为非作歹的匪徒，他们虽然在公开场合谴责了马加比军的恐怖行为，但是他们宣称对这些人没有管束能力。众所周知，犹太人的各个阶层都有相当多的人是赞同那些匪帮的行动的，因此我们不可能得到他们的合作。马加比军的行动已经让我们认为，有必要从巴勒斯坦撤出所有英国公民和他们的家属。

布莱德舒仔细阅读着震惊圣地各地、逐步升级的恐怖袭击报告。

除了匪徒对海法炼油厂的袭击造成损失惨重的两周停产，以及对卢德机场的袭击造成一架喷火式轰炸机被毁外，还发生了十次严重的路边炸弹和十五次对英军设施的袭击，不断增加的迹象表明，哈加纳和它的打击力量帕尔马赫，变得越来越蠢蠢欲动，很有可能参与了最近的几场行动。

阿利亚·伯特漏盆似的浮动贫民窟，将一批批非法移民送上了巴勒斯坦的海岸线。

自从"出埃及号"事件以来，尽管海军加强了巡逻，阿利亚·伯特的行动还是出现了显著的升级。他们通过美国号、圣米格尔号、乌约阿号、阿波利尔号、苏珊娜号、圣菲利普号，从欧洲的难民营运出八千名非法移民。据刚刚得到的情报，又有两条船成功地越过封锁，抢滩登陆。我们在地中海沿岸国家的大使馆和领馆报告，至少有五条船正在改装，企图用于近期向巴勒斯坦的移民运输。

英国在巴勒斯坦驻有强大的军队，塔伽特防线在这个弹丸之地，分布着五十二个要塞，形成了相互交织的网络。此外，还有像以斯帖那样的边境要塞和各个城镇的警察部队，以及驻扎在约旦的阿拉伯军团。除了塔伽特防御体系，英国军队在海法有阿特里特大型军事基地，在耶路撒冷有舒奈勒兵营，在特拉维夫郊外有巨大的撒拉凡德野战军营。

为不断向伊休夫施压,近几个月,我们发起了一系列诸如诺亚方舟、龙虾、马鲛鱼、谨慎、孤立、章鱼、兵营、竖琴等军事行动,这些行动的目的,是要继续围捕非法移民、加强封锁、收缴武器,对我们受到的挑衅进行反击。鉴于伊休夫中所有犹太人都站在他们一边,我们的行动收效甚微。武器被藏在诸如花盆、文件柜、炉灶、冰柜、假桌子腿以及其他各种各样经过伪装的地方,致使收缴武器的行动几乎都是无功而返。妇女和儿童自愿参与藏运武器的活动,我们从犹太人中收买内奸的企图也屡屡受挫。相反,犹太人不仅能够收买到阿拉伯间谍,还能从英军同情他们的人那里搞到他们需要的情报。犹太人正在制造经过改装的武器,斯特恩机枪、地雷、手榴弹的质量和威力都在不断的改善。最近,我们的士兵在一个集体农庄搜查他们的生产设备时,遭到那里的妇女用滚烫开水的袭击……

布莱德舒不仅仅面对着如何掌控托管权的麻烦,同时承受着越来越大的其他外来因素的压力。在英国本土,人民为支付英军在巴勒斯坦的巨大开销,付出了节衣缩食和经济不断恶化的代价,英国人也开始厌恶这场持续已久的流血。在世界政治舞台上,美国的犹太复国主义者说服了杜鲁门,取得了他的同情和支持。

自从我们放弃履行英美委员会的建议,拒绝开放十万犹太人前往巴勒斯坦,我们在盟国中的信誉一落千丈。马加比军的恐怖行动作为一种羞辱,也让我们的信誉受到伤害。最近发生的绑架并经犹太恐怖主义者审判英国法官的行径,让英国当局遭受到从未有过的藐视。

塞西尔·布莱德舒摘下眼镜,揉着发红的双眼,摇摇头,简直糟透了!然后继续翻阅着面前的报告:穆夫提的侄子雅玛尔·侯赛尼又掀起了清洗反对派的暗杀行动,而哈加纳通过阿利亚·伯特以及在阿吉瓦领导下的马加比军更是让局势不可收拾。英国官员居然在大街上受到当众鞭挞的羞辱,士兵在报复袭击中被绞死,曾经在战前两次骚乱中还能保持克制的犹太人,面对阿拉伯人的挑衅,显得越来越难以控制。

"出埃及号"事件让巴勒斯坦的托管权受到致命打击,在官方场合,塞西尔·

布莱德舒似乎失去了继续与犹太人对抗的兴趣。但这个小小的国家占据着经济和战略的重要位置，是帝国命脉的中枢神经，海法的海军基地、炼油厂、对苏伊士运河的影响等，都让人无法轻言放弃。

桌上内部对讲机的蜂鸣声打断了布莱德舒的思路。

"特夫·布朗将军到了。"

布莱德舒与特夫·布朗相互冷淡地打了个招呼。作为仅有的几名倾向犹太人的官方成员，一直对巴勒斯坦的托管持有异议的特夫·布朗，就在这间办公室里，针对"出埃及号"事件，在绝食发生前就提出了让它出航的建议。特夫·布朗的看法是，英国人在巴勒斯坦的忠诚盟友不是阿拉伯人，而是犹太人，他们理应在英国人的支持下，成立一个犹太联邦。

特夫·布朗将军的意见，对以布莱德舒为代表的查塔姆国际关系学院的大多数权威和移民署没有产生影响，即使在这个困难的时刻，他们也没有勇气断然修正以往的错误。苏伊士运河和油田主导着他们的政策，也成为阿拉伯人威胁他们的砝码。

"我一直在研究这些报告。"布莱德舒说道。

特夫·布朗点上他的雪茄，"是啊，有趣的报告，犹太人当然不会按照我们的想法退回大海。"

面对将军嘲讽的态度，布莱德舒一边不耐烦地在桌上敲着他粗短的五指，一边说道，"我必须在几周内拿出一个意见。"

"把你的真知灼见先放一放，克莱伦斯勋爵，我认为哈文·赫斯特的警告是明智的，该对犹太人严厉一些了。"

"哈文·赫斯特绝对胜任你的决定，除非你要从狱中大赦几个纳粹替代他，但我们在巴勒斯坦有文职政府……有总督署呀。"

布莱德舒的脸在勋爵的冷嘲热讽下变得通红，他竭力控制着自己近来日益火爆的脾气，"我认为到了赋予哈文·赫斯特更大权力的时候了。"说着，他从桌上拿起一份文件递给特夫·布朗。

这是一份写给英国驻巴勒斯坦司令官，享有爵士头衔并荣获金十字、铜十字勋章的阿诺德·哈文·赫斯特将军的信，"鉴于情况已经恶化到除非你采取行动立刻稳定局势，否则我不得不把问题提交联合国讨论。"

"讲得好，布莱德舒，如果你爱好阅读恐怖小说，哈文·赫斯特肯定不会让你失望。"

巴勒斯坦萨法德市

"出埃及号"事件一结束，布鲁斯·萨瑟兰德旅长就接到了退休命令。他来到巴勒斯坦，在北加利利胡拉谷地的入口处，靠近古城萨法德附近的迦南山安顿下来。

自从母亲去世，布鲁斯·萨瑟兰德终于发现自己可以松一口气，睡个好觉，从以往的煎熬中找到一份暂时的平静。他在萨法德郊外三英里的迦南山上，买下一栋豪华的别墅。蔚蓝的天空和徐徐的清风，让他的家沐浴在巴勒斯坦夏季温暖的环抱中。这是一栋红色屋顶和大理石地面的白色建筑，地中海风格的装饰，让它显得明亮、通透。别墅的后院，一片足有四个杜纳亩大的梯田，经过改造，变成了一个花园，里面种植的四百株加利利蔷薇，繁花似锦，生机盎然。

从后花园眺望山谷对面的萨法德，圆锥形的城市轮廓，显得极为壮观。弯弯曲曲的盘山公路，沿着萨法德山麓，艰难地爬向三千英尺高的山巅，爬向那古希腊风格的城堡。像巴勒斯坦境内的大多数山峰一样，萨法德山顶的城堡，曾经是希伯来人反抗古希腊和古罗马人的要塞。

就这样，萨瑟兰德在自己的玫瑰园里享受着平静的田园生活，有时也为学习希伯来语和阿拉伯语去城里转转，或者漫步于萨法德的大街小巷，独自品味着它的魅力。这是一座毫无规划、沿着山势自然形成的城市，东方式的狭窄街道，盘旋着通向山顶的古希腊城堡。一栋栋风格各异的建筑，带着它们千奇百怪的门窗和阳台，层层叠叠，拥挤不堪，给这座古城增添了几分奇特的情趣。

犹太人居住在这个城市的第十区，他们是一些贫穷但很虔诚的教徒，依靠宗教团体的资助和救济生活。萨法德是犹太教中的神秘主义教派——卡巴拉教派的中心，在这里，古老的卡巴拉教徒把他们的一生，都奉献给了祈祷和对宗教的研究，他们的故事，和这座城市一样丰富多彩。他们身着古怪的东方装束，漫步在一排排矮小的店铺前，由于文静和与世无争，每一次穆夫提煽动的骚乱，都使他们饱受摧残。

卡巴拉的历史，真实地记录了犹太民族在圣地生存发展的历史。十字军铁骑曾经让犹太人流离失所，但卡巴拉教徒在十字军被打败后便返回萨法德，从此再没有离开。在萨法德的公墓，伟大的卡巴拉学者的墓地可以追溯到五百年前，按照卡巴拉教徒的信仰，死后葬在萨法德的人能够直接升入伊甸园。

萨瑟兰德常常饶有兴致地穿行在曲折的小巷中，仔细地观察着随处可见的小小的犹太教堂，在拉比们讲述的历史传说和身边的人流中，感悟着卡巴拉教的宗教神秘。

萨法德的阿拉伯人居住区，和世界上任何一个阿拉伯城镇一样，拥挤着简陋破旧的建筑。但在宜人的气候和美丽的自然风光的吸引下，很多地主老爷带着家人来这里大兴土木，盖起一座座巨大豪华的别墅。就这样，犹太人在迦南山上，而富有的阿拉伯人在萨法德城内，兴建了很多房屋和别墅，萨瑟兰德在两边都找到了自己的朋友。

阿拉伯人是擅长在废墟上重建家园的专家，在萨法德的阿拉伯人居住区，中世纪的遗址被改建成为现代建筑，其中的代表作是在十字军时期的匈牙利女修道院的废墟上，重建了富有特色的雅各之女清真寺。

古希腊城堡堪称萨法德的城市瑰宝，通向山顶的崎岖山路旁，坐落着古老的圣殿骑士和希伯来要塞的废墟。当你置身山顶，流连忘返在苍松翠柏和野花丛中，俯瞰南面的加利利海、北面的胡拉湖和约旦河，远眺地平线上的赫尔蒙山，近观梅隆山西面整个加利利地区的千沟万壑，你会为眼前的美景而陶醉。

就在这座山上，希伯来人的祖先每年都要点起祝福新年的火焰，火光信号通过一座座山峰传递下去，预示着新的一年的开始。在公历历法诞生前，犹太民族的宗教年历，是在博学多才的拉比们计算后产生的，新年的火光经过一座座山峰，从耶路撒冷、塔包尔山、吉勒博阿到萨法德再到巴比伦，把希望带给所有在煎熬中度日的犹太人。

萨法德城外通往迦南山的路上，塔伽特防线上巨大丑陋的水泥要塞，亵渎了萨瑟兰德别墅前诗一样美的画面。

萨瑟兰德在前往传说中的哈措尔古城、黎巴嫩边界的以斯帖要塞、阿布·耶沙的约书亚墓地的旅行途中，路经达芙娜花园，和利伯曼博士以及基蒂·弗里蒙特交上了朋友。基蒂和萨瑟兰德曾经在塞浦路斯有过一面之交,对再次重逢都感到很高兴。在基蒂的说服下,萨瑟兰德尝试着作为孩子们的庇护人,邀请一些心理受到严重伤害的孩子去他的别墅做客,很快,两人之间就建立了紧密的联系。

一天下午,萨瑟兰德从达芙娜花园返回别墅,惊讶地发现他过去的副官弗瑞德·考德威尔正在等他。

"来巴勒斯坦多久了,弗瑞德?"

"刚到。"

"在哪儿供职呢?"

"耶路撒冷,情报部刑事调查处的联络官。他们最近有些人事变动,好像我们中间有些家伙与哈加纳甚至马加比军有联系。"

萨瑟兰德对此并不感到奇怪。

"坦白讲,长官,我这次并非是专程来探访的,由于曾经在你手下工作过,哈文·赫斯特将军特意要我代表他来看看你。"

"哦?"

"你应该知道,我们正在组织实施玛丽行动,要从巴勒斯坦撤走所有非战斗人员。"

"可我听说它叫白痴行动。"萨瑟兰德打断了他。

弗瑞德对他的嘲讽礼貌地笑笑,清了一下嗓子。

"哈文·赫斯特将军想知道你有什么计划。"

"我没有任何计划,这是我的家,我就待在这儿。"

弗瑞德的手指不耐烦地在桌上敲点着,"我的意思是,长官,哈文·赫斯特将军一再要我强调清楚,一旦其他非战斗人员撤离后,他将无法保证您的安全,如果您不走,会给我们造成很大麻烦。"

哈文·赫斯特早就了解萨瑟兰德的立场,一直在担心他会与哈加纳合作,考德威尔委婉的表达,掩饰不了他们要自己赶快滚蛋的真实含义。

"请转告将军,谢谢他的好意,我很理解他的难处。"

萨瑟兰德看到弗瑞德还想解释,就站起来,把他送到大门口,上了他的军用吉普车。他注视着吉普车驶向塔伽特要塞,对弗瑞德笨拙的警告方式感到好笑。

他转身回到房间,思考着,自己的人身安全确实有些问题。一个与阿拉伯人友好相处、独自住在迦南山上的退休英国将军,很容易成为马加比军的目标,尽管他们要深思熟虑这样的行动是否值得。至于哈加纳方面,应该没有危险,根据他的了解,哈加纳的行动是有分寸的,而且从不屑于搞什么暗杀。最大的不确定性是在侯赛尼那边,自己有很多犹太朋友,其中或许还有马加比军的成员,不知道他们会怎么看。

布鲁斯·萨瑟兰德沉思着,不知不觉到了后花园,早春的玫瑰正在含苞待放,他凝视着山谷对面的萨法德:好不容易才找到的平静和梦想,不能就这么轻易离去,他不走,永远都不会离开这里。

考德威尔离开萨瑟兰德后,驱车来到塔伽特要塞。他穿过四道防守严密的城墙,来到要塞的营房和办公区,刚在中心广场把车停下,就接到命令去情报部报到。

"今天晚上回耶路撒冷吗,考德威尔少校?"刑事调查处检察官问道。

弗瑞德看看表,"是的,准备回去。现在出发的话,天黑前就可以到了。"

"很好,这边有个犹太人要送到耶路撒冷去审问,是个马加比军的罪犯……一个危险分子。他们可能知道我们抓住了这个家伙,一定在盯着我们的囚车,让你的车带过去可能安全些。"

"没有问题。"

"带那个年轻人过去。"

两个士兵把一个带着手铐脚镣、嘴上贴着胶布、脸上布满伤痕的十四五岁的男孩儿拖了过来,检察官走过去,"这个小杂种叫本-所罗门,千万别让这张天使似的脸蒙骗了你。"

"本-所罗门?我不记得名单上有这个名字。"

"昨天晚上抓到的,袭击萨法德警察局,抢夺那里的武器,一颗手榴弹要了我们两个警察的命,是不是,你这个杂种?"

本-所罗门静静地站着,愤怒的眼神轻蔑地看着检察官。

"不要拿下他嘴上的胶布,考德威尔少校,否则他会不停地给你唱他的赞美诗，这是个极端狂热的小杂种。"

检察官在男孩儿轻蔑的注视下勃然大怒，他走到男孩身边，一拳打在孩子的脸上，把他打倒在地，鲜血染红了他的镣铐。

"赶快把他带走！"检察官神经质地咆哮着。

男孩被扔进了吉普车后面的车厢里，一名武装士兵坐到后面，考德威尔上了车，命令司机出发，离开了塔伽特要塞。

"小杂种。"司机嘟囔着，"要我说，考德威尔少校，他们应该给我们一些时间好好教训教训这些犹太人，我们有这个权力。"

"我一个朋友上周倒是有个机会，"坐在后面的卫兵插嘴道，"但他老婆刚给他添了个娃娃，让他乐得成了个白痴，结果被马加比军一枪打穿了脑袋。"

汽车驶进贝特什恩山谷，三个人松了口气，这里是阿拉伯人的势力范围，他们可以到耶路撒冷地区再绷紧神经了。

考德威尔转过身，盯着躺在后排座椅下的男孩，内心深处泛起一阵厌恶。他痛恨布鲁斯·萨瑟兰德，非常清楚萨瑟兰德在帮助哈加纳，是个犹太狂，塞浦路斯的灾难，就是在他有意纵容下发生的。

考德威尔脑海中浮现出在卡瑞勒斯拘留营铁丝网旁，一个肥胖的犹太婆娘啐他时的情景。

他再次转过身，盯着那个男孩，坐在后排的卫兵，正将沉重的皮靴踩在孩子的脸上，得意地笑着。

"该死的犹太人。"考德威尔从嗓子眼里哼哼着。

他一想起犹太人，就感到恶心：伦敦的礼拜堂里，一张张满是胡子的脸，散发着阵阵泡菜的酸臭；长长的典当行后，条凳上的他们，弯腰弓背，念念有词；头戴黑色小帽，走在上学路上的孩子……

他们的车接近了阿拉伯人的城镇——纳布卢斯。

当想起军官俱乐部里关于犹太佬的笑话，他忍不住笑了起来，还有跟着妈妈在诊所里见过的傲慢的犹太医生……

他们居然认为希特勒错了，考德威尔愤愤不平地想着，他是有道理的，遗憾的是战争结束的太快了，没有给他时间完成他的使命。考德威尔想起与萨瑟兰德进入卑尔根-贝尔森时的情景，萨瑟兰德对那里发生的一切很震惊，但他就没有，在考德威尔的意识里，犹太人死的越多越好。

他们的车开进了一个阿拉伯人的村庄，这里是侯赛尼的一个据点，以对伊休夫充满敌意而闻名。

"停车。"考德威尔说道，"你们两个听我的命令，把这个犹太佬扔出去。""少校，他们会杀了他。"卫兵警告着。

"我承认对犹太人很反感，长官，但他是战俘，我们有责任把他移交给当局。"司机说道。

"都给我住嘴！"考德威尔神经质地咆哮着，"我命令把他扔出去，你们两个要发誓，他是在路上被马加比军截走了。如果乱讲，可别怪我不客气，听明白了吗？"

两个士兵被考德威尔的疯狂吓呆了，机械地点点头。

他们打开了本-所罗门的镣铐，吉普车经过一个咖啡馆时放慢了速度，他们把他推了下去，然后加速驶向耶路撒冷。

一切尽如考德威尔预料的，一小时后，本-所罗门被杀，他的头被割了下来，二十个阿拉伯人，提着他的头，狂笑在镜头前。照片向所有犹太人发出了警告，这就是他们的命运。

弗瑞德·考德威尔少校犯了一个致命的错误，咖啡馆里，一个阿拉伯人目睹了孩子被从车上推下来的情景，他是马加比军的成员。

佩戴着金十字和铜十字勋章的阿诺德·哈文·赫斯特将军对塞西尔·布莱德舒的来电极为不满，在耶路撒冷舒奈勒军营将军的司令部里，他来来回回地在办公室里走着，然后拿起来电，重又念了一遍：鉴于情况已经恶化到除非你采取行动立刻稳定局势，否则我将不得不建议把问题提交联合国讨论。

联合国！亏他想得出来。高高的金发将军不屑地哼了一声，把来电揉了揉扔到地上。一周前，哈文·赫斯特已经发出命令，禁止与所有的犹太企业来往。

五年了，"二战"中他就向内政部发出警告，不要让犹太人加入英国军队，但他们就是不听。现在可好，要失去巴勒斯坦的托管了。哈文·赫斯特走到办公桌前，开始给布莱德舒回电。

建议立即采取以下几点以恢复巴勒斯坦的稳定：

1. 中止所有民事法院的活动，由军事长官颁布民事和刑事处罚条令；
2. 解散伊休夫中央委员会、犹太人定居协会以及他们所有的分支机构；
3. 停止发行所有犹太人的报刊杂志；
4. 尽快低调处决六十名伊休夫高层人物，阿明·侯赛尼的做法证明这是解决政敌的捷径，这件事可以交给阿拉伯盟友去完成；
5. 充分发挥泛约旦的阿拉伯军团的作用；
6. 抓捕几百名伊休夫的中层骨干，立刻放逐到偏僻的非洲殖民地去；
7. 授权军事长官，摧毁所有藏匿武器的集体农庄、合作社、村庄甚至城镇，组织实施全国范围的清查，将所有的非法人员立即驱逐；
8. 针对马加比军的任何恐怖活动，实行全体犹太人集体受罚的做法，要罚得他们不敢再与那些家伙合作；
9. 重奖那些出卖马加比恐怖分子、阿利亚·伯特的特工、哈加纳组织高层首脑的人员；
10. 对抓捕到的马加比分子，就地正法；
11. 立即对犹太人的商业和农业实行制裁，暂停犹太人的所有进出口，严格控制犹太人的车辆使用；
12. 对集体农庄采取军事行动，摧毁帕尔马赫的藏身地。

我的部队一直是在极其复杂的环境里作战，常常为了约束自己，保持克制，无法充分有效地运用我们的军事力量，造成马加比军、哈加纳、帕尔马赫、阿利亚·伯特把我们的克制视为是软弱可欺。如果我得到授权，相信会很快让局势恢复正常。

　　　金十字、铜十字勋章获得者阿诺德·哈文·赫斯特勋爵

伦敦查塔姆国际关系学院

当特夫·布朗将军走进塞西尔·布莱德舒的办公室时,发现他的脸色非常难看。

"布莱德舒,你如愿了,这就是哈文·赫斯特的答复。"

"这个家伙疯了吗?我的天,他的报告就像是阿道夫·希特勒的'最后解决方案'。"

布莱德舒拿起哈文·赫斯特的十二点建议,摇着头,"上帝理解我们为什么要捍卫巴勒斯坦,但不是靠烧杀抢掠,我不能向上面提出这样的建议,即使我同意,我们有足够的部队去实现吗?克莱伦斯男爵,我把一生奉献给了帝国,很多时候都被迫为了实现我们的目的而不择手段,但我也相信上帝,并非只有一种途径才能赢得巴勒斯坦。这一次我是要金盆洗手了,让别人去为哈文·赫斯特背书吧……反正我不管了。"

他拿起哈文·赫斯特的十二点报告,揉成一团,扔进烟灰缸,点上根火柴,看着它烧成灰烬。"感谢上帝,我们终于有勇气面对我们的罪过了。"他喃喃地说着。

巴勒斯坦的托管权,一夜之间,成为联合国的重要议题。

第七节

这是1947年的早春,阿里·本－迦南似乎从基蒂·弗里蒙特的生活中消失了。自从塔包尔山那次见面后,她就再没有见过甚至听到他的任何消息。如果阿里托卓妲娜带过信,她也从没提起过,两人之间几乎没话。基蒂曾试着缓和一下关系,都被卓妲娜拒绝了。

为恢复秩序,巴勒斯坦的托管权问题被提交给了联合国。联合国的有关机构正在成立一个由中立国家组成的小型调查委员会,以便向联合国大会提交他们的调查报告和建议。伊休夫中委会和世界犹太复国主义大会接受了联合国的调停,但在另一方面，阿拉伯人利用威胁、制裁等施加各种压力，拒绝巴勒斯坦问题的解决。

在达芙娜花园，青年团开始加紧备战。这里变成了主要的军火仓库，孩子们把步枪运进来，擦干净，再用卡车送到胡拉谷地的各个定居点和帕尔马赫那里。凯伦一次次被派出去执行走私武器的任务，她和其他孩子一样，无条件地接受了委派给他们的各项工作。每一次凯伦外出，都让基蒂的心悬到了嗓子眼，但她保持着沉默。

尽管毫无结果，凯伦仍在固执地寻找着父亲，只是曾经在她心底里的那点希望，变得越来越渺茫。

她保持着和汉森夫妇的联系，每周都给他们去信，每周都收到他们从哥本哈根的回信，或者邮包。汉森夫妇已经不再对她返回丹麦抱有奢望，即使凯伦找不到父亲，从她的信中，他们可以感到她对巴勒斯坦，对作为一个犹太人的认同。她唯一的顾虑，是基蒂·弗里蒙特的态度。

杜夫·兰道的情绪一直摇摆不定，有时他从自己的世界走出来，似乎与凯伦的友谊又进了一步，但他的粗俗与自卑，又迫使他重新回到自己的内心世界。在理智时，他会痛恨自己的痴心妄想，而对凯伦的忠诚，又会给他一种爱恨交加的悲哀。他不愿让自己的陋习玷污凯伦，但也不想失去他渴望的人性纽带。每当陷入个人痛苦中时，他总是默默地凝视着手臂上的蓝色图腾，然后从读书、绘画中找到内心的寄托。凯伦总会在他心情最坏的时候，带给他温暖和安慰，使他免于沉沦。

基蒂·弗里蒙特以她出色的表现，成为达芙娜花园最有影响的人之一，成为利伯曼博士的依靠。作为一个富有同情心的外来人，她越来越主动承担起更多的额外工作，而与利伯曼博士之间日益加深的友谊，也成为她最好的回报。她把自己融入了达芙娜花园的生活，为那些遭受过心理创伤的孩子们做了大量工作，但她有意保持着与这些犹太人的距离，她需要这样。

和布鲁斯·萨瑟兰德在一起，才真正让她感到轻松。她越来越盼着能够经常带着凯伦去他的别墅做客，只有在那里，她才能不断体会出与犹太人之间的区别。

哈里特·舒茨曼来过两次达芙娜花园，这个老人每次看到基蒂，都希望她能接手在特拉维夫附近新成立的一个青年阿利亚中心的工作。基蒂充满魅力的团队能力、严谨的作风、丰富的经验，是任何一个新成立的中心所急需的，哈里特·舒茨曼精明地看到，像基蒂这样的外来影响力，为青年阿利亚中心的发展提供了巨大的帮助。

基蒂谢绝了哈里特的请求，她在达芙娜花园已经安顿下来，特别是有凯伦在身边。她不想在青年阿利亚寻找归宿，所以缺乏热情。

但主要原因还是她不想承担过多责任，以免参与到武器走私和青年团的行动中去。她必须严守中立，她的工作只能保持在业务层面上，而不能涉及政治。

基蒂·弗里蒙特在凯伦·克莱门特眼里就像是一个取代了父母的大姐姐，一个她生活中不可缺少的人。丹麦的汉森夫妇已经离她的生活越来越远，父亲也一直杳无音信，杜夫不能给她任何安慰，只有基蒂让她感到有了依靠。她知道，基蒂鼓励她的这种依赖性，希望这种依赖能够让她远离那股无形的力量——埃雷兹·以色列。

随着时间的流转，达芙娜花园迎来又送走了一个个节日。

冬季结束时的第一个节日是植树节，这一天成为达芙娜花园大规模植树造林的日子。

三月下旬是犹太人的无名英雄日，卓姐娜·本－迦南带领青年团全体人员，沿着边界线上的山峦，来到巴拉克和阿吉瓦从黎巴嫩进入巴勒斯坦的地方——特拉哈。在这片神圣的土地上，全体帕尔马赫和青年团的战士们站在特鲁波莱多的墓碑前，向新时代的英雄们致以他们崇高的敬意。

令人期盼的普林节的来临，让整个达芙娜花园像过嘉年华那样披上了四旬斋和万圣节似的盛装。关于普林节的传说，让孩子们了解到，是女王以斯帖从波斯帝国的统治下挽救了犹太民族。在恶毒的亚玛力人哈曼阴谋消灭犹太民族的时候，以斯帖揭露了哈曼，拯救了她的人民。边境上以斯帖要塞她的墓地旁，节日的庆典成为必不可少的一项活动。普林节的传说，对达芙娜花园的孩子们来讲是一个真实的故事，几乎所有的孩子，都曾经是现代的哈曼——希特勒的受害者。

从逾越节之后的满月开始，到五旬节前的三十天里，成为希伯来人反抗罗马人第二次起义的纪念节日。在那段日子里，人们在埋葬着伟大先人的地方，在不朽的哲学家和物理学家摩西·迈默尼德的墓前，在拉比海亚、埃列则、卡哈纳以及伟大的革命先驱拉比阿吉瓦的墓前，在奇迹的创造者拉比梅尔的墓前，献上他们由衷的敬意。节日的凭吊源自太巴列，后经萨法德虔诚的教徒们把这种凭吊演变为一场盛会，传到梅龙。在梅龙，古老残缺的犹太教堂，至今仍大敞殿堂，期盼着弥赛亚的回归。

节日里最隆重的凭吊，发生在拉比西蒙·巴尔·约海的墓前。巴尔·约海蔑视罗马人封杀犹太教的法令，跑到一个叫贝京的村落，躲藏在那里的岩洞里，以上帝赐给的长豆角和泉水为生。在他隐居的十七年里，每年都有一天出现在梅龙，为他的信徒传授被罗马人禁止的律法。传闻，伊斯兰教徒和基督徒都不否认，他们宗教生命的延续，那些为犹太教献身的拉比们功不可没。没有犹太教和神圣的律法作基础，基督教和伊斯兰教就失去了他们学说中丰富的源泉。

藏匿期间，巴尔·约海著述了神秘主义的卡巴拉教派的标准读本、对摩西五书的注解——《光明篇》。为纪念西蒙·巴尔·约海，哈西德教派和卡巴拉教派的信徒，从巴勒斯坦各地来到圣城太巴列和萨法德，再到梅龙，举办几天几夜的祈祷和庆典活动。

五月来临，雨季过去，绿色覆盖了胡拉谷地以及黎巴嫩和叙利亚的群山，遍地的野花和加利利春天的玫瑰绽放出万紫千红的色彩，在五旬节前夕，达芙娜花园开始准备庆祝收获季节的到来。

巴勒斯坦犹太人深爱着那些与农业生产有关的节日，每逢五旬节来临，胡拉谷地的各个定居点都有代表来到达芙娜花园，和孩子们一起欢庆这个丰收的日子。

一车亚德·埃尔合作社的社员，以及萨拉·本－迦南的到来，让达芙娜花园充满了过节的气氛。

其他集体农庄，如：黎巴嫩边境上的科法尔·吉拉迪、湖边的阿耶里特·哈沙哈尔和埃因奥尔、叙利亚边境上的丹和山顶上的马纳拉等，也都派出了他们的代表。

利伯曼博士向哈里特·舒茨曼和基蒂表达了他的遗憾，从阿布·耶沙来的阿拉伯代表只有往常的一半，塔哈也没有出现。

基蒂关注着抵达的车辆，希望能找到阿里的身影，她失望的表情，让站在一边的卓妲娜感到很得意。

作为朋友的以斯帖要塞的一些英国士兵也来和孩子们欢庆节日，每当大搜捕时，他们总会提前向犹太人发出警告。

节日的气氛轻松愉快，活动安排有体育比赛，开放教室和实验室，中心花园的大型霍拉舞会，还有室外长桌上诱人的美味佳肴。

傍晚，苍松翠柏中，沿着山岩凿出的露天剧场座无虚席，周围草坪上也挤满了人，当夜色降临，松林上装点的彩灯，放出五颜六色的迷彩。

利伯曼博士在达芙娜花园乐队的"希望之歌"演奏之后，向来宾表示欢迎，宣布节日游行开始。贵宾席上就座的有：基蒂、萨瑟兰德、哈里特·舒茨曼。

凯伦骑在一匹白色的高头大马上，带领着手举大卫之星旗帜的旗手方阵，走在游行队伍的最前面。她身着农庄特色的深蓝色裤子和针织上衣，脚穿便鞋，浓密的褐发挽成一把刷子，垂在胸前。基蒂在看到她的第一眼，心中就生出一种不安。

眼前的凯伦，已经变成一个地地道道的犹太人。

我彻底失去她了吗？晚风吹动着旗帜，让她的马躲闪了一下，但她迅速控制了它。她走了，就像离开汉森夫妇那样，基蒂沉思着。

看到哈里特·舒茨曼在观察自己，基蒂垂下了眼帘。

凯伦消失了，游行在继续：擦洗得铮亮的五辆拖拉机，满载达芙娜花园自己生产的水果、蔬菜、谷物走了过来。

用达芙娜花园盛产的鲜花装饰起来的吉普车、卡车、旅行车走了过来；站在卡车上，高举着镰刀、锄头、耙子以及其他工具的孩子们走了过来。

家畜大军出现在游行队伍里，走在前面的是身披彩带和鲜花的奶牛，后面跟着鬃毛光泽、尾巴编织整齐的骏马，然后是羊群，最后是带着猫、狗、猴子、白鼠等宠物的群众，兴高采烈地走了过来。

孩子们走过来了，他们手举自己纺织的布匹、印刷的报纸、编织的竹筐和烧制的陶器，殿后的是朝气蓬勃的体育健儿。

游行结束后，观众席中爆发出热烈的掌声和欢呼。

利伯曼博士的秘书悄悄走到他的身边，在他耳边轻轻说了两句。

"对不起，我有个重要的电话。"

"快点回来。"哈里特·舒茨曼对他说道。

松林中的彩灯熄灭了，整个剧场瞬间变得一片漆黑，直到一束灯光射向舞台。在羊皮鼓和笛子演奏的古老的乐曲声中，舞台帷幕徐徐打开，孩子们为观众献上一幕舞蹈——鲁思之歌。凄凉的背景音乐，让整个剧场陷入了一片寂静。

演员逼真的服装设计，婀娜舒缓的舞蹈动作，立刻把观众带进了鲁思和内奥米的那个年代。接下来的舞蹈显得热情奔放，让基蒂想起了在塔沃尔山那天晚上的一幕。

她越来越感到，这是一个有着灿烂文明的民族，一个为了以色列的再度辉煌，勇于奉献的民族。

凯伦出现在舞台上，引起了一阵骚动。作为鲁思的扮演者，她以舞蹈向人们讲述了一个美丽通俗的故事，一个摩押姑娘和她的希伯来婆婆去面包房的故事，一个自马加比家族以来，每逢五旬节都不断重复的关于爱和上帝的故事。

在犹太人的土地上，鲁思是一个异教徒，但这丝毫不影响她是大卫王祖先的身份。

当凯伦模仿着鲁思对内奥米表白，她愿意随内奥米前往希伯来人的国家时，基蒂的目光停留在了凯伦身上。

"不管你去哪儿，我都会跟着你去哪儿；你的人民就是我的人民；你的上帝也是我的上帝。"

基蒂从没感到如此沮丧，还能把凯伦拉回来吗？基蒂·弗里蒙特是个外人，她愿意这样，做个在希伯来人中的异教徒。但要说出"你的人民就是我的人民"，她做不到，这意味着将永远失去凯伦吗？

利伯曼博士的秘书过来轻轻拍了拍她的肩膀，"博士请你立刻去他的办公室一下。"

基蒂抱歉地从她的椅子上溜下来，走出剧场，回过头又看了一眼，台上正在上演丰收的喜悦，劳累的凯伦，沉睡在波阿斯的腿上。她转过身，离开了剧场。

路上漆黑一片，她打开手电，小心翼翼地避免掉进战壕里。在穿过中心花园和走过达芙娜铜像后，仍然可以听到身后的羊皮鼓和笛声，她加快了脚步，朝着那盏亮着昏暗灯光的房子走去。

当迈进办公室,看到博士的表情,她惊讶地问道:

"我的天,出什么事了吗?"

"凯伦的父亲有消息了。"他轻轻说道。

第八节

第二天,布鲁斯·萨瑟兰德开车送基蒂和凯伦去特拉维夫。基蒂借口要去买一些东西,顺便带凯伦去转转。中午前,他们抵达了特拉维夫,在沿地中海岸的哈尔肯大街的盖特里蒙酒店住下。午饭后,萨瑟兰德找了个借口离开了。由于所有的商店都在午休,基蒂带着凯伦在酒店下面的海滩上转了转,又去游了个泳。

下午三点,基蒂要了辆出租车,按照达芙娜花园一个朋友的推荐,前往一家有名的阿拉伯和波斯铜器市场,她要为宿舍配置一些用品。出租车拉着她们经过一条狭长弯曲的街道,来到雅法市中心的跳蚤市场。十字军城墙下,排着醒目的长长一排店铺。她们在其中一个墙洞前停下车,洞口坐着一个昏昏欲睡的胖子,眼前遮挡着一顶红色的土耳其毡帽。基蒂和凯伦打量了一下商店,大概五英尺宽,不太深,墙上挂满盆盆罐罐、锅碗瓢盆、花瓶烛台,空气中一股强烈的味道,地上脏的至少十年没有扫过。

阿拉伯人朦胧中感觉来了客人,睁开眼,殷勤地打着手势请她们进去。他推开两个箱子上的铜器,让她们坐下,然后跑出去,吩咐大儿子为尊贵的客人送上了咖啡。基蒂和凯伦品了品,礼貌地笑笑。他的儿子呆呆地站在门口,看热闹的人在外面挤成一团。很快,他们之间的交流出了问题,语言和手势都毫无意义。不管是凯伦的丹麦语、法语、德语、英语、希伯来语,还是基蒂的英语、西班牙语、磕磕巴巴的希腊语,胖胖的阿拉伯人只懂阿拉伯语。他让儿子去找来市场翻译,在一口蹩脚英语的翻译帮助下,她们彼此才明白了对方意思。

基蒂和凯伦在布满灰尘的古董堆里翻找着，有些器皿已经失去光泽，表面覆盖着至少几百年以上的泥土，一看就是真货。经过四十分钟仔细挑选，她们相中了一对花瓶，三个做工精细的阿拉伯长嘴咖啡壶，一个手工雕刻着上千传奇人物的波斯大铜盘。基蒂在确认了把它们清洁抛光并送到酒店没有问题后，开始问价钱。翻译和店主嘀咕着，外面看热闹的人纷纷挤了上来。

翻译转过身，叹着气道，"阿基姆先生，心都碎了，这些宝贝，离开他了。他以安拉的名义发誓，光盘子就有三百年历史。"

"我只想知道要多少钱才能修复那颗破碎的心。"基蒂问道。

"因为太太，你的女儿很美，阿基姆先生出个好价，所有这些加起来，一共十六英镑。"

"太便宜了，简直像是做贼。"基蒂私下对凯伦说道。

"你不能这样大方，"凯伦夸张地说道，"难道你要让他感到自己吃亏了吗？"

"我接受了，"基蒂小声说，"光那个盘子在美国就值三四百美元。"

"基蒂！求求你！"凯伦大叫着，挡在基蒂前边，一脸的不屑，阿基姆的笑容消失了。"九英镑，"她果断地回了个价。

翻译把话翻给了阿基姆先生，他立刻搥胸顿足地大喊起来：他要养活一个大家子……他的好心没有得到好报……这两个眼毒的女人挑走了他最心爱的宝贝……以他的人格、他父亲的人格、安拉的胡子作保证，不能低于十三英镑。

"十二英镑，没有商量。"

阿基姆抽泣着，尽管自己被敲诈，但一个可怜的阿拉伯人能怎么办呢？在两个聪明的女人面前，他只好认倒霉，十二个半英镑。

成交。

讨价还价结束了，里里外外的人脸上露出了笑容。阿基姆热情地握住基蒂的手，祝福她和凯伦以及她们的儿女幸福。基蒂留下饭店地址，告诉他把东西清理包好送到饭店再拿钱，然后给翻译和一边的阿基姆那个傻儿子付了小费，和凯伦离开了那里。

她们在市场里逛着，吃惊地看着眼前拥挤的店铺和脏乱的街道，当逛到街底时，一个看起来土生土长的犹太人走到凯伦的身边，用希伯来语和她交谈了两句，便转身离开了。

"他想干什么？"

"他看我穿着制服，以为我是犹太人。他问你是不是英国人，我告诉他你是谁后，他建议我们回特拉维夫去，免得惹麻烦。"

基蒂顺着街道看过去，那个人已经不见了。

"他一定是马加比军的。"凯伦猜测着。

"那我们就离开这儿。"

直到远离雅法，基蒂悬着的一颗心才平静下来。她们来到艾伦比路和罗斯恰尔德大街的十字路口，艾伦比道路两边新建的商店、笔直的罗斯恰尔德大街和两旁白色的现代化三层公寓、川流不息的车辆和来去匆匆的人流，与雅法的跳蚤市场反差太大了。

"真让人激动，"凯伦表达着她的兴奋，"这里的人，从司机到服务生到销售员……都是犹太人，太出人意料了。是他们建起了这座城市……犹太人的城市，你能理解吗……一座完全属于犹太人的城市。"

基蒂显得有些不高兴。

"我们有很多著名的犹太人在美国，凯伦，作为美国人，他们生活得很幸福。"

"那和在一个犹太国家不一样，不管你在哪儿，做什么，当你意识到这个世界有一个角落属于你，需要你，那种感觉真的不一样。"

基蒂在钱包里掏着，拿出一张纸片，"这个地址在哪儿？"

凯伦看看，"过去两个街区，你什么时候学学希伯来语呢？"

"恐怕是不会了。"基蒂说着，很快又补充道，"昨天我试着说了两句，崩了两颗牙。"

她们按照地址找到了一家服装店。

"你想买什么呢？"凯伦问道。

"给你买身像样的行头，你的打扮让萨瑟兰德将军和我很吃惊。"

凯伦显然一愣，嘟囔着："我不要。"

"怎么了，宝贝？"

"我这身衣服不是很好嘛。"

"那是在达芙娜花园穿的衣服……"基蒂说道。

"我有衣服。"凯伦倔犟地哼着。

基蒂盯着她,有时候她真像卓妲娜,"凯伦,别忘了你还是个姑娘,偶尔打扮一下不会背叛你的事业。"

"我感到很自豪……"

"哦,不要再说了,"基蒂打断了她,"你越来越像个当地姑娘,什么时候你和我离开达芙娜花园,你才会让布鲁斯和我感到自豪。"

看到基蒂语气生硬,很不高兴,凯伦有些不安地咬着嘴唇。她从眼角瞟了一眼橱窗里穿着裙装的模特,鼓足勇气说道,"这样对其他姑娘不公平。"

"那就告诉她们你能把枪藏在裙子里。"

当站到镜子前,摆出一个时装模特的姿势,她忍不住想跳,实在太美了!很久没穿过这么漂亮的衣服了,还是在丹麦……看到凯伦从一个村姑变成了靓丽的少女,基蒂也露出了笑容。她们沿着艾伦比路边的商店逛着,手中提着大包小包,从毛戈拉比广场拐上本-耶胡达大街。在路边出现的第一个咖啡屋旁,她们把包扔到桌上,凯伦一边狼吞虎咽地吃着一个苏打冰激凌,一边瞪大了眼睛,好奇地盯着眼前熙熙攘攘、车水马龙的街景。

她往嘴里送进一大勺冰激凌,兴奋地说道,"这是我最难忘的一天,杜夫和阿里也在就好了。"

她真善良,总是想着别人。

凯伦沉思着,吸干杯底的苏打水,"有时候,我真觉得我们好像是摘了两只柠檬。"

"我们?"

"就是你和阿里,我和杜夫。"

"我不知道你为什么会有这种想法,本-迦南先生和我确实有些事情说不清楚,但并非你想象的那样。"

"哈哈,"凯伦调侃道,"那你昨天为什么一直在大门口东张西望的,不是找他还是找别人吗?"

"是吗?"基蒂哼了一声,呷了口咖啡,掩饰着内心的不安。

凯伦擦擦嘴，耸耸肩膀，"大家都看得出来，你和他是一对。"

基蒂眯起眼，盯着凯伦，"听我说，聪明的小姐……"

"你还要否认，那我就去大街上，向所有人宣布……"

基蒂摊开双手，"我得不到他，以后你就会明白的。像我们这样三十岁的老女人，即使遇到一个有魅力的男人，也不会太投入。我是喜欢阿里，但我必须告诉你，这里面没有你所想象的那份浪漫。"

不管基蒂如何解释，凯伦就是不信，她叹着气，靠近基蒂，抓住她的胳膊，做出一副要为她保密的样子，然后带着她的纯真说道，"我看得出来，阿里需要你。"

基蒂拍着凯伦的手，捋了捋她松乱的头发，"真希望我也只有十六岁，那事情就简单好办多了。但事实不是这样，阿里他们是群特殊的人，一群自恃和倚靠自己的人，从他的牙被他父亲的鞭子打掉那天起，他就从来不需要任何人。他是个冷血动物，一个铁石心肠，没有七情六欲的怪物。"

她的目光越过凯伦，陷入了沉思。

"但你确实很关心他。"

"是的，"基蒂叹了口气，"你说的对，我很关心他，我们遇到了两只柠檬。现在最好回饭店去，好好打扮打扮，小公主，布鲁斯和我要给你个惊喜，让我们都放松一下。"

萨瑟兰德接她们去吃晚饭的时候，凯伦看起来确实像个公主。让她惊喜的是，晚饭后，他们去国家剧院观看由巴勒斯坦交响乐团伴奏的法国芭蕾舞团的巡回演出——《天鹅湖》。

整个演出期间，凯伦笔直地坐在椅子上，目不转睛地盯着女主角的舞姿，在动人心弦的音乐伴随下，跟着她的舞步，踏进了美妙神奇的童话世界。

多美的舞蹈，她几乎忘了世上还有芭蕾这么美的艺术，真应该感谢基蒂·弗里蒙特。舞台上，淡蓝色的灯光下，剧情进入了尾声，暴风雨中，西格弗里德打败了恶魔罗特巴特，美丽的天鹅变回了漂亮的姑娘，凯伦的眼里滚动着激动的泪水。

基蒂一直在观察着凯伦，希望唤醒她失去的记忆，帮助她重新发现，在这个世界上，还有与加利利绿色的田野同样重要的东西。她感到她又一次成功了，至少让凯伦在转变过程中，保持住了自我。

明天，凯伦要去见她的父亲，那将是她生活中的另一个世界，但今天，在基蒂的呵护下，今天是美好的。

他们很晚才回到酒店，凯伦难以控制她的兴奋，跳着舞步，冲进酒店大堂，惹得那里的英国军官纷纷睁大了眼睛。基蒂把她送回房间后，和萨瑟兰德在酒吧里又坐了一会。

"她知道她父亲的情况了吗？"

"还没有。"

"明天要我和你们一起去吗？"

"我想……我们先自己去吧。"

"当然。"

"你最好晚一些再来。"

"好的。"

基蒂站起身，在萨瑟兰德面颊上吻了一下，"晚安，布鲁斯。"

当她回到房间，看到凯伦还在房间里跳着，"你注意到最后一幕奥德特的舞蹈吗？"她一边说着，一边模仿着舞步。

"已经很晚了，睡吧。"

"今天太美了。"她说着，跳到基蒂的床上。

基蒂走进卫生间，仍然可以听到凯伦在哼着芭蕾舞中的舞曲。"上帝啊，"她低声说道，"这一切为什么要发生在她的身上呢？"基蒂把脸埋在双手里，颤抖着，"请赐给她力量……让她坚强。"

黑暗中，基蒂睁大了眼睛，听到凯伦还在辗转，便转过脸，看到她爬起来，跪到自己床边，把头枕在自己的胸上，"我爱你，基蒂，"她说道，"你真像我妈妈。"

基蒂转过脸，抚摸着她的头发，颤抖地说道，"睡吧，明天还有很多事要做。"

几乎一晚，基蒂都睡不着，她不停地抽烟，常常不安地在屋里走着，每当看到熟睡中的孩子，她的心就绷紧一下。她久久地坐在窗前，听着外面的海潮声，注视着海岸线那边的雅法，直到凌晨四点，才昏昏沉沉地睡了过去。

早上，她心情很糟，脸色浮肿，因缺觉而出现了黑眼圈，只好用了很长时间化妆。早饭时她一直默默无语，慢慢喝着她的咖啡。

"萨瑟兰德将军呢？"凯伦问道。

"他出去办些事情，晚一点才过来。"

"今天我们有什么事吗？"

"没什么大事。"

"基蒂，是不是我父亲有消息了？"

基蒂垂下了眼帘。

"我想一定是的。"

"我并不想瞒你，亲爱的……我……"

"出什么事了……告诉我……到底出什么事了？"

"他病得很厉害，情况非常不好。"

凯伦咬着指尖，嘴唇颤抖着，"我要见他。"

"他认不出你了，凯伦。"

凯伦站起来，望着大海，"为了这一天，我等了很长时间。"

"千万别……"

"两年前，自从战争结束，每天晚上我都做着同一个梦。我躺在床上，假装我们又重逢了，想象着他变成什么样子，我们彼此说些什么。在卡瑞勒斯的难民营，在塞浦路斯的那几个月，每天晚上我都梦见父亲。我一直相信他还活着，一直……"

"凯伦，别说了，不像你想象的那样。"

凯伦感到全身发冷，手心捏了把汗，从椅子上跳起来，"快带我去见他。"

基蒂紧紧地抓住她说道，"你必须先做好充分的思想准备。"

"求求你……快走吧。"

"你一定要记住……不管发生什么……不管看到什么……要记住有我和你在一起，凯伦，记住了吗？"

"记住了……我记住了。"

基蒂带着凯伦来到了医生的面前。

"你父亲受到盖世太保的折磨，凯伦，"医生介绍着，"战争初期，他们想尽办法要他为他们工作,他死也不答应,即使面对你的母亲和弟弟的生命受到威胁。"

"我记起来了,"凯伦插嘴道,"后来在丹麦和他们断了联系,也没敢问艾格我的家里到底出了什么事。"

"他被送到捷克斯洛伐克的特荷里斯爱恩斯塔德集中营,你妈妈和弟弟……"

"我知道他们的情况了。"

"他们把他送到那儿,希望能改变他。战争结束后,在知道你妈妈和弟弟的情况后,他感到自己有罪,是他的犹豫不决,让你的妈妈和弟弟陷入了绝境。多年的折磨加上沉重的打击,他崩溃了。"

"好些了吗?"

医生看着基蒂说道,"由于长期受到压抑,他得了重度精神抑郁症。"

"什么意思?"凯伦问道。

"他不可能恢复正常了。"

"我不信,让我去见他。"

"还能记得他吗?"

"记不清了。"

"如果……最好不见。"

"医生,这件事不能拖下去,不管怎样,一定要见。"基蒂坚决地说道。

医生带着他们沿走廊来到一个房门前,让护士开了门。

凯伦迟疑地迈进一个狭小的房间,里面只有一把椅子,一个架子,一张床。她眨了眨眼,愣住了,墙角上坐个人,光着脚,两手抱在膝前,蓬头垢面,目光呆滞地盯着对面的墙壁。

她小心翼翼地走过去,突然,她怦怦跳着的心感到一丝舒缓。眼前的人胡须凌乱,满脸疤痕,错了,一定错了……她不认识这个人,他不可能是自己的父亲,肯定是误会了。一阵冲动,让她想立刻就转过身,对这个世界发出她心底的呐喊……你们搞错了,他不是约翰·克莱门特,不是我父亲,我父亲还活着,在这个世上,正在等我。凯伦再次把目光转向这个人,盯着他呆傻的眼神,长久地注视着。她确信,自己朝思暮想要找的人,绝不是这个人。

燃烧的壁炉,刺鼻的烟斗,毛茸茸的马克西米利安,隔壁房间里婴儿的啼哭,

"米里亚姆，哄一下汉斯，我在给女儿讲故事。"

凯伦慢慢地在这堆失去了精神和意识、空虚的躯壳前跪下。

在波恩的奶奶家里，烘烤的小甜饼发出诱人的清香，为了周末的团聚，奶奶总是在忙碌着。

这个精神病人仍然目光呆滞地盯着对面的墙壁，好像屋里没有别人。

科隆动物园里顽皮的猴子，明年的嘉年华什么时候开始呢？

她仔细端详着眼前这个人，赤裸的双脚，伤痕累累的脸庞，怎么看……怎么看也不像是她的父亲。

"犹太佬！犹太佬！"在人群疯狂的尖叫声中，她满脸鲜血地跑回家，"别怕，凯伦，不哭，爸爸绝不许任何人伤害你。"

凯伦伸出手，触摸着这个人的面颊，"爸爸？"在她轻轻的叫声中，眼前这个人毫无反应。

一列火车，挤满了孩子，人们议论着，孩子们要去丹麦。"再见，爸爸，拿好这个布娃娃，她会好好照顾你。"她站在火车尾车上，看着站台上的爸爸，变得越来越小，越来越小。

"爸爸！爸爸！我是凯伦，你的女儿凯伦。我长大了，爸爸，你不认识我了吗？"

走廊上，基蒂忍不住要冲进去，但医生紧紧地抓住了她。

"让她去，我们再看看。"他说道。

往事一幕幕出现在凯伦的脑海里，是的，他是我父亲，他是我的父亲。

"爸爸！"她大叫着，张开双臂抱住了他。"你说话呀，说话呀，求求你……求求你了。"

这个人眼皮动了一下，在感到被人抱住后，似乎一阵好奇泛上他的面颊。他的表情变得很严肃，似乎在以他自己的方式，尝试着打开他黑暗的内心世界，但仅仅瞬间，他又回到了呆滞、麻木的状态。

"爸爸！"她拼命地叫着，"爸爸！爸爸！"

空荡的房间里，狭长的走廊上，回响着她的叫喊。

医生用他有力的双臂，小心翼翼地把她拽了出来。在房间大门被砰地锁上的那一刻，约翰·克莱门特离开了她。她悲泣地扑进基蒂的怀里，"天啊，他一点都认不出我了……为什么？为什么会这样？"

"不要哭，孩子，会过去的，我是基蒂，有基蒂和你在一起。"

"别丢下我，千万别丢下我，基蒂！"

"放心，孩子……基蒂永远都不会离开你……"

第九节

在她们返回达芙娜花园前，大家都知道了凯伦父亲的事情。对杜夫·兰道来说，这个消息给他的影响很大。自从在华沙隔离区的地道里，和哥哥曼德科永别后，这是他第一次对别人表露出同情。而他对凯伦的同情，像一缕阳光，终于照亮了他那个黑暗的内心世界。

她是自己唯一信任和关心的人，这个世界那么大，为什么偏偏是她遭遇到如此不幸？在塞浦路斯那个肮脏的难民营里，凯伦多少次简单明确地对自己表达过她的关心？现在凯伦受到了伤害，她的绝望深深刺痛了他。

她现在还有什么？只有他和弗里蒙特夫人了。而自己对她意味着什么？不过是个包袱罢了。曾几何时，他从心底生出一股对弗里蒙特夫人的怨恨，但又清楚他对凯伦的感情。现在凯伦失去了父亲，弗里蒙特夫人或许可以把她带回美国去了。

但他挡在她们之间，他知道凯伦不会离开自己。为此，杜夫想好了唯一的解决办法。

达芙娜花园有个年轻人叫末底改，是马加比军的秘密联络员，从他那里，杜夫了解到如何与地下组织取得联系。达芙娜花园的教职工宿舍从不锁门，一天，他利用晚饭时间，去这些宿舍转了转，偷走一些物品和珠宝后，逃向耶路撒冷。

布鲁斯·萨瑟兰德找到利伯曼博士，要求让基蒂带着凯伦去他的别墅休息两个星期，以便让凯伦早一点从悲痛中恢复过来。

像过去屡次面对她的人生悲剧那样，凯伦以同样的勇气和尊严承受了这一次的打击。基蒂明智地守护在她的身边，寸步不离。

凯伦父亲的命运和杜夫的出走，似乎让基蒂有了极大把握，可以在适当时机带上凯伦回美国了。在萨瑟兰德的别墅时，基蒂反复思考着这个问题，并不断自我安慰着，这绝非是在利用凯伦的悲剧。自从她在卡瑞勒斯的帐篷里见到凯伦，她的全部生活就已经转到了这个孩子身上。

一天午饭后，阿里来到萨瑟兰德的别墅，仆人把他带到书房，然后去花园里找萨瑟兰德。布鲁斯让姑娘们在花园里继续晒着太阳，两个人在书房里谈了一个小时，交换着各自的看法。

"你的一个朋友在我这里，"萨瑟兰德对阿里说道，"基蒂·弗里蒙特和那个叫克莱门特的小姑娘正在我这里做客。"

"听说你们已经成了很好的朋友。"阿里说道。

"是的，凯瑟琳·弗里蒙特是个好姑娘，你应该找个时间去达芙娜花园看看，她在那儿干得很不错。有个男孩子，六个月前连话都不愿说，现在不但很开放，还成了学校乐队的鼓号手。"

"我都听说了。"

"是我坚持要她带那个小姑娘来这里住一段时间，那个姑娘找到了她父亲，可怜的人，完全疯了，毫无疑问，对她的打击太大了。来吧，我们到花园去。"

"对不起，我还有点事要办。"

"真是胡扯，到这儿了还说这些。"他拉起阿里来到花园。

自从塔包尔山那次聚会，基蒂再没见过阿里，骤然看到他的出现，确实吃了一惊。

阿里对凯伦的不幸表现出的体贴和关爱，让基蒂有些困惑，难道他已经把凯伦当成了他们的人？但马上又对自己的想法感到恼火。最近，凡是与凯伦有关的事情，她总是很敏感，也许现在的顾虑又是一个子虚乌有的假设。

基蒂和阿里在萨瑟兰德的花园里一边散着步，一边聊着。

"她怎么样？"阿里关心地问道。

"这是个坚强的孩子，遇到这么大的打击，表现得很好。"

阿里回头看看正在和萨瑟兰德打着扑克的凯伦，由衷地夸道："她确实很可爱。"

他的话让基蒂有些惊讶，这是她第一次感到他身上居然也有温柔的一面。他们走到花园的尽头，来到一堵矮墙前停下。院墙外面就是山谷，山谷对面是萨法德。基蒂在院墙上坐下，眺望着眼前的加利利，阿里点上烟，递给基蒂一支。

"阿里，我从没向你要求过任何事，但现在想请你帮个忙。"

"说。"

"凯伦很快就会处理好她父亲的事情，可另一件事恐怕很麻烦。杜夫·兰道离开了达芙娜花园，可能是到耶路撒冷加入马加比军了。你知道，这个男孩子在她心里位置很重要，你最好把他找回来，凭你的渠道，肯定能找到。请你告诉他，凯伦非常需要他。"

阿里吐出一口烟，好奇地看着基蒂，"我想我有点糊涂，那个男孩子是唯一挡在你和这个姑娘之间的人，但他现在躲开了。"

基蒂平静地看着他，"虽然你说的对，但你的看法还是让我有些尴尬。事实是，我不能把我的幸福建立在她的痛苦上，我不会在杜夫的问题没有解决前就带她回美国。"

"太让人感动了。"

"这不是感动不感动的问题，阿里。我们都有弱点，凯伦是个聪明的姑娘，但就是放不下那个男孩。如果他能回达芙娜花园，我相信她会妥善处理好他们之间的关系。但如果是现在这个样子，我想问题会越来越严重。"

"请原谅我这样看你，基蒂，你实在太精明了。"

"我爱那个姑娘，我的行为没有任何蓄谋或隐晦的成分。"

"你在尽力确保让她只有你。"

"我在尽力让她明白她会有一个更好的归宿，也许你不信，如果我确信待在巴勒斯坦会更好的话，我会同意她待在这儿。"

"或许我能理解你的初衷。"

"请坦白告诉我,我要带她回美国有什么错吗?"

"没有……当然没错。"阿里答道。

"那就帮我把杜夫找回来。"

阿里沉默了一会儿,把烟头熄灭,本能地把烟蒂和烟盒揉成一团,放进了口袋。这是在马尔柯姆的训练下养成的习惯,烟头会给对手留下自己的痕迹。

"我做不到。"他终于开口了。

"你做得到,杜夫很崇拜你。"

"我当然可以找到他,甚至可以找个借口强迫他回来,但杜夫已经凭他的良知做出了自己的决定。巴勒斯坦犹太人的自我意识非常强,我父亲和我叔叔为此十五年没有说过一句话。杜夫·兰道的每一根神经都透着要复仇,我想只有上帝或子弹才能让他停下来。"

"听你的口气好像你很同情恐怖分子。"

"有时候我的确同情他们,看是什么情况了,但我不想对他们的行为品头论足。你和我都没有权利指责杜夫·兰道的决定,你知道他都经历了什么。不过有一点我要提醒你,如果他被送回来了,他会给那个姑娘造成更大的痛苦,他要做的事情,谁也拦不住。"

基蒂站了起来,掸了掸裙子,和阿里朝大门走去。"阿里,"她终于附和道,"你说的有道理。"

萨瑟兰德也走过来,在把阿里送到他的汽车旁时问了一句,"在这边还要多待两天吗,本－迦南?"

"还要去萨法德,有些事要解决。"

"干吗不回来和我们一起吃个晚饭呢?"

"恐怕……"

"一定要来。"基蒂说道。

"好的,那就谢谢了。"

"太好了,办完事早点过来。"

他们挥着手,看着汽车驶下山路,转过塔伽特要塞,消失了。

"他，作为以色列的捍卫者，不得不抛家舍业，废寝忘食。"

"我的天，基蒂，这是在引用《圣经》吗？"

他们打开大门，向着花园走去。

"他看起来很疲倦。"

"对一个每周工作一百一十个小时的人来讲，他看起来已经很不错了。"萨瑟兰德说道。

"我还从没见过谁是这样玩命的……或者叫狂热？他怎么会来你这里，布鲁斯，你们之间也有来往吗？"

萨瑟兰德给烟斗装满烟丝，"没什么大来往，哈加纳找到我，要我对巴勒斯坦外的阿拉伯军事力量做个评估，目的无非是要有个专业的、中立的客观评价。基蒂，老实讲，你也应该有个态度了。"

"我早就对你说过，哪边都和我没关系。"

"基蒂，我看你就像只鸵鸟，自欺欺人。"

"我要离开这里了，布鲁斯。"

"那你最好早点走，如果继续待在这儿，还认为可以保持中立，除非你疯了。"

"可我一下走不了，还需要点时间让凯伦恢复的好一点。"

"没有其他原因？"

基蒂摇摇头，"其实我很担心摊牌的那一刻，有时我感到已经可以带她离开巴勒斯坦了，但立刻又变得很不自信，比如现在，不知道她是否同意。"

晚饭前，他们在萨瑟兰德家的别墅里，欣赏着悬挂在城市上空又圆又大的月亮。

"上帝赐以色列三宝，任何一宝都需历经磨难才能得到，其中一宝就是土地。"萨瑟兰德感慨道，"两千年前的巴尔·约海就看到了这点，我不得不承认他是个圣人。"

"说起圣人，基蒂，明天我要去加利利海，你去过吗？"阿里问道。

"没有，我出去很不方便。"

"你应该去看看，抓紧时间，否则天气要变热了。"

"你为什么不带上她？"凯伦突然问道。

"那……当然好,我可以安排一下,我们四个一起去好吗?"

"我无所谓,"凯伦说道,"我去过两次,是青年团的拉练。"

布鲁斯·萨瑟兰德接过凯伦的话茬,"也不用考虑我这个老家伙,我已经去湖边很多次了。"

"那就你和阿里一起去好吗?"凯伦转过脸问基蒂。

"我想我最好还是和你在一起。"基蒂答道。

"不要说了,"布鲁斯插嘴道,"凯伦和我在一起很好,事实上,能离开你两天会让我们很轻松,何况阿里看起来也需要休息一下。"

基蒂忍不住笑起来,"阿里,我怎么觉得这是个阴谋,他们的样子就像两个媒婆。"

"你们听她都说了些什么。"凯伦大叫起来。

"那又怎么样,我好像已经是个萨伯拉了。阿里,看起来你是跑不了啦。"

"这正合我意。"阿里答道。

第十节

第二天一早,阿里和基蒂开车沿着湖北面的格诺萨山谷,驶进了加利利海。湖对岸,叙利亚那边昏暗的山峦,俯视着这片温暖、潮湿、低于海平面的山谷。

这是属于上帝的海,犹如在朱迪亚山时的感受,基蒂又一次体会到了时间的永恒。为什么?为什么当和阿里单独相处的时刻,她总会陷入一种莫名其妙的诱惑?

他们来到湖边迦百农时代的犹太教堂遗址,在耶稣停留过的地方,基蒂想起了《圣经》里的故事:耶稣路过加利利海,看到两兄弟,西门·彼得和弟弟安德鲁正在撒网打鱼……安息日的那天,他们来到教堂,聆听耶稣的告诫。

眼前湖面上撒网的渔民,湖岸上吃草的羊群,恍若往事依然历历在目。

基蒂跟着阿里走进教堂，走进这座位于古巴勒斯坦迦百农城附近让它的周边变成了鱼米之乡的教堂，地面上，拜占庭式的镶嵌图案，描绘的是鸬鹚、苍鹭、野鸭及其他仍然生活在湖边的野生鸟类。

从那里，他们又来到祝福山上的一个小教堂，感受耶稣曾经在这里的布道。让我们祝福那些为正义而遭受迫害的人，他们的追求是为了天堂；即使由于我的原因，使你蒙受了人们的诽谤和无端的诬陷，也请你为他们祝福；振奋并欢乐吧，你将在天堂获得报答；那些饱经风霜的先知们，将与你同在。

这就是耶稣布道的教堂，这个基督徒神圣的地方，让基蒂产生出一丝困惑，阿里、大卫还有她的凯伦，似乎离这份神圣只有咫尺之遥，而自己看着它却感到望尘莫及。

在基蒂的迷茫与沉思中，他们很快经过圣母玛利亚的诞生地、沉睡中的阿拉伯村落马季德勒村，以及赫淀角下摩西的岳父、德鲁兹的先知捷斯罗的墓地。

当车转过赫淀平原，途经一片平坦的田野时，盛开的野花像火红的地毯，吸引住他们的眼光。

"多美的花，快停车，阿里。"基蒂说道。

阿里刚把车在路边停下，基蒂就下了车，从花丛中摘下一枝，眯起眼欣赏着，"我还从没见过这么红的花。"她颤抖着轻轻说道。

"古代的马加比人生活在附近的岩洞里，这种花别的地方没有，它被称为是马加比之血。"

基蒂把花拿到眼前仔细观察着，它看起来确实很像鲜红的血滴，她本能地把花扔掉，在裙子上擦擦手。

这片土地以及它的一草一木都让她产生极大的困惑，就连野花也在不时地提醒着她，大地和空气中弥漫着一股无形的力量，让她承受着精神的负担和折磨。

基蒂·弗里蒙特感到一丝恐惧，她意识到必须尽快离开巴勒斯坦，再待下去，后果不堪设想。那股无所不在的无形力量，让她随时都有一种要窒息和崩溃了的感觉。

他们从北面进入了太巴列，穿过郊区发达的犹太人居住地撒母耳村，又经过一个巨大的塔伽特要塞后，沿着山峦一路下来，抵达了老城。城里的房子基本上是用黑色的玄武岩盖建的，周围的山上随处可见古代希伯来人的墓地和洞穴。

穿过城市，他们来到湖边的加利利饭店。正午时分，天气变得很热，基蒂细嚼慢咽地品味着她的加利利鲇鱼，一言不发，她很后悔到这里来。

"还有个地方我们应该去看看。"阿里说道。

"什么地方？"

"苏珊娜集体农庄，我出生的地方。"

基蒂勉强笑了笑，她担心阿里看出了她的郁闷，尽力想让自己振作起来，"这个伟大的摇篮在哪儿呢？"

"在约旦河汇入加利利海的那个地方，下路几英里就到了，据说我差一点就要生在土耳其人的警察局里。这里的冬天是旅游季节，现在有点儿过旺季了，但也不错，整个湖都是我们的了，想游泳吗？"

"好主意。"

约四十码长的玄武岩栈桥从饭店伸向湖中，午饭后，阿里先来到栈桥，向基蒂挥挥手。基蒂一边从饭店走过去，一边注视着阿里，他看起来很结实，棱角分明，显得很有力量。

"喂，"她喊道，"已经下水了吗？"

"我在等你。"

"栈桥那边水深吗？"

"大概十英尺，游到橡皮舟那边怎么样？"

"你是要挑战啦。"

基蒂脱去浴衣，戴上泳帽，阿里毫不掩饰地欣赏着她的身材。她不像这边的萨伯拉姑娘，肌肉结实，有棱有角，而是更多地体现出美国姑娘特有的那种圆润和柔嫩。

两人目光对视的瞬间，都显得有点不好意思。

她跑过他的身边，一个漂亮的入水，带着他也跟了下来。阿里惊讶地发现，尽管他用尽全力，也仅仅超出基蒂几个划水的距离。基蒂的自由泳姿势很美，动作很舒缓，逼得阿里不得不使出了吃奶的力气，直到他们大笑着上气不接下气地爬上橡皮舟。

"你今天可让我创纪录了。"他说道。

"我忘了告诉你,我……"

"我知道,知道,你在大学是游泳队的。"

她躺在橡皮舟上,惬意地深深吸了口气,清冷的湖水似乎驱散了她的郁闷。

傍晚前,他们返回饭店,在阳台上享受了一杯鸡尾酒后,回到各自的房间休息。

连续劳累了几周的阿里,在回到房间后,立刻倒头大睡。基蒂在自己的房间里不停地走动着,上午的焦虑不安基本过去了,但她对不时出现的精神上的紧张感到厌倦,对在这片土地上感受到的神奇力量仍然心存畏惧,她渴望回归正常、平稳、按部就班的生活。她不断地说服自己,凯伦也需要同样的生活,并下决心要开诚布公地和凯伦谈谈,绝不能再拖下去。

傍晚的天气变得舒适凉爽,晚饭前,基蒂打开衣柜,面对挂在那里的三套礼服,慢慢取下其中一套。这是她和卓妲娜闹得不愉快的那天,卓妲娜从她的衣柜里取出的那套。她想起今天在栈桥上阿里盯着她的眼神,她喜欢那种感觉。这是一套无吊带的紧身连衣裙,穿在身上,凸显出她诱人的身材。

在基蒂飘过的地方,撩得饭店里的男士们瞪大了眼睛,抽动着鼻翼,追踪着她的香水的芳香。阿里呆呆地看着她走过大堂,来到身边,当发现自己的失态后,立刻不好意思地说道:

"一个好消息,湖对面的埃因格夫集体农庄有场音乐会,晚饭后我们就走。"

"这套衣服穿得出去吗?"

"呃……当然……很好,看起来非常迷人。"

那晚的明月似乎只属于他们。当摩托快艇离开栈桥时,一股巨大的探照灯光,从叙利亚方向的群山中,照射到平静的水面上。

"多静的水面呀。"基蒂忍不住说道。

"那不过是表面现象,如果上帝不高兴了,他可以转眼就让这里变得波涛汹涌。"

半小时后,他们越过湖面,来到埃因格夫的码头。埃因格夫的意思是春天的山口,由德国犹太移民创建于1937年,它以其大胆举动,远离其他集体农庄,孤军深入到叙利亚的群山脚下而闻名。距它咫尺之遥的山上就有一个叙利亚的村落，而它的农田一直开垦到了边境线上。从这个战略要点放眼四周，加利利海的山山水水一览无余。

集体农庄镶嵌在与叙利亚和泛约旦边境线上的雅玛克河盆地，这里曾经是人类祖先的摇篮。田间耕作的农民，每天都有考古发现，其中很多是史前人类的痕迹。原始陶器和农耕用具的出土，证明了几千年前，人类就在这个地方繁衍生息，甚至形成了部落。

在埃因格夫与叙利亚交界的群山丛中，矗立着一座圆柱形的小山——马山，山顶上残留着古罗马时期的城堡遗址，作为罗马人在巴勒斯坦修筑的九座城堡之一，至今体现着马山在这个区域的重要地位。

德国的犹太垦荒者中很多人擅长音乐，他们是工业时代的宠儿。在农耕和打鱼之外，他们为农庄的创收开辟了新的财源。他们组织起一支交响乐团，购买了两艘快艇，将冬季来太巴列的旅游者拉过湖来听音乐会。事实证明他们是成功的，当来访巴勒斯坦的艺术家纷纷慕名而来的时候，演出逐步形成为惯例。巨大的露天舞台，搭建在湖边的野生林地中间，按照规划，一个室内剧场，将在不久的将来落成。

阿里在剧场旁的草坪上铺开毯子，和基蒂躺下，仰望着夜空中的皓月和数不清的繁星，在贝多芬协奏曲的旋律下，基蒂终于忘却了内心的焦虑。面对难以置信的身临其境和美的享受，她希望这一刻永远不要消失。

音乐会后，阿里拉起基蒂离开剧场，沿着小路来到湖边。寂静的夜色下，空气中弥漫着一股松柏的清香，平稳的湖面像是一面明亮的镜子，三块来自古教堂的石板，在水边搭成了一张休闲长凳。

他们在凳子上坐下，遥望着远方太巴列城的点点灯光。基蒂感觉被阿里碰了一下，便转过身，此刻的阿里看起来让人爱怜，不禁萌发出一种想拥抱他的冲动。她很想叮嘱他要注意身体，也很想让他向自己敞开心扉，更想让他明白，当他们在一起时自己的感受，希望他们能彼此坦诚相向，不要再形同路人。但她做不到，因为阿里在她的心里，仍然是个陌生的谜。

翻腾的湖水，拍打着湖岸，狂风摇动着水边的苇草，基蒂·弗里蒙特转过身，冷静下来。

她感到阿里的手触摸到她的肩上，不禁颤抖了一下，"你显得很冷。"阿里说着，帮她拿起了披肩。基蒂心不在焉地把它围上，两个人默默地注视着对方。

突然，阿里站了起来，"好像是快艇回来了，我们可以走了。"

当快艇离开岸边时，湖水已经翻起了波涛，变得不再平静。一股股大浪，拍打着船头，激起无数浪花，溅洒到他们身上。阿里抱住基蒂的肩膀，把她搂在怀里，防止她被浪花打湿。基蒂的头靠在他的胸前，闭上眼，倾听着他的心跳。

他们下了快艇，手拉手，从栈桥返回饭店。在湖边一株巨伞般的柳树下，基蒂停下脚步，声音颤抖着张张嘴，什么也没有说出来。

阿里捋了捋她额头湿漉漉的头发，轻轻地搂住她的肩头，脸色严峻地把她抱进怀里。

"阿里，"她轻声说道，"亲亲我。"

几个月来积聚在内心的欲望，像燃烧的干柴，让他们融化在相互紧紧的拥抱之中。

他的温柔体贴，他的强壮有力，让基蒂产生了一种从未有过的感受。他们彼此亲吻着，她紧紧地依偎着他，感受着他的力量，然后分开，一言不发地飞快返回了饭店。

基蒂站在自己的房间门前，显得有些踌躇。阿里刚要回到他的房间，又被基蒂拉住。他转过身，两个人默默地看着对方，她点点头，迅速转身回到自己的房间，反手关上了门。

黑暗中，她换上睡衣，走向阳台，看到他的房间亮着灯，似乎听到他在不安地走动着。然后他房间的灯灭了，基蒂重新沉浸在黑暗中。突然，一个黑影出现在她的阳台上。

"我需要你。"阿里说道。

她扑进他的怀里，带着无限的激情和渴望，紧紧地抱住了他。他的吻疯狂地落在了她的嘴唇、面颊、脖子上，在狂热的亲吻和抚摸中，她忘记了一切。阿里一下抱起她，来到床边，轻轻放下，跪在她的身边。基蒂感到一阵晕眩，呻吟着抓紧了床单，颤抖着。

阿里慢慢拉下了她的睡衣吊带，触摸到她的乳房。

突然，基蒂挣扎着，踉跄着下了床，"不能这样。"她喘着气说道。

阿里呆住了。

基蒂眼里滚动着泪水，蜷缩在墙角里，极力让自己安静下来，然后一屁股坐在椅子上，直到舒缓了心底的那份惊恐，才抬头看看眼前仍然站在那里注视着自己的阿里。

"你一定非常恨我。"她终于开口道。

他默默地站在那里，脸上流露出一丝受到伤害的神色。

"说话呀，阿里……说什么都可以。"

他还是一言不发。

基蒂慢慢地站起来，盯着他，"我不想这样，阿里，我不想受到诱惑，可能是今晚的月光让我失态了……"

"希望我不是在面对一个受到胁迫的处女。"他终于开口了。

"阿里，别这样……"

"我可没时间沉溺于游戏和辞令当中，我是个成熟的男人，而你是个成熟的女人。"

"你说得很好。"

他冷冷地说道，"如果你不介意，我就从大门出去了。"

砰地关上的房门让基蒂眨了眨眼，她站在法式的阳台门前，凝视着湖面。湖面上空乌云密布，月亮在不祥的夜空中失去了踪迹。

基蒂木然地站在那里，为什么会这样呢？她还从来没有在任何人面前失去过自信和自我。她的鲁莽着实让她后怕，因为她确信，阿里·本－迦南并非真的需要她，他要的不过是一夜情，还没有哪个男人曾经这样对待过她。

她对阿里是有好感，也一直试图在摆脱这种好感，进一步的欲望会让她待在巴勒斯坦，她决不能再让这种情况发生，没有任何事情可以阻挡她和凯伦离开这里。她不否认对阿里有一种担心，因为他可以阻挠她的计划。如果他能稍微表现出一点关心，她也不会产生如此大的反弹，一想起他那副冰冰冷冷的神情，她就下定决心要奉陪到底。

基蒂扑到床上，在阵阵湖风拍打着窗户的噪声中，昏昏沉沉地睡了一觉。

清晨，一切又恢复了平静。

基蒂掀开被子，从床上跳下来，夜晚发生的事情重又浮现在眼前，她感到一阵脸红。虽然这种事没什么了不起，但还是让她有些尴尬。她设想着阿里一定会把它当成一场幼稚的和美好的情景剧，而她要做的是，小心翼翼但直截了当地修补他们之间的关系。她很快穿好衣服，下楼来到餐厅，并考虑好应如何表达歉意。

基蒂边喝着咖啡，边等候着阿里。

半小时过去了，阿里没有出现。她掐掉手里的香烟，来到前台。

"看到阿里·本－迦南先生了吗？"她问道。

"本－迦南先生早上六点就结账了。"

"去哪儿了？"

"本－迦南先生从不对人说他要去哪儿。"

"有没有给我留言？"

服务生转身指了指空空的放钥匙的地方。

"我知道了……谢谢。"

第十一节

杜夫·兰道在耶路撒冷老城，钱恩大街上一所荒废的饭店里找到一间房子，按照指示，他来到大马士革城门附近，纳布卢斯路上一家叫萨拉丁的咖啡馆，给巴尔·以色列留下了他的姓名和饭店地址。

然后他去当铺当掉了从达芙娜花园偷来的金戒指和项链，开始研究起了耶路撒冷。对一个隔离区里的鼹鼠和一个惯偷来讲，三天之内，他就摸清了耶路撒冷老城的大街小巷，以及它周边的商业区。他敏锐的眼光和神偷的本事，让他很容易就能生存下去，而从狭窄的小巷以及拥挤的集市中逃生，更是他的特长。

杜夫把他的钱多花在购买书籍和美术材料上,常常为购买文学、工艺、建筑等方面的书,出现在雅法路上的书店里。

他把自己关在房里,终日与书和美术作品为伴,在干果和饮料的支撑下,等待马加比军方面的联系。他每天在烛光下看他的书,根本不受外面的影响,而他的窗外,就是那条繁华的、在犹太人和穆斯林人居住区之间、通向圣石圆顶清真寺和哭墙的钱恩大街。他看书看得天昏地暗时,就把书放在胸前,看着天花板,思念着凯伦·克莱门特。杜夫从未意识到他会如此想念凯伦,想得让他心痛。他们在一起的时间太长,一旦离开她,让他很不习惯。他回忆起他们在一起的每时每刻,在卡瑞勒斯、在出埃及号上、在船舱里,她躺在他的怀里;他回忆起她友好、善解人意的神情,温柔的抚摸,以及生气时尖细的嗓音。

杜夫常常坐在床边,凭借回忆,一张张画着凯伦的素描,但每一张他都感到不满意,每一张都被他揉搓后扔到地上。

杜夫在房间里一待就是两个星期,期间很少出去。两周后的一天,钱花完了,他拿出剩下的戒指去当铺换钱,刚走到当铺,看到入口阴影处站着一个人。他把手放进口袋,握紧手枪,经过那个人,当听到一声响动,他拔出枪,准备转身。

"站住,别动。"阴影里的声音命令道。

杜夫一动不动地站住了。

"是你要找巴尔·以色列,想干什么?"

"你知道我想干什么。"

"叫什么名字?"

"杜夫·兰道。"

"从哪儿来?"

"达芙娜花园。"

"谁介绍你来的?"

"末底改。"

"怎么到巴勒斯坦的?"

"出埃及号。"

"朝着大街一直走,不要回头,一会儿有人和你联系。"

杜夫一下变得很激动，他成功了，马上可以返回达芙娜花园，去见他的凯伦了。这些天，他给凯伦写了很多信，但都撕了，现在终于要有结果……赶快结束吧，他一遍遍对自己说着。

他躺在自己的房间里，看着书，忍不住打着瞌睡，不得不爬起来，重新点亮了一支蜡烛。他不能睡，那些曾经折磨过他的噩梦会让他永远也不想再醒过来了。

轻轻的敲门声让他不由一惊。

他跳起来，拿起手枪，躲到门后。

"是朋友。"走道里传来一个熟悉的声音，杜夫听出是刚才那个人，他打开门，但走道里空无一人。

"转过去，面对墙。"黑暗中传出一个声音。杜夫转过身，两个人来到他的身后，一块黑布蒙上他的眼，然后被两人带到楼下，塞进一辆等候在那里的汽车，伪装好，驶出了老城。

杜夫默默地判断着行车路线，凭感觉，汽车先是一路疾驰地驶向所罗门王大街，经过多罗若萨后转向了史蒂芬城门。想起在华沙城下那黑暗的、错综复杂的下水道系统，他们的举动犹如一场儿戏。

汽车驶进一条山路，放慢了速度，这一定是经过圣母玛利亚之墓，驶向橄榄山的方向，杜夫计算着。道路又变得平坦了，杜夫知道，他们到了希伯来大学和哈达萨医学中心的斯科普斯山上。

车又行驶了十分钟后，停了下来。

杜夫确信，他们现在的位置是在圣公会公墓，附近就是古希伯来掌管司法和宗教事务的拉比们的墓地，他的判断几乎达到了精确定位。

他被带进一所房子，在一间充满了烟气的房间里坐下，凭感觉，他判断屋里至少有五六个人。两个小时的时间里，杜夫犹如经历了一场煎熬，雨点般的询问，让他紧张得汗流浃背。在从对方的询问中，他逐渐理出了一丝头绪：马加比军从他们的情报渠道了解到，杜夫是一个出色的仿造专家，他们很需要这样的人。显而易见，他面前的这些人是马加比军的高层人物，或许就是那些大权在握的决策者。经过审查，看来他们对自己的身份和可靠性都很满意。

"你面前有张幕帘,"一个声音说道,"伸出你的两手。"

杜夫把手从幕帘伸了过去,感觉摸到一支手枪,一部《圣经》。一个声音带着他念道:

"我,杜夫·兰道,无保留、无条件地把我的躯体、我的灵魂、我的全部,奉献给马加比军的自由战士,服从命令,听从指挥,在严刑拷打甚至死亡面前,也决不出卖我的同事和秘密,在与犹太民族的敌人的斗争中,不惜牺牲我的生命。在这场神圣的战斗中,我将一往无前,直到以我们民族的历史权利,在约旦河两岸建立一个犹太国家。面对敌人,我们的宗旨是:以血还血、以牙还牙、以命抵命、血债血偿。我宣誓,以亚伯拉罕、以撒、雅各、撒拉、丽贝卡、拉结、利亚和那些先知们的名义、以所有被屠杀的犹太人的名义、以所有我的英勇的、为自由牺牲的兄弟姐妹的名义,我宣誓。"

杜夫眼上的黑布被摘下来,宣誓仪式上的蜡烛被吹灭,屋里的灯亮了。他发现眼前有六个面容冷酷的男人和两个女人,他们逐一握握手,相互介绍着。他们是苍老的阿吉瓦、突击队长本－摩西、那鸿·本－阿米等。这些从伊休夫中分离出来的人,不能也不愿意遵守伊休夫中委会倡导的自我克制的斗争原则。

老人阿吉瓦走到杜夫面前,"你对我们很有价值,杜夫·兰道,所以我们破例接受了你,直接加入我们的工作。"

"我可不是来绘画的。"杜夫大声说道。

"我们会安排你该做的事。"本－摩西接过话。

"杜夫,你现在是马加比军成员了,应该换个希伯来英雄的名字,有目标码?"阿吉瓦问道。

"吉奥拉。"

屋里响起一阵笑声,杜夫咬咬牙。

"吉奥拉?恐怕已经有人叫这个名字了。"阿吉瓦笑道。

"那就叫小吉奥拉,"本－阿米插嘴道,"看他什么时候能变成大吉奥拉?"

"只要给我机会,我马上就能成为大吉奥拉。"

"你先负责成立一个仿造部,"本－摩西说道,"和我们一起,如果表现得好,执行命令，我们随时可以安排你出去参加行动。"

在耶路撒冷戈德史密斯大楼里的军官俱乐部，弗瑞德·考德威尔少校正在打牌，但他发现今天很难集中精力，脑海中总是浮现出情报部里那个三天前被捕的马加比军的姑娘。她叫阿亚拉，二十几岁，很迷人，是大学音乐系的学生。至少在拷问前她很美，但她对情报部不屑一顾，又一个倔犟的犹太姑娘。像多数被捕的马加比军成员一样，她喋喋不休地引用《圣经》，发着诅咒，申述着她的权利。

今天早上，他们失去了耐心，给她上了重刑。

"弗瑞德，该你出牌了。"对面的搭档催促着。

弗瑞德·考德威尔匆匆看了一眼手中的牌，"对不起。"然后打出了一张臭牌。他的思绪仍然停留在拷问现场，审讯官站在阿亚拉的面前，他听见橡胶皮管抽打在姑娘的脸上，尽管她被打得鼻青脸肿，眼睛变成了一条缝，嘴角扭曲，但就是宁折不弯。

弗瑞德暗自思索着：即使那个姑娘宁死不屈，他也毫不在意，想起那张被打得变形的犹太脸，他甚至有些兴奋。

一个勤务兵走了过来。

"对不起，考德威尔少校，你的电话，长官。"

"抱歉，伙计们。"弗瑞德把牌扔到桌上，站起身，低头走到大厅另一边的电话旁，拿起听筒，"我是考德威尔。"

"你好，少校，我是情报部值班警官，审讯官帕金森要我给你电话，请你立刻回来，长官。他说那个马加比军的姑娘准备招供了，希望你最好尽快赶回司令部。"

"我马上回来。"

"帕金森长官已经派车去接你，很快就到，长官。"

考德威尔回到牌桌旁，"对不起，伙计们，我必须走了，值班电话。"

"真倒霉，弗瑞德。"

倒霉，见它的鬼，弗瑞德想着，他巴不得倒霉呢。他走出军官俱乐部，卫兵向他敬了个礼。一辆车开过来停下，驾驶座上跳下一个士兵，跑过来向他敬了个礼。

"考德威尔少校？"

"是我，小伙子。"

"这是情报部派来接你的车，长官。"

士兵打开车门，看到弗瑞德在后排位上坐好后，跑回驾驶位，启动了车。离开军官俱乐部两个街区后，汽车突然在一个路口停下，一眨眼，两边的门被打开，跳上来三个人，在砰的关门声中，汽车加速驶了出去。

考德威尔嗓子一紧，本能地大叫一声，试图从本－摩西的身边跳出去。坐在前排的那个人转过身，用手枪把重重地打了他一下，本－摩西揪住他的脖领，扭着他坐了回去。那个司机摘掉军帽，从后视镜里瞄了他一眼。

考德威尔瞪大的眼神中，流露出了恐惧。

"该死的，到底是怎么回事？"

"别激动，考德威尔少校。"本－摩西冷冷地答道。

"快停车，让我出去，听见了吗？"

"像你对待那个十四岁的孩子本－所罗门一样，找个阿拉伯人的村子把你扔出去吗？是这样，少校，本－所罗门的冤魂找到我们，要我们对这种犯罪实行制裁。"

汗水流进了考德威尔的眼睛，他大叫着，"这是谎言……谎言……"

本－摩西扔到考德威尔的膝盖上一张图片，打开手电，那是本－所罗门被割下来的头。

考德威尔哭泣着，祈求宽恕。他蜷缩成一团，不住地呕吐。

"看来考德威尔少校还想再谈谈，在清算本－所罗门的账之前，我们最好先带他去总部，让他把掌握的情况都倒出来。"

考德威尔透露了许多他所掌握的英军情况，以及情报部的行动计划，之后，签署了一份杀害那个孩子的认罪书。

在弗瑞德·考德威尔少校被诱捕三天后，他的尸体被发现扔在了老城锡安山上的垃圾堆旁。尸体上钉着本－所罗门的斩首图片，以及考德威尔的认罪书，认罪书上潦草地写着：以眼还眼，以牙还牙。

弗瑞德·考德威尔少校的命运,与当年的迦南人西西拉的命运是一样的,他在与底波拉和巴拉克作战时逃跑,后落入了雅亿之手。

第十二节

对弗瑞德·考德威尔少校的复仇行动,造成了巨大影响,人们似乎并不关心它是否合法,尽管这种方式,显得有些过分。

在英国,人们开始厌倦局势的恶化,要工党政府放弃托管的压力越来越大。在巴勒斯坦,英国驻军也变得好斗和不安。

考德威尔的尸体在垃圾堆被发现的两天后,那个被逮捕的马加比军的姑娘阿亚拉,在遭受了严刑拷打后,死于内出血。当她的死讯传出后,马加比军连续十四天采取了极端的报复行动。整个耶路撒冷在恐怖袭击中颤抖着,到最后几天,恐怖行动达到了高潮,光天化日下,情报部的办公大楼受到了攻击。

在地狱般的两个星期里,随着马加比军的行动不断升级,杜夫·兰道表现出的大胆和勇气,让那些最强硬的恐怖主义者都为之震惊。他参加了四次行动,最后一次,是作为攻击情报部总部的一个行动小组的组长。两周的行动,使"小吉奥拉"名声大振,以至于他的名字变成了疯狂的代名词。

整个巴勒斯坦静静地等待着暴风雨的来临。哈文·赫斯特将军一开始被这种恐怖行动惊呆了,随后便对伊休夫采取了报复。军管、戒严、搜捕、围剿甚至不惜让正常的工业生产和商业活动陷于停顿,以他的"乌贼行动"把整个巴勒斯坦置于他的掌控之下。

考德威尔的被害、两周的地狱行动、对情报部的公然袭击,无不凸显对英国当局的嘲弄。就在马加比军的怒火爆发时,阿利亚·伯特又成功地将三条非法移民船送进了巴勒斯坦水域。尽管非法移民的行为并不引人注目,但它的后果与恐怖主义的破坏不相上下。在犹太人居住的城镇和高速公路上,英军的巡逻队随时都在准备实施抓捕。

联合国代表团很快就要抵达巴勒斯坦,哈文·赫斯特决心在他们到来之前,让伊休夫彻底瘫痪。他手里有一份极端反犹人员的军官和其他人士的名单,他亲自从名单上挑选了六名最邪恶的人,其中有两名军官,四名其他人士。他把这六人招到他在舒奈勒兵营的官邸,开了一个秘密会议。他们利用五天时间策划了一个阴谋,到第六天,哈文·赫斯特启动了他的垂死挣扎。

这六人伪装成阿拉伯人,两人一组,其中一组开着一辆装满两吨炸药的卡车,驶向乔治王大街的犹太人定居协会大楼。当车与大楼成对角线后,他们把方向瞄准大楼入口处的车道,身穿阿拉伯服装的司机把方向盘固定好,挂上挡,打开节汽阀,然后两人跳车跑了。

卡车从大街上飞驰而来,穿过院子的大门,驶下车道,突然颠了一下,稍微偏了点方向,倾斜着顺着马路牙子撞进了办公大楼。在惊天动地的爆炸声中,整幢大楼被夷为平地。

就在同一时间,另一组人开着另一辆装满炸药的卡车,目标是两个街区之外的伊休夫中委会办公大楼。而此时此刻,几乎所有伊休夫的高层领导正在大楼里开会。

这辆卡车在最后时刻,因为马路牙子的原因让它改变了方向,结果办公大楼躲过一劫,而旁边的住宅楼却被夷为平地。

剩下一组开着两辆小车,将两组袭击人员接应上车后,向着英军控制下的泛约旦的避难所逃去。

哈文·赫斯特将军企图以突然袭击,消灭伊休夫的领导层和代表人物,结果是:犹太人定居协会死亡一百人,伊休夫中委会无人伤亡,八十岁的青年阿利亚领导人哈里特·舒茨曼死于这次袭击。

爆炸刚一发生,哈加纳和马加比军的情报人员就对肇事罪犯在巴勒斯坦展开了拉网清查,当天晚上,两个组织一致判明那六个阿拉伯人是英军士兵,进一步的调查指向了哈文·赫斯特,遗憾的是没有拿到足够的证据。哈文·赫斯特的最后一搏,不仅没能摧毁伊休夫的领导力量,反而驱使巴勒斯坦的犹太人将他们的两支武装——哈加纳和马加比军联合起来。哈加纳得到一份哈文·赫斯特的报告,面对眼前发生的爆炸，他们彻底认清了将军要消灭他们的企图。阿维登派出塞夫·吉尔博去耶路撒冷找巴尔·以色列，安排他和马加比军领导人的会谈。这种主动是很少见的，上一次是在第二次世界大战爆发的时候，为维持与英国人的关系，阿维登去找阿吉瓦要他放弃恐怖行动。

会谈时间选在凌晨一点，地点是在耶路撒冷城外一条公路旁边的空地上，那里曾经是古罗马第十军团的驻地。双方与会人员一共四人：阿吉瓦和本－摩西代表马加比军，阿维登代表哈加纳，塞夫·吉尔博代表哈加纳的打击力量帕尔马赫。双方代表见面时没有握手寒暄，黑暗中，他们站在那里，注视着对方，彼此仍然存在很深的成见。尽管夏天就要到了，凌晨的气温还是让人感觉有些凉意。

"我希望这次会谈能够确认，在我们双方的武装力量之间，是否可以达成更加紧密的合作。"阿维登先表明了他的意思。

"你的意思是要我们服从你们吗？"本－摩西疑惑地问道。

"我早就放弃了要统一你们的想法。"阿维登说，"我只是觉得现在我们需要形成最有效的力量。你们在三个城市有你们的实力，与我们相比，可以采取更大自由度的行动。"

"怪不得呢，"阿吉瓦厉声说道，"你想让我们做过河的卒子。"

"听他说，阿吉瓦。"他的突击队长打断了他。

"我不喜欢这样，我就不赞成这个会谈，本－摩西。这些人曾经背叛过我们，他们早晚还会出卖我们。"

在这个老人的指责下，阿维登的秃顶显得微微发红。"今天我是专门来听你的诋毁的，阿吉瓦，我们之间有太多的相关利益，其中一个基本事实是，不管我们之间有多少分歧，你是犹太人，你爱以色列。"说着，他拿出了那份哈文·赫斯特的报告。

老人把报告递给本－摩西，他打开手电仔细阅读着。"十四年前我就说过，英国人是我们的敌人，你们就是不信。"老人低声嘀咕着。

"我不和你讨论政治问题，你们同不同意和我们并肩作战。"

"我们将尽力试试。"本－摩西答道。

会谈后，几个联络小组便开始策划哈加纳和马加比军的共同行动。爆炸后的两个星期,英国人收到了他们对炸毁犹太人定居协会和攻击伊休夫办公大楼的回应。

在一个晚上,哈加纳彻底摧毁了铁路系统,瘫痪了进出巴勒斯坦的铁路交通。

第二天晚上,马加比军闯入英国在地中海沿岸国家的六个使馆或领事馆,销毁了针对阿利亚·伯特的所有情报。

哈加纳的分支帕尔马赫切断了十五处摩苏尔油田的输油管线。

随着一系列的行动升级,马加比军开始策划除掉哈文·赫斯特将军的行动。他们一天二十四小时地监视着舒奈勒兵营,将兵营里的活动列出一份详细的清单,记录下每辆军车的车牌号码,绘制了一份完整的兵营配置图。

经过四天侦查,似乎很难找出破绽。哈文·赫斯特把自己锁在城堡中央,身边有几千重兵把守,只有英国人才能接近他的官邸,即使他偶然迈出城堡,也是在重兵护卫下的秘密出行,如果贸然实施行动,马加比军将会损失惨重。

转机终于出现了。

记录显示,每周有三次,一辆民用车会准时在午夜和凌晨一点期间,离开舒奈勒兵营,天亮前又返回了城堡。车上只发现一名身穿便装的司机,在那样一个时段里出现如此不同寻常的举动,不由不让人怀疑。

马加比军的调查表明,这辆车属于一个富有的阿拉伯家庭,据判断,这个家庭有人代表阿拉伯方面参与英军的合作,为此,他们放弃了利用这辆车接近哈文·赫斯特的计划。

另一方面,关于哈文·赫斯特的背景、操守、生活习惯的报告,经编辑整理后,成为研究的重点。调查人员发现,这是个雄心勃勃的人,以一个显赫的婚姻,铸成了他事业和金钱的基础,为此他一直小心翼翼地维系着他的家庭关系。表面看,他的社交生活似乎表明他还是个不错的绅士,甚至让人感觉相当的刻板和枯燥乏味。

但进一步的研究,让他们发现了哈文·赫斯特的多次婚外情。据马加比军中曾经在哈文·赫斯特手下做过事的人回忆,几年前,军营里就流传着将军和他的情妇的谣言。

研究结果表明,哈文·赫斯特在他封闭的军营里,是个异常孤独的人。由于他的婚姻和地位,他不敢公开把女人带进军营,因此,不能排除他主动出去找他的情妇,那个神秘汽车里深藏不露的乘客,一定就是哈文·赫斯特。

这件事的确令人匪夷所思,但联想到那辆神秘的汽车,他们的判断就有了根据。问题是,谁才是哈文·赫斯特的情妇呢?他把自己的爱巢隐藏得很好,外人对此都一无所知,唯一的推理是,犹太女人决不会冒险接近他,这儿又没有英国女人,剩下的只有阿拉伯女人了。

如果跟踪并中途拦截那辆车,万一判断失误,不但打草惊蛇,整个行动将前功尽弃。指挥部经研究决定,假设哈文·赫斯特就是那个乘客,最好的办法是在他的目的地,经确认无误后,趁他毫无防备之时,实行抓捕。

他们从车主的方面了解到,这个阿拉伯地主家里,有一位年轻的女人,她漂亮,有教养,对像哈文·赫斯特那样的男人肯定具有吸引力。支离破碎的谜,开始有了答案。

马加比军开始监视这个阿拉伯家庭,跟踪那个姑娘。到第二天晚上,他们的持之以恒终于有了结果。那个姑娘在午夜离开她的家,来到耶路撒冷阿拉伯人的富人区埃尔-巴卡,这里靠近去希布伦和伯利恒的公路。半小时后,那辆神秘的汽车到了,侦查人员发现哈文·赫斯特幽灵似的从汽车上下来,躲进了他的约会巢穴。

凌晨三点,哈文·赫斯特被黑暗中一声令人恐怖的呐喊惊醒:"为了以色列,感谢上帝!"

他从床上跳起来,在那个阿拉伯女人的尖叫声中,马加比军狂风般的扫射让屋里变成了筛网。

一大早,英军司令部接到马加比军的来电,才得知他们死去的司令官的下落。如果英军为此向伊休夫实行报复,他们将把哈文·赫斯特将军死亡现场的照片公之于众。

英军指挥官们经过深思熟虑,认为一名英军将军死在一个阿拉伯女人的床上是个天大的丑闻,为了掩盖事实真相,他们向外界透露他是死于一场车祸。

马加比军默认了英军的说法。

将军从人们的视线中消失了,恐怖活动也逐渐销声匿迹,悬而未决的联合国调查委员会的到来,让人们在期盼中显出一丝不安。

联合国巴勒斯坦特别委员会，简称UNSCOP，于1947年6月下旬抵达海法。中立国的代表来自瑞典、荷兰、加拿大、澳大利亚、危地马拉、乌拉圭、秘鲁、捷克斯洛伐克、南斯拉夫、伊朗、印度。

这是一个对犹太人很不利的代表团：伊朗是个穆斯林国家；印度属于英联邦（其中一半人口是穆斯林，它的代表就是位穆斯林）；加拿大和澳大利亚都属于英联邦；捷克斯洛伐克和南斯拉夫作为苏联集团成员，有着传统的反犹历史；南美国家的代表危地马拉、乌拉圭、秘鲁是东正教主宰的国家，鉴于梵蒂冈罗马教廷对犹太复国主义的冷淡，使它们很容易受到影响；只有瑞典和荷兰才可能真正中立。

但不管怎样，伊休夫欢迎联合国特委会的介入。

阿拉伯人反对联合国的出面，在巴勒斯坦，他们发起了大罢工，游行示威让空气中弥漫着诅咒和威胁，而其他阿拉伯国家掀起了针对犹太人的骚乱和流血。

作为一名老战士和谈判代表，巴拉克·本－迦南再次在伊休夫的要求下，加入了本－古里安和魏兹曼博士为配合UNSCOP工作的咨询委员会。

第十三节

基蒂和凯伦回到达芙娜花园，她在等机会，必须与凯伦开诚布公地谈谈。那天，凯伦收到了杜夫的来信，她决定不能再等了。

基蒂把柠檬水倒在凯伦头上，一边拧着她那又粗又长的褐发，一边用条大毛巾给她擦着头。

"呸。"凯伦吐着流进嘴里的洗发水，拿起毛巾擦擦被肥皂迷了的眼睛。

炉子上的水开了，凯伦站起来，把毛巾盘在头上，沏了一杯茶。基蒂坐在餐桌旁边，修剪着指甲，然后小心翼翼地涂抹着指甲油。

"有什么事让你烦心吗？"凯伦随意问道。

"我的天，连我想什么你都看得出来。"

"有些事不对，你从加利利海回来就不对，是和阿里之间出什么事了吗？"

"我和阿里之间有很多事，但那不算什么，我想我们需要谈谈我们的事，我们的将来，最好现在谈清楚。"

"我不明白。"

基蒂甩着手，想快一点晾干指甲油。她站起来，点上一支烟，踌躇地说道，"你知道你对我有多重要吗？"

"我想是的。"凯伦小声应着。

"自从在卡瑞勒斯见到你，我就一直想让你做我的女儿。"

"我也想那样，基蒂。"

"那你应该相信我的所作所为是为你好，你必须信任我。"

"我相信……你知道的。"

"我要说的会让你很难接受，我也很难说出口，这里的孩子很可爱，我也舍不得他们，但是凯伦，我要带你回家，回美国去。"

凯伦盯着基蒂，愣住了，很长时间都没有搞清是不是听错了。

"回家？但……但这里就是我的家，我没有别的家呀。"

"我想让你回家和我在一起，永远。"

"我也想，基蒂，做梦都想，但是你说的很奇怪。"

"奇怪什么，亲爱的？"

"你说要回美国的家。"

"我是个美国人，我想我的家。"

凯伦咬着嘴唇，忍不住想哭，"怎么会呢？我还以为我们就是这样的呢，你就是在达芙娜花园，不会离开……"

"然后你会加入帕尔马赫……再去边境上开辟集体农庄？"

"我就是这样想的。"

"我在这儿学到了很多，也很爱这里，但它毕竟不是我的国家，这些人和我不一样。"

"我想我是太自私了。"凯伦说道，"从来就没想过你会想家，没有为你着想。"

"你这话真让我感动。"

凯伦倒上两杯茶，思考着：基蒂是她的一切……但是要离开？

"我不知道该怎么说，基蒂，自从我在丹麦能看书时起，我就一再对自己作为一个犹太人产生很多疑问，直到现在也不太明白。但我就是觉得在这儿才有我的东西……没有任何人能拿走它，不管它是什么，它一定是这个世界上最重要的东西，过些时候，可能我就能表达清楚了，但我就是不能离开巴勒斯坦。"

"是你的就是你的，在美国、在其他地方的犹太人，你有的他们也有，离开这里不意味着就改变了什么。"

"但他们是流亡者。"

"不对，孩子……难道你不清楚美国的犹太人是多么热爱他们的国家吗？"

"德国的犹太人也热爱他们的国家呀。"

"住嘴！"基蒂突然生气了，"我们不是那类人，我不喜欢他们给你灌输的那些谬论。"她很快控制住自己，"美国的犹太人非常爱他们的国家，如果说德国发生的悲剧会在美国重演的话，他们宁愿选择去死。"她说着，走到凯伦的背后，把手放在她的肩上，"我知道这件事对你很难，但你认为我会做伤害你的事吗？"

"当然不会。"凯伦小声嘀咕着。

基蒂在她的椅子前蹲下，盯着她，"凯伦，你甚至都不知道什么是和平，你的人生一直缺少阳光，充满了恐惧，你认为这里可以变好吗？还能变好吗？凯伦，我愿意你做一个犹太人，我愿意看到你爱这片土地，但我更愿意让你了解生命中还有很多其他重要的东西。"

凯伦躲开了基蒂注视着她的目光。

"如果继续待在这里，你的全部生活就只剩下了枪，你会变成像阿里和卓姐娜那样冷酷和愤世嫉俗。"

"看来我真的很不公平，还在盼着你能留下。"

"跟我走，凯伦，给我们双方一个机会，我们彼此需要对方，我们都经历了太多煎熬。"

"我不知道是否能离开……真的不知道。"她带着哭腔说着。

"凯伦，我真希望能看到你穿着凉鞋和百褶裙，跟我开着敞篷福特车去看橄榄球赛；希望能听到电话铃响后，你嘻嘻哈哈地和你的男朋友说长道短；希望你像一个真正的姑娘那样叽叽喳喳,而不是一天到晚拿着个枪,或是帮助他们走私军火。你已经失去太多了,至少你应该先看看这个世界有多精彩,然后再决定你要做什么。好好想想,凯伦……请你想想。"

凯伦越听脸色越难看,不由挪开一步问道:"那杜夫怎么办?"

基蒂从口袋里拿出杜夫的信递给凯伦,"我刚在桌上发现,不知道是谁放在那儿的。"

弗里蒙特太太:

　　这封信是请人代写的,我的英文不好,写好后我抄了一遍,以证明是我的亲笔信。信是以特殊方式转给你的,原因你应该清楚。最近我很忙,一直和朋友在一起,这些朋友是我从未见过的最好朋友。现在我已经安顿下来,想给你写封信,让你知道我离开达芙娜花园后有多高兴。你们每个人都让我恶心,包括你和凯伦·克莱门特。我要告诉你,我很忙,有很多朋友,所以我不想再见到凯伦。我不想让凯伦总想着我会回去,去照顾她,她还是个什么都不是的孩子。我现在有了一个和我同龄的女友,我们已经住在一起。你为什么还不和凯伦回美国去?她不属于这里。

杜夫·兰道

基蒂从凯伦手里拿回信,把它撕得粉碎,"我去向利伯曼博士请求辞职,交接好这里的事情,我们立刻就订票回美国。"

"好的,基蒂,我跟你走。"

第十四节

每过几个星期,马加比军的领导核心就换一个办公地点,在地狱行动和暗杀哈文·赫斯特将军后，本－摩西和阿吉瓦认为他们最好暂时离开耶路撒冷。马加比军是一个小组织，几百名全职成员，几千名兼职成员，外加几千名同情者。由于他们不得不经常从一地转移到另一地，核心班子一般就保持在六七个人左右。在感受到空前压力的情况下，他们又再次分散，其中四名核心成员来到了特拉维夫，他们是阿吉瓦、本－摩西、那鸿·本－阿米（大卫的哥哥）以及小吉奥拉——杜夫·兰道。由于杜夫已经成为阿吉瓦的心腹，在袭击行动中又名声大振，特别是他在伪造证件方面的天才，因此他也成了马加比军的核心成员。

四个人隐藏到一个马加比军成员所属的公寓楼的地下室里，在贝尼贝拉路上，靠近中央车站和一个喧闹的市场。公寓楼周边布置了警戒哨，同时安排好了一旦出现危险时的撤退路线。一切似乎都令人满意，应该不会发生意外。

十五年来，除了第二次世界大战期间一段短暂的特赦，阿吉瓦一直是英国情报部门和特工的抓捕目标和心腹大患，但他总能成功地躲避追捕和陷阱，为此，英国当局悬赏几千英镑要他的脑袋。

这是个巧合，情报部一直在注意贝尼贝拉路上的另一座公寓楼，它离马加比军新的藏身之地只有三个楼远，那里被怀疑是一个经雅法海关走私戒指的集散地。马路对面正在观察走私活动的侦探，偶然注意到这边地下室附近的警戒人员显得很可疑，通过望远镜和拍照后的分辨，他们发现其中两人是马加比军的成员。他们利用围捕走私者的机会，迷惑了马加比军的警戒哨。根据多年与马加比军打交道的经验，他们不能放过这次机会，在迅速调整部署后，发起了突然攻击，虽然他们并不清楚这次攻击的对象是马加比军的总部驻地。

这是一个有三个房间的地下室，杜夫正在其中一个房间里伪造一本萨尔瓦多的护照，那鸿和本－摩西外出找塞夫·吉尔博，参加与哈加纳和帕尔马赫的联席会议去了，阿吉瓦走进他的房间。

"我说，小吉奥拉，"阿吉瓦说着，"你怎么没跟着本－摩西去参加今天的会议呢？"

"我必须要做完这本护照。"杜夫小声发着牢骚。

阿吉瓦看看表，在杜夫身后的一张行军床上躺下，"他们应该快回来了。"

"我一直都不信任哈加纳。"杜夫嘟囔着。

"眼下，我们别无选择。"老人答道。

杜夫把护照拿到灯前，仔细察看着涂改的痕迹，确保水印和密封的逼真。很好，即使是专家，也不会发现他在名字和身份上做出的修改。他俯下身，一点点蚀刻出护照签发人的签字，然后放下笔，站起身，在屋里来回走动着，不时看看护照上的墨迹是否干了，手指间啪啪地打着榧子。

"不要显得那么不耐烦，小吉奥拉，地下活动中最难熬的莫过于等待，这让我有时也会扪心自问，我们到底在等什么呢？"

"我曾经在地下生活了很长时间。"杜夫说道。

阿吉瓦坐起来，舒展了一下自己，"是呀，等待，耐心等待。你还年轻，要学会慢慢来，做事不要太认真，太极端。我就不好，总是太极端，为了事业可以白天黑夜的不要命。"

"这可不像是阿吉瓦说的话。"杜夫有点奇怪。

"作为一个过来人，我要说的是我们不要盲目地去等着什么，如果被抓住，不受酷刑或上绞架的话，也逃不过流放或者一辈子就待在监狱里，所以我说……不要太认真。马加比军中有很多姑娘是爱慕我们的小吉奥拉的，有机会的话不妨和她们交往一下。"

"我没兴趣。"杜夫很快打断了他。

"啊哈，"老人开着玩笑，"那就是你已经有了一个姑娘，居然还瞒着我们。"

"我是有过一个姑娘，但已经过去了。"

"那我让本－摩西再给你找一个，有机会可以出去高兴一下。"

"我不要，我就待在总部，这里很好。"

老人又躺下，陷入了沉思。过了很长时间，他才开口说道，"你错了，小吉奥拉，大错特错。最好的地方是当你一睁眼，就能看到自己的良田，劳动了一天之后，晚上回去还有你最心爱的人在等着你。"

老人又在多愁善感了，杜夫想象着。他甩了甩手中的护照，发现墨迹已经干了，就把护照照片小心翼翼地贴上。看着阿吉瓦躺在行军床上睡着了，他又开始不安地在屋里来回走动着。自从给弗里蒙特夫人的信发出后，他感觉很不好，只想用一次次的参与行动，让英国人把自己抓住，送上绞架算了。没有人知道他早已将生死置之度外，甚至盼着挨上一颗子弹。最近总是在做梦，不是凯伦离开了他，就是毒气室的大门又打开了。弗里蒙特夫人要带她走，这很好，他可以无牵无挂地去参加行动，直到被抓住，反正活着也没什么意思。

公寓楼外，五十名便衣警察混杂在行人中间，接近了汽车站，在马加比军的警戒哨发出警告前，清除了他们，并封锁了整个街区。

十五名警察携带冲锋枪、催泪瓦斯、斧子、重锤悄无声息地来到了地下室的门口。

敲门声让阿吉瓦突然睁开了眼睛。

"一定是本－摩西和那鸿回来了，快开门，杜夫。"

杜夫摘下挂在门上的链锁，刚把门打开一条缝，迎面飞来的重锤就把门砸开了。

"英国人！"杜夫大喊一声。

阿吉瓦和小吉奥拉被捕了！

消息传遍了巴勒斯坦，传奇人物阿吉瓦，在成功逃避了英国人十几年的追捕后，不幸被捕了。

"叛徒！"马加比军咬牙切齿，将怒火发泄到哈加纳头上。那鸿和本－摩西一直在与塞夫·吉尔博开会，不是吉尔博就是其他哈加纳成员，趁机了解到了马加比军总部的情况，否则它怎么会被发现呢？两派组织再次出现了争执，马加比军的谴责声一浪高过一浪，五花八门的流言，都是在描述哈加纳是如何策划的这次出卖。

英国驻巴勒斯坦高级专员提议，立刻启动审判程序，以摧毁马加比军的士气。按照他的想法，既然阿吉瓦长期以来都是恐怖分子的精神支柱，那么对他的审判，不但可以恢复英国当局的权威，还能遏制马加比军的恐怖活动。

审判是秘密举行的，在一个不敢露面的法官主持下，阿吉瓦和小吉奥拉被判两周后处以绞刑。

他们被关进了戒备森严的阿卡监狱。

由于过度兴奋，高级专员犯了一个致命的错误。在美国，马加比军已经有了许多有影响的朋友和稳定的财政来源,而新闻记者被禁止聆听审判,引发出公众的好奇,掀起了阿吉瓦和小吉奥拉到底是有罪还是无罪的辩论。像"出埃及号"事件那样,对这两个人的审判,转变成一场针对英国托管权的抗议运动,而杜夫在华沙隔离区和奥斯威辛集中营的背景经历被曝光后,引起了欧洲公众的广泛同情,以及对秘密审判的愤怒。八十岁的阿吉瓦和十八岁的小吉奥拉的照片的发表,让读者对一位先知和他的门徒的命运充满了想象,新闻记者纷纷要求采访这两个人。

正在陪同联合国特别委员会在巴勒斯坦调研的塞西尔·布莱德舒,感到这件事有可能变成第二个"出埃及号"事件,便立即与高级专员协调后,向内务部请求指示。在这个敏感时期,事件给英国造成很坏影响,同时会刺激马加比军展开新一轮恐怖行动。布莱德舒和高级专员决定以杜夫和阿吉瓦的年龄为借口,向世界展示英国司法的宽容,只要杜夫和阿吉瓦上书请求宽恕,就可以得到豁免。他们的举措,暂时平息了抗议风暴。

高级专员和布莱德舒本人亲自来到阿卡监狱,向阿吉瓦和杜夫转告这个消息。当两人被带进监狱长的办公室时,两位官员坦率地表达了他们的建议。

"我们都是有理性的人,"高级专员说道,"这是供你们签署请求宽恕的文件,只是履行程序,纯粹是一种形式……希望你们合作。"

"只要你们签署了这些文件,"布莱德舒接着说道,"我们就可以达成妥协,然后送你们去非洲某个殖民地工作一段时间,等这边情况好转了再回来。"

"我不明白你的意思,"阿吉瓦回答道,"我们不过是在为我们的正常权利和历史责任在奋斗,我们没有罪,为什么要去非洲?从什么时候开始一个战士为他的祖国而战变成了犯罪呢?我们只是战俘,你们没权利给我们定罪,我们的国家正处在被占领状态。"

高级专员感觉冒汗了,这个老人看来真的很难对付,他似乎听到了在马加比军那些狂热分子中的流言:"阿吉瓦,这不是在讨论政治,这是在挽救你的生命,或者你请求宽恕,或者我们执行判决。"

阿吉瓦注视着眼前的两个人,他们焦虑的表情,让他知道英国人正在试图挽回面子和弥补过失。

"你还是个孩子,小伙子,"布莱德舒转向杜夫,"你不想被吊在绞架上,对吧？你先签，再让他签。"

布莱德舒把申请书推到杜夫面前，拿出笔，关注地看着正在盯着申请书的杜夫。

他向申请书不屑地啐了一口。

阿吉瓦轻蔑地对两个瞠目结舌、呆若木鸡的英国绅士厉声说道，"让你们自己的喉舌去评价你们吧。"

阿吉瓦和小吉奥拉的举动，立刻成为各大媒体的头条，掀起了新的抗议浪潮。成千上万曾经小看了马加比军的伊休夫被感染了，一夜之间，那个老人和那个年轻人变成了犹太民族抵抗强权的象征。

英国人不但没有摧毁马加比军的士气，反而以他们的方式，塑造了两名不朽的英雄。在双方毫无退路的情况下，绞刑时间定在了十天以后。

每一天，巴勒斯坦的紧张气氛都在加剧，马加比军和哈加纳的袭击行动倏然变得销声匿迹，但谁都清楚，整个国家正处于一个随时会被点燃的火药桶上。

阿拉伯人的城市阿卡，坐落在一个弧形海湾的北端，海湾南端是与它隔湾相望的海法。建立在十字军废墟上的阿卡监狱，外形丑陋，趴在一道防波堤上，防波堤沿监狱的北端一直衔接到阿卡。在屠夫艾哈迈德·埃尔·耶扎尔的统治下，它变成奥斯曼帝国的一座城堡，成功抵抗住拿破仑的进攻。箭楼、胸墙、瞭望塔以及地牢、暗道、干涸的壕沟和高大的院墙，构成这座城堡的基本特征，英国人为此把它当做帝国史上最令人恐怖的牢狱之一。

杜夫和阿吉瓦被关在监狱北侧，一间像石窟一样只有6英尺×8英尺的狭小牢房里，牢房的外墙厚度达十六英尺，里面没有灯，没有卫生间，空气中散发着阵阵发霉的臭气。每间牢房的铁门上有一个从外面打开的监视孔，除此之外，整个牢房就只有一个2英寸×12英寸的天窗可以透进一缕光线。通过这扇狭小的天窗，杜夫可以看到窗外垂下的树枝和外面一座山冈的轮廓，当年拿破仑大军远征印度的步伐就止步于那座山冈，后人称它为拿破仑山。

阿吉瓦的情况很糟糕，阴暗潮湿的地牢，加重了他的关节炎，让他承受着极度的疼痛。

英国当局每天都派人到牢里试图劝他们妥协，但杜夫对此是不理不睬，而阿吉瓦每次都用《圣经》里的经文让这些人如坐针毡。

离行刑只剩六天了，阿吉瓦和杜夫被转移到了监狱的另一侧、毗邻绞刑室的牢房。这些水泥牢房的天花板是透空的钢筋铁栅，地板上有一个大洞，挂着绳索的钢制绞架下垫着一块活板，一个模拟真人重量的沙袋，在刽子手打开绞架下的活板后，砰地一声掉了下去。

按照传统的绞刑要求，杜夫和阿吉瓦换上了血红色的囚服。

第十五节

凌晨一点，布鲁斯·萨瑟兰德在书房里，趴在一本书上昏昏欲睡。激烈的敲门声惊醒了他，仆人带着凯伦·克莱门特出现在面前。

萨瑟兰德揉着眼睛问道，"这么晚了你来干什么？"

凯伦一声不吭地站在那里，全身颤抖着。

"基蒂知道你来这里吗？"

凯伦摇摇头。

看到她脸色煞白，神情紧张，萨瑟兰德一边扶她到椅子上坐下，一边问道，"要不要吃点东西，凯伦？"

"我不饿。"

"给她拿点牛奶和三明治来。"萨瑟兰德吩咐着仆人，"姑娘，到底出什么事了？"

"我要去见杜夫·兰道，你是唯一可以帮助我的人。"

萨瑟兰德背着手，在房间里走来走去，思索着，然后说道，"即使我能帮你，也只会让你更痛苦。孩子，你和基蒂很快就离开巴勒斯坦了，为什么还要自寻烦恼呢？"

"求求你，"她恳求着，"我知道是为什么，自从他被捕，我就一直寝食不安，我必须再见他一次，帮帮我，萨瑟兰德将军。"

"让我试试吧。"他说道，"但我要先和基蒂说一下，你在我这里。她现在肯定已经急得要命，你没有理由一个人就这样经过阿拉伯人的地区。"

第二天早上，萨瑟兰德给耶路撒冷打电话，高级专员毫不犹豫地答应了。为了让杜夫和阿吉瓦回心转意，他们对任何一根稻草都不敢放弃，而凯伦的探视，或许能够帮助他们突破杜夫的心理防线。在探视手续很快办好后，基蒂从达芙娜花园来到萨法德，在萨瑟兰德的陪同下，三个人驱车赶到海边小镇纳哈里亚。从那里，他们在当地警局的护送下，直接来到阿卡监狱的典狱长办公室。

凯伦一路昏昏沉沉地到了阿卡监狱，残酷的现实，让她无法立刻平静下来。

典狱长走进了办公室。

"你现在可以去看他了，姑娘。"

"还是我和你一起去吧。"基蒂说道。

"我想单独见见他。"凯伦很坚决地拒绝了。

两个全副武装等候在典狱长门外的警卫，带着凯伦经过一个个铁门，来到一个巨大的院落。院落周边的石墙上，透过一扇扇铁窗，囚犯们不怀好意的目光落在凯伦身上，邪恶淫荡的挑逗不时回响在空旷的院落里。凯伦目不斜视，跟着警卫走向死囚牢房的狭窄楼梯，经过铁丝网后的机枪阵地，来到两个手持上了刺刀步枪的哨兵把守的牢门前。

她被带进一个狭小的牢房，当牢门在身后砰地一声关上后，身边的卫兵打开墙上一个细小的窗口。

"你就从那儿和他说话吧，妞儿。"卫兵说道。

凯伦点点头，透过窗口，她看到对面有两个单人牢房，阿吉瓦一间，身穿血红色囚服的杜夫在另一间。他仰面躺着，盯着天花板，一个警卫走了进去，打开了他的牢门。

"起来，兰道，"警卫吼道，"有人看你来了。"

杜夫从地上捡起书，打开，没有理警卫。

"有人看你来了。"

杜夫继续翻着他的书。

"听见没有，有人看你来了。"

"我对你们的好心没有兴趣，告诉他们滚……"

"不是我们的人，是你们的人，一个姑娘，兰道。"

杜夫抓紧了书，突然感到一阵心跳，"告诉她，我很忙。"

警卫耸了耸肩，走到窗口前，"他说了，他不想见任何人。"

"杜夫！"凯伦喊道，"杜夫！"

死牢中回荡着她的喊声，"杜夫！是我，凯伦！"

阿吉瓦一惊，目光转向杜夫的牢房，见他紧咬着牙，一声不吭。

"杜夫！杜夫！"

"为什么不理她，孩子？"阿吉瓦吼道，"不要像我哥哥责备我的那样，到死都无声无息。去呀，孩子。"

杜夫放下书，从床上翻身下来，示意警卫打开牢门。他走到窗前，盯着窗外那张熟悉的面孔。

凯伦紧紧地盯着他那双冷酷、忧郁、愤怒的眼睛。

"我可不喜欢这样的把戏，"他刻薄地说道，"如果是他们让你来的，那你最好立刻离开这里，我绝不会乞求那些杂种的怜悯。"

"不要这样，杜夫。"

"我知道是他们派你来的。"

"我发誓没人派我来，真的。"

"那你来干什么？"

"我只想再看看你。"

杜夫咬紧了牙，极力控制着自己。她为什么要来呢？他忍不住想摸摸她的脸。

"怎么样？"

"还好……一般吧。"

一阵沉默。

"杜夫……你给基蒂的信是心里话吗？或是因为……"

"当然。"

"我一直想知道……"

"那你现在就知道了。"

"是的,我知道了,杜夫……我很快要离开以色列,去美国了。"

杜夫耸耸肩。

"我想我确实不该来,很抱歉打搅你了。"

"没什么,我知道你是想临走前看看我,这倒让我真想见见我的女友,可惜她是个马加比军的战士,来不了。她和我一样大,你知道的。"

"我知道了。"

"不管怎样,你是个好女孩,凯伦……嗯……你……呃……去美国吧,忘掉这里的一切,祝你好运。"

"我想我该走了。"凯伦小声说道。

她站了起来,杜夫的表情依然显得很平静。

"凯伦!"

她飞快地转过身。

"嗯……作为朋友……握个手吧,如果警卫不反对。"

凯伦把手从窗口伸过去,杜夫紧紧握住她的手,头顶在墙上,闭上了眼。

凯伦抓住他的手,拉过窗口。

"不要这样,"他说道,"不要……"但心底的渴望让他无法拒绝。

她亲吻着他的手,把它贴在自己的脸上、嘴唇上,泪水滴到了他的手上,然后一扭头,转身凄然地离开了牢房。

当牢门砰的一声关闭后,杜夫扑到床上,长久以来,压抑在内心深处的情感,终于喷发出来。他转过身,背对着牢门,背对着阿吉瓦和警卫,静静地发泄着来自心底的抽泣。

在联合国特委会考察巴勒斯坦期间,伊休夫方面派出巴拉克·本-迦南作为代表,陪同特委会进行考察,解答他们提出的各种质询。全体伊休夫以他们的出色表现,在垦荒、重建家园、创建集体农庄、兴办工厂、建设新型城市等方面,与阿拉伯社区相比形成巨大反差,给考察团留下深刻印象。考察结束后,一个公开的听证会要求双方提出各自的申述。

本－古里安、魏兹曼、巴拉克·本－迦南等伊休夫领导人，通过激烈的讨论，以公正和道德为基础，为犹太人的申述，做好了充分的准备。

而阿拉伯方面，阿拉伯最高委员会在侯赛尼家族的操纵下，掀起了针对联合国的抗议示威。他们限制特委会赴阿拉伯城镇考察，因为那里的工厂仍然处于极度原始、脏乱的状态，当公开质询开始时，阿拉伯人采取了联合抵制的态度。

显然，特委会在巴勒斯坦无法找到中间路线，在严格公正的基础上，联合国将会提出有利于犹太人的解决方案，但他们不得不考虑阿拉伯人的威胁。

犹太人早就准备接受妥协和巴勒斯坦分治，当然，他们不能忍受像隔离区那样的产物再次出现。

特委会在巴勒斯坦的考察和质询结束后，转赴日内瓦稍作休整，并对他们的考察结果做进一步分析。与此同时，一个小组委员会开始对欧洲的难民营进行考察，二十五万绝望的犹太人仍然聚居在那里，考察报告将会直接提交给联合国大会讨论。巴拉克·本－迦南又一次身负使命，前往日内瓦，继续施展他的外交才能。

在赴日内瓦前，他回到亚德·埃尔与萨拉道别。尽管多年来他经常外出，萨拉始终不能习惯这样的生活，与卓妲娜和阿里的聚少离多也常常让她感到难以接受。

阿里和大卫从埃因奥尔集体农庄附近帕尔马赫的胡拉地区总部回到亚德·埃尔，卓妲娜也从达芙娜花园回来了，他们要和父亲一起吃个饭，为他送行。

整个晚上，巴拉克成为大家的焦点，但他很少谈及特委会、日内瓦之行或严酷的政治形势，这是个家庭聚会，应该轻松些。

"我想你们都听说弗里蒙特夫人要走的消息了。"卓妲娜饭后突然说道。

"没有，不知道啊。"阿里听说后，掩饰着他的诧异。

"她已经向利伯曼博士辞职了，还要带那个叫克莱门特的姑娘一起走。从见她的第一眼起，我就知道她待不住，是个麻烦。"

"她为什么不能走？"阿里说道，"她是个美国人，来巴勒斯坦也是因为那个姑娘。"

"她对我们毫无帮助。"卓妲娜愤愤地说道。

"不能那样说。"大卫反驳道。

"这是个好姑娘,"萨拉·本－迦南插嘴道,"我喜欢她,很多次当她路过这里的时候,还都来看看我。她对那些孩子们很好,他们也爱她。"

"她最好走,"卓妲娜固执地说道,"但居然把那个姑娘也弄走了,那个孩子被她带坏了,一点也不像个犹太姑娘。"

阿里站起来,走了出去。

"你为什么一定要刺激阿里呢?"萨拉生气了,"你明明知道他的感情,而且她还是个好姑娘。"

"他最好能甩掉她。"卓妲娜仍然坚持着。

"你算什么?要对一个男人指手画脚?"巴拉克终于开口了。

大卫拉起卓妲娜说道,"你答应我要去赛马的,走吧。"

"你也向着她,大卫。"

"我是喜欢她,算了,还是骑马去吧。"

卓妲娜气得一转身,大步走了出去,大卫紧跟着也出去了。

"让他们去,萨拉,"巴拉克说道,"大卫知道怎么对付她,看来我们的女儿是在吃弗里蒙特夫人的醋,我们这里的姑娘们早晚还是要做个真正的女人。"

巴拉克晃动着手中的茶水,萨拉站在他的身后,把脸贴在他浓密的红发上,"巴拉克,你不能就这样坐着,去做做工作,要不你会后悔的。"

他拍拍她的手,"我这就去找阿里谈谈。"

巴拉克找到果园,发现阿里正独自待在那里,凝视着达芙娜花园那边的山峦。

"她对你真的很重要吗,儿子?"

阿里耸耸肩。

"我倒是很喜欢她。"巴拉克说道。

"那又怎样?她来自一个充满丝绸和香水的世界,随时都准备回去。"

巴拉克拉起儿子,穿过田地,来到农庄边的约旦河旁,卓妲娜和大卫正在策马扬鞭,田野里传出她欢快的笑声。

"你看卓妲娜,一切都会过去的,埃因奥尔那边怎么样?"

"老样子,父亲,都是些不错的姑娘小伙子们,就是太少,少得无法参加正常的战斗,真不知道该如何面对他们的七国联军。"

太阳滑过与黎巴嫩边境交界的以斯帖要塞,田野里的喷淋系统旋转着将水洒向大地,父亲和儿子久久凝视着这片土地,向往着和平宁静的那一天,向往着日出而作、日落而息的田园生活。

"我们回去吧,妈妈在等着呢。"阿里说道。

他准备要走,感到父亲的大手落到了肩上。他转过身,发现父亲一反往日的威严与骄傲,低垂着头,一脸的悲伤,"过两天我就要去日内瓦了,但这一次感觉很不好。十五年来,我为我的骄傲与固执付出了巨大的代价,让我们这个家失去了一个人,我真该死。阿里,我的孩子,无论如何不能让阿吉瓦死在英国人的绞架上。"

第十六节

联合国特委会离开的前夜,耶路撒冷变得沸腾了。在阿拉伯人居住区,煽动性的宣传演变成大规模的骚乱。整个城市被工事、铁丝网切割成碎片,战壕的机枪后面,趴着严阵以待的英国大兵。

耶路撒冷城内,阿里·本-迦南在一个又一个马加比军的窝点寻找着他们的联络员——巴尔·以色列,但他好像从人间蒸发了。自从阿吉瓦和小吉奥拉被捕,马加比军和哈加纳之间的联系就中断了,阿里凭借自己的私人线索,终于发现巴尔·以色列藏身于卡塔蒙区的一个地方。

阿里直接来到那个寓所,撞开门,看到巴尔·以色列正在和一个人下棋。巴尔抬起头,一看是阿里,便又低头继续研究他的棋局。

"出去。"阿里边说着,边把那个人推了出去,然后关上门,转身对巴尔吼道,"你他妈知道我在到处找你。"

巴尔耸耸肩,点上支雪茄,"是啊,你在整个耶路撒冷撒下有五十封信吧?"

"那为什么不和我联系?让我在这儿待了二十四个小时。"

"你已经以自己的方式破门而入了,说吧,什么事?"

"带我去见本－摩西。"

"我们不再和你们玩了,哈加纳的高层出卖了我们。"

"站在你面前的不是什么哈加纳的高层,而是阿吉瓦的侄子,是阿里·本－迦南。"

"阿里,我个人绝对相信你,但命令就是命令。"

阿里掀翻了棋盘,把巴尔从椅子上拎起来,揪住他的脖领,像抓着一只口袋似的摇晃着说道,"立刻带我去见本－摩西,否则我就拧断你的脖子。"

本－摩西坐在马加比军位于希腊区的总部办公室里,身边站着那鸿·本－阿米,两人怒视着阿里·本－迦南和惶惑的巴尔·以色列。

"我们都很了解阿里,"巴尔·以色列呜咽着,"我想……"

"滚出去,"本－摩西对满身大汗的巴尔吼道,"一会儿再和你算账。本－迦南,既然你来了,那就说吧,想干什么?"

"想知道你们在阿吉瓦和那个孩子的问题上要做些什么?"

"做什么?有什么好做的?我们还能做什么?"

"你们在撒谎!"

"我们要做什么与你无关。"那鸿忍不住说道。

阿里重重地一拳打在桌上,"当然有关,阿吉瓦是我叔叔。"

本－摩西依然冰冷地说道,"我们不会再与叛徒有任何合作。"

阿里探过身,盯着本－摩西的脸,"尽管我很讨厌你们的狭隘,本－摩西,还有你,那鸿,但除非你们告诉我你们要做什么,否则我是不会走的。"

"我看你是不想活了。"

"那鸿,如果你不想被大卸八块,就给我闭嘴。"阿里说道。

本－摩西摘下眼镜,擦了擦,又戴上,"阿里,你的表达方式感动了我,"他说道,"我们计划袭击阿卡监狱,救出他们。"

"这还差不多,什么时候?"

"后天。"

"我和你们一起去。"

那鸿刚要表示疑义，本－摩西示意让他不要说话。

"你发誓哈加纳并不知道你来这里了？"

"当然。"

"发誓管什么用？"那鸿插嘴道。

"我相信本－迦南。"

"我还是认为不妥。"那鸿嘟囔着。

"情况可能会很糟，你应该清楚，阿里。我们动员了所有的力量，你在阿卡监狱待过……了解那里的情况，如果我们能成功，那可真是要了英国人的命。"

"阿卡是一座阿拉伯人的城市，那座监狱是他们在巴勒斯坦最难啃的据点，让我先看看你们的计划。"

本－摩西拉开桌子抽屉，拿出一卷图纸，上面绘制了阿卡地区的详细情况：有城市布局、通向监狱的各条道路、撤退路线、监狱内部结构等，让阿里感到很完整。这些图纸一定是那些曾经蹲过阿卡监狱的人的杰作，像岗楼、军火库、总机房等都标得非常清楚。

阿里研究起了袭击时间表，可以看出，计划布置得很周密。威力强大的炸药、手榴弹、地雷，全部产自马加比军自己的军火工厂，武器配置也很到位。

"你觉得怎么样，阿里？"

"非常好，可以给满分。我看从打进去到撤出来都没有问题，但要顺利离开阿卡，"阿里摇摇头，"恐怕没那么容易。"

"可我们无法在附近的集体农庄找到安全的藏身之地。"那鸿·本－阿米无可奈何地发起了牢骚。

"我们也清楚安全撤离的可能性很小。"本－摩西附和道。

"不是很小，是没有。当然，我知道你们马加比军都不怕死，但除非你们有一个更好的计划，否则将全军覆没。"

"我知道他想说什么了，"那鸿说道，"他是要我们和哈加纳还有那些集体农庄合作……"

"说得没错，如果不这样，你们将付出太多牺牲。本－摩西，你很勇敢，但不是疯子。像这种情况，你们只有百分之二的机会，如果能让我为你们安排几个撤退方案，那机会可以到五十对五十。"

"你看，"那鸿说道，"我就知道他会花言巧语。"

"说下去，阿里。"

阿里在桌上打开总图，"我建议你们在狱中多待上十到十五分钟，释放所有的囚犯，然后让他们向二十个方向逃跑，迫使英国人分散力量去追捕他们。"

本－摩西点点头。

"而我们自己也要分成若干个小组，每个小组选择不同的方向出城，我负责阿吉瓦，你负责那个孩子。"

"然后呢？"那鸿问道，他对阿里的计划开始感兴趣了。

"我的路线是先从科法尔·玛撒力克冲出去，在那儿换车甩掉他们，从后山登上海法南面的卡迈尔山。我在达利亚特·卡米尔的德鲁兹部落有可靠的朋友，英国人是无论如何想不到那里的。"

"听起来不错，"那鸿称赞着，"德鲁兹人是值得信任的……比某些犹太人要可靠。"

阿里没有在意他的无礼，"你们那组带着杜夫·兰道沿海岸公路先去纳哈里亚，然后分散到那儿附近的六七个集体农庄里，这个由我安排。兰道最好送到黎巴嫩边境附近的米什玛尔集体农庄去，农庄创建初期我在那儿，附近有很多岩洞。'二战'时，你弟弟大卫和我就在那儿，我们利用那些岩洞保护了很多领导，兰道在那里绝对安全。"

本－摩西一声不吭，呆呆地看着自己的计划，他知道，如果找不到藏身之地，这场行动犹如一场自杀。有了阿里的帮助，成功的机会大了许多，但可以信任这一次的合作吗？

"说下去，阿里……制订你的计划吧，我们相信你，因为你是本－迦南家族的成员。"

离行刑还有四天。

阿吉瓦和小吉奥拉离上绞架只有四天；联合国特委会经卢德机场飞赴日内

瓦；阿拉伯人的示威停止了，马加比军的袭击也停止了，巴勒斯坦突然陷入了令人不安的寂静；耶路撒冷变成了一座军营，到处都是英国当局的便衣警察。

离行刑还有三天。
来自英国首相的呼吁，被阿吉瓦和小吉奥拉拒绝了。

行刑日。
那天是阿卡的集市，天刚亮，来自加利利地区二十个村庄的阿拉伯人就涌进了城。集市上充斥着毛驴、排子车、农副产品，大街小巷到处是熙熙攘攘的赶集人群。

来自东方和非洲的犹太人，打扮成阿拉伯人模样的马加比军的战士，随着赶集的人流涌进了阿卡。他们把炸药、雷管、引信、导线、手雷、轻武器藏在长袍下面，三三两两地混进了监狱旁的店铺和人来人往的集市里。

十一点整，离行刑还有两小时。
身穿阿拉伯人服装的两百五十名马加比军的小伙子和五十名姑娘全部混进了阿卡。

十一点三十分整，离行刑还有一小时三十分。
阿卡城外的拿破仑山上，马加比军的另一支部队也集结完毕。装扮成英军士兵的马加比军战士，搭载三辆卡车进入了阿卡，沿监狱附近的防波堤停车后，这些士兵很快分成四人一组，像英军的巡逻队那样，出现在城内的大街小巷。由于城内已经到处都是英军士兵，这一百人并未引起人们的注意。

正午时分，离行刑只有一小时了。
阿里·本-迦南身穿英军少校制服，坐着一辆吉普车驶进了阿卡。车停靠在监狱西侧的防波堤附近，阿里下了车，来到北侧的一堵城墙上，倚在一门生锈的土耳其大炮旁。他点上支烟，凝视着脚下拍打着城墙的海浪，布满苔藓的礁石，在翻滚的浪花泡沫中若隐若现。

十二点五分，阿卡的商店一个个关门打烊，开始午间两小时的休息。骄阳烘烤着大地，咖啡馆里的阿拉伯人，在《开罗之声》的喧嚣声中打着瞌睡，高温下的英军部队，热的头昏眼花，东倒西歪。

十二点十分，一个穆斯林主持，沿着盘旋着的楼梯，缓缓走上雅扎尔清真寺旁的尖塔，在单调的呼声中，聚集在巨大的白色苍穹下的祈祷者，以及寺院中的穆罕默德的信徒们，纷纷面向圣城麦加的方向跪下。

十二点十二分，令人窒息的闷热让阿拉伯人和英军警戒变得毫无生气，马加比军的袭击者们三三两两地穿过狭窄、脏乱的大街小巷，进入了他们的攻击位置。

第一组到达了耶稣之父咖啡馆，从这个位于海湾的咖啡馆，那些在礁石之间为采集海货而潜水的阿拉伯孩子们、整个海面以及远方的海法，尽收眼底，一览无余。

第二组到达了清真寺，在巨大的清真寺院落的边缘，他们融进了跪在那里祈祷的人群之中。

第三组到达了可汗广场，几百年来，这个巨大的广场一直是商队休息和交易的地方，他们一到，立刻就消失在成群的骆驼、毛驴以及那些横七竖八躺在地上休息的阿拉伯人中间。

第四组到达码头，控制了停泊靠岸的渔船。

第五组占据了监狱通向防波大堤的大门。

与此同时，上百名化装成英军士兵的马加比军战士，进入了他们各自的指定地点。凭借逼真的伪装，他们占据了阿卡监狱周边的房屋制高点，封锁了通向监狱的大街小巷。

阿卡城外，马加比军的战士们也进入了阵地。他们在公路上埋好了地雷，架起了机枪，准备阻击英军对阿卡监狱的增援。

十二点四十五分，封锁阿卡监狱进出通道的部队准备完毕，埋伏在城外公路两侧的阻击部队准备完毕。

两百五十人的攻击部队，化装成阿拉伯人，三三两两地进入了攻击地点，随时准备向监狱发起进攻。

本－摩西和本－阿米到达了他们的指挥位置，各制高点上的部队已经严阵以待，进攻部队也已经集结完毕，打进监狱的四名内线，向他们发出了一切准备就绪的信号。

阿里·本-迦南走到城墙边上,扔掉手中的烟头,返身向攻击点走去。司机启动了吉普车,缓缓地跟在他的身后。

攻击点选在一个有着一百二十年历史的土耳其公共浴室,这个在叶扎尔统治下盖起来的浴室,紧邻阿卡监狱的南墙,浴室的后面,是一个做日光浴的院子,一条楼道,通向浴室与监狱外墙相邻的楼顶。根据马加比军内线的情报,监狱内的各条通道和活动都在英军岗哨的监视之下,只有这里是个死角。

下午一点整,行刑时间到了。

火热的骄阳,烘烤着大地,让整个阿卡沉浸在昏睡之中。

本-摩西、本-迦南以及本-阿米深深地吸了口气,向攻击部队发出了信号,进攻开始了。

五十名突击队员在阿里·本-迦南的率领下,携带炸药,冲进浴室,来到后院。

正在享受蒸汽浴的阿拉伯人惊呆了,瞬间的恐惧之后,他们开始夺命而逃,但立刻被马加比军战士逼进了一间很大的蒸汽浴室。

浴室外,本-摩西接到信号,阿里和突击队员已经占领浴室后院,所有阿拉伯人都被控制住了。

浴室里,阿里和突击队员冲上楼梯,来到屋顶,迅速将炸药、引信、导线、定时器装好,贴上监狱的南墙,回撤到后院,在隐蔽处趴好。

下午一点十五分。

震耳欲聋的爆炸,惊动了整个阿卡城。飞舞的碎石和漫天的烟尘逐渐散去后,监狱的南墙上露出一个巨大的缺口。

爆炸的同时,监狱里的四名内线开始行动了。其中一人用手榴弹炸毁了总机房,切断了通信联系;第二人炸毁了电源总闸,瘫痪了报警系统;第三人抓住了监狱看守,而第四人来到爆破缺口,接应冲进来的突击部队。

突击队员涌进监狱后,一部分人冲向军火库,迅速用重武器武装了自己。

另一部分人冲向监狱内的兵营,准备堵住英军的增援。

一分钟后,监狱外的本-摩西指挥他的部队发起了进攻。他们的打击目标非常明确,以十人和二十人为一组,用斯特恩机枪和手榴弹,干掉了一个个抵抗的英军岗哨,炸毁了一座座路障,在古老的城门下,撕开了一条通道。六分钟后,他们占领了监狱内城。

阿卡城内的英军增援部队和便衣警察,在控制着制高点的马加比军的狙击下,被打得寸步难行。

监狱内,两百名突击队员陆续打开所有牢房,放出全部囚犯,当他们纷纷从爆炸缺口逃出后,转眼就消失在阿卡城的大街小巷。

阿里与五名突击队员押着监狱看守,来到死囚牢房和绞刑室。那名看守正要打开牢门,里面负责昼夜值班的四名警卫开火了。阿里示意其他人闪开,将一枚磁性地雷贴到门上,退后趴下,爆炸声中,牢门被打开了。阿里扔出一颗手榴弹,迫使警卫退进了绞刑室。

突击队员冲进去,干掉警卫,打开关押阿吉瓦和杜夫的囚笼,带着他们迅速穿过浴室屋顶,离开了监狱。

杜夫被送上一辆挤满突击队员的卡车,本-摩西挥挥手,卡车向着纳哈里亚疾驰而去。两分钟后,吉普车开了过来,阿里陪同阿吉瓦上了车,朝着另一个方向驶去。

本-摩西一声尖厉的口哨,向他的部队发出了撤退的命令,在仅仅二十一分钟后,他们完成了劫狱行动。

英军的增援部队,被地雷、路障、阻击部队拦截在通向阿卡监狱的城外公路上,而在阿卡城内,晕头转向的英军部队正在为追捕三百名逃散的囚犯而疲于奔命。

很快,英军发现了疾驰在海岸公路上的卡车,立即派出人数众多的摩托队,紧追不舍。卡车到达犹太小镇——纳哈里亚后,那鸿带着杜夫下了车,转向黎巴嫩边境的哈·米什玛尔集体农庄。其余十七名马加比军男女战士,为掩护那鸿和杜夫安全撤离,就地展开,以他们的血肉之躯,拖住了英军的追兵,直至全部战死。

飞驰的吉普车上,阿吉瓦和阿里坐在后排,司机和一名马加比军的战士坐在前排,汽车沿着一条内陆公路驶向科法尔·玛撒力克集体农庄。当他们驶入拿破仑山的山路时,一名埋伏在山上的马加比军战士示意他们停车,原来公路上已经埋了地雷,两个连的英军正试图增援阿卡,被马加比军的伏击部队挡在这里。

阿里迅速做出判断后说道："伙计，开下公路，斜插到他们的背后去。"

"试试吧。"

汽车歪歪斜斜地下了公路，跌跌撞撞地试图绕过前面的英军增援部队，然后再回到公路上。几名英军士兵发现了他们，一边开枪，一边追了过来。枪林弹雨中，阿里抱住阿吉瓦，把他压在自己的身子底下，司机艰难地躲闪着英军的子弹，将汽车重新开上了公路。两个端着冲锋枪的英军士兵追到了车旁，阿里转身从后窗瞄准其中一个打倒了他，但另一个扣响了手中的冲锋枪，枪口冒出一道烈焰。

阿吉瓦发出一声尖叫。

那个追兵手中的冲锋枪又冒出一阵烈焰。

阿里返身扑到阿吉瓦的身上，汽车一加速，冲了出去。

"你们两个怎么样？"司机问道。

"好像不妙。"

阿里坐起来，察看着自己的右腿。一发子弹深深地嵌在里面，大腿内侧已经麻木，好在失血不多，只是有些灼伤的感觉。

他跪下后，把阿吉瓦抱起来，撕开被鲜血染红的衬衣，发现他的肚子被打穿了。

"他怎么样？"

"不好……很糟糕。"

阿吉瓦神志很清醒，他拉近阿里，问道："我还有希望吗？"

"不好，叔叔。"

"那就带我去一个没人知道的地方……你清楚该怎么做。"

"好的。"

吉普车终于到达了科法尔·玛撒力克集体农庄，一辆卡车停在路边。阿吉瓦被抬下吉普车时，因失血过多已经昏迷，阿里匆匆给自己的伤口上了些消炎粉，然后用绷带扎好。

两个马加比军战士把阿里拉到一边低声说道，"再这样下去老人肯定挺不住了，他需要立刻接受治疗。"

"不行。"阿里斩钉截铁地说道。

"你疯了吗?"

"你们两个听我说,他已经没有机会了,如果留下抢救,英军很快就会追上并发现我们。他要是在这儿死了,整个巴勒斯坦立刻就会知道,因此除了我们,不能让任何人知道阿吉瓦的情况,更不能让英国人知道他已经死了。"

那两个人点点头,跳上车,阿里忍着腿上的伤痛,爬上车厢,坐到叔叔身边。

卡车沿着蜿蜒崎岖的卡迈尔山麓,卷起一路尘烟,呼啸着驶向海法的南面。阿里紧紧抱住昏迷不醒的叔叔,颠簸在凹凸不平的山路上。经过艰难的跋涉,他们终于进入了卡迈尔山的腹地,来到了与世隔绝的德鲁兹人的领地。

阿吉瓦从昏迷中苏醒过来,看着眼前的阿里,似乎想说些什么,但最终头一歪,含笑躺在了阿里的怀里。

离德鲁兹人的山寨达利亚特·埃尔·卡米尔还有一英里左右,卡车在一片灌木丛中停了下来,玛撒——一名德鲁兹部落的哈加纳战士正牵着辆驴车等在那里。

阿里捂着腿从卡车上爬下来,身上浸满了阿吉瓦的鲜血。

玛撒看到后,飞快地跑了过来。

"我还好,"阿里说道,"快把阿吉瓦抬下来,他已经死了。"

几个人小心翼翼地把老人僵硬的尸体搬到驴车上。

"你们两个听好,除了本-摩西和那鸿外,阿吉瓦的死,绝不能再透露给任何人。现在把车开下山去,清理干净,我和玛撒负责去掩埋我叔叔。"

卡车离开后,向山下驶去。

阿里上了驴车,他们绕过山寨,向卡迈尔山的最高点走去。黄昏时分,他们进入了一片小树林,这里埋葬着希伯来历史上最伟大的先知以利亚。就在这个地方,以利亚向犹太王阿哈巴的妻子,那个残忍淫荡的王后找来的巫师巴力,显示了神的力量。

先知以利亚的祭坛俯瞰着耶兹里勒山谷,似乎在向世人展示着这片不曾被遗忘的土地。

玛撒和阿里在以利亚的祭坛旁挖了一个墓坑。

"我们帮他把那件囚衣脱下来。"阿里说道。

他们把阿吉瓦身上那件囚衣脱下后,把他放进墓坑,掩埋好,又用许多树枝覆盖在墓地上。玛撒转身回到驴车旁边,等候着阿里。

阿里跪在阿吉瓦的墓旁,久久不愿离去。带着愤怒来到这个世界的雅可夫·拉宾斯基,离别的却如此让人伤感。经过那么多年的痛苦煎熬,他终于可以安息了,可以静静地去享受他生前不曾享受过的片刻安宁,可以长眠在这片犹太人的土地上。阿里确信,总有一天,这个世界会找到阿吉瓦的归宿,到那时,这里将变成犹太人的圣地。

第十七节

在博士的办公室里,基蒂和利伯曼博士都有些闷闷不乐。

"我真希望能说服你留下。"博士说道。

"谢谢你的好意,"基蒂说道,"我也舍不得离开达芙娜花园,但我现在的工作基本结束了。这几天晚上我一直在整理这些文档,与他们刚来时相比,这些孩子们的恢复情况都非常令人满意。"

"他们会想你的。"

"我知道,我也会想他们。反正还有几天才走,我会尽量把所有事都安排妥当,个别孩子的情况我还要当面向你交代清楚。"

"当然,当然。"

基蒂站起身要走。

"今天晚饭提前半小时,不要晚了。"

"还是不要搞什么欢送吧,不太合适。"

这个驼背的小老头搓搓手,"大家要搞,我有什么办法?"

基蒂走到门口,打开门。

"凯伦怎么样?"

"情绪很坏,从监狱回来一直就不好。昨天晚上听说阿卡监狱发生劫狱,我们一夜都没睡好,或许很快就能知道杜夫的情况了。可怜的孩子,受了那么多罪,但我会让她在美国感受到幸福的。"

"我还是认为你要离开是个错误的决定,真不知该怎么说。"

基蒂走出他的办公室,沿着走廊慢慢走着,思考着刚刚听到的新闻。二十名马加比军的姑娘和小伙子们丢了性命,十五名遭逮捕,没有人说得清还有多少人受了伤,本-摩西阵亡,总之,为了两个人而伤亡那么多人,代价似乎太大了,除非你认为这两个人不是普普通通的两个人。劫狱行动对英军的士气打击很大,动摇了他们继续待在巴勒斯坦的决心。

基蒂来到卓妲娜的门前,尽管她讨厌和卓妲娜打交道,还是忍不住敲了敲她的门。

"哪位?"

基蒂走进去,卓妲娜冷冷地看了她一眼。

"我想知道,卓妲娜……你有没有关于杜夫的消息?我的意思是,凯伦一直惦记着那个孩子,如果……"

"我不知道。"

基蒂转身要走,犹豫了一下,问道,"阿里参加劫狱了吗?"

"他从不对我泄露他的行踪。"

"我以为你知道呢。"

"为什么我该知道?劫狱是马加比军的行动。"

"只要想知道,你们就有渠道。"

"我就是知道也不会告诉你,弗里蒙特夫人,否则就会影响你离开巴勒斯坦的计划了。"

"真希望我们能成为朋友,但你连点儿机会都不给我。"

她转身飞快离开了她的办公室,向大门走去。操场上传来橄榄球赛的叫喊和加油声,在中心花园,低年级的孩子们在玩官兵捉强盗,而大一点的孩子们正躺在草坪上看书。

达芙娜花园四季盛开的鲜花,让空气中永远弥漫着阵阵花香。

基蒂走下办公室的台阶，穿过草坪，路过战壕，来到达芙娜的铜像下。这一次，她对阿里死去的女友不再感到嫉妒，她凝视着眼前的胡拉谷地，心中不由生出一丝莫名的伤感。

"你好，基蒂。"一些跑过身边的孩子打着招呼。一个孩子张开双臂扑向她，搂住了她的腰，她弯下身，揉揉他的头发。

快到医院时，她突然感到心情很坏，看来要离开达芙娜花园，远不像自己想象的那样简单。

回到办公室，她开始整理她的案卷，其中一部分被处理掉了，一部分被重新归档后，准备移交给利伯曼博士。

离开萨洛尼卡的孤儿院时，她没有此时这种失落的感觉，她也从未有意在这里和大家交朋友，怎么会产生一种难舍难分的依恋呢？

也许是马上就要结束这次艰难的历程了，她感到有些怀念阿里·本－迦南，也许会一直想着他，至少不会转眼就忘了他。时间总能让一切重新恢复正常，到时候她就可以按照她的设想安排凯伦的生活，让凯伦再次回到舞蹈的殿堂。她要照顾好凯伦，一起去度假，届时阿里·本－迦南的影响就如同巴勒斯坦一样，变得不那么重要了。

感觉不好应该很正常，基蒂自我安慰着，突然离开一个地方，离开心爱的工作，总会有些伤感。

她一边翻阅着关于她的一些孩子们的治疗记录，一边思考着：难道这些孩子与自己就没有关系了吗？这些小生命不是都很依赖自己吗？自己有权利想照顾他们就照顾他们，想丢下他们就丢下他们吗？对他们应尽未尽的责任难道不该让自己把个人愿望放一放吗？

想到这里，基蒂一惊，很快摒弃了这一连串的想法，打开抽屉，拿出了护照。凯伦的英国护照已经办好了，两张飞机票上清楚地写着——出发地：卢德，目的地：纽约。

马克·帕克将从远东返回美国，在旧金山迎接她们。亲爱的马克……还有谁能比他更够朋友呢？马克将会帮助自己在旧金山安顿下来。基蒂很喜欢那里，她们可以住在金门大桥附近的马里恩地区，或者伯克利大学城附近，也可以靠近剧场或者芭蕾舞剧院。总之，要在旧金山找一个最美的地方安家。

基蒂关上了抽屉。

她一边重新开始在文件柜里整理那些档案，一边又在思考着：当然，自己有权利离开这里……就连利伯曼博士都无话可说。自己只是在这里工作，除此之外，好像不欠别人任何东西吧？

基蒂关上文件柜抽屉，叹了口气。无论她怎样试图安慰自己，内心深处似乎还是有一丝不安：她到底是为了凯伦呢？还是为了自己心中那份自私的爱？

基蒂转过身，吃了一惊，一个着装古怪的阿拉伯人站在门口。他身穿一件不合身的毛料西装，戴着一顶用白布缠绕着的土耳其红毡帽，显得头很大，浓密的络腮胡子修剪得非常整齐。

"希望没有吓到你，"他说道，"我可以进来吗？"

"当然。"基蒂答道，对他居然能讲英语感到有些诧异。

她揣测着，或许这个人来自附近的村落，有人病了。

这个人走进屋后，转身关上了门。

"你就是弗里蒙特夫人吗？"

"是的。"

"我叫玛撒，来自德鲁兹部落，你听说过德鲁兹人吗？"

她似乎听人讲过，德鲁兹人住在海法南面卡迈尔山的山寨里，是伊斯兰教的一支，也是犹太人的朋友。

"你的家是不是离这里很远啊？"

"我来自哈加纳。"

基蒂本能地跳了起来，"阿里！"

"他领导了劫狱行动后，现在就藏在我们那个山寨里，希望你能去一下。"

基蒂感到心在怦怦地跳着。

"他伤得很厉害，你能去一下吗？"

"好的。"

"不要带药品，我们必须小心，路上到处都是英军哨卡，不能让他们产生怀疑。明天有一个德鲁兹的婚礼，阿里的意思是拉上一些孩子去参加那个婚礼。我开来了一辆卡车，你去安排十五个孩子，带上背包。"

"给我十分钟。"说完，基蒂跑出门，直奔利伯曼的办公室。

玛撒的山寨离达芙娜花园有八十公里，其中许多地段还都是加利利北部山区的崎岖小路，破旧的卡车，似乎让路程变得格外漫长。

意想不到的假日，让孩子们显得非常兴奋，随着卡车吃力地爬行在蜿蜒曲折的山路上，孩子们高兴地唱着、叫着，只有与基蒂坐在驾驶舱里的凯伦，明白这次旅行的真正含义。

一路上，经过不断的追问，基蒂从玛撒那里大概了解到，二十四小时前，阿里腿上受了伤，由于疼痛，已经无法行走。他对杜夫·兰道的情况一无所知，也没有提及阿吉瓦的生死。

为以防万一，基蒂还是擅自作主，准备了一个急救包，里面装了些消炎粉、绷带、碘酒，伪装好，放进了副驾驶座前的手套箱里。

她此前只有两次真正感到恐惧，一次是在芝加哥医院，当她三天三夜等候在脑炎病房的急诊室里，企盼着桑德拉的病情会出现奇迹的时候，另一次是在多美酒店等待出埃及号的命运的时候。

但此时，她又一次感受到了恐惧，以至于全然没有注意到孩子们的歌声和凯伦的宽慰，而是沉浸在不安与焦虑之中。

她闭上眼，嘴唇微微颤抖着，一遍遍在内心深处祈祷着……"关注以色列的主啊，请你保佑阿里平安无事……一定要让他活下去。"

一个小时、两个小时、三个小时过去了。

基蒂感到自己要崩溃了，她把头靠在凯伦肩上，闭上了眼睛。

卡车在科法尔·玛撒力克集体农庄附近颠簸着转向了卡迈尔山的山路，眼前出现了处于高度戒备状态的英国军队。

一道路障挡住了去路。

"这些孩子来自达芙娜花园，要去参加明天在达利亚特举行的一个婚礼。"

"全部下车，例行检查。"英军士兵命令道。

卡车从底盘、备胎到发动机被彻底梳理了一遍，孩子们被搜身后，背包被翻得乱七八糟，其中两个背包还被刺刀挑穿了，搜查进行了大约一个小时。

卡车上路后，在卡迈尔山的山脚遇到了英军的第二次拦截，当玛撒重新启动引擎，沿着卡迈尔山的山路蜿蜒而上的时候，基蒂已经紧张得筋疲力尽了。

"德鲁兹人都住在很高的山上，作为一个少数民族，我们不得不这样保护自己。"玛撒解释着，"前面就到达利亚特了。"

卡车进入山寨，在狭窄的街道上放慢了速度，这让基蒂打起了精神。

达利亚特·埃尔·卡米尔就像一颗镶嵌在世界屋脊上的宝石。

与众多脏乱的阿拉伯村落相比，这里洁净得让人眼前一亮。男人们大多身穿西装，留着浓密的络腮胡子，缠着与阿拉伯人略有区别的头饰，特别是他们脸上洋溢着的自尊与骄傲，显示出他们是来自一个骁勇的民族。

这里的女人们身穿色彩明快的服装，雪白的头饰下，个个显得端庄大方。健康茁壮的孩子们，睁着清澈的大眼，打量着他们。

从卡迈尔山各个山寨赶来参加婚礼的客人有好几百人，其中许多是来自集体农庄的犹太人，甚至还有来自远方海法的客人。

卡车缓缓经过山寨的接待中心，那里挤满了向新郎和老人们恭喜的男宾。山坡上搭建的凉棚下，二十五码长的餐桌上，摆满了水果、米饭、咖喱羊肉、红酒、白兰地、小吃，头顶丰美菜肴的妇女们，穿梭地忙碌在长长的餐桌旁。

卡车经过接待中心后停下，欢迎孩子们的村民走过来，帮助他们拿下背包。孩子们很快扎好营地，返身融入了婚礼的喜庆之中。

山寨中心的街道上，载歌载舞的人流，排成一条蛇形队伍，后面的人把手搭在前面的人肩上，挺直上身，双脚并拢，在身穿银色丝装，头戴刺绣小帽的德鲁兹舞蹈家们的带领下，蹦蹦跳跳地表达着他们的喜悦。整个队伍的最前面，一个嘴上叼着一把刀，双手各拿一把刀的人疯狂地旋转着，他是德鲁兹部落最著名的舞蹈家尼西姆。

附近礼拜堂旁，一个讲故事的长者不时高声朗诵着赞美诗，引得几百名听众一再重复地附和着。随着故事情节的展开，和声也越来越响，以至于许多听众在故事结束后，禁不住拔出手枪，朝天齐鸣。

玛撒带着基蒂和凯伦缓缓将卡车驶离了闹市，拐下一条陡峭的山路。他挂上一挡，踩着刹车，慢慢滑向谷底。

到达谷底后,眼前的山路更加陡峭。他们把车停好,下了车,基蒂拿出那个小小的急救包,跟着玛撒穿过一片民宅。

他们在最后一座房屋前,遇到了一队脸色严峻的德鲁兹部族的武装人员。

玛撒打开门,基蒂深深地吸了口气,走了进去。看到里屋门前站着两个警卫,她转身对凯伦说道,"待在这儿,需要的话我会叫你。玛撒,你跟我来。"

屋里光线很暗,由于高海拔和水泥地面的原因,也显得很冷。基蒂听到一丝呻吟,便快步走到窗前,打开了百叶窗。

阿里躺在一张大床上,两手握拳,紧紧地抓着床头的横挡。剧烈的疼痛,让他在不知不觉中将铜制的横挡都拉弯了。基蒂掀开盖在他身上的被子,发现污血已经浸透了他的衣服和床垫。

"把他的裤子脱下来。"基蒂命令道。

玛撒惊愕地瞪着两眼,有些不知所措。

"算了,你还是站在一边吧,需要的话我再叫你。"

基蒂小心地撕开了他的裤子,仔细检查着伤口。阿里的气色和脉搏都显得还不错,经过比较,伤腿并未过分肿胀,似乎也没有失血过多的迹象。

在确认阿里的伤势没有危险后,基蒂的表情明显放松下来。

"玛撒,给我一些干净的毛巾,还有肥皂和水。"

她洗了手后,小心地把阿里腿上的伤口擦洗干净。阿里大腿上的肤色已经有些变色,伤口处还在不停地渗着鲜血。

阿里眼皮动了一下,"基蒂?"

"是我。"

"谢天谢地,你总算来了。"

"你是怎么自己处理的伤口?"

"昨天撒了点消炎粉,然后用绷带扎紧,好像止住流血了。"

"我要触摸一下伤口,可能会疼一点。"

"没问题。"

当她用手碰到他淤肿的部位时,阿里疼得冒出了冷汗,忍不住呻吟着,不由自主地又抓住床头,摇动起来。基蒂很快缩回手,看到阿里在不停地颤抖着,就用湿毛巾慢慢给他擦去脸上的汗水。

"能讲话吗,阿里?"

"快不行了,一阵一阵疼得让人有些奇怪,库克医院的水平能对付它吗?"

基蒂笑了笑,都这时候了他还在打诨。"我们那儿有个人,每次抓住和他太太偷情的家伙,都会把他暴打一顿后扔在急诊室门外。"

"什么意思?"

"自己琢磨吧。枪伤是门学问,有轻有重。你的脉搏和呼吸很正常,也没有发生昏厥,除了伤口周边外,大腿并没有出现淤肿。"

"说明什么?"

"说明你没有发生内出血,子弹偏离了主动脉,也看不出有感染的迹象,看来你很幸运……除了疼痛。"

"可我每过几小时就疼得要晕过去。"他说道。

"忍一下,我再摸摸看。"

阿里极力控制住自己,但仅仅几秒钟,他就大叫一声,弹了起来,然后喘着大气,又颓然躺下。

"妈的,疼死我了。"

他把床单卷起来,盖住脸,颤抖着。

疼痛让他痉挛了很长时间。"基蒂……到底怎么回事?……我可真的要疼死了……"

"受伤后你还能动吗?"

"可以……但现在怎么了?为什么会这么疼?"

她摇摇头,"我不是医生,难说,刚才我的判断也许有问题。"

"那你能确认至少会是什么情况吗?"他喘着气问道。

"我想是子弹穿进你的大腿,打中了骨头,但没有造成骨折,否则你就不能行走了,也没有穿过大腿内侧,否则可能会伤到动脉。"

"什么意思?"

"它打在骨头上,可能造成了骨伤或骨裂,所以你会感到异常疼痛。我的猜测是子弹可能打中骨头后又弹回表层,卡住了神经。"

"那会怎样？"

"必须把它取出来，否则它会让你疼得瘫痪，甚至要你的命。问题是你又不能下山，再等下去可能会很麻烦……像内出血什么的。你必须尽快找个医生上来，否则就晚了，那颗子弹必须马上取出来。"

阿里看着玛撒，基蒂转过脸看看这个阿拉伯人，又看看阿里。

"昨天劫狱后，很多伤员都藏在加利利，巴勒斯坦的犹太医生都受到英国人的严密监视，如果我去带他们来，一定会受到跟踪。"

基蒂默默地盯着他们，然后站起来，点上支烟，"那你也要冒这个险，不能等。"

阿里向玛撒点点头后，玛撒向门外走去。

"基蒂。"阿里叫道。

看着她来到床边，他拉起她的手，"如果你不能帮忙的话，恐怕我只有等着上绞架了。"

她感到嗓子一阵发干，退后一步，靠在墙上，思考着。阿里静静地，期待地注视着她。

"我不行，我不是医生。"

"你行，不行也行。"

"这儿什么都没有……"

"那你也行。"

"不行……难道你不知道这有多疼吗，可能会让你疼死过去，阿里……我很害怕。"

她一屁股坐下来，想象着如果英国人抓住了阿里，他的命运会是怎样？她又联想到杜夫，联想到凯伦的感受。反正坐等也是死，而她是目前唯一的希望，想到这儿，她咬着手指站了起来。橱柜里有瓶白兰地，她拿出来递给了阿里。

"喝光它，不够就再来一瓶，直到喝醉……烂醉如泥，否则你会疼得像在地狱里受苦。"

"谢谢你，基蒂……"

她飞快打开门。

"玛撒！"

"到。"

"能搞些医疗用品吗？"

"雅古尔集体农庄有。"

"要等多长时间？"

"去没有问题，回来不能走公路，而走山路要很长时间，恐怕要到半夜。"

"听着，这是张清单，马上派人去那个集体农庄，越快越好。"

按照基蒂的考虑，派去的人半夜可能回来，也可能回不来，需要的药品和用品那里的药房也不一定都有，但不管怎样也不能再等了。她拿出了一张清单，上面列明了两品脱血浆、几瓶盘尼西林、吗啡、包扎用品、体温表还有一些其他器械。玛撒接过清单，立刻派出一名警卫赶赴雅古尔。

"凯伦，我现在需要你帮一下，但你不能害怕。"

"我什么都能做。"

"真是个好姑娘。玛撒，你这里有什么药品吗？"

"有一点，但很可怜。"

"很好，我们可以暂时依靠一下那个急救包，能找个电筒……以及没有用过的刀片吗？"

"马上拿来。"

"很好，用开水把刀片煮半个小时。"

玛撒转身安排去了。

"现在让我们把毛毯铺到地上，床上太软了，我们需要牢牢地按住他。凯伦，在我们把他抬到地上以后，你负责把床上的脏东西换掉，玛撒，给她一些干净床单。"

"还有什么？"玛撒问道。

"是的，我们需要六到八个人把他按住。"

一切准备就绪，地上铺好了毛毯，阿里不停地喝着白兰地，四名德鲁兹大汉小心翼翼地把他抬到地上，凯伦迅速换掉了染满血污的床单，重新铺好了床。基蒂洗净双手，用碘酒擦着阿里的伤口，直到阿里在白兰地的作用下，开始变得语无伦次后，才拿出一个枕头垫在他的头下，并把一块手绢塞进了他的嘴里。

"好了,我已经准备好了,你们几个按住他。"

八名德鲁兹大汉,其中一人按住他的头,四人按住他的双手,两人按住他没有受伤的那条腿,一个人按住他的伤腿,把阿里牢牢地钉在地上。凯伦站在一边,手拿电筒、白兰地以及一些急救用品。基蒂跪了下来,在电筒光线的照射下,再次检查了一遍伤口。

她用手指捏紧刀片,示意其他人准备好,然后用刀片在阿里的大腿伤口处比画了一下,迅速切了下去。刀口大约两英寸深,伤口周边的肉翻了起来。看着阿里在剧痛中一把鼻涕一把泪地颤抖着,八个德鲁兹大汉紧张地按住了他。

凯伦发现基蒂紧咬的嘴唇下渗出了鲜血,便用手捋捋她的头发,捧起她的脸,给她灌下一口白兰地。基蒂喘了口气,定定神,又要了一口。阿里翻了下白眼,终于忍不住昏了过去。

凯伦将手电灯光再次转向阿里的伤口,基蒂用一只手分开伤口,另一只手的拇指和中指在伤口里摸索着。突然,她感到指尖触到了一个硬物,便鼓起最后一点力气,掐住那个东西,摇晃着把它从阿里的腿里取了出来。

她瘫坐在地上,端详着那颗弹头,忍不住笑了,然后在身边德鲁兹人的笑声中,突然变得有些歇斯底里地抽泣起来。

"玛撒,把阿里抬回床上,不要碰到他的伤口。"凯伦说道。

然后,她帮助基蒂站起来,在椅子上坐好,从她手里拿过那颗弹头,仔细擦干净。凯伦完成这些后,转身来到阿里的床边,在伤口上撒上消炎粉,轻轻盖好纱布,用绷带把阿里紧紧地缠了起来。

看到基蒂仍然因极度的紧张在抽泣,凯伦又给她倒了杯白兰地,便招呼其他人离开了房间。

基蒂呷了一口白兰地,走到阿里的床边,摸摸他的脉搏,翻开他的眼皮看了一下。

是的……他没有危险了……

她把头贴在他的胸膛上,呜咽着轻轻地叫着:"阿里……阿里……"

第十八节

疼痛仍然折磨着阿里,由于药品没有到,基蒂只好不断地让玛撒找人按住阿里,以免他不小心再撕开伤口。

山寨里,歌舞、唱诗、狂欢仍在继续,深藏不露的新娘终于出场了。头戴礼帽、身穿燕尾服的新郎,在持枪的德鲁兹男人们的簇拥下,骑着高头大马,穿过布满鲜花的街道,来到新娘身边。

婚礼仪式后,许多犹太来宾和达芙娜花园的孩子们,点起了篝火,沉浸在歌声和霍拉舞的喜悦之中。在羊皮鼓和笛声的伴奏下,希伯来和德鲁兹的舞蹈家们轮流上场,展示着他们的舞姿。

整个晚上,凯伦一直守护在阿里的屋外,不时进来替换一下基蒂。第二天早上,两人都因紧张和缺觉而筋疲力尽。尤其是基蒂,阿里的一举一动都会让她感到神经过敏。

天亮了,药品还是没有到。

"你最好先把孩子们送回达芙娜花园,"基蒂对玛撒说道,"这里有没有讲英语的人?"

"我来安排。"

"很好,能否帮我再支一张床或者一个沙发?我要再观察他一段时间。"

"好的。"

基蒂来到隔壁房间,看到凯伦正在凳子上打瞌睡,便轻轻摸了一下她的脸。凯伦坐起来,揉着两眼问道,"他怎么样?"

"不好,看来很疼。你和孩子们今天上午一起回亚德·埃尔。"

"但基蒂……"

"不要争,告诉利伯曼博士,我要等他的情况稳定后再回去。"

"可我们后天就要离开巴勒斯坦了呀。"

基蒂摇摇头,"只能取消航班了,过两天再重新安排日程吧。我必须待在这儿,等到有人能接替我,不知道会是什么时候。"

凯伦紧紧抱了抱基蒂，转身离开了。

"凯伦，有时间去萨法德告诉布鲁斯我在哪儿，问问他是否能到海法来见见我。找一家最大的酒店，以便我能找到他。让他帮我带些衣服过来。"

中午时分，来宾开始陆续离开达利亚特，德鲁兹人返回他们的山寨，犹太人回到他们各自的集体农庄和海法，玛撒带着一车孩子驶向达芙娜花园。

所有人离开后，德鲁兹人放松了阿里身边的警卫，找来的英语翻译就待在隔壁的房间。

此时此刻，在这个陌生的地方，又只剩下自己与他待在一起。基蒂站在阿里的床前，注视着他，品味着内心深处的不安。

"万能的主啊，我这是怎么了？"几个月来与他的争斗和处处设防，就因为那个疯狂的瞬间让她又来到他的身边，顷刻之间便土崩瓦解。此时此刻，她似乎再次感受到了阿里对她的影响。

那天晚上，去雅古尔取药的人终于回来了。由于英军巡逻队在到处搜捕阿卡劫狱后的受伤者，他不得不在山里躲藏了很长时间。

基蒂立刻为阿里输了一品脱的血浆，并给他服下盘尼西林，确保不会出现她一直担心的术后感染。在为阿里换了药后，又给他打了一针吗啡。

随后的两天，基蒂不得不经常用吗啡给阿里止疼，并欣喜地看着他的伤口一天天愈合了。尽管阿里仍然处在昏迷状态，但生命已经没有危险。每当他苏醒过来，基蒂就给他喂一些营养品，而阿里似乎没有意识到两天来发生在他身上的一切。德鲁兹村民对基蒂的医术和耐心颇感诧异，特别是那些女人们，每当看到她指挥她们的男人的样子就兴奋不已。

阿里终于彻底脱离了危险，这让基蒂又开始不安地思考起离开达芙娜花园的问题。

是否离开达芙娜花园的孩子们一直在困扰着她：职业道德和人道主义的区别到底在哪儿？还有凯伦，她同意去美国的原因是担心失去自己吗？

压在基蒂心里最沉重的一个问题是，她已经无法为自己的举动找出合理的解释。她曾经不情愿地让自己走近了这些奇怪的人：在塞浦路斯，当她拒绝为他们工作时，她遇到了凯伦；如今又碰到同样的情况，在离开巴勒斯坦的前夜，自己又被阿里的事情拉了回来；难道这是巧合，还是一种超人的力量决定了自己的命运？不管她怎样以常理来对抗这些荒谬的念头，基蒂的确感到有一种困惑，感到有一种对巴勒斯坦的恐惧。

在基蒂的照料下，阿里恢复得很快。到第四天，基蒂基本不再给阿里注射吗啡，看到伤口愈合得很好，不会再发生感染后，她把盘尼西林也给停了。

到第五天，阿里完全苏醒了。他要吃，要刮胡子，要讲卫生，思维也活跃起来。与此相反，基蒂变得越来越冷淡和职业化，像个军士长那样发号施令，指导着对他的治疗计划。

"我希望到本周末给你停掉药物，你必须尽可能活动你的伤腿，但要注意，不能太用力，伤口没有经过缝合，容易破裂。"

"那我什么时候可以正常行走呢？"

"没有X光片我不好说，我个人认为骨头应该没有碎，但可能有裂缝，不管怎样，至少一个月内你是不适合远行的。"

当她为他盖上被单的时候，阿里暗自得意地打了一个口哨。

"我出去转转，半个小时就回来。"

"基蒂，等等。我……嗯……你看，你太让人感动了，像个天使，但从今天早上开始，你好像一直很不高兴，有什么事吗？还是我做错什么了？"

"我很累，五天没有睡好，很抱歉，不能为你再做什么了。"

"不对，一定有别的事，你后悔来这里，是不是？"

"说对了，我很后悔。"她疲倦地答道。

"那你是恨我了？"

"恨你？我的态度难道还不清楚吗？求你了，我真的很累……"

"到底怎么了，告诉我。"

"我只是因为太关心你而觉得自己很贱……还想知道什么？"

"你真是个让人摸不透的女人，基蒂·弗里蒙特。"

"说得对，那又怎么样？"

"为什么我们总要互相防着对方，躲躲闪闪……或者逃避？"

基蒂静静地看了他一会儿，"也许我不像你们活的那样简单，简单到我喜欢你——你喜欢我——我们就上床吧。《帕尔马赫手册》第四页第四十四条：男女之间用不着害羞，巴勒斯坦的女人都很坦率，喜欢谁就可以和谁睡。"

"因为我们都不是伪君子。"

"可我还没开化到像卓妲娜或不朽的达芙娜那样。"

"住嘴，"阿里厉声说道，"你怎么能影射我妹妹和达芙娜呢？卓妲娜一生只爱过一个人，当她不知道他们是否还能活过周末的时候，她奉献了她的爱又有什么错呢？难道你不认为我也想和达芙娜平静地生活在亚德·埃尔，而不是让她死在那帮土匪手里吗？"

"我不是说我要的生活有多神圣，其实很简单，阿里，爱我的人应该需要我。"

"那我们就别争了，"阿里说道，"难道我表达的还不清楚我是需要你的吗？"

基蒂忍不住苦笑了一下，"是的，你是需要我，阿里。在塞浦路斯，你需要我为你们走私假证件，现在又需要我为你取出伤口里的弹头，这些就是你的需要。甚至当你疼得打滚，失去意识的时候，都忘不了你的天使们，居然想得出让孩子们……坐上卡车，以免怀疑。你并不需要我，阿里，你要我来，是因为我不会引起英国人的怀疑。"

"我并不想责备你，"她继续说道，"我这是自己活该，我们每个人都背着一个十字架，你就是我背的那个十字架。一想起要和一个毫无情感的土生土长的犹太人在一起，我不知道是否受得了。"

"那就必须像对一个动物一样对待我吗？"

"不错……因为你就是。你是一个机械怪物，为了以色列的二次复苏而滋生出来的没有人性的怪物。除了争斗，你不懂什么叫爱的奉献。本-迦南兄弟，我现在就要和你斗斗，要打败你，坦率讲，是要重新塑造你。"

阿里默然无语地看着她走到床前，因为激动，她的两眼充满了泪水。"总有一天，你会真正需要别人，但你不懂如何要别人帮助，那时你会很难过。"

"为什么不往前再走一步？"他说道。

"我要走，而且要一直走下去，模范护士弗里蒙特已经受够了，从帕尔马赫来护理你的人很快就到，你就在这里等着吧。"

她转过身，打开门走了出去。

"基蒂,这样伟大的男人只能是你的想象……你到底想要什么?"

"我想要那个人该哭就哭,但你不是,阿里·本-迦南。"

当天早上,基蒂就离开了达利亚特·埃尔·卡米尔。

第十九节

布鲁斯在海法的锡安大饭店等了基蒂两天,见到布鲁斯后,基蒂感到非常高兴。晚饭后,萨瑟兰德开车与基蒂来到散落在卡迈尔山的犹太人的居住区。

他们走进一家路边的夜总会,从这里可以浏览到山下的整个城市和港口,一览无余的海湾和远方的阿卡城,以及黎巴嫩那边的层层山峦。

"小姑娘怎么样了?"

"谢谢,好多了。布鲁斯,能见到你真的很让我高兴。"基蒂凝视着窗外的景色,"我刚到巴勒斯坦的第一个晚上,就是和阿里坐在这个地方,从那一刻起,我的生活就充满了紧张和不安。"

"当你们美国人沉醉在棒球的狂热中时,这里的犹太人已经学会了在枪林弹雨中生活,不幸让他们变得有些冷酷。"

"这个地方使我失去了自我,越是想理智,越是掉进情感和无法解释的陷阱之中,我必须在还没被吞没前赶快离开这里。"

"基蒂,杜夫·兰道已经脱险,正藏在米什玛尔,我还没有告知凯伦。"

"我想她一定也知道了。布鲁斯,这里到底会发生什么?"

"有谁能说清呢?"

"联合国会在阿拉伯人面前屈服吗?"

"那将会爆发一场战争。"

一名主持走上舞台,简短的介绍后,他用希伯来语讲了一些小段子,然后推出一位高大英俊的土生土长的年轻人。年轻人留着浓密的络腮胡子,身穿传统的白色衬衣，领口敞开，脖子上挂着一串缀有大卫之星的项链。在吉他的伴奏下，一首充满激情的爱国主义歌曲，讲述了犹太人回归希望之乡的故事。

"我必须搞清楚在达芙娜花园会发生什么事情。"

"阿拉伯人可以征召起一支五万人的巴勒斯坦军队，也许还有两万境外的志愿者。领导了1936—1939年骚乱的那个叫卡伍吉的家伙，正在招集亡命徒，忙于组建一支新的志愿军。阿拉伯人搞武器比犹太人容易……周围都是他们的友好邻邦。"

"除此之外呢，布鲁斯？"基蒂追问道。

"除此之外？埃及和伊拉克各有一支五万人的军队，据说沙特的部队也要加入埃及军队，叙利亚和黎巴嫩随时可向战场投放两万军队，在约旦还有一支骁勇善战的用现代装备武装起来的军队——阿拉伯军团。最新统计显示，尽管阿拉伯人尚未具有超一流的武器装备，但他们拥有很多大炮、装甲车和飞机。"

"那你是怎么向哈加纳建议的？"

"我建议他们从特拉维夫到海法组建一条防御线，至少要坚守住这一地带。基蒂，事态很严峻，犹太人只有四五千人的帕尔马赫部队，外加哈加纳所谓的五万民兵，但武器装备仅有不足一万支步枪，而马加比军充其量也只有上千人和一些轻武器。犹太人没有大炮，空军只有三架幼狐战斗机，而海军除了那些停泊在海法的非法移民船外就再找不到其他船只了。我们从军队数量上比较的话，阿拉伯人和犹太人为40∶1，人口比较为100∶1，装备比较为1000∶1，国土面积比较为5000∶1。哈加纳拒绝了我的建议，也拒绝了所有具备基本军事常识的人的建议，他们不准备集中力量防御重点防线，而是要与他们的每一个集体农庄和合作社共存亡，其中当然包括达芙娜花园。你听明白了吗？"

基蒂感到一阵战栗，"好了……我明白了。布鲁斯，你说怪不怪，那天晚上在塔包尔山，当我看到那些年轻的帕尔马赫成员时，立刻生出一种感觉，作为上帝的战士，他们是不可战胜的，可能是那天晚上的篝火和月光影响了我。"

"要是我，也会受影响。根据我从军生涯的经验，犹太人没有打赢这场战争的可能性，但如果你看到了他们在这片土地上创造的奇迹，你又不得不对他们刮目相看。"

"布鲁斯……我宁愿相信他们会创造奇迹。"

"看看他们是支什么样的军队，赤手空拳的姑娘和小伙子，没有军装和军衔，没有薪水，帕尔马赫的司令才三十多岁，手下的三个旅长都不到二十五。有些事情是我们这些职业军人无法计算而阿拉伯人必须认真对待的，那就是犹太人，不管是男人、女人或孩子，都愿意为保卫他们的一切而战斗到最后一个人。阿拉伯人愿意为此付出多少呢？"

"那他们能打赢了？你真的相信吗？"

"姑且称为有神的干预吧，或者不管你承认不承认，犹太人里有太多像阿里·本－迦南这样的人。"

第二天，基蒂回到达芙娜花园，意外地发现卓妲娜正在办公室里焦虑不安地等着她。

"有什么事吗，卓妲娜，"基蒂冷冷问道，"我可很忙。"

"我们都听说了，你为了阿里……"卓妲娜显得尴尬地说着，"我只是想来告诉你我很感激你。"

"你们的情报系统又正常了啊，很遗憾，我错过我的航班了。"

卓妲娜眨眨眼，没有说话。

"用不着谢，"基蒂接着说道，"他就是条受伤的狗，我也会尽心的。"

在利伯曼博士的挽留下，基蒂调整了她的启程时间，决定在达芙娜再多待几周。阿利亚·伯特又送来几百个孩子，这些孩子都有超过两年在拘留营中的经历，状态很糟糕，交接工作也需要时间。

再有两天，基蒂和凯伦就要离开达芙娜花园，离开巴勒斯坦。

1947年8月底，联合国特委会在日内瓦公布了一个经多数通过和一个经少数通过的方案，两个方案都呼吁按照阿拉伯人和犹太人的实际存在划分分治区域，耶路撒冷国际化。在人道主义的原则下，特委会呼吁立刻放开欧洲拘留营中犹太人移民巴勒斯坦的限制，每个月六千人，同时在巴勒斯坦向犹太人开放土地买卖。

在犹太人的乞求下，内盖夫沙漠经联合国委员会同意，被划进了犹太人的版图。阿拉伯人有几百万平方英里未经开发的荒地，而犹太人只想得到这块几千平方英里的土地，为的是把它变成绿洲。

经过半个世纪的煎熬，伊休夫中委会和犹太人世界大会在疲惫与无奈下，接受了这个妥协方案。分治的版图，即使包括内盖夫沙漠地区，也是一片不完整的国土。在一条狭长的走廊连接下的三块条状地带，让这块版图显得像是一串香肠。阿拉伯人拿到了同样形状的土地，但比犹太人的要大许多。犹太人失去了他们的不朽城市——耶路撒冷，仅仅保留住了沙龙和加利利地区从沼泽中开垦出来的那部分土地，还有一片荒芜的内盖夫沙漠。再争下去又有什么用？面对这个可怕的畸形儿，他们还是接受了。

犹太人做出了回答。

阿拉伯人也做出了回答：分治即意味着战争。

面对阿拉伯人的威胁，联合国特委会还是决定将方案提交9月中旬在纽约举行的联合国大会讨论。

在所有细节都经过认真交接后，又到了基蒂和凯伦离开达芙娜花园的前夜。天一亮，布鲁斯·萨瑟兰德就会来接她们去卢德机场，晚上就可以抵达罗马。大行李都装船运走了，屋里显得空空荡荡的。

基蒂坐在她的办公室里，准备将最后一份卷宗归档后，放进档案柜里，然后就可以走出办公室，永远离开这里。

她再次打开卷宗，一页一页地翻看着自己的工作日志。

米娜（父姓不详）：七岁，生于奥斯威辛，无父母，可能为波兰人。年初经阿利亚·伯特走私来巴勒斯坦，刚到达芙娜花园时体质虚弱多病，行为怪异……

罗伯特·杜贝：十六岁，法国人。英国军队抵达卑尔根-贝尔森时，他十三岁，体重五十八磅。曾亲眼目睹父母和哥哥的死亡，姐姐沦为德军军妓后自杀。性情猜忌，充满敌意……

萨玛尔·卡斯诺威茨：十二岁，爱沙尼亚人。亲人：不详，曾藏在一个基督徒家的地下室里，后被迫逃进森林，独自游荡了两年……

罗伯托·普斯里：十二岁，意大利人。亲人：不详，来自奥斯威辛，发现时右臂因遭受毒打而终身残疾……

玛加·克拉斯金：十三岁，罗马尼亚人。无亲人，来自拉绍……

汉斯·贝尔曼：十岁，荷兰人。无亲人，来自奥斯威辛，在基督徒的保护下……

一份份文档记录的都是"有无亲人：不详"。

"……这个孩子经常做梦，梦见在奥斯威辛和其他孩子一起在打点行李箱。我们知道，这意味着死亡已经临近，难友们在被送去比克瑙毒气室的前夜，总是在打点行李箱。"

"梦见难闻的气味意味着焚尸炉中传出的尸体烧焦的味道。"

尿床、充满敌意、噩梦、好斗。

基蒂一页一页地翻着，目光落到了曾经写给哈里特·舒茨曼的一封信上。

我的朋友：

关于如何理解共性，以及你提出的为什么我们能让那些濒临崩溃的孩子们迅速康复并充满活力，我想你应该比我更清楚。在耶路撒冷我们第一次见面时，你曾说过，"以色列"本身就是一剂良药。在这里，它具有一种超自然的精神作用，让孩子们甘愿为祖国去生活和战斗。我还从未在哪个成人身上，见过如此强烈的精神力量，更不要说孩子了……

基蒂合上了卷宗。

她站起来，环视了一下四周，关上灯，走出了办公室。

在办公室外，她停下脚步。以斯帖要塞的方向，半山坡上燃烧着一簇篝火，青年团的年轻人，那些十到十二岁的孩子，还有十四岁的小战士，正在篝火旁载歌载舞。

她打开手电，在灯光的引导下来到了中心草坪。几条新的战壕和防弹掩蔽所，围绕在孩子们的宿舍周边。

达芙娜铜像警惕地注视着夜幕下的风吹草动。

"你好，基蒂。"一些孩子叽叽喳喳地经过身边，跑向活动室。

她打开宿舍房门，门前排好了系着标牌的行李，房间里空荡荡的，失去了往日她和凯伦留下的生活气息。

"凯伦，亲爱的，在吗？"

餐桌上放着一张字条。

亲爱的基蒂：

  我去参加伙伴们的篝火欢送会，很快就回来。

           爱你的凯伦

基蒂点上烟，不安地走动着。外面山谷里的灯光让她感到有些心绪不宁，在拉上窗帘的瞬间，她的目光停留在孩子们为她布置的窗帘上。十个孩子已经长大，离开达芙娜花园，加入了那支悲壮的犹太军队——帕尔马赫。

她感到一阵郁闷，走到门廊前，空气中散发着阵阵玫瑰花香。沿着小路，她惆怅地漫步在一排排花草树木和篱笆墙中的宿舍之间，走着走着，利伯曼博士屋里的灯光让她停下了脚步。

可怜的老人，儿子和女儿都离开了大学，到很远的帕尔马赫内盖夫旅服役去了。基蒂走到门前，敲了敲门，老管家把她领进了博士的书房。驼背的小老头正拿着一件陶器，聚精会神地辨认着上面古老的希伯来文，收音机播放着轻松的舒曼交响曲。利伯曼博士抬头看到是基蒂，立刻放下了手中的放大镜。

"你好。"基蒂说道。

老人脸上露出了笑容，他还从未听基蒂说过希伯来语，"再见，基蒂。"他答道，"好朋友分手时是这样说再见的。"

"这个词的确很美，好朋友见面时也是这样说你好。"

"我的天……基蒂……"

"是的，利伯曼博士……你好……我不走了，我就属于这里。"

再现辉煌

第四章

神啊，求你怜悯我，怜悯我！因为我的心投靠你。我要投靠在你翅膀的荫下，等到灾害过去。

我要投靠至高的神，就是为我成全诸事的神……神必从天上施恩救我，也必向我发出慈爱和诚实。

我的性命在狮子中间，我躺在性如烈火的世人当中。他们的牙齿是枪、箭，他们的舌头是快刀。

他们为我的脚设下网罗，压制我的心。他们在我前面挖了坑，自己反掉在其中。……我的灵啊，你当醒起……我自己要及早醒起……

——《圣经》诗篇第五十七节

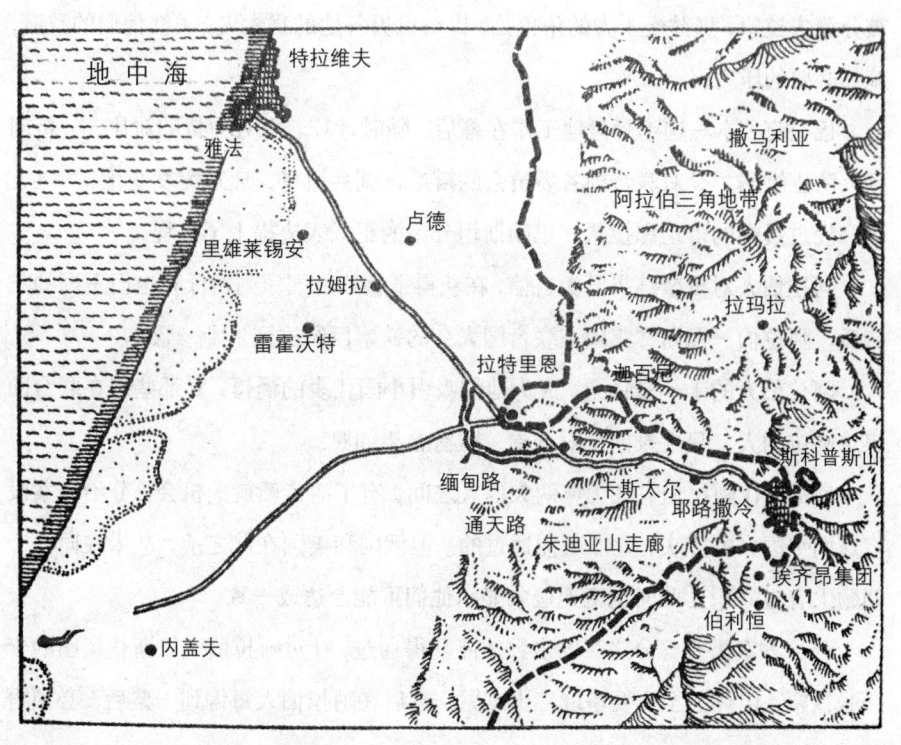

第一节

1947年秋纽约联合国总部

一个六千年来有关犹太民族的案子摆在了人类道德的法庭上。

世界犹太人大会的哈伊姆·魏兹曼和老一代政治家巴拉克·本－迦南，率领着一个十二人的代表团，在摊牌前抵达了纽约联合国。多年的逆境和挫折，让每个成员都不敢对判决结果抱有丝毫奢望。

他们在曼哈顿岛上魏兹曼博士的公寓里，设立了一个临时总部。代表团成员被分派去拉票，魏兹曼本人的角色是，提请世界各地的犹太人，关注他们的政府，施加必要的压力。

巴拉克·本－迦南静静地工作在幕后，随时计算着双方力量的对比，分析问题，防止纰漏，针对联合国各委员会的辩论，调兵遣将，应对突发变化。

经过最初的辩论和拉票，巴勒斯坦分治的正式表决提上了日程。

阿拉伯人对投票结果颇为自信，在获得了穆斯林国家阿富汗和也门王国的支持后，阿拉伯－穆斯林集团在联合国大会的铁票已经达到了十一票。

阿拉伯人的十一张铁票，成为他们吸引小国代表的诱饵。对那些想在联合国谋求高位的人，只要投票反对分治，就有希望如愿。

冷战，让阿拉伯人在美苏两大巨人之间，有了游走斡旋的机会，分治方案没有这两个国家的点头，是不可能通过的。但俄国和美国在此之前，从未在同一个问题上有过共识，此时也毫无迹象显示他们可能会达成一致。

分治方案需要三分之二的多数才能获得通过，针对阿拉伯－穆斯林集团的十一张铁票，伊休夫至少要争取二十二票，然后在阿拉伯人每得到一票后，必须再争取得到两票。照此计算,只要阿拉伯人在铁票之外再有六票,就能阻止分治方案获得通过。考虑到石油在讨价还价中的作用,取得这六票的支持似乎并非难题。

非阿拉伯世界的舆论普遍赞成分治,特别是南非的詹·斯玛茨和捷克斯洛伐克伟大的主持正义的詹·马萨利克,更是站在了斗争的前沿。有望仰赖的票数还包括丹麦、挪威以及部分其他国家,但倾向和同情不代表结果。

令人不安的是,世界上最强大的四个国家,抛弃了伊休夫。

阿拉伯人在摩洛哥、阿尔及利亚、突尼斯等法国殖民地上的蠢蠢欲动,迫使一直对非法移民给以支持和理解的法国,变得沉默了。法国政府对分治的态度,随时可能引发大规模的骚乱。

二十多年来,犹太复国主义一直被苏联政府视为非法,为取缔犹太教,俄国人启动了一个逐步削弱犹太教的计划,表面的宗教自由实际并不存在。在那里,没有犹太报刊、剧院、学校、社区生活,由于限制,整个莫斯科只有一座犹太教堂,犹太教徒不能加入共产党。他们希望以这种方式,在新一代中取缔犹太教。犹太复国主义和巴勒斯坦分治有可能唤起俄国犹太人的自我意识,因此不能同意分治。苏联的态度,影响着它身后强大的斯拉夫集团。

美国立场的转变,让伊休夫受到了极大的震动。美国总统、舆论和美国人民对犹太人充满了同情,但出于国际政治的需要,他们的官方表态变得越来越晦涩。

支持分治,将使英美关系出现破裂,动摇西方世界的基石。在英国仍然主宰中东地区事务的时候,美国的外交政策是要和英国保持一致的,这时支持分治,无疑是公开给了英国一记耳光。

此外,美国还面临着一个更大的威胁。如果分治获得通过,阿拉伯人挑起战争,迫使联合国出面,那苏联和它的卫星国就会向中东派出它们的维和部队,为避免这样的心腹大患出现,美国只好选择了模棱两可的外交策略。

四大国中,英国是断然反对分治的。他们在把托管问题提交联合国时,认为联合国也拿不出解决办法,最终只能请英国继续留下。没想到联合国特委会到了巴勒斯坦,经过调查,一致谴责英国的托管统治,甚至让世界了解到,英格兰的十几万大军,居然对付不了犹太人的哈加纳、帕尔马赫、马加比军、阿利亚·伯特,使英国的威望受到沉重打击。

为了维持在中东的权利和地位，也为了脸面，英国不得不与阿拉伯人联手让分治流产。针对美国对俄国军队的介入产生的恐惧，英国玩弄起1948年8月撤军的把戏，并进一步强调，它将不会为联合国的决定而动用在巴勒斯坦的军事力量。英国的决定，导致很多英联邦国家准备在投票时弃权，同时给那些与英国有着经济联系的欧洲小国施加了很大压力。

其他国家的态度，也让伊休夫对前景并不感到乐观。比利时、荷兰和卢森堡在英国政府的压力下屈服了，伊休夫曾寄予厚望的许多小国都变得犹犹豫豫。

亚洲国家的立场极不稳定，似乎每时每刻都在发生变化。迹象显示，它们基本会站在阿拉伯人一边，以表达它们对西方强权和殖民主义的仇恨。它们认同阿拉伯人的观点，那就是西方要在一块并不属于犹太人的地方，安插自己的代表。

希腊人对阿拉伯人很反感，但在埃及生活着十五万希腊人，埃及政府明确表示，如果希腊政府投票支持分治，在埃及的这个少数民族的命运将无法预料。

埃塞俄比亚对埃及没有好感，但地缘和经济上的原因让它摆脱不了埃及的影响。

菲律宾站在反对分治一边。

哥伦比亚人公开反对犹太人。

联合国五十七个成员国中，中南美洲国家占了三分之一，这些国家决定着投票的命运。伊休夫渴望将耶路撒冷作为他们的首都，失去了耶路撒冷，就好像一个人只有躯干而没有心脏。但中南美洲国家是天主教为主的国家，梵蒂冈要耶路撒冷国际化，如果伊休夫在耶路撒冷问题上固执己见，就可能丢掉这个集团生死攸关的选票。

为了奇迹的出现，从九月到十月，魏兹曼博士和巴拉克作为代表团的核心，激励着全体伊休夫在不停地努力工作着。面对不断变化的力量对比，他们从不消沉与绝望，更不能出现战略上的错误。

伊休夫拥有的最强大的武器是事实，是中立的联合国特委会在巴勒斯坦挖掘出来的事实。事实充分证明，巴勒斯坦是一个在文化、经济、社会等方面仍然处于落后状态的国家。而与此形成反差的是，大漠中崛起了一座座犹太人的城市，荒芜的土地在犹太人的开垦下变成了肥沃的良田，工业和发明创造犹如雨后春笋，特别是，对犹太人人道主义的安置，意味着欧洲大批难民营的问题将迎刃而解。

危地马拉的格拉纳多斯、加拿大的莱斯特·皮尔森、澳大利亚的埃华特、捷克斯洛伐克的马萨利克、南非的斯玛茨、乌拉圭的法伯利盖特以及众多小国中的小人物，都不会允许联合国漠视这些事实。

终于，那个令人难忘的秋天——1947年的11月，奇迹开始出现。

首先是美国，发言人谨慎地表达了对分治原则的赞同。

随后发生了一件震惊世界的变化，在扼杀犹太复国主义二十多年后，苏联的态度出现了惊人的转变。他们赞成分治的表态，是在一次斯拉夫集团的秘密会议后透露的，维辛斯基以充满激情的口吻，表达了对犹太人血流成河的同情，阐明了重建犹太家园的合理性。

俄国人打着人道主义的旗号，完成了一场精明的政治运作。面对阿拉伯人的虚张声势，他们公开了对阿拉伯人的不信任，况且按照俄国人的如意算盘，他们可以在今天赞成分治后，明天再把阿拉伯人收买回去。苏联的战略意图是要给英国打上暴君的烙印，以便让自己在中东有机会插足。他们知道，这种举动将迫使美国亦步亦趋，否则美国将失去正义卫道士的桂冠，而英美的团结也将在分歧中出现裂痕。最后，通过这一人道主义的声明，苏联显然获得了巨大的政治声望，而伊休夫在毫无准备的情况下，突然遇到了一个萍水相逢的路人。

随着两大强国谨慎地发表了对分治的看法，联合国的屋檐下骤然间变得谣言四起。

这是一场超级国际象棋大赛，在戏剧性的演变后，格拉纳多斯和皮尔森成为这场大赛的主角。经过努力，他们成功地与美国和苏联举行了闭门会议，并在会议结束后，达成了明确支持分治的共同声明。

为阻止分治方案在联合国大会进行表决，阿拉伯人以最后的努力，争取到了模拟表决的程序。按照这个程序，方案获得简单多数后才能提交大会正式表决，这是一场双方力量的体现。虽然表决获得了多数通过，但二十五票赞成、十三票反对、十七票弃权、二票缺席的结果，却让伊休夫感到天塌地陷。如果这是最终投票结果，那么伊休夫显然没有得到三分之二的多数。法国、比利时、卢森堡、荷兰、新西兰弃权，巴拉圭和菲律宾缺席。

阿拉伯人看到那么多原本要赞成分治的国家抛弃了伊休夫，让犹太佬没有得到需要的票数，何况他们还有信心至少再拿到一或两张反对票，便转变了态度，要求立刻摊牌。

1947年11月27日星期三

最后一场辩论进入了白热化，在联合国大会的指定区域，伊休夫代表团成员坐在那里，犹如等待死刑判决的囚犯。模拟表决的震撼，动摇了他们的信念，随着争论的持续，他们对前景越来越感到暗淡。

与美国关系密切的希腊，原本应该弃权，由于慑于埃及的威胁，不得不投了反对票。

应紧跟美国的菲律宾，再次变来变去。

海地突然失去了政府的指示，利比里亚又开始观望，泰国重新倒向了阿拉伯人。

这是犹太人的一个黑色星期三。

时间一点点过去，伊休夫的朋友们采取了绝望的举动，为了拖延表决，他们饶舌地占据了讲坛。第二天是感恩节，他们要利用这宝贵的一天，再做最后的努力。混乱的场面，一直持续到大会宣布休会。

伊休夫代表团迅速召开了核心会议，大家七嘴八舌地议论着。

"安静，"巴拉克吼道，"我们还有二十四个小时，慌什么。"

魏兹曼博士兴奋地走进房间，"我刚得到消息，利昂·布卢姆将亲自出面协调法国的投票，这样巴黎投赞成票的呼声就很高了。"犹太裔的前任法国总理仍然具有强大的影响力，确实让人振奋。

"能不能呼吁美国，出面协调希腊和菲律宾的投票？"

一直做美国人工作的代表摇摇头，"杜鲁门明确表示，美国决不给任何成员国施压，他们不会让步的。"

"想做个有尊严的人真难啊。"

电话铃响了，魏兹曼拿起听筒，"好……太好了，"他用手捂住听筒，"什姆从城里打来的，好……太好了……再见。"他放下电话，"埃塞俄比亚同意弃权了。"

在邻国埃及的压力下，弃权的决定需要海尔·塞拉西具有极大的勇气。

一个与伊休夫代表团关系密切的新闻记者敲门走了进来，"我想你们应该欢迎这个消息，泰国发生了革命，它的代表失去投票权了。"一阵欢呼，让大家对阿拉伯人又丢掉一票感到兴奋。

巴拉克迅速在表决名单上加减起了数量，计算着票数。

"怎么样，巴拉克？"

"如果海地、利比里亚、法国都能投赞成票，那我们就成功了，勉强成功。"

太悬了，决不可掉以轻心。在严酷的现实面前，他们紧张地布置着最后的工作，任何一张票他们都输不起。

敲门声后，他们的斗士——危地马拉的格拉纳多斯含泪走了进来。

"智利总统口谕，他们要弃权，代表团已经辞职以示抗议。"

"不可能！"魏兹曼博士大叫道，"总统是智利犹太复国主义大会的名誉主席呀。"

但这就是事实，一个让希望随时可能破灭的事实。有谁清楚智利总统承受的压力呢？又有谁说得清在剩下的二十四个小时里还会发生什么呢？

1947年11月29日星期五

大会主席轻轻敲打着手中的木槌，联合国大会进入了表决。

"下面将对分治提案进行表决，三分之二的多数才能通过，各代表团只能在赞成、反对、弃权三种方式中选择一项。"

会议大厅显得格外肃穆。

"阿富汗。"

"阿富汗反对分治。"

伊休夫失去了第一张投票，巴拉克在手中的清单上打上了记号。

"阿根廷。"

"阿根廷政府表示弃权。"

"千万别有太多弃权，"巴拉克嘟囔着，"这会毁了我们。"

"澳大利亚。"

当爱德特站起来时，所有的人都挺直腰，伸长脖子，关注着这张英联邦国家的第一票。

"澳大利亚赞成分治。"爱德特说道。

旁听席上出现了一阵骚动,魏兹曼挨近巴拉克的耳朵说道,"你认为这有可能代表英联邦的大多数吗?"

"不知道,我们只能一票一票地去数……"

"比利时。"

"赞成分治。"

大厅里又泛起一阵议论,模拟表决时,比利时投的是弃权,在最后时刻,斯巴克公然向英国的压力说"不"。

"玻利维亚。"

"赞成。"

"巴西。"

"赞成。"

南美国家没有变化,下一票至关重要。全世界都在盯着苏联的诚信,它的卫星国——白俄罗斯即将登场了。

"白俄罗斯。"

"赞成。"

所有的犹太人都松了口气,斯拉夫集团的加入,让投票前景变得光明了。

"加拿大。"

莱斯特·皮尔森站起来坚定地说道,"加拿大赞成分治。"这是英联邦中第二个敢于与英国作对的国家。

"智利。"

一名代表站在因拒绝执行弃权命令而辞职的团长的位子上,缓缓地说道,"智利不得不宣布弃权。"

"中国。"(中华民国)

"弃权。"

"哥斯达黎加。"

阿拉伯人为争取哥斯达黎加代表的一票,表示支持他竞争联合国的一个重要岗位。他注视着埃及代表团,站了起来。

"哥斯达黎加赞成分治。"

然后,这个不会被收买的人微笑着坐了下来。

"古巴。"

"古巴反对分治。"

这倒让伊休夫有些措手不及。

"捷克斯洛伐克。"

"赞成。"詹·马萨利克说道。

"丹麦赞成。"

"多米尼加共和国赞成。"

"埃及。"

"埃及反对,也不会受这次非法表决的约束!"

在埃及代表愤怒的发泄中,大会主席手中的小槌又敲响了。

"厄瓜多尔。"

"赞成。"

"埃塞俄比亚。"

"……弃权。"

这无疑是一记重磅炸弹,所有阿拉伯代表团成员都惊愕地转向了埃塞俄比亚的代表,叙利亚代表愤怒地挥起了他的拳头。

"法国。"

第一个大国出场了(它曾经很不情愿地出现过变化),帕罗迪慢慢站了起来。如果法国弃权,对伊休夫将是一场灾难,布卢姆和法国人民成功了吗?

"法兰西共和国赞成分治。"帕罗迪的声音里洋溢着一份轻松。

大厅里又泛起一阵期盼已久的议论,奇迹很可能就要发生了。

"危地马拉。"

分治提案的倡导者格拉纳多斯简洁地说道,"赞成。"

"希腊。"

"反对。"

在最后时刻，希腊面对埃及的威胁，屈服了。

"海地。"

作为关键的一票，海地代表在过去两天突然失去了政府的指示，"刚刚接到海地政府指示，赞成。"

"洪都拉斯。"

"弃权。"

"冰岛。"

"赞成。"世界上最老的共和国向最年轻的共和国发出了召唤。

"印度。"

"反对。"

"伊朗。"

"反对。"

"伊拉克。"

"反对，我们决不承认犹太佬，世界会为这一天流血的，反对。"

"黎巴嫩。"

"反对。"马利克说道。

"现在结果是什么样？"魏兹曼转向巴拉克问道。

"十五票赞成，八票反对，七票弃权。"

形势并不乐观，到目前为止，离三分之二多数还差一票，而弃权票变得越来越多。

"你怎么看，巴拉克？"

"等下面三个南美国家投票后我们才能确定。"

"我想我们要卷铺盖回家了，已经过半了，可我们还没取得绝对优势。"魏兹曼说道。

"利比里亚。"

"赞成。"

"卢森堡。"

又一个英国经济半球中的从属小国。

"卢森堡赞成分治。"

英国再次受到了挑战。

"墨西哥。"

"弃权。"

整个伊休夫代表团都静静地蜷缩在自己的座椅上。

"荷兰。"

"赞成。"

"新西兰。"

"赞成。"

"尼加拉瓜……赞成。"

"挪威……赞成。"

"巴基斯坦……反对。"

形势的转折点即将出现,"如果再有四票,我想我们就成功了。"巴拉克颤抖着说道。

"巴拿马。"

"赞成。"

"巴拉圭。"

"刚刚接到指示,巴拉圭不准备弃权了……我们赞成。"

"秘鲁。"

"赞成。"

"菲律宾。"

由于罗慕洛离开了会议大厅,整个世界都屏住呼吸,等待着他的替补慢慢站了起来。

"赞成。"

大厅里响起一阵欢呼,犹太代表团成员带着茫然的眼光,相互对视着。

"上帝啊!"巴拉克惊喜地说道,"我想我们是成功了。"

"波兰。"

"赞成。"

犹太人开始陆续离开会场，波兰人为他们历史上对犹太人的迫害，终于表示了小小的忏悔。

泰国代表团缺席。

"沙特阿拉伯。"

"反对。"

"瑞典。"

"赞成。"

阿拉伯人已经被逼到了毫无退路的地步。

"叙利亚，反对。"

"土耳其，反对。"

巴拉克飞快地扫了一眼手上的清单，阿拉伯人仍有一线生机，他们已经拿到十二票，肯定可以再有一票，如果最后一分钟发生变化，那可就翻盘了。

"乌克兰……赞成。"

"南非……赞成。"

"苏维埃社会主义联盟共和国。"

维辛斯基站了起来，"苏维埃社会主义联盟共和国赞成分治。"

"大不列颠联合王国。"

大厅里顿时变得很安静，一张张阴沉的脸，盯着慢慢站起来的英国代表。在这个令人战栗的时刻，他显得那么孤单，整个英联邦抛弃了它，法国抛弃了它，美国也抛弃了它。

"女王陛下的政府决定弃权。"他用颤抖的声音说道。

"美利坚合众国。"

"美利坚合众国赞成分治。"

当最后一票投出后，新闻记者纷纷抓起电话，将表决结果迅速传向世界各地。也门是阿拉伯人能够得到的第十三票，作为对境内很大数量的穆斯林少数民族的尊重，南斯拉夫投了弃权票，乌拉圭的法伯立盖特教授和委内瑞拉的代表投出了第三十二和三十三张赞成票。

特拉维夫立刻出现了空前的混乱。

统计结果显示，犹太人取得了压倒性的胜利。阿拉伯人获得的十三票中，有十一票来自阿拉伯或穆斯林国家，第十二票来自被胁迫的希腊，唯有古巴这一票，是他们在这个世界上，通过说服拿到的。

那些在联合国赢得这场胜利，目睹了奇迹出现的人，是一批经验丰富的现实主义者。特拉维夫的欢腾场面很快就过去了，面对阿拉伯人发出的"让犹太人见鬼去吧"的诅咒，本－古里安和伊休夫的领导集团清楚地意识到，为了一个独立的犹太国，必须创造一个更伟大的奇迹。

第二节

阿拉伯世界的主要媒体纷纷表示坚决反对分治，哪怕要付出血的代价。

一些阿拉伯领导人，也针对联合国的巴勒斯坦分治，发出了同样的声音。

联合国表决后刚刚一天，1947年12月1日，巴勒斯坦阿拉伯最高委员会的哈利迪博士，发起了一场大罢工。罢工演变为骚乱，暴怒的民众涌进耶路撒冷的犹太商业中心，在英国军队的眼皮底下，展开了一场烧杀抢掠。

在阿勒颇和亚丁，以及整个阿拉伯世界，各地的暴民，在他们领导人的煽动下，闯进犹太人隔离区，烧杀抢掠，胡作非为。

面对恶化的局势，联合国没有立刻组成国际维和力量去填补真空，而是陷入了委员会的组成和无休止的对话之中，似乎分治可以在不费一枪一弹的条件下就能实现。

犹太人可不这么看，尽管一个犹太国的成立已经具有了其不可改变的立法基础，但如果犹太人在英国撤军后宣布独立，将不得不独自面对阿拉伯人的游牧部落。

五十万劣等装备的人民能够抵挡五千万充满仇恨的阿拉伯人吗？除了巴勒斯

坦内部的阿拉伯人，他们还要面对周围上百条战线上的正规军。

为购买武器，哈伊姆·魏兹曼在世界犹太复国主义组织中发起了募捐运动。

巴拉克继续留在联合国，领导着伊休夫代表团，在为分治细节工作的同时，寻找着武器来源。

一个关键问题摆在了世人面前：犹太人敢于正式宣布独立吗？

阿拉伯人等不到5月了，在无法公开动用他们的正规军的条件下，他们以志愿军的名义征募了各式各样的"解放军"，向巴勒斯坦的阿拉伯人输送了大批武器弹药。

阿明·侯赛尼重操旧业，在大马士革成立了指挥部。整个中东的阿拉伯人都在为巴勒斯坦的"志愿军"节衣缩食，筹集资金。在1936年至1939年穆夫提制造的骚乱中为虎作伥的卡伍吉，再次被任命为"总司令"。卡伍吉参与将伊拉克送给德国人的政变失败后就逃到了德国，在那儿娶了一名德国妻子，战后本应以战争罪受到审判，由于英国人出面，和穆夫提一起被保释了。

卡伍吉率领的这支"志愿军"（根据阿拉伯人中世纪赢得的一场大战，而自称为"雅穆克武装力量"）的军官来自叙利亚，在接受了训练之后，立刻越过黎巴嫩、叙利亚、约旦边境，进入了巴勒斯坦的阿拉伯村落。他们在耶路撒冷北面，阿拉伯人控制的地区撒玛利亚，建立了纳布卢斯根据地。

与此同时，犹太人却仍旧处于没有武器来源的焦虑。英国人继续封锁着巴勒斯坦的海岸线，甚至不允许塞浦路斯拘留营中的难民入境，这是在阿利亚·伯特的指导下，接受过速成军训的一批生力军。

伊休夫的间谍竭尽全力地在世界各地寻找着武器来源。

面对阿拉伯人和犹太人之间一触即发的冲突，美国宣布对中东实行武器禁运，这让人难免不想起西班牙人民反抗墨索里尼和希特勒时的情景。这是在帮助阿拉伯人，影响不了他们获得武器的渠道。

随着战线逐渐变得清晰，伊休夫中委会遇到了挑战，自己手中只有四千左右全副武装受过训练的帕尔马赫战士，马加比军虽然也可以召集杯水车薪的一千人，但他们的合作还是附带条件的。

阿维登出于某些考虑，保留了一支"二战"中与英军并肩战斗过的几千人的哈加纳力量。为了保卫犹太人定居点，他做了二十年的准备，同时编织了一张完美的谍报网。在他的对面，是从武器和人员上占绝对优势的阿拉伯人，伴随着嗜杀成性的卡伍吉匪帮的不断渗透，他们的力量还在增长。阿拉伯人至少还有一个出色的指挥官阿卜杜拉·卡达尔，那个穆夫提的侄子。

就在犹太人为对付眼前的危险捉襟见肘时，他们还要考虑英国人的变数。白厅的算盘是等着伊休夫向他们祈求帮助，废除分治，让英军留下，但犹太人不会拿原则作交易。

理论上，英军撤离时，塔伽特防线上的要塞，应该移交给每个地区要塞周边人口最多的一方。但实际上，英军指挥官通常把那些重要地点的要塞，交给了阿拉伯人，而不是犹太人。

曾经当过纳粹士兵的人，开始出现在"雅穆克武装力量"和各种各样的"志愿军或解放军"的军官队伍中。为了生存，哈加纳抛弃了它的伪装，第一次公开在犹太人中间掀起了总动员。

没有多久，双方的首次交火在胡拉谷地打响了。阿拉伯村民配合游击队，向埃因泽提姆、比利亚、阿米艾德等集体农庄挑衅，但狙击式的挑衅很快被打退了。

从那以后，形势日益恶化。发生在公路上的袭击越来越平凡，让犹太人途经阿拉伯人村庄的交通和供给线随时受到了威胁。

城市内的情况更加严重，在耶路撒冷，空中飞舞着爆炸的碎片，阿拉伯人从老城城墙上向新城开火，城内变成了无数战场，路上的行人随时面临死亡的危险。在特拉维夫和雅法之间的公路上，布满了狙击手和路障。

海法发生的冲突最严重，为报复马加比军的袭击，阿拉伯人在犹太人和阿拉伯人工作的炼油厂里掀起了骚乱，五十名犹太人被杀。

北方的卡伍吉和萨夫瓦特做不到的事情，阿卜杜拉·卡达尔可以做到。经过对耶路撒冷的调研和分析，他得出一个结论，无论是巴勒斯坦的阿拉伯人还是渗透进来的游击队，都没有能力发动持续不断的进攻，而面对犹太人在每个定居点上的殊死抵抗，阿拉伯人不得不付出巨大的流血。为了以较小的代价赢得胜利，鼓舞手下的士气，卡达尔制定了两个战术。一个是分割孤立每个犹太定居点，让他们弹尽粮绝后撤走，另一个是采取打了就跑的战术袭击犹太人的交通线。

卡达尔的战术立刻显示出它的威力，阿拉伯人来去自由，而犹太人却要被迫坚守他们的阵地，结果，犹太定居点一个个陷入了包围。

阿卜杜拉·卡达尔坐拥耶路撒冷。特拉维夫到耶路撒冷的公路，不但要经过危险的朱迪亚山区，还要经过沿线众多盘踞在制高点上的阿拉伯村庄，如果能掐断耶路撒冷新城里十几万犹太人的供给，将会给伊休夫以致命打击。

为保证公路畅通，伊休夫利用改装过的装甲汽车为大型车队护航。这些车队成为易受攻击的目标，在通往耶路撒冷的公路上，到处都是被打坏的车辆。耶路撒冷城内，物资供应越来越匮乏，人们被迫躲在加固了装甲的汽车里外出，玩耍中的孩子，变成了狙击手的目标。

阿拉伯人源源不断的武器和人员补充，让犹太人受到日益沉重的压力，阿卜杜拉·卡达尔得意扬扬地等待着，等待着严冬一过，就逐个清除那些饱受饥寒交迫的定居点。

针对让广大平民陷入饥荒这种不人道的做法，伊休夫领导人请求英军在耶路撒冷到特拉维夫的公路上派出巡逻队，但遭到拒绝。

阿拉伯人以先发制人的行动和出色的领导能力，让伊休夫在第一轮较量中处于下风。在哈加纳的命令下，每一个集体农庄和合作社都变成了双方激烈争夺的战场。犹太人曾经为他们的每一寸土地付出过鲜血，阿拉伯人想要拿走，也必须付出鲜血。

公路之战揭开了这场战争的序幕，能否宣布独立，双方仍在角逐之中。

阿里·本－迦南的伤势恢复得很慢，这给阿维登出了个难题，按照计划，他要把三个帕尔马赫旅中的一个交给阿里。这三个旅包括：驻守在加利利地区的尖刀旅——哈妮塔旅、驻守朱迪亚地区的山地人旅以及驻守南方的沙漠之鼠旅。

帕尔马赫旅级以下指挥官都是只有二十多岁的年轻人，他们头脑灵活，刚愎自用，自以为是军中骄子。帕尔马赫的骨干是来自集体农庄的姑娘和小伙子们，即使在军营中，他们本质上也还是农民。政治上他们并不认同伊休夫中央委员会，以至于常常向哈加纳的权威发起挑战。

阿里·本－迦南虽然年轻，但人生阅历让他能够具备大局观，执行命令，不会为头脑发热而擅自行动。他的这种团队精神让他成为指挥官的理想人选，遗憾的是他还没有完全康复。帕尔马赫的每个旅都担负着广大地区的防御，生活条件异常艰苦，阿里的腿伤是个问题。

阿维登考虑再三，决定让阿里回到他的家乡胡拉谷地去，担任帕尔马赫在那个关键地区的指挥官。他的辖区范围是从太巴列湖的北岸，包括萨法德，沿着山谷一直向北，直到那块凸出在黎巴嫩和叙利亚边境之间的土地上。稍稍向南一点，就是第三个阿拉伯国家，边境线上雅穆克河边的约旦。

阿里的防区，正是卡伍吉的游击队最活跃的地区。一旦爆发全面战争，阿拉伯军队入侵巴勒斯坦，胡拉谷地将第一个受到冲击。阿拉伯人一直想在那个地区建立一个基地，如果他们拿下胡拉，就可以利用它进占整个加利利，然后把海法和特拉维夫分割为两半。

这个地区有很多早期成立的集体农庄以及少量合作社和村庄，包括阿里的家乡亚德·埃尔，在那些倔犟的垦荒先驱面前，巴勒斯坦的阿拉伯人和游击队的任何蠢蠢欲动都将碰得头破血流。山谷中密密麻麻的定居点，让阿拉伯人很难采用他们的孤立和包围战术。

沿着黎巴嫩边境的山峦是要考虑的一个问题，而以斯帖要塞是其中的关键。按照与英军达成的协议，由于胡拉谷地中犹太人占据着大多数，以斯帖要塞将移交给阿里。只要哈加纳控制了以斯帖要塞，阿里就可以保证对整个边境地区的控制。

阿里的指挥部设在谷地中心的集体农庄——埃因奥尔，这里曾是他叔叔阿吉瓦早期参与建设的地方。他从帕尔马赫的尖刀旅带出了几百名战士，其中大卫、塞夫、约押成为他的副手。他们在各个定居点配置了坚强有力的哈加纳基层组织，每个成员都是受过严格训练和甘愿奉献的战士。

武器的匮乏困扰着阿里，也困扰着所有巴勒斯坦的伊休夫。各定居点的负责人每天都缠着他要枪，但他没有，阿维登也没有。

在阿里的防区还有两个软肋，一个是达芙娜花园，另一个是萨法德。如果以斯帖要塞能够顺利移交给他，经过阿布·耶沙通往达芙娜的道路确保畅通，那么达芙娜花园的孩子们就不会有什么危险。

但萨法德是个头疼事,还没有哪个负责人要面对这么大的头疼事。当犹太人决定不惜代价坚守每个定居点的时候,也考虑到一些难以防守的例外,萨法德就是其中之一。

这座城市像个孤岛,处于周边农村的四万阿拉伯人的包围之中,城内的犹太人与城内的阿拉伯人相比,只有十二分之一。大多数这里的犹太人属于卡巴拉教派,祖祖辈辈与世无争,而哈加纳在萨法德地区只有两百名可以作战的战士,却要面对两千名阿拉伯人和游击队。

穆夫提的第一个目标就是萨法德,几百名携带重武器的游击队渗透进这个地区,只等着英军的撤离。

考虑到城内的战略要点,犹太人的处境显得更加糟糕。三个关键的地理位置都落入了阿拉伯人之手:控制着犹太人居住区的警察局,控制全城的城防工事,以及塔伽特防线中的迦南山要塞。

几个月来,阿拉伯人已经囤积了大量武器弹药,而犹太人仅有四十支步枪,四十二支自制的斯特恩冲锋枪,一挺机关枪,一门迫击炮,几百枚自制的手榴弹,连一百名战士都装备不起来。

鉴于萨法德明显的军事弱势,英军向阿里呼吁,由他们负责撤出城里的犹太人。

饭店老板和哈加纳的地区负责人雷米茨,在阿里坐着的桌子前来回走着,萨瑟兰德静静地坐在角落里,抽着他的雪茄。

"怎么样?"阿里终于问道。

雷米茨停下脚步,"我们决不离开萨法德,阿里。我们决定了,要战斗到最后一个人。"

"很好,很高兴听你这样说。"

"再给我们一些武器。"

阿里生气地跳了起来,这样的话他每天要听二十遍。

"萨瑟兰德,你去求求耶稣;雷米茨,你去求求孔夫子;我负责求求安拉,看看老天是不是会像下甘露那样给我们下些武器。"

"你信任霍克少校吗?"萨瑟兰德提到的霍克少校是英军驻军的指挥官。

"霍克一直是我们的朋友。"阿里答道。

"那好,听着,"萨瑟兰德继续说道,"也许你们最好听听他怎么说,首先,他保证如果你们撤离,英军会出面保护;其次,如果发生屠杀,那也是在英军撤出以后。"

阿里松了口气,"那他透露什么时候走了吗?"

"他也不知道。"

"不管怎么说,只要霍克还在,我们基本上就是安全的,阿拉伯人不敢去找他的麻烦,也许在他撤退前会出现什么转机。"

"霍克可以是个有正义感的人,但其他人会让他束手束脚。"萨瑟兰德提醒道。

"阿拉伯人已经在狙击我们,袭击我们的车队了。"雷米茨说道。

"那你想怎么样?还没开战就先撤吗?"

"阿里,"雷米茨坚定地看着他,"我在这里出生,这里成长,直到今天,阿拉伯人那边的诵经声都犹如1929年时不绝于耳。如果没有亲眼见到那些涌进我们这里的暴徒,我至今不明白他们在念些什么。他们是我们的朋友,但也是一群疯子。当我还是个孩子,就目睹了那些可怜的卡巴拉教徒被拉到街上,当众砍下了脑袋。1936年我们再次听到他们在诵经……我们明白了将要发生什么,三年里,每当那些声音从他们那边传过来,我们就吓得在这座古老的土耳其城堡里东躲西藏。这一次,我们不准备跑了,连那些老人都不准备跑了,我们也要让他们付出代价,相信我……但是,阿里,不要对我们要求过高。"

阿里很后悔刚才对雷米茨太过苛刻了,是的,在萨法德留下需要巨大的勇气。"回去吧,雷米茨,保持冷静,相信霍克少校不会让局势失去控制,在此同时,我将优先把我能得到的一切提供给你们。"

他们走后,阿里磨着牙坐下。他能做些什么呢?也许只能在英军撤离后向这里派出一支仅仅五十人的帕尔马赫部队,于事无补。换个人又能怎么做呢?整个巴勒斯坦有两百个萨法德这样的地方,如果这儿派五十个人,那儿派十个人,让卡伍吉或萨夫瓦特或卡达尔他们知道了犹太人这种绝望处境,还不立刻就对巴勒斯坦全境大举进攻。现在的问题是没有足够的弹药抵挡持续不断的进攻,想到这里，阿里感到一丝寒意，如果阿拉伯人拿下第一场胜利，了解到犹太人贫乏的军力，那后果将是灾难性的。

大卫·本－阿米完成了最北部的定居点的视察后，回来了。

"你好，阿里，我在路上遇到雷米茨和萨瑟兰德，他看起来情绪不高啊。"

"他有无数理由那样，不说他了，你有什么发现吗？"

"阿拉伯人已经在袭击卡法尔·吉拉蒂和梅图拉了。卡法尔·斯佐尔德担心叙利亚的村民可能闹事，大家现在都住在战壕里，孩子们被保护起来了，他们需要武器。"

"需要武器……还有什么新鲜的没有？狙击来自哪里？"

"阿塔。"

"该死的阿塔，"阿里咬牙切齿道，"等英国人走了，那里是我第一个目标。当我还是个孩子，他们就在我去磨坊时揍我，从那时起，他们就想打仗，我估计卡伍吉有半数人马都是从阿塔越境的。"

"或者是阿布·耶沙。"

阿里生气地抬起头，大卫意识到他触到了阿里的痛处。

"我在阿布·耶沙有很好的朋友。"

"那他们应该告诉你游击队就是从那里渗透进来的。"

阿里没有说话。

"阿里，你常对我说，我的弱点是容易让情感影响了我的判断，我知道你与那里的人关系很好，那你应该去一趟，找他们谈谈。"

阿里站起来，走到一边，"我必须找塔哈谈谈。"

大卫从桌上拿起急件，看了一眼，放下后，开始在阿里身边来回走着，然后站在窗口，注视着耶路撒冷的方向，心中泛起一阵郁闷。

阿里拍拍他的肩膀，"一切都会过去的。"

大卫摇摇头，"耶路撒冷的情况越来越糟，"他声音单调地说着，"车队在路上遇到的麻烦越来越大，如果再这样下去，他们还要忍受几个星期的饥饿。"

阿里知道大卫一直关心着被包围中的圣城，"是不是想去一趟？"

"是的，但我不想让你为难。"

"如果你认为要去,那就去吧。"

"谢谢,阿里,你认为这边问题不大吗?"

"当然……只要这条该死的腿不再找麻烦,你看,大卫……你还是暂时不要走。"

"那我就待到你认为合适的时候。"

"谢谢,顺便问一下,你和卓妲娜有多长时间没见面了?"

"几个星期了。"

"那你明天为什么不去达芙娜花园视察一下?在那儿待上几天,好好休息休息。"

大卫笑道,"这样的命令我很乐意接受。"

基蒂的办公室响起了敲门声。

"进来。"她说道。

卓妲娜走了进来,"如果不忙,想和你说句话,弗里蒙特夫人。"

"很好。"

"大卫·本-阿米今天上午要来视察这里的防御情况,视察后有一个联席会议。"

"我会到场。"基蒂答道。

"弗里蒙特夫人,我想先和你说一下,你看,我是这里的负责人,很快我们将在一起共同工作,我想说的是我对你非常信任,事实上,我认为达芙娜花园能让你留下,是件很荣幸的事情。"

基蒂好奇地看着卓妲娜。

"我相信,"卓妲娜继续说着,"如果我们能建立一种良好的私人关系,那将有利于整个村庄的气氛。"

"我认为你是对的。"

"太好了,真高兴我们能相互理解了。"

"卓妲娜……告诉我现在这里的局势究竟怎样?"

"暂时还没有直接危险,当然,如果以斯帖要塞能正常移交给哈加纳,那情况就好多了。"

"假如出现变化，阿拉伯人占据了要塞？还有……假如经过阿布·耶沙的公路被封锁了。"

"那前景就很不妙了。"

基蒂站起来，在屋里慢慢走着，"请理解，我不是要过问军事，但现实看，我们有可能落入合围。"

"很有可能。"卓姐娜答道。

"我们这里有很多小孩子，难道不能先把他们撤出去吗？"

"能撤到哪儿去呢？"

"我不知道，总之，一个安全点的集体农庄或合作社。"

"我也不知道有没有这样的地方，弗里蒙特夫人。安全现在对我们只是暂时的，巴勒斯坦只有不到五十英里宽，我们找不到安全的集体农庄，每天都有新的定居点落入他们的包围。"

"能不能送到城里去呢？"

"耶路撒冷已经基本断绝了与外界的联系，在海法，在特拉维夫和雅法之间已经发生了异常激烈的战斗。"

"那……就没有任何地方？"

卓姐娜没有说话，没有必要再说什么了。

第三节

1947年圣诞夜

泥泞的道路，寒冷的天气，达芙娜花园迎来了冬天的第一场雪。基蒂经过中心花园，走进宿舍小区，呼出的气息凝成了一团白雾。

"你好，基蒂。"利伯曼博士打着招呼。

"你好，博士。"

她三步并作两步地跑上楼梯，钻进温暖的房间，凯伦已经为她泡好了一杯浓茶。

基蒂呵着手说道，"外面可真冷。"

在凯伦的装点下，房间里挂满了松球、彩带、充满想象的其他小东西，洋溢着一派节日的气氛。凯伦甚至在特许下，砍了一棵珍贵的小树搬回来，在上面布满了一簇簇棉花和漂亮的剪纸。

基蒂在床上坐下，蹬掉鞋，换上毛茸茸的拖鞋，品起了香茶。

凯伦站在风景如画的窗前，看着飞舞的雪花，"这场雪真美。"

"等燃料配额出问题你就不会觉得它美了。"

"我一直在怀念哥本哈根和汉森夫妇，丹麦的圣诞节太让人难忘了，你看到他们寄来的包裹了吗？"

基蒂走到她面前，抱住她的肩膀，用手刮着她的脸说道，"圣诞节让人变得想家啦。"

"你就不是吗，基蒂？"

"自从汤姆和桑德拉死后，圣诞节对我就无所谓了，不过现在又不同了。"

"我希望你能幸福，基蒂。"

"当然……虽然不太一样，我终于认识到，没有犹太精神的话，就谈不上是个真正的基督徒。我一直在寻找自己到底失去了什么，现在明白了，我可以毫无保留，不为任何索取地奉献自己了。"

"你知道吗，有件事我没有告诉任何人，他们不懂，但我真的觉得在这里离耶稣很近。"凯伦说道。

"亲爱的，我也是这样。"

凯伦看看表，叹口气，"我要早点吃饭，今天晚上有我的岗。"

"外面冷，穿暖一点，我要看些报告，正好可以等你回来。"

凯伦换上了肥大暖和的衣服，基蒂把她的头发盘成一个结，看着她戴上褐色的帕尔马赫式的套筒帽子，直到盖住了耳朵。

突然，窗外传来一阵歌声。

"出什么事了？"基蒂问道。

"那是为你唱的,他们已经偷偷排练两个星期了。"凯伦笑着说。

基蒂走到窗前,看到五十个孩子,拿着蜡烛,唱起了圣诞颂。

她立刻穿上外套,和凯伦来到门廊前。孩子们身后,是两千英尺下山谷中无数定居点那繁星似的灯光,一扇扇打开的房门后,露出人们好奇的目光。基蒂听不懂他们的歌词,但古老的旋律让她很感动。

"圣诞快乐,基蒂。"凯伦说道。

泪水流下了基蒂的面颊,"真没想到这是希伯来语唱的'圣诞颂',它是我收到的最美的圣诞礼物。"

凯伦的岗位是在达芙娜农庄大门外的战壕里,她走出村庄,走下山路,来到一个能够一览整个山谷的掩体前。

"站住!"

她停下脚步。

"是谁?"

"凯伦·克莱门特。"

"口令?"

"节日快乐。"

他们换了岗,凯伦跳下战壕,拉开枪栓,压上一发子弹,关上保险后,戴上了手套。

凯伦很喜欢站岗,她凝视着眼前通向阿布·耶沙的铁丝网。一个人,什么也不做,欣赏着眼前的胡拉山谷,静静地待上四个小时,这种感觉非常好。寂静的夜空中,基蒂的房间传出孩子们依稀可辨的笑声,让圣诞夜显得更加美好。

很快,夜色变得死一样沉静,雪下得越来越大,群山铺上了雪白的地毯。

她身后的树林中传出轻微的响动,她静静地转过身,眼光在黑暗中瞄向那里。凭感觉,那是个正在活动的东西,她一动不动地观察着。是的,树林中有情况!一个黑影⋯⋯或许是只饥饿的豺狗,她猜测着。

凯伦打开了步枪的保险,瞄准了它,看着它一点点靠近了。

"站住。"她厉声喝道。

身影停下了。

"口令？"

"凯伦！"对方叫道。

"杜夫！"

她爬出战壕，从雪地上扑过去。他也跑过来，两人抱在了一起。

"杜夫！杜夫！真想不到是你！"

他们跳下战壕，黑暗中，她紧张地想看清他的脸。

"杜夫……让我说什么好……"

"我来了一个小时……在你的屋外，直到你上岗，我就跟过来了。"

凯伦突然一惊，看看四周，"这不安全，你还要躲那些英国人。"

"没问题，凯伦，一切都过去了，他们再也不能对我怎么样了。"

黑暗中，她颤抖着用手摸着他的脸，"杜夫，你看起来很冷，连件绒衣都没有，会冻坏的。"

"没关系……我很好。"

雪花飘进了战壕，月亮从云层中露出来，他们彼此看清了对方。

"我一直藏在米什玛尔那边的岩洞里。"

"我知道。"

"我……我以为你已经去了美国。"

"我们不走了。"

"你一定在想我来干什么，凯伦……我……我想回来，但我走的时候拿走了他们一些项链和戒指，他们一定认为我是个贼。"

"不会的，别那么想，只要你活着，安全，就够了。"

"你知道……我一定会还他们的。"

"没那么严重，没人生你的气。"

杜夫耷拉着脑袋坐起来，"在阿卡监狱和在岩洞里的时候，我一直在想一个问题，没有人对我不好，是我自己有毛病……你到阿卡监狱看我，让我一下就不想死了，我不想死，也不想去杀别人了。"

"太好了，杜夫……"

"凯伦，我从来就没有女朋友，我……我那样说只是想让你走。"

"我知道。"

"你真的清楚吗？"

"我必须相信你，杜夫，我相信你是在为我。"

"凯伦，你真的太好了，你能用你的信念也打动我，我一定要回来，要让你为我骄傲，即使你将来要走，也会为我骄傲的。"

凯伦垂下了眼帘。

"我甘愿为你做任何事。"他嘟囔着。

凯伦伸出手，摸摸他的脸，"杜夫，太冷了，快去我的房间，告诉基蒂一切，她会理解的。等我一下岗，我们就去找利伯曼博士。小心点，记住，口令是'节日快乐'。"

"凯伦，这些天我一直在想着你，我决不会再作任何错事或伤害你的事了。"

"别说了，我知道。"

"亲亲你可以吗？"

"好的。"

他们颤抖着吻了一下对方。

"我爱你，凯伦。"杜夫说着，跑进了达芙娜花园的大门。

"国际法，"巴拉克生气地对着联合国代表说道，"根本约束不了卑鄙的小人，而正人君子们又拒绝出面强化它的权威。"

对话在美好的愿望下起不到任何作用，如果犹太人在5月15日宣布独立，他们将独自面对阿拉伯人的七国联军。

卡伍吉的游击队和巴勒斯坦的阿拉伯人，在萨夫瓦特和卡达尔的领导下，加强了他们的行动。

决定命运的1948年，在不安与动荡中来临了。

年初的几个月，伴随着英军拆除他们的大型军事基地，撤出一个又一个城镇，阿拉伯人显得异常咄咄逼人和好战。

加利利地区

游击队包围了靠近黎巴嫩边界深山里的马纳拉集体农庄，一些偏僻地区的犹太人定居点也被切断了联系。

阿拉伯人向橄榄泉集体农庄发起了五次进攻，都被打退了。

叙利亚的村民加入了战斗，他们越过巴勒斯坦边界，攻击犹太人在北部前沿的丹和卡法尔·斯佐尔德两个定居点。英军指挥官霍克少校派出了他的部队，把叙利亚人赶出了边境线。

阿塔地区的阿拉伯人，再次帮助叙利亚村民和游击队，向白山烈焰山区发起了进攻。

根据传说中的以色列部落命名的拉马特·纳夫塔利也遭到了攻击。

随着霍克少校准备撤离，阿拉伯人在萨法德也加强了行动。针对犹太人的封锁，让卡巴拉教徒居住区开始出现供给短缺的情况，只有在英军的护送下，运输车队才能抵达犹太人居住区。

海法市

作为巴勒斯坦的主要港口，它是对立双方争夺的目标。鉴于这里是英军撤离的必经之地，港口码头等地区暂时还控制在英军手里。

在整个巴勒斯坦，海法是犹太人为数不多，略占优势的地区之一。但英军指挥官公开的亲阿拉伯人策略，让犹太人被迫撤出了他们一个个具有战略地位的阵地。

马加比军从他们在卡迈尔山上的阵地，将装满炸药的木桶，滚向山下阿拉伯人的阵地；阿拉伯人的武器装备，在从黎巴嫩转运过来的途中，遭到犹太人的拦截，他们的指挥官，也在战斗中被击毙。

对立双方正常的商业往来停止了，阿拉伯军团的指挥官阿明·阿扎丁抵达了海法，准备策划进一步的游击队行动。

就在犹太人的行动受到英军的压制时，阿拉伯人集结起他们强大的军力，开始向犹太人在卡迈尔山上的居住区发起进攻。

沙龙平原

这里曾经是十字军远征的主战场,如今到处布满了犹太人定居点,面对号称三角地带的撒玛利亚那边人口稠密的阿拉伯人,双方尽管剑拔弩张,但局势相对保持了平衡。

特拉维夫——雅法

相邻的两个城市变成了战场,巷战和城市争夺昼夜不停。哈加纳的防线中出现了马加比军战士,战斗成胶着状态,异常激烈。阿拉伯人利用清真寺作为他们的狙击掩体,由于英军的干涉,阻止了犹太人向他们发动进攻。

南方地区

在广袤无垠的内盖夫沙漠,星星点点地散落着一些犹太人定居点。阿拉伯人从他们在这个地区的两个重要基地——贝尔谢巴和加沙,派出部队,包围了这些定居点,逐渐让犹太人陷入了饥荒。面对阿拉伯人的巨大压力,犹太人拼死保卫着他们的定居点,战斗中,新组成的犹太空军显示了它的力量,在仅有的三架幼狐飞机中,其中两架作为侦察和联络,另一架用于被包围的耶路撒冷。它们的第一次参战,是从舷窗向目标扔出了手榴弹。

耶路撒冷

阿卜杜拉·卡达尔勒紧了卡在耶路撒冷犹太人咽喉上的绳索,基本控制了经过朱迪亚山通往耶路撒冷的公路。面对犹太人为了供给,不得不付出沉重代价的严峻形势,英国军队仍然拒绝提供保护。

出了耶路撒冷往南,从希布伦山通往伯利恒的公路附近,分散着犹太人的四个定居点,居民主要是来自东方的传统的犹太教徒。与萨法德的卡巴拉教徒一样,作为一支弱小的、游离在巴勒斯坦犹太人主体之外的教派,他们是非常容易受到攻击的一些人。更加糟糕的是,以英国军队名义成立的约旦阿拉伯军团,封锁了从耶路撒冷通往这些定居点的公路。

耶路撒冷城内,粮食和水的供应越来越匮乏,爆炸、狙击、来来往往的武装车辆、公开的交火，已经变成了家常便饭。

令人发指的暴行达到了顶点，敌人袭击了哈达萨医疗中心派出的红十字会车队，七十七名手无寸铁的犹太医护人员被杀，尸体被剁成碎块。面对如此野蛮的行径，英国军队依然无动于衷。

塞夫·吉尔博为接收以斯帖要塞，来到阿里的办公室报到。

"我们已经准备完毕。"塞夫简短地汇报着。

"很好，你们现在就开车过去，根据霍克少校的来电，移交时间定在下午两点，但我听说你和莱拉又要有孩子了？"

"是的。"

"你再不歇歇我可就停你的假期啦。"阿里笑着说道。

塞夫跑出去，钻进卡车的驾驶舱，松开刹车，一点油门，卡车离开了埃因奥尔集体农庄。车上坐着二十名帕尔马赫的姑娘和小伙子们，卡车在下了主路后，拐上通往黎巴嫩边界以斯帖要塞的山路。

路上，最近一次探亲的景象浮现在塞夫的脑海中。在自己的集体农庄——参孙大地，当老婆莱拉说她又怀孕了的时候，自己的那股高兴劲就甭提了。塞夫是个牧民，每次探亲，他都……但好像很长时间没享受过那份悠闲了。假如能和儿子们一起，懒洋洋地躺在山坡上，看着自己的羊群，那有多美呀。

他很快打消了这个念头，工作太紧张了。以斯帖要塞移交后，他头一件事就是先为马纳拉集体农庄解围，然后是沿边界派出巡逻队，堵住游击队的渗透。

这座钢筋水泥要塞控制着整个胡拉谷地，如果大卫之星的旗帜飘扬在要塞上空，对所有人都是一个振奋。

卡车在崎岖的山路上颠簸着拐来拐去，车上的姑娘和小伙子们唱起了歌，塞夫看看表，离约定时间还有十五分钟。当车拐过最后一道山路，几英里以外的山上，出现了那个巨大的建筑。山下，是山坳中阿布·耶沙一簇簇白色的房屋，以及位于它的上方，达芙娜花园那郁郁葱葱的沃土良田。

在距离以斯帖要塞几百码的地方，塞夫感觉出一丝不安。他放慢了速度，紧张地注视着窗外。如果英军即将撤离，为什么这里没有一点动静？塞夫仔细观察着要塞的瞭望塔和炮楼，就在发现卡伍吉游击队旗帜的瞬间，一阵枪林弹雨从要塞打了过来。

塞夫一脚刹车，将车停在了路边。

"散开。"

在部队散开趴下的同时，卡车被击中起火。塞夫迅速带领部队撤离了对方的火力范围，重新集结后，相互掩护着撤回了埃因奥尔。

阿里接到报告，立刻前往萨法德，来到塔伽特防线的迦南要塞。

他怒气冲冲地闯进英军战地指挥官霍克少校的办公室，看到这个黝黑的大块头，由于睡眠不足，显得非常憔悴。

"你真是个犹大。"阿里咆哮着。

"不是我的错，"霍克抱怨着，"你必须相信我。"

"我真不敢相信，这不该是你的行为。"

霍克两手抱着头说道，"昨天晚上十点，耶路撒冷司令部急电，命令我立即撤离以斯帖要塞。"

"那你可以提前警告我啊！"

"我不能，"霍克嘟囔着，"我是个军人，本-迦南。我……一晚上都没有睡觉，今天一早，我给耶路撒冷去电，请求拿回以斯帖要塞。"

阿里轻蔑地盯着他。

"你怎么看我都没关系。"

阿里仍旧一声不吭。

"好吧，随你吧……我确实没什么可说的。"

"霍克，这是个耻辱，恐怕你不是第一个良心让狗吃了的军人。"

"说有什么用？反正事情已经这样了。"

"霍克，也许你是个好军人，但我还是为你难过。除非你能改变，否则你将为达芙娜花园的后果承担良心上的谴责。"

霍克脸色难看地说道，"你不会不管那些孩子的……你会带他们走！"

"你应该想到，失去了以斯帖，我们就不得不坚守达芙娜，否则我们就失去了整个胡拉谷地。"

"这样吧，阿里……我来负责护送孩子们转移。"

"他们没有地方可去。"

霍克不安地嘟囔着，不停地敲打着桌子。很明显，看到达芙娜陷入了危险，他在为自己的进退两难而发愁。

阿里认为再进一步责备他已经没有意义，便飞快地动起了脑筋，为保住达芙娜这个战略要地，他要靠一个大胆的计划，赌上一把。

他从霍克的办公桌前倾过身说道，"有个机会或许能弥补一下。"

"我能做些什么？"

"你可以以战地指挥官的身份，去达芙娜要求我们撤退。"

"是的，但……"

"那你明天就去，再带上五十辆卡车，用装甲车护送，如果有人问起，就说你要撤离那里的孩子。"

"我不明白，你们真要撤离吗？"

"当然不，但其余的事情我们来办，你尽管带着车队来就行了。"

霍克没有再追问阿里到底想干什么，而是根据他的要求，安排了五十辆卡车，在装甲车的护送下，浩浩荡荡地从要塞出发了。半英里长的车队，沿途经过包括阿布·耶沙在内的六个阿拉伯村落，在胡拉谷地崎岖的山路上，让占据着以斯帖要塞的游击队看得目瞪口呆。车队中午前后到达了达芙娜花园，霍克少校找到利伯曼博士，要求他放弃这里，遭到了拒绝。午饭后，车队离开达芙娜，返回了萨法德。

与此同时，阿里通过他在阿布·耶沙的朋友，透露出霍克少校临走时，留下了从机关枪到迫击炮等成吨的武器弹药。

"毕竟，"阿里炫耀着，"霍克是犹太人众所周知的朋友，为了平衡向阿拉伯人出让以斯帖要塞，他私下给犹太人留下了一些武器。"

消息不胫而走，整个地区很快就谣言四起，达芙娜花园的孩子们个个都武装到了牙齿，那里显然已经变得坚不可摧。阿拉伯人相信了这个谣言：如果真有危险，犹太人一定不会让他们的孩子继续留下。

阿里来到阿布·耶沙，来到这个曾经促成了达芙娜花园的出生，如今又掌握着达芙娜花园的命运的阿拉伯村落。

他直接走进小溪边上的石头房子，找到他的老朋友，乡长塔哈。按照阿拉伯人的风俗习惯，不管是你的朋友还是敌人，只要他走进你的家，就要受到热情的款待。但这一次，阿里在塔哈殷勤好客的背后，还是感到了一丝寒意。

两个人吃完饭，聊了一会儿，礼数过后，阿里转入了正题。

"局势发展到今天，我想我必须知道你的态度。"

"我的态度对局势变化毫无意义。"

"塔哈，我恐怕只好以哈加纳地区负责人的身份和你交涉了。"

"我告诉过你，阿布·耶沙将会保持中立。"

阿里站起来，盯着塔哈的眼睛，尖刻地说道，"你是说过，但你并没有照办。"

塔哈盯着阿里，露出了一丝不悦。

"我们发现大批卡伍吉的人马经过了阿布·耶沙。"

"你想让我怎么办？"塔哈厉声反问道，"要我命令他们停止前进吗？我并没有邀请他们。"

"我们也没有，听着，我的朋友……上次争执后，我们很长时间没有这样认真地谈过话了。"

"时代变了，阿里。"

阿里走到窗前，看着窗外小河对面的清真寺，"我一直很喜欢这幅画面，在这间屋子里，在那条小溪边，我们曾一起度过了许多美好的时光，还记得我们在那边露宿的夜晚吗？"

"那都是往事了。"

"也许我这个人喜欢怀旧，当骚乱发生时，我们对他们相互争斗感到可笑，我们歃血为盟要做永远的朋友，塔哈……昨天我一夜没睡，不知道今天该对你说些什么，我们在一起的岁月总是浮现在眼前。"

"你可不是多愁善感的人，阿里。"

"我也不是爱好威胁别人的人，但想想吧，穆罕默德·卡西和那些在以斯帖要塞上的人都是一路货色，他们居然在你父亲祈祷的时候杀害了他。英国人前脚走，他后脚就会跟进来，迫使你封锁达芙娜花园，如果他得逞了，立刻会让你的人调转枪口，攻打亚德·埃尔。"

"那你想让我怎么样？"

"你想让我怎么样？"阿里反问道。

两个人都陷入了沉默。

"你是阿布·耶沙的乡长，可以像你父亲那样，召集你的人，停止与游击队的合作。"

"如果我不呢？"

"那我们就成了敌人。"

"成敌人又怎样，阿里？"

"那你就是要彻底毁掉阿布·耶沙。"

话一出口，阿里和塔哈都有些难以置信。阿里感到很烦，他走到塔哈身边，抱住他的肩膀。

"求你了，帮帮我。"他乞求道。

"我是个阿拉伯人。"塔哈说道。

"你也是个有理性的人，知道对错。"

"我是个卑鄙的阿拉伯人！"

"那是你自己认为的。"

"我真的是你的兄弟吗？"

"一直都是。"

"如果真是你的兄弟，那把卓妲娜给我，对，我就要她……把她给我，和我上床，让她为我抚养孩子。"

阿里一拳打在塔哈的下颚上，把他打得趴在了地上。他本能地跳了起来，拔出匕首，向阿里刺去。

阿里惊愕地站在那里，一动不动。塔哈举起匕首，呆了片刻，然后转过身，匕首噹地掉到了石头地面上。

"我都干了些什么？"阿里喃喃地说道。带着忏悔的表情，他慢慢走近塔哈。

"不用再说什么，我都明白了，立刻从这里滚出去，犹太佬。"

第四节

　　联合国里出现了巨变,由于担心分治引起武装干涉,造成俄国成为国际维和力量一部分的图谋得逞,美国宣布,要放弃它的立场。

　　伊休夫为此发起了一场绝望的宣传攻势,力图改变美国的悲观主义情绪。当这场至关重要的行动尚未出现结果的时候,巴拉克接到急电,立刻去法国报到。尽管美国这边的说服工作事关重大,但巴拉克在迷茫中,还是立刻乘机飞往了法国。

　　两名伊休夫的间谍在法国和他接上了头,巴拉克的任务是,接手参与一桩极度机密的武器交易谈判。面对联合国里出现的转变,伊休夫认为武装斗争才是目前最急需解决的问题。作为一名经验丰富的老手,巴拉克成为谈判小组的成员。他们的老朋友,捷克斯洛伐克的马萨利克,向他们提供了大量囤积在欧洲国家的武器信息。

　　经过几个星期艰难的秘密谈判,交易达成了。但在英军封锁下,如何将武器运进巴勒斯坦,仍然是个头疼的问题。

　　他们把目标转向大型飞机,在维也纳,阿利亚·伯特的间谍发现了一架废弃的美国解放者型轰炸机,是由一家名为阿尔卑斯的航空公司买下的。

　　然后他们开始寻找机组成员,六名成员中,四名是来自南非的犹太人,两名是参加过"二战"的美国犹太人。

　　最后,他们要在英军的眼皮下,在小小的巴勒斯坦建一个秘密机场。经过考察,他们选中了耶兹里勒山谷中被英军废弃的军用机场,那里是犹太人的天下,机场条件也适合大型飞机的起降。

　　与此同时,欧洲内部开始秘密集中各地的武器,阿尔卑斯航空公司的真实身份也被篡改了。

　　这是一场与时间的赛跑,第一批武器将在两周后离开欧洲,问题是会不会太晚。

　　面对险恶的处境,犹太人创造了奇迹,暂时还没有哪个定居点被攻陷。但犹太人的运输车队遭到了毁灭性的打击,内盖夫沙漠定居点的供水已经被掐断,有些地方的人只能靠土豆皮和橄榄为生。

双方争夺的焦点是耶路撒冷，围困和饥饿的战术显示出它的威力。从特拉维夫到耶路撒冷的山区公路到处都是被烧毁的汽车残骸，偶尔组成的大型车队，只有在付出人员和物资的惨重代价后，才能千疮百孔地抵达耶路撒冷。

耶路撒冷历史上第一次遭到了炮击，遭到了卡伍吉手下的游击队员的亵渎。

卡伍吉、萨夫瓦特、卡达尔等急需一场胜利，向处于焦虑不安的巴勒斯坦阿拉伯人展示他们的伟大战果。

自封为"雅穆克武装力量"总司令的卡伍吉，决定要做第一个拿下犹太人定居点的英雄，经过筛选，他把目光转向了弱小的定居点。

卡伍吉认定他找到了一个软柿子——泰拉特·茨弗，作为他的第一个征服对象。这个集体农庄里的成员主要为传统的犹太教徒，其中许多人都是纳粹集中营的幸存者。农庄位于贝山谷地南端，成立之初的目的就是为了在这片阿拉伯人稠密的地区掺点沙子。它的南面，是巴勒斯坦阿拉伯人重要的三角地带，距离约旦边境不过咫尺之遥。而它的北面，充满敌意的阿拉伯人的城市贝山谷地已经断绝了它的退路。

泰拉特·茨弗是犹太人沿约旦谷地北端建立的几个前沿阵地之一。

卡伍吉自鸣得意地认为，他的第一波攻击，就可以摧毁犹太人的防御。这个恶棍在位于三角地带的纳布卢斯集结起几百名阿拉伯人，向泰拉特·茨弗发起了进攻。

战斗还没开始，卡伍吉就对外宣称他已取得了胜利。当他向战场前沿输送部队的时候，从贝山谷地跟来了大批准备在农庄陷落后实施抢劫的人。

一个阴云密布的拂晓，战斗打响了。一百六十七名可以参战的犹太男男女女，严阵以待地坚守在阵地前沿的战壕和掩体里。孩子们被集中保护在农庄中心的建筑内，犹太人唯一的重型装备就是一门两英寸口径的迫击炮。

军号声中，阿拉伯军团的指挥官们拔出战刀，带头冲了上来。跟在他们身后的游击队员，像潮水一样，涌向开阔的阵地前沿。

犹太人静静地等待着，直到阿拉伯人离他们只有二十码的时候才开火，在排子枪的打击下，阿拉伯人犹如被割倒的麦子，纷纷倒下。

进攻像潮水似的涌上来，又退下去，犹太人以训练有素的火力，连续打退了阿拉伯人的四次进攻，让侵略者没能踏上农庄的土地。

阵地前沿躺满了阿拉伯人的尸体，空中回荡着伤者的哀鸣："弟兄们，看在安拉的分上，救救我。"

阿拉伯人失去了斗志，在困惑中准备撤退了。卡伍吉曾经信誓旦旦地告诉他们，拿下农庄犹如探囊取物，那些虔诚的犹太佬将在他们的进攻面前屁滚尿流。他们没有想到会被拖进如此残酷的战斗，远远观望，准备实施抢劫的阿拉伯人也开始转身逃跑了。

溃不成军的阿拉伯人在军官团枪口的威逼下重新集结起来，向农庄发起了又一轮进攻，但他们已经变得无心恋战。

农庄内，犹太人的处境异常危险，弹药短缺让他们很难再打退阿拉伯人新的一轮进攻。尤其令人担心的是，如果阿拉伯人改变人海战术，采取散兵线的进攻方式，那犹太人是输定了。绝望中，他们不得不将弹药清点集中后，交给二十名枪法好的狙击手，其余的人撤进孩子们的房间，准备以刺刀、棍棒甚至赤手空拳，展开最后一搏。望远镜中，出现了阿拉伯人黑压压的进攻队伍，更多的预备队随时准备加入吞噬农庄的恶战。

在军官团的督战下，阿拉伯人缓慢地在阵地前沿蠕动着。

突然，一场意想不到的暴雨，在几分钟内，让开阔的战场，变成了一片汪洋。阿拉伯人的进攻部队，在泥泞的沼泽中打着滚，就像是传说中迦南人的战车，遇到了底波拉的阻击。

当第一批阿拉伯军团的军官们艰难地踏上农庄的土地时，狙击手们以准确的枪法，把他们打倒在地。这是卡伍吉的王牌——"雅穆克武装力量"，成立以来最黑暗的一天。

面对在泰拉特·茨弗出现的惨败，卡伍吉大发雷霆，他必须立刻以一场胜利来挽回面子。这一次，他要豪赌一把。

特拉维夫至海法之间的公路，从纯战略角度考虑，要比到耶路撒冷的公路更重要。如果这条公路被切断，加利利地区就会与沙龙平原失去联系，犹太人的版图就会变得四分五裂。由于干线公路沿线有许多阿拉伯村庄，迫使犹太人不得不利用两个城市之间的一些支线公路确保运输线的畅通。在其中一条重要的支线公路上，米什玛尔·哈迈克集体农庄成为卡伍吉为分割特拉维夫和海法的攻击目标。

这一次，为避免重犯泰拉特·茨弗的错误，卡伍吉纠集了上千人，携带十门七十五毫米山炮，占据了米什玛尔·哈迈克周围的山头。

包围圈合成后，卡伍吉命令向农庄实行饱和性炮击，犹太人只能用仅有的一挺机枪进行反击。

英国人在一整天的炮击后，呼吁双方停火，当要求犹太人撤离集体农庄的要求被拒绝后，他们就撒手不管了。卡伍吉从英国人那里听说农庄内的犹太武装力量很弱，但他不知道，在附近的埃梅克谷地，一支训练有素的哈加纳部队正赶来增援。第二天晚上，全副武装的两营哈加纳战士，悄悄地溜进了农庄。

到第三天，卡伍吉发起了他的进攻。

令他没有想到的是，他的对手并非不堪一击，在哈加纳部队的打击下，他的进攻被粉碎了。

他召集起手下，发起持续不断的进攻，但他的手下显得越来越无心恋战，只要遇到抵抗，就仓皇溃逃。

到了晚上，卡伍吉失去了对部队的控制，他们开始撤离战场。

农庄内的犹太人抓住机会，展开了全线反击。惊慌失措的阿拉伯人如惊弓之鸟，四散奔逃，追击战线绵延数英里，直打到北部古镇麦吉多，在这片曾经发生过无数场大战的古战场上，犹太人彻底打败了卡伍吉的武装，取得了历史性的胜利。如果不是英国人的干预，卡伍吉的部队将全军覆没。

犹太人取得了解放战争的第一场胜利。

在耶路撒冷的走廊地带，帕尔马赫的山地人旅像太阳神一样保护着公路的畅通。这支部队的成员都是十几岁的孩子，指挥员不过才二十多岁，他们巡逻在朱迪亚山的峡谷和密林中，每当运输车队驶过，他们就对阿拉伯人的村庄进行袭击，分散阿拉伯人的注意力。昼夜不停的巡逻和出击，让每个人都精疲力竭，但只要一有任务,他们随时都准备奉献自己的一切。

"大卫王就曾像一名游击队战士那样生活在这条干涸的河道旁。"帕尔马赫的年轻人,瞪着充血的眼睛,相互鼓励着。

"告诉你吧,这里就是大力神参孙出生的地方。"

"大卫就是在这片山谷中杀死歌利亚的。"

"就在这个地方,约书亚发神功让太阳停止了转动。"

每天晚上,《圣经》成为这些疲惫不堪的孩子们的精神食粮,第二天一早,他们又变成了精力充沛的超人。在这个卡达尔的势力范围,他们频频陷于激烈的战斗,面对着强大又自负的阿拉伯人的挑战。

为援助耶路撒冷,特拉维夫准备派出一支浩浩荡荡的运输车队,山地旅的任务是占领公路干线边上的一个叫卡斯太尔的阿拉伯村庄,建立一个十字军城堡似的制高点。

拿下卡斯太尔成为解放战争中犹太人大反攻的第一场战役,山地旅的突击队员们利用黑夜的掩护,架起人梯,爬上陡峭的山崖,不顾疲劳和流血,立刻投入了肉搏战,直到把阿拉伯人赶下了山顶。

卡斯太尔之战激发了伊休夫的士气,从特拉维夫驶出的庞大车队,沿途经过无数战斗,一点点穿过朱迪亚山的山路,艰难地抵达了耶路撒冷新城,再次为遭受围攻中的犹太人送去了生死攸关的补给。

在卡伍吉的召集下,占据着以斯帖要塞的胡拉谷地的游击司令穆罕默德·卡西,来到了纳布卢斯卡伍吉的司令部。

卡伍吉想要一场胜利都想疯了,几个月来,他一直在吹嘘他正在从胜利走向胜利。作为穆夫提的总司令,他梦寐以求的是有朝一日能够指挥一支从土耳其边界到直布罗陀海峡的阿拉伯军队。在把进攻犹太人定居点中的失利归咎于是由于英军的干涉后,他认为在胡拉谷地,既然英军已经撤离,他们没有理由不打一场漂亮仗。

卡伍吉按照阿拉伯人的传统,亲吻了穆罕默德·卡西的面颊后,两人坐下就各自的辉煌战果大吹特吹了很长时间。卡西描述了他如何占领以斯帖要塞的经过,而卡伍吉则强调了他如何利用渗透战术,削弱了泰拉特·茨弗和米什玛尔·哈迈克的力量。

"我收到神圣的穆夫提从大马士革发来的密电,"卡伍吉说道,"5月15日,在英军结束他们的托管之后,阿明·侯赛尼将举行盛大的回归巴勒斯坦的仪式。"

"那将是整个伊斯兰世界的伟大节日。"穆罕默德·卡西附和道。

"在将犹太复国主义者彻底消灭前,神圣的穆夫提决定将萨法德作为我们的临时首都。既然犹太人的朋友,霍克少校已经离开了萨法德,我想我们应该在一周内拿下它。"

"很高兴有这样的决定。"

"不过,"卡伍吉接着说道,"只要胡拉谷地还有一个犹太人,萨法德就并不安全,神圣的穆夫提也不安全。他们像插在我们背上的一把刀子,所以必须清除他们。"

穆罕默德·卡西的脸色变得有些发灰。

"我相信胡拉谷地已经在你的掌控下,我的兄弟,你要立刻拿下达芙娜花园,拿下它,就是掐住了胡拉谷地其他定居点的咽喉。"

"总司令,我向你保证,我的每一个志愿者都充满了狮子般的勇气,发誓要为粉碎犹太复国主义而战斗到最后一滴血。"

"很好,每个月一美元的薪水花的不冤。"

卡西捋着胡子,竖起戴着宝石戒指的食指说道,"但是,众所周知的一件事是,霍克少校在达芙娜留下了三千支步枪,一百挺机枪,还有一些重型迫击炮。"

卡伍吉跳了起来,"你居然还怕那些孩子!"

"我以安拉胡子的名义发誓,犹太人派出了一千人的帕尔马赫增援部队,这是我亲眼所见。"

卡伍吉抡圆了抽了穆罕默德·卡西两个嘴巴,"你必须拿下达芙娜,必须铲平它,用他们的血洗净你的双手,否则我把你宰了喂鹰。"

第五节

穆罕默德·卡西刚向阿布·耶沙派出了一支一百人的部队,就有村民去埃因奥尔集体农庄向阿里报告了一切。阿里认为阿布·耶沙的村民基本是倾向犹太人的,便决定先以不变应万变。

阿布·耶沙的阿拉伯人对游击队的出现非常不满,几十年来,他们和亚德·埃尔一直友好相处,犹太人帮助他们建起了家园,他们不愿意与犹太人为敌。此时此刻,他们盯着他们的乡长塔哈,希望他召集大家抵制卡西的人进村。

塔哈的态度很怪,对游击队的出现,既不赞成,也不反对。村中的老人们劝他,他也拒绝讨论这个问题。他的沉默,决定了村民的命运。没有领导的佃农们,就像是一盘散沙,只好向占领者屈服。

塔哈的暧昧和沉默,让卡西的人变得越来越无法无天。他们封锁了通往达芙娜花园的交通,引起阿布·耶沙部分村民的不满。四位村民在向达芙娜运送食品的途中被抓住后处死,他们的头被割下并放在村中的广场上示众。从那以后,阿布·耶沙陷入了彻底的沉默。

阿里认为,面对达芙娜的危险,阿布·耶沙的村民能让塔哈站稳立场,但他们的懦弱造成达芙娜被困,让阿里处于进退两难的处境。

随着交通中断,达芙娜也遭到来自以斯帖要塞昼夜不停的炮击。

自从达芙娜花园成立那天起,犹太人就对危险做好了充分的准备。每个人都清楚自己的任务,他们迅速、默默地转入了战时状态。

所有十岁以上的孩子踊跃投入到保卫农庄的工作中,他们在水箱周围筑起沙袋,并把发电机、医疗设备、军火库、粮食转移到地下。

地下工事里的生活显得有条不紊,学校、食堂、游戏、日常事务都一如既往,充满生机。宿舍里书架式的床铺,整齐地排放在直径十二英尺的水泥管内,深深地埋在地下,上面覆盖着厚厚的土和沙袋。

只要炮声一停,孩子们和管理人员就跑出来,不是嬉戏玩耍,舒展腰身,就是去照顾他们的花园和草坪。

面对一周的炮击,农庄的管理人员让孩子们乐观地把外面呼啸而过的炮弹和爆炸,看做人生难免的一些挫折,很快就会过去。

在埃因奥尔集体农庄,阿里遇到了生平最大的挑战。当所有定居点只能依靠自己保卫自己的时候,达芙娜花园不得不以它脆弱的躯体,在以斯帖要塞的直接威胁下,保住它正在呵护的六百个孩子。那里的粮食可以支撑一个月,水源只要水箱安全就有保障,燃料会是一个问题,山里的夜晚很寒冷,但阿里了解利伯曼博士,即使冻僵他也不会去打那些宝贵的树木的主意。目前与达芙娜花园的电话线路已经中断,只能在亚德·埃尔通过灯光信号保持联系。唯一可以抵达那里的途径,只能是在夜晚,从山的西面,爬上那座两千英尺高的悬崖。

交通和供应还不是阿里焦虑的主要问题,他担心的是即将来临的屠杀,他知道自己编造的那个达芙娜花园的神话,随时可能穿帮。

抖抖自己的家底,阿里手里只有十几支1880年造的西班牙式的老套筒,二十三支自己生产的斯特恩式冲锋枪,另外就只剩一门仅有五发炮弹、即将报废的匈牙利反坦克炮。

塞夫·吉尔博和一支二十人的帕尔马赫增援部队接收了这点家底,他们把反坦克炮拆开,每个人像头驴那样背起一个部件,在夜色的掩护下,从陡峭的西坡爬上了达芙娜花园。

途中,他们经过一处与阿布·耶沙近在咫尺的山崖,三百码长的哨壁,每次只能爬过一个人。卡西的游击队,就在他们的眼皮底下。

达芙娜花园已经变得惨不忍睹,许多建筑遭到了炮击,美丽的中心花园被打得一片狼藉,达芙娜的雕像倒在一边。令人欣慰的是,孩子们的士气依然很高,防御系统也安然无恙。看到矮小的利伯曼博士腰上挂着手枪的样子,塞夫不由一阵感慨。他们的到来,给了达芙娜莫大的安慰。

卡西的炮击又持续了十天,摧毁了达芙娜花园的大部分建筑,终于有一天,一发炮弹在掩体的入口处爆炸,夺去了两个孩子的生命。

在卡伍吉的命令下,卡西勉强发动了两次试探性的进攻,每次他的部队一走出要塞,就被埋伏在要塞周边的帕尔马赫战士打得丢盔卸甲。塞夫把他的姑娘和小伙子们埋伏到了要塞和阿布·耶沙的周围,随时监视着阿拉伯人的动向。

就在这时候，一封来自特拉维夫哈加纳总部的急件，让阿里立刻把各个定居点的负责人召集在一起。按照特拉维夫的意见，边境地区定居点的孩子们，可以转移到靠近大海的沙龙平原——特拉维夫地区附近，那里形势相对安全，每个集体农庄和合作社已经做好了接收孩子们的准备。急件的字里行间流露出的焦虑显示：形势紧迫的话，哈加纳不得不考虑通过海运，将孩子们撤离巴勒斯坦，以避免在阿拉伯人一旦得逞后遭到屠杀。

这不是命令，各个集体农庄和合作社可以根据情况自己决定。为了保护身边的孩子，农庄庄员们的作战确实异常勇猛，但另一方面，大屠杀的阴影却让人难以抹去。

对那些垦荒者们而言，让孩子们撤离无疑是件痛苦的抉择，它意味着失去了未来。他们之中很多人都没有忘记从前的恐怖，只有这儿，这片农田，才是他们最后的归宿。离开巴勒斯坦，他们将毫无希望。

每个定居点做出了自己的决定，那些早期开发的定居点当然没有接受特拉维夫的建议。许多定居点表示不能让孩子们知道什么叫退却，他们要与农庄共存亡。只有个别被困在山里的农庄，在经受了痛苦的磨难后，才决定把孩子们转移出去。

达芙娜花园是所有人的责任。

按照阿里接到的情报，卡伍吉正在给穆罕默德·卡西施加压力，要他向达芙娜发起进攻。农庄里，粮食越来越少，燃料已经告罄，炮击打穿了水箱，艰难的生活考验着人们的斗志，但没有人为此抱怨。

胡拉谷地的领导层一致认为，应把年纪小的孩子们转移出达芙娜花园，问题是该怎么转移？呼吁停火将会引发双重危险：首先，卡西根本就不会接受；其次，会因此向阿拉伯人暴露自己的弱点。如果向达芙娜派出车队，攻打阿布·耶沙，为了平安撤出，即使不得不动用帕尔马赫在胡拉谷地的全部力量，也只有百分之五十的胜算。这不仅仅是胜仗败仗的问题，它关系着孩子们的生命。

像过去屡次危急关头一样，阿里又被寄予厚望，拿出置之死地而后生的办法。在毫无选择的前提下，他再次提出了一个他有生以来、最出人意料的大胆计划。

经过周密策划，阿里命令大卫负责组建一支特遣队，自己便匆匆赶往达芙娜花园。跋山涉水的旅途让他每一步都非常痛苦,由于腿伤一阵阵发作,使他在漆黑的夜路中一次次摔倒。凭着从小就对这条路线的熟悉,腿伤没有耽误他的时间,第二天清晨,他来到达芙娜花园。阿里一到,就在工事里召开了部门以上领导全体会议,其中有塞夫、卓姐娜、利伯曼博士、基蒂。

"这里有两百五十个不到十二岁的孩子,"阿里直截了当地向大家宣布道,"明天晚上将把他们全部撤走。"

他面前是一双双充满诧异的眼睛。

"目前特遣队正在亚德·埃尔组建中,"他继续说道,"今天晚上,来自胡拉谷地各定居点的四百人,在大卫的率领下,将从西坡爬上达芙娜花园,如果不出意外,明天清晨他们就可以到了。明天晚上,其中的两百五十人,每人负责携带一名孩子下山,其余一百五十人负责安全保卫。我再补充一点,特遣队已经集中了胡拉谷地所有的重型武器。"

与会的人都呆呆地看着他,好像他是个疯子。过了很长时间,地下工事里都显得非常安静。

终于,塞夫站了起来,"阿里,我是不是听错了,你是想让人背着两百五十个孩子在漆黑的夜晚爬下那座悬崖?"

"没错。"

"即使是白天,一个人爬那里也让人心惊肉跳的,"利伯曼博士插嘴道,"何况是夜里,再背个孩子,他们会掉下去的。"

"没办法,我们必须冒这个险。"

"但是阿里,"塞夫说道,"他们还要贴着阿布·耶沙过去,很容易被卡西的游击队发现的。"

"我们会格外小心,尽量不让他们发现。"

与会的人七嘴八舌,一致反对这个行动。

"安静!"阿里厉声呵道,"这里不是讨论会,你们谁也不许泄露这个行动计划,我不想引起恐慌。现在你们都出去,我还有很多事。"

那一天,以斯帖的炮击来得异常猛烈,阿里逐一与每个部门的负责人就孩子们的撤离细节讨论后,制定了详细的撤退时间表。

所有与会人员怀着理解的沉重心情，回到各自的岗位。意外随时可能发生，有人滑下去会造成恐慌……阿布·耶沙的狗会发现他们……如果卡西意识到整个胡拉谷地的重武器……他就会发起全面进攻。

但大家知道，除此之外，阿里没有别的办法。最多再有十天，达芙娜花园也就到了绝望的边缘。

夜幕降临，大卫在亚德·埃尔向达芙娜这边发出了信号，他们出发了。

那个晚上，四百名志愿者艰难地爬上了悬崖，在天亮前筋疲力尽地出现在达芙娜的庄外。阿里出来看望了大家，安排他们隐藏在丛林里。他不能让卡西的人发现他们，也不想引起达芙娜孩子们的好奇。

他们在丛林中待了一整天，直到晚上六点差十分，太阳下山前的四十分钟，行动开始了。

即将被撤离的孩子们在六点差五分时吃完晚饭，每个孩子在喝奶时服下一片安眠药，到六点十五分，他们回到地下工事的水泥管宿舍去睡觉。随着彼此哼唱的歌声，他们在药力作用下，进入了梦乡。

到六点三十二分，太阳滑下了以斯帖要塞。

六点四十分，全体人员在孩子们的地下工事前集结待命。

阿里严肃地对大家说道，"所有人注意，几分钟后，我们就要撤离那些年幼的孩子。叫到谁的名字，谁就负责一个孩子，每个环节都衔接得很紧，任何一点意外都可能危及孩子或你们或保卫人员的生命。不要议论，更不要提问题，谁要是失职，严惩不贷。"

六点四十五分，卓妲娜命令留下的孩子在达芙娜花园的周围拉上了警戒线。为防止阿拉伯人的渗透，他们派出四倍于平常的力量，确保庄园内的行动不会被发现。塞夫和他的二十名帕尔马赫战士，为掩护这次特别行动，离开了达芙娜花园。

在接到报告，达芙娜周围已经布下严密警戒后，二十五名达芙娜的工作人员进入了地下工事，为每个熟睡中的孩子穿暖衣服。基蒂一个个检查着熟睡中的孩子，以免出现药物意外。为避免睡梦中出现喊叫，每个孩子的嘴巴被封上了胶带。到七点三十分，一切准备就绪，阿里将特遣队从隐藏的丛林中带了过来。

地下掩体中排出了一道人墙,熟睡中的孩子被一个个传递出来,每个特遣队员的背上缚着一个用绳索缠绕好的托架,孩子们趴在上面就像被绑在马鞍上的一个口袋。这样的背负方式,解放了特遣队员们的双手,让他们在举枪和爬山时不会受到影响。

八点三十分,两百五十名特遣队员和他们背负的孩子在经过最后一次检查,确保安全后,在阿里的带领下,由一百五十名手持自动武器的武装人员掩护着,一个个消失在夜色中的悬崖后面。

送行的人们,默默地站在庄园门前,目送着最后一名特遣队员的离去,才转身回到各自的地下掩体。孩子们和这支奇怪队伍的命运,牵动着他们的心,让他们在焦虑中等待着天明后的消息。

基蒂·弗里蒙特独自站在庄园的大门前,呆呆地凝视着空旷的夜空,久久不愿离去。

"这将是个漫漫长夜,你最好先回去,免得着凉。"

基蒂转过身,见是卓妲娜站在身后。从她们相识以来,基蒂第一次感到想和这个红头发的萨伯拉多待一会儿。自从决定留下,她对卓妲娜的看法已经有了转变,发现这个姑娘具有一种让达芙娜保持稳定的能力。在卓妲娜的领导下,她的青年近卫军充满了自信,个个像是久经沙场的老兵。在达芙娜花园深陷重围的这些日子里,卓妲娜显示出她的自制力与能力,这对一个不到二十岁的姑娘来讲相当不容易。她出色的领导素质,让周围的人感到了安慰。

"是的,这将是个漫漫长夜。"基蒂附和着。

"那我们就做个伴吧,"卓妲娜建议道,"我在指挥所还藏着半瓶白兰地,今天晚上正好干掉它。我先去把警戒撤回来,你去指挥所等我好吗?"

基蒂没有动,卓妲娜拉起她的胳膊,"走吧,"她温柔地劝道,"我们现在什么也做不了。"

基蒂不安地坐着,一支支地抽着烟,直到卓妲娜返回了指挥所。她摘掉头上褐色的哈加纳式棉帽,满头红发滑落到肩上,然后搓搓双手,捧住面颊,驱赶掉满身的寒气。在一面土墙的墙根下,她挖出那瓶白兰地,擦了擦,给基蒂和自己各倒上一杯。

"干杯,"卓妲娜说着,呷了一口,"太美了。"

"他们什么时候才能通过阿布·耶沙那一段呢?"

"至少要到后半夜了。"卓妲娜答道。

"我一遍遍地告诫自己,他们今天晚上不会有事的,但又忍不住猜测着各种可能的意外。"

"不想是不可能的,但现在只有上帝才能帮他们。"卓妲娜说道。

"上帝?对,他是格外关注这里的。"基蒂说道。

"如果巴勒斯坦都不能让你皈依宗教,那其他地方就更不可能了。我也搞不清从什么时候开始我们就不能没有信仰,除了信仰,我们几乎一无所有。"

这些话让基蒂感到很诧异,也很理解。表面上,卓妲娜显得很单纯……但面对频频出现的生存危机,不是信仰又是什么在支撑着她呢?

"基蒂,"卓妲娜突然说道,"坦白讲,我很想和你交个朋友。"

"为什么,卓妲娜?"

"在你身上有很多我要学习的地方,我一直在观察你对孩子们以及对阿里的态度,当你决定留下时,我意识到像你这样的人和我们一样具有勇气,我曾经认为太女性化是懦弱的表现。"

"谢谢你,卓妲娜,"基蒂勉强笑了笑,"我想你最好还是再给我一口白兰地,让我找回点信仰和勇气,我觉得自己要垮了。"

基蒂点上支烟,看着卓妲娜为自己又倒上杯酒。

"我最近一直在想,你和阿里很般配。"卓妲娜接着说道。

基蒂摇摇头,"有句老话,好人不能成夫妻。"

"那不公平,基蒂。"

基蒂看看表,根据计划,特遣队现在应该到达第一座峭壁了。他们将背着孩子,顺着绳子一个个爬下那座三十五英尺的峭壁,然后再滑下一道约一百码长的陡坡。

"讲点你和大卫的事吧。"基蒂提议道。

卓妲娜的眼睛一亮,"我的大卫……他知书达理、出类拔萃……"

"你们怎么认识的?"

"在希伯来大学,我入学的第二天,彼此一见就萌生好感,直到现在。"

"就像我和我丈夫。"基蒂接过话。

"当然啦,我花了整整一个学期才让他明白他是爱上我了。"

"那我花的时间还要长。"基蒂笑着说道。

"是这样,男人在这种事上确实让人烦,不过到了夏天,他就离不开我了。我们一起去内盖夫沙漠参加了一个考古旅行,想考证摩西和他的十个部落在扎恩和帕兰的茫茫大漠中的行踪。"

"听说那是个荒无人烟的地方。"

"不是那样,那里有上百座纳巴塔恩城池的遗址,蓄水池至今仍在使用,幸运的话,你将会发现很多古玩。"

"听起来很有意思。"

"当然,但做起来就很辛苦了。大卫很喜欢挖掘那些古迹,这让他有一种自豪感,很多人都像他一样……所以犹太人是决不会离开这片土地的。大卫有个计划,战后,我们两个都要回大学继续学业,我完成我的硕士,他完成他的博士,然后我们就去开挖一个大大的希伯来城池。他想在这儿,在胡拉,目标是哈措尔。当然,这还都只是个梦,那要花很多钱……还需要和平。"说到这儿,她自嘲地笑笑,"和平,目前还只是个抽象的说法,一片迷雾,我真想知道和平是个什么样子?"

"也许和平来临后,你们反而觉得无聊了。"

"我也不知道,"她的声音带着一丝倦意,"但我想看看人类的正常生活是个什么样子。"

"你们要出去旅行吗?"

"旅行?不,大卫做什么,我就做什么,他去哪儿我就去哪儿。不过我倒是想出去一趟,我从小到大受的教育是,巴勒斯坦是人类的起点和终点,这让我偶尔会感到一种困惑。许多朋友都离开了巴勒斯坦,似乎只有我们萨伯拉必须生活战斗在这里,去其他地方会不习惯。他们早晚要回来,但这里让人老的很快。"说到这儿,她停下来,"一定是白兰地,你知道,萨伯拉是不能喝酒的。"

基蒂笑笑,开始对这个姑娘深表理解。她掐掉烟头,看看表,时间过得真慢啊。

"他们现在到哪里了？"

"应该还在第一个峭壁下，至少要两小时他们才能全部过去。"

基蒂叹了口气，卓妲娜呆呆地注视着远方。

"想什么呢？"

"大卫……孩子们。那第一个夏天，在沙漠里，我们发现了一座四千年历史的古墓，成功地挖出一具完整的小孩骨架。也许他是在前往希望之乡的路上死去的，大卫看着那幅骨架，号啕大哭，他就是那样的人。自从耶路撒冷被困，他昼夜都不得安宁，我知道，他在策划一些蠢事，我知道一定是这样的……你为什么不躺一会儿，基蒂？还要很长时间我们才能知道他们的最终情况。"

基蒂一口喝掉剩下的白兰地，在行军床上躺下，闭上了眼睛，脑海中浮现出那长长的队伍，背着睡梦中的孩子，正在一个个爬下陡峭的山崖；冷酷的阿拉伯游击队正游荡在他们周围，监视着他们的行踪，等待他们一步步走进已经布好的陷阱。

她无论如何也静不下来。

"我还是去利伯曼博士的掩体了解一下情况。"

她穿上毛边外套，走了出去。整个晚上都没有发生炮击，这让她有一种不祥之感：也许穆罕默德·卡西发现了什么，他的人都被派出去了，这可不好。明月当空，四下一片寂静。阿里应该挑一个没有月亮的夜晚再行动，她看着远方的山峦和以斯帖要塞的轮廓，对自己说道。

她走进一个管理人员的掩体，利伯曼博士和其他人都坐在行军床上发呆，掩体内的紧张和不安，让她转身又走了出来。

凯伦和杜夫正在站岗值班。

她回到指挥所，发现卓妲娜不见了。

在行军床上躺下后，她用毛毯盖上了双腿。下山的队伍再次浮现在脑海里，痛苦的煎熬，让她昏昏沉沉地数着时间。

午夜一点，基蒂在行军床上辗转着，噩梦中，她看到卡西的游牧部落在尖叫声中，高举着明晃晃的马刀，冲向特遣纵队。掩护部队死伤惨重，阿拉伯人抓走了所有孩子，把他们扔进一个巨大的大坑……

基蒂一身冷汗地坐起来，摇摇头，忍不住浑身战栗，心跳得很厉害。突然，她伸直脖子，似乎听到了什么，两眼充满了恐惧。

那是远方传来的枪声。

她跌跌撞撞地下了床，对，是枪声……从阿布·耶沙方向传来的枪声，她没有做梦，他们被发现了。

卓妲娜刚走进掩体，就撞上基蒂疯了似的要向外跑。

"放开我！"她尖叫着。

"基蒂，听我说……"

"他们正在杀害我的孩子！这些刽子手！刽子手！"

卓妲娜用力把基蒂推到墙边，但她拼命挣脱了卓妲娜的控制，逼得这个萨伯拉姑娘一个背跨，把基蒂从肩上摔了出去。

"听我说，你听到的枪声是塞夫他们在转移阿拉伯人的注意力，他们在攻打阿布·耶沙的另一个方向，把卡西的人调开。"

"你撒谎！"

"我发誓是真的，战斗打响前我不能泄露计划，刚才看你正睡着我就先去通知其他人了。"

卓妲娜跪下来，扶起基蒂，走到床边，"还有点儿白兰地，喝了吧。"

基蒂一仰脖，喝下白兰地，感觉好了些。

"很抱歉刚才打了你。"卓妲娜说道。

"没什么……你做得对。"

卓妲娜在基蒂身边坐下，一边拍着她的手，一边给她揉着脖子。基蒂靠在卓妲娜的肩上，抽泣着，直到忍不住放声痛哭起来，然后站起身，穿上了外衣。

"凯伦和杜夫很快就换岗了，我回去给他们准备点茶水。"

夜色中，特遣队队员们焦虑地趴在地上，等待帕尔马赫向阿布·耶沙发起的袭击，随着村庄那边响起激烈的枪声和爆炸声，他们一跃而起，飞快地滑下了山崖……

凌晨两点、三点，时间在不安中慢慢过去，卓妲娜也开始感到紧张和无助，一言不发。到五点十五分，他们陆续走出地下掩体，寒冷的清晨，中心花园的上空飘浮着一层薄薄的迷雾,他们走出庄园大门,来到前沿阵地的哨兵位旁。

夜色逐渐褪去,山谷中那一盏盏灯光熄灭了,晨雾中的谷底慢慢露了出来。

哨兵紧张地用望远镜搜索着山下生命的痕迹。

"快看!"

随着哨兵手指的方向,大家把目光聚向山下的亚德·埃尔,一盏信号灯,一眨一眨地送来了点和横的密码。

"它说什么?什么意思?"

"它说……X1416……"

在X1416的重复播报下,人群中出现了短暂的困惑。

"他们安全了!"卓妲娜解释着,"举起你手中的桨,张开你手中的帆,以色列的孩子们,穿过大海的迷雾,终将驶向胜利的彼岸。《出埃及记》第十四章、第十六章。"她欣喜地对基蒂说道。

第六节

在成功撤离达芙娜花园的孩子们后的第四天,阿里接到一连串来自各定居点负责人的情报。一方面是阿拉伯人对各定居点的压力减轻了,一方面是卡西从阿布·耶沙撤走了他的半数游击队员,命令他们返回以斯帖要塞集中待命。阿里意识到,达芙娜将面临随时可能发起的进攻。

阿里集中起加利利地区仅有的一点机动部队——二十名帕尔马赫战士,再次越过悬崖,返回达芙娜,亲自坐镇指挥即将面临的战斗。

他手里现在有四十名帕尔马赫战士,三十名能够参战的农庄管理人员,两百名卓妲娜的青年近卫军。武器库中有一百五十支老掉牙的步枪和自制的斯特恩冲锋枪,两挺机枪,几百枚自制手榴弹、地雷、燃烧瓶,以及一门破旧的匈牙利反坦克炮和五发炮弹。

情报显示，他的对手，穆罕默德·卡西手下有八百名荷枪实弹的游击队和炮兵支援，外加来自与黎巴嫩交界地区的阿塔和其他敌对村庄的几百名阿拉伯人。

阿里的弹药供应很严峻，他不得不考虑必须速战速决。他的优势是对对手的了解，那个曾经是伊拉克公路上的抢劫犯——穆罕默德·卡西，没有受过正规军事训练，在卡伍吉许诺的烧杀抢掠的诱惑下，加入了卡伍吉的联军。阿里从未把卡伍吉的手下看在眼里，但不能让他们得势，否则他们就会变得疯狂和嗜杀成性。在充分利用阿拉伯人对他们自己盟军的无知和缺乏沟通这一前提下，针对卡西一定会采取他们的老战术，从以斯帖要塞方向对达芙娜发起正面进攻，阿里把手中的力量集中起来，梯次配备了他的防御阵地。

防线中的核心是一条呈漏斗状通向达芙娜的峡谷，如果能把卡西的人引进这条峡谷，阿里就有了胜算。塞夫带着他的人在以斯帖要塞外监视着阿拉伯人的行动，根据情报，卡西正在大规模集结部队。

阿里抵达达芙娜三天后，一个年轻人来到指挥所，报告有近千卡西的部队离开了以斯帖要塞，正在向山下运动。两分钟内，在黑色警报声中，达芙娜的所有男人、女人、孩子就进入了他们的阵地。

卡西的部队在山坳中运动着，当他们前进到庄园北面六百码的山头时，离村前的那段峡谷就只剩两百码了。

阿里的防御部队在各自的阵地上静静地等待着。

随着卡西先头部队的出现，大批人马浩浩荡荡地涌上山头，他们停下脚步，不安地盯着安静的庄园。在阿拉伯军官们疑惑的目光下，对立的双方陷入了无声的对峙。

以斯帖要塞的瞭望塔上，穆罕默德·卡西通过高倍望远镜，得意地看到他的部队已经占领了达芙娜花园的制高点。犹太人的沉默，让他征服达芙娜的信心大增，要塞上一声炮响，发出了进攻的命令。

阿拉伯军官的尖叫和斥责声传进了达芙娜花园，但没有人敢走下山头，安静的村庄让他们感到困惑。更多的人开始在尖叫声中指指点点，谩骂和愤怒让他们变得歇斯底里。

"他们在给自己打气。"阿里讽刺道。

在阿拉伯人的谩骂声中,纪律严明的犹太人克制着,毫无动静。

二十分钟的喧闹后,山头上的阿拉伯人沸腾了,尖叫声中,他们高举闪亮的马刀、刺刀,冲了下来。

达芙娜防线即将面临首轮考验。这几天晚上,阿里已经派出小分队,在通往庄园的山路两侧布满了地雷,目的是迫使进攻的阿拉伯人只能通过峡谷进攻达芙娜。

在前哨阵地上的塞夫,看到疯狂的阿拉伯游牧部落杀入了地雷阵,便举起手中的小旗,示意阿里按下地雷阵的控制开关。

山路两侧埋下的二十枚地雷爆炸了,惊慌失措的阿拉伯人在地动山摇的爆炸声中,被赶到一起,涌进了峡谷。

四十名帕尔马赫战士,携带两挺机枪、手榴弹、燃烧瓶,静静地埋伏在峡谷两侧。等阿拉伯人蜂拥而入后,两挺机枪组成交叉火力,立刻让峡谷变成了屠宰场。在雨点般手榴弹和燃烧瓶的打击下,阿拉伯人死伤惨重,那些被燃烧瓶击中的人,瞬间变成了火人。

枪声、手榴弹的爆炸声,夹杂着树上挂着的串串鞭炮声,震耳欲聋,让人不免感到心惊肉跳。

穆罕默德·卡西在以斯帖要塞内暴跳如雷,命令炮兵将峡谷两侧炸平。惊慌失措的阿拉伯炮兵,在将半数炮弹打到了他们自己人头上以后,终于摧毁了帕尔马赫的一个机枪阵地。

进攻的阿拉伯部队,尽管被分割成几段,仍然前呼后拥地扑向达芙娜,要做死亡前的最后挣扎。

第二挺机枪因弹夹被烧坏而卡壳,帕尔马赫不得不在阿拉伯人持续不断的进攻下,从峡谷两侧阵地撤回达芙娜。阿拉伯人蜂拥而入,挺进到距庄园只有一百码的地方。大卫趴在那门匈牙利反坦克炮的工事后面,仅有的五发炮弹经过改装,每发都填满了两千颗弹丸,如果不出意外,它将在瞬间展现出它的杀伤威力。

疯狂的阿拉伯人压到了阵地前沿,五十码……四十码……三十码……二十码……

汗珠滚淌在大卫的脸上,他最后瞄了眼面前的火炮。

十码……

"首发注意：放！"

古老的反坦克炮震了一下，向着扑上来的敌人喷出一片弹雨，烟雾中响起了令人毛骨悚然的尖叫，大卫迅速装填好第二发炮弹。反坦克炮前躺下了一片，其余的人在惊恐中掉头就跑。

第二波打击追上了他们。

"二发注意：放！"

第二波打击如同一场屠杀。

"三发注意：放！"

炮筒从炮身上掉下来，大炮报废了，但它干的漂亮。三发散弹打出去，阵地前躺下近两百人，阿拉伯人的进攻遭到了重创。

经过很长时间集结，进攻又开始了。一百名阿拉伯人，面对宽阔的战壕前沿，冲向卓妲娜领导下的青年近卫军阵地。

激战后，伤痕累累的阿拉伯幸存者，被打回了尸横遍野的峡谷。塞夫率领着他的四十名帕尔马赫战士，尾随在几百名溃不成军的阿拉伯人身后，一路猛打猛追，越过了山头。

阿里从望远镜中观察着战场的形势。

"妈的，这个家伙疯了！"阿里忍不住喊道，"我让他打到山头就收兵，看来他想去攻打以斯帖了。"

"他昏了头吗？"大卫从牙缝中挤出了一丝不满。

"跟我来，"阿里说道，"看我们还能不能把他拉回来。"

他匆匆命令卓妲娜带着孩子们尽快打扫完战场，撤回达芙娜。

不到十五分钟的战斗，卡西的部队死伤近半，但阿里也为此付出了代价，他所构筑的防御阵地荡然无存。

穆罕默德·卡西看着他的部队被打回了要塞，感到一阵慌乱。塞夫冲在追击部队的最前面，要塞上的炮兵为阻挡帕尔马赫的追兵，向着被帕尔马赫尾随其后的那些溃兵开炮了。塞夫在冲过要塞外的铁丝网，距离要塞只有四十码时，不得不停了下来。

"卧倒！"他对部队喊道，然后扑到地上，举起冲锋枪，向着要塞上一阵猛射，直到其他人撤回到安全地带。在认识到这次鲁莽的攻击不会出现奇迹后，塞夫转回身，试图爬下山，但来自要塞的弹雨打中了他。他站起来，跑了两步，再次被打中后，倒在了铁丝网上。

帕尔马赫的战士们匍匐着，正要冲上去把塞夫抢回来，阿里和大卫爬了过来。

"是塞夫，被挂在铁丝网上了。"

阿里从一块巨大的岩石后观察着，离塞夫只有约一百码，但那是一片开阔地，几乎找不到可以隐蔽自己的地形。

要塞上的枪声突然停了下来，空气似乎都凝固了。

"出了什么事？"大卫问道。

"他们看到塞夫不能动了，要拿他做诱饵，希望我们去救他。"

"这些杂种，为什么不干脆打死他？"

"难道你没注意到他手上已经没有枪了吗？他们一定在等我们离开后要去抓活的，以解他们今天的心头之恨。"

"我的天！"大卫低声嘟囔了一声，纵身跳起来，但立刻被阿里一把抓住，拖了回来。

"给我两个手榴弹。"阿里说着，"好了，大卫，现在马上带他们撤回达芙娜。"

"你不能一个人上去，阿里……"

"该死的，执行命令！"

大卫静静地转过身，示意部队撤退，然后回过头，看到阿里已经急促地向塞夫跑去。

阿拉伯人注视着阿里，他们知道会有人来救那个人，他们在等，等待着他走进射程……

阿里跳跃着来到一块小岩石后趴下，阿拉伯人还是没有开枪。

他匍匐着爬到离塞夫只有二十码的地方，阿拉伯人还在等，等他靠近塞夫，再把他当成活靶子打。

"回去……！"塞夫叫到，"不要管我！"

阿里瞥了眼四周开阔地上的鹅卵石，目光转向塞夫，见他脸上、肚子上冒着血，身上缠满了铁丝网，以斯帖要塞上黑洞洞的枪口，在阳光的反射下，瞄向了塞夫。

"回去！"塞夫再次喊道，"我活不了十分钟，肠子出来了……赶快回去！"

阿里从腰上拔下手榴弹。

"塞夫，给你两颗手榴弹。"他用德语说着，把保险拧紧，以免爆炸，然后迅速站起来，扔向塞夫。

其中一颗正好掉在塞夫身边，他伸手抓过来，放在了血流不止的肚子下面。

"我拿到了……你可以回去了。"

趁阿拉伯人疏忽的瞬间，阿里转身跑下了小山。阿拉伯人急了，他们还准备在阿里接近塞夫的时候再开枪打伤他呢。枪声追着阿里响了起来，但他已经跑出了有效射程，朝着达芙娜的方向跑去。

奄奄一息的塞夫，一个人静静地躺在那里，要塞上的阿拉伯人又等了半个小时，希望看到还会有犹太人来救他。他们需要他活着，需要把游戏再玩下去。

终于，以斯帖要塞的大门打开了，约三十名阿拉伯人跑出来，包围了塞夫。

塞夫把手榴弹的保险盖拧开，贴近太阳穴，拉下了保险。

爆炸声让阿里猛然停下了脚步，他脸色灰白地转过身，尚未痊愈的伤腿在内心受到的巨大痛苦的打击下，一阵刺痛，他倒下了，然后向着达芙娜的方向艰难地爬去。

阿里一个人呆呆地坐在地下工事的指挥所里，脸色铁青，乌黑的眼圈，看起来像个死人一样毫无生气。

这场战斗，让穆罕默德·卡西损失惨重，共打死四百一十八人，打伤一百七十人；而犹太人方面牺牲二十四人，其中有十一名帕尔马赫小伙子，三名姑娘，六位管理人员和四个孩子，另有二十二人受伤。

犹太人缴获了大批武器，足以对付卡西敢于发起的新的进攻，但以斯帖要塞还在阿拉伯人手里，经过阿布·耶沙的公路也未打通。

基蒂疲惫不堪地走进地下工事，"除了那些你要留下审问的阿拉伯人外，其他伤员已经都转送去了阿布·耶沙。"

阿里点点头,"我们的伤员情况怎么样?"

"两个孩子看来不行了,其他人还好。我……给你带了点儿白兰地。"

"谢谢……谢谢……"

阿里喝了一口,又变得沉默了。

"这是塞夫的一点遗物,不多……个人的东西。"

"集体农庄庄员哪有什么自己的东西,连命都不是自己的。"他带着自嘲的口吻说道。

"真怀念他,"基蒂说道,"昨天晚上他还对我说有朝一日要回去放他的羊,不管怎么说……应该把这些东西交给他的妻子,你知道,她又怀孕了。"

"妈的!他没有道理去攻打以斯帖的呀!"阿里咆哮着。

他拿起包着塞夫遗物的手绢,"莱拉是个坚强的好姑娘,她会挺过来的,"说着,他把塞夫的遗物扔进了煤油炉,"但要找个能替换他的人就难了。"

基蒂眯起了眼睛,"找个人替换他难了……这就是你的想法吗?"

阿里站起来,点上烟,"栽培一个他那样的人不是种萝卜白菜。"

"你就没有任何同情和痛苦吗?"

"告诉我,基蒂,当你丈夫战死时,他的指挥官在干什么?在为他守灵吗?"

"这是两回事,阿里。塞夫还是个孩子时就跟着你,他的妻子是亚德·埃尔的姑娘,就生活在你的身边。"

"那你想让我干什么?"

"为那个可怜的姑娘做个表示!"

阿里的脸抽搐了一下,转眼又变得毫无表情,"打仗还能不死人,你走吧……"

第七节

1947年11月29日,关于巴勒斯坦分治的表决刚获通过,第二天,萨法德就被包围了。英军在1948年春天撤离萨法德时,向阿拉伯人移交了三个战略要地:警察局、城防司令部、塔伽特防线上的迦南要塞。

萨法德看起来像个倒锥体,犹太人居住区只占这个锥体中的八分之一,周围都是阿拉伯人。虽然犹太人仅有一支两百人的准军事化组织——哈加纳,但他们在希伯来民族的传统和精神的激励下,发出了决不撤退、战斗到最后一个人的誓言。萨法德的卡巴拉教徒是犹太人中几乎毫无防御能力的一支,屡屡成为穆夫提制造的骚乱中的首要目标。他们曾经卑躬屈膝地面对过阿拉伯暴徒的屠杀,但今天他们做好了宁可站着死的准备。拥挤在狭窄弯曲的小巷里的犹太社区,终于向世人展现出它的那股凛然正气。

英军撤离后的第二天,在阿里的命令下,约押率领一支由三十名小伙子和二十名姑娘组成的帕尔马赫部队,秘密开进了犹太社区。当他们经过长途跋涉,穿过充满敌意的阿拉伯村庄,在安息日那天筋疲力尽地到达萨法德后,立刻引起了犹太社区的轰动。多少世纪以来,卡巴拉教徒们第一次,在安息日,为这支增援部队开了斋戒。

要为穆夫提进驻萨法德铺路的卡伍吉,命令他的游击队占领犹太社区。几次进攻让他们意识到,除非打一场逐屋争夺的巷战,否则不可能拿下犹太社区。经权衡,他们捡起了围攻和狙击的老战术。

雷米茨和约押·亚库尼领导了犹太人的这场反击战,萨瑟兰德旅长离开了他在迦南山上的别墅,成了雷米茨的度假酒店中的唯一常客。他的忠告总会给犹太人很大帮助,但在公开场合,他们从不将这种亲密的关系表现出来。

由于阿拉伯人和犹太人社区之间犬牙交错,分散了犹太人的防御力量,让阿拉伯人的袭击屡屡得手,因此雷米茨的第一个任务,是要在交战双方的前沿,划出一条清晰的界线。亚库尼带领着他的突击小组,打进阿拉伯社区,占领了一些房屋,从那里向阿拉伯人射击,然后撤回。每当阿拉伯人返回后,亚库尼就打一个反击,拿下那些房屋后再向阿拉伯人射击,直到阿拉伯人恼羞成怒,炸掉了那些房屋,按照雷米茨的愿望,在两个社区之间清晰地划出了一条界线。

随着第一步行动的完成,雷米茨和亚库尼策划了第二步行动。在亚库尼的领导下,帕尔马赫每天都向阿拉伯人社区派出三到四人的战斗小组,采取游击战术,昼夜不停地进行骚扰。阿拉伯人几次组织起重点伏击和清剿，都被犹太谍报网识破了。战斗小组就像一记直拳，打得敌人找不着北。

帕尔马赫的夜间战斗小组更是把阿拉伯人逼疯了。根据在摩洛哥的生活经验，亚库尼知道阿拉伯人非常迷信，尤其害怕黑夜，便利用夜晚，派战斗小组到处燃放鞭炮，让阿拉伯人始终处于惊恐之中。

对于这种儿戏般的战术，雷米茨和亚库尼都承认它对敌人起不到真正的作用，无论从人数、武器弹药、地理位置等方面，阿拉伯人都占绝对优势。哈加纳和帕尔马赫的人越打越少，食物供应越来越紧，由于缺乏弹药，任何一个浪费子弹的人都会受到处罚。

面对巨大压力，犹太人一直士气高昂地坚守着每一寸土地。与外界的沟通只剩下一部收音机，但学校还在照常上课，每天一版小报还在发行，虔诚的教徒仍然按时去教堂做祷告，送往巴勒斯坦其他地方的信函在伊休夫的帮助下，从未停止。

围困从冬天到了春天，终于，亚库尼、雷米茨、萨瑟兰德开始面对眼前残酷的现实。犹太人失去了五十名优秀的战士，粮食还剩最后十二袋面粉，弹药只能再支撑五天，甚至连鞭炮都没有了。阿拉伯人感觉到了变化，准备蠢蠢欲动了。

"我向阿里保证过，不添麻烦，但现在不得不去趟埃因奥尔找他谈谈。"当天晚上，亚库尼溜出萨法德，来到阿里的指挥部。

约押详细汇报了萨法德的形势，然后说道，"我不该来打搅你，但再过三天，我想我们要吃老鼠了。"

阿里叹了口气，萨法德的命运一直在影响着整个伊休夫的士气，那里已经不仅仅是个具有战略地位的地方，而是伊休夫敢于面对挑战的一个象征。"如果我们在萨法德打赢了，我们就会在整个加利利地区摧毁阿拉伯人的士气。"

"阿里，我们现在每放一枪，都要讨论是否值得。"

"我有个主意，跟我来。"

阿里先派出一支小分队去筹粮，然后带着约押来到军火库，向他展示了一件奇怪的铸铁装置和七七八八的附件。

"这是个什么东西？"约押问道。

"达维德卡。"

"达维德卡？"

"对……我们的小大卫，犹太人的杰作。"

约押摸着下巴，它看起来倒像是件武器，但……

"它能干些什么呢？"

"听说能发射迫击炮弹。"

"怎么用？"

"妈的，我也不知道，还没试过，但耶路撒冷那边反应不错。"

"是犹太人还是阿拉伯人？"

"约押，老实讲，我一直藏着这个家伙，就是想让它派上用场，现在归你了，带到萨法德去吧。"

约押在这个怪东西边上转来转去，忍不住嘟囔着，"我们要靠它打赢这场战争了。"

小分队携带粮食、达维德卡和三十磅弹药，趁天黑赶往萨法德。他们一到，约押就把哈加纳和帕尔马赫的骨干召集到一起，连续几个晚上商量怎么摆弄这个家伙。尽管大家议论纷纷，还是找不到头绪。

有人想起了萨瑟兰德旅长，便派人连拉带拽地把他从酒店带到了指挥部，他瞠目结舌地说道，"亏你们犹太人能炮制出这么个家伙。"

"听说它在耶路撒冷很出风头呢。"约押不好意思地解释着。

萨瑟兰德试着装配好所有的控制杆、尾翼、开关、准星，然后演绎着射击步骤，但对能否成功毫无把握。

第二天早上，达维德卡被拉到一处开阔地，对准了阿拉伯人控制的警察局，以及它周边被阿拉伯人用来向犹太人狙击的房屋。

达维德卡的炮弹看起来也非常奇怪，它像个铁棒槌，头部是个带引信的填满炸药的圆柱体，粗粗的尾翼正好填进炮管，射击时，据说那个尾翼会产生强大的推力，将旋转的炸药筒抛向目标。萨瑟兰德想象着一旦炸药筒飞出炮管就掉下来的情景，忍不住说道："如果那个弹头从炮筒上掉下来，我们在萨法德的犹太精英可就全完了。"

"给它装条发火线，离它远一点。"雷米茨建议道。

"怎么瞄准呢？"亚库尼问。

"这个家伙用不着瞄准，大概指向目标，然后就祈祷吧。"

一位德高望重的拉比，带着众多卡巴拉教徒和他们的女人们，簇拥在达维德卡的周围，喋喋不休地争论着，一旦开炮，是否意味着世界末日的到来。然后，他面朝这个怪家伙，祈求上天的祝福，祈求弥赛亚的降临，因为他们从未违背过犹太教的戒律。

"好了，我们开始吧。"雷米茨面带疑虑地说道。

卡巴拉教徒们退到了安全地带，点火引信被填进炮管，一发炮弹被装上长长的尾翼，炸药筒被小心翼翼地安在炮管的末端，一条长绳拴在点火装置上，大家隐蔽好，静静地等待着结果。

"准备，放！"亚库尼颤抖着发出了命令。

雷米茨猛地一拉，奇怪的事情发生了——他们的小大卫发火了。

尾翼呼啸着飞出炮管，带着炸药筒划出一道弧线，旋转着飞向对面的小山。可怕的啸声中，它变得越来越小，直到落向警察局附近的阿拉伯社区。

萨瑟兰德惊讶地张大了嘴。

亚库尼的络腮胡子禁不住上下抖动着。

雷米茨紧张得眼珠子都要瞪出来了。

年老的教徒们目瞪口呆，全然忘记了他们的祈祷。

爆炸像一声惊雷，地动山摇，长久的沉默后，人群中爆发出一阵欢呼，大家相互拥抱、亲吻、祈祷、庆祝，场面一片沸腾。

"我的天……"萨瑟兰德忍不住赞叹着。

帕尔马赫战士们围绕着他们的新式武器，跳起了欢乐的霍拉舞。

"各就各位，我们再给它来上一发！"

在阿拉伯人居住区，他们听到了犹太人的欢呼，领略了犹太人喜悦的原因。那颗飞弹的爆炸声，足以吓得人魂飞魄散，更不要说爆炸威力了。巴勒斯坦的阿拉伯人或游击队，从未有过如此可怕的经历，每一次爆炸，都是一场浩劫。面对犹太人为几百年来的煎熬发出的复仇之举，阿拉伯人感到了恐怖和震慑。

达维德卡让阿拉伯人陷入了恐慌,在约押做出汇报后,阿里决定抓住机会,冒一次险。他从各个集体农庄选拔了一些人,组成两个连的哈加纳部队,趁黑夜将更多的飞弹弹药送到了萨法德。

嗖……轰!

新式武器和它呼啸而过的爆炸,让小城受到了前所未有的打击。

到第三天,一场倾盆大雨给了阿里新的灵感。他让雷米茨把所有阿拉伯间谍集合起来,给他们作了个简短的讲话。

"弟兄们,你们可能不知道,"阿里用阿拉伯语说道,"我们刚得到一件新式武器,我不能泄露它的机密,但你们应该清楚,核爆炸后往往出现多雨,还用解释吗?"

几分钟后,这些间谍就把达维德卡和新式武器挂在了一起;不到一小时,整个萨法德的阿拉伯人就传开了:犹太人拥有了原子弹。

嗖……轰!新式武器不停的怒吼和狂风暴雨,在萨法德造成了巨大的恐慌,两小时内,萨法德城外的公路上就挤满了逃难的阿拉伯人。

阿里率领哈加纳的三百名战士向城防工事发起了一场进攻,在这场未经周密策划的进攻中,阿里的部队遭到了愤怒的阿拉伯人和游击队的打击,损失惨重,但造成越来越多的阿拉伯人逃离萨法德。

三天后,游击队大批溃退,萨法德几乎变成一座空城。阿里、雷米茨、约押再次发起进攻,夺取了城防工事。

形势发生了逆转,犹太人占据了能够控制警察局的制高点,那些几个世纪来,在暴乱中欺凌和杀害卡巴拉教徒的暴民,当面临与犹太人最后的决战时,却选择了逃跑。在攻占警察局后,阿里立刻挥师城外,封锁了迦南山上阿拉伯人最强大的据点,塔伽特防线上的要塞。在阿里抵达要塞城下时,惊讶地发现阿拉伯人已经弃城而去,随着要塞的陷落,征服萨法德之战宣告结束。

萨法德的胜利让人有些意外,在一条最薄弱的防线上,犹太人不但保住了自己的家园,反而以区区几百人和那件奇特的武器,就夺取了整个城市。

这场胜利引发了许多争执和看法,甚至连萨法德的卡巴拉教派内部都为此产生了分歧。欧洲学院的拉比海伊姆认为,《圣经》的"约伯记"中对此战早有预言,因此他确信是有神的介入：

在他贪婪的私欲面前，上帝终于表示出愤怒，用一场大雨，浇灭了他的欲望，让他在铁炮下落荒而逃……

东方学院的拉比米伊尔，尽管与海伊姆存在分歧，但对是否有神的介入，却从《圣经》的"以西结书"中找到了同样的答案：

喧闹声中……当他像所有攻入城内的人那样出现在你的面前时……你强大的军队将一败涂地。

布鲁斯·萨瑟兰德回到他在迦南山上的别墅，这里已经变成一片狼藉，美丽的玫瑰园遭到践踏，甚至连门上的把手都被掠走。他和亚库尼、雷米茨来到后花园，欣赏着山谷对面的萨法德，在喝了很多白兰地后，忍不住放声大笑起来。

此时此刻，他们和他们那个时代的人都没有意识到，萨法德阿拉伯人的仓皇出逃，开启了阿拉伯难民潮的历史悲剧。

在加利利的某个地方，一架报废的解放者轰炸机，在几名南非和美国机组成员的操纵下，正在寻找着地面上的蓝色火光信号。

轰炸机在近乎盲降的情况下，沿着几道探照灯光的指引，跌跌撞撞地落在机场的跑道上，发动机在飞机刹车后戛然熄火。

成群的人拥上来，从它的机舱、尾舱、炸弹舱里，卸下了第一批军火，其中包括步枪、机枪、迫击炮以及成千上万发弹药。

工作小组很快将飞机清理完毕，满载军火的十几辆卡车瞬间消失在夜色中。各个地方的集体农庄，待命的青年团战士们将武器擦拭干净后即送往正在战斗的定居点。飞机在极其险恶的条件下又起飞返回欧洲，准备运来新一批武器。

清晨，英军在阿拉伯人的抱怨下，来到现场进行勘察，以确认是否有飞机在夜间降落。在找不到丝毫显示飞机降落的迹象后，他们把这归咎于阿拉伯人的大惊小怪。

第四、第五批武器的到来，彻底扭转了犹太人在战场上的劣势。加利利海边的太巴列城落入了犹太人之手，塔伽特防线上最大的要塞盖舍尔要塞被犹太人夺取后，经受住了伊拉克游击队的多次反击。

在夺取萨法德后，犹太人发起了他们的第一次协同攻势——铁扫行动，清剿加利利地区的敌对阿拉伯村庄。行动中，架着机关枪的吉普车横冲直撞，打得阿拉伯人四处逃窜，让在萨法德之战失去了士气的阿拉伯人再次遭受到巨大的心理打击。

一连串的局部胜利，意味着他们能够取得一场更大的胜利，犹太人发起了向海法港的进攻。

哈加纳沿着卡迈尔山麓，针对阿拉伯人的重要据点，发起了四路重点进攻。阿拉伯人的警察部队，加上来自叙利亚、黎巴嫩和伊拉克的游击队，组成了强大的防线，双方战斗陷入了僵持。仍然控制着码头的英军，一次次要求双方停火，致使犹太人失去了许多机会。

阿拉伯人顶住了犹太人的压力，但随着战斗进入了白热化，他们的高层却悄悄溜走了。就在阿拉伯人的抵抗士气大受挫折，犹太人全面横扫阿拉伯社区的时候，英国人再次出面要求双方停火。

关键的时刻，一个意外事件发生了，阿拉伯人突然提出他们希望撤出全部海法市的阿拉伯人。整个事态的后续发展犹如萨法德和它周边的村庄一样，令人称奇的景象再次出现在人们眼前，大批阿拉伯人在没有追兵的情况下，仓皇出逃在前往黎巴嫩边境的公路上。

挤满了难民的阿拉伯人城市阿卡，经过三天微弱的抵抗，落入了哈加纳之手，它迅速影响到另一个阿拉伯人的城市雅法。控制着城市中枢的马加比军发起了一场进攻，拿下了这座世界上最古老的港口城市，造成雅法的阿拉伯人也纷纷出逃。

在耶路撒冷走廊，阿卜杜拉·卡达尔曾经成功地把犹太人从卡斯太尔制高点赶了出去，在哈加纳和帕尔马赫的反击下，他们把阿拉伯人占领的制高点又夺了回来。卡达尔纠集起他的部队，向卡斯太尔发起了反扑，战斗中，他被打死了。阿拉伯人损失了他们最优秀的指挥官，士气受到进一步的打击。

1948年5月，英国人还有两周就要全部撤军，放弃托管。

边境线上，叙利亚、也门、黎巴嫩、约旦、埃及、沙特、伊拉克的复仇大军，虎视眈眈地随时准备越过边境，碾碎得意扬扬的犹太人。

是宣布还是放弃主权独立——决定命运的时刻即将来临。

第八节

从1947年11月到1948年5月,伊休夫在敌强我弱的条件下,取得了令人瞩目的胜利。那段时间里,哈加纳由一个地下抵抗组织,变为一支真正军队的核心。他们训练出大批新军和指战员,开办了战术指挥学校,从作战、后勤、运输,以及其他方方面面,完成了游击队向正规军的转变。

建立在幼狐基础上的空军,发展壮大到拥有了几架喷火式战斗机,飞行员是在美国、英国、南非的空军中服过役的犹太人。海军从走私船开始,逐步拥有了几艘轻巡洋舰和鱼雷快艇。

从一开始,犹太人就非常重视管理、信息、指挥,随着一次次的实践和一场场的胜利,他们越发显得自信,在向耶路撒冷派出运输车队、铁扫行动、其他局部战斗等方面,都表现出他们对小规模行动的组织和协调能力。

他们面对挑战,取得了成功,但他们很清醒,他们只是打了几场小仗,消灭了一些战斗力不强的蠢贼。这些人没有组织,没有领导,甚至不知道是为什么去打仗,他们的崩溃,恰恰证明了仅靠宣传打气就让他们卖命是靠不住的。

飞机运来的小型武器及时地帮助了伊休夫,随着抉择时间的临近,这些小型武器将面对正规军的坦克、大炮、现代空军。

那些受阿拉伯国家蛊惑的人,很快就在约旦军团肆无忌惮地违反承诺的事实面前惊醒了。在巴勒斯坦的约旦军团是一支英军的警察力量,但它却针对伯利恒公路附近的以色列定居点采取了公开行动。

这四个定居点的主要成员是传统的犹太教徒,像伊休夫的其他定居点一样,他们选择了留下和战斗。在英国军官的指挥下,约旦军团切断了他们与外界的联系,毫不留情地用大炮对他们狂轰滥炸。

以色列集体农庄是他们的第一个目标，农庄在连日的围困和炮轰下，直到弹尽粮绝，才不得不宣布投降。随约旦军团蜂拥而入的阿拉伯村民，杀掉了几乎所有幸存者，当约旦军团试图阻止屠杀时，仅有四名犹太人生还。

哈加纳立刻呼吁国际红十字会向其他三个集体农庄派出观察团，以防止类似屠杀事件的重演。

在死海附近的内盖夫沙漠，约旦军团向犹太人发起了新的进攻。

这个定居点位于地球上海拔最低气候最热的一个地方，起名荒野村庄。这里夏季最高气温达到摄氏50度，自古以来就是一片寸草不生的盐碱地。犹太人到来后，开渠修坝，蓄水泄洪，经过艰辛与付出，终于一点点地将这片盐碱地冲刷干净，让它变成了现代农田。

这里离最近的犹太定居点有一百英里，面对悬殊的实力对比，他们选择了投降。在离开农庄前，他们一把火烧了他们的房屋，烧了他们为之付出艰辛劳动的农田。

阿拉伯人终于在这片荒野的村庄，取得了他们的胜利。

1948年5月13日天黑前，英国驻巴勒斯坦高级专员静静地离开了正在激战的耶路撒冷，那面滥用权力的象征——英国国旗，也伴随着专员的离去，缓缓地降下了旗杆……

1948年5月14日

在特拉维夫的创始人和首任市长梅尔·迪森高夫的家里，云集着伊休夫和世界犹太人大会的高层领导。屋外，手持斯特恩冲锋枪的保安，挡住了焦虑不安的人群。

在开罗、纽约、耶路撒冷，在巴黎、伦敦、华盛顿，人们竖起了耳朵，注视着这座房屋。

"这里是以色列之声，"电台传出了缓慢低沉的声音，"我刚刚接到终止英国政府托管的声明，声明全文如下。"

"安静！安静！"利伯曼博士对拥挤在他小屋里的孩子们说道。

"以色列的土地，曾经是犹太民族的诞生地，在这片土地上，他们曾经形成过自己的精神、宗教和民族特征，取得过独立，创造过影响广泛的民族文化，并将《圣经》带给了这个世界。"

布鲁斯·萨瑟兰德和约押·亚库尼在雷米茨的酒店里，推开了棋盘，和雷米茨一起，聚精会神地听着广播。

"在被逐离以色列的漫长岁月里，散居在世界各地的犹太人，从未停止为返回故土的祈祷，以及对恢复自由的渴望。"

巴黎，巴拉克和其他工作人员围着电话忙成一团，收音机的广播在电话的干扰下，发出阵阵噪声，时断时续。

"受这一历史情结的驱动，多少世纪以来，犹太人为返回祖国，重建家园而前赴后继。尤其是最近几十年，在他们大批回归后，他们开荒造田，复兴语言，建起了崭新的城市和农村，奠定了富有独特经济和文化活力的社区生活。他们渴望和平，但也不怕战争，把对进步的祝福带给了他的人民……"

在萨法德，卡巴拉教徒们捕捉着声明的每一句话，希望从中找到先知们曾经做出的预言；在耶路撒冷走廊，筋疲力尽的帕尔马赫山地人旅的战士们静静地聆听着广播；在酷热的内盖夫沙漠，被分割和围困在定居点里的人们，聚精会神地围坐在收音机旁。

"……1917年11月2日的《贝尔福宣言》曾经有过承诺，国际联盟的托管协议也再次确认了一个国际共识……"

在埃因奥尔，大卫跑进指挥所，阿里把手放在嘴上，指指收音机。

"……最近发生在欧洲，针对几百万犹太人的大屠杀，证明有必要重新关注……"

在亚德·埃尔，萨拉·本-迦南脑海中浮现出她第一次在罗什皮纳见到巴拉克的情景：雪白高大的阿拉伯骏马上，火红的一把络腮胡子飘舞在他的胸前。

"……犹太国家的重建，将向所有犹太人打开它的大门，并赋予犹太民族，在世界大家庭中，享有平等的地位……"

杜夫拉着凯伦的手，静静地听着餐厅扩音器里播出的公告。

"第二次世界大战中，巴勒斯坦的犹太人为这场斗争做出了他们的最大贡献……1947年11月29日，联合国大会采纳了在巴勒斯坦成立一个犹太国家的方案……犹太民族建立一个独立国家的权利无可厚非。像其他各国一样，作为一个主权国家，走向独立，是犹太民族的正常权利。"

"为此，我们宣布，巴勒斯坦犹太国——以色列正式成立。"

基蒂·弗里蒙特感到一阵心跳，卓妲娜脸上洋溢着喜悦的欢笑。

"以色列将向所有无家可归的犹太人敞开大门，加快国家发展，造福本国人民，按照以色列先知们的设想，以自由、公正、和平为宗旨，在没有宗教、种族、性别偏见的前提下，高举社会和政治平等的大旗，保证宗教、言论、教育、文化自由，捍卫各派宗教的神圣，严格遵守联合国宪章的原则……"

"……在蛮横的侵略面前，我们仍然呼吁在以色列的阿拉伯居民，以平等的国民身份，代表他们的团体和机构，为国家的和平与发展，做出他们的贡献……"

"……我们愿以和平与睦邻友好的姿态，向我们的邻国和它们的人民伸出双手，邀请他们共同合作……"

"……本着对全能的主的信赖，在本届临时国会的大会上，在祖国的土地——特拉维夫，在公元1948年5月14日安息日的前夜，我们宣誓……"

经过两千年的漫漫岁月，以色列终于获得了新生。

几个小时后，美国总统哈里·杜鲁门代表美国，成为世界上第一个承认以色列的国家。

就在特拉维夫的大街小巷，民众还沉浸在霍拉舞的狂欢中时，来自埃及的轰炸机已经起飞了，阿拉伯世界的大军，越过了这个新生的共和国的边界。

第九节

每一支越过以色列边界的阿拉伯军队，都在第一时间，以生动的描绘，炫耀着他们辉煌的胜利。按照阿拉伯人的总体思想，是要把犹太人赶下大海，但由于他们都想在战后主宰巴勒斯坦的命运，因此在由谁指挥联军的问题上一直争论不休。巴格达和开罗争着扮演自己才是最伟大的阿拉伯国家的角色；沙特提出它拥有圣城麦加和麦地那；约旦认为它本来就是巴勒斯坦托管地区的一部分；叙利亚从来就没有放弃它的观点——作为奥斯曼帝国美索不达米亚省的继承者，巴勒斯坦不过是它南部的一个角落。阿拉伯军队就这样联合在一起，向以色列发起了进攻。

内盖夫沙漠

从西奈出发的埃及军队，沿海岸线经过阿拉伯人占据的加沙，浩浩荡荡地杀进了以色列。拥有坦克、装甲车、飞机、大炮的埃及军队的两个纵队，沿着海岸公路和铁路，矛头直指正北方犹太人的临时首都特拉维夫。埃及人自信地认为他们前进路上的犹太定居点，将在他们可怕和压倒性的军事力量面前，土崩瓦解，溃不成军。

经过激烈战斗，他们以摧枯拉朽之势，横扫犹太人的第一个定居点——尼利姆集体农庄。在第二和第三个定居点，他们遇到同样顽强的抵抗，埃及军队指挥官评估战事后，决定绕过这些难啃的骨头，沿海岸线继续挥师北上。当过长的运输线和后方受到这些定居点的威胁后，他们又被迫停下来，对那些定居点发起了重点清剿。

在飞机大炮的狂轰滥炸下，那些定居点被夷为平地，埃及军队攻占了那些地方，但在顽强抵抗的犹太人面前，他们还是不得不绕过绝大多数的定居点。

挡在埃及军队前进路上的一个集体农庄——内戈巴，是内盖夫沙漠的大门，具有重要的战略地位。它处于向北通往特拉维夫，向东进入内陆的十字路口，是埃及人必须拿下的地点之一。

离农庄不到一英里，是塔伽特防线上的魔鬼要塞。英国人在撤退时，将要塞移交给了阿拉伯人。要塞上的炮击，让农庄受到极大破坏，而农庄没有任何炮火能打到要塞那边。

农庄庄员意识到他们是侵略者眼中的一颗钉子，尽管力量对比非常不利，他们还是决定留下保卫他们的家园。当要塞炮火摧毁了农庄的房屋，阻断了水源，让生活陷于饥荒的时候，他们仍然没有撤退。在埃及军队的坦克进攻面前，他们以仅有的五发反坦克炮弹，击毁了四辆埃军坦克，牢牢牵制住了埃及军队的进攻。几个星期的恶战，没有让他们屈服，他们像古希伯来的马察达人那样英勇顽强，成为这个新生国家成功抵抗侵略的象征。

埃及的海岸纵队只好在魔鬼要塞留下大量部队后继续北进，以图尽快直接威胁特拉维夫。

在离特拉维夫二十英里的埃斯达德，以色列人加强了他们的防御。码头上刚刚卸下的武器被迅速运到埃斯达德，陆续抵达的移民也加入了抵抗埃及军队的战斗。

为了向特拉维夫发起总攻，埃及军队利用短暂的停火，对他们的部队进行了整编和弹药补充。

埃及军队的第二纵队指向了内陆的内盖夫沙漠，在顺利越过阿拉伯城市贝尔谢巴、希布伦、伯利恒后，开罗之音和埃及的报刊媒体就为一个胜利接着一个胜利而欣喜若狂了。

按照计划，埃及第二纵队应与约旦的阿拉伯军团同时发起进攻，从南面打进耶路撒冷。由于埃及不想与其他国家分享战果，便独自向耶路撒冷挺进了。

在伯利恒集结后，他们向新耶路撒冷城南的前哨阵地——雷切尔山集体农庄发起了进攻。

雷切尔山集体农庄庄员经过顽强抵抗，一步步撤进了耶路撒冷，然后在哈加纳增援部队的带领下，打回了他们的庄园，直到把埃军赶回伯利恒。

耶路撒冷

英军撤离后，哈加纳迅速占领了英军的重要基地，并向卡伍吉的游击队发起了一系列进攻。大街小巷的战斗异常激烈，青年团的孩子担任了通讯员的工作，西装革履的绅士转眼变成领军打仗的先锋。

哈加纳的第二目标是拿下郊区，让斯科普斯山与耶路撒冷新城连成一片，实现这一目标后，他们就可以对耶路撒冷老城形成威胁。拿下老城，犹太人才能具有稳定的战略前沿，没有老城，就没有安全。但由于担心圣城会毁于战火，同时在国际社会的压力下，哈加纳不得不放弃老城内数千虔诚的犹太教徒，撤出了老城。

应教士们要求，犹太人放弃了老城内一座美国教堂的钟楼，但他们前脚刚走，游击队后脚就跟了进来。尽管如此，犹太人还是认为阿拉伯人不会攻打老城，不会攻打这座世界三大宗教最神圣的圣城。

哈加纳最后一次受到了欺骗。阿拉伯军团的英军司令官格拉伯帕沙曾经信誓旦旦地表示，军团在英军撤离后就返回约旦。但当英军刚刚撤离耶路撒冷，阿拉伯军团就公开背弃诺言，涌进了耶路撒冷。他们攻打和占领了哈加纳放弃的阵地，在从马加比军手中拿下耶路撒冷郊区，分割孤立了斯科普斯山上的犹太武装力量后，格拉伯发出了进攻老城的命令。

犹太人无论如何没有想到他们居然敢攻打全人类最神圣的殿堂。老城内除了几千手无缚鸡之力的极端虔诚的犹太教徒，没有人能阻止阿拉伯军团的进攻。在这样的情况下，愤怒的马加比军和犹太人跟着哈加纳杀回了老城，并且牢牢地钉在了那里。

耶路撒冷走廊

从耶路撒冷到特拉维夫之间的公路始终处于激烈的战斗中，帕尔马赫山地人旅在控制住卡斯太尔的同时，又拿下了朱迪亚山区的许多制高点，打通了交通线上最薄弱的那段山路——通天路。

但遗憾的一幕在犹太人的记录中留下了一个污点：马加比军在攻打一个叫奈夫·萨迪耶（代尔亚辛）的阿拉伯村庄时，由于莫名的紧张和无法解释的恐慌，以一阵疯狂和盲目的射击，屠杀了二百名阿拉伯平民。马加比军造成的这一事件，给年轻的共和国蒙上了耻辱，让几代人将为此付出代价。

尽管山地人旅打通了通天路，但由于英军撤离时将塔伽特防线上的拉鲁恩要塞移交给了约旦军团，致使阿拉伯人随时都可以从要塞对耶路撒冷交通线实施骚扰。这个曾经是英军拘押政治犯和伊休夫领袖们的城堡，坐落在特拉维夫到耶路撒冷公路的交会处，卡住了进出通天路的通道。

为尽快拿下要塞，以色列人又成立了一个旅，成员基本是来自塞浦路斯和欧洲难民营的移民，在缺少富有作战经验的指挥官的指挥下，这支部队经过仓促集训和装备后，开进了走廊地带，在一个夜晚，向拉鲁恩发起了进攻。由于计划不周和糟糕的指挥，进攻被打退了。

连续两个晚上,他们又发起了两次无果而终的进攻,在一筹莫展的情况下,他们向山地人旅请求支援。为确保通天路通向耶路撒冷交通线的畅通,山地人旅已经感到捉襟见肘,但他们还是集中有限的兵力,向拉鲁恩发起了进攻,并且攻占了要塞的绝大部分阵地。

以军中有一位代号叫岩石的美军上校(他的真名叫米基·马库斯),以他丰富的战术和指挥经验,在派到耶路撒冷走廊地带后,显示出巨大的能量。他以很短时间加强了装甲吉普车队,恢复了运输线,并为组建一支优秀的快速反应部队,从而遏制拉鲁恩的威胁而呕心沥血。就在他即将实现自己的目标时,不幸战死。

耶路撒冷仍然处在阿拉伯人的包围之中。

胡拉谷地——加利利海

几个纵队的叙利亚军队,在坦克和飞机的支援下,从加利利海和约旦河的东面杀进了巴勒斯坦。

叙利亚军的第一纵队,将进攻目标指向巴勒斯坦最古老的三个集体农庄:阿里·本-迦南的出生地苏珊娜、约旦河流进加利利海的达伽尼亚A和达伽尼亚B。

在缺少青壮年的情况下,犹太人不得不终日开着卡车,穿梭往来于定居点和太巴列之间,给叙利亚人造成一种假象,增援部队和武器正在源源不断地运抵这些定居点。

苏珊娜的农庄庄员感到自己的力量太弱,就派人来找阿里,希望他能看在出生地的分上,拉农庄一把。但苏珊娜不属于阿里的防区,同时他在面对达芙娜的卡西、萨法德的危机以及叙利亚另一路纵队的进攻面前已经防不胜防,只好告诉农庄庄员们,能够拯救他们的唯一法宝,就是同仇敌忾。他建议他们用烧酒做好燃烧瓶,迎接叙利亚人进村,只要叙利亚人踏上他们热爱的土地,就一定会激起他们巨大的反抗能量。

在达伽尼亚A,面对叙利亚人的进攻,哈加纳的指挥员发出了把敌人放进村子的命令。当叙利亚人在坦克的掩护下,冲进村庄,肆意践踏着犹太人美丽的花园时,农庄庄员被激怒了。雨点般的燃烧瓶,准确地飞向那些充当进攻先锋的坦克，跟在坦克后面的叙利亚步兵，被农庄庄员们打得狼狈逃窜，再也不敢迈进村里。

叙利亚军的第二纵队，将进攻目标指向南面纵深的约旦－贝斯什恩谷地，意图夺取亚穆克河流域的沙阿·哈格兰和马萨达集体农庄。面对犹太人的顽强抵抗，叙利亚人只好在烧杀抢掠并把村庄夷为平地后撤退了。在叙利亚军第二纵队的进攻面前，犹太人坚守住了他们的格什尔要塞，没有丢掉约旦－贝斯什恩谷地的任何一个定居点。

第三纵队越过约旦河，矛头指向阿里防御的胡拉谷地。在以绝对优势兵力攻占了边界上的米什玛尔·哈亚登集体农庄后，他们准备集中兵力，杀向胡拉谷地的腹地，同黎巴嫩方向卡伍吉的游击队会合。但亚德·埃尔、阿伊利特·哈沙哈尔、科法尔·斯佐德·丹，以及其他定居点顽强地经受了炮火的考验，用小米加步枪打败了叙利亚人的飞机大炮。在阿伊利特·哈沙哈尔，一名狙击手用步枪打下了一架叙利亚人的飞机，成为定居点中每一个集体农庄的榜样。

在战场的另一面，黎巴嫩人将他们的触角伸向了迈图拉山区的犹太人定居点。这支以基督徒为主的黎巴嫩部队，部分军官对犹太复国主义深表同情，作战意愿不强。由于担心其他阿拉伯国家的报复，也为了显示阿拉伯国家之间的团结，他们出现在战场上，但在与犹太人的抵抗稍一接触后，他们就土崩瓦解了。

阿里成功地阻挡住阿拉伯人在胡拉谷地的会合，并在接到新的武器装备的补充后，立刻转入了反攻。在主动防御的理论下，那些没有受到进攻压力的定居点，并没有坐等进攻，而是采取了一系列主动反击的姿态。依靠这一战术，阿里让叙利亚人失去了优势，缓解了承受重点进攻地区的压力。作战中，他还组建了自己的通信和运输系统，使胡拉谷地成为以色列最强大的犹太地区之一，为拿下以斯帖要塞做好了准备。

叙利亚的全面进攻遭到了惨败，他们决定集中力量，重点打击一个犹太定居点，以挽回面子。加利利海东岸的埃因格夫，成为他们的重点攻击目标。

叙利亚人控制了这个集体农庄周边的三面山头，剩下的一面是湖面。农庄的主要压力来自附近那座叫苏斯塔山上的叙利亚人，唯一与外界联络的通道是在夜间通过湖面来往于太巴列。

在叙利亚人连续不断的炮击下，犹太人被迫转入了地下工事，但这并没有中断他们的学校和报纸，甚至没有中断他们交响乐团的排练，更没有影响他们每天晚上去自己的土地上忙碌的热情。埃因格夫和内盖夫沙漠上的内戈巴一样，成为两个经受了严峻考验的定居点。

叙利亚人的炮火摧毁了农庄中所有建筑，烧焦了全部农田，在毫无反击能力的情况下，犹太人只好以忍耐，等待着报仇雪恨的机会。

经过几周炮击，成千叙利亚人从高地向农庄发起了进攻。三百名能参战的农庄庄员，以排子枪的齐射和狙击手的点射，顽强地阻击着叙利亚人一次次的进攻，直到被迫退入湖中，也没有人屈服。当犹太人最终粉碎了叙利亚人的进攻后，全体农庄庄员只剩下十二发子弹。

埃因格夫反击战，让以色列终于夺回了对加利利海的主权。

沙龙谷地、特拉维夫、三角地带

在撒玛利亚广袤无垠的土地上，杰宁、图尔卡勒姆和拉马拉这三个城市组成了阿拉伯人的三角地带，卡伍吉游击队的基地纳布卢斯，则成了伊拉克军队的主要基地。伊拉克人在越过约旦河进攻贝斯什恩谷地的战斗中遭到沉重打击，不得不在撒玛利亚安营扎寨。

三角地带的西面就是沙龙谷地，在这片易受攻击的地区，犹太人仅仅拥有沿海岸线从特拉维夫到雅法公路周边的狭长地带，距离三角地带的前沿只有十英里纵深，伊拉克人以一次成功的进攻，就能把以色列一分为二。

但伊拉克人厌恶打仗，当犹太人向三角地带的杰宁发起了一次很糟糕的冲击时，伊拉克的军官就落荒而逃，唯一还能让他们停下脚步的原因是，他们不能丢下他们的命根子军队，否则他们将一钱不值。因此，面对沙龙谷地稠密的定居点，伊拉克人根本就不想去招惹那里的犹太人。

埃及空军在犹太人防空力量薄弱的时候，曾经对特拉维夫实施过几次空袭，并在阿拉伯国家的媒体报道中宣称，特拉维夫在埃及空军的打击下，已经被夷为平地。

犹太人在极端困难的情况下，以有限的空军力量，在一场重大的空战中，驱逐了埃及空军对特拉维夫的轰炸。

西加利利

半年来，卡伍吉的游击队没有从犹太定居点占到一点儿便宜，便把他的指挥部转移到中加利利以阿拉伯人为主的拿撒勒附近，梦想在那里同叙利亚、黎巴嫩、伊拉克的军队会师。在拿撒勒古城，有许多阿拉伯人信奉基督教，他们不想打仗，便一次次要求卡伍吉从拿撒勒要塞撤出去。

在阿拉伯军队入侵前，西加利利的大部分地区就已经被解放了。海法落入犹太人之手后，哈尼塔旅立刻以铁扫行动将那些敌对的阿拉伯村庄清理干净。阿卡城的陷落，让犹太人占领了直到黎巴嫩边界的所有国土，整个地区除了卡伍吉盘踞在中加利利的游击队，已经没有其他敌对力量。

阿拉伯人鼓吹的要把犹太人赶下大海的计划遭到了彻底失败，新生的犹太共和国顽强地熬过了第一波考验。世界军事专家们感到不可思议的是，面对国内上百个冲突点，犹太人以弱胜强，成功地顶住了阿拉伯各国正规军的进攻。

在阿拉伯人屈指可数的胜利中，最大的胜利，是约旦军团仍然盘踞着拉鲁恩要塞，继续对通往耶路撒冷的交通线构成巨大的威胁。其他阿拉伯国家的军队，在犹太人的殊死抵抗下，只拿下几个偏僻的犹太定居点后，就止步于各个犹太城镇之外了。但他们仍在积聚力量，准备向特拉维夫发起总攻。

武器源源不断地运进以色列，犹太军事力量日渐改善，共和国成立的当天，就诞生了六个新定居点。战争期间，伴随新移民的到来，犹太社区的发展如雨后春笋，越来越多的国家承认了以色列的存在。

新生的共和国，依靠成百个像埃因格夫和尼戈巴那样顽强不屈的定居点、那些忍受饥渴的帕尔马赫战士、那些冲向前线的新移民、那些具有创造性的武器研发智慧、那些普遍存在的英雄主义气概……挡住了阿拉伯人的脚步。

新生的共和国，在神的意志和先知们的预言下，以大卫王、巴尔吉拉、巴尔科克巴的性格，为了几千年来追求的自由和尊严，用那股无形的力量和信念，挡住了阿拉伯人的脚步。

第十节

巴拉克·本－迦南完成了在欧洲的几笔武器交易和外交使命后,感到极度劳累和想家,便提出要尽快返回以色列。作为一个年过八十的老人,不管承认与否,他的思维和行动都已经变得迟缓了。

他来到那不勒斯,准备乘船返回以色列。那里有许多以色列人设立的办事处,多数是阿利亚·伯特的机构,正在以最快的速度,为意大利的犹太难民找船前往以色列。难民营里的年轻人一到以色列,就加入了军事训练,其他人则被送去参加边境地区定居点的建设。

巴拉克的出现,立刻成为众人的焦点,他们在油灯下,喝着白兰地,从午夜聊到凌晨,话题涉及联合国表决的奇迹到秘密武器交易。

然后,他们把话题转到了目前国内的战争,为一直处在被包围状态下的耶路撒冷感到担心,对屡次攻打拉鲁恩要塞的失利感到沮丧,希望城内十几万犹太平民能坚持下去。

凌晨两点,谈话转到那不勒斯港停靠的一艘四千吨级的意大利轮船——维苏威火山号上。这艘船被叙利亚租赁后,正准备运一批军火去黎巴嫩的提尔港。这批从欧洲采购的军火,包括一万支步枪,上百万发子弹,一千挺机枪,一千门迫击炮,还有各式各样的其他武器。

一个月前,维苏威火山号正要启锚出港,亲以色列的海关关员提前将这一消息泄露出来。以色列的蛙人在它起航前的一天晚上,潜到船下,用磁性炸弹将船体炸开了三个大洞,虽然没有按照计划将整条船炸沉,但却迫使它搁浅在了锚地。从那时起,围绕维苏威火山号的去留,一场猫捉老鼠的游戏就开始了。

负责这笔几百万美元交易的叙利亚上校法德兹,在事件后立刻将船拖往船坞,修补好被炸穿的船体,并花重金从罗马和巴黎雇来五十名阿拉伯学生,加强船上的警戒。十二名船员被换成阿拉伯人,只留下了船长和大副、二副。船长对傲慢的法德茨上校非常不满,私下与以色列人达成协议,只要他们不再炸船,就将出航的细节通知他们。眼下他们得到的通知是,维苏威火山号又要起航了。

以色列人不能让这批武器运抵提尔，但他们向意大利官方和船长都保证过，绝不在港内再炸这条船。一旦它驶入公海，仅凭以色列海军的那三条轻巡洋舰，根本不可能发现它。

巴拉克一生经历过无数重要的转折和挑战，面对眼前棘手的难题，他再次展现出卓越的应变能力。黎明前，他拿出一个疯狂的计划。

两天后，维苏威火山号按计划离开了那不勒斯港，为保险起见，法德茨命令二副关闭了无线电联络。但以色列人在船一离码头就已经在跟踪它，当它即将驶离港口时，一条意大利海关快艇追了上来。

对意大利人一无所知的法德茨冲进驾驶舱，要求船长解释出了什么问题。

船长耸了耸肩，"谁知道呢？"

"维苏威号注意，"扩音器中传来了命令，"请停船接受检查。"

绳梯从船舷放了下去，二十名身穿制服的意大利海关人员迅速登上了货船。

"我要求解释这是什么意思？"法德茨尖着嗓子喊道。

一个相貌酷似巴拉克的大个子走上一步，用阿拉伯语对法德茨说道："据可靠情报，你的船员在货舱中安放了一枚定时炸弹。"

"不可能。"法德茨叫道。

"据我们所知，他被犹太人收买了，"这个人诚恳地解释着，"所以我们必须在炸弹爆炸前让船远离港口。"

法德茨感到有些进退两难，他既不愿意陪维苏威号一起被炸沉，也不愿意陪这些陌生的意大利海关人员远离港口，但另一方面，他又不能提出离开这条船，以免流露出他的胆怯。

"命令你的船员都到甲板上来，"那个留着大胡子的人说道，"我们要找到疑犯，让他指出炸弹放在哪儿了。"

所有的阿拉伯船员集中后，被带进后瞭望台询问，询问过程中，维苏威号驶出了三海里的领海范围，而那条海关快艇也返回了那不勒斯港。由阿利亚·伯特特工装扮成的海关关员们拔出手枪，把法德茨和阿拉伯船员们关了起来。傍晚，除了法德茨上校外，所有的阿拉伯船员上了一条救生船，在指南针和海图的指引下，划向岸边。维苏威号开足马力，向着公海驶去。

三十六个小时后,两条挂着海盗旗的货船靠向维苏威号的船舷,他们卸下所有的军火,砸碎了无线电设备,然后消失在公海里。而维苏威号则掉转船头,驶回了那不勒斯。

法德茨上校暴跳如雷地要求彻查发生在公海上的海盗船事件,意大利海关受到了阿拉伯人的愤怒谴责,但他们否认将海关快艇借给了犹太人,因为所有的快艇都有目共睹地停泊在港口里。而阿拉伯船员出于本能,不但拒绝承认他们的过失,反而讲出了十二个不同版本的故事。意大利政府针对这一海盗事件的反应是,按照船长和大副、二副的证词,正是由于阿拉伯船员担心炸弹爆炸开了小差,才造成这次海盗事件的发生。

大量自相矛盾的线索,让律师团无法理出事实真相,在那不勒斯的以色列人更是把这一事件描绘成阿拉伯人偷窃了犹太人的一条船,而法德茨不过是犹太人收买的一名间谍。

法德茨上校面前只剩下了一条路,在一幕精彩的自杀壮举后,他蒸发得无影无踪,没有人会再想起他。

两天后,海盗船挂上了大卫之星的旗帜,带着巴拉克,胜利地返回了以色列。

第十一节

阿里接到赴特拉维夫指挥部报到的命令,在位于拉马特甘的一座公寓前,他惊讶地发现眼前的一切都变了。大卫之星的旗帜高高飘扬在指挥部的上空,到处都是身穿以色列军装的警卫。进出指挥部大门时,必须向安全部队出示身份证件,而指挥部外,停泊着上百辆军用吉普车和摩托车,呈现出一副生机勃勃的军事化景象。

指挥部内,宽敞的电话交换机房一片忙碌,在经过作战室时,他注意到一幅巨大的地图上钉满了战线指示标志,而情报中心的无线电发报机正紧张地与前线和各定居点保持着沟通。他看着看着，突然意识到，今非昔比，哈加纳指挥部那张摇摇欲坠的办公桌已经成了历史。

曾经作为哈加纳首脑的阿维登，已经将指挥权移交给了他手下的年轻人。那些像阿里一样二三十岁的指挥员，不但拥有英军指挥官的丰富经验，而且具备多年与阿拉伯人作战的经历。现在的阿维登，主要身份是协调军队和各地政府的关系，虽然不再享有军方头衔，但作为大政方针的强权人物，仍然被赋予了名誉总司令的荣誉。

他热情地迎接着阿里，但严肃的表情，让阿里很难判断他是累了还是刚刚睡醒，是有心事还是有喜事。在走进他的办公室后，他命令暂时不要让电话和报告打扰他们。

"这里的一切看起来真令人兴奋。"阿里说道。

"鸟枪换炮了，"阿维登附和着，"再靠我一个人显然不行。多少个早晨，当我一到这里，总会突发奇想，希望让英军把我们投进阿卡监狱算了。"

"没有人希望你离开这里。"

"指挥这支军队和谋划一场大战是年轻人的事了，我就做些老人能做的政策性的工作吧。"

"最近战况如何？"阿里问道。

"耶路撒冷……拉鲁恩，有些是我们的问题。我们在老城坚持不了太久了，如果不能尽快打通与新城的交通，那里恐怕也坚持不住了。不管怎样……你那边的工作很有成绩。"

"我们不过幸运些。"

"萨法德可并不幸运，达芙娜花园那些出色的孩子们也并不幸运，用不着谦虚，阿里。我们在本－什门的孩子们也经受住了围困的考验……伊拉克人最终也没敢把他们怎么样。但卡伍吉仍然盘踞在中加利利……我们希望尽快收拾掉这个杂种。这次让你来，就是想给你授权，负责整个行动。几周内，我们将组建一个营，顺便带些新武器过去。"

"你有什么具体意见？"

"只要攻占拿撒勒，我想我们就成功了。整个加利利完整了，从东到西的交通也就畅通了。"

"农村地区怎么办？"

"你知道的，那里的阿拉伯人多数信奉基督教，他们已经派人来接洽我们了，希望卡伍吉离开那里。从哪个角度讲，他们都不希望打仗。"

"太好了。"

"但在这次行动之前，我们希望你那个地区能够彻底安定。"

"以斯帖要塞？"阿里问道。

阿维登点点头。

"我需要大炮，这点我已经向你报告过了，至少再给我三到四门达维德卡。"

"是不是再给你来些金条？"

"你看，通往要塞的路上，有两个村寨，没有长程炮火，我困难很大。"

"那好，到时候我会支援你。"阿维登说着站了起来，来来回回地踱着步子。他的身后，挂着一张很大的战场事态图。阿里一直对阿维登让他到特拉维夫来感到不安，在新的战役行动之外，他一定还有什么事情要谈。

"阿里，"这个结实的秃顶汉子慢慢说道，"两周前，你应该按照命令去拿下阿布·耶沙。"

"这才是你让我来的真正目的。"

"我想我们在正式行动前，最好先把这个问题谈清楚。"

"我给过你报告，阿布·耶沙对我们没有威胁。"

"我可不这么看。"

"作为战区指挥官，我相信我的判断。"

"这不是你的真话，我们都知道，阿布·耶沙已经变成了穆罕默德·卡西的据点，是游击队的跳板，是挡在达芙娜花园路上的老虎。"

阿里一言不发地转过头。

"我们认识那么久了，用不着模棱两可。"

阿里沉默了一会儿，"我刚学会说话和走路的时候，就认识了那里的人，我们在一起参加婚礼和葬礼，我们为他们盖起了房屋，他们给了我们土地，这才有了达芙娜花园。"

"这些我都知道,阿里,还有一些定居点也面临同样的问题,但我们是为我们的生存而战,我们并没有邀请阿拉伯军队进攻我们。"

"但我清楚那些人,"阿里忍不住叫道,"他们不是敌人,不过是些淳朴的、只想平平静静生活的农民。"

"阿里!"阿维登尖锐地指出,"我们不是没有这样的阿拉伯村落,他们敢于对卡伍吉和阿拉伯军队说不,但阿布·耶沙做出了他们的选择,你说他们没有敌意,那是你的一厢情愿,因此……"

"完了,完了。"阿里说着,站起来要走。

"站住。"阿维登语气低沉、充满倦意地说道,"我们一直在劝说巴勒斯坦的阿拉伯人不要和我们作对,没人想让他们无家可归。与我们友好相处的村庄不是没有,但不能逼我们出手。想想吧,耶路撒冷的十几万平民仍然处在死亡线上,我们已经就这个问题争论几个星期了。对那些充当敌方的军火库、训练营,袭击我们车队、围困我们定居点的阿拉伯村落,除了你死我活之外,别无选择。"

阿里走到窗前,面无表情地注视着窗外。他知道阿维登是对的,犹太定居点的命运在阿拉伯人的逼迫下,除了杀出一条生路,确实别无选择。

"我本可以简单地换个人去拿下阿布·耶沙,但我不想这么做,如果你实在过不去心理上的道德障碍,那就打个调离报告。"

"能去哪儿呢?哪儿都有阿布·耶沙,还不都是一样吗?"

"不要急着回答……你还是个娃娃我就认识你了,十五岁起你就一直表现很出色,人才难得呀,但这些年来,我还从未见你抗命过。"

阿里从窗前转过身,脸色显得很难看,一屁股在椅子上坐下后说道,"我执行命令。"

"那就去准备行动吧。"阿维登轻声说道。

阿里摇摇头,向屋外走去。

"顺便说一句,你现在是本-迦南上校了。"

阿里自嘲地咧了咧嘴。

"很抱歉,相信我,真的很抱歉。"阿维登自言自语道。

阿里·本－迦南上校和参谋长本－阿米少校以及副手约押·亚库尼少校在作战图前，为拿下以斯帖要塞和清除阿布·耶沙这个阿拉伯人的据点，制定了胡拉谷地的最后一场战役——普林节作战行动方案。

不出阿里所料，阿维登答应支援的炮兵并没有如期而至，但他已经从萨法德搬来了他的宝贝达维德卡，并储备了五十发炮弹。

从达芙娜花园到以斯帖要塞之间的前沿进攻失去了炮火支援，面对卡西尚存的四百顽敌，以斯帖要塞强大的火力和易守难攻的城堡，阿里知道，卡西将会利用他坚固的水泥工事，做最后的负隅顽抗。

与此同时，阿里还要顾忌周边的三个阿拉伯村落，其中阿布·耶沙是通往以斯帖要塞的第一道屏障。山上另两个靠近黎巴嫩边境的阿拉伯村落，呈钳形掩护着以斯帖要塞的侧后翼。为切断以斯帖要塞之敌的退路，阿里决定派一支部队绕过这两个村落，直插要塞的后方。

攻打以斯帖要塞的部队分为三路纵队，阿里率领第一路，携带达维德卡和所有炮弹，趁黑夜沿着山上的羊肠小路，直插黎巴嫩边界。为了尽可能悄无声息地靠近第一个阿拉伯山寨，他们不得不在漆黑的夜晚，背负着沉重的武器装备，在崇山峻岭中迂回往返，以免被阿拉伯人发现行踪。在这支一百人的突击队中，其中三十五名小伙子和十五名姑娘每人扛着一发炮弹，剩下的五十人负责掩护。

阿里的腿伤尚未痊愈，但他仍旧带着部队以强行军的速度向山上推进，如果天亮前不能到达指定位置，整个行动将毁于一旦。

凌晨四点，他们筋疲力尽地爬上山顶，顾不上休息就摸向第一个阿拉伯村寨。在绕过村寨后，与友好的贝都因部落派出的警戒部队会合在一起，根据贝都因人的报告，一切正常。

阿里命令部队迅速进入了村边两英里远的一个十字军城堡的废墟，在天亮前隐蔽好，并在周围放出了贝都因人的警戒。

第二天晚上，另外两路纵队从埃因奥尔出发了，本－阿米少校带着他的部队沿着熟悉的山路直插达芙娜花园，天亮前抵达后立刻进入了隐蔽阵地。

亚库尼少校率领着最后一支部队，沿着阿里的路线，在没有重型装备的负担下，以更快的速度，穿过阿里这支部队隐蔽的地方和以斯帖要塞，向着第二个阿拉伯村寨的方向插去。同样,在贝都因人的帮助下,他们悄无声息地到达了指定位置。

第二天黄昏,阿里一边托贝都因部落头领向他这边的阿拉伯村寨发出投降通牒,一边将部队运动出城堡废墟。村长和大约八十名卡西的游击队员对通牒不以为然:犹太人上山了,还没被发现,他们不信。在得到贝都因人的报告后,阿里命令向村子开了两炮。

十几间土屋在炮声中倒塌了,阿拉伯人乱成一团。随着第二声炮响,游击队头头带着他的人狼狈地逃过了黎巴嫩的边界,村里升起了一片白旗。阿里派出一个小队攻占了村寨,然后迅速转身,扑向亚库尼已经发起进攻的第二个阿拉伯村寨。

二十分钟后,随着三声炮响,第二个村寨也投降了,约一百名卡西的游击队员逃向黎巴嫩。威力强大的达维德卡显示出它的恐怖和破坏力,以斯帖要塞还没反应过来,就丢掉了它的两个侧翼阵地。

第三天黎明,大卫率领他的部队离开达芙娜花园的潜伏地,切断了阿布·耶沙与以斯帖要塞的联系,与此同时,阿里和亚库尼的部队从要塞背后发起了进攻。当达维德卡的炮声响起时,卡西手里仅剩一百人在防守要塞,其余的人不是逃回了黎巴嫩,就是被分割包围在了阿布·耶沙。震慑人心的炮声和威力强大的破坏力,摧毁了一座座水泥掩体,渐渐逼向城堡的大铁门。第二十发炮弹,让大门轰然倒下,随后的五发炮弹,落在了城堡的院落中。

进攻部队在间歇的炮声和机关枪的掩护下,匍匐着向城堡爬去,突然,阿里一跃而起,带着部队杀向城堡。

以斯帖要塞受到了致命打击,在骤然的喊杀和冲锋面前,卡西和他的勇士们显然还在发懵。他们以微弱的抵抗,等待着援兵的到来,但当卡西从望远镜中看到来自阿布·耶沙的援兵落入大卫的包围之后,他知道自己完了。犹太人打进了后门,城堡上升起了白旗。

亚库尼带着二十个人冲进城堡,缴了阿拉伯人的械,然后把他们押送回黎巴嫩。蔫头耷脑的卡西和他的三名军官被送进了监狱,要塞上空升起了大卫之星的旗帜。阿里和他的部队顺着山路和大卫的阻击部队会合后,准备向阿拉伯人最后的据点——阿布·耶沙发起总攻。

阿布·耶沙的人耳闻目睹了这场战斗，他们知道，下一个该轮到自己了。阿里派出了谈判代表，限村里人二十分钟内或者撤离，或者面对无法挽回的后果。从制高点上，他默默注视着许多儿时的朋友，步履沉重地走出了村庄，向着黎巴嫩那边的群山走去。此时，阿里感到一阵阵的心痛。

半个小时过去了，一个小时过去了。

"该发起总攻了。"大卫说道。

"再等等……等他们都走了。"

"已经半个小时没人出来了，该走的都走了。"

阿里转过身，离开了他的部队，大卫跟在后面说道，"还是我来指挥吧。"

"好的。"阿里小声应道。

山坡上，孤单单的阿里看着大卫带着部队，冲向安卧在山坳中的阿布·耶沙。第一阵枪声让他一惊，脸色变得苍白。部队在大卫的指挥下，一步步逼近了村庄外围，嗒嗒的机枪和轻武器的射击声此起彼伏，犹太人以战斗小组的队形冲进了村子。

阿布·耶沙村内，约一百名阿拉伯人在塔哈的带领下，决心与村庄共存亡。这场战斗显示了双方力量对比发生的变化，犹太人从人数和武器上占据了绝对的优势。伴随着强大的机枪火力，雨点般的手榴弹落在了阿拉伯人的第一道防线上。阿拉伯人的第一挺机枪被摧毁了，随着他们的退却，犹太人在村中占据了自己的落脚点。

大卫把部队分成战斗小组，与阿拉伯人展开了逐屋争夺的巷战。战斗进展既血腥又迟缓，在石砌的房屋里，出现了你死我活的肉搏。

时间在煎熬中度过，阿里一动不动地待在山坡上，听着不断传来的枪声、手榴弹的爆炸声，甚至双方在厮杀时发出的呐喊。

在无情的进攻面前，身陷绝境的阿拉伯人失去了一个又一个阵地，终于，残存的人被迫撤入了村边的一条街道。战斗中，七十五名阿拉伯人在这场阿拉伯人从未有过的顽强抵抗中战死，这是一场悲剧，一场犹太人和阿拉伯人都不想看到的悲剧。

最后的八个人被逼进了最后一道阵地——坐落在小溪边、清真寺对面，属于乡长的那座漂亮的石头房子。大卫调来了达维德卡，炸平了这座房屋，包括塔哈在内的八个人，全部战死。

天快黑了，带着硝烟的疲倦，大卫走上山路，迎向阿里。

"都结束了。"大卫说道。

阿里毫无表情地看着他，没有说话。

"将近一百人，全部战死。我们这边……阵亡十四个小伙子和三个姑娘，另有十几人负伤，已经送到达芙娜花园去了。"

阿里似乎什么也没听见，径直向着村里走去。

"我算个什么朋友？"阿里轻声问着自己，"他们又算什么……他们能去哪儿呢……？"

大卫一把抱住阿里的肩膀。

"不要过去了，阿里。"

阿里注视着眼前水面似的白色屋顶，四下一片宁静。

"小溪边的那座房子……"

"不要问了，"大卫劝道，"把它记在心里吧。"

"他们怎么会这样？"阿里问道，"他们可是我的朋友啊。"

"我们还在等你的命令，阿里。"

阿里呆呆地看着大卫，眨眨眼，用力摇了摇头。

"还是我来下命令吧。"大卫说道。

"不，"阿里喃喃地说道，"我来。"他最后看了一眼山坳中的阿布·耶沙，"夷平这个地方。"

第十二节

卓姐娜抱着熟睡中的大卫，黑暗中，睁大了两眼，沉思着。

阿里放了她的假，让他们有机会从达芙娜到特拉维夫过个周末，天一亮，只有上帝才知道他们又要分别多久。卓妲娜非常清楚，自从耶路撒冷被围困那天起，大卫就一直像丢了魂似的，每当她注视着他的眼睛，就能感到他内心的痛苦和沮丧。

睡梦中他还在躁动，她忍不住亲了亲他的额头，手指轻轻滑过他的头发。他笑了笑，又一动不动了。

作为一个土生土长的巴勒斯坦姑娘，她不能在爱人面前流露出丝毫的不安，除了鼓励和微笑，她不能表现出胆怯。想到这些，她感到很无助，只好紧紧地抱着他，企盼着这个夜晚不要匆匆离去。

联合国分治表决后的第二天，在阿拉伯最高委员会呼吁下的大罢工，爆发了一场在耶路撒冷犹太人商业中心的烧杀抢，面对疯狂的暴徒，英国军队显得无动于衷。

几乎同时，阿卜杜拉·卡达尔利用公路沿线的阿拉伯村庄，封锁了从特拉维夫通往耶路撒冷的交通。在走廊地带的争夺战进入最疯狂的阶段，卡斯太尔和其他阿拉伯村庄，让耶路撒冷的犹太人在寒冷和饥渴中度日如年，在卡伍吉和卡达尔的炮火下苟延残喘。当帕尔马赫山地人旅打开了这条生命线后，伊休夫的运输车队艰难地往返于通天路到朱迪亚山之间的公路上，沿途不得不常常抛弃被打坏的车辆。

在耶路撒冷城内，双方冲突从炸弹袭击、冷枪发展为大规模的战争。哈加纳在游击队集中活动的地段——大卫王饭店到老城城墙一线清理出一片巨大的开阔地，并将这片残垣断壁的地带称为伯文格拉德。困扰耶路撒冷地区哈加纳最高指挥官的问题不仅仅在军事作战方面，还有众多平民的衣食住行和安全。更让他操心的是那些极端传统和狂热的犹太教徒，他们不但反对双方在冲突中诉诸武力，而且拒绝哈加纳提供的保护。古以色列时代，耶路撒冷的指挥官就遇到过同样的问题，面对古罗马人的围困，狂热的教徒以他们的行为加快了耶路撒冷的陷落，致使六十万犹太人死于罗马人的屠刀下。那一次犹太人守城三年才被攻破，但这一次恐怕就没有那么幸运了。

此外，马加比军的我行我素也让局面更加混乱，而帕尔马赫山地人旅在朱迪亚山区漫长的交通线上的战斗，让他们很难不折不扣地执行哈加纳在耶路撒冷城内的任务。严峻的形势，几乎无法让人做出正确的选择。

面对约旦军团在神圣的老城城墙上构筑的工事，以及埃及空军的轰炸和从南线的进攻，美丽的耶路撒冷已经变成了满目疮痍的战场。在伤亡不断增加，达到几千人的情况下，犹太人再次表现出他们不同寻常的勇气和智慧，仅有的那几门达维德卡火箭炮也再次显示出它独特的威力。

城外，约旦军团炸毁了水厂，切断了淡水供应，完全违背了他们从英军手中接管拉鲁恩要塞时，保证让城内平民享有足够淡水供应的承诺。犹太人在绝望中，奇迹般地发现了城内两三千年前遗留下来的蓄水池，并依靠这些古老的蓄水池，坚持到备用淡水管线的接通。

耶路撒冷的男男女女、老老少少，面对生死和尊严，在长达几个月的时间里，用行动证明了他们誓与圣城共存亡的决心。

耶路撒冷在围困中遭受的煎熬，无时无刻不在刺痛着大卫的心。

他睁开了眼。

"为什么还不睡？"他关切地问道。

"睡不着。"

他亲吻着她，充满了爱和激情。

"大卫……我的大卫。"

卓妲娜很想哭，想让大卫放弃这次任务，想告诉他如果出什么意外，自己将多么痛苦，但她忍住了，因为她不能那样。大卫六兄弟已经有一个在抵抗埃及军队的进攻中战死在尼利姆集体农庄，另一个在解围内盖夫沙漠的战斗中身负重伤，而他在马加比军的哥哥那鸿，已经去了耶路撒冷老城。

大卫感到了她的心跳。

"抱抱我，大卫……"她祈求着。

在耶路撒冷老城，失去理性的阿拉伯人跟在约旦军团的后面，扑向一处又一处犹太教堂和圣地，焚毁了一个又一个犹太家庭。

虔诚的犹太教徒、哈加纳和马加比军的抵抗者们被迫撤进最后两座教堂，其中一座是神圣的胡尔瓦大教堂，他们的命运进入了倒计时。

清晨，卓妲娜在一夜激情后惬意地舒展开双臂，突然发现大卫已经不在身边。

她猛地睁开眼，看到大卫身穿以色列国防军军装，正站在床边，不禁靠在枕头上，对着大卫莞尔一笑。大卫跪下来，一边轻轻抚摸着她的满头红发，一边说道："你睡觉的样子真好看。"

她伸开双臂，紧紧抱住他，"早上好，本－阿米少校。"

"亲爱的，我必须走了。"

"等我一下。"她说道。

"让我自己走吧，这样好一些。"

卓妲娜不觉一震，瞬间产生一种想抓住他的感觉，但很快又控制住自己，笑着说道："好吧，亲爱的。"

"卓妲娜……我爱你。"

她转过头，感到他的吻落在了自己脸上，然后是轻轻的关门声。

"大卫……亲爱的，我等你回来。"她从心底发出了由衷的期盼。

阿维登和本－阿米少校驱车来到总部附近作战处长本－锡安的办公室，三十一岁的本－锡安将军是耶路撒冷人，他的副官艾特曼少校也在场。

大家互致问候以后，对大卫哥哥在尼利姆的阵亡表示了慰问。

"据阿维登介绍，你有些想法很有意思。"艾特曼少校说道。

"是的。"大卫缓缓地应着，"自从联合国分治表决以后，我就一直坐立不安，我怎么能失去你，我的耶路撒冷。"

本－锡安点点头，他很理解大卫的感情，他的老婆孩子和父母也都被困在了耶路撒冷。

大卫继续道，"特拉维夫到拉鲁恩一线已经在我们的控制下，过了拉鲁恩，到通天路一段，帕尔马赫也拿下了许多制高点。"

"拉鲁恩是我们的心腹大患，这个谁都知道。"艾特曼插嘴道。

"让他说完。"本－锡安打断了他。

"我太熟悉拉鲁恩了，六个月来，我一直在琢磨……像过电影一样，我确信我们应该可以绕过那个地区。"

"说详细点。"本－锡安表现出极大的兴趣。

"假设我们画个弧线绕过拉鲁恩，大概这段弧线有十六公里。"

"你这是假设，实际情况是那里除了荒山秃岭，根本没有路。"

"那里有一条路。"大卫肯定地说道。

"大卫，你不是在说疯话吧？"阿维登忍不住提醒道。

"那段路上，有一条罗马古道，两千年来，它虽然被灌木和滑坡覆盖了，但它确实存在。其中一段约八公里长的路基被覆盖在了干涸的河床下，即使站在这里，我也可以感觉到河床下伸向远方的道路。"

大卫走到地图前，画了个半圆，绕过拉鲁恩，再回到主路上。

阿维登和本－锡安呆呆地对视着，艾特曼显得有些不以为然。终于，阿维登冷冷地问道："大卫，就算那里有一条所谓的罗马古道，或你可以从河床下找出一条羊肠小道，那又怎样呢？"

"我是这样考虑的，"大卫建议道，"放弃攻占拉鲁恩的计划，而是沿着罗马古道再建一条通往耶路撒冷的路。"

"大卫，按照你在图上标出的路线，这条路要从据守拉鲁恩的约旦军团的鼻子下面穿过去吗？"本－锡安问道。

"是这样。"大卫肯定地答道，"但这条路不需要很宽，能过一辆卡车就行了。当年约书亚能让太阳在拉鲁恩停止转动，我们也许能让黑夜变得漫长。如果我们从特拉维夫和耶路撒冷两边同时动工，相信用不了一个月就可以完工。至于约旦军团，你应该清楚，为保存实力，格拉伯是无论如何不敢让他的部队远离拉鲁恩的。"

"不能这么肯定，要防备他的孤注一掷。"艾特曼插嘴道。

"如果他真有胆量，为什么在三角地带作战时，他不敢拦腰将以色列一分为二。"

没有人能回答这个问题，或许大卫是对的。格拉伯的战线过长，他的重点是在耶路撒冷，在走廊地带，在拉鲁恩，他要避免与以色列国防军在野外展开一场生死大战。

本－锡安和阿维登陷入了沉思，这是一个慎重的问题。

"你有什么具体想法？"本－锡安终于开口问道。

"给我一辆吉普车，让我先去探一下路。"

阿维登立刻露出了不安，自从哈加纳成立，每当出现伤亡，他就像失去了自己的孩子一样感到心痛。他珍惜这张亲手编织的小网，任何一个失误都会导致一场悲剧。但在不可避免的战争面前，小小的以色列不得不承受了数以千计的伤亡，他们每个人都是这个国家最优秀的精华。大卫的要求，无异于一场自杀，给他们出了个天大的难题。

"一辆吉普车，二十四个小时……"大卫坚定地要求道。

阿维登看看本－锡安，艾特曼摇了摇头。耶路撒冷是压在每个人心上的石头，是犹太教的命运与希望，但是……甚至连本－锡安都开始怀疑死守耶路撒冷的代价是否值得。

大卫的父母已经承受了巨大的打击，阿维登暗自思考着：一个兄弟阵亡，一个重伤，还有一个正在耶路撒冷老城负责马加比军敢死队的行动。

大卫期盼地看着他们，忍不住喊道："你们必须给我一个机会！"

敲门声中，艾特曼收到一份报告，他转手交给本－锡安。本－锡安看后脸色大变，把报告交给了阿维登。一向处世不惊的阿维登看着看着也满含泪水，颤抖着失声说道："老城失守了。"

"我的天！"艾特曼不相信地脱口喊了起来。

大卫一屁股坐了下来。

本－锡安重重地一拳砸在桌上，从牙缝里挤出一句话，"以色列不能没有耶路撒冷！"他本能地转向大卫，命令道："立刻执行你的耶路撒冷计划，大卫……立刻！"

当年摩西率领他的以色列部落来到红海边时,他的手下,一个叫纳哈圣的人,以对主的忠诚,第一个跳下了大海。大卫的行动代号,即取名为"纳哈圣行动"。

天黑后,大卫离开了特拉维夫以南的一个小镇——雷霍沃特,驱车驶往朱迪亚山区。在离拉鲁恩要塞不远的山脚下,他调转方向,驾着车驶下公路,凭借着激情,完成任务的决心,以及对这片土地的渊博常识,沿着遍地岩石的山坳、峡谷和干涸的河道驶去。

吉普车跌跌撞撞、忽上忽下,几乎要散架似的颠簸在崎岖的峡谷和河道中,在经过拉鲁恩要塞附近时,大卫挂上了低挡,小心翼翼地避免引起约旦军团的警觉。

远方要塞的魅影,让他本能地睁大眼睛,竖起耳朵,沿着变化莫测的山路,在雨水冲刷的泥土和岩石覆盖下,寻找着世纪封存的罗马古道。两条干涸的河道交汇在了一起,他不得不停下车,仔细挖掘出河道中的岩石,辨认着它们的材质和形状,然后加大油门,坚定地顺着古罗马军团的足迹驶去。

夜色中,大卫不时变换着行车节奏,沿着崎岖陡峭的山道,在拉鲁恩要塞的外围画了一个弧。有多少次,他会突然熄火后,静静地坐在那里,倾听着夜空中任何一点可疑的声音;又有多少次,他不得不停下车,趴在地上,辨别着河床和羊肠小道上的古道踪迹。漫长的十六公里,让短暂的夜晚显得异常宝贵,他必须在天亮前完成使命。

清晨,一夜没睡的本－锡安和阿维登打着瞌睡,忧虑地等待着大卫的消息。他们开始感到后悔,担心会永远失去大卫。

电话铃响了,阿维登拿起话筒。

"密码室的电话,"他说道,"刚从耶路撒冷收到一份来电。"

"什么事?"

"1358。"

他们迅速拿起《圣经》,本－锡安一边念着,一边长舒了一口气,"以赛亚书,第三十五章,第八条:那里有一条大路……不用担心豺狼虎豹和凶猛的野兽……但它需要重建……"

纳哈圣抵达了耶路撒冷，大卫发现了绕过拉鲁恩的路线，耶路撒冷还有机会。

数千耶路撒冷的志愿者，在宣誓要严守秘密后，跟着大卫来到荒芜的郊外，按照他指引的方向，展开了一场让罗马古道重见天日的行动。大卫回到特拉维夫，一支志愿者大军已经整装待发，随时准备投入与耶路撒冷早日会合的战斗。

两支筑路大军在拉鲁恩要塞约旦军团的鼻子底下，白天偃旗息鼓，夜晚热火朝天，在干涸的河道和峡谷中，沿着罗马古道，静静地用双手清理走一袋袋泥土，从不同的方向为他们共同的目标奋斗着。在大卫的强烈要求下，他被调到了耶路撒冷。

卓妲娜与大卫分手后，心绪不宁地回到了达芙娜花园。战争让达芙娜的许多房屋毁于炮火，大量的重建和孩子们返回后的工作转移了她的精力。由于基蒂的宿舍损毁不重，卓妲娜就搬过来与她和凯伦住在了一起。她们很快成为知心朋友，这让卓妲娜可以把内心的秘密袒露给基蒂，而不必再有任何顾虑。

尽管卓妲娜表面上仍然一如既往，但基蒂感觉到了她内心深处的不安。两星期后的一个晚上，她们坐在餐桌前，喝着茶，聊着天。突然，卓妲娜脸色变得很难看，站起来，转身飞快地跑了出去。基蒂跟了出来，看到她跌跌撞撞地要摔倒，便急忙上去抱住了她。在基蒂连拉带拽的帮助下，她们来到了办公室，基蒂安排卓妲娜在折叠床上躺下，然后为她倒上一杯白兰地。

十分钟后，卓妲娜才缓过神来。她困惑地坐起来，摇了摇头，感到有些不解。

"刚才怎么了？"基蒂问道。

"我也不知道，从来没有过这样。我一直在听你讲话，但突然，我眼前一黑，感觉浑身发冷。"

"还有呢……"

"我……我听见大卫在呻吟……我吓坏了。"

"听我说，姑娘，你太紧张了，紧张得要崩溃了。你必须休息两天，回亚德·埃尔和你妈妈住两天。"

卓妲娜跳了起来，"那怎么行！"她叫道。

"坐下！"基蒂厉声喝道。

"我怎么会这样，真不好意思。"

"这很正常,你总是把感情憋在心里,所以把自己憋坏了。"

"可我不能哭,否则大卫会瞧不起我的。"

"好了,收起你的自尊吧,现在先服下镇静药,然后去睡觉。"

"我不!"说着,卓妲娜站起来跑了出去。

基蒂叹了口气,面对这样的人你还有什么可说的呢。多年来,严酷的生活和苦难的现实,把他们变成了强悍和自尊的民族。

大卫牺牲三天后的一个晚上,基蒂在把凯伦送到杜夫那边后,回到自己的小屋。卓妲娜正在埋头她的报告,基蒂坐了下来,卓妲娜抬头冲她笑笑,看到基蒂脸上的表情,立刻呆住了。基蒂拿下她手中的笔,两个人坐在那里,不知道该说些什么。

"大卫死了?"卓妲娜说道。

"是的。"

"怎么死的?"卓妲娜木讷地问道。

"阿里刚来的电话,还不清楚,好像是一次擅自行动。他带着一支部队,有帕尔马赫、马加比军、哈加纳,想夺回老城,但他们拿回了锡安山……"

"然后呢?"卓妲娜问道。

"他们当然没有机会,那只能是一场自杀。"

卓妲娜一动不动,毫无表情。

"我能为你做些什么吗?"基蒂问道。

卓妲娜站起来,扬着头,语气清晰地说道,"别担心,我很好。"

没人知道卓妲娜是否曾为大卫伤心欲绝,她躲进了阿布·耶沙的废墟中,四天四夜,不吃不喝。当返回达芙娜花园后,她像阿里当年失去达芙娜时一样,再也没有提起过大卫。

就在大卫发现这条通向耶路撒冷的古道后的一个月,绕过拉鲁恩要塞的生命线通车了。奔忙的运输车队,打破了阿拉伯人对耶路撒冷的封锁。

第十三节

对耶路撒冷的犹太人来讲，他们还要承受漫长的血腥和痛苦，但生命线的开通，从精神上给了他们巨大的帮助。

在犹太人遏制住阿拉伯联军的第一次进攻后，联合国终于出面，让双方实现了暂时停火。阿拉伯人的失败，迫使他们不得不为挽回脸面，撤换指挥官，整顿部队，而以色列需要一段时间，以获得更多的武器装备，提高军事实力。

临时政府的权威，受到了帕尔马赫、极端宗教势力、马加比军等各自为政的挑战。帕尔马赫在脱离了拒不执行统一指挥的少数精英后，集体加入了以色列国防军；马加比军也在保留指挥权的前提下，以独立营的形式加入了以色列国防军；但那些极端狂热的宗教信徒，依旧根据他们对《圣经》的解读，等待着拯救他们的弥赛亚的降临。

脆弱的联合阵线，导致了马加比军在一起悲剧性的事件后离开了历史舞台。事件起因源于马加比军在美国的同情者，为马加比军购买了大批武器，同时几百名志愿者将随着这批武器，搭乘一架名为"阿吉瓦"的运输机，前往以色列加入马加比军的独立营。虽然联合国协议禁止交战双方利用停火加强各自的军事实力，但双方都在扩军备战，并未遵守联合国的规定。

以色列通过在欧洲的管道发现了"阿吉瓦号"的存在，根据一个政府，一支军队，一场战争的原则，临时政府立刻要求对飞机和武器装备享有所有权，但遭到了马加比军的抵制。

争执中，临时政府提出为避免公开违反联合国停火协议，由政府出面秘密接收这批武器远比由马加比军出面稳妥；但马加比军则认为他们本来就是独立于临时政府之外的力量，根本就不必遵守所谓的停火协议。由此造成的争论愈演愈烈，中央政府的权威受到了挑战。

携带第一批武器和志愿者的"阿吉瓦号"从欧洲起飞了，在争执毫无结果的情况下，临时政府发出了命令，要求飞机返航，这下激怒了马加比军。

当"阿吉瓦号"蔑视临时政府的法令，飞临巴勒斯坦上空时，机场周围已经布满了政府官员、马加比军代表、联合国观察员,在最后的警告被"阿吉瓦号"拒绝后,临时政府命令战斗机把它打了下来。

国防军和马加比军之间立刻爆发了一场战斗,愤怒的马加比军从国防军中撤出了他们的部队,针对"阿吉瓦号"事件,双方的指责和谩骂过了很长时间才平息下来,但事件本身在马加比军的各级领导人中造成了无法磨灭的伤痕。

在英国政府托管的年代里,马加比军的行为对促成英军撤军起了积极作用。但英军撤离后,恐怖主义失去了它的存在意义,而马加比军又无法接受陆军的统一指挥,让人不得不对这支力量产生严重关注。他们在雅法的胜利,极大地鼓舞了犹太人的士气,但在奈夫·萨迪耶(代尔亚辛)村发生的屠杀,却让犹太人蒙受了莫大的耻辱。他们不缺少个人勇气,骨子里都透着对权威的挑战,在"阿吉瓦号"事件后,他们坚定了"有枪就是草头王"的信念,继续以一副激进、愤世嫉俗的政治反对派的形象与临时政府抗衡。

阿以双方一个月的谈判,在联合国代表伯纳道特伯爵和他的美国助理拉尔夫·班克撮合下,无果而终。三十多年的恩怨不可能在短期内出现结果,相反,在中加利利地区的卡伍吉却在不断挑起争端,破坏停火,而埃及军队也在停火生效期内积聚起他们的力量。

对阿拉伯人来讲,这是一个错误,他们促使新生的以色列释放出它强大的军事能量。世界军事专家们曾经对犹太人反抗侵略的能力而感叹,如今他们要对以色列军队的攻势而瞠目结舌了。

第二阶段战争一开始,以军空军就对开罗、大马士革、安曼展开了大规模轰炸,迫使阿拉伯人停止了向特拉维夫、耶路撒冷及其他犹太城市的轰炸。以色列海军的巡洋舰也向黎巴嫩港口,重要的武器转运地提尔港发起了猛烈的炮火攻击。

在加利利海边的埃因格夫集体农庄,经受了几个月围困的农庄庄员们打破了叙利亚人的封锁,在一个夜晚,以一次大胆的反击,拿下了苏斯塔山,把叙利亚人赶了出去。

在中加利利地区,阿里率领着他的部队,不怕疲劳,连续作战,充分发挥了他们的武器优势,把卡伍吉和他的游击队打得溃不成军,解放了拿撒勒。随着卡伍吉的部队逃回黎巴嫩边界那边，拿撒勒周边满怀敌意的阿拉伯村庄也土崩瓦解了，以色列的势力范围终于覆盖了整个加利利地区。

在通天路和耶路撒冷走廊，山地人旅拓宽了他们的正面战场，开始向南面的伯利恒展开了攻势。

在内盖夫沙漠，以色列人让埃及军队寸步难移。当年参孙曾以一千只火狐大败腓力斯人，如今一支号称"参孙火狐"，由装甲吉普组成的摩托化部队，向埃及军队的补给线和阿拉伯村庄发起了一次又一次的进攻，彻底打破了埃及军队对内格巴集体农庄的封锁。

在沙龙谷地的三角地带，以色列人取得了他们最辉煌的一场胜利。前身是帕尔马赫哈尼塔旅的一支以色列国防军摩托吉普部队，风卷残云般拿下了卢德机场和拉姆勒，打通了前往耶路撒冷的交通线。在拿下卢德机场后，他们立刻挥师撒玛利亚三角地带，形成了对拉鲁恩要塞的合围。进攻途中，他们击溃了伊拉克军队的抵抗，打破了伊拉克人对另一个青少年农庄——本-什门的封锁。就在对拉鲁恩要塞的合围即将完成的时候，阿拉伯人一致发出了第二次停火的呼吁。

仅仅十天，以色列军队在战争的第二阶段取得了一系列胜利。

在伯纳道特和拉尔夫·班克的斡旋下，第二次停火引起了阿拉伯世界的混乱。约旦的阿卜杜拉成为第一个面对现实的人，经过与临时政府的秘密谈判，达成了让约旦军团退出战争的协议。作为回报，犹太人将不向耶路撒冷老城和约旦军团控制的撒玛利亚三角地带发起进攻。协议的达成，让犹太人能够集中全力对付正面的埃及军队。

但卡伍吉匪帮在北线从黎巴嫩方向又打破了停火状态，在第二次停火期限结束后，按照《圣经》中黎巴嫩国王命名的"海勒姆行动"，彻底结束了卡伍吉和穆夫提的美梦。以色列军队尾随逃窜的游击队，打过黎巴嫩边界，攻占了沿途的阿拉伯村庄，在全部消灭了卡伍吉匪帮后，没有再打向贝鲁特和大马士革，而是胜利收兵，退回了边界线。

在清剿了加利利地区、稳定了沙龙谷地、与阿卜杜拉达成互不侵犯的协议后，以色列军队转向了埃及军队。

　　与此同时，阿拉伯世界对以色列的一系列胜利发出了不同的杂音。约旦的阿卜杜拉公开指责伊拉克人要承担失败的责任，因为他们没有完成从三角地带将犹太人一分为二的攻势；而梦想成为大阿拉伯世界统治者的伊拉克，抱怨是战线过长导致了他们战役的失利，叙利亚将矛头指向美国和西方帝国主义的干涉，与埃及军队并肩作战的沙特阿拉伯，对所有的盟国提出了批评，埃及则对约旦的阿卜杜拉与犹太人签订的协议咬牙切齿。但是，对于这场战争最精彩的一幕是来自埃及报刊和电台的评论，即使在埃及军队受到一系列毁灭性打击后，埃及公众仍然认为他们的军队正在取得战争的胜利。黎巴嫩和也门本来就对这场战争毫无兴趣，干脆一言不发。

　　在犹太人持续不断的打击下，阿拉伯人的团结终于土崩瓦解了。相互间的亲吻、握手、兄弟般的情谊变成了横眉怒对、互相指责，最终发展为政治暗杀。阿卜杜拉在耶路撒冷老城的圣石圆顶清真寺祷告后，遭到极端分子的暗杀，法鲁克在一场军事政变中被赶出了埃及，阿拉伯世界再次上演起一幕幕阴谋与暗杀的游戏。

　　在内盖夫沙漠，经过重新部署和整顿的以色列军队，将战争引入了尾声。让内格巴集体农庄饱受困苦的魔鬼山，经过与埃及军队的浴血奋战，终于被以色列军队攻占了。

　　被犹太人包围在法鲁加的一支埃及军队的侧翼，在停火谈判后撤离了。这支部队中的一名年轻上尉，领导了后来推翻法鲁克的军事政变，他的名字叫加麦尔·阿卜杜勒·纳赛尔。

　　埃及海军的骄傲，巡洋舰法鲁克号，在一次停火前的数小时，想用向以军阵地炮击的方式，捡一些战术上的便宜。但装满炸药的以色列摩托艇，以群狼战术撞向它的船舷，将它炸沉了。

　　1948年秋，以军发起了一次闪电战，攻陷了祖先亚伯拉罕的故乡——贝尔谢巴。埃及军队在贝尔谢巴城下构筑了强大的防御网，看起来似乎是固若金汤。犹太人在他们对这片土地的认知下，再次找到了一条有几千年历史的古道——纳巴蒂安小路，包围了埃及军队，并从背后向埃及军队发起了进攻。

埃及军队溃不成军，以军追着埃军绕过加沙地带，一路打到了西奈半岛。

主在非常理的状态下，让埃及像醉酒似的误入了歧途，无论怎样也无法摆脱困境……

以赛亚的故事变成了事实。

在苏伊士运河，面对埃军的溃败和以军对运河潜在的威胁，英军提高了戒备。他们要求犹太人立即停止追击，否则将面临与英军的冲突。作为警告，英军派出喷火式战斗机对以军实施了空中打击，解放战争的尾声，戏剧性地成了以军与英军的直接对抗。空战中，以军空军打下了六架英军空军的战斗机，但最终还是在国际社会的压力下，放走了埃及军队。溃不成军的埃及军队在经过整顿后，居然列着整齐的方队，以胜利者的姿态，回到了开罗。

解放战争这一章成为了历史。

停战谈判进行了好几个月，而世人对这场战争的争论将会延续几个世纪，因为它让专家学者和现实主义者们都深感困惑和诅咒。

巴勒斯坦阿拉伯人长期以来，以和平共处的心态接受了回归的犹太人，并准备在这片上千年来贫瘠的土地上，分享他们带来的文明与进步，他们不想，也从来就没有与犹太人为敌。但他们在被煽动起来后，又被那些在危险出现时就逃跑了的领袖出卖了。他们不懂，也不信那些颇具煽动性的语言，但在所谓的犹太军事复国主义的恐吓下，他们成了种族争论的牺牲品。阿拉伯世界的领导人，为了个人目的，利用了他们的无知。

阿拉伯人和他们的军队战斗力很差，在上层的误导下，他们认为犹太人不堪一击；但表面上的团结，始终无法让他们为所谓的"事业"甘愿流血牺牲。

相反，犹太人为重建以色列的意志却是毋庸置疑的，以至于当这个世界出于良知，赋予犹太人法理上的认可后，他们以自己的力量，前赴后继，最终赢得了自己的权益。

大卫之星的旗帜，在倒下两千年后，重又升起在从埃拉特到梅图拉的土地上。

解放战争的后果，造成了一个引起广泛议论却又进退两难的世纪问题：阿拉伯难民。五十多万巴勒斯坦阿拉伯人逃离了他们的家园，涌入了附近的阿拉伯邻国。针对这些人的命运，整个世界陷入了无休止的争论、谴责、困惑、民族主义情绪，它的棘手和敏感，让它变成了一颗政治上的定时炸弹。

雄鹰展翅

第五章

有人声喊着说："在旷野预备神的路，在沙漠地修平我们神的道。"

但那等候神的，必得力。他们必如鹰展翅上腾。

——以赛亚

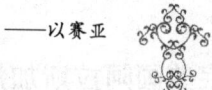

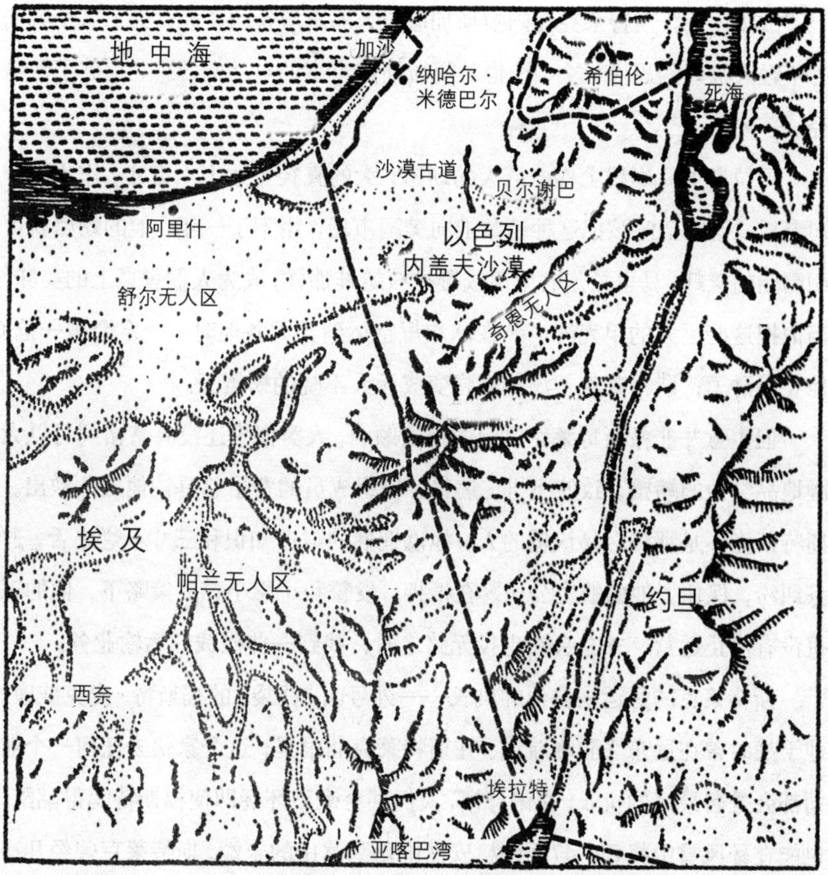

第一节

1948年底美国阿拉斯加州诺母镇

北极圈航空公司的全部家当,是斯特莱克·汤普森用赊账方式,从美国空军买下的三架退役军用运输机。

战争期间,斯特莱克在阿拉斯加服役,那里漫长的夜晚,给了这个脑筋灵活的年轻人极好的思考机会,让他从阿拉斯加丰富的自然资源中,找到了致富的途径——螃蟹。

阿拉斯加海岸线上盛产巨大的螃蟹,大的直径可达十六英寸,作为一个小公司老板,他完全应该把这种螃蟹推向美国市场,用不了一年,他的螃蟹就可以与缅因州的龙虾、马里兰州的甲鱼或樱桃核蛤蚌那样,成为人们餐桌上的美味佳肴。当他把这些巨大的甲壳海产装在冰块里空运到美国各地时,一定会被一抢而空。他要发财了,斯特莱克·汤普森将变成无人不晓的螃蟹王。

但生意并非像斯特莱克设想的那么顺利,人类似乎还没有富裕到可以大快朵颐地品尝他的螃蟹,致使飞机、燃料、机组成员的费用总是让他入不敷出。好在斯特莱克不是那种轻易认输的人,他以娴熟的财务知识和三寸不烂之舌,避开债务纠纷,保住了他的航空公司。在抵押、发誓和小恩小惠的策略下,他的三架飞机没有停止运营,并总会在走投无路之时,找到一些赚钱的运输业务。

斯特莱克的好运来自他的机长——外号叫"钱袋"的福斯特·麦克威廉姆斯,他于战时曾在远东飞驼峰航线。在斯特莱克的眼里,这个家伙去任何一个航空公司都会是名最好的机长。在诺母镇,人们甚至毫不怀疑即使福斯特喝得酩酊大醉,也能在暴风雪中将C-47运输机安然降落到冰山的末端。斯特莱克曾经几次试图筹集到足够的资金与福斯特赌上一把,但不是没有遇上暴风雪,就是福斯特总也喝不醉。

麦克威廉姆斯是个单身汉,他嗜好飞行,但沿固定航线飞定点航班的高级飞机让他感觉枯燥,所以他喜欢在北极圈这样的小公司里飞破飞机。

一天,麦克威廉姆斯走进跑道尽头的一间小屋,这里既是斯特莱克的办公室,也是他的运营部和宿舍。

"妈的,外面冷得让你像是光着腚在挨冻。"他骂道。

斯特莱克的神色就像是一只盯着金丝雀的猫,"福斯特,那给你一大把钱让你去个温暖点儿的地方怎么样?"

"这种玩笑听够了,太没意思。"

"我就知道你不信,钱袋,猜猜看……"

"什么?"

"猜呀。"

"你把公司卖了。"福斯特耸了耸肩。

"还真猜对了。"

福斯特惊讶地张大了嘴,"有谁会买你这堆烂螃蟹?"

"我没查他们的来历,但这张支票是真的,这就够了。"

"那我他妈的该滚蛋了,也好,在你这个狗窝里也待够了,给我清账吧,欠我多少?"

"算上奖金,大概四千块。"

福斯特打了声口哨,"真不少,我可以一直醉到南美去了。我要去那边找一家公司,听说他们在飞越安第斯山运送军火,给很多钱。"

"别急……"斯特莱克说道。

"我猜你就还有条件。"

"我们必须把飞机交到他们手里,我聘了两个小伙子,一人一架,但再也找不到第三个人了。"

"你是说我要一个人开一架飞机?好吧,交到哪儿去呢?"

"以色列。"

"哪儿？"

"以色列。"

"从没听说过这个地方。"

"你来的时候，我也正在地图上找它呢。"

两个人在地图上搜寻着，足足半个小时，"钱袋"摇摇头，"我看他们是在给你出难题呀。"

他们来到镇上，一个一个酒吧打听，这个以色列到底在哪儿？好像有人听说过，但谁都说不清楚。当有人指点他们去图书馆查查时，斯特莱克已经急得在冰天雪地的冬天冒出了汗。

"那是巴勒斯坦！"图书管理员怒气冲天地朝他们喊道，"深更半夜的不要再来烦我。"

他们又在地图上趴了半天，终于找到了那个地方。

福斯特摇着头说道，"妈的，小得像座冰山，不注意就飞过去了。"

三周后，福斯特驾驶北极圈公司的第三架飞机降落在卢德机场，一周前抵达这里的斯特莱克接上他，来到一间门上挂着"巴勒斯坦中央航空公司总经理SS.汤普森"标牌的办公室前。

福斯特似乎嗅出了一丝不安。

"老伙计，真高兴见到你，路上还好吧？"

"还好，老伙计，结账吧。我在巴黎遇到个靓妞，去里约热内卢前，我要先去放松一个月。"

"当然，我已经在保险柜里给你准备好了支票。"斯特莱克答道。

"这是四千五百块，多出的五百是让你知道，我斯特莱克不是个小气鬼。"在麦克威廉姆斯垂涎欲滴的目光下，他把支票递给了他。

"你真伟大……我就说嘛。"

"你知道，钱袋，这是个很有趣的地方，到处都是犹太人，来了一星期了，可我还在犯晕。"

尽管福斯特有些不安，但还是对斯特莱克居然会在这里感到好奇。

"看到门上的招牌了吗？巴勒斯坦中央航空公司，我自己取的名字。你看，这边的人希望我留下，他们不懂如何管理一个一流航空公司。我告诉他们，如果你想把它办成一流的公司，最重要的是要有一流的机长……而我就有一个……"

"我会来看你的。"福斯特说着，站了起来。

"别那么急呀。"

"我要去巴黎。"

"给你笔生意。"

"没兴趣。"

"听我说嘛。"

"听可以，但别想让我动心，我要去巴黎，哪怕是游泳游过去。"

"事情是这样的，我刚才说了，这里的人都是犹太人，为了空运更多的犹太人过来，他们才买下了北极圈。听说那些想到这边来的人藏在世界各地，我们要做的就是把他们都拉过来，这可是个赚钱的机会，每一趟都是按人头的现金交易，做梦都想不到。钱袋，留下来，你知道该怎么做，你了解我，我可不是个贪心的人。"

"我是知道该怎么做，我一定把我在里约的账号通知你。"

"太好了，福斯特，真高兴能认识你。"

"我说，你可别是疯了。"

"我没疯，谁会疯呢？"

"别忘了我们在诺母镇的教训。"

"当然，刻骨铭心，我冻掉了我的屁股。"

"知道就好，那就稳当点。"福斯特说道。

看着斯特莱克心不在焉地搓着手，福斯特问道："怎么啦，难道我得罪你了吗？"

"坦白讲，福斯特，我遇到麻烦了。我头脑发热，答应去个叫亚丁的地方接一批犹太人过来，但我这边的驾驶员突然临阵脱逃了。"

"那你可真难缠了，但别打我的主意，我是要去巴黎的。"

"对，去巴黎，如果我是你也一定要去。可惜我的驾驶员听说会遭到阿拉伯人的射杀，便像被剥光的大猩猩似的抱头鼠窜了。"

福斯特正准备离开，突然停下，转过了身。

"你不去是对的，福斯特，这趟飞行确实很难……甚至难过飞越驼峰和安第斯山，没有必要再让你头疼。"

福斯特舔着嘴唇，他知道斯特莱克在演戏，却已身不由己地被吸引了。

"听我说，我可以先帮你一个忙，但在我回来前，你必须找到能接替我的人，我只飞一次。现在告诉我，这个亚丁到底在哪儿？"

"妈的，我就知道你一定会干的。"

"别废话了，找个地图看看它到底在哪儿。"

当福斯特驾驶着原属北极圈、现归巴勒斯坦中央航空公司的飞机离开卢德机场时，他揭开了《一千零一夜》在20世纪的崭新一页。

他飞向仍处于英国领地的阿拉伯半岛末端，朝着红海的方向飞去。

三千年前，在古希巴王朝，女王示巴统治下的阿拉伯半岛南部是一片富饶的土地，那里的人民很早就掌握了泄洪、筑坝、修建蓄水池的农业技术。

随着女王示巴访问所罗门王后，所罗门王朝的一些人便离开以色列，穿过沙漠和红海，来到希巴王朝，开启了两地之间的移民经商之旅。按照《圣经》记载，这些犹太人甚至是在第一神庙倒塌前的几百年，就已经来到了希巴王朝。

犹太人在希巴的繁荣昌盛延续了几个世纪，他们与当地的部落融为一体，创建了自己的殖民领地，成为司法的主体和杰出的公民。

当风沙和荒漠渐渐蚕食掉肥沃的土地后，河流干涸，水土流失，恶劣的环境让人类和动物在无情的骄阳下失去了生存的保障，争夺水源的战争变成了维持生命的前提。曾经富饶的希巴王朝和它的邻国，在连绵不断的战争中，分裂为相互猜忌和仇视的部落。

在伊斯兰铁骑横扫世界的早期，犹太人的宗教信仰受到了尊崇和发展，穆罕默德亲自颁布的法律，要所有穆斯林学习和善待犹太人。

但犹太人享受的平等是短暂的，在穆斯林的土地上，被视为异教徒的犹太人不再享有平等与尊重，阿拉伯人以自己的方式，有限地接纳了犹太人。在阿拉伯世界，没有发生过像在欧洲那样针对犹太人的种族灭绝式大屠杀，但偶然爆发的暴力事件从未中断。多少世纪以来的压抑，让残存在也门的犹太人失去了活力，已经不值得让那些为忙于内部纷争而竭尽全力的阿拉伯人再去分神。

在阿拉伯的土地上，犹太人都是二等公民，也门的犹太人也不例外。不公平的法律、纳税、迫害、公民权，让犹太人在人治而非法治的环境里，提心吊胆地生活着。

在阿拉伯社会，人们习以为常地禁止犹太人在穆斯林面前大声说话，禁止他们的房子高过穆斯林的房子，禁止他们接触或从右边越过穆斯林；犹太人是严禁骑骆驼的，原因是只要骑上就会高出穆斯林，在一个依靠骆驼作为交通工具的地方，这种要求本身就显得非常残酷。生活在"米拉盒"里的犹太人，和贫民区里的人没有两样。

世界在变化和进步，但在也门，时钟似乎停摆了。那里的一切，依然那样原始、封闭、遥不可及，甚至找不到医院、学校、报纸、出版物、电台、电话以及公路。（译者注：指1948年前）

那是一望无垠的沙漠和荒山，除了驼队，你所感受的只有贫瘠。在荒野包围下的城镇，若隐若现地蜷缩在海拔一千二百英尺的山间。文盲、落后、被遗弃、不开化，甚至连国界线都含糊不清。

统治也门的是一位阿訇。

传统上，只要犹太人安分守己，阿訇通常是以开明的君主形象，为犹太人提供一定的保护。在阿訇的眼里，犹太人是这片土地上最好的工匠和手艺人，他们一代代在银饰、珠宝、造币、皮具、地毯、制鞋等行业传下来的手艺及经商之道是阿拉伯人可望不可即的。阿拉伯人只能是种田或像贝都因人那样游牧，犹太人精湛的手艺，让他们在一定程度上得到了阿訇的保护。

三千年来，在这片与世隔绝的土地上，犹太人就这样奇迹般地生存下来。如果他们皈依伊斯兰教，生活将容易得多，但多少世纪以来，犹太人在这个角落里，没有放弃犹太律法，没有放弃安息日，也没有放弃犹太人的节假日。他们中间许多人是阿拉伯文的文盲，但他们都会说希伯来文，在没有印刷条件的情况下，他们一字字地把《圣经》抄写下来，一代代传到今天。

面对宗教信仰方面的压力，他们拒绝从犹太教转变到伊斯兰教。当阿訇为了达到这一目的,与他们争夺孤儿的时候,犹太人立刻形成了自己的童婚制度,以至于常常出现只有几个月大的孩子就成为夫妻这样的案例。

从外表、装束、行为、精神等方面看,现代的也门犹太人就像是古希伯来人的先知,内部依旧实行着传统的童婚制。他们对摄魂术、邪风、妖魔鬼怪诚惶诚恐,为辟邪,每个人都佩戴护身符,对《圣经》的解读不敢有半点出入。

在漫长的岁月里,也门的犹太人从未放弃对耶路撒冷的追求,以他们的耐心和虔诚,企盼着在神的召唤下步上神圣的殿堂。他们中间有人想方设法离开也门,回到巴勒斯坦,并建立了自己小小的社区。

终于,神的旨意,如先知们的预言,降临到也门犹太人的头上。

以色列宣布独立后,也门象征性地派出军队加入了埃及大军,这一举动无疑是告知也门犹太人,以色列获得了新生。按照拉比们的解释,这是主在召唤他们,大卫王返回了耶路撒冷,漫长的等待终于有了结果。最智慧的哈哈姆预言,他们将乘着鹰的翅膀返回希望故土。

大批也门犹太人希望返回巴勒斯坦的消息,拨动着以色列的神经,但如火如荼的解放战争,让以色列人无暇顾及对这些也门人的迁移和安置问题。

大哈哈姆找到阿訇,祈求他的仁慈,放犹太人返回巴勒斯坦。出于政治和经济上的考虑,阿訇拒绝了他们的要求。在无可奈何的情况下,拉比暗示阿訇最好重温一遍《圣经·旧约》中的"出埃及记"这一章。

几天后,深思熟虑的阿訇意识到了拉比的警告,十大瘟疫的传说让他坐立不安。当首席拉比针对伤寒的流行,预言疾病将带走他四分之一人口的时候,他终于认识到这是安拉向他发出了警告。

阿訇开出了他的条件:犹太人必须留下财产,缴付人头税,几百名工匠和手艺人要留下向穆斯林传授他们的技艺。

犹太人离开了他们的土地,他们的家园,带着仅有的行囊,穿过荒野和险峻的高山,顶着骄阳和飞沙走石,踏上了艰难的返程之旅。

这些温顺矮小、有着橄榄色皮肤和柔弱外表的犹太人,向着边境西部的保护地走去。他们身穿所罗门王宫式的斑纹长袍,缠着头巾,而女人们则裹在镶白边的黑色长袍下,把孩子用吊带绑在背上,迈着沉重的脚步,走在先知们预言的回家路上。沿途的阿拉伯部落，贪婪地榨干了他们随身携带的仅有财物。

阿拉伯半岛的保护地上，存在着众多的阿拉伯酋长国和贝都因人的游牧部落，他们沿着海边，星星点点地散落在从红海到亚丁湾，到阿拉伯海和波斯湾这片广阔的海岸线上。英国人为了石油，为了这片保护地，与不同的酋长国和部落签订了上百个条约，付出了大量的武器和金钱，终于缓解了部落争端，铺平了英国人的石油之路。

保护地的核心是西部的亚丁湾，作为东西方通道的门户，亚丁港里居住着希腊人、英国人、阿拉伯人、犹太人，东方的美与丑、亚洲的风情、英国的古板、工业文明的渗透，让这座荒蛮野性的港口，不是令人心生厌恶就是倏然心动。

亚丁港是也门犹太人的集中地，面对这些在《圣经》的指引下，从沙漠中涌出的人流，英国人有些手足无措。尽管他们还在为托管问题对犹太人耿耿于怀，但在以色列保证把这些人接走的承诺下，他们有条件地让这些也门人在亚丁扎下了他们的营地。

这些来自也门的犹太人衣衫褴褛、面容憔悴，在饥渴的长途跋涉后，处于奄奄一息的边缘。他们的财物已经被搜刮殆尽，但他们没有放弃《圣经》，也没有中断支撑他们信念的宗教仪式。

他们在亚丁港附近的哈希德扎下了营地，以色列人封锁了从保护地到也门之间的边界，随着越来越多的人被安排到了哈希德，管理人员和物资短缺的情况变得越来越严重。

面对这些半开化的也门犹太人，移民部门遇到了极大的挑战。这些犹太人不懂如何使用自来水、卫生间、电灯，对摩托车、西装、药品等感到陌生和恐惧，三千年的跨越让他们有些惊慌失措。

当医生护士为女人们换掉满是虱子的衣服时，她们尖叫着，拒绝做身体检查，拒绝打预防针，甚至拒绝把她们患病和营养不良的孩子交给医生去照顾。

幸运的是，他们找到了解决办法。营地工作人员中精通《圣经》的人找到也门犹太人的拉比，用《圣经》语言与他们沟通后，一切问题就都迎刃而解了。

哈希德营地迅速膨胀起来，保护地的边境报告表明有更多的也门犹太人正在涌入。按照与英方的协议，以色列临时政府必须将他们撤离亚丁，就这样，北极圈航空公司变成了巴勒斯坦中央航空公司，福斯特·麦克威廉姆斯莫名其妙地成了古老的预言中，第一只从天而降的飞鹰。

飞机抵达哈希德后在当地引起了轰动，第一批登机的人带上他们的律法和淡水，来到机场。面对眼前这只主派来的鹰，他们会意地点点头，但当要登机时，却遭到了拒绝，原因是那天是个安息日。在营地主管的恳求和解释下，这些人不管是否后面还有几千人等着要去以色列，反而固执地坐到了机翼下面，就是不肯登机。他们已经等这一天等了三千年，再等一天又算什么。

福斯特瞄了一眼这些从未见过的怪人，听着他们莫名其妙的行话，向斯特莱克发出简短的报告后，就一个人进城享受去了。

第二天一早，他带着希腊酒、白酒、威士忌的一身酒气返回了机场，看到那些也门人正携带着淡水和他们的律法登上了飞机。

"总算可以走了。"福斯特看着登机的队伍私下对自己说道。

"麦克威廉姆斯机长，"他顺着声音转过身，一个身材高挑、苗条的以色列姑娘站在面前，她自我介绍叫哈娜，大约二十多岁，穿一身集体农庄的蓝色制服，蹬一双浅口胶鞋，"我和你一起走，负责照顾那些乘客。"

从那一刻起，福斯特才感到这趟飞行似乎有点意思了。哈娜没有在意他的眼神，"你有什么指示吗？我的意思是这毕竟是第一次。"

"该死的，让那些人离开驾驶室，当然，你可以例外……叫我钱袋就行了。"

福斯特看着源源不断的登机人流，忍不住问道，"嘿！怎么回事？你认为这架飞机能装多少人？"

"按照名单我们有一百四十人。"

"什么，你疯了吗？我们可带不动这么多人，你马上去看看是谁负责这件事，立刻给我轰下去一半。"

"机长，"姑娘恳求道，"他们的体重都很轻呀。"

"花生米轻，那也不能说我就要运上一百万粒啊。"

"求求你了，我保证你不会生他们的气的。"

"我他妈是不会，等我们滑出跑道就都完蛋了。"

"麦克威廉姆斯机长，我们实在没有办法，英国人命令我们带他们离开亚丁，每天还都有几百人源源不断地涌过来。"

福斯特嘟囔了一声,看看载重表,旁边的以色列工作人员屏住呼吸,等着他计算出可能性。在哈娜期盼的眼神下,他重新计算着,私下已经准备赌上一把,一旦飞机升空,他就要设法把她搞到手……"该死的,让他们上来吧,反正飞完这次我就不飞了。"

当接过营地主管递来的乘客名单,他不由吓了一跳,机舱里塞进了一百四十二人。已经没有退路了,他只好跟着哈娜上了飞机舷梯。

一股浓郁的臭气钻进他的鼻孔。

"没有时间让他们洗澡了,"哈娜抱歉说道,"我们也不知道会是这个样子。"

他向机舱里探探头,地板上坐满了羸弱的小东西,个个盘着腿,一副诚惶诚恐的表情,空气中散发出阵阵恶臭。

福斯特步入机舱,反手关上舱门,锁好。摄氏50度的高温,让不通风的舱内立刻臭气熏天,他一点点挪动着脚步,等到了驾驶舱,已经变得脸色铁青,只好迫不及待地打开舷窗想透透气,却被迎面扑来的一阵热风噎住了。他发动了引擎,滑向跑道,一边把头伸出舷窗大口地呕吐,一边操纵着飞机,在快滑出跑道时才把它拉了起来。他往嘴里塞了块柠檬,费力地把飞机拉向高空,直到冷空气吹来,胃里才感到好受些。

飞机在爬升中剧烈地抖动着,到达曼德海峡时,他掉转方向,沿着沙特阿拉伯和埃及之间的走廊,向着红海的方向飞去。

哈娜走进驾驶舱,脸色铁青,"难道你不能飞得稳一点吗?整个飞机上的人都吐得昏天黑地了。"

福斯特关掉了机舱里的暖气,"去机舱打开所有的通气孔,我尽量再飞高一点,冷空气能让他们舒服些。"

他感到一阵头晕目眩,真后悔出来时没有从斯特莱克那里多了解一点儿情况。

半小时后,哈娜又来到驾驶舱,"机舱里冷得把人冻僵了……"

"随你的便,我可以打开暖气,但他们肯定又要呕吐了。"

"那就让他们冻着吧。"哈娜嘀咕着,转身回到了机舱。

突然,她用希伯来语惊叫着跑进了驾驶舱。

"说英文！"

哈娜指着机舱内说道，"烤火……他们在烤火取暖呢。"

福斯特按下自控开关，转身扑出了驾驶舱，从人群中打开一条通道，来到机舱中部的火堆旁。他发疯般踩灭了火，转身来找哈娜，看到她已经瘫倒在驾驶舱的门口。

"你能和那些人交流吗？"

"可以……希伯来语……"

福斯特把对讲机的话筒塞到她手里，"告诉他们，谁再乱动，我就把他扔到海里去。"

这些也门人从来没有听过扩音器的声音，当他们听到哈娜的广播后，便手指着舱顶，一脸的恐惧，蜷缩在一起哭喊起来。

"怎么了？你对他们说了什么？"

"他们从没见过这个，以为是来自上帝的声音呢。"

"很好，就这样，没什么区别。"

一切似乎安静下来，飞机上没有再发生令人不安的事件，福斯特刚要喘口气，轻松一下，突然听到机舱内传来一阵骚乱。他闭上眼，叹了口气，"我的天，听天由命吧。"

哈娜走了进来。

"用不着再说什么，我不想知道了。"

"钱袋，你可以当教父了。"

"你说什么？"

"有人刚生了个男孩。"

"不可能……简直乱套了！"

"这没什么奇怪的，"哈娜说道，"生个孩子对他们来讲是家常便饭，母子现在都很正常。"

福斯特闭上两眼，憋住了没有再说话。

机舱里又静了下来，静得让福斯特有些不安。这些小东西好像熟悉了"飞鹰"引擎的噪音，在饱受惊吓后，一个个打起了瞌睡。哈娜给他送来一碗热汤，两人想起一天的遭遇，忍不住笑着议论起来，福斯特有话没话地问了哈娜许多有关战争和这些也门人的问题。

"我们到哪儿了？"

既是机长、副驾驶员，又是领航员和报务员的福斯特，看了看地图，"该转向飞往亚喀巴湾了，航线下面就是沙漠上的战场。"

"真希望战争能早点儿结束。"

"是呀，战争总是不好玩，可你为什么干这个呢？薪水很高吗？"

哈娜笑着说，"我可没有薪水。"

"没有薪水？"

"没有，我被派来，或许要跟着他们去新建一座集体农庄，或许再继续飞下去。"

"我不明白。"

"一两句话说不清楚，所以外人常常无法理解我们的感受，钱对我们来讲不算什么，帮助这些人来以色列才是我们的宗旨，也许以后你能明白。"

福斯特耸了耸肩，这两天的怪事太多，算了吧，反正飞完这趟他也不想再飞了。

过了一会儿，他指着前方说道，"看吧，那就是以色列。"

哈娜跑到话筒前。

"你要干什么？"

"告诉他们，他们等待这个时刻……几千年了。"

"那他们还不把这架飞机撕碎了！"

"我保证……保证让他们安静一点。"

"好吧，随你的便吧。"

他再次按下自控开关，在哈娜广播的同时，转身走进机舱，以防这些人激动得又出乱子。

机舱内发出一阵欢呼，他们唱啊、叫啊、哭啊、喊啊，抱成一团。

"我的天，就是打败了佐治亚大学的棒球队，我们也没这么大惊小怪过呀。"

一个女人抓起他的手，拼命亲着，他抽回手，转身回到驾驶舱。一浪高过一浪的喧嚣声，伴随着飞机的轰鸣，降落在了卢德机场的跑道上。

福斯特注视着他们涌出飞机，哭喊着跪倒在停机坪上，亲吻着以色列的土地。

"再见了，钱袋。"哈娜来到身边打着招呼，"真不想让你走，祝你在巴黎愉快。"

福斯特看着眼前的人群，慢慢走下飞机。救护车和巴士前，十几个像哈娜那样的姑娘，正在微笑着安慰那些欣喜若狂的小东西。他在舷梯下面呆呆地站了一会儿，心中泛起一股莫名其妙的冲动，甚至没有注意到跑过来的斯特莱克。

"干得漂亮，我的福斯特，这趟货怎么样？"

"你说什么？"

"我的意思是飞机怎么样？"

"一只飞鹰。"

移民局的官员走过来，有的拍拍他的手，有的捶捶他的背。

"他们表现还好吧？"

"你是在飞班机吗？"

福斯特耸了耸肩，"班机？对，是班机。"

斯特莱克带着福斯特离开了欢庆的人群，福斯特停下脚步，回头看到哈娜正朝他挥手，便也挥了挥手。

"福斯特，你现在可以去巴黎了，我的机组成员都到位了。"

"如果你太忙，斯特莱克，我想我可以再飞一趟，最后一趟。"

斯特莱克拍拍脑袋，"嗯……也许可以和你再签一单，我刚搞到一架新飞机。"

上钩了，斯特莱克感到非常兴奋，终于让这个家伙上钩了！

这是《一千零一夜》里"魔毯行动"的开始。

昔日的"螃蟹王"斯特莱克把那些战后飞过柏林航线的美国飞行员源源不断地招募到他的旗下，每一批新成员一到，立刻就被他们神奇的运输任务迷住了。

所有的运输机都在超负荷工作，过度的飞行和缺少维护，居然没有发生一次飞行事故。执行魔毯计划的飞行员们开始相信，只要他们是在运送那些也门人，就有神的力量在帮助他们。

福斯特放弃了他的巴黎之行，在撤出所有滞留在亚丁的也门人后，他又参加了阿里巴巴行动，撤出滞留在巴格达的犹太人。他的工作时间和工作强度在航空史上创出了先例,只要他的飞机在卢德机场一落地,他所做的就是抓紧时间睡觉。等到移民下了飞机,机务维护一做完,他又驾着飞机上了天。在随后的几年里,福斯特共执行了四百次飞行任务,航程达到百万英里,将大约五万犹太人送到了以色列。

他的每一次飞行,都发誓是最后一次,直到把哈娜搞到手,在特拉维夫的一所公寓定居下来。

自从"魔毯行动"开始,他们的航线遍及库尔德斯坦、伊拉克、土耳其的任何一个角落。

在保护地东部,因连年战争而销声匿迹的犹太部落哈达拉毛族的犹太人经过艰难跋涉,也抵达了亚丁。

潮水般的犹太难民,涌出了欧洲各地的难民营。

他们从法国、意大利、南斯拉夫、捷克斯洛伐克、罗马尼亚、保加利亚、希腊以及斯堪的纳维亚半岛各国涌向了以色列。

在宽大的北非正面,他们离开了阿尔及利亚、摩洛哥、埃及、突尼斯的贫民区,涌向以色列。

在南非,富裕的犹太社团和狂热的犹太复国主义者开始了他们向以色列的大迁徙。

他们来自居住达三千年之久的印度。

他们来自澳大利亚、加拿大、英格兰。

他们来自阿根廷。

他们或者徒步走过骄阳似火的沙漠,或者搭乘摇摇欲坠的飞机,或者拥挤在人满为患的船舱里,或者乘坐舒适的班轮,他们来自这个世界上的七十四个国家。

曾经背井离乡、四海为家、不受欢迎的人,终于返回了他们在这个星球上的角落,在这里,犹太人的称谓,将不再含有贬义。

第二节

滴答的水珠，汇成了涓涓细流，最终变成了滔滔的移民大潮。

移民潮让以色列的人口数量不断翻番，因战争而中断的经济，面对移民潮，开始承受巨大的压力。各色各样的移民中，很多人是老人和文盲，很多人身患疾病，更多的人身无分文，但不管条件如何，不管负担多重，他们都没有想过要离开以色列。

来自这个星球的不同角落、不同生活背景的移民，给这片希望的土地带来了巨大的压力。

从加利利到内盖夫，骤然冒出无数由帐篷形成的城镇和铁皮搭建的村庄，玷污了这片美丽的土地。成千上万的移民，让医疗、教育、社会福利等出现了问题。

然而，这里充满了乐观向上的精神。自从移民们踏上这片土地，他们就感受到了从未有过的自由与尊严，精神上的平等，焕发出他们人类史上无可比拟的动力和决心。

农业定居点犹如雨后春笋，日新月异。面对荒野和沙漠，移民们像早期的垦荒者一样，以高昂的热情，投身于各地的垦荒造田。

城市和乡镇也陆续冒了出来。

来自南非、南美和加拿大的移民，为工业化注入了源源不断的资金，让以色列迅速跻身为亚非大陆上最有工业潜力的国家之一，并在科技、医疗、农业研究领域，达到了世界先进水平。

特拉维夫膨胀成为一座拥有近三十万人口的国际化都市，海法也成为地中海上最重要的港口之一，两个城市的重工业得到迅速崛起。作为以色列政治和文化中心的耶路撒冷新城，城市发展的脚步也踏进了它周边的山区。

经济领域的成就还表现在化工、药品、医疗器械、采矿、机械、制鞋、服装加工、轮胎制造以及轿车组装和巴士生产等行业，新建的机场跑道和连接全国各地的高速公路也形成了网络。

迅猛的住宅开发，圆了人们有家的梦。城市郊区，拔地而起的一栋栋摩天大楼，在汽锤和钻探声、搅拌机的轰鸣、飞溅的电焊火花的映衬下，让以色列显得生机勃勃。

文艺复兴，百花齐放。赫茨尔大街和艾伦比路的两边，排列着琳琅满目的书店，各地集体农庄和合作社图书馆的书架上，堆放着不同语言的书刊，音乐大师、画家、作家把他们对新社会的感慨，喷放到了他们作品的激情之中。

从梅图拉到埃拉特，从耶路撒冷到特拉维夫，一座座新生的城镇无不让人感到振奋和清新。

然而，贫瘠的土地和落后的经济，让以色列为它的每一个微小的进步付出了血汗。在异常艰苦的生活面前，人们没有计较回报，那些战斗在定居点上的人承受了常人难以忍受的痛苦，而工作在城里的人为了接纳不断涌入的新移民，几乎把他们所有的收入都交了税。他们流血流汗，无私地奉献出自己的一切，为的是让这个小小的民族，能够继续生存和发展。

以色列航空公司的飞机终于飞上了蓝天。

悬挂着大卫之星旗帜的船队驶向了世界的每一个角落。

以色列人民勇往直前的气概感动了文明世界的心，年轻的国家，像一座灯塔，矗立在全人类面前，以它的决心和爱心，证明了它的存在。在以色列，个人的利益是和国家的利益相一致的。为了明天，为了孩子，为了新移民的到来。实现这一目标的动力，来自坚强的、富有活力的土生土长的一代以色列人，他们感染了新生的一代以色列人，永远不再为作为一个犹太人而感到羞愧。

他们让以色列成为人类历史上的一段佳话。

百分之五十的内盖夫沙漠属于以色列，在这片最荒凉的土地上，有些地方看起来就像是月球表面。当年摩西为寻找希望之乡，曾到过这里的帕兰和奇恩，裸露的岩石和荒漠，在摄氏50度高温的烘烤下，无精打采，漫无边际。陡峭的峡谷和沟壑，寸草不生的高原，毫无生命迹象，甚至连秃鹰也不敢飞过。

以色列人出现在这片沙漠上，征服它变成了以色列最大的挑战。无情的高温下，他们效仿当年的摩西，从岩石中打出了水源，建起了定居点，让生命在这里扎下了根。

经过艰苦的勘探，他们从死海中开采出碳酸钾，从沉睡多年的所罗门王的铜矿井中再次生产出精矿，他们还发现了石油资源和铁矿山，他们更是让内盖夫沙漠北部的门户贝尔谢巴，在一夜之间，变成了地平线上一座充满生机的现代城镇。

内盖夫沙漠的希望，是位于沙漠南端亚喀巴湾上的埃拉特。在解放战争的尾声，以色列军队抵达前，这里只有两座土屋。一旦埃及人放开了对亚喀巴湾的封锁，这里将成为通向东方的港口，这是以色列人的梦，他们为此在做着充分的准备。

解放战争后，阿里·本－迦南上校申请来到了内盖夫沙漠，面对充满敌意的三个敌对国家埃及、约旦、沙特阿拉伯，他的主要任务是熟悉并控制住这片生死攸关的土地。

阿里率领他的部队进入了这片没有生命迹象的无人区，他的训练计划，残酷到让这个世界上没有哪支军队能够效仿，所有以色列国防军的军官后备力量都必须在这里经受人类极限的挑战。

阿里手下的部队又称"内盖夫屠夫"，是群充满野性的沙漠之鼠，他们既厌恶和痛恨这里，又对它依依不舍。连续二十次不间断的伞兵跳伞，一百公里的强行军，繁重的筑路劳动，凶猛的徒手格斗，成为这支部队日常生活和训练的部分写照，也只有那些经受了极限考验的人才能够胜出。以色列国防军从不为勇敢颁发奖章，士兵本来就应该勇敢，但凡是佩戴内盖夫屠夫之盾徽章的人，则令人刮目相看。

阿里的训练基地设在埃拉特，他亲眼目睹了这个不毛之地，经过上千开拓者的奋斗，变成了一座小镇。他们引进水源，开采铜矿，随着逐步站稳这个南端的立脚点，昔日人们走过的足迹形成了公路。

上校本－迦南的不苟言笑和面无表情，引起了人们的议论。他似乎在压下内心的忧伤和渴望，让自己，也让他的部队，在人类极限的挑战面前受着煎熬。长达两年的时间，他拒绝离开内盖夫沙漠。

基蒂·弗里蒙特终于被犹太人尊称为"朋友"，成为继帕尔马赫突击队创始人马尔科姆之后的第二位获此殊荣的人。解放战争一结束，基蒂全身心投入到移民安置工作中，并很快在犹太人定居协会中担当起主要的协调角色。

1949年1月，魔毯行动一开始，基蒂就应邀离开了达芙娜花园，前往亚丁，在哈西德营地儿童中心成立了一所医疗机构。面对混乱不堪的局面，基蒂以她的个人魅力迅速恢复了秩序。她很严厉，然而对那些走出也门的孩子，她又表现出一个女人和母亲特有的温柔。在短短的几个月里，她确立了自己在犹太人定居协会中的重要地位。

从亚丁，她又到了巴格达，参与了更大规模的魔毯空运行动。在伊拉克的局面稳定后，她又赶到摩洛哥，帮助那里成千上万离开卡萨布兰卡贫民区的犹太人，北上前往以色列。

随着一批批犹太移民的大迁徙，她从一个地方飞到另一个地方，不但解决了许多欧洲难民营中的瓶颈难题，还招募到许多志愿者，获得了大量的供给。当移民高峰过去后，她又返回耶路撒冷，在犹太人定居协会的分派下，成为青年阿利亚的一名官员。

她曾经帮助年轻人来到以色列，如今她要帮助这些年轻人尽快融入以色列这个多彩的社会。像达芙娜花园那样的农庄虽然理想，但毕竟太少，他们只好把大一点的孩子直接送进军队这所大学校，在接受文化教育的同时，让每一名新兵都能迅速掌握希伯来语。

基蒂已经能讲一口很流利的希伯来语，她不是忙着和福斯特·迈克威廉姆斯用飞机把那些患结核病的孩子送去美国治疗，就是走访那些边境地区的集体农庄，她的孩子们已经遍布以色列各地，"你好，基蒂老师"成为她随处可以听到的热情问候。

基蒂的生活中出现了一件让她既高兴又心酸的事情，她在塞浦路斯难民营、在出埃及号上、在达芙娜花园照顾过的孩子们长大了，陆续成婚后奔赴了各地的定居点，他们也有了自己的孩子；青年阿利亚在基蒂的帮助下，成立了人员管理培训班，各项工作越来越显得卓有成效，应对自如。基蒂·弗里蒙特突然发现她的使命似乎结束了，无论是凯伦或是以色列，已经不再需要她了，这让她开始考虑是否应该离开这里。

第三节

巴拉克·本-迦南步入了他八十五岁的高龄。

他从公众生活中退休后,自得其乐地经营着在亚德·埃尔的农庄,半个世纪来,他梦寐以求的就是这一天。作为一个高龄老人,巴拉克依然显得很健康,他思维敏捷,甚至能在地里劳作一天。他浓密的胡子已经不再火红,但花白之间仍可窥到往日的火焰,特别是他有力的大手,让人总能感到他的力量。解放战争后,他生活安稳,终于可以把时间放在自己和萨拉身上了。

他很幸福,然而,一想到卓妲娜和阿里,他又感到有些惆怅。女儿没有从大卫的死中解脱出来,她的冲动和无拘无束,让她在去法国的旅行时又遇到了不快,最终回到耶路撒冷大学生活中的她,身边永远失去了她最心爱的人。

阿里把自己流放到了内盖夫,巴拉克理解儿子出走的原因,但似乎有些无能为力。

八十五岁生日刚过,巴拉克常常感到有些胃疼,几个星期了,他不吭不哈,但每当静下来,他就会觉出疼痛。烦人的咳嗽终于让萨拉发现了他的不适,她一再要他去看医生,但巴拉克对此一笑了之。即使在萨拉的坚持下答应了,他也总会找个理由拖了下来。

本-古里安来电话,请他和萨拉去海法参加国庆三周年庆典,这是对一个老人的最高荣誉,他答应了。萨拉决定利用这次旅行机会,让巴拉克去做一次全面的体检。他们在庆典前五天来到海法,巴拉克住进了医院,做了一次全面检查,直到独立日的前夜才出院。

"医生说了些什么?"萨拉问道。

"老年性消化不良,他们给了我一些药。"巴拉克笑着说。

萨拉还要追问下去。

"你可真是个老娘儿们,我们是来参加独立庆典的呀。"

独立日那天,滚滚人流涌进了海法,人们徒步、开车、乘飞机或搭火车来到这里,整个城市几乎要被人流撑爆了。巴拉克住的酒店,川流不息的人们赶来向他致以崇高的敬意。

晚上，青年人的火炬游行，拉开了庆典大幕。他们经过卡迈尔山上的市政厅前的草坪，在庆典讲话后，卡迈尔山上升起了绚烂的礼花。

赫茨尔大街挤满了人，他们随着扩音器传出的音乐，疯狂地跳起了霍拉舞，沉浸在色彩、音乐、人流中的巴拉克和萨拉，情不自禁地加入了跳舞的人群，博得了阵阵喝彩。

巴拉克和萨拉作为贵宾，参加了科技大学举办的"激情兄弟会"的聚会。在他们点燃巨大的营火晚会的篝火后，来自也门的犹太人和德鲁兹阿拉伯人纷纷上场跳起了传统舞蹈，伴着烤全羊和阿拉伯咖啡的飘香，东方情调的歌曲和《圣经》中的赞美诗唱响了整个夜空。午夜，科技大学的校园里，来自定居点的姑娘和小伙子们相偎在一起，进入了甜蜜的梦乡。盛大的歌舞晚会，持续到了第二天的黎明。

天亮后，萨拉和巴拉克回到酒店休息，整个城市的大街小巷依然沉浸在欢庆的歌舞声中。下午，他们坐上来接他们的敞篷汽车，沿着游行路线，在雷鸣般的欢呼声中，来到了总统旁边的观礼台上。

一代以色列新人，像古老的部落勇士，高举大旗经过了巴拉克的观礼台。他们中间不但有意气风发的本地犹太人，也有不久前还生活在愚昧中但如今已是充满朝气的也门犹太人；有来自南非和南美的空军飞行员，也有来自世界各个角落的自由战士；有头戴红贝雷帽的空降兵，也有身穿绿军装的边境警备队；有排山倒海的坦克，也有滑过蓝天的飞机。当留着络腮胡子的"内盖夫屠夫"方阵，迈着铁军的步伐走过来，向他们指挥官的父亲敬礼的时候，巴拉克激动的心脏像要跳出他宽厚的胸膛。

游行结束后，到处都是演讲、聚会、各种形式的庆典，大街上的载歌载舞，一直持续到巴拉克和萨拉返回亚德·埃尔。

他们刚回到亚德·埃尔的家中，巴拉克就忍不住地开始咳嗽，好像他不愿在庆典期间显出病态，因而耗尽了自己的能量。他瘫坐进宽大的扶椅，看着萨拉忙着在准备药。

"我说过它会让人过度兴奋，"萨拉嗔怪道，"你已经不适合参加这种活动了。"

巴拉克的脑海里仍然闪现着那些古铜色皮肤、粗犷的面容、走在游行队伍里的年轻人，"这是一支以色列的军队……"他嘴唇颤抖着。

"我给你沏杯茶。"她说着，若有所思地捋了捋他的头发。

巴拉克抓住她的手，拉到身边。她在他的膝上坐下，头靠在他的肩上，疑惑地望着他，直到他把眼光转向别处。

"庆典过去了，告诉我医生到底说了些什么？"她问道。

"在你面前什么也瞒不住。"他说道。

"我不会大惊小怪的，放心。"

"这一天早晚要来，我想我是有预感的。"

萨拉忍不住哭了起来，但很快又咬紧了嘴唇。

巴拉克点点头，"最好让阿里和卓妲娜回来看看。"

"癌症？"

"是的。"

"还有多久？"

"几个月吧……令人向往的几个月。"

很难想象巨人巴拉克会出什么意外，但短短几个星期，他苍老了许多。曾经强健的体魄变得消瘦了，面容也显得苍白松弛，他忍受着剧烈的疼痛，固执地拒绝住进医院。

他的床被挪到了窗前，以便随时可以看到自己的田地和远方通向黎巴嫩边界的山峦。阿里回家的那天，发现巴拉克正在伤感地注视着那片已经不再存在的、曾经属于阿布·耶沙的地方。

"你好，爸爸，"阿里抱住巴拉克，"我一听说就赶回来了。"

"你好，让我看看你，儿子，这么长时间没见了……两年多吧，我还以为你会参加庆典游行呢。"

"埃及人在尼特扎纳有所活动，我们需要准备。"

巴拉克端详着儿子，内盖夫的骄阳晒黑了他，看起来像头猛狮。

"他们同意你回来看看？"他说道。

"妈妈告诉了我，但我不信。"

"不用安慰我，阿里，我这把年纪可以安静地走了。"

阿里给自己倒了杯白兰地，点了支烟，巴拉克观察着他，眼中泛出了泪水。

"我现在很幸福，就是时常会惦记你和卓妲娜，希望你们能一切如意。"

阿里躲避着父亲的眼光，呷了口白兰地，巴拉克拉起他的手。

"他们告诉我你是以色列国防军参谋长的人选，但你要离开沙漠才行啊。"

"那边事情很多，总要有人做，埃及人在组织阿拉伯人突击队，企图越过边界袭击我们的定居点。"

"你看起来并不快乐，阿里。"

"快乐？你了解我，我和他们不一样，没什么太高兴的变化。"

"这两年为什么要躲避我和你妈妈呢？"

"我很抱歉。"

"你知道，阿里，过去两年，我第一次有幸能静静地坐着，静静地思考，特别是在过去几周，我想了很多，对你和卓妲娜来讲，我不是个好父亲。"

"别这样，父亲……再说我就不听了，我可不想和你一起伤感。"

"我是认真的，现在越来越清楚，我和你、卓妲娜还有萨拉在一起的时间太少了……对一个家来讲，我做的很不够。"

"别说了……父亲，我爱你也非常理解你，作为父亲，谁都希望能为他们的家庭多做些什么。"

巴拉克摇摇头，"你还是个孩子，已经肩负起一个男子汉的责任，才十二岁，就跟着我在沼泽地里吃苦，而自从我把皮鞭交给你，你就再也不需要我了。"

"千万别说了，在这个国家，为了生存，为了未来，你曾付出了一切，我也要付出一切，你不要再折磨自己，这就是我们的生活，别无选择。"

"我也一直在试图说服自己,我们能怎么办呢？贫民区？集中营？焚尸炉？我们的付出还是值得的。只是……自由的代价太大了，以至于为了呵护它，我们创造了一个犹太民族的人猿泰山，留给你们的只有血腥的和背靠大海的生活。"

"这就是以色列的代价。"阿里说道。

"是啊，这也是为什么我的孩子总是显得忧心忡忡。"

"你没有让卓姐娜忘记大卫,这也是作为一个犹太人的代价。为自己的祖国去死,总比像你的父亲那样死于贫民区中的暴徒之手要好得多。"

"但我儿子的悲哀还是我的错,阿里。"巴拉克舔了舔嘴唇,"卓姐娜和基蒂·弗里蒙特已经成为很好的朋友。"

阿里嘟囔了一下。

"她就像个圣女,每次到这边来都会看看我们,你这么长时间没见过她实在很糟糕。"

"父亲……我……"

"我从她眼里看的出对你的渴望,一个男人就是这样面对爱的吗?让自己藏在沙漠里?好了,阿里,让我们说开吧,你是为了躲她才跑掉的,说出来,在我这里把它说出来。"

阿里从床边站起来,离开了父亲。

"究竟是什么妨碍你去找她,告诉她你的感受?"

阿里感到父亲炙热的目光盯在自己的背上,他慢慢转过身,垂下眼说道,"她说如果我真的需要她,就去求她。"

"那就去求她!"

"可我不会!我不知道该怎么做!所以父亲……我永远不是她要找的那种男人。"

巴拉克伤心地叹了口气,"这是我的错,阿里,你要知道,我求过你母亲无数次,因为我需要她,她给我力量,是上帝帮了我,阿里。我和许多你这种类型的人打过交道,但很难让他们正视眼泪和谦卑对人生的意义。"

"她也曾经对我说过这些。"阿里小声附和道。

"你错把脆弱当成软弱,又错把眼泪当成耻辱,结果让自己以为依靠别人就是逃避,你太片面了,以至于不可能正确表达你的爱。"

"所以我才不能做我做不到的事。"阿里忍不住喊了起来。

"我真替你难过,阿里。为你,也为我自己。"

第二天,阿里把父亲抱上自己的车,驶向特拉哈。父亲要在有生之年,再次看看那个五十年前他和弟弟进入巴勒斯坦的地方。

他们来到特拉哈的近卫军墓地，回顾世纪交替时，为保卫定居点，防止贝都因人的侵犯，犹太人成立了第一支武装力量，巴拉克就是以一名近卫军战士的身份，在罗什·皮纳遇到了萨拉。

两排墓碑之间，有为仍健在的老近卫军战士留下的墓地。阿吉瓦的遗骸从"以利亚角"移葬到了这里，在他的墓旁，为巴拉克保留了一块墓地。

阿里抱着父亲越过墓地，来到那座俯瞰着山谷、象征土地守护神的石狮雕塑前，雕塑底座上的铭文是：为国捐躯，虽死犹荣。

巴拉克凝视着眼前的山谷，星罗密布的定居点中，又诞生了一座崭新的城镇。父亲和儿子在特拉哈流连忘返到太阳下山，山谷中的万家灯火，让他们感受到了这片土地的神圣。作为上帝之手的亚德·埃尔，是这片土地上的中心定居点，而一些勇敢的年轻人，正在以叙边界几码远，一个叫戈嫩的地方，扎下了帐篷。来自那里的灯光，预示着又一个定居点的诞生。

"能为国捐躯，也就死而无憾了。"巴拉克说道。

阿里抱起父亲走下了山。

两天后，巴拉克·本－迦南在熟睡中离开了这个世界，他被安葬在特拉哈，他的弟弟阿吉瓦的墓旁。

第四节

解放战争的最后阶段，杜夫·兰道加入了以色列国防军，参加了针对埃及军队的"十大灾难"战役。在横扫苏韦丹的战斗中，他的勇敢让他赢得了战场升迁。之后，作为本－迦南上校的内盖夫屠夫成员，他在沙漠里待了几个月。为了不埋没这个人才，阿里送他去北边考试，然后就在军队的保送下上了海法的科技大学。为了实现改造内盖夫沙漠的计划，他选择了特设的水利工程专业，并证明了自己是一名出色的学者。

作为一个脱胎换骨的新人，现在的杜夫充满了同情心和幽默感，对旁人的不幸总是深表理解。尽管身材依然显得单薄，生性敏感，但他绝对是一个英俊的小伙子，和凯伦双双坠入了深深的爱河。

年轻人的浪漫，在依旧动乱的环境里，在各自神圣的职责下，经受着紧张不安和聚少离多的困扰。这就是多少年来以色列的故事，就是阿里和达芙娜、大卫和卓姐娜的故事。每当他们彼此相见，心中就多一分渴望，也多一分忧虑。杜夫，在不断安慰凯伦的同时，已经成为凯伦的依靠。

刚到二十一岁，他就荣升为工程部队的上尉，是他的专业里最有希望的军官。他把时间，全部用于在科技大学和在雷霍沃特的魏兹曼学院的学习和科研上。

解放战争后，凯伦也离开了达芙娜花园，加入了国防军。在护士培训的过程中，由于她与基蒂一起的工作经验让她受益匪浅，很快就完成了她的培训课程。护士这一行很适合她，她打算像基蒂那样，成为儿童护理专家。她被分配到沙龙地区的一家医院，她很满意，这样她不但可以搭车去耶路撒冷看基蒂，也可以经常去海法会晤杜夫。

凯伦从一个可爱的小姑娘变成了一个出色的女人，她的完美，体现在她的温柔和体贴，这也是她与生俱来的特点。

基蒂从内心还是想把凯伦带回美国，尽管她知道已经不可能，凯伦不再需要她了。对这个姑娘，就像对以色列，她已经尽了责任。凯伦的根深深地扎在了以色列，不可能分开，何况她也知道自己不再需要凯伦。想想曾经那么确信自己离不开这个姑娘，但空虚和情感上的饥渴，在为孩子们无私的奉献中被淡化了。

她知道自己可以离开凯伦了，但却在勇敢地等待着那份真正的幸福，那份早晚会以某种方式再次来临的幸福。

如果此时离开以色列，她不会再担心凯伦，但有一种担心——对以色列本身的担心，却让她感到了一丝忧虑。

阿拉伯人陈兵以色列边界，舔着他们流血的伤口，为毁灭这个幼小的国家，窥测着有一天发起他们一直在宣传的"第二轮打击"。

那些阿拉伯领导人以大量军火取代了农具，而愿意正视以色列并准备和谈的人却遭到了暗杀，慷慨激昂的言论占据了阿拉伯的报刊、电台、领导层、宗教讲坛。

已经流干了血的阿拉伯人民，在那些心怀叵测的人的驱使下，将为成百万美元的军火流尽他们最后一滴血。

巴勒斯坦阿拉伯人的难民处境将变得更加无法解决。

曾经是军中上尉的纳赛尔，盘踞在费卢杰的角落里，在阿拉伯人中煽起了针对犹太人的民族情绪。

埃及人封锁了苏伊士运河，禁止以色列和其他国家的船只向以色列运送物资，严重违反了国际法。

为防止犹太人利用埃拉特的港口，亚喀巴湾也遭到了封锁。

约旦军团公开蔑视停火协议，威胁犹太人，妨碍他们去耶路撒冷老城朝拜所罗门神庙遗址——哭墙。

所有的阿拉伯国家都拒绝承认以色列，咬牙切齿地要消灭它。

阿拉伯人最极端的举动，莫过于在加沙地带的埃及人，成立了针对以色列人的阿拉伯突击队。他们在夜晚越过边界，杀人、放火、破坏淡水管道、摧毁可以摧毁的一切。饱经痛苦的巴勒斯坦难民，被满怀仇恨的领导层利用，加入了这些暗杀团。

面对压力和威胁，以色列不得不严阵以待：当希特勒称他要铲除犹太人的时候，并没有让这个世界感到震惊，所以当阿拉伯人也这样说的时候，以色列没有理由不提高警惕。

在以色列，当兵是青年人的义务，他们很小就学会了使用武器。凡是四十五岁以下的男人，每年必须接受一个月的军训。按照人口比例，以色列拥有这个世界上最强大的常规军事力量。

阿拉伯突击队制造了一起又一起暴行，直至一手策划了边境定居点上的儿童中心的爆炸案。

终于，忍无可忍的以色列展开了报复，军队发誓要阿拉伯人的十条命换犹太人的一条命。只有报复才可能让他们停下来。

纳哈尔的诞生，成为以色列诸多边境防御手段中的一种。纳哈尔是在有战略价值的地方成立的高度军事化的定居点，青年男女在接受了正规的军事化训练后，组成战斗单位，分赴边境地区，建起了一个个既能生产，又能打仗的定居点。边境线上的这道血肉长城，就是以色列面对阿拉伯突击队恐怖活动的答复。这些不满二十岁的年轻人，把他们的定居点建到了离边界线只有几码的地方，对面就是敌人的血盆大口。

边境地区的条件相当残酷，亦兵亦农的年轻人每年只有三十美元收入，却要面对死亡和荒芜的土地。然而，这个国家不缺少奇迹，以色列的青年志愿者们把他们的一生献给了边境地区的定居点。他们默默无闻地奉献着，就像卓妲娜和阿里、大卫、约押和塞夫……他们不是为物质追求而生活，他们是在为以色列和它的明天在战斗。

最严峻的边境地区要属加沙地带，这是在战争结束时遗留下来的一块插入以色列境内的飞地。古老的加沙，是当年参孙打开大门的地方，如今竖起了新的大门，巴勒斯坦难民营的大门。那些被抛弃的阿拉伯人，成为这里无精打采的难民，成为国际慈善团体的救济群体，也成为埃及管理者灌输仇恨的对象，它是埃及资助的阿拉伯突击队的主要基地和训练场。

就在这个地方，相距不到十公里，二十二个小伙子和十六个姑娘建起了一座纳哈尔定居点。

定居点的名字叫纳哈尔·米德巴尔，意思是沙漠之泉。

十六个姑娘中有一名护士，她就是凯伦·汉森·克莱门特。

杜夫完成了在魏兹曼学院的学习，准备去胡拉谷地参加一个水利工程项目。报到前，他请了五天假，以便搭车去纳哈尔·米德巴尔看望凯伦。自从她去了定居点，他们已经六个星期没有见过面了。

杜夫在内盖夫沙漠中跑了一天，从环绕加沙地带的那条公路上下来，沿着一条土路又走了约四公里，才找到那个偏僻的定居点。

眼前的定居点，除了匆匆搭建的简易食堂、工棚、一对瞭望塔以及正在收尾的蓄水池和灌溉管线外，还是一片帐篷的世界。风中的那几栋建筑，显得凄凉和孤独，在烈日的烘烤下，似乎在迎接地球末日的到来。地平线上露出加沙邪恶的轮廓，迫使定居点的周围，布满了防御敌人的铁丝网和战壕。

面对这片刚刚被开垦的处女地，杜夫不由在大门旁停下了脚步，心情有些沉闷。突然，他感到眼前冒出一片美丽的花园，他看到凯伦钻出她的医护帐篷，朝自己跑来。

"杜夫！杜夫！"她一边喊着，一边飞快地穿过荒凉的土丘，扑向他的怀抱。他们紧紧地抱在一起，沉浸在重逢的激动与快乐之中。

凯伦拉起杜夫来到蓄水池旁，看着他洗去满头大汗，又带着他离开定居点，沿着小路，爬上一座土丘，来到一片纳巴迪恩遗址前。这里是前沿阵地和边界线，也是他们最理想的约会场所。

凯伦给了哨兵一个暗示，哨兵会意地离开了。他们穿过废墟，来到废墟中央的神庙，在那儿等到哨兵逐渐从视线中消失。铁丝网外，一切都显得非常安静。

他们把步枪靠在墙上后，抱在一起，互相亲吻着对方。

"杜夫，终于又见面了。"

"这段时间真让我想死你了。"他说道。

他们疯狂地亲吻着，忘却了午时沙漠上火热的骄阳，忘却了周围的一切。杜夫拉着她来到墙角，在地上坐下，凯伦幸福地闭上眼，躺在杜夫的怀里，享受着他的热吻和爱抚。

他突然一动不动充满爱意地看着她。

"我要告诉你一件好事。"他说道。

"什么事能比此时此刻更好呢？"她睁开了眼。

"起来吧。"他命令道。

"究竟怎么啦，杜夫？"

"你知道我要去参加胡拉工程的事吧？"

"当然。"

"是这样，昨天接到电话，他们要我在那儿待到夏季结束……然后送我去美国进修，去麻省理工学院。"

凯伦眨了眨眼，"美国？进修？"

"对……两年，所以我就立刻跑来先告诉你了。"

她很快强迫自己笑了笑，"太好了，真为你骄傲，就是说你还有六七个月就要走了。"

"我还没答复他们呢，想先和你商量一下。"

"两年，还不算太长。等你回来，这个农庄就建好了，到那时候，我们将有两千杜纳亩的可耕地，还有图书馆和挤满娃娃的儿童中心。"

"等等……"杜夫打断了她的话，"没有你，我哪儿都不去。我们结婚吧，我知道在美国会有很多困难，他们给我的补贴不多，所以我必须在课后去打工，你也可以去进修护理和打工……我们能对付的。"

凯伦一言不发，呆呆地注视着远方的加沙、瞭望塔以及战壕。

"我不能离开这里，"她小声说道，"一切都刚刚开始，那些男孩子们每天都要工作二十个小时。"

"凯伦……你可以先请一段假呀。"

"我不能，如果我走了，其他人将更难。"

"你必须去，否则我也不去。难道你不明白这件事有多重要吗？两年后，等我回来，我将对地表水层、钻探、铺设管线等一清二楚，那多好呀。那时我们就在这儿安家，我把自己卖给沙漠了，农庄会付我薪水的，凯伦……我对以色列的价值，要比现在大上五十倍。"

她站起身，背对着杜夫说道，"你应该去，这次学习对你很重要，但我留在这里更重要。"

杜夫脸色一下变得很难看，垂着头说道，"我以为你会高兴……"

她看着他说道，"你很清楚你是必须去而我是必须留下的。"

"不是这样，该死的，我不能离开你两年，甚至两天都不行。"他站起来，抓住她，紧紧地抱在怀里，用疯狂的吻堵住了她的嘴。她亲吻着他，两人情不自禁地一遍遍哭喊着"我爱你"。汗水、泪水流下了他们的面颊，他们抚摸着对方，瘫在了地上。

"我要你！"她哭喊着。

杜夫猛然站起来，紧握双拳，颤抖着说道，"别这样，冷静一点。"

除去凯伦轻轻的抽泣声，空气似乎骤然凝固了。杜夫跪下来安慰道，"好了，凯伦。"

"杜夫，我们怎么办呢？每次分手都让人伤心，现在是连见面都开始让人伤心了，等你一走，我又要好几天才能平静下来。"

"我也是一样，"他说道，"是我不好，我们在婚前还是更小心些，不要出什么事。"

他帮助她站了起来。

"别那样盯着我，凯伦，我不会伤害你的。"

"我爱你，杜夫，绝不后悔。"

"我不能做任何对不起你的事。"他说道。

他们一动不动地站着，克制着爱的冲动，含情脉脉地看着对方。

"我们回去吧。"凯伦终于伤心地说道。

在走访了无数新建的定居点，几乎踏遍整个以色列后，基蒂可以想象像纳哈尔·米德巴尔那样的定居点，与鬼门关也就一墙之隔。尽管做了最坏的思想准备，但当看到纳哈尔·米德巴尔像个被置于疯狂的阿拉伯游牧部落马蹄前的烤箱时，还是不由地吃了一惊。

凯伦骄傲地向基蒂展示了三个月来他们所取得的成绩，面对眼前新建的木屋和新开垦的荒地，基蒂感受到了这些姑娘和小伙子们，为建设和保卫这片土地所付出的血汗和牺牲。

"再过几年，等解决了水源，这里肯定会鲜花盛开和绿树成荫。"凯伦憧憬地说道。

她们回到凯伦的帐篷，边喝水，边从飘动着的帐帘下，凝视着外面的铁丝网和战壕。远方的田野里，姑娘和小伙子们正在武装警卫的保护下，顶着骄阳在田间工作。一手拿枪，一手拿犁，是他们重建耶路撒冷屏障的唯一出路。基蒂转过脸看着凯伦，心中生出一丝柔情与怜爱：这个地方很快就会让凯伦变得满脸沧桑。

"你真的要回去吗？"凯伦问道。

"最近一直很想家，想先回去看看，反正你也走了……我可以静下来思考一下未来。也许用不了多久还会回来,我也说不清。"

"什么时候走呢?"

"等过了逾越节。"

"这么快?真不想让你走,基蒂。"

"你长大了,有自己的生活了。"

"我不能想象生活中没有你会是什么样子。"

"我们可以写信,保持联系。不知道这四年火山口上的生活,是否会让我在其他地方感到枯燥。"

"你一定要回来。"

基蒂笑了笑,"再说吧,杜夫怎么样?听说他毕业了。"

凯伦没有告诉基蒂关于杜夫要去美国的事情,她知道基蒂一定会站在他的一边。

"他们派他去胡拉湖,策划一项工程,准备挖一条水渠,把湖水引到加利利海去,以便把胡拉湖变成耕地。"

"杜夫已经小有名气了,我经常听到关于他的消息,他会来这里过逾越节吗?"

"没听说。"

基蒂打了个榧子,"我有个想法,我答应卓妲娜去亚德·埃尔过逾越节,杜夫正好就在那边,我们为什么不一起过去呢?"

"可我应该在这里过逾越节呀。"

"你还有很多机会嘛,这次就算是送我吧。"

"那我一定去。"凯伦答道。

"太好了,现在给我好好讲讲你的那个心上人怎么样?"

"我想……还好。"凯伦有些不知所措地嘟囔着。

"你们吵架了?"

"没有,他从不和我吵架,但他有时太绅士,真让我着急。"

"我明白了。"基蒂看了她一眼,"你是个十八岁的大姑娘了。"

"我实在不知道该怎么办,基蒂……我爱他爱得发疯,但每次见面他都一本正经。他们……或许要送他走,大概两年,我想我要崩溃了。"

"你真的很爱他吗?"

"我想和他发生关系想得要死,你不会认为我太过分吧?"

"当然不,性爱是人生最美的旋律。"

"基蒂……我就是想这样,有错吗?"

基蒂脑海中浮现出她站在床边,对阿里暗示卓妲娜与大卫偷情就像个妓女时的场景,难道那真的不对吗?大卫牺牲三年了,卓妲娜依然沉浸在她的悲伤之中,甚至要把她那颗破碎的心带进坟墓,这让基蒂曾经无数次后悔自己当时的态度。如果他们那样做了有错吗?有谁知道杜夫和凯伦的明天是个什么样子呢?铁丝网那边愤怒的人能让他们活下去吗?

凯伦……她的心肝宝贝……

"那就全身心地去爱他。"基蒂说道。

"太谢谢你了,基蒂。"

"亲爱的,这没什么不好意思的。"

"可他就是不好意思。"

"那就帮帮他,既然你是他的女人了,就应该帮他。"

基蒂的内心得到了彻底的解脱,凯伦永远不再属于她了,就在这时,她感到凯伦抱住了她的肩膀。

"但你为什么不能帮帮阿里?"

听到他的名字,基蒂的心不由自主地怦怦的跳着,"如果一个人有情而另一个人无意,那就不叫爱。"

两个人沉默下来,基蒂走到帐篷边上看着外面,成群的苍蝇飞舞在她的身边。突然,她转过身,盯着凯伦说道,"走之前,我必须告诉你,你不能在这里待下去,这让我很难受。"

"总要有人来保卫我们的边境线,光想让别人来说不过去。"

"不过三个月,已经有一个姑娘和一个小伙子被突击队杀害了。"

"我们并不悲观,失去两个人,又来了五十个人。由于我们先在这里扎下来了,附近五公里外已经有五十个人成立了一个新的定居点。用不了一年,我们将会有一个儿童中心和一千杜纳亩的可耕地。"

"用不了一年，你们就都衰老了，想想每天十八小时的劳动，晚上还要睡在战壕里，你和杜夫除了一间八平方米的小屋外，连身上穿的衣服都不属于自己。"

"你错了，基蒂，一切都会有的。"

"包括二十五万随时要置你们于死地的阿拉伯人。"

"我们没有理由仇视那些可怜人，他们被关在那里，日复一日，年复一年，只能看着我们的土地一天天变得郁郁葱葱。"

基蒂两手捂住脸，颓然地在行军床上坐下。

"听我说……基蒂。"

"我没情绪。"

"求你听我解释好吗？你知道，当我在丹麦还是个小姑娘时，就一遍遍地问自己，为什么要做个犹太人呢？现在找到答案了，上帝之所以抛弃了我们，是因为我们自己的无能或懦弱。但两千年来，面对杀戮和羞辱，我们依然保持了对主的忠诚，这让我们经受了生命的考验，难道你视而不见吗，基蒂？……这块狭小的土地，是世界的焦点，是人类在困惑中给我们的选择，是在上帝的授意下……要他的人民，为了法律的尊严，坚守住人类道德的底线，除此之外，我们还能去哪儿呢？"

"这就是以色列，毫无退路的以色列，"基蒂痛苦地喊道，"它曾经并将继续为了生存，面对最原始的威胁。"

"不，基蒂，你错了，以色列是一座桥，一座沟通黑暗与光明的桥。"

基蒂豁然感到眼前一亮，历史的答案原来如此简单：以色列——一座沟通黑暗与光明的桥梁。

第五节

犹太人一年中最重要的一个夜晚,是宗教节日逾越节的夜晚,而欢庆逾越节,则是为了纪念脱离埃及的奴役。随着时间的推移,作为早期压迫者的埃及人,也由此变成犹太人眼中所有压迫者的象征。

在逾越节前一天的晚宴上,感恩自由,并为仍在苦难中饱经煎熬的人祝福,成为晚宴的主题。在以色列复兴前,背井离乡和流离失所的犹太人,通常会在晚宴祈祷后发出"……来年一定要回耶路撒冷"的心声。

年复一年的逾越节晚宴,发扬光大了三千年来犹太人的宗教歌曲和宗教故事,而一家之主,也总会在晚宴上一遍遍讲述着犹太人出埃及的故事。

晚宴是一年当中合家欢的盛会,家庭主妇为此要忙上一个月。除去节日大餐外,里里外外的大扫除和节日盛装都是必不可少的。逾越节的晚宴,甚至可以让整个以色列陷入疯狂,特别是在集体农庄定居点,盛大的晚宴餐桌能够同时容纳几百人就餐。随着逾越节一天天临近,节日的气氛越来越浓,人们对晚宴的渴望也在沸腾。

在亚德·埃尔本－迦南家里,今年的晚宴相对比较低调。尽管如此,萨拉还是一丝不苟地按照传统和仪式,兴高采烈地将小屋的里里外外打扫得一尘不染。到逾越节家宴那天,每个房间里都装点着加利利玫瑰,仪式用的烛台也擦得锃光瓦亮。在准备好可口的甜点和糖果,以及丰富的节日大餐后,萨拉穿上了她最美的衣服。

逾越节前夜,基蒂和萨瑟兰德开车离开了萨瑟兰德的别墅,驶向亚德·埃尔。

"你要离开以色列,这想法太荒唐。"萨瑟兰德发着议论。

"我想了很久,布鲁斯,只有这样最好,在美国,我们不是有句话叫'由他们去吧'。"

"你认为移民潮已经过去了吗?"

"至少第一波是过去了,在那些小型的犹太社区还有一点,如被困在波兰的部分犹太人。另外就是在埃及的犹太人随时可能出现意外,但我们已经从人员和物质上做好了紧急应变的准备。"

"就那点儿准备，能应付大的变化吗？"

"什么意思？"

"美国的六百万犹太人和俄国的四百万，出现问题怎么办？"

基蒂沉思了一会儿，"那些从美国来的犹太人，其中多数是出于两个原因，不是传统的民族主义者就是寻找虚幻世界的神经病。我不信在美国会出现犹太人因担心迫害而大批出走的那天，如果真有那天，我也不活了。至于俄国，令人难忘的传闻和怪事让人不好判断。"

"请解释一下。"萨瑟兰德说道。

"是这样，你知道他们从理论上一直要同化犹太人，让老一代自然淘汰，给新一代加强洗脑，使他们丧失特征，致使反犹太主义仍然盛行。"

"我是听说过。"

"但在三十年的沉默后，上次发生在宗教节日的事件证明了苏联的失败。以色列大使去莫斯科唯一的那家犹太教堂时，受到三万名犹太人的夹道欢迎。早晚有一天，俄国还会发生大批移民的出走。"

萨瑟兰德显然被打动了，陷入了沉默。这个古老的故事，最近常常在他想念母亲时，拨动着他的神经：……犹太人绝不能失去身份，当他站出来，公开自己身份的时候，就是真相大白的那一天。

他们从大路拐进了亚德·埃尔合作社，萨拉·本－迦南跑出来，高兴地抱住他们，互致节日的问候。

"我们是第一批到的吧？"

"杜夫到了，在里面，进来……快进来。"

杜夫出现在门口，和萨瑟兰德握手后，兴奋地抱住了基蒂。基蒂拉住他的手，打量着说道，"杜夫·兰道少校，每次见到你，你都显得越来越精神。"

基蒂的话让杜夫的脸变得通红。

萨瑟兰德在起居室里观察着萨拉的玫瑰，一脸的羡慕。

"其他人呢？"基蒂问道。

"卓妲娜昨天晚上去海法了，说是今天早点回来的。"萨拉答道。

"凯伦昨天就应该离开纳哈尔·米德巴尔了,可能昨天晚上在海法,今天可以搭车过来了。"

"别着急,晚饭前她会到的。"萨瑟兰德安慰道。

基蒂有些不安,但在众人面前不便过于表露。恶劣的交通,何况又是假日,她转向萨拉问道,"要我帮帮你吗?"

"你就坐下歇歇,合作社这边有很多找你的电话,胡拉谷地的孩子们都知道你来了,要过来看你呢。"萨拉说着,匆匆走进了厨房。

基蒂转向杜夫,"说说你吧,杜夫。"

小伙子耸了耸肩。

"别谦虚,听说你正在策划一个约旦河的工程项目。"

"叙利亚捣乱,虽然叙利亚和约旦是最大的受益者,但只要有一滴水是给以色列的,他们就反对。"

"具体什么问题?"萨瑟兰德插嘴问道。

"我们不得不让约旦河改道几公里,但阿拉伯人认为我们是有军事目的,邀请他们派观察员也不行。不管怎样,我们干我们的。"

杜夫深深地吸了口气,很明显他有心事,萨瑟兰德感到他是想和基蒂私下谈谈,便慢慢走到房间的另一头,翻看着书架上的书籍。

"基蒂,凯伦到前我想和你谈谈她。"杜夫说道。

"好啊。"

"她太固执了。"

"是的,几周前我去过她那,我们谈了很长时间。"

"她告诉你关于我有个机会去美国学习的事情了吗?"

"没有,但我知道这件事。你看,这几年在以色列,我也建起我自己的情报网了。"

"我不知道该怎么办,她对她的农庄忠贞不贰,我担心她不会跟我走……但我不能离开她,何况还是两年。"

"我来做她的工作,"基蒂笑笑,"她现在也很苦恼,所以你看,杜夫,事情会改变的。"

大门被砰地推开了，飘着一头红发的卓妲娜张开双臂扑了进来。

"你们好，各位。"她招呼着大家。

基蒂上去抱住了她。

"妈妈，快过来，我要给你个惊喜。"

萨拉从厨房刚跑出来，就看到阿里进了门。

"阿里！"

她拿出手绢，边擦着眼泪，边抱住了阿里，"卓妲娜，你这个鬼丫头，怎么不早说阿里也要回来呢？"

"多一张嘴应该不会给你添麻烦的。"他说着，紧紧抱住了妈妈。

"你们这两个鬼家伙！"萨拉指着他们说道，然后擦擦眼睛，"让我好好看看你，阿里。工作太累了，看起来很疲倦呀。"

他们又抱在一起，开心地笑起来。

阿里转过脸，看到了基蒂。

两人呆呆地注视着对方，屋里一下变得有些沉闷，就连安排了这场约会的卓妲娜也不知所措地看看这个，又看看那个。

基蒂慢慢站起来，点点头，轻轻说道，"你好，阿里。"

"你好。"他小声应道。

"大家随便点。"卓妲娜说着，拉起妈妈走进了厨房。

杜夫走上去，握住阿里的手说道，"你好，本－迦南旅长。"眼神中流露出对他们这位"屠夫"旅长的崇拜。

"你好，杜夫，气色不错。听说你在计划要把淡水引到我们那片沙漠中去。"

"我们会尽全力的，旅长。"

萨瑟兰德走过来握住了阿里的手。

"我收到你的信了，欢迎你随时来埃拉特视察。"

"我要去亲眼看看内盖夫沙漠，也许我们能很快安排个时间。"

"好啊，你的花园怎么样了？"

"我必须承认，你妈妈的玫瑰真让我妒忌。我说，你回埃拉特前一定要到我的庄园去坐坐，让我们好好谈谈。"

"我尽力吧。"

屋里又显得有些沉闷，萨瑟兰德看看阿里，又看看一直盯着他的基蒂，转身走到杜夫身边，拉着他离开了房间。"兰道少校，现在给我说说你们打算怎样把胡拉湖水引进加利利海呢？那可是个工程……"

屋里只剩下了阿里和基蒂。

"你看来还不错。"基蒂终于开口道。

"你也是。"

又是一阵沉默。

"我……呃……小凯伦怎么样？她来吗？"

"来，一会儿就到，我们正在等她。"

"你……想出去走走吗？外面空气很好。"

"好的，走吧。"

他们默默地走出篱笆墙，沿着田地，穿过橄榄园，来到约旦河边。春天的气息和眼前的一切都显得生机盎然，阿里点上两支烟，递给基蒂一支。

她看起来比记忆中的她显得还要迷人。

基蒂似乎感受到了阿里凝视着她的目光。

"我……很惭愧，一直没有去埃拉特，贝尔谢巴的司令邀请了我好几次，我想我应该去看看。"

"那里的山山水水还是很不错的。"

"城市发展呢？"

"如果能打破封锁，开放通往东方的港口，它肯定是世界上发展最快的城市。"

"阿里，"基蒂突然很严肃地问道，"那里的局势怎么样？"

"老样子……还是那样。"

"阿拉伯突击队活动得越来越厉害，对吗？"

"他们利用人数优势想从西奈控制整个中东，但我们不介意那些可怜的家伙，为了生存我们就不得不在必要时打他们一顿。"阿里笑着说，"我的兵总想越过边界，好好看看西奈，把十诫还给上帝……总之，麻烦够多的。"

基蒂凝视着潺潺的河水，很长时间，然后不安地叹了口气，"我总是为凯伦担心,她现在就在加沙地带……纳哈尔·米德巴尔。"

"可怕的地方。"阿里轻轻附和着,"但他们是些勇敢的年轻人,能应付的。"

是的,这就是阿里的思维方式,基蒂心里想着。

"听说你要回美国了。"

基蒂点点头。

"你已经是这边的名人了。"

"不过是好奇罢了。"基蒂答道。

"太谦虚了。"

"我相信没有我以色列照样活得很好。"

"为什么要走?"

"你看杜夫……杜夫·兰道少校,一个优秀的年轻人,凯伦交给他就放心了。我也说不清……也许最好在大家还欢迎我的时候就离开,也许我还是不属于这里,也许我就是想家了。有很多理由,又好像没什么理由。不管怎么样,我想还是先休息一年,静下来思考一下。"

"也许这是个聪明的选择,没有日常压力,可以好好考虑问题,我父亲在去世前两年才享受到这个奢望。"

他们突然又感到不知该对彼此说些什么。

"我们回去吧,"基蒂建议道,"我想在凯伦到时我最好在那边,有些孩子还要过来看看我。"

"基蒂……请等等。"

"什么事?"

"我想说我很感激你给卓妲娜的友谊,我一直很担心她的情绪,但你对她的帮助很大。"

"她是个不幸的姑娘,谁也不知道她对那个小伙子的爱有多深。"

"什么时候能过去呢?"

"不知道,但我很乐观,她会好起来的。"

悬在他们之间的,还有问不出来的问题和说不出来的话。她,或者他,也能找到他们的幸福吗?

"我们还是回去吧。"基蒂说道。

整个上午和下午，从达芙娜花园和胡拉谷地各定居点跑来看基蒂的孩子，以及来看阿里的亚德·埃尔的左邻右舍，让本－迦南的家门前显得车水马龙。人们对几年前基蒂第一次出现在这里时的陌生和尴尬仍记忆犹新，再看她现在用他们熟悉的语言谈笑风生的样子，都不由充满了敬意。

身穿以色列国防军军装的孩子们，许多都是跑了很远的路来看基蒂，其中一些还把他们新婚的妻子或丈夫骄傲地介绍给基蒂。

时间一点点过去了，基蒂对凯伦迟迟没有露面越来越感到不安，杜夫也焦虑地一次次跑到大路上，盼望能见到凯伦的身影。

临近黄昏，客人们陆续离开，忙各自的晚宴去了。

"那个鬼丫头到底去哪儿了？"基蒂焦躁地问道。

"很快就会到的。"杜夫安慰着。

"她至少应该打个电话，这可不像是她的习惯。"基蒂说道。

"别急，基蒂，"萨瑟兰德插嘴道，"现在的公共电话很难打嘛。"

阿里看到基蒂越来越不安，就说："这样吧，我先去合作社办公室给她的农庄去个加急电话，也许他们知道她的行踪。"

"这样最好，太谢谢你了。"基蒂说道。

阿里刚走，萨拉进来宣布晚宴准备好了，请大家去评价一下她这一个月来忙碌的成果。当她打开餐厅大门时，所有的人都不由自主地发出了赞叹，那是一桌真正丰盛的解放大餐。

餐桌上，一年一度节日盛宴上才使用的银器光彩夺目，正中央的银烛台旁，摆放着一个巨大的银饰玻璃酒杯——"以利亚的酒杯"。按照传说，杯中为先知准备的酒一旦被喝掉，就是救世主弥赛亚降临的先兆。

晚宴中，根据上帝对孕育、接生、救赎、接纳希伯来人的承诺，特酿的酒要分四次斟满这种特制的酒杯。喜悦的气氛下，人们边品着酒，边讲述着针对法老王的十大瘟疫，直到唱起米里亚姆之歌，以及那些关闭红海，抵抗法老王大军的歌曲。

餐桌的主位上通常放一个靠垫，以便让讲述出埃及记故事的人能够休息。在古代，只有自由的人才有权休息，而奴隶只能坐在那里俯首恭命。

在烛台旁还摆放着一只金盘子，里面装着逾越节薄饼和未经发酵的面包，以此警示后人，当年希伯来人逃离埃及时，匆忙得连面包都顾不上发酵。盘子里还有一个象征祭品的鸡蛋，一把象征泉水的豆瓣菜，一条象征神庙恩赐的羊腿，以及干果、苹果片和苦菜。干果和苹果片的含义是在埃及人强迫下为建筑搅拌的沙浆，而苦菜则意味着不要忘记失去自由的痛苦。

大家在欣赏了萨拉的晚宴作品后，又回到客厅。卓妲娜第一个发现阿里脸色苍白、目光呆滞地站在门口，在大家的注视下，他张嘴想说些什么，但半天没有说出话来。

"凯伦！她在哪儿？"基蒂脱口问道。

阿里紧咬着牙关，低下了头。

"她在哪儿？"

"她死了，昨天晚上被加沙的阿拉伯突击队杀害了。"

基蒂发出一声撕心裂肺的惊叫，瘫倒在地上。

当基蒂睁开眼时，看到萨瑟兰德和卓妲娜正跪在面前。意外的打击，让她瞪大了双眼，不停地抽泣着："我的孩子……我的孩子……"

她慢慢坐了起来，仍处在震惊中的卓妲娜和萨瑟兰德，满脸悲伤、不知所措地看着她。

"凯伦死了……她死了……"

"应该是我替她去死。"卓妲娜哭喊道。

基蒂挣扎着又站了起来。

"躺下……亲爱的……还是躺一会好。"萨瑟兰德安慰着。

"不用。"基蒂边说着，边挣开萨瑟兰德的手，"我去看看杜夫。"

她跌跌撞撞地走出客厅，发现杜夫正神色黯然、一脸悲伤地坐在另一个房间的角落里。她走过去，伸出双臂抱住了他。

"杜夫……可怜的杜夫。"基蒂叫道。

杜夫把头埋在她的胸前，心碎地抽泣着。基蒂本想安慰他，却忍不住和他哭成一团，直到暮色降临，每个人似乎都哭干了他的眼泪。

"我会和你在一起……会照顾你,让我们一起渡过这个难关。"

杜夫颤抖着站起来,"我能挺过去,基蒂。我要做得更好,让她为我骄傲。"

"杜夫,千万不要因为凯伦的死就让你又开始仇视这个世界。"

"不会,我不再恨他们,凯伦不喜欢这样,她不喜欢让生命间总是充满了仇恨。她说过,仇恨永远解决不了问题。"

萨拉来到门口,"我知道大家都很伤心,但逾越节还是要过的。"

基蒂看看杜夫,小伙子坚定地点了点头。

他们心情沉重地来到餐厅,卓妲娜在门外拦住了基蒂。

"阿里一个人在谷仓呢,你能去看看他吗?"

基蒂走了出去,整个农庄已经万家灯火,正在共聚他们的逾越节晚宴。此时此刻,作为父亲的家长们,又开始讲述起他们那个古老的出埃及记的故事,那个流传至今并将继续流传下去的古老传说。夜色中的毛毛细雨,让基蒂加快了脚步,朝着闪烁着煤油灯的谷仓跑去。她走进谷仓,看见阿里背对着门,坐在草堆上,便过去拍了拍他的肩膀。

"阿里,晚宴要开始了。"

他转过身,抬起头,样子很难看。基蒂不由抽了一口冷气,倒退一步,她还从未见过一个人因痛苦和悲伤而变得面目全非。他茫然地看看她,又转过身,把脸深深地埋在双手里,陷入了极度的消沉。

"阿里……大家都在等我们……"

"这一生……从小到大……我所爱的人都被杀了……他们都死了……"

这是在绝望中发自内心的倾诉,不由让她对眼前这个人居然会受到情感的折磨而感到一阵战栗,甚至有些陌生。

"我现在是生不如死,一次次的噩耗,夺走了我的一切……让我变得一无所有。"

"阿里……阿里……"

"我们为什么要让孩子们去那些地方呢?多可爱的姑娘……天使一样……为什么……他们为什么连她也不放过……?"

阿里跪倒在地上,与生俱来的意志、力量、克制力瞬间变得荡然无存,似乎只剩下一具筋疲力尽后毫无斗志的躯壳。"为什么我们要年复一年、日复一日地为生存而挣扎呢？"

长期以来的压力和挫折，终于汇聚成为海啸爆发，阿里抬起头，面向苍天，举起双拳，"上帝啊！我的上帝！他们为什么不给我们安宁？为什么一定要置我们于死地呢？"

他佝偻着肩，低垂着头，颤抖地站在那里。

"阿里……不要这样，"基蒂哭喊着，"让我来帮帮你，亲爱的……我能为你分担些痛苦吗？如果我曾经伤害过你，请你一定要原谅我。"

阿里疲惫地嘟哝道，"我失态了，请别让其他人知道。"

"我们还是过去吧，他们都在等呢。"

"基蒂！"

他盯着她的眼睛，一步步走到她的身边，缓慢地跪下来，伸出双手，抱住她的腰，把脸紧紧地靠在了她的身上。

阿里·本－迦南哭了。

那是一阵骇人的哭声，一阵深藏已久、发自内心的恸哭，一阵充满痛苦的心灵发泄。

基蒂紧紧地抱住他，一边捋着他的头发，一边小声地安慰着。

"别离开我。"阿里哭着说道。

他终于说出了她期盼已久的请求！是的，既然你真的需要我了，那我就留下，今天晚上，或许再多待上几天。阿里呀，即使在你一生中第一次流露出你的眼泪和软弱时，你还是认为这是一种耻辱。你现在需要我，但明天呢……明天你就又是阿里·本－迦南，那个坚强、叛逆、承受悲剧的阿里·本－迦南，到那时，你就再不需要我了。

她扶他站起来，帮他擦干眼泪，把他的手搭到自己肩上，"阿里，放心，我能撑住你。"

他们慢慢走出谷仓，从亮着灯光的窗中，看到萨拉正在点燃蜡烛，一遍遍祈祷着祝福。

阿里停下脚步，松开基蒂，挺起胸，恢复了常态。

太快了，他又变回了阿里·本－迦南。

"基蒂，进去前，我必须要告诉你，我爱达芙娜，但我更爱你。你要知道，我们在一起的生活会是个什么样子。"

"我知道，阿里。"

"我不能和其他人一样……也许要几年……也许要一辈子,反正我很难……面对纷杂的事务……面对祖国的需要……再对你说你对我有多重要,你能理解吗？"

"当然，会理解的。"

杜夫和卓妲娜、阿里和基蒂、萨瑟兰德和萨拉，心情沉重地走进餐厅，男人们头戴无边小圆帽。阿里刚要以巴拉克的身份走向主位，萨瑟兰德伸手拦住了他。

"我是这里年纪最大的犹太男人，如果不介意，我来主持好吗？"

"那是我们的荣幸。"阿里答道。

萨瑟兰德作为这个大家庭的家长，来到主位上，看着大家依次坐下，打开各自的哈加达（传说故事），便向杜夫·兰道点了点头。

杜夫清了清嗓子，念道："为什么今天这个夜晚不同以往呢？"

"因为它是我们这个民族历史上最重要的时刻，是我们从奴隶走向自由的开始。"

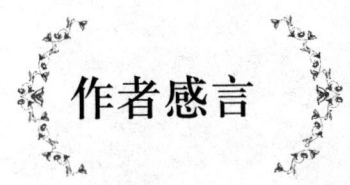

作者感言

为收集《出埃及记》的素材,我的足迹覆盖了约五万英里的行程,期间使用过的录音磁带、拜会的采访对象、堆积如山的研究材料、数不清的摄影图片、流水般的资金消耗等,都是常人难以想象的。

在两年写作过程中,成百上千的人为我付出了他们的时间、精力,并对我寄予厚望;我写作过程中的每一个环节,都充满了他们不同寻常的合作和信任。

我实在无法对任何曾经帮助过我的人在此一一表示感谢,那将是很长的一个名单;但有两位我却必须予以致意,是他们奏响了《出埃及记》的前奏曲。

相信这样公开感谢我的代理商不会是开了一个危险的先例,但正是因为马尔科姆·斯图亚特的固执,使《出埃及记》由一个午餐话题演变为一项行动,并在经受了一系列挫折后也不言放弃。

我还要感谢耶路撒冷的艾兰·哈图夫,是他安排并陪同我踏遍了以色列的每个角落,而那时每次的采访行程都是相当艰难的;此外,我尤其要感谢艾兰的渊博知识和他的无私交流。